丛书主编　朱立元　曾繁仁
执行主编　李　钧

朱立元　著

走向现代性的新时期文论

Literary Theory in New Period:
Towards Modernity

复旦大学出版社

总　序

受复旦大学出版社的委托,我们着手组织"当代中国文艺学研究文库"的编辑出版工作。一开始,我们就想起了十多年前由钱中文、童庆炳两位先生主编的"新时期文艺学建设丛书"。那套大型丛书先后出版了三十余位当代中国著名文艺理论家自选的论文集,可以说是对新时期以来中国文艺理论建设和发展的一次比较全面的总结和检阅。"丛书"从2000年第一辑(六本)出版起,已经过去了十五年。进入新世纪以来,中国社会的现代性转型又有了巨大的进展,文艺理论的建设也继续经历了激荡起伏的进程。现在再编辑一套文艺学研究丛书,可能历史和现实的语境已经有了相当大的变化。考虑到出版周期的原因,"文库"计划先期出版十二本。当前中国文艺理论界有成就、有影响的知名学者远超这个数字,所以我们只能优先考虑"三〇后""四〇后"学者加盟这套"文库",但即便如此,目前只能有十二位学者入选,还是难免挂一漏万,这是我们十分遗憾的,也期待在以后的时间里再能陆续出版。

入选"文库"的这十二位学者,基本上都是新时期三十多年来中国文艺理论、批评的全程参与者和见证者。他们的理论文集,记录着每一位作者所经历的风风雨雨,所走过的曲折道路,所感受到的深切体验,所获得的宝贵感悟,所留下的坚实脚印,以及靠着艰辛耕耘所取得的学术成就。虽然无法全面反映当代中国文艺学建设和发展的整体成果,但至少也可以折射出它的部分光影,勾勒出它的大致轨迹,对今后文艺学的建设和发展或有些许参照价值,这就是我们编辑、出版"当代中国文艺学研究文库"的缘由。

如果对新时期以来中国文艺学的发展作一个大致分期的话,我们认为,可以分为20世纪80年代、90年代和21世纪以来三个阶段。

20世纪80年代是令后来者怀想的年代。启蒙的激浪,保守的潮汐,新生的欢欣,怀旧的惆怅,都错综复杂地交织于"文革"结束、拨乱反正后我们这一代学人的心灵。70年代末、80年代初"为文学正名""回归文学自身"的呼吁,冲破了长期以来文艺为政治服务、充当政治工具的禁锢,重新发现和肯定了文学的审美本性；学界学习马克思《巴黎手稿》引发的人道主义、人性和异化问题的大讨论，进一步解放了人们的思想，"文学是人学"的观念得以确立；声势浩大的"方法论热"和稍后的"文学主体性"问题全国大讨论，在文艺理论界产生了重大影响；对文学本质的重新思考先后形成了"审美反映论"和"审美意识形态论"的初步框架，为学科在90年代的发展完善奠定了基础。而贯穿上述种种理论探讨、展示时代气象的主线，则是传统文论与西方文论之间充满了争议的碰撞和交融。这一时期，文艺理论界的思想解放集中体现为观念方法的更新和思维空间的拓展。虽然当时及以后批评嘲讽之声不绝，但作为不可改变的事实和一代学人的亲身经历，它实际上塑造了文艺理论家们不同于以往的文化心理结构，这是较之于他们的具体理论成果更为重要的。

经过新时期前十年的理论积淀后，90年代的中国文艺理论界进入了一个多元发展的新阶段。随着西方现当代文论思想被积极引介到中国，一种迫切想与西方学界平等对话的现代性冲动也成为国内文艺理论家们挥之不去的情结。90年代初期，后现代主义同时以哲学和文论的名义登陆国内理论界，就是一个富于意味的信号。由此带来的研究格局也显得流派纷呈，思潮更迭，这是转型期中国在学术文化领域内的必然表征。90年代最值得关注的是1994年前后国内掀起的人文精神大讨论，其主阵地尽管不在文学理论领域，但最初发动是在文学界。由于当时商品经济大潮勃兴后通俗文化、大众文化对高雅文化、精英文化形成巨大冲击，造成文学创作中"人文精神失落"的现实危机，引发了理论界（包括文艺理论界）的广泛反思，由此才催生出新形势下知识分子的人文使命等一系列话题。经过这场大讨论，文艺理论界的研究探索在多个向度上向纵深发展：对文学本质的探讨有了新的进展，"审美意识形态论"获得了较为广泛的认同；现代性与后现代性的争论成为文学理论建构中深层次的思考；对当代西方文论的译介、研究以及批判性的吸纳始终在争议中前行；与此相关，当代中国文论"失语症"以及"中国古代文论的现代转换"的话题引起了广泛的讨论，产生了相当深远的影响，一直延伸到当今；90年代末，文艺理论界站在世纪之交的制高点上，对整个20世纪特别是新中国五十年文艺学的流变历史和经验得失进行了认真的总结和历史的反思，寻找继续前进的正确路径……整个90年代，中国文艺学在新的经济社会语境中闯出了多元发展的可喜局面，如心理学、生态学、接受理论、诸种现代语言学、人类学、比较文化学、精神分析学、结构主义和解构主义、哲学解释学、女性主义、新历史主义等理论学说和研究方法，特别是西方马克思主义文论和批评方法不断涌入，并与中国文学理论传统既相冲突又相融合，进而广泛应用于文学批评的实践，有力地促进了中国文论的多元化展开，有些研究方法还推动了文艺学新学科或学科新分支的建立，如文艺心理学、生态文艺学、文学修辞学、文学人类学、文学解释学、文学叙事学等，极大地丰富了文艺学理论话语和学科形态的建设，使之逐步走向成熟和完善。

时代终于进入21世纪。全球化进程在加快，现代性焦虑在趋深，中国文学理论又迎来一个充满生机的新发展阶段。文化研究蓬勃兴起，冲击着传统文学理论研究格局；全媒体时代的到来，视像文化的异军突起，"日常生活审美化"和"文艺学的文化研究转向"主张的提出，在短短几年里迅速转移着学界的注意力，成为新一轮文艺学关注和争鸣的兴奋点；与此相关，在后现代主义文论积极与消极的双重影响下，围绕文学本质问题，本质主义与反本质主义之争掀起新的波澜；在研究方法上，突破二元对立尤其是主客二分的思维方式成为越来越多的文艺理论家的自觉追求；对西方文论借鉴的态度比过去更加冷静和辩证，盲目崇拜、亦步亦趋的现象明显减少；"中国古代文论的现代转换"从90年代偏重于理论的探讨转向了务实的尝试和实践，在古代文论与基础理论研究者的共同努力下，做出了可喜的实绩；文学基本理论的创新建构和文艺学教材的建设取得了重要进展，标志着文艺理论界多数学者在一系列基本问题上达成了重要共识；网络文学的迅猛崛起，打破了原有的文学作品生成和传播的格局，向传统文学理论发起了挑战，成为当代文艺学无法回避的重要研究课题……比起20世纪90年代，21世纪的文艺学发展显得更加沉稳，更加深入，更加扎实。

需要特别指出的是，新时期以来中国文艺学的创新发展，始终是在马克思主义文艺理论的指导下进行的，突出表现为马克思主义文艺理论中国化的自觉努力贯穿于这三个时期的始终。我国当代文艺理论批评的标准，从美学的和史学的，到人民的、美学的、历史和艺术的，体现着马克思主义文艺理论中国化的新进展和最高成就。由此可见，新时期三十多年来中国文艺学的建设和发展，方向是正确的，主流是健康的。那种把当代文艺理论要么看得危机重重、漆黑一团，要么说成完全是始终跟在西方文论后面亦步亦趋、搞全盘西化那一套的观点，是以偏概全、不符合历史事实的。我们所编辑的这套"文库"中的十二本论文集完全可以证明这一点，当然，还远远不够充分。钱中文、童庆炳两位先生在其主编的"新时期文艺学建设丛书"的总序中曾经预言,"一个理论创新的新世纪已经来临",收入丛书的众多论文集,"作为丰富的思想资料,它们无疑将汇入新世纪的新的理论创造之中",21世纪的前十五年已经充分证实了这一点。我们编辑的"文库",同样希望能够作为当代文艺学的一部分思想资料,"汇入新世纪的新的理论创造之中",为后来者提供一些参照、启示和借鉴。

"当代中国文艺学研究文库"能够在我国人文学术著作出版困难重重的今天推出,实在是极为难得的。这里,我们必须专门介绍复旦大学出版社的总编辑孙晶博士。是她首先主动向我们提出建议,出一套文艺学研究丛书。她的远见、魄力和眼光令人敬佩。在此,我们代表"文库"的十二位作者,向孙晶总编及复旦大学出版社有关编辑们对中国文艺学建设的鼎力支持表示衷心的感谢!

最后,我们不能不为"文库"的作者之一、我们敬爱的童庆炳先生的猝然去世表示最深切的哀悼,并以他今年4月亲自编辑的论文集《文学:精神之鼎与诗意家园》的出版作为我们对他的纪念,以寄托我们的哀思。

朱立元　曾繁仁
2015年国庆节

目 录

前言 ... 001

辑一 现实主义与艺术真实

艺术生产与物质生产的不平衡关系
  ——与张怀瑾同志商榷 ... 002
论典型的复杂性与审美价值
  ——兼评刘再复的"二重组合原理" ... 013
对文艺学方法论更新的若干思考 ... 032
对艺术真实的心理学探讨 ... 043
论艺术真实的动态模型 ... 058
现实主义理论的一个重要阶段
  ——对马克思、恩格斯现实主义理论的历史考察 ... 084
关于现实主义的美学反思 ... 097

辑二 走自己的路

力求在哲学思维层次上融通
  ——关于马克思主义文艺学民族化的思考 ... 112
精英文化的衰退与文化精英的困顿 ... 126
试论当代"人文精神"之内涵
  ——关于"人文精神"讨论之我见 ... 135

命名的"情结"
　　——"新状态文学"论刍议　　　　　　　　　　　　145
怎样看待八十年代的"西学热"　　　　　　　　　　　　156
对反映论文艺观的历史回顾与反思　　　　　　　　　　165
走自己的路
　　——对于迈向21世纪的中国文艺学建设问题的思考　　195

辑三　新世纪文艺理论再探索

以现代性为衡量的主要尺度
　　——也谈中国现代文学史的开端　　　　　　　　　218
关于现代性与中国现代文学史研究的现代性预设　　　　237
呼唤崇高
　　——新世纪文艺的基本审美价值取向　　　　　　　254
超越二元对立的思维方式
　　——关于新世纪文艺学、美学研究突破之途的思考　263
试析"新理性精神"文论的内在结构　　　　　　　　　275
关于当前文艺学学科反思和建设的几点思考　　　　　　284
马克思主义文艺理论中国化与文艺学的创新建构　　　　301
关于文学本体论之我见　　　　　　　　　　　　　　　305
新时期文论大发展与马克思主义文论中国化　　　　　　313
从新时期到新世纪:"文学是人学"命题的再阐释
　　——兼论马克思主义文艺理论的人学基础　　　　　324
马克思主义人学理论和当代文艺学建设　　　　　　　　336
对"文学是人学"命题之再认识
　　——对刘为钦先生观点的若干补充和商榷　　　　　346

前　言

我是"文革"之后成长起来的人文学科学人。1978年考入复旦中文系攻读文艺学硕士学位，1981年留校工作，开始了我的学术生涯。我热爱和从事的专业，大体上分文艺学和美学两个领域，虽然两个领域在学术上多有交叉、重叠，但是就我个人而言，还是有不同侧重点的。三十多年来，自己一直在这两个理论领域的原野上忙忙碌碌地耕耘着、劳作着，别人看来也许十分辛苦，但是在我则乐在其中。本论文集收录的是我在文艺学领域耕耘的部分成果。

我的文艺理论研究，一开始就比较关注和贴近现实。文艺理论界每个时期关注的重要问题和讨论的热点，我几乎都积极参与进去，至少会表达自己的态度和倾向。我也许可以引以为荣地说：我是从新时期到新世纪30多年来中国文艺理论曲折发展前行的全程关注者、参与者和见证者。比如，20世纪80—90年代文艺理论界讨论和争鸣的艺术生产与物质生产的关系问题、人道主义问题、典型和性格组合问题、方法论问题、现实主义和艺术真实问题、文学主体性和艺术反映论问题、市场经济下大众文化与精英文化的关系问题、人文精神的大讨论、当代中国文论的"失语症"和古代文论的现代转换问题等等，我都积极参与，发表自己的看法。细心的读者也许会发现，我的论文中有不少是与其他学者争论、商讨的，可能会以为我喜欢争论。其实不尽然。我之积极参与讨论，并不想学术上一争高低，或者用当下的流行说法热衷于争所谓"话语权"，而是想弄清问题、走近真理。我并不认为自己都是正确的，更不认为真理都在自己手里。我的恩师蒋孔阳教授常常教导我们，不是我占有真理，而是真理占有我。这真是金玉良言，我始终牢记在心。所以，我参与学术讨论，乃是认为真理越辩越明，通过争鸣或者讨论，有助于对相关问题认识的深化，有助于每一个参与讨论的学者修正和完善各自的见解，使之更加接近真理。事实上，我从这许多讨论中深受启发，获益匪浅。所以，我愿意把这种讨论或争鸣称之为"对话"。对话就意味着平等的交流、商讨，而不是其中一方居高临下、指手画脚、以势压人，甚至乱扣政治帽子。

真正的学术对话,我是乐意并积极地参与的。进入新世纪后,我仍然不改初衷,继续参与了如何理解和继承中国文论的传统、现代性与后现代性的关系、20世纪中国文学的现代性尺度、对文艺学学科危机的总结与反思、对二元对立和本质主义思维方式的反思、马克思主义文艺理论中国化的历史与现实、日常生活的审美化和文艺学的"文化研究转向"等问题的讨论和争鸣。笔者从这类"对话"文章中选取了自认为较为重要的收入本论文集。

由于许多文章在写作的时候都对相关问题带有一定的反思性和探索性。我理解的探索,就是要探讨一些新问题、提出一些新观点、尝试一些新方法,一句话,要有一些创新。笔者不敢说本论文集有多少创新之处,不过自觉有几篇论文在创新方面有一些亮点:一是在1990年就明确提出马克思主义文艺理论民族化亦即中国化的命题,并作了一些至今看来尚未完全过时的阐发,这在国内学界应该属于比较早、比较新的;二是比较早从现代存在论角度思考和阐释了文学本体论问题,对某些有本质主义意味的"文学本质论"思路有所突破和创新;三是根据马克思主义以人为本的核心理念,比较系统地探讨了近年文艺理论界研究相对薄弱的重要问题——马克思主义文艺理论的人学基础,对"文学是人学"的命题进行了再阐释,产生了一定影响。以上概括不一定妥当,也似乎有自我标榜之嫌,但实际上笔者只是想坦诚地把这些年个人所做研究中自以为值得一提的心得说出来,向学界同仁求教,以求得批评指正。

在编这本论文集时,自然而然回顾起自己学术耕耘和成长之路的艰辛。想当年刚刚踏进文艺理论界时,才三十多岁,而今已经到了古稀之年,不免有些唏嘘和伤感。当然,笔者并不悲观,一方面清醒地自知学术上根底不深,并无更大的雄心;另一方面却也不甘落后,愿意在未来的岁月中继续虚心学习和研究,做一点力所能及的工作,努力为我国文艺理论的建设提供些微正能量,做一点微薄的贡献。这是我的心里话。

朱立元

2015年1月22日

辑一　现实主义与艺术真实

◎ 艺术生产与物质生产的不平衡关系
　　　——与张怀瑾同志商榷
◎ 论典型的复杂性与审美价值
　　　——兼评刘再复的"二重组合原理"
◎ 对文艺学方法论更新的若干思考
◎ 对艺术真实的心理学探讨
◎ 论艺术真实的动态模型
◎ 现实主义理论的一个重要阶段
　　　——对马克思、恩格斯现实主义理论的历史考察
◎ 关于现实主义的美学反思

艺术生产与物质生产的不平衡关系
——与张怀瑾同志商榷

马克思在《〈政治经济学批判〉导言》(以下简称《导言》)中提出的艺术生产与物质生产发展的不平衡关系的论点,出色地体现了唯物史观与辩证法的思想光辉,是马克思主义美学与文艺理论的重要原理之一。正确地理解和自觉地运用这一观点,对于深入研究中外文学史和各种文艺思潮的发展兴衰,对于从总体上把握错综复杂的文学现象,建立我国自己的比较文学理论体系,对于在美学和文艺理论研究中坚持辩证唯物论和历史唯物论,对于在四化建设的新时期中,努力创造各种条件推进社会主义文艺的持续繁荣,都有着重要的现实意义。

我国学术界在 50 年代末曾展开过关于"不平衡关系"问题的讨论,可惜未能深入下去。近年来,各地刊物发表了不少有关这个问题的文章,出现了不同的见解,讨论又重新展开。较多同志认为"不平衡关系"是艺术发展的"客观的""普遍规律"。张怀瑾同志在 50 年代末和近年来曾就此问题写过多篇论文,力主"不平衡规律"说。最近他又发表了《再论艺术生产与物质生产发展不平衡》一文[①],比较全面、集中地论述了"不平衡规律"说。我对这一问题有不同的看法,现提出来请大家批评指正。

一

马克思是在《导言》第 4 部分第 6 点提出"物质生产的发展例如同艺术生产的不平衡关系"这一著名论点的。要正确理解这一观点,关键在于弄清什么是艺术生产同物质生产之间的"不平衡关系"的实质,两种生产是在什么意义上、就哪一方面进行比较的。对此学术界目前有三种意见:一种认为马

---

① 见《学术月刊》1981 年第 4 期。本文所引张怀瑾同志的话均出自此文。

克思说的"物质生产"仅仅指社会生产力,因此"不平衡"是指艺术生产同生产力发展水平、速度的不一致,张怀瑾等同志就持这种观点;另一种认为"物质生产"主要指生产关系,平衡不平衡是指精神生产同物质生产关系是否相适应的问题;第三种认为"物质生产"应从生产力与生产关系的辩证统一上加以把握,即应把"物质生产"看作是一定的生产力与生产关系的总和——一定的物质生产方式,因而"不平衡"亦应是艺术生产发展的兴衰,同一定的生产力、生产关系发展程度的综合比较所得出的判断。我认为第三种看法才符合马克思的本意。

首先,在《导言》第4部分"不该忘记"的八个要点(包括"不平衡关系"的论点)前面有这样一个极为重要的标题:"生产。生产资料和生产关系。生产关系和交往关系。国家形式和意识形式同生产关系和交往关系的关系。法的关系。家庭关系"。这就给后面的八点规定了论述的范围、方向和核心。有重点号这一句更明确地说的是上层建筑(包括国家政权与意识形态即精神生产部门)与一定的生产方式、经济基础之间的关系。因此,在这一标题下的第6点,艺术生产与物质生产的关系,其范围亦应属于上层建筑的意识形态同一定的生产力与生产关系的总和之间的比较;所谓"不平衡",也应是艺术生产(上层建筑)与一定的生产力和生产关系(经济基础)的某种不一致、不适应。如果对八个要点的理解与运用摆脱或超出了马克思自己的规定,就容易产生误解或曲解。

其次,马克思对这种不平衡关系作过具体的阐述:"关于艺术,大家知道,它的一定的繁盛时期决不是同社会的一般发展成比例的,因而也决不是同仿佛是社会组织的骨骼的物质基础的一般发展成比例的。"① 很明显,马克思是把艺术生产同社会及其物质基础的一般发展进行比较的。前一句中的"社会",主要不是指生产力,而是指一定的生产关系。马克思、恩格斯明确说过:"生产关系总合起来就构成为所谓社会关系,构成为所谓社会,并且是构成为一个处于一定历史发展阶段上的社会,具有独特的特征的社会。"② 此一句中社会组织的"物质基础",当然应当包含物质生产力发展水平这一内容,但所谓"社会组织"无疑指包括经济基础与上层建筑在内的社会有机体,因而它的"骨骼"或"基础",当然应当是一定的生产力同与之相适应的一定的生产关系的总和,而决不像张怀瑾同志所说的那样,仅仅是单纯的生产

---

① 《马克思恩格斯选集》第2卷,人民出版社1972年版,第112—113页。
② 《马克思恩格斯选集》第1卷,人民出版社1972年版,第363页。

力。可见，马克思这儿讲的两个"不成比例"（即不平衡）是对艺术生产同生产力与生产关系的有机统一体（一定的生产方式）所作的比较。

张怀瑾同志有一个重要论点，就是艺术生产只能同生产力相比较，同生产关系则不可比较。他说："生产力有一个发展水平问题，它和艺术生产有可能形成不平衡的发展……生产关系却不是一个发展水平问题。艺术的领域作为一种意识形态，是经济基础的上层建筑，对于产生它的经济基础只是一个是否相适应的问题，而其含义及其基本内容决不能够和生产力之间的不平衡关系混淆起来或者等同起来。"这个看法大可商榷。

第一，把生产力从一定的生产关系中抽象出来单独同艺术发展进行比较，既不符合生产力与生产关系之间的辩证法，也取消了两种生产发展的历史性质。人所共知，生产力、生产关系、艺术生产等等都是人类社会的历史产物，都是历史的范畴。世界上从来没有过一般的生产力、生产关系或艺术生产。生产力的历史性质恰恰是在同生产关系的辩证运动中显示出来的。从社会发展史看，各个社会形态的递进（生产关系的历史发展）同生产力发展水平的联系虽难以用数量来判断，但还是可以找到与一定生产关系大体相应的物质标志，如石器时代和原始共产主义制度相联系，青铜时代与奴隶制相适应，铁器的广泛使用标志着封建生产关系的形成，蒸汽机的发明则更迎来了资本主义大工业生产。当然，这不是绝对的。我们只是说，一方面，生产发展水平（人对自然的征服关系）决定着生产关系（人与人之间的关系）的发展和变革，推动着人类社会的文明和进步；另一方面，生产力又始终是一定生产关系中的生产力，如果把生产力的进步从一定的生产关系发展中孤立、游离出来，那么生产力本身的历史性质也就丧失了。所以马克思在提出"不平衡关系"的前一点，强调了"生产力（生产资料）的概念和生产关系的概念的辩证法"，而在提出"不平衡关系"后又紧接着提醒我们，"进步这个概念决不能在通常的抽象意义上去理解"[①]。如果我们拿脱离特定的生产关系的抽象、一般的生产力进步同艺术生产的具体、历史的发展进行比较，那倒真是既无法比，也不可能有什么结果的。例如，现代社会生产力水平无疑比古希腊高出千百倍，但现代人创作不出可与荷马相比拟的伟大史诗，这似乎是不平衡了；同样，荷马时代能出现黑格尔说的现代的史诗——长篇小说吗？能出现巴尔扎克、托尔斯泰、曹雪芹这样的巨匠吗？就这点看似乎又平

---

① 《马克思恩格斯选集》第2卷，人民出版社1972年版，第112页。

衡了。可见,这样比较是不能说明任何问题的。同理,如果撇开生产关系的具体历史变化,单比较艺术发展与生产力水平也无法理解生产力大发展的西汉,为什么诗歌衰落而辞赋却大为兴盛。

第二,生产力虽然对艺术生产有某种直接的制约作用(如造纸、印刷术的发明,交通工具的发达等等),但一般说来,并不同艺术生产发生直接关系。生产力总是通过生产关系才对艺术生产发生影响,艺术生产对生产力的反作用也要通过生产关系这个中介。斯大林说:"上层建筑与生产及人的生产行为没有直接关系。上层建筑只是经过经济的中介、基础的中介与生产发生间接的联系,因此上层建筑反映生产力发展水平的改变不是直接发生的。"[①]我们考察两种生产的关系,也不能越过生产关系这个中介。只有把生产力与一定的生产关系结合起来同艺术生产进行综合比较,才能得出科学的结论。

第三,生产关系与艺术生产同样有可比性。比起活跃的生产力来,生产关系有相对的稳定性,它无疑也包含着发展水平问题。惟其如此,它与艺术生产的发展才可比较。生产力发展水平在某种程度上可以用自然科学的精确性作出定量分析,生产关系则可以进行质的判断。人类社会五种发展形态就是从低级到高级的历史进步;在同一社会形态中,生产关系也处在发展变化之中,视它们能否促进生产力发展而有进步、落后、反动之分,每一种进步的生产关系本身也还有个逐步完善、健全的过程。至于艺术作为精神生产部门,其发展水平很难进行定量分析,但能判断某一样式或整体上的相对繁荣或衰落、进步或落后。在这一点上,倒是与生产关系的发展很类似,因此具有可比性。

总之,两种生产的比较应是质的比较,具体历史的比较,是把生产力与生产关系作为具体统一体的比较。这种比较,实质上就是精神生产与物质生产方式、上层建筑与经济基础是否适应的问题,就是一定的艺术生产是否适应一定的生产力和生产关系发展的要求。"平衡"与否同"适应"与否属于同一性质同一范畴的问题,我们不应人为地将它们割裂开来或对立起来。

---

① 斯大林:《马克思主义与语言学问题》,人民出版社1960年版,第7页。

二

《导言》发表若干年后,马克思在《资本论》中对两种生产之间的辩证关系作了更为明确、全面的论述。他说:"要研究精神生产和物质生产之间的联系,首先必须把这种物质生产本身不是当作一般范畴来考察,而是从一定的历史的形式来考察。例如,与资本主义生产方式相适应的精神生产,就和与中世纪生产方式相适应的精神生产不同。如果物质生产本身不从它的特殊的历史的形式来看,那就不可能理解与它相适应的精神生产的特征以及这两种生产的相互作用。"①这段话是针对施托尔希的两种生产"绝对平衡"论而发的。施托尔希认为,精神生产"是促进国民财富增加的有力手段,物质财富生产也是增进文明的有力手段","国民福利因这两种生产的平衡而不断增长"。他把两种不同性质、不同范畴的生产混为一谈,不分决定与被决定关系,抹杀了矛盾双方的主次差别,又把物质生产仅仅当作财富生产(即生产力)而与一定的生产关系的历史形式割裂开来,只能成为"泛泛的毫无内容的空谈"。因为他"失去了理解的基础,而只有在这种基础之上,才能够既理解统治阶级意识形态的组成部分,也理解一定社会形态下自由的精神生产"②。这种抽象的超历史的平列对比,必然"坠入莱辛巧妙地嘲笑过的十八世纪法国人的幻想。既然我们在力学等等方面已经远远超过了古代人,为什么我们不能也创作出自己的史诗来呢?于是出现了《亨利亚特》来代替《伊利亚特》"。③

马克思的这一系列论述提供了正确理解两种生产之间辩证关系的科学方法论,给了我们解开这个难题的钥匙。在这里,马克思重申了物质生产一般地支配和决定精神生产,精神生产一般地同一定的物质生产方式相适应的唯物史观的基本原理,即两种生产的基本平衡关系。马克思指出,一定的物质生产方式包括"一定的社会结构"(即生产关系)和"人对自然的一定关系"(即生产力水平),"人们的国家制度和人们的精神方式由这两者决定,因

---

① 《马克思恩格斯选集》第26卷第1分册,人民出版社1972年版,第296页。
② 同上。
③ 同上。

而人们的精神生产的性质也由这两者决定"①。中世纪与资本主义时代的文艺从总体上来说都是在各自的生产力水平和生产关系基础上产生并与各自的基础基本适应的,否则它们就无法存在和发展。在肯定基本平衡关系的前提下,马克思也指出了两种生产之间的"相互作用",即一定条件下精神生产的相对独立性以及对物质生产的能动作用,并特别指出资本主义生产就同某些精神生产部门如艺术和诗歌相敌对。这是对《导言》中"不平衡关系"论点的重申与发挥。毫无疑问,我们对两种生产相互关系的认识,应当遵循马克思提出的这个基本原则和方法,既看到基本平衡这一根本方面,也看到一定条件下会出现不平衡现象;决不能轻率地把其中一个方面绝对化,而否定另一个方面。应当指出,"不平衡普遍规律"说同"绝对平衡论"实际上都是把物质生产仅当作一般的生产力从特定的生产关系中割裂出来,然后同艺术生产作抽象的比较。因此,他们的结论虽然不同,但都失去了理解艺术生产盛衰演变规律的科学基础。

在肯定两种生产一般情况下基本平衡的前提下,对一定条件下的不平衡现象进行具体研究很有必要。这种研究应着重于探讨形成不平衡关系的特定条件。事实上,马克思、恩格斯对不平衡关系的特殊表现形式就曾作过多方面探讨,这至少可以概括为五种具体情况:

第一,某一种或几种具有重大意义的艺术样式只有在较低级的社会形态(生产关系)和相对落后的生产力水平下才有可能生存,随着社会的前进、生产的发展,它们反而得不到繁荣甚至逐步消失。如古希腊的神话,在希腊乃至欧洲艺术史上都有重大的意义,是"希腊艺术的前提"、"土壤和母胎",但它们只能产生在还未能征服自然力的原始氏族社会和向奴隶制转化的漫长时期。正是这种不发达的生产力和生产关系,形成了作为希腊神话"基础的那种对自然的观点和对社会关系的观点"(请注意:马克思这里也是把艺术生产同原始时期希腊的生产关系和生产力作综合比较的)。而一旦进入较先进的生产力和生产关系,就会"排斥一切神话地对待自然的态度和一切把自然神话化的态度"②,神话这种艺术样式也就消失了。又如我国春秋战国之交的诸子散文与历史散文空前繁荣,这同当时封建经济初创和诸侯争雄、战争频繁的历史条件以及"士"这一阶层的发展,办私学和游说之风盛行等具体历史情况是一致的。然而秦汉以后,国家统一了,生产力大发展,封

---

① 《马克思恩格斯选集》第26卷第1分册,人民出版社1972年版,第296页。
② 《马克思恩格斯选集》第2卷,人民出版社1972年版,第113页。

建生产关系逐步完善,百家争鸣和历史散文的繁荣局面却再也没有出现。

第二,从整个艺术领域看,有时艺术繁荣的程度、速度并不同生产力和生产关系发展、进步的程度、速度成正比。如文艺复兴是封建生产关系解体,资本主义生产关系生长、生产力巨大发展的产物,那时两种生产是基本适应、平衡的,因而意大利出现了前所未有的艺术繁荣。然而,随着资本主义生产关系的全面推进和生产力的急骤增长,这种艺术的繁荣并没有持续下去,它好像是古典时代的反照,以后就再也不曾达到了。我国盛唐诗歌繁荣的情况也是这样。

第三,同一时代不同民族、国家的两种生产的发展不成比例。如18世纪末、19世纪初,德国无论在生产关系和生产力发展水平上都远远落后于英法,虽然就德国自身来看,资本主义生产还是在不断上升、发展,然而德国文学却出现了英、法未达到的繁荣。狂飙突进运动的兴起,浪漫主义运动的声势,歌德、席勒等大师的出现,都表明这个时代在政治和社会方面是可耻的,但是在德国文学方面却是伟大的。19世纪后半期的俄罗斯文学与挪威文学的繁荣亦与此类似。

第四,同一时代某些国家的艺术生产部门同它的生产关系、生产力发展水平不相适应乃至有某种程度的敌对。例如在资本主义生产关系下,生产力有了巨大的发展,为全面发展人类的本质力量创造了真正的可能性,但由于资本的统治,艺术生产作为一种最自由的精神劳动受到商品关系、金钱关系,实质上是资本与雇佣劳动关系的重重束缚,无法得到充分的发展。这是一种"敌对"。还有一种相反的情况,在艺术生产中代表被压迫阶级利益的文艺往往从某一角度批评资本主义制度,也在不同程度上同资本主义生产"相敌对"。因此,"相敌对"一方面可以束缚整个艺术的发展,如西方现代艺术中许多腐朽没落的东西就是资本主义制度的恶果;另一方面也可以出现有人民性的进步文艺的繁荣,如19世纪在欧洲各国先后出现的积极浪漫主义和批判现实主义的文学浪潮,和一大批进步艺术家(英国的拜伦、雪莱、狄更斯、萨克雷,法国的雨果、司汤达、巴尔扎克、福楼拜,俄国的别林斯基、车尔尼雪夫斯基、普希金、莱蒙托夫、果戈理、屠格涅夫、托尔斯泰等等)。同时,在我国封建时代的后期,封建生产关系通过专制政治的中介,愈益酷烈地扼杀精神生产力。明清文字狱的几度大兴,也反映了封建生产关系与艺术生产的某种"敌对"关系;但同时,反封建的民主主义的、有人民性的作家、作品仍然迅速发展。明清市民文学(戏曲小说)非常繁荣,汤显祖的《牡丹亭》堪称千古绝唱,《三国演义》、《水浒传》、《西游记》和《红楼梦》等巨著誉满中外,也是"相敌对"关系的另一重要方面。两种生产"相敌对"关系的这两个相反的方面,构成了不平衡关系的两种特殊表现,充分显示了它的历史复杂性。

第五,在阶级社会中,同一时代同一国家的统治阶级的精神生产(包括艺术生产)有时以全民的或超时空的普遍形式出现,从而模糊了它们所反映的特定历史环境下的阶级关系,甚至与这种关系发生某种对立。马克思在论不平衡关系时曾以罗马私法同现代生产的关系来说明生产关系作为法的关系怎样进入了不平衡的发展。他的意思是,法的关系本应是生产关系的法律表现,两者应基本平衡,在罗马奴隶制和落后生产力基础上产生的罗马私法应同受现代资本主义关系和大工业基础上制约的法典完全不同,但实际上,现代资本主义各国的法到处是以罗马法典为基础的。新的基础可与旧的法关系相适应,罗马法似乎成了超时空、超阶级、独立于一定生产方式的普遍适用的精神产品了。这又是一种特殊的不平衡关系。恩格斯曾分析这种特殊关系的原因。他说:"在现代国家中,法不仅必须适应于总的经济状况,不仅必须是它的表现,而且还必须是不因内在矛盾而自己推翻自己的内部和谐一致的表现。"就是说,法还必须掩盖其统治阶级性质,表现出其对各对立阶级的一视同仁,从而成为高出于阶级矛盾之上的"全民法",这样,"经济关系的忠实反映便日益遭到破坏"。[①] 用貌似超时代、超阶级的罗马法来冒充"全民法"正是资产阶级这种要求的特殊体现。在这方面,艺术生产同法十分相似。如文艺复兴是打着复兴古希腊文化的旗号进行的。表面上是一种超时代的文学运动,形式上也确实处处以希腊文化为典范,但实际上不是复兴而是创造资产阶级的新文化;法国新古典主义文学运动的口号几乎是罗马时代贺拉斯《诗艺》的翻版,但却反映了新兴资产阶级与封建贵族在王权下的暂时联合;法国大革命时,被启蒙运动粉碎了的古典主义文艺一度又兴盛起来,也是因为法国资产阶级要把自己的革命英雄气概保持在古典悲剧的水平上。我国唐宋的古文运动也是在模仿古文的旗号下改革、刷新前代形式主义的绮靡文风。又如文艺复兴以来直到18、19世纪启蒙运动、浪漫主义和现实主义的文艺作品,大多以表现普遍人性和人道主义内容为主旨,表面上爱一切人,实质上主要还是反映了资产阶级、小资产阶级的利

[①] 《马克思恩格斯选集》第4卷,人民出版社1972年版,第483页。

益。这种以超时代、超阶级的普遍形式出现的文艺现象同特定的社会实际的阶级关系也就呈现出一种不平衡关系。

以上五种不平衡情况的形成条件与表现形式各各不同,却都是特定历史条件下的产物,都是局部的某种程度的现象,是许多特殊因素综合作用的结果。实质上,这五种形式恰好从不同方面证实了两种生产在一般情况下的基本平衡关系。

三

承认两种生产只在基本平衡前提下出现某些特定的不平衡现象,自然就意味着否认不平衡现象是"普遍规律"。

正如恩格斯和列宁所说,规律是自然界中的普遍性形式,是事物本质的关系或本质之间的关系。我认为,两种生产之间的必然、普遍、本质的关系不是不平衡,而是基本平衡。因此,张怀瑾等同志把偶然、特殊、非本质的不平衡关系说成"普遍规律",甚至提到"马克思主义文艺理论基石"的高度,是难以成立的。

如前所述,艺术生产与物质生产平衡与否的关系实质上就是上层建筑与经济基础是否适应的问题。在这两对矛盾中,一般地起决定、支配作用的矛盾主要方面,是物质生产、经济基础。物质生产是第一性的东西,包括艺术在内的精神生产则是由物质生产派生的第二级的和第三级的东西。因此,要寻找艺术等意识形态的兴衰演变的内在规律,就既不能从它们本身来理解,也不能从所谓人类精神的一般发展来理解,相反,这个意识必须从物质生活的矛盾中,从社会生产力和生产关系之间的现存冲突中去解释。这是唯物史观的基本原理,也是两种生产之间的本质关系。因此,艺术的发展一般地为一定的物质生产方式所决定并与这种生产方式相适应、相平衡,才是两种生产相互关系的普遍规律;而由于艺术生产相对独立性及其对物质生产的反作用等因素形成的某种暂时、局部、相对的不平衡关系,则是两种生产相互关系的特殊现象。

据我所知,马克思主义经典作家凡论及两种生产相互关系的问题时,从来是把物质生产对精神生产的支配、决定作用看作"必然性"和普遍规律的,即使在强调精神生产的能动作用时也不例外。恩格斯在1890年致布洛赫的信中指出,历史运动中基础与上层建筑各种因素都交互作用,"而在这种交互作用中归根到底是经济运动作为必然的东西通过无穷无尽的偶然事件向前发展"①。1894 年致博尔吉乌斯的信中又指出,上层建筑诸因素(包括艺术)并非消极地受物质生产支配,"它们又都互相影响并对经济基础发生影响"(这是造成一定时期不平衡关系的主要原因之一),但"这是在归根到底不断为自己开辟道路的经济必然性的基础上的互相作用"。因此,整个历史运动"都是那种以偶然性为其补充和表现形式的必然性占统治地位。在这里透过各种偶然性来为自己开辟道路的必然性,归根到底仍然是经济的必然性"。② 十分清楚,马克思、恩格斯始终把不平衡关系看作特定条件下形成的偶然现象,看作基本平衡关系的"补充和表现形式";体现经济必然性的基本平衡关系是透过无数不平衡关系的偶然性为自己开辟道路的。

据此,我们就可以比较准确地理解《导言》八要点中第 7 点"这种见解表现为必然的发展。但承认偶然。怎样"的含义了。张怀瑾同志和其他持"不平衡规律"说的同志几乎都把这句话作为论证不平衡是"必然的发展"、是"普遍规律"的主要根据。我的理解恰恰相反。诚然,马克思在第 6 点中提出了不平衡关系的命题,但整个第 6 点并非只是讲不平衡,基本精神是在肯定基本平衡关系的前提下承认不平衡现象,并要探寻这种不平衡的具体历史原因。其中"生产关系作为法的关系"一句话就是首先肯定法的关系必须是生产关系的表现形式并与生产关系相适应的基本平衡关系,然后探索在什么特定条件下"怎样进入了不平衡关系";在进行两种生产的比较时,马克思也提醒人们对进步的概念要作具体历史的了解,就是要人们注意考察产生相对不平衡的具体、特殊的历史条件。所以,第 7 点中"这种见解"正是上述这些内容的综合,意思是说:两种生产的基本平衡关系"表现为必然的发展",但"承认"不平衡的"偶然"现象存在,并要分析这种不平衡"怎样"形成的特殊原因。我们以为这样理解较合马克思原意,并同经典作家的一贯思想完全一致,可以互相印证。因此,把不平衡关系硬拔高为"普遍规律"显然是本末倒置的。当然,就不平衡关系也是反复出现的历史现象,只要具备一定的特殊条件(如前述五种情况)就必然会出现这一点而言,不平衡现象也是有规律可寻的。仅仅在这个意义上,我们可以同意有的同志把不平衡关系称为特殊规律。

---

① 《马克思恩格斯选集》第 4 卷,人民出版社 1972 年版,第 477 页(引文有省略)。
② 同上书,第 506 页。

把不平衡现象说成普遍规律,同文学发展史也是不相符合的。一部中国文学史,不仅从大的社会阶段来看,两种生产是基本平衡的,而且每一具体历史时期、具体文学样式的兴衰与物质生产的发展也是基本平衡的。如周族经"文王作事,武王治镐","好稼穑,殖五谷",农工商业发展,终于把西周奴隶制推向高度发展,在此基础上,与歌舞结合的我国最早的诗体文学《诗经》的诞生就势在必然了;又如晚唐起直至宋元,随着都市经济的日趋繁荣,市民阶层日益扩大,词、曲、小说、诗歌和杂剧、南戏等市民文学先后得到长足的发展;到了明清,城市经济的规模和生产力水平已发展得相当可观,资本主义性质的雇佣关系也开始出现,于是长篇小说、戏曲便达到了空前的繁荣,创造了世界文学之林中毫无愧色的辉煌成就。反之,南北朝和五代十国长期内乱,战火不息,田园荒芜,生产力破坏,百姓流离失所,除了南方少数几国相对安定,出现过一些形式主义文学的短暂兴盛外,整个说来,文学发展处于停滞、衰颓和低落时期。张怀瑾同志忽视了这些基本事实,抓住一些个别事例,加以无限的引申、扩展,得出普遍结论说,"不平衡大抵都是产生于社会生产力遭到严重破坏,或者停滞不前的历史转变时期的历史条件下",似乎这就是不平衡"规律"的具体表现形式。这一论断是经不起事实检验的。我们前述五种不平衡现象所举的例子几乎无一出现于生产力遭到严重破坏或停滞不前的时期。反之,我国宋末、元末大规模的战乱使生产力遭到巨大破坏,唐、宋时期出现的诗、文繁荣亦因之变得一片沉寂,两种生产是基本平衡的。元杂剧的兴盛亦并非因为这种历史的停滞,而是元朝城市经济的继续发展,这恰恰又反映了两种生产的基本平衡。又如从资本主义初期的文艺复兴到资本主义成熟期的积极浪漫主义和批判现实主义文学的高峰,再到帝国主义阶段文艺的某种衰颓与退化,同帝国主义阶段生产力持续、迅猛的增长呈现出某种不平衡关系,前提恰恰是生产力的巨大发展而不是严重破坏。张怀瑾同志发现的所谓不平衡关系的"规律性运动"形式,只是文学史上的特殊、偶然现象,根本不具有普遍性,它只能证明不平衡现象的多样性与复杂性,而决不是什么"普遍规律"。

总之,在物质生产与生产力之间画等号,对两种生产进行超历史的抽象比较,把"不平衡关系"夸大上升为"普遍规律",在我看来是既不符合马克思的原意,也不符合中外文学史事实,因而是站不住脚的。

写于1981年

论典型的复杂性与审美价值
——兼评刘再复的"二重组合原理"

文学是人学。自从莎士比亚借哈姆雷特之口喊出"人是多么了不起的一件作品,他是宇宙的精华!万物的灵长"之后,表现人的命运,刻画人的个性,剖视人的灵魂,日益成为文学艺术的主要任务。但是,人对自身的认识,对自身本质的发现,是一个漫长的历史过程,这个过程至今还远远没有完成。19世纪以来,与探索人的本质,评估人的价值,抬高人的地位的人本主义哲学思潮不断再生呼应。现实主义与浪漫主义文学的勃兴以及它们同人道主义思潮的合流,现实主义对反人道的现实的批判和浪漫主义对人道主义理想的歌颂,共同表现人类通过文艺对人的本质力量的肯定。进入20世纪以后的现代主义潮流,以各种变形或变态的、乃至荒谬的形式暴露人的本性的扭曲和异化,同样曲折地反映出人对自己本质的追寻。

人是世界上最复杂的动物,对人的本质的认识,是世界上最困难的课题。也许正因其复杂与困难而特别富有吸引力。新中国成立以来关于典型问题(主要是典型人物)的讨论几经波折仍历久不衰,就是明证。对典型问题的探讨,是同文学创作的实践和人民群众的审美需要同步发展的。"文革"前的十七年,对典型本质的理解,同文艺创作中革命现实主义主潮流相适应,基本上局限于典型的共性、个性及其相互关系等问题;"文革"中,由于极左思潮泛滥,阴谋文艺垄断文坛,所谓"三突出""高大全"一类概念化、类型化、单一化的性格谬论取代了对典型人物理论的正常讨论;粉碎"四人帮"以后,特别是十一届三中全会后,随着现实主义传统的恢复和深化,文学创作出现了初步的繁荣,人物塑造方面也有了许多重要的突破。刘毛妹(《西线轶事》)、陈奂生(《陈奂生上城》)、刘思佳(《赤橙黄绿青蓝紫》)、陆文婷(《人到中年》)、高加林(《人生》)、章永璘(《绿化树》)等一系列成功的典型形象,以其复杂丰满而又完整统一的、栩栩如生的性格,展现在读者面前,引发和促进了人民群众审美观念和趣味的变化。人们不再满足于过去那种单一化或类型化的性格描写了,也不再满足于对人物性格的外在表现的观赏,而要求直接深入人物的灵魂去体验。这种审美要求的变化,必然要求在文艺理论和美学上得到体现。文艺界近年来关于人物性格复杂性的讨论和刘再复同志人物性格二重组合原理的提出,就反映了新的审美要求和对新时期文学创作新鲜经验的一种理论概括。二重组合原理一提出就受到了人们普遍的重视与关注,足以证明这一理论的社会意义与价值。它把文学典型本质的探讨从共性与个性的关系转移到典型性格内在结构的剖析,意在揭示典型复杂性的结构机制及其审美价值,已为典型问题的讨论打开了一条新思路,拓出了一个新领域,是值得肯定的。然而,如同任何新的理论一样,惟其新,惟其首创,难免存在着一些偏颇和漏洞。本文拟就艺术典型的复杂性和审美价值问题谈一些不成熟的看法,同时就二重组合的原理的不足之处作一些评论,为进一步研究这一理论就教于再复同志与读者。

人的性格的复杂性

文学典型的复杂性,根源于实际生活中人的性格的复杂性。人的性格,作为人的本质的一个重要构成方面,可以说至今还有许多谜未被解开。

我以为,所谓性格,就是人在精神活动和实践流动中表露出来的心理生理特征与行为方式特征的总和。它是一个极其复杂的立体网络式有序结构系统。这个系统不是孤立绝缘的封闭系统,而是同周围环境系统不断交换信息和交互作用的开放系统。因此,只有把人与环境两个系统作为一个统一的母系统里两个不可分割的子系统来考察,才有可能比较全面、正确地把握人的性格的本质。从两个系统的整体性出发,对人的性格系统的构成可作稳态和动态的考察。

任何人的性格都是稳态与动态的统一。性格好比一条河流,永远处在流动之中、发展变化之中,所以动态是绝对的;但性格在流动变化中又总存在着一个基本的趋向与面貌,即总有一个相对稳定的稳态,俗话说,江山易改,本性难移,就是说的性格的稳态方面。关于性格的稳态方面可以作如下分析。

1. 性格是由心理结构系统与生理结构系统组成的。心理结构作为整体通过行为等方式外现为性格,主要是人的社会学特征,即所谓后天的社会属性;生理结构主要是人的生物学功能,即所谓先天的自然属性。恩格斯在批判对唯物主义抱有偏见的庸人时,不无揶揄地说:"人是什么？一半是野兽,一半是天使。"① 说的便是人的本质是由自然本性与社会本质两个方面构成的。人的性格的生理与心理结构系统正是人的本质这两个基本方面的体现。心理结构系统是生理结构系统在与外界交互作用中形成和发展起来并逐渐凝定而达到相对稳态化的；而生理结构系统则是心理结构系统赖以生存和活动的自然基础和生化载体。两个系统之间又是相互渗透、交叉、叠合的。心理结构系统发出的指令(包括表情、语言、行为等)必须通过生理结构系统的传输、调控和能量释放才能得以实施与外现；人的气质作为特定生理结构的结晶,起着同心理结构系统连接贯通的枢纽作用。传统心理学按照人的生理结构把人的气质分为"多血质""胆汁质""抑郁质"和"黏液质"四种类型,这主要揭示了气质的先天自然性。事实上,气质(生理结构的产物)对后天心理结构的形成、发展有相当程度的制约。但气质又并非纯自然性的,不少人的自然气质经过后天实践的长期磨炼,会发生局部甚至全局性的变化,这就是心理结构系统对自然气质的反作用、反渗透。由此可见,气质是人的性格的生理与心理两个结构系统之间的中介与通道。

2. 性格的心理结构系统又由若干要素或子系统构成,呈纵横交错的网状结构。从横的方面看,性格的心理结构主要包括两个层次：一是性格的外射特征,是人对现实态度个别特征的总和,是心理结构系统直接与外界环境接触、连接的部分和外现的层次,大致相当于刘再复同志称为"性格表象"的东西；二是性格的内部特征,是性格外射特征的内在心理依据。按传统心理学对人的心理功能所作的三分法又可分为性格的意志特征(即主体对自己行为、思维的自觉调节方式和调节水平方面的特征)、性格的情绪特征(即主体情绪对自己的活动发生影响,或主体对自己情绪控制方面表现出的某种比较稳定的、经常的特征)、性格的认识特征(即在感知、记忆、想象、思维等认知方面的个人特征)。内在与外射两方面的特征结合成完整的性格的心理结构系统。性格的表象或外射特征,是内在特征同外界环境交互作用的结果,是主体对外界作用的反应和能动作用的可感状态。外射特征归根到底要受内在特征的决定和支配。但内在三方面特征对性格表象的支配是极为复杂的心理生理过程,意志、情绪、认知三方面特征既可以单独对外射特征起作用,又可以互相结合、制约着对外射特征起作用(如意志与情绪、意志

---

① 《马克思恩格斯选集》第4卷,人民出版社1972年版,第229页。

与认知、情绪与认知等不同的结合),还可以按认知→情绪→意志的递进序列影响外射特征。这些不同的交互作用方式,是造成性格心理结构功能极为复杂的重要原因。

从纵的方面看,性格的心理结构又有表里、深浅的不同的层次,主要是呈宝塔形的集体无意识——个体无意识——个体意识——性格表象。这里"意识"一词是有特定心理学涵义的,系指人的认知、感情(情绪)、意志诸心理成分与功能的有机复合体。集体无意识,是人类或种族在长期社会实践中形成并转化为一种潜在要素沉淀在每个人的生理结构中的社会文化心理结构,往往以一种本能或遗传机制表现出来。它包括人类区别于动物的一些最普遍的需要和能力质素,我们通常说的"普遍人性"就是这一层次的基本内容。集体无意识层次是超越时空的,是人的性格的最深层心理结构。个体无意识则是个体在特定时代、社会的特定条件下(如家庭、教养、交往、职业、时尚、思潮等等)后天形成的社会心理结构。个体同特定外界环境综合作用所形成的某些心理特征已在个体身上积淀为一种相对稳定的生理、心理结构,有的并已转化为个体的气质,因而以一种"无意识"的直觉(本能)状态影响和支配着性格的外射特征。个体无意识已明显地打上时代、社会和特定环境影响的烙印,虽在"无意识"这点上同集体无意识相似,但在"个体"化这点上却比集体无意识范围大大缩小了,它是次深层心理结构。个体意识,是主体在对自己诸心理功能自觉调节基础上指导着自己同外界的交互作用,从而表现出性格表象的一定程度的自觉性。这个范围比个体无意识更为狭窄,是次表层心理结构。这些心理层次对性格表象——表层心理结构——的作用方式也相当复杂,它们可以通过较浅的层次经逐级"过滤",对性格外射特征发生间接影响,也可以越过其他层次直接作用于性格表象。

以上纵横两个方面多层次的交织,就组成性格的完整心理结构系统。而心理结构系统同生理结构系统的有机整合,就构成人的性格的完整系统。现实的人的性格无不是这样一种多向、多层次交叉、渗透和有机复合的整体。由于复合方式的无限多样性,由于每一结构层次、要素的内容和性格的不重复性,特别是由于主体与环境交互作用的无比繁复多样,造成了每一个体性格的独特性和复杂性。

问题是,人的性格的复杂性不只是"杂多",而是"杂多"中见整一。作为有机体,性格系统的诸要素(子系统)不是机械地相加或拼合起来的,而是有机地"化合"成一个新的生命整体。那么,这种"化合"和凝聚力来自何方呢?

我认为来自两个方面：第一，是凝聚中心，或人们称为"性格核心"的东西。它具有极大的向心力，能把不同层次、方向的要素吸引在一块，从而确定个体性格的基本方向、形态与面貌。其生理基础是以人的大脑为主体的神经系统的机能。巴甫洛夫认为神经系统三大基本特征（强度、平衡性与灵活性）的结合和变型，是性格因素有机复合的生理基础[①]。性格的各种因素（包括社会因素）最终都必然要依附于某种生化的过程才能获得结合的表现，其内聚的生理能量只能来自大脑和整个神经系统。每个人的性格构成中都包含知、情、意诸心理方面，其中必有一方面比较突出，在突出方面中又必有若干具体特征格外显著，在所有特征中占据支配和核心地位，它们规定着个体性格的稳态方面和基本骨架，从而成为诸性格特征的凝聚中心。第二，是诸性格特征之间的相互对立、吸引、制约、渗透、干预、影响、重叠、交叉等内在联系产生一种内聚力，把性格中不同层次、侧面的多种多样特征（不管是相近的、相异的还是相反的）紧密结合成一体。诚然，在多种性格特征的复杂组合中存在着某些对立（相互排斥）的因素，但也存在着某些相似、相近的因素，更多的则是相异但并不对立的因素。它们的组合力不外乎同向（近向）性与相干性（相互渗透、干预、影响而产生的协同动作）两种方式。同向性，指性格中相近、相似的心理特征按同一方向集结、组合起来。如某人对社会、集体有较强的责任心和义务心，则其为人很可能也较正直、诚实，劳动与工作也必定比较认真勤奋，对自己要求也相应较严格。性格的这类相近特征是按其同向性汇集成一体的。相干性则是性格中相反或相异的心理特征，由于互相渗透、干预、作用产生的合力（协同动作）而凝结成统一体。按现代耗散结构理论，系统中诸要素间的相互作用具有非线性（简单并列、相加或单向、直接的因果关系）和相干性两个重要特点，如人的双眼的视敏度比单眼高六至十倍，并能形成单眼所没有的立体感。就是说，双眼协同的视觉功能大大超过两只单眼视觉功能简单线性相加之和，显示出非线性和相干性。在社会中，人与人的简单协作也能产生新的生产力（大于个人生产力的简单相加）。人的性格中各种要素之间的同向性和相干性产生的协同动作或合力，是性格"杂多"方面凝聚成高度统一的、有序的、具有新质的性格整体系统的内在动力。

以上是静态考察。实际上，现实的人的性格作为人的生命活动的一种

[①] 《巴甫洛夫选集》，科学出版社1955年版，第160—161页。

显示,总是处于动态变化中的。性格运动的根本原因在于主体与环境的交互作用,带来性格结构系统的不断分化与重新组合。性格运动的最大特点是随机性,即随时空环境的具体变化而作出不同的生理心理反应,使性格的结构永远处于变动不居的状态。具体表现为:(1)随空间变化,性格运动在其基本方向稳定的前提下出现各种对基本方向的偏离。当然这种偏离就像价格永远围绕价值波动一样,总体上仍然围绕基本方向运动。(2)随时间变化,个体性格的发展呈现某种历史差异性与阶段性。恩格斯说:"外部世界对人的影响表现在人的头脑中,反映在人的头脑中,成为感觉、思想、动机、意志,总之,成为'理想的意图',并且通过这种形态变成'理想的力量'。"[1]这在特定意义上也揭示了外界环境对性格运动的重要作用和性格运动的随机特点。

人的性格是一个具有高度自组织、自调控功能的信息储存加工系统。现代控制论创始人维纳在解释人同外部世界的相互关系时指出:人通过感觉器官接受外来信息,感知周围世界,在脑和神经系统中调整获得信息;信息经过适当储存、校正和选择等过程进入效应器官,而反作用于外部世界(输出信息),同时也通过诸如运动感觉器官末梢之类感受器再作用于中枢神经系统;结果运动感受器所收到的信息同已储存的信息结合起来,影响未来的动作[2]。维纳明显地将人同外界的关系归结为信息和信息反馈过程。其实人的性格运动同样如此。主体在不断接受、处理外来信息基础上形成相对的性格稳态(特定的信息储存加工系统);又在外界环境的不断变动的信息刺激下,不断充实、丰富、改变性格的稳态方面,使性格"活动"起来。这种活动,包括性格系统诸构成要素的升降增减,也包括诸要素组合方式的具体变化。人的性格就是稳态与动态高度统一的自控系统。人的性格的复杂性,根源就在其系统结构和功能的无可比拟的复杂性。

如果以上论述成立的话,就不难发现,刘再复同志的二重组合原理在基本方面存在着明显的缺陷和漏洞。刘再复说,"任何一个人,不管性格多么复杂,都是相反两极所构成的";又说:"性格的二重组合,就是性格两极的排列组合。或者说,是性格世界中正反两大脉络对立统一的联系。但是性格的这两重内容……是具体的、活生生的各种性格原素构成的。这些性格原素又分别形成一组一组对立统一的联系,即形成这种不同比重、不同形式的

---

[1] 《马克思恩格斯选集》第4卷,人民出版社1972年版,第228页。
[2] 维纳:《人有人的用处》,商务印书馆1978年版,第9页。

二重组合结构。"他还说,构成性格整体的各种性格元素一部分"表现为肯定方向",另一部分"表现为否定方向",而且"每一性格元素内部都带有二重性,或者说都包含着正反两极"。① 我认为,这一原理存在着几个问题。第一,范畴不确定。再复同志声称他想"从性格结构及其性格组合"角度来讨论问题;他还认为性格"是人的个性心理特征的重要方面"②,但是他在具体分析性格系统时却不知不觉放弃了心理结构和组合的角度,而把性格元素主要解释成社会学、伦理学概念。他举的大量例子说明,他实际上没有真正使二重组合原理奠定在心理学结构分析的基础上。第二,性格元素排列组合说不符合性格结构的随机与动态机制。再复同志的文章,给人一种强烈的印象,似乎众多的性格元素是在个体之外原已存在着的,不同个性只是不同数量的性格元素以不同方式排列组合的结果。这是明显的错误。如果说水、空气、金属有各自的元素排列组合方式,这种元素是物质构成的基本单位;那么性格系统却不存在这样一种先于性格个体存在的"元素"。即使从社会学、伦理学意义上看,勇敢与怯弱,善良与凶恶、诚实与虚伪等等性格构成要素,也不是某种实存于个体之外的先天元素,而是我们从社会个体性格特征中抽象出来的一般概念。实际生活中,这些概念也都是个体在特定的具体环境中的特定的内在、外在心理特征的体现。如董存瑞舍身炸敌堡的大勇同夏明翰的壮烈就义,和在众人面前大胆承认自己的不为人知的过失,虽然都是勇敢,却不能说是同一种性格元素(勇敢)在不同个体身上的演绎或显现,如果那样看,就成了黑格尔了。社会学、伦理学意义上的性格元素无不具有高度的随机性与具体性,决不能离开特定环境中的特定个体,抽象地谈论它们的排列组合。第三,二重组合原理只涉及诸性格构成要素之间的两极对立关系,而忽视了它们之间的相异、相近和相互渗透、同一、连接、干预、并列、包容、叠合、交叉等关系,忽视了它们凭相干性与同向性形成的内聚力。其实在两极之间的"中间(介)地带"是相异、相近因素存在的广阔空间。忽视了这一点,势必把人的性格结构简单化。现实生活中,两极型或"自我矛盾型"性格是存在的,但并非在任何时候、任何条件下都是两极对立或自我矛盾占主导地位;大量的是非两极型的多样化组合性格。所以称为"多重组合"也许更恰当些。第四,把二重组合说成是人的性格的"普遍结构"也是站不住脚的。再复同志在一次谈话中自己也承认典型性格还有单

---

① 刘再复:《论人物性格的二重组合原理》,见《文学评论》1984年第3期。
② 刘再复:《论人物性格的模糊性与明确性》,见《中国社会科学》1984年第6期。

一型、向心型、层递型等其他模式，两极型只是其中一种方式①。既然如此，怎么能说二重组合是一切人的性格的普遍结构呢？

我认为，"二重组合原理"之所以有上述失误，关键在于未能把主客体的交互作用看成性格的根本成因，也即未能把性格与环境作为一个整体系统来考察，未能把这种系统整体观点贯彻到"原理"的各部分；在有些时候，不自觉地把性格系统从与环境交互作用的整体系统中孤立出来，造成理论上的某些简单化、模式化、片面化。

艺术典型的复杂性

现在，让我们把目光从生活中人的性格的复杂性问题转向文艺作品中人物性格的复杂性，即艺术典型的复杂性问题。我认为，这两个问题联系密切，但性质上有根本区别。艺术典型的复杂性有不同于实际生活中人的性格复杂性的其他多重原因。

刘再复同志说："从哲学角度看，所谓二重组合原理是对典型性格内在矛盾性的抽象进行简化处理所作的通俗表述。"所谓典型的复杂性、丰富性，"它的内在机制是性格内部的对立统一运动"；又说："我们讲人物性格的复杂性，还只是一种直观把握，往往只能描述性格的复杂表象……并不能代替对性格运动的科学抽象……二重组合原理，就是一种科学的抽象，这可以使我们在直观把握杂多纷繁的现象之后又透过这种现象看到它们背后的对立统一运动……性格中杂多因素都是在对立统一的运动中获得整体性的，正是在这个意义上我们说它是二重组合结构。"②就是说，艺术典型复杂性的根源在于性格内部两极因素的对立统一运动（不论这种矛盾运动在性格深层还是表层进行），因而艺术典型应当毫无例外地采取二重组合结构。我以为，这种看法同样存在着主观武断和简单化的弊病。

中外文学史上，成功的艺术典型是千姿百态、不拘一格的，有一些优秀典型的复杂性固然突出地显现为刘再复同志所要求的"矛盾型"（二重组合）。如哈姆雷特、麦克白、聂赫留朵夫、繁漪等形象都是内心充满着深刻的

---

① 《刘再复同志就人物性格的二重组合原理问题答本刊记者问》，见《文学研究动态》1984年第10期。

② 同上。

矛盾的,当代作品中高加林、刘思佳等也可归入这一类型。但是更多的成功典型很难归入这一类型,奥赛罗、夏洛克、堂·吉诃德、答尔丢夫、老葛朗台、诸葛亮、林冲、王熙凤、阿Q,当代作品中的乔光朴、李铜钟、陆文婷、梁三喜等等,有的也包涵着这样那样的矛盾。但总的来说,在这些性格内部,两极因素的对立统一并不占主导地位,倒是某一"极"比较突出,其余相异、相近或者相反的种种性格因素都围绕这一极凝聚集合起来形成独特鲜明的个性。所以,典型的复杂性即使在性格组合上,也不能简单、一律地归结为"二重组合"。

更加值得商榷的是,刘再复不仅把典型复杂性的原因仅仅概括为内在矛盾,而且还把这种内在矛盾关系进一步简单化、模式化为伦理上的"美恶并举"、"美丑泯绝"两种基本形式。① 这无论在理论上或实际上都说不通。

首先,这就把典型复杂性的内涵大大狭隘化了。即使是"两极型"或"矛盾型"的典型性格,其对立的因素也决不只具有"善恶"、"美丑"的伦理属性。事实上,许多成功形象身上的性格因素,如聪明与愚蠢、健谈与寡言、热情与冷静、外向与内向、鲁莽与精细、粗犷与文静、幻想型与理智型、无知与博学……在一般情况下并不具有政治或伦理色彩,或者在伦理意义上是中性的。就以前面提到哈姆雷特来说吧,复杂是够复杂了,也确实包含对立的性格因素,有人称之为"犹疑的典型",但黑格尔却说:"哈姆雷特固然没有决断,但是他所犹疑的不是应该做什么,而是应该怎样去做。"② 就是说他在查惩凶手、替父报仇这点上是果断坚定的。这就是性格的内在矛盾。但是,这里的果断与犹疑,能不能简单地给予伦理上的评价呢? 不能。不能说他的犹疑就是伦理上的过失或罪恶。也正如黑格尔所说:"哈姆雷特就是这样具有优美高尚心灵的人;他并没有内在的弱点,只是没有强健的生活感,所以他在阴暗的感伤心情中徘徊歧路。"③ 所以哈姆雷特就决不能用"美恶并举"或"美丑泯绝"来概括。

其次,这种概括还失之于抽象。刘再复在解释"美丑泯绝"时说,这"是正反性格因素互相渗透、互相交融以至彼此消融,即同一时间同一空间同一

---

① 《刘再复同志就人物性格的二重组合原理问题答本刊记者问》,见《文学研究动态》1984年第10期。
② 黑格尔:《美学》第1卷,商务印书馆1979年版,第311页。
③ 黑格尔:《美学》第2卷,商务印书馆1979年版,第352页。

行为中既包含着善,也包含着恶,美中有丑,丑中有美"①。实际上,对同一时空的同一行为,如果按同一伦理标准来衡量的话,一般是不可能既善又恶的。刘再复分析莎士比亚笔下的克莉奥佩特拉时说:"在克莉奥佩特拉身上,分化着'爱着'与'叛逆着'的两重性格元素,互相渗透,她的'可爱'之处恰恰在于她的'可恶'之处,她的'可恶'之处又恰恰是她的'可爱'之处。使人难以分清她的叛逆行为是美还是丑,即达到'美丑泯绝'的地步。"②这并不符合原作的实际。在莎翁笔下,克莉奥佩特拉是狂热地爱着安东尼的埃及女王。她的强烈的爱固然是她迷人的主要原因,但就伦理意义上说,这种爱并不直接代表善;相反,安东尼在政治、军事上的惨败,倒是因为沉湎于这种不顾一切的爱。作者通过不少剧中人之口暗示安东尼的悲剧就在于被"埃及花蛇牵着鼻子走了"。如安东尼的头号对手凯撒说安东尼"已经把他的帝国奉送给一个淫妇";安东尼的副将凯尼狄斯也说:"我们的领袖是被人家牵着走的,我们都只是一些供妇女驱策的男子。"可见,她的爱在伦理上倒与恶相联结。她在海战中逃跑,海涅曾称之为"叛逆",这在军事上是可以这么说的,但从作品的具体情境来看,这逃跑只不过是一个从未经历战火硝烟的娇弱女人的胆怯。事后她自己向安东尼吐露真情:"……我的主!原谅我因为胆怯而扬帆逃避,我没有想到你会跟了上来的。"这与爱并不是"对立"的因素。它在人们心目中并未成为"可恶"或罪恶;也不可能激起人们对这一行动产生"可爱"感。所谓这一行动乃她的"可爱"与"可恶"相交集云云,并不符合一般人的审美体验,也不合莎翁初衷。可见对人物性格的分析不能作抽象的善恶评价。又如说宝玉"痴""呆""傻"是他"善"处,又是他"恶"处,说蘩漪的行为"在世俗眼光中"是"罪大恶极"的,实际却表现了"酷爱自由和大胆争取自由的天性"③。实际上也是从不同立场、按不同的伦理尺度所作出的善恶评价,并非真正的"善恶并举"或"美丑泯绝"。如果说,用不同乃至对立的伦理标准来分析同一行为,得出美丑对立的结论也算"二重组合"的话,那么,几乎所有行为都能这样分析。那样,"二重组合"原理还有什么意义呢?

那么造成典型复杂性的原因究竟是什么呢?要回答这个问题,千万不

---

① 《刘再复同志就人物性格的二重组合原理问题答本刊记者问》,见《文学研究动态》1984年第10期。
② 同上。
③ 同上。

能离开文艺创作的特点与规律孤立地加以研究。

第一,艺术典型的复杂性要受文艺作品诸要素(构成部分)的制约。文艺作品,特别是规模较大的叙事文学作品,其构成是相当复杂的;艺术家的创作更是一个形象思维为主、抽象思维为辅的交替过程。为了要创造一个成功的典型形象,需要在总体构思和每一具体创造环节、要素上花费巨大的劳动,要处理好典型与主题、题材、环境、其他人物等多方面的复杂关系。这就是说,典型的复杂性决不可能只表现为二重组合一种方式;典型的塑造要受到诸多关系的制约。《人到中年》以一个中年医务工作者的平凡生活为题材,表现中年知识分子在极其艰苦的工作、生活条件下勤勤恳恳地为人民服务的主题。按照这样的题材和主题提炼的需要,陆文婷的形象就不能像宝玉、繁漪那样以"矛盾型"来展示其复杂性,而只能通过描写她在普普通通的医务工作、家庭生活中的遭遇、困难、烦恼、矛盾来表现她巨大的"忍耐"、"刻苦"精神。乔厂长上任后面临上下左右多少阻力与障碍,他当然也有内心的苦闷与斗争,但乔厂长之所以为乔厂长,正是在他以非凡的勇气、决心和魄力,同层层积习、障碍构成的环境作顽强的正面拼搏和交锋中才显露出英雄本色来的。如果硬要把主要笔力转到对乔光朴内心的所谓犹豫、动摇、痛苦的描写上去,乔厂长的典型性也就消失了。《绿化树》中的章永璘,虽然内心交织许多痛苦与矛盾,否定与再否定,但并不是典型的"两极型"性格。他是在一个特定的岁月里在畸形的环境中形成的一个扭曲了的性格。在60年代初的困难时期,他在经过几年的劳改生活后被释放去某农场当农工。在他重新以"自由"公民的身份投入生活时,同农场中地位特殊的女工马缨花相遇并产生恋爱。同时,他与一起释放的同狱伙伴们,与农场的许多新盟友从谢队长、瘸保管到他的潜在"情敌"海喜喜等,都发生了错综微妙的关系。饥饿的考验,纯朴的民风,无形的政治压力,人与人之间有同情、友爱、关心、体贴,也有冷漠、忌妒、戒备、伤害。在种种复杂的人物关系中,章永璘的思想发生了激烈的动荡,展现出他为人处世的全部复杂性,但总起来说,他仍然是单纯的,而且变得更单纯了。可以说整部小说就是写他心灵的净化过程。所以"两极对立"不完全能概括这一性格的丰富内涵。这个典型的丰富复杂是由小说中全部错综复杂的人物关系的总和决定的。以上分析表明,只有把典型人物放在文艺作品中诸多构成要素的多重具体关系中考察,而不是孤立地去分析典型性格的内在矛盾,才有可能揭示其复杂结构的多种原因。这是系统方法、也是辩证法的基本要求。

第二，艺术典型的复杂性也受到艺术家（创作主体）"投射"作用的影响。艺术典型是艺术家创造性劳动的结晶，是艺术家充满着焦虑、不安、骚动、痛苦和欢乐的精神活动过程孕育出的胎儿。艺术典型的生命是艺术家赋予的，典型人物脉搏的每一次跳动，都同艺术家心灵的搏动息息相关。这是艺术典型同实际生活中的性格的根本区别。历来的典型理论，多偏重于就典型本身论典型，很少顾及创作主体的"投射"作用。这显然是一大缺憾。我们应该把艺术家同他的作品作为一个整体系统来考察。

我以为"投射"作用有间接的和直接的两种。优秀的艺术家凭借自己深厚扎实的生活阅历和丰富广阔的精神世界，能够敏锐、迅速地捕捉和辨别各种各样不同人物性格瞬息万变的信息，细致入微地体察和感受各种人物内心世界深层的波澜起伏，并善于对斑斓驳杂的信息和感受进行典型化的艺术处理，塑造出各色各样丰富复杂的典型人物来。对于安娜·卡列尼娜和她的丈夫卡列宁，托尔斯泰的同情显然在安娜一边，但是托翁的思想并不与安娜一样；对卡列宁则完全持批判态度，在卡列宁身上不可能找到托翁的影子，但是这两个人物作为艺术典型都同样是成功的。托尔斯泰深广浩瀚的心灵世界能够准确、深刻、细致地把握一切人的复杂性格，所以他笔下的人物，无论是赞美的、同情的、鞭挞的，无论多么复杂多变，都显得如此地真实和精确，令人惊叹不已。在这种情况下，作家投射在典型人物身上的，不是那种同典型人物等同的复杂性，而是高于一切人物之上的某种对人物的审美评价（其中积淀着政治、道德、思想的评价），所以是一种间接投射。有的同志片面强调典型人物不受创作主体支配的独立性，并以安娜的结局违背托翁初衷作为例证。我认为，典型创造过程中艺术家常常打破原来构思的情况恰恰是艺术家对典型的全部复杂性"烂熟于胸"，从而在创作上达到"自由"境界的标志。在进入创作过程后，形象思维的机制把作家日常储备的生活积累和相关信息全部调动起来，使安娜在具体环境与人物关系中性格的各个侧面、层次及变化的脉络越来越明晰地突现出来，最后引导托翁作出"卧轨"的抉择。这一抉择固然是事先未料到的，但仍然是托翁自己作出的，而且更完美地寄托了托翁的审美评价。安娜形象的这种复杂性曲折地体现了作家对典型的间接投射作用。

直接投射，大体发生在艺术家所塑造的能在一定程度上体现自己理想的正面人物身上。艺术家在这种人物身上直接倾注了自己的理想、信念、政治观点、道德情操、生活态度，在倾注过程中，艺术家自身性格的复杂性也不知不觉地转移到了典型人物身上。这也可以说是艺术创作中的一种特殊的"移情"现象。《安娜·卡列尼娜》中的列文和《复活》中的聂赫留朵夫两个形象就较多地闪烁着托尔斯泰本人思想性格的影子。列文深刻的人道主义同情心和对农奴制残余的改革主张,对农村宗法社会的留恋和对资本主义新秩序的惊恐与敌视;聂赫留朵夫对旧俄罗斯官僚机器与法律制度的黑暗、虚伪的清醒认识与不倦斗争,他的"道德的自我完善"的新宗教和勿抗恶思想等等,无不是托尔斯泰充满矛盾的复杂思想感情的直接投射。

第三,艺术典型的复杂性还同鉴赏者的再创造活动密切相关。刘再复同志曾提到,莎翁笔下的哈姆雷特、奥赛罗等典型性格"所蕴含的异常丰富的内涵难以说尽。鲁迅的阿Q,已经诞生半个多世纪了。半个多世纪以来,阿Q的研究文章,其数量成百倍地超过《阿Q正传》小说本身,但是至今阿Q还是说不尽,而且确实不断地说出新东西"①。典型内涵的复杂性如此地无穷无尽,确实耐人寻味。其实,这个问题的答案只从典型形象本身去找是不够的,还应当把作为鉴赏对象的艺术典型(作品)同鉴赏主体当作一个整体系统来考察。当代接受美学把艺术放在创作主体、作品本身与鉴赏主体(接受者)三者关系之中来考察的思路是值得重视的。罗伯特·尧斯说道:"文学作品不是对于每个时代的读者都以同一种面貌出现的客体。它不是一座自言自语地宣告其超时代性质的纪念碑,而像一部乐队总谱,时刻等待着阅读活动中产生的、不断变化的反响,只有阅读活动才能将作品从死的语言材料中拯救出来并且赋予它现实的生命。"②当代现象学美学的主要代表波兰哲学家英伽登也说过,艺术作品是艺术家和接受者的共同产品,并提出"具体化"和"重建"理论来解决鉴赏主体在审美中的再创造活动。他认为,任何艺术作品都只提供了所表现的客观世界某一方面的"图式结构",而留下了许多"空白"或"不确定(模糊)领域"。这些就有赖于接受者在欣赏作品时的想象、丰富和补充,这就是接受者的"具体化"活动,英伽登又称之为对作品的"重建"③。我以为,英伽登的观点是深刻的、有价值的。据此,典型形象的复杂内涵也不只决定于形象本身,还在一定程度上取决于观赏者的"重建"活动。由于接受者生活经验、审美趣味、文化素养、鉴赏能力、思想立场等的千差万别,特别是由于不同时代、不同民族、不同文化历史背景的接受者之

---

① 刘再复:《灵魂的深邃和性格丰富的内在源泉》,见《文艺报》1984年第8期。
② 转引自《文学史作为文学科学的挑战》,见《文汇报》1985年2月4日。
③ 同上。

间的差别,面对着同一个艺术典型,往往会作出迥然不同的,甚至截然相反的审美评价和理解释义。这种对同一典型的内涵的理解上的歧义性、多义性和历史变异性,乃是造成典型复杂性的又一重要原因。就这点而论,我们可以说,典型是一个开放的系统,其内涵不只受到创作主体"投射"作用的影响,而且受到鉴赏主体"重建"活动的补充。典型一旦从艺术家"母体"中呱呱坠地之后,就以其强旺的生命力接受着不同时代、不同接受者群的欣赏和品评。正是在一代又一代驳杂多彩的接受与众说纷纭的评议中,典型的内涵才日益丰富、复杂,常品常新而难以穷尽。

以上三方面归结起来,就是要按艺术典型的特殊规律,把典型看成一个有机的开放系统;在同作品诸构成要素,同创作主体的"投射"与欣赏主体的"重建"活动的联系中考察它,才能对典型复杂性的原因,得到比较圆满的解释。

典型的审美价值

刘再复首先把典型的复杂性归结为二重组合,然而又说二重组合是指"具有较高审美价值层次的典型人物",并且把典型性格分为单一型、向心型、层递型、矛盾型四种,认为它们"处于不同的审美价值层次",而矛盾型(即二重组合型)审美价值最高[①]。这无疑提出了一个独特的审美价值尺度:典型越复杂审美价值越高。而所谓"二重组合"最复杂,所以审美价值最高。

我认为,这种以复杂度作为衡量典型审美价值高低的唯一的或基本的尺度是难以成立的。价值从来是对人而存在的。典型的审美价值,也只能以其对各个时代的接受者的娱乐、陶冶和启迪功能来检验。一个典型,如果它能博得越广大的接受者群的赞赏,有着越久远的生命力,那么它的审美价值就越高。文学史上成功的典型中,有比较复杂的,有相对单纯一些的(不是单一化、简单化),无论哪一种都是单纯与复杂的统一;不过有的是单纯中见复杂,有的是复杂中见单纯,前者如堂·吉诃德与阿Q,后者如哈姆雷特与陈白露。在成功的典型中自然也可以区分出审美价值的高低来,但决不是以它们的复杂度为标准。其实,单纯并非坏事,在复杂的社会关系网中,能排除种种干扰,保持住水晶般的单纯,正是主体对环境的一种胜利,正是

[①] 黑格尔:《美学》第1卷,商务印书馆1979年版,第311页。

主体坚强与丰富的一种表征。黑格尔分析朱丽叶形象时,说她尽管处在"复杂的关系"里,但"她在每一种情境里也是一心一意地沉浸在自己的情感里,只有一种情感,即她的热烈的爱,渗透到而且支持起她整个的性格",同时,"所表现的尽管只是一种情致",仍然"展示出它本身的丰富性"①。朱丽叶就是单纯与复杂的统一。只有用静态方式或孤立地表现某一性格的单一性,而撇开了单纯与复杂的统一,才会产生像西方文学理论中所说的那种"扁平性格"(flat character),而使人物丧失活力,降低审美价值。人们要求作家运用动态方式在单纯与复杂的统一中塑造活生生的"圆形性格"(roundcharacter)②,却并不理会这一性格的组合方式是"向心型"、"递进型"还是"矛盾型"。

那么,衡量艺术典型审美价值高低的标准究竟是什么呢?从现实主义美学理论和许多优秀作家的创作经验来看,可以归纳为三条。

第一条是真。这是现实主义美学衡量人物性格审美价值最基本的尺度。左拉曾称赞现实主义大师巴尔扎克"有我们迄今所见过的最为发达的真实感",他创造的一系列极为真实的人物性格,"是巴尔扎克不朽的光荣"③。刘再复同志曾引鲁迅论《红楼梦》的话作为提出二重组合新尺度的重要依据。其实,鲁迅也认为《红楼梦》的价值,"其要点在敢于如实描写,并无讳饰","其中所叙的人物,都是真的人物"④。鲁迅还说:"书中故事,为亲见闻,为说真实,为于诸女子无讥贬,说真实,故于文则脱离旧套,于人则并陈美恶,美恶并举而无褒贬,有自愧……此《红楼梦》在说部中所以为巨制也。"⑤很清楚,鲁迅认为《红楼梦》的美学价值主要在真实无讳,《红楼梦》人物塑造方面的成就主要也在真实。为打破传统小说好则全好、坏则全坏的单一格局,鲁迅的确也提出"美恶并举",但其落脚点仍然在求真。因为生活中的好坏善恶并非界限截然分明的,只有不加讳饰照实写来,性格才真实,才有较高审美价值。可见,《红楼梦》典型塑造的首要成就在真,而不在复杂度或"二重组合"。即使其中"美恶并举"的人物,其美恶两方面的具体内容、性质也不一定全呈"两极对立",比重更不是半斤八两,所以也并不符合"二重组合原理"。就拿被再复同志誉为达到二重组合"最高境界"的宝玉来说吧。他不肯"留意于孔孟之间,委身于经济之道",不愿走读书求仕、经邦济

---

① 黑格尔:《美学》第 2 卷,商务印书馆 1979 年版,第 352 页。
② 韦勒克、沃伦:《文学理论》,三联书店 1984 年版。
③ 左拉:《论小说·真实感》,见《古典文艺理论译丛》第 8 辑,人民文学出版社 1964 年版。
④ 《鲁迅全集》第 8 卷,人民文学出版社 1958 年版,第 350 页。
⑤ 鲁迅:《中国小说的历史的变迁》,见《鲁迅全集》第 8 卷,人民文学出版社 1959 年版,第 350 页。

世的封建贵族子弟的老路,把八股文看作"饵名钓禄之阶",却把《西厢记》、《牡丹亭》一类"小说淫词"视为珍宝,与黛玉共赏读;他不顾"男尊女卑"的礼教束缚,成天置身于贾府的少女们中间,不仅与贵族小姐们广交朋友,而且对最下层丫环们也满腔同情,爱护备至;他还蔑视森严的等级制,不愿与贾雨村一类官僚交往,却乐于同平民百姓、戏子小厮为友;他热烈追求与黛玉建立在共同思想基础上的自由爱情,对为维系封建家世利益而强加于他的包办婚姻和重重迫害采取了大胆反抗的态度……站在封建礼教的立场上看待这一切,当然是地道的"愚顽"、"偏僻"、"乖张";然而,这一切在我们看来却正是宝玉性格中最有光彩之处,正是宝玉大善大美的表现。宝玉当然不是没有弱点,他有时也有贵族公子的浮华气息和偶一为之的轻薄。他在贾府中的特殊地位滋长着他的娇惯任性;他的理想过于朦胧,他的反抗也过于天真、幼稚等等。但这些弱点第一并非都是伦理意义上的恶,第二同他的反抗性格的基本方面(善)并不都构成对立两极。所以说宝玉这个性格的审美意义在于二重组合恐不很妥当。至于脂评说宝玉性格"说不得善,说不得恶"云云,也不见得符合事实,宝玉性格中善的、"可爱"之处,并不见得同时是恶的、"可笑"之处,也并不能反映宝玉性格的审美价值。在另一些地方脂砚斋指出:"《石头记》一部中皆是近情近理必有之事,必有之言"(脂评本第十六回批);"形容一事,一事毕真,《石头》是第一能手矣"(脂评本第十九回批);"写得酷肖,总是渐次逼真,不见一丝勉强"(脂评本第二十四回批)。这倒是真正道出了《红楼梦》的主要审美价值。

现实主义美学衡量人物性格成败、优劣的第二个重要尺度是活。所谓"活",指形象是有血有肉、丰满鲜明的生动个性,是性格主导性与丰富性的完满组合,是活生生的绝不重复的性格的独特性。19世纪英国文学批评家赫兹利特对莎士比亚的人物塑造成就赞不绝口,主要就抓住了真与活。他说:"读莎士比亚,你不但知道了他的角色们说的话,你还看见他们本人……你很容易想见他们的特殊相貌、理会他们的一顾一盼……正是这种构思的可贵的真实与富于个性,使得莎士比亚的戏与众不同。他的每一个角色都适合他的身份,并且不依赖其他角色和剧作者,就好像他们是真的活人,而不是思维虚拟之物……他的角色是有血有肉的活人……在他的想象世界中,每一个东西有一个生命。"①中国古典美学同样把"活"作为衡量人物性格

---

① 《欧美古典作家论现实主义和浪漫主义》(一),中国社会科学出版社1980年版,第300—301页。

美学价值的一个重要尺度。叶昼托名李贽评点《水浒传》有一段精彩议论："描画鲁智深,千古若活,真是传神写照妙手。且《水浒传》文字妙绝千古,全在同而不同处有辨,如鲁智深、李逵、武松、阮小七、石秀、呼延灼、刘唐等众人,都是急性的,渠形容刻画来各有派头,各有光景,各有家数,各有身份,一毫不差,半些不混。读者自有分辨,不必见其姓名,一睹事实就知某人某人也。"①脂砚斋评《红楼梦》更是把"活"作为评判人物刻画成功的一个主要标准,他在第三回中连续批道："如见如闻,活现于纸上之笔,好看煞";"声势如现纸上";"第一笔,阿凤三魂六魄已被作者拘定了,后文焉得不活跳纸上"。第十九回评道："叠二语,活见从纸上走一宝玉下来,如闻其呼,见其笑。"第二十一回批曰："写黛玉之睡态,俨然就是娇弱女子,可怜。湘云之态,则俨然是个妖态女儿,可爱。真是人人俱尽,个个活跳,吾不知作者胸中埋伏多少裙钗。"

应当承认,再复同志也注意了二重组合要达到一元化、流动化,成为一个"有机生命体"和"完整人格",反对对立因素的机械相加。但是二重组合原理在理论上还存在一个先天不足,就是它把人物性格塑造看成是一种类似按数学的精确性加以合理组合的过程。他在文中多次提到性格中"正、反二级的比重和组合方式带有无穷的差别性";"人的性格状态自动排列整齐的几率极小,而混乱排列的几率却很大。文学性格的创造,要把人物从无序性的性格自然状态组合成有序性的性格运动,而且要力争实现一种最优的组合状态,但这种最优的组合状态在实现过程中的几率却只有一个……而具有高级美学意义的典型,正寓于这种'不一'与'一'的最好组合状态,作家的伟大才能,也正是在这里得到最充分的表现"。文章强调"作家在进行二重组合时,要做到复杂与单纯的统一,必须把握组合中量与质的比重",而"在掌握量与质的比重中,必须注意两者之间的临界点和分寸";甚至认为"从某种意义上说,性格塑造的艺术,就是作家巧妙地把握性格二重组合临界点的艺术"。这些说法看起来比较新鲜,逻辑上也言之成理。但是给人一种印象,似乎作者把塑造性格的艺术创造活动数学化、科学化了。这样要求作家用数学的精确性去计算、寻找最合式的性格比重而加以人为的组合,不是把活生生的充满激情的形象思维变成枯燥严密、冷冰冰的实验配方和机械操作了吗?这样精密挑选、组合起来的人物性格,充其量是一个无生命的

---

① 容与堂本李卓吾先生批评《忠义水浒传》第三、四回评。

木偶;一个性格刚刚诞生就是死的,那是不可能有什么审美价值的。因此,二重组合原理实际上会走向作者初衷的反面:要创造"有机生命体",却只能匠艺式地制造精确无误的偶像。我以为,这是二重组合原理的一个致命弱点,也是它不能充当衡量人物性格审美价值高低的尺度的另一原因。

现实主义美学衡量人物形象审美价值的第三个尺度是艺术概括的深广度,即典型性。有些形象,"真"与"活"是达到了,但缺乏概括性和典型性,也影响了它的美学价值和生命力。巴尔扎克说:"'典型'指的是人物,在这个人物身上包括着所有那些在某种程度上跟它相似的人们的最鲜明的性格特征;典型是类的样本。"①他努力要塑造出巴黎和外省上流社会各色人等三四千人,使这些人物不但栩栩如生,而且把他们表现为"是从他们的时代的五脏六腑孕育出来的,全部人类感情都在他们的皮囊底下颤动着,里面往往掩藏着一套完整的哲学"②,也就是说,使这些人物具有时代、社会、历史的深广度和无比巨大的概括力。一部《人间喜剧》正是凭着几十、几百个活生生的艺术典型,才实现了巴尔扎克"写出整个社会的历史"的宏愿。高尔基曾说,假如一个作家能从二十个到五十个,以至从几百个小店铺老板、官吏、工人中每个人的身上,把他们最有代表性的阶级特点、习惯、嗜好、姿势、信仰和谈吐等抽取出来,再把它们综合在一个小店铺老板、官吏、工人的身上,那么这个作家就能用这种手法创造出"典型"来——而这才是艺术。对这段话中有关典型化的方法现有不同意见,姑且不论;但高尔基重视人物形象的典型性、概括性、代表性则是完全正确的,并且他把典型性看成形象的艺术和审美的主要价值所在。正是基于这点,他高度赞扬浮士德、哈姆雷特、堂·吉诃德、奥勃洛莫夫等"文学的典型"、"普遍的典型",并说:"现在我们已把任何一个撒谎大王称作赫列斯塔科夫,称马屁精为莫尔恰林,称伪君子为答尔丢夫,称嫉妒鬼为奥赛罗等等。"这种"共名"现象正是典型形象不朽的价值所在。阿Q这个典型的审美价值,我以为主要也不在性格的二重组合,而在其无与伦比的历史深广度。鲁迅在阿Q身上画出了"国人的灵魂",画出了中国"国民性"的弱点,还超越民族的国界,画出了世界上一切"精神胜利"病患者的症状。阿Q来到世上已有六十多年了,至今还没有看到哪一个典型形象具有如此深广的时代和历史的内涵,达到如此高度的艺术概括水平。

因此,在我看来,唯有真、活、典型,才是估量人物性格审美价值高低的

---

① 《欧美古典作家论现实主义和浪漫主义》(二),中国社会科学出版社1981年版,第113页。
② 同上书,第118页。

三个现实主义尺度。这些尺度是"二重组合"原理所包括不了、也代替不了的。

随着思想解放运动的深入和"创作自由"的获得,我国文艺创作的"黄金时期"正在到来,在典型形象的塑造上取得新的重大成就已经指日可待。在文艺学和美学方面,典型问题与其他理论问题的研究也孕育着突破性的进展。愿这一天在艺术家与理论家的共同努力下早一点到来。

写于 1985 年

对文艺学方法论更新的若干思考

近两年,文艺方法论的改革形成热潮,也取得了初步的成绩。但是在引进新方法和运用新方法的尝试性实践中,也出现了不少问题,引起了种种不同的议论和反响。本文想就此谈几点粗浅的意见。

在二律背反中前进

在近年的文艺学方法论讨论中,越来越清晰地呈现出两股互相背反的思潮和倾向,一股主张放手引进自然科学的研究方法,试图以新、旧"三论"(系统论、控制论、信息论和协同论、突变论、耗散结构论)作为文艺学新方法论的基础,把文艺学纳入定量化、精密化、科学化的轨道。另一股则主张吸收心理学及其他人文科学的方法论来改造文艺学,把文艺学由认识论层次推进到心理学层次;特别关注艺术活动中人的主体地位与非理性心理因素,试图建立艺术的心理学、情感学、感觉学——艺术的"人学"。我想姑妄把这两股潮流分别称为文艺学上的科学主义思潮和人文主义思潮。

科学主义一脉,在"三论"的旗帜下,大量"引进"、吸收了生物学、物理学、神经生理学、脑科学、数学等自然科学的模型、公式、术语、原理等等,对许多文艺学的基本问题作出了新的探讨与解释,成绩是可观的。

人文主义一脉,以心理学方法为主,侧重于探索艺术活动的主体——人的心理奥秘,在创作心理研究方面取得了扎实的进展。同时,社会学方法在扬弃了庸俗、机械的倾向后,也获得了新的视角与拓展;特别是与心理学、民俗学、伦理学、历史学、文化学、人类学等方法相结合,取得了引人注目的成绩,在很大程度上恢复了自己的声誉。

我这里不想一一列举这几年两种新方法论思潮给文艺学带来的全部变化和所取得的具体成果,只是想说,两种方法在各自的研究领地里都取得了可喜的突破。我认为,这两股思潮从总体上看都是前进型的思潮,都富有创新和开拓精神；同时，又都是开放型的思潮，勇于、善于吸收新知。科学主义大胆"引进"自然科学方法，与文艺学进行理论"嫁接"或"移植"，其勇气是可贵的；人文主义也向心理学及其他人文科学充分"开放"，并始终关注东西方各民族的文化走向，特别对长期隔阂的西方现代文艺和美学思潮，包括多年来一直被视为"禁区"的弗洛伊德的精神分析学中某些合理的方法论因素，也敢于肯定和借鉴。因此，我认为，当前出现的科学主义和人文主义的方法论思潮是我国文艺理论界两股并进的新潮流，是文艺学变革中积极、健康、活跃的因素。

但是，这两股思潮，就其理论内容和性质而言，却又是相对立的。而且，由于科学主义方法论思潮在发展中出现了某些问题，而使这种对立显得格外醒目。这主要表现在1985年以来，在采用自然科学方法研究文艺问题的一部分论文中，出现了诸如简单化地生搬硬套、"新瓶装旧酒"的赶时髦、自然科学术语"大爆炸"，以及由此引起的晦涩艰深、佶屈聱牙等明显弊病，以至于一些多年从事文艺理论工作的同志也感到费解。于是，人文主义思潮这一方就有人提出："艺术精灵"的意义和属性是永远"测不准"的，"从学科的整体意义上来看，建立一门'严密的'、'精确的'、'客观的'、'规范的'文艺科学是不切合实际的"①。还有的同志更直率地提出，不要把刚刚从政治学中解放出来的文艺学再出卖给自然科学。这些，应当看作是人文主义思潮向科学主义思潮的挑战。但是，另一方面，对科学主义方法论引进的必要性、合理性、必然性、迫切性的论证和呼吁却始终未中断过，有些同志还从人类思维方式变革的历史趋势的高度来为科学主义方法论辩护。由此看来，这两股思潮又是互相对立和背反的。

历史往往有相似之处。在西方现当代美学和文艺学的历史发展中，也始终贯穿着科学主义与人文主义两大主潮的对立斗争并彼此消长。从形式主义美学发端，经语义学、逻辑实证主义、分析哲学、符号学、格式塔心理学到"新批评"、结构主义等美学、文艺学流派，显示出一条追求美学、文艺学科学化、精确化的基本走向；而从表现主义、生命哲学、直觉主义、超现实主义、精神分析学、现象学、存在主义到释义学、接受主义等美学、文艺学流派，则展示为一种人文主义、心理主义的倾向。这两股思潮虽然互相批评、交锋，但任何一方都无法为另一方完全"统一"或"同化"掉；两者都在各自的领域，

---

① 《艺术精灵与科学方法》，见《文艺报》1985年7月13日。

运用各自的方法论来拓展思维空间,都取得了丰硕的成果,都对21世纪以来西方文艺学的新进展做出了自己独特的理论概括。在这种"双峰对峙"的历史中,也曾发生过人本主义对科学主义的批评。譬如托马斯·门罗在50年代就叙述过这种批评,他说:"从目前的现状看,人们提出的任何一条把自然科学的方法运用于美学的建议都会受到怀疑和漠视。对此,人们肯定会作出这样的回答:美学中的问题是科学研究所无法解决的,因为艺术的价值在很大程度上是主观的东西,人们很难对其作出客观的判断;审美感情过于微妙,无法描述,也不可能用科学的术语进行分析。"[①]对这样一种观点,门罗的回答是,美学的科学化,并非简单地等同于自然科学的精确性,并不要求照搬照套自然科学的方法,而只要求一种科学的态度。在门罗看来,自然主义的、经验主义的、实证主义的态度,就是科学的态度和方法。门罗的这样一种新自然主义方法论,当然并不能调和与解决科学主义与人文主义的矛盾,是不足取的。但是,他至少给了我们一个启示:追求文艺学、美学的科学化是必要的、正确的,这是科学主义的合理性所在;但科学化不一定只局限于自然科学化,人文主义方法论也有可能成为文艺学科学化的重要一翼。事实上,科学主义与人文主义的对立也不是绝对的。从历史、现状与发展趋势看,西方的科学主义与人文主义两大美学、文艺学主潮,都有着越来越多的互相渗透、影响与交融,并非一概都是绝对排斥对方的。所以,它们无论在观念还是方法上,都既是相反的,又是互补的。

西方现代美学、文艺学的发展动向,也许对理解我国目前两大文艺学方法论思潮的对垒状况不无启示。在我看来,文艺现象本身是极为复杂的动态网络结构系统,它允许人们从各个方面、视角、层次去剖视它,从总体上把握它,从静态方面去考察它,从动态中去研究它。若就其能否定量化、精密化、模型化地研究这一角度而言,我认为文艺存在着两重性:它既有理性、形式、结构等可测定方面,也有感情、内容、灵感等"不可测关系"。这就为科学主义与人文主义两种方法论都提供了用武之地。文学是人学,文艺学的研究中心也应当是艺术活动的主体——人。人的艺术活动同样有可测定与不可测定两个方面。所以,目前科学主义方法论并不排斥人,而且也往往把研究的触角伸进主体领域。在这一点上,两者是互相交叉渗透的。正因为研究对象——文艺现象本身的这种两重性,决定了文艺学科学方法的多样性,

---

[①] 托马斯·门罗:《走向科学的美学》,中国文联出版公司1984年版,第3页。

也决定了两大方法论思潮都有合理性。因为它们都能从特定的角度、方位去审视和揭示文艺现象的某些本质方面,都有助于深化人们对文艺规律的认识。我认为,文艺学的科学化是完全必要的。但在具体方法论上,应当是宽容的、多元化、互补的。科学从来不是靠自封的。凡是能正确地揭示、有说服力地阐明现实中丰富多样的文艺现象的某些本质方面,它就有一定的科学性。因此,科学主义与人文主义都有可能在文艺学领域中达到科学的彼岸。我们应当允许两股方法论思潮在马克思主义指导下自由竞争和交锋,在竞争中我们便能获得对文艺学更深刻、完整的认识。

总之,科学主义与人文主义两股方法论思潮在性质上是对立的、相反的,但在对文艺的科学认识上又都是合理的、前进的。这是一个二律背反。我认为,这个二律背反正反映了我们目前方法论更新中的一个极为重要的特点和态势,即文艺学方法论正是在这种二律背反的运动中更新和前进的。这种二律背反带有某种悲剧性——仅在黑格尔关于悲剧冲突的双方都是合理的、又都有片面性这个特定意义上——但又有某种喜剧性,即双方可以"并行相悖",在冲突中互相补充、共同前进;最终也许会出现互相渗透、交融和汇合(现在已有这方面的征兆了)。我想,这也许是我们新时期文艺学发展的一种独特历史现象吧。

方法更新与思维变革

在推进文艺学方法论更新的热潮中,不少同志把研究方法的更新提到思维方式的高度来认识。如认为方法论的变革是文学研究思维空间的拓展,我以为是正确的。但是,也有的同志把研究方法的更新,特别是引进自然科学的方法论(主要是"三论"),看成是人类思维方式的一次革命,我却不敢苟同。

诚然,理论研究方法的变革不能不涉及人的思维方式的变化。因为任何理论的研究,总是人们的一种思维创造和活动;任何研究方法也总是同人们的特定的思维走向、方式和手段相联系。我们现在都是在普遍的、高层次的意义上使用"思维方式"这个范畴的,即把"思维方式"看作人类通过思维把握世界的某些最根本的途径、方法,而不是具体的研究方法、手段。思维方式同研究方法之间的关系是一般与具体、普遍与特殊的关系,也是决定与被决定的关系;当然,在特定条件下,研究方法也有可能决定和反作用于思维方式。如果这一看法大致不错,那么,"三论"如系统科学方法的引进和运用,自然会在一定程度上影响、乃至局部地改变人们的思维方式;但并不必然导致人类整个思维方式的根本变革。特别是断言第二次世界大战以来兴起的系统科学"将使人类思维史发生一次思想革命",恐怕为时过早。至少,这种论断并不符合人类思维史的实际进程。

恩格斯在《自然辩证法》导言、《反杜林论》旧序、《费尔巴哈与德国古典哲学的终结》等著作中曾一再勾勒过人类思维史(某种意义上是思维方式演变史)的轮廓与脉络。他指出:"每一时代的理论思维,从而我们时代的理论思维,都是一种历史的产物,在不同的时代具有非常不同的形式,并因而具有非常不同的内容。因此,关于思维的科学,和其他任何科学一样,是一种历史的科学,关于人的思维的历史发展的科学。"①他还具体揭示了人类思维的主要历程及其规律,即经历了以希腊哲学为代表,"以天然的纯朴的形式出现"的"辩证思维"②,到17、18世纪工业有了一定发展,科学有了较大进步,哲学和科学渗透着一种机构的"知性思维"方式,直至19世纪末20世纪初,真正进入大工业时代,自然科学不断有新的突破,哲学就上升为"关于过程、关于这些事物的发生和发展以及关于把这些自然过程结合为一个伟大整体的联系的科学"③。在此基础上,以黑格尔、马克思、恩格斯为代表的成熟的辩证思维方式形成了。这才是人类思维方式上一次根本性的变革。从那时起,而不是现在才开始,人类迈出了与知性时代告别的步子。这里要附带指出的是,"大工业时代形成的传统思维模式"不是"知性思维方式",而是成熟形态的辩证思维方式。如果把辩证思维方式作为今天要"告别"的"传统思维模式",显然不合历史实际;如果把"知性思维"作为"传统思维模式"来否定,那么,第一,它不是"大工业时代"的产物;第二,对它的否定不是从现在系统科学出现后才开始的,所以也不符合历史实际。

那么,系统科学方法,或者再扩大一点,新老"三论"等新方法论的提出和运用,与人们思维方式的变革有什么关系呢?我认为,应当肯定,系统科学等新方法论的应用与普及,已经并且必将继续推动人类思维方式的进步;但并没有超越或改变辩证思维的基本框架结构。就是说,新方法论在思维

---

① 《马克思恩格斯选集》第3卷,人民出版社1972年版,第465页。
② 同上书,第468页。
③ 《马克思恩格斯选集》第4卷,人民出版社1972年版,第241页。

方向上与辩证思维完全一致,而与形而上学思维根本对立。譬如系统科学在方法论上的五个要点(整体观点、联系与制约观点、有序观点、动态观点和最优化观点)都与辩证思维方式在精神上息息相通,而且实际上从辩证法的基本规律中完全可以推导出来。恩格斯指出,辩证法的规律是"思维本身的最一般规律"[1];他在总结细胞说等三大发现对辩证思维方式走向成熟方面的意义时,实际上已提出了系统论的最基本原则:"由于这三大发现和自然科学的其他巨大进步,我们现在不仅能够指出自然界中各个领域内的过程之间的联系,而且总的说来也能指出各个领域之间的联系了,这样,我们就能够依靠经验自然科学本身所提供的事实,以近乎系统的形式描绘出一幅自然界联系的清晰图画。"[2]此外,恩格斯还多次提到,"宇宙是一个体系,是各种物体相互联系的总体"[3];"现在,整个自然界是作为至少在基本上已解释清楚和了解清楚的种种联系和种种过程的体系而展现在我们面前"[4]。虽然系统科学的方法是从 21 世纪三四十年代以来自然科学、技术新进展中概括出来的,但其基本思想与辩证法完全一致,并且恰恰是对辩证法的普遍性与生命力的又一次证实。它是对辩证思维方式的重要补充与丰富。但并未改变或突破辩证思维的基本原则,因而也不可能引起人类思维方式的又一次根本变革。

这样说,并不意味着否定新方法论的引进对思维、特别是对文艺研究中思维方式的局部变革,对文艺学研究的科学化、辩证化有重要促进作用。事实上,形而上学的知性思维方式不仅作为人类思维的一个历史阶段,而且作为科学思维的一个组成部分和环节(感性、知性与理性),在现实生活中仍有巨大市场。列宁说过:"如果不把不间断的东西割断,不使活生生的东西简单化、粗糙化,不加以割碎,不使之僵化,那么我们就不能想象、表达、测量、描述运动。思维对运动的描述,总是粗糙化、僵化。"[5]我理解,这是把形而上学的知性思维作为认识的一个阶段,作为辩证综合的一个环节来讲的。这说明,知性思维还有它存在的必然性。辩证思维不是别的,正是对知性思维的超越和整体综合,把被知性思维分解、割碎的成分重新按其固有联系统一、整合起来,在多样统一中把握对象的全貌与本质。正因为如此,知性思

---

[1] 《马克思恩格斯选集》第 3 卷,人民出版社 1972 年版,第 484 页。
[2] 《马克思恩格斯选集》第 4 卷,人民出版社 1972 年版,第 241—242 页。
[3] 《马克思恩格斯选集》第 3 卷,人民出版社 1972 年版,第 492 页。
[4] 同上书,第 527 页。
[5] 列宁:《哲学笔记》,人民出版社 1956 年版,第 285 页。

维作为一种传统的陈旧的思维模式依然有着巨大的思想基础，在相当长的历史时期内还是难于根绝的。在我国，由于小生产者的广大，形而上学的思维方式有着深厚的社会基础；加上"文革"中形而上学的极度猖獗，给人们思维的科学化、辩证化造成了严重障碍。文艺学研究中长期存在的单向、孤立、静止、线性因果关系、机械的思维倾向与绝对化、片面化、简单化、单一化、庸俗化等弊病，都是形而上学根深蒂固的表现。现在提倡运用系统论方法，提倡双向、逆向、多向、立体、动态、发散等思维方法，实际上就是对这种形而上学思维惯性的挑战与冲击，也是在新的条件下坚持和发展了辩证思维。这只能看作是两个世纪前开始的辩证思维方式对形而上学知性思维方式的伟大变革中的一个新阶段，一种深化与推进，而不是什么思维史上又一次大革命。

现在再来看看人文主义方法论同思维方式变革的关系。从这几年的讨论来看，人文主义方法虽不同意自然科学的定量分析要求，但它也主张对文艺现象，特别是对艺术活动的主体及其思维心理做整体的把握，而反对孤立、切割、肢解、凝固对象的内在矛盾与关系。就是说，当代人文主义方法论的倡导和实践者，还是自觉不自觉地遵循着辩证思维的规律的。其实，文艺现象、包括艺术思维本身就与辩证思维有着内在的血缘关系。黑格尔最早看到了这一点。他批判了知性思维（"日常散文意识"）只是"按照原因与结果、目的与手段以及有限思维所用的其他范畴之间的通过知解力去了解的关系，总之，按照外在有限世界的关系去看待"；而"玄学思维"（按：即辩证思维）则"可以克服凭知解力的思维和日常散文意识的观照方式的上述缺陷，就这一点来说，这与诗的想象有血缘关系"。辩证思维能把知性思维"所视为彼此分散孤立的或是没有统一体而简单联系在一起的事物结合成自由的整体"；艺术思维虽不像辩证思维那样取概念形式，而取感性具象形式，但它也是"把事物的内在理性和它的实际外在显现结合成活的统一体"[①]。正因为二者有这种相似的"血缘关系"，所以用辩证思维方式来研究艺术思维和一切文艺现象就是完全切合的。在这个意义上，我们可以说，当前人文主义方法论思潮的实质，也是从宏观上恢复辩证思维的地位和功能，克服片面、僵硬的知性思维方式影响的一种努力。

因此，无论是科学主义还是人文主义新方法论思潮，实际上都参与了思

---

① 黑格尔：《美学》第3卷（下），商务印书馆1981年版，第22—24页。

维方式的局部变革,冲击了仍然广泛地束缚人们意识的形而上学思维方式,开拓了理论研究的思维空间,丰富、发展了辩证思维的视野,推动、并将继续推动文艺科学研究达到新的高度。但是,新方法论没有、也不可能开辟一个人类思维的新纪元,所以对新方法论推动人类思维方式变革的意义和作用,不宜评价过高。

不过,这倒使我们从一个侧面看清了新方法论同马克思主义的血肉联系。无论是科学主义的,还是人文主义的,或是界于二者之间的,它们在基本方向上都没有违背马克思主义唯物辩证法的方法论体系,而是对这一方法论体系的应用、充实、完善和深化。个别"出格的"或许有,但主流是健康的、积极的、应当肯定的。因此,我不同意那种笼统指责新方法论是反马克思主义的观点。马克思主义辩证法,作为人类历史上最科学的思维方式,在理论研究的方法论体系中居于最高层次。新方法论所包括的各个层次的具体方法都受这最高层次的支配与统帅,它们只是体现和充实了辩证思维的原则而没有取代之。据此,我认为,文艺学新方法论的倡导,不仅没有违背、削弱马克思主义,反而丰富、发展了马克思主义;不仅没有超越辩证思维,反而证实、提高了辩证思维的地位。我们有什么理由对新方法论探讨的热潮横加指责呢!

新方法的消化与吸收

目前,在新方法论主要是自然科学方法论的引进中,出现了一些问题,引起了某些忧虑和非议。我个人认为,不能因为引进和"移植"中出现了这样那样的问题而根本否定引进和"移植",即根本否定文艺学方法论的更新。我认为现代科学一体化趋势是不可逆转的,这种一体化趋势既包括自然科学和社会科学内部各学科之间的交叉渗透,也包括自然科学与社会科学之间的交叉渗透。因此,马克思的"正象关于人的科学将包括自然科学一样,自然科学往后也将包括关于人的科学,这将是一门科学"[①]这一伟大预言正在逐渐变为现实。据此,我觉得将新方法论、特别是自然科学方法论引进文艺研究领域,其基本方向是符合历史趋势的,因而是正确的。这样那样的问

---

① 马克思:《1844年经济学—哲学手稿》,人民出版社1979年版,第82页。

题乃是前进中的问题,是实现这一历史性融合开始阶段难以避免的。

其实,马克思主义体系在某种意义上说,也正是在吸收了自然科学的最新成果包括自然科学新方法论的基础上形成的。我们在马克思的许多政治、经济、哲学、历史论著中,都可以发现他吸收、运用自然科学新成果和新方法的范例。因而,从总的方向看,文艺学横向吸收、引进各学科,包括自然科学的方法论是不应当受指斥的。但是,站在人文主义观点上对这种引进产生担忧也不是没有道理的。这种担忧集中到一点,就是怕文艺学最后丧失自身特点。那么,怎样引进才能有所发展而不至失去文艺学自身的特征?

我认为,无论是引进"三论"等自然科学方法论,还是各人文学科的方法论,唯一合理的途径还是要通过哲学、美学的中介加以吸收、提升。哲学作为世界观、思维方式和最高层次的方法论,对一切自然科学和人文科学都始终起着决定性的支配作用,不管科学家们自己是否意识到。事实上,自从有文艺学(理论)以来,各种文艺理论,无论中外(如柏拉图与亚里士多德,孔子与老庄等)无不受一定的哲学思想所支配。哲学正因为是一切科学的总的指导思想,所以哲学实际上也为各种具体科学,包括自然科学与社会科学之间的联系、沟通、渗透、交融提供了桥梁。实际上,每一门具体科学都有自己独特的研究对象、范围、方法、范畴,它们之间也许有某些可以互相连接、沟通之处;但是,高层次的、指导思想方面的交流,则只有通过哲学才能实现,在研究对象有很大区别的自然科学与社会科学两大系统之间,尤其是这样。

据此,我认为,把自然科学的方法论引进并应用于文艺学,首先应经过哲学中介的消化、吸收,否则就会出现种种"食而不化"、生搬硬套、机械拼凑的弊病。具体说,要把"三论"等自然科学的方法"移植"到文艺学研究中来,首先要把这些学科中具有方法论普遍意义的观点、原则、思路、视角等提升到哲学思维的高度,而"清洗"掉各门学科的具体方法、公式、运算、实验及实际应用的方面,使之成为具有普遍指导性的哲学方法,然后才能用以指导包括文艺学在内的社会科学的研究。譬如系统论方法,本是用数学工具来揭示对象的系统结构、行为及变化规律,并将这种定量化手段应用于实际,建立和管理系统工程的步骤与方法。如果直接搬入文艺学,恐怕很少有人能够接受。只有将系统科学的具体方法上升到哲学思维的高度,概括出前面所说的五个原则,形成普遍的、适合于自然、社会、思维一切方面的观察、思考、分析、研究对象的哲学思维方法(辩证思维方式的具体化),才能为文艺学吸收和运用。一些运用系统论方法较成功的论文,就属于这一种。而现在数量较多的引起人们非议的论文,恐怕主要就是因为绕过了哲学中介搞"直接引进"而导致失败。

这里需要提醒人们注意的是,在方法论更新的探讨中,有一种轻视哲学思维的倾向在滋长。有的公开提出让文艺学从哲学思维的束缚中解放出来。这种竭力维护文艺学的独立性和特殊性的心情完全可以理解;但作为一种理论主张和倾向则失之偏颇。任何科学研究都不能不受一定哲学的支配。要彻底摆脱"左"的影响,把文艺学的发展引上正确的广阔的道路,离开科学的哲学思维即马克思主义哲学思想的指导是不能设想的。同样,引进种种新的研究方法,也离不开正确的哲学指导。这里既包括对引进的新方法的选择、识别,也包括对新方法从哲学高度加以概括、提升,还包括把哲学化了的新方法论原则同所研究的文艺现象结合起来,给以新的、有说服力的解释。这三个环节,是引进、吸收跨学科的新方法的一般过程。这个过程自始至终离不开哲学思维的指导,离不开马克思主义辩证唯物论与历史唯物论的世界观与方法论体系的指导。所以,"左"的形而上学的哲学思维我们是要冲破、要摆脱的,辩证思维则是要坚持、要遵循的。对于轻视哲学思维的倾向,恩格斯有段话值得我们深思:"的确,蔑视辩证法是不能不受惩罚的。无论对一切理论思维多么轻视,可是没有理论思维,就会连两件自然的事实也联系不起来,或者连二者之间所存在的联系都无法了解。在这里,唯一的问题是思维得正确或不正确,而轻视理论显然是自然主义地、因而不是正确地思维的最确实的道路。"① 我们当前引进新方法论尝试中的最大的缺陷,我以为就在于还没有跳出"自然主义地"思维的圈子。许多简单的"移植"、搬用,在低层次上的"嫁接"、拼凑,之所以令人失望,就因为没有上升到哲学思维的高度,没有经过哲学的消化、吸收,也就是说,轻视了理论思维。这种失误也许就是对轻视哲学思维的一种小小的惩罚吧。

引进新方法,仅仅通过哲学思维的中介,还是不够的。文艺学毕竟不等于哲学,哲学原理只能在较高层次上一般地指导文艺学研究,而不能深入地解决具体的文艺理论问题,更不能代替文艺学方法论本身。所以,还须以一般的哲学中介进入较特殊的艺术哲学——美学中介。这是引进新方法的第二个也是最为直接的中介。美学是站在哲学高度研究艺术的本质和规律的,或者说它是一门以艺术为研究中心的哲学分支。文艺学引进新方法,要

---

① 《马克思恩格斯选集》第3卷,人民出版社1972年版,第482页。

保持文艺学自身的特点,就必须借重于美学。美学与文艺学的研究对象基本相同(美学的范围更广一点),这就使二者之间交流、沟通十分方便。不过,美学比文艺学概括率更高,着重研究文艺现象中最根本的、具有形而上意义的问题,不像文艺学偏重于概括文艺创作与欣赏中的具体规律、特点和方法。当然,这种区别只是相对的。文艺学从自然科学或其他社会科学借鉴研究方法,如果能通过美学中介,能为美学所吸收,那么,就能比较顺利地、自然地运用于文艺学领域了。譬如近年来关于性格组合问题和文学主体性问题的研究,就引进和吸收了多种自然科学(系统论、耗散结构论、模糊数学、生物工程)和其他社会科学(心理学、精神分析学、伦理学、社会学、历史学)的方法论,但不是简单地拼合,而是经过了哲学的升华与美学的提炼,最后溶化为自己独特的文艺学研究方法,所以能在有关问题的研究中取得开创性的成果。虽然其中某些具体观点与结论仍然可以商榷,在论证的严密性上也不是无懈可击的,但是就吸收和应用新方法而言,我以为是比较成功的。这些论文中各种跨学科的方法都在哲学与美学两个层次上被较好地消化、融合了。所以,文中虽包含不少来自自然科学与其他学科的思路、方法,但却并不充斥着自然科学或其他学科的时髦语汇、公式。就是说,新方法在这里已溶化为文艺学自身的方法了,使我们很少产生读其他一些论文时常常出现的生搬硬套、机械拼凑、新名词爆炸、艰深晦涩等感觉。我们尽可以对文章的论点提出这样那样的不同意见,却不能不承认它在吸收、运用新方法方面是较为贴切、成功的。

写于1986年初

对艺术真实的心理学探讨

艺术真实,是一个动态实现过程:从艺术家把对生活的真实体验与情感注入作品,创造出假定性的本体真实,到鉴赏者接受、认同这种真实[①]。这一过程的实质,是在创作主体与鉴赏主体之间架起了一座心理沟通的桥梁。因此,要真正揭开艺术真实的奥秘,就必须认真探讨艺术真实的心理学内涵。下面,我们从四个方面来讨论这个问题。

一、建立两个"主体"间共通的真实感

艺术真实从创作主体经作品本体到鉴赏主体的动态实现过程,也就是艺术真实现实的存在方式。其中,两个主体的作用是决定性的;作品本体真实既来自艺术家主体真实,又来自鉴赏主体的接受与认同。所以,探索两个"主体"的真实感和性质与共通处,寻找二者的连结点,就成为一个关键问题了。

在两个主体间建立共通真实感,当然首先需要一定的认识论基础。就是说,作者与鉴赏者在认知经验和感受方面至少要有某些共通之处,或某种可以理解、沟通的渠道。但更重要、更直接的因素是审美情感和形式感等心理学因素。在实际的艺术鉴赏中,认知性的沟通须转化为心境、情绪上的共鸣,才能产生真实感。认识论层次的真实,须以心理学层次为中介,融入心理学层次,才是艺术的真实。

创作主体与鉴赏主体之间真实感的沟通与共鸣,总体上讲是一种逆向运动,一种"心理还原"过程。简单地说,就是创作主体在心理上有一个"化真为假"的过程,而鉴赏主体则有一个"以假作真"的逆向心理反应。所谓"化真为假",就是艺术家在孕育、构思和创作时,把真切的来自现实生活的

[①] 参阅拙文《论艺术真实的动态模型》,见《文学评论》1986年第5期。

体验与感受(真)通过形象思维的创造性虚构和重组,加上审美情感的发酵,化为现实中不存在(但有可能存在)的假定性意象体系(假)。就创作过程来说,这是一个由认识论层次转化为心理学层次、由认知转化为情感、由思想转化为形象的过程;就实在性而言,则由生活的真实(真)转化为艺术的虚构(假)。但是,艺术的真实就熔铸、渗透在这个假定性意象体系(假)之中。所谓"以假作真",则是一个相反的心理过程。鉴赏主体面对的是艺术家创造终点(结晶)的假定性艺术意象(假),他是以艺术家的终点为出发点的;然而,当他以全身心的静观投入这个"假"象中,而这个"假"象以其丰富而新颖的信息刺激并唤起他对应的情感、意念、思想和想象,调动他审美和生活经验的创造性重组时,他实际上已经忘记了艺术意象的假定性(假),而把它当作一种可能的、可信的、甚至必然的真实来看待了。这是一个"以假作真"的审美体验。艺术家"化真为假",鉴赏者"以假作真",正是这个逆向的心理运动把艺术真实的动态实现过程具体化了。同时,也在两个"主体"的真实感之间建立起一座心理桥梁。特别是"以假作真",具有还原艺术家创作心理的性质。因为艺术家把认识论真实转化为心理学的艺术真实,而鉴赏者则把心理学的艺术真实还原到认识论的真实。艺术欣赏的完成不止于"消遣"与"娱乐"。优秀的、深刻的作品往往寓教于乐,使人在假定性意象的漫游中产生严肃的反思,在艺术"假"象中窥见现实世界的无情真实。这样,就把艺术家从认知真实转化来的情感真实,通过欣赏、认同、共鸣,重又上升到认识的真实。当然,这种真实感的"连接"与"还原",并非简单地回到艺术家出发的原地,而是一种螺旋形的上升。"还原"只是就认知与感情层次的逆向转化程序而言的,并非说内容上毫无变化的重复。实际上,由于艺术家与鉴赏者思想、阅历、性格、情趣、审美观等必然存在的差距,那种复制式的"还原"是根本不可能的。

这种两个主体间的逆向运动,如果做进一步的分析,每个主体在心理上又不是单向运动,而是都呈有重点的双向共时运动。具体来说,创作主体在"化真为假"的同时,也进行着"以假作真"的心理活动;鉴赏主体则在"以假作真"的同时,也发生着"化真为假"的心理运动。正是这样,两个主体间的默契与共通感才会更加牢固。

先说创作主体。艺术家在化真为假的主导构思方向上,同时也经历着一个"以假作真"的心理体验过程。这已为古今中外许多优秀艺术家的创作经验所证实。比如巴尔扎克在创作时常常关着门自己大吵大闹——他同时扮演、体验着作品中的不同角色——完全沉浸于自己虚构的生活中。比如果戈理的创作常仰仗他那种"推测过去的事因的能力",表现出非凡的想象性的猜度和推测力等等。

而鉴赏者在"以假作真"的主导鉴赏方向上,同时也经历着一个"化真为假"的心理体验活动,所以,鉴赏的真实感也是一种双向心理流程。"以假作真"是说鉴赏者进入艺术家创造的假定性意象世界,也是"设身处地"地想象、推测,尽力跟上意象演进的轨迹,使主体认识、情感、意志综合性地对这个假定性世界作出真实可信的肯定判断。如若不能沉入或跟上假定性的意象体系,那么真实感就难以产生。这里的一个前提是鉴赏主体要具有进入假定性意象世界的心理准备。具体来说,就需要在鉴赏者的心理储备中积累着同艺术家"化真为假"的心理过程相类似的经验组合。鉴赏者在观赏、阅读文艺作品时,总是从自己的审美和生活经验中不断挖掘"库存积累",进行联想或再造性组合,使自己的欣赏"思路"能赶上或符合作品的虚构意象。这种挖掘、联想和重组,实质是把来自现实生活的信息和经验改造为可塑性极大的意象储备系统,以同艺术家创造的虚构意象体系相衔接、相吻合,形成真实感。这是一个同艺术家"化真为假"的艺术构思颇为相似的心理行程。只不过艺术家的构思是创造性的、无蓝本的(当然不包括那些没出息的模仿、抄袭之作),鉴赏者则以作品的假定性为蓝本,进行意象再创造的组合。所以,鉴赏者对艺术作品真实性的认同,不仅仅是"以假作真"的顺应,同时也包括"化真为假"的想象;而且在某种意义上,没有"化真为假"的经验基础,也不可能形成与艺术作品本体真实相平行、吻合的"以假作真",即真正的艺术真实感。因此,鉴赏者真实感的产生,同样是"以假作真"与"化真为假"的双向共时流程。

分析了两个主体的心理运动的异同与连接,我们就可以明白,艺术真实的动态实现过程,建立在创作主体偏重"化真为假"的双向运动与鉴赏主体偏重于"以假作真"的双向运动之间的交流、渗透、沟通、融会的流程上。这就是创作真实感与鉴赏真实感之间的共鸣——一种共通的真实感。抓住这种共通的真实感,我们就可以一步步揭开艺术真实的心理学层次上的秘密。

二、艺术真实感四个心理学的"二律背反"

康德在《纯粹理性批判》第二卷中论述先验理念即"宇宙论"时提出了四

个"二律背反",即时空的有限与无限、物质的可分割与不可分割、一切服从自然因果与自然因果之外的自由、世界有终极原因与无终极原因。这实际上是用认识过程中的矛盾来揭示世界的本质。《判断力批判》对美的分析,实际上也是从矛盾中揭示美的本质的。康德虽然未能辩证地解决这些矛盾,但确实揭示了宇宙(世界)和美的本质的内在矛盾,因而具有方法论意义。黑格尔指出:"二律背反的真实的积极的意义,乃在于任何实在的事物都是包含相反成分的共存。因此认识或把握一个对象,就等于要意识到此对象是一个相反成分的具体统一。"①下面,我们就按照这样一种辩证方法来具体地剖析艺术真实感所包含的四个"二律背反"。

(1) 真实感是个别的、主观的(正题)。
　　 真实感是普遍的、客观的(反题)。

先看正题。这里我们不准备采取康德的"反证法",因为这种证明方法如同经典作家所说,实际上已偷偷地假设了某种未经证明的前提,因而在逻辑上是先验的。我们只想诉诸人们熟知的审美经验来说明这个命题。

真实感,是鉴赏和创造过程中产生的一种审美效应和判断。正因为艺术创作和鉴赏都是个体的精神劳动,都是个体复杂心理活动的结果,因此,"真实"这样一种审美感受与判断,只能像康德所说的那样,是一种"单称判断",具有个别性。艺术家的真实感,只能在他"以假作真",真正进入"角色",与自己创造的意象体系同呼吸共脉搏时才会产生。它显然是个别的,别人无法代替的,也不能重复的。鉴赏者的真实感也一样。同时,创作与鉴赏的真实感,都有"化真为假"的心理行程,而这种转化,乃是以每个人具体、独特的审美和生活经验为基础的,不同的经验构成,会造成不同的转化、组合方式。因此,真实感都与个人的独特经验相联系,都只能是个别的。

真实感不仅是个别的,而且是主观的。任何个体的心理活动必然都是主观的,真实感也不例外。一般说来,当我们说一部作品、或一个形象、或某个环境、细节是"真实的"时,我们只是凭个人主观的感觉来下判断的,因为它使我们主观上体验到某种"逼真",从而让我们相信它,认同它。而且,既然这种感觉体验往往与个人的主观经验紧密联系,那么它的主观性自然是不言而喻的。据此,"真实感是个别的、主观的"正题是正确的,可以成立的。

再看反题。真实感虽是个别的、主观的,但它作为审美判断的一种,又

---

① 黑格尔:《小逻辑》,商务印书馆1980年版,第144页。

与其他感觉不同,它具有普遍性,要求对一切人都有效。我(个别人)觉得真实,相信其他人也会觉得真实。真实感与不同口味的人对某个菜的滋味是否鲜美的感觉,评价是不同的,而与审美判断(审美判断的一个方面)是相似的。康德说,审美愉快"既不是根据主体欲念(或是其他意识到的利害计较),而是感觉到在喜爱这个对象中自己完全是自由的,他就会看不出有什么只有他才有的私人特殊情况,作为他感到愉快的理由。因此,他就必然认为可以设想,产生这种愉快的理由对一切人都该有效,相信他有理由去假定一切人都能感到同样的愉快……这种普遍性并不靠对象,这就是说,审美判断所要求的普遍性是主观的"①。真实感同样是不计利害的,是一种自由的感觉,就是创作主体在自己创造的意象世界里,鉴赏主体在艺术家创造的意象世界里,如鱼得水,自由无碍,不感到这个意象世界是一种外在束缚,而觉得就应该是如此。主体的经验组合同艺术品的意象组合达到了水乳交融。因此,完全有理由认为,产生真实感的种种因素对一切人都该有效。真实感因而是普遍的。

与此相连,真实感虽然是个体的主观感受和判断,但由于它有一定的普遍性,因而也就在事实上形成了某种潜在的客观标准。多数人事实上是按照一种共同的、客观的标准作为衡量作品真实性的尺度。这种真实感的客观性是有社会根源的。一般说来,在同一时代社会地位、文化水准、审美趣味大体相近的作者与鉴赏者的范围里,人们对作品真实性的感受和评价尺度也是会大体相近的。因此在这样一个群体里,实际上存在着一种客观真实性的标准,不管人们是否意识到它,它总是或隐或显地发生着作用,潜在地支配人们对艺术真实的感受与判断。据此,"真实感是普遍的、客观的"反题,也是正确的,也可以成立。

正、反题在一定条件下都能成立,这说明,这两个相反的命题恰好揭示了艺术真实感的内在矛盾,恰好反映了艺术真实感的某些本质特征。我们可以说,作为审美感受与判断的真实感,既是个别的,又是普遍的;既是主观的,又是客观的,是个别与普遍、主观与客观的辩证统一。

(2) 真实感是先验的(正题)。

真实感是后发的(反题)。

这里正题的含义是,鉴赏者并非以"白板"式的心理容器去被动地接纳

---

① 康德:《判断力批判》,商务印书馆1964年版,第6节。

艺术真实,而总是带着某种心理逻辑图式去体验艺术的真实性的。也就是说,主体在接受艺术假定性的意象体系前,已带着某种"先入为主"的心理结构或定式。

存在主义哲学家海德格尔提出,理解本身受制于"前理解",而"前理解"又以主体思维的"前结构"为前提。人们认识一个对象的过程浸透着"前理解",受制于"前结构"①。现代释义学奠基人伽达默尔用历史主义观点发展了海德格尔的思想。他认为人总是存在于历史中的,理解活动也总是在一定的历史传统中发生,理解的发生总是以先前已存在的社会历史因素、理解对象的构成,和由社会实践决定的一定的价值观三个因素为前提的。伽达默尔把这种作为理解前提的主体心理构成因素称为"合法的偏见"或"现在视界",认为这种必不可免的"偏见""实实在在地构成我们全部体验能力的最初直接性。偏见即我们向世界洞开的倾向性"②。当代接受美学又接过伽达默尔的观点,把读者鉴赏前业已存在的,由思想、生活和审美经验综合构成的一种艺术和审美的眼光、能力、趣味、理想,笼统称之为"审美的期待视界"③。这一系列观点告诉我们,任何真正意义上的艺术鉴赏开始以前,主体心理上确实都存在着审美的"前结构"或"期待视界"。这自然也是发生真实感这种审美体验的必不可少的前提条件。

前边说到,无论创作或鉴赏主体对艺术真实的体验都包括着"化真为假"与"以假作真"的双向心理流程。而这两个方面都离不开主体的审美"前结构"与"期待视界"的制约。"化真为假",是把现实的生活经验进行意象的想象性重组或创造,自然须以已有的审美视界为基础;"以假作真",实质上是把艺术作品的假定性真实同已有的审美"前结构"、"期待视界"进行某种闪电式的认知比较,找到两者之间的联系与纽带。就是说,主体的审美"前结构"或"期待视界"中的种种具体经验元素在虚构的假定性意象面前,进行迅速的可能的改组,以同这意象相适应、相吻合,如能达到这一点,心理的认同就会发生,就会产生真实感。若主体"前结构"与"视界"中所有可调动的经验元素,无法迅速作出与假定性意象吻合、协调或至少局部相通的改组或调整,那么,主体心理的认同就难以发生,也就难以体验到作品的真实性。

---

① 见海德格尔《存在与时间》(德文版),第 32 节"理解与解释"。
② 见伽达默尔《真理与方法》(德文版),第 260—261、第 274—275 页。
③ 见尧斯《文学史作为向文学理论的挑战》(英文版),第 7 节《论接受美学》。参阅拙文《艺术鉴赏的主体性》,见《上海文学》1986 年第 5 期。

由此可见，审美的"前结构"与"期待视界"对真实感的产生有着不可忽视的制约作用，在某种程度上甚至可以说，它事先决定了真实感能否发生或发生的具体方向。正是在这个意义上，我们说真实感是先验的（但不是唯心的）。

至于"真实感是后发的"这个反题，则很容易理解。因为现实的创作或鉴赏的真实感的发生，总是在一定的艺术意象产生之后，总是在受到这种意象的刺激和感应之后才会形成。就真实感产生的时间次序而言，它总是后于作品的本体真实。审美的"前结构""期待视界"也只有面对作品本文的条件下，才对真实感的产生有着潜在的制约、定向作用。没有对象的"前结构""期待视界"永远只是个潜在因素，它本身不可能分化出真实感来。在这个意义上，真实感又是后发的、后验的。

在这个"二律背反"中，我们可以进一步发现真实感的心理结构形式：以审美期待视界为接受前提，以艺术本体真实为对象，是两者在一定条件下的碰撞、交汇或融合。所以，真实感应是先验与后发的统一。

（3）真实感是直觉、情感的（正题）。
　　真实感是理解、概念的（反题）。

人们对艺术真实的体验，都是直感性、顿悟性的，他们无须明确意识到产生真实的具体原因。在艺术家进行构思和创造时，在他真正沉醉于自己创造的意象世界中时，他决不会明确地去考虑，哪些材料以及怎样写才真实，构成作品的要素是什么等等。在灵感思维的引导下，艺术家的全身心都融入意象创造，那种"神思"泉涌的心理状态显然是直觉的，并无明晰的抽象思考，也不容许抽象思考的"插入"。鉴赏真实虽不一定要靠灵感思维，但对真实的体验与感受也是紧紧贴在具体的艺术意象上的，它并不建立在对作品本体的理性分析基础上，而只是凭处在潜意识层次的审美期待视界来识别、捕捉意象中真实或虚假的信息。它只朦胧地"感到"、"觉得"作品的真实，而不求理解作品何以真实。它同样不允许"插入"一个抽象思考的过程。所以，艺术真实感是直觉的。

与此相关，真实感也是情感性的。真实的感受虽然就其内容而言不必是一种喜怒爱憎的情感态度，但由于它是在审美中发生的，是审美感受与判断的一部分。真不真，直接关乎审美愉快的产生与否。真实感是作品与审美愉快的连接通道，"真"能诱发审美快感，"假"则刺激审美抗拒感。就实际的创作与欣赏过程来说，真实感是很难从美感中孤立出来的。当我们做出"真"或"不真"的审美判断时，我们总是可以体验到一种"趋向于"（亲近）或

"排斥"(疏远)的情感态度在伴随着。情感因素总是以一种不可抗拒的胶合力形影不离地黏附、包围着真实感或者虚假感。所以真实感不但是直觉的,而且是情感的。这正是艺术真实的审美判断不同于科学、哲学真实的逻辑判断之处。

但是反题也是有道理的。艺术真实这种感受虽然发生于直觉的、潜意识层次,但它是涉及对象内容的,包含认识性因素,所以不能不同理解(不同于直觉)发生关系。就作为真实感前提的审美心理的"前结构"或"期待视界"而言,其中就包含着理智、概念、逻辑等认识因素。没有这些因素,对"真"的认知、辨识、比较、判断都不可能作出。就作为激发真实感的艺术作品本文而言,虽然是呈现为包孕着情感的意象体系,但支撑着这种意象体系的还有潜在的理性逻辑构架,不管这种构架如何支离破碎,如何拐弯抹角,它的存在却是无可置疑的。否则,这个作品就不具有真实性。既然主体心理结构与对象的意象构成中都包含着理性认识的因素,包含着概念和逻辑的成分,那么,真实感中也就不能不包含着理解与认知的因素。这种情况同康德对审美判断的"量"的分析很相似。真实感中包含着朦胧的、不确定的概念,包含着未曾明确意识到的理解。就此而言,真实感又是理解的、概念的。

这个"二律背反",进一步揭示了艺术真实感的特质:它是直觉与概念的统一,情感与理解的统一;它虽处于潜意识层次却渗透着理性意识的内容;它虽不凭借明确的概念却趋向于某种不确定的概念;它虽受情感状态的包围,却贯穿着理解的逻辑。

(4) 真实感建立在"距离"上(正题)。

真实感建立在幻觉上(反题)。

这个正题中的"距离"是心理距离,指主体同艺术作品意象体系之间保持一定的心理上的间隔。也就是说,要把艺术世界同现实世界区分开来、隔离开来,要用非现实、超现实的心理和眼光去看待艺术的意象世界。

"心理距离"的概念,早在21世纪初就由英国美学家、心理学家爱德华·布洛提出来了。布洛赋予这种"心理距离"的确切内涵是,"使现象超脱了我们个人需要和目的的牵涉","抑制"、"摒弃了事物的实际的一面,也摒弃了我们对待这些事物的实际态度"。布洛将这种"心理距离"列为"一切艺术的共同因素和审美原则"。①

---

① 布洛:《作为艺术因素与审美原则的"心理距离说"》,见《美学译文》(2),中国社会科学出版社1982年版,第93—95页。

艺术的真实感,也需要建立在一定的"心理距离"之上。我们创作与欣赏艺术作品,首先不是把它们当成现实来看的,也并不处处以实用的目的和考虑来看待、衡量作品,而只是为着获得审美的享受。这就是一种审美的"心理距离"。艺术真实感就产生在这种"距离"的基础上。如果消灭了"距离",把艺术真实完全等同于生活现实,就会闹出观众上台打演员的笑话。这样的观众,固然也产生了"真实感",但那却不是艺术的真实感,而是实用的真实感。有了后者的介入和干扰,真正的艺术感就必然受到抑制。

对建立"心理距离"来引导鉴赏者进入艺术真实的规律,不少艺术家心领神会,他们有意采用非现实的手法在鉴赏者的心理与实用的考虑之间设置某种障碍,造成一定的距离,从而使之跳出实用的真实感的束缚。中国戏曲的虚拟化与程式化,中国绘画的散点透视等都是打破实用真实感的重要手段。民主德国戏曲大师布莱希特创造的"间离"效果,也属此手段之列。现实主义艺术也有它制造距离的独特方法。因此,建立心理距离是形成艺术真实感的必要条件。

但是,造成艺术"幻觉",同样是达到艺术真实感的必要环节。所谓"幻觉",就是把艺术的虚构意象当成"真"的,在想象中把假定性意象当作真实世界。在此意义上,"幻觉"就是消灭心理距离。不少现实主义艺术就是追求这种"幻觉"的真实效果。它们用逼真的意象描绘,来缩短以至消除与读者观众间的距离,使他们在鉴赏过程中暂时忘记了自己的实在生活,也忘记了这是在看小说,看戏;而不知不觉地全然进入"角色",充当起作品中的某一人物,而欢欣,而悲叹。所谓"为他人落泪,替古人担忧",是艺术幻觉的直接效果。

艺术幻觉本身就是艺术真实感形成的重要标志。它的实质是对作品本体假定性真实作一种想象或幻觉的认同。对艺术本体真实的认同,当然不限于幻觉一种形式,但幻觉无疑是一种重要的方式。

需要说明的是,艺术幻觉虽也是一种心理距离的取消,但是它同前面所说的实用考虑有本质区别。幻觉的消除距离,是"化真为假",把现实提升到想象,是对实用考虑的一种特殊超越;实用的消除距离,是"弄假成真"(非想象的),把想象拉回到现实。因此两种消除距离,形成相似而实质相反。在艺术幻觉对实用考虑的超越上,它也是一种特殊的制造距离。它一方面缩短主体与虚构世界的距离,一方面制造主体与现实世界的距离。

因此,这个"二律背反"的正题与反题都可以成立。将两方面综合起来,我们又可以认识到艺术真实感的独特心理机制和活动规律,那就是"距离"与"幻觉"的统一:没有"幻觉"就没有真实感;没有距离,就没有艺术的真实感。

以上四个"二律背反",是从量、质、心理结构和机制等方面对艺术真实感的诸内在矛盾的揭示。艺术真实感正是这些不同方面、层次的矛盾对立面的"多样的统一"。

三、人类共通的真实感的心理根源

创造主体与鉴赏主体的真实感能够相通、共鸣,艺术家的"化真为假"能通过逆向还原为鉴赏者的"以假作真";而且,真实感又具有较大的普遍性与共通性,不同的鉴赏者在鉴赏同一个具有较高本体真实的作品时,会不约而同地产生大体一致的真实感。这种共同的真实感有时甚至可以超越民族和国界,超越时代和历史,为全人类所共同体验到。人类为何在对"真"的体验上会有高度的一致性和广泛的可理解性呢?我们认为,要回答这个问题,必须从研究人类求"真"的共同心理结构入手。

(1) 模仿是艺术真实感的直接心理机制。

艺术真实感形成所包含的双向心理行程,无论是"化真为假"还是"以假作真",其直接的心理机制都是模仿:"化真为假",就是用想象的、虚构的意象"模仿"现实关系;"以假作真"则将来自现实的经验元素进行调整、重组以"模仿"假定性的虚构意象。艺术的真实感受和体验,就发生和建立在这两种审美"模仿"的心理基础上。

所谓"模仿",如卢卡契所说:"无非是把现实的一种现象的反映移植到自身的实践之中。"[①]"模仿"作为一种心理机制,是人类共有的,是人类维持和发展族类的基本能力之一。从广义来说,模仿不仅是人类,也是一切高等动物身上所共有的现象。动物维持生存和繁衍族类,须靠模仿来传授经验,训练幼小,"将类的生存所不可缺的经验维持和传递下去只能靠模仿进行"[②]。但是,严格地说,人类的模仿与动物的模仿是有质的不同的:前者是自觉的,后者是本能的;前者的范围无止境(如现代仿生学),后者范围狭小,

---

[①] 卢卡契:《审美反映的形成》,《美学译文》(2),中国社会科学出版社 1982 年版,第 193 页。
[②] 同上书,第 194 页。

限于生存;尤其不同的是,前者可以凭借理解和想象,在心理活动中进行精神性的模仿,后者则只能是非精神性的纯生理模仿。正是精神性的模仿直接把人类引向艺术和审美的真实感。从心理学角度看,人的模仿机制并未随着人类文明的发展而消失,而是内化为更灵活、更敏锐、更广泛的一种心理能力。"内模仿"就是这种能力的表现之一。提出"内模仿"说的谷鲁斯认为,审美的模仿多半不外现为筋肉动作,而是"把模仿冲动加以精神化"。但他特别强调"内模仿"中的运动知觉感,而否认"内模仿"只是"一种单纯的脑里的过程"①,并未揭示出"内模仿"的主要特点,即模仿的心理化、精神化。内模仿的心理功能当然在日常生活中也广泛发生作用,但在艺术创造和欣赏中尤其显得重要。它主要借助于想象力在"化真为假"和"以假作真"的心理运动中扮演关键的角色。这种"内模仿"一旦达到全神贯注的程度,就形成艺术"幻觉"。所以,我们认为,"内模仿"乃是人类艺术真实感的直接心理机制。

(2)同情心是艺术真实感的情感牵引力。

"化真为假"与"以假作真"交替运动的艺术真实感和内模仿机制,仔细分析起来,其情感态度是一种"设身处地"的心境:艺术家设身处地地生活在自己创造的假定性世界中,全身心地相信这个非现实的世界;鉴赏者则设身处地地神游于艺术家创造的假定性世界中,将自己的情感投射到这个世界中,并以一种积极的肯定性态度认可其真实性。

两个主体的艺术真实感都依赖于这样一种"设身处地"的情感状态。这种情感实质上就是、或者就隶属于人类普遍的同情心,即广义的爱。

自从人类分裂为阶级以后,人类普遍的同情心表面上似乎不再存在;但若从人类区别于动物界的社会心理结构角度看,这种普遍的同情心仍然作为历史的积淀,凝结于人类心理的潜意识情感层上,形成普遍人性结构的重要方面。这是因为,人类的普遍同情心是在人类共同实践的社会普遍关系中形成的;即使在阶级社会,也仍未完全瓦解社会赖以生存的某些普遍的基本联系。

正是在社会群体互相依存的普遍联系中培育和形成了人类的普遍的社会交往的需要,这种需要在情感层的表现就是普遍的同情心与爱。

这种普遍的同情心具体地表现为人对同类(他人)的深厚的关切、爱护、

---

① 参阅朱光潜:《西方美学史》(下),人民文学出版社1979年版,第269—272页。

怜悯、体贴、谅解等情感态度,并常常推而广之,对一切生命甚至自然事物产生类似的感情。这种同情心的重要表现形式之一就是"设身处地"、"将心比心";也就是人对对象(人与物)的一种设身处地的感受、体验、想象和思考,在情感调质上呈现出领悟、共鸣、赞同、认可等积极倾向。很明显,艺术真实感——对假定性本体真实的沉迷与认同,一种"似真感"——正是源于"设身处地"、"感同身受"的普遍同情心。

(3)"原始思维"在现代人类心理结构上的积淀,是艺术真实感的认知性根源。

如果说模仿与同情心更多属于人类心理结构中的生理学和社会学因素,那么以"集体表象"为基本形式的"原始思维"则是人类心理结构中的认识论因素,它同样是人类艺术真实感有共通性的重要心理根源。

法国著名人类学家、社会学家列维-布留尔对原始人的思维方式和特征从发生学角度作过详尽深入的探讨,提出了受"互渗律"支配的"集体表象"说。他认为,原始人的思维是具体的思维,不知道也不会运用抽象的概念和逻辑,只体现为包含着强烈情感和运动因素的超越个体"世代相传"的"集体表象"。这种"原始表象"之间的关联不受我们现在所说的逻辑思维规律的支配(如因果律、矛盾律等),它可以允许同一实体在同一时间存在于两个以上的地方,允许单复数同一、部分与整体同一等等。其表象之间的关联只受"互渗律"的支配,即表象中的某一存在物或客体可通过一定方式(如巫术仪礼、接触等)占有其他存在物或客体的神秘属性;某一存在物与现象的出现或发生,"取决于被原始人以最多种多样的形式来想象的'互渗':如接触、转移、感应、远距离作用,等等"[①]。据此,布留尔称这种神秘的原始思维方式为"原逻辑的思维"。布留尔认为,原始思维有其不可替代的特点。因为逻辑思维的功能是反映客观,掌握客体的知识,知识是"对它的对象的占有";但"与原逻辑思维实现的互渗比较,则这种占有永远是不完整的、不完全的而且可以说是表面上的"。在后者中,"彼此互渗的实体之间的联系又是多么密切呵!互渗的实质恰恰在于任何两重性都被抹杀,在于主体违反着矛盾律,既是他自己,同时又是与他互渗的那个存在物",因而这是对客体"比来源于智力活动的占有更为完全的占有的经验"[②]。布留尔还有力地论证了这种"原逻辑思维"在现代人心理结构中仍然得到了某种程度的保留。

---

① 列维-布留尔:《原始思维》,商务印书馆1981年版,第70—71页。
② 同上书,第450页。

我们认为,正是这种在现代思维中保留、沉淀下来的"互渗"性"原逻辑思维"的因素,构成了人类共通的艺术真实感的认识性根源。这种方式在以下三点上同艺术真实感有着内在的联系:(1)艺术真实感建立在主体同客体的一种既是认识性但又非现实性的联系上,无论是创作还是鉴赏,所面对的对象都是在一定意义上"互渗"的结果。我们认为,"设身处地"地"化真为假"或"以假作真",本身也是一种特殊形式的"互渗"。这不仅表现在非现实手法如幻想、神话、寓言、象征、梦幻、荒诞、变形等等的运用上,而且也表现在现实主义的"再现"中。"再现"无论如何也是一种变形,也是对现实的一种主体的选择,其实质也是一个虚构的世界。要把一个虚构变形的世界当做一个现实的真世界,其基本性质无异于"互渗"。(2)原始思维的"互渗"是一种主体意识的介入,把主体的"互渗"意识投射、强加于对象,而非对对象的纯客观认识。艺术真实感亦包含主体意识的介入,而非纯客观的认识。创作主体对诸假定性要素的设定,鉴赏主体承认这种假定性的认同,都是超越客观认识的主体介入。(3)原始思维伴随着强烈的情感与运动因素,艺术真实感也是这样,特别是情感因素,已成为艺术真实感的有机组成部分了。这同逻辑(抽象)思维保持对客体冷静的认识、不受主体情感扰乱是不大一样的。由此可见,原始思维在现代人心理结构上的沉淀与留存,乃是艺术真实感的一个重要心理根源。

四、人类共通的真实感中文化历史因素的心理积淀

模仿、同情心和原始思维的"互渗"性,构成人类艺术真实感的共通的心理结构。但是,在这"大同"的前提下,还存在着不同文化背景、不同国家、民族的真实感的某种差异性。这种差异性是人类共同的生理心理结构中注入了不同的文化历史因素的结果。即是说,人类的一般心理结构是相同的,但具体的文化—心理结构是有差异的。文化—心理结构的差异性造成人们艺术真实感的不同心理模式。

文化历史因素如何进入并影响人们的心理结构呢?这同人类认识中"逻辑的格"的形成颇为相似,乃是一种历史的积淀。按照列宁的解释:(1)人类在长期实践中,对现实世界的逻辑关系有了越来越深刻的认识,从而逐渐把握了认识万物的最基本的逻辑规律,即"逻辑的格";(2)这种"逻辑

的格"在人类千百万次重复实践中"固定下来",并进入"人的意识"和心理领域,沉淀为一种固定的心理结构;(3)"逻辑的格"一旦转化为人的心理结构中的稳固成分,就具有"公理性质",并作为"先入之见"即人们认识世界的先验的心理模式来把握客体。这三点完全可以用来解释人类心理结构中其他文化历史因素的积淀。

例如,中华民族的文化—心理结构就不同于西方人与其他东方民族。恩格斯认为:"在一切实际事务中""中国人远胜过一切东方民族"。这种民族文化—心理结构的积淀与形成,在文艺观念和意识上同样表现得很明显。而这对不同民族的艺术真实感的区别关系极大。譬如中西诗画的空间意识就有显著区别。宗白华先生指出,西洋诗画是"依据科学精神的空间来表现自然"①,故"极注重写实、精细地描写人体、画面上表现屋宇内的空间,画家用科学及数学的眼光看世界。于是透视法的知识被发挥出来"②。而中国人是"用心灵的俯仰的眼睛来看空间万象,我们的诗和画中所表现的空间意识……是'俯仰自得'的节奏化的音乐化了的中国人的宇宙感"③。中国人的宇宙感是《易经》所说的"一阴一阳之谓道",所以,"我们画面的空间感也凭借一虚一实、一明一暗的流动节奏表达出来"。正是这种中西迥异的空间意识,造成中西诗画艺术的巨大差异。德国艺术理论家伍林格还把东西方不同的空间意识看成是西方艺术重模仿、东方艺术轻模仿的主要心理根据。他在《抽象与移情》中假设,模仿艺术源于模仿冲动,非模仿艺术(抽象艺术)则出自抽象冲动。模仿冲动的心理依据是"空间信赖"感,即信赖自己的空间视觉印象,对自身把握三维空间的能力有充分的自信心;抽象冲动的心理根据则是不信赖自己的空间视觉印象,越努力把握眼前的空间意象便越感到难于真正地把握,因而缺乏自信力,甚至陷入困惑与苦恼,这就是"空间恐惧"感。"空间信赖"的心理结构造成模仿的写实艺术,"空间恐惧"的心理结构则促成非模仿的写意艺术。其实,这也可以看作是东西方艺术真实感具有重大区别的一个重要心理原因。

我们认为,就艺术真实观念而言,从总体上看,西方重客观真实,中国重主观真实。这样一种基本的区别同双方的文化艺术传统和习惯的区别直接相关。卡奈曾发挥维特根斯坦的观点,指出模仿性是"我们西方文化反复灌

---

① 宗白华:《美学散步》,上海人民出版社1981年版,第97页。
② 同上书,第80页。
③ 同上书,第83页。

输的方面",模仿的种种艺术规则"已被内化为文化传统的一部分了"①。这种文化传统通过"集体无意识"积淀成西方艺术真实感的心理模式——重客观真实。中国却不同,我们反复受到灌输的是种种写意的艺术规则,并也内化为中国文化传统的一部分,因而在心理结构中积淀为重主观真实的特殊模式。

当然,这两种基本的真实感心理模式并不能概括全人类所有的真实感心理模式,就是对中西方变动着的真实感模式也不全适用。如原始思维中"互渗"性的真实观念在我国楚汉文化中表现得相当突出。屈原《离骚》与《九歌》中表现出的那个以"巫"为中心的神人合一、奇谲瑰丽的世界,不仅是浪漫的想象,而且也是那个时代人民对世界的真实观念。至汉初这种人、神、兽和谐相处的观念仍然支配着人们的意识。从大量出土的汉画像、砖、石、铜镜和瓦当中可以看到蛇身人首的女娲、伏羲,虎齿豹尾的西王母,还有后羿射日、嫦娥奔月等,反映出汉人把神魔鬼怪、珍禽异兽与人类看成同处现实世界的奇特观念。这样一种文化传统导致人们的真实观念既不同于模仿写实,又不同于主观写意,而是把神话想象与现实的交融当成最真实的世界。这种富有神话色彩的真实感的心理模式在当今西藏人民中还有残余的表现,不过是与佛教的神秘意识相交融而已。当代西藏"魔幻现实主义"小说的出现与成功就反映出这种特殊的真实感模式的生命力。就神话魔幻的真实感而言,当代拉美的"魔幻现实主义"作品也可归入这类心理模式。

总之,艺术真实感不只是,或更确切地说主要不是认识性感知,而是一种主体能动的心理学体验和感受。它有着一系列非认识性的心理学特征(四个二律背反),而且以历史积淀的一定的文化—心理结构为感知的模式。

1986 年 3 月份初稿,7 月底改定

---

① 转引自《美学与艺术评论》(三),复旦大学出版社1984年版,第414页。

论艺术真实的动态模型

对于中西艺术真实观念的历史回顾与比较，使我们站到了一个更高的研究点上，获得了一个更为开阔的视野和更为坚实的基础。任何新的理论的建立，都不是靠抛弃前辈的思想资料，而是靠批判地继承前辈的研究成果，再加以大胆的突破与创造。我们探索艺术真实之谜，自然也不能脱离历史与现实，不能对中西方艺术真实理论的发展、包括其中的曲折和失误置之不理。相反，我们要有宽容的历史气度，把形形色色中西艺术真实论中的一切合理的、有价值的东西都吸收进来，加以溶化、充实、提高，然后建立起新的比较完善的艺术真实论。这也是本书的主要宗旨。

我们还是从现实出发吧。新中国成立以来的艺术真实理论基本上属于"五四"以后欧苏现实主义的理论范畴。30年代以后、特别是建国以后，我们的文艺理论基本上未跳出苏联模式；加上中国特有的历史传统，真实性总是同政治倾向性纠缠在一起，总是离不开"歌颂"与"暴露"问题之争，所以也总是成为最敏感的理论问题之一。这种真实论的基本内容是，把是否符合社会生活本质（或曰"生活真实"）及符合的程度，作为衡量文艺作品有无真实性，以及真实性高低的唯一尺度，也即以忠实反映、再现生活为艺术追求的唯一真实。

这种艺术真实论，实际上只是一种单纯的"生活透视"论，一种忽视艺术自身特点的普泛的真实论。第一，它割断了艺术真实同艺术家及其创造活动的联系，似乎作品是否真实，只同艺术家对生活的认识是否正确有关，也就是说只同艺术家的世界观和生活经验有关，而同艺术家的艺术想象、创造活动无关，这样就把艺术真实同一般的认识性真实混为一谈了。第二，它认为艺术作品的真实性只能以客观生活作为唯一可靠的坐标参照系统，只能在对形象与生活的比较中，从两者之间的符合、一致程度才能做出判断。这样就导致了一个不可克服的内在矛盾：艺术真实作为艺术作品的本体属性却不能在它本身中找到衡量尺度，而非要在其本体之外寻找一个非艺术的"客观尺度"。这样衡量比较的结果，只能比出一般的认识性真实程度，而不能量出艺术真实的程度。第三,它又割断了艺术真实同读者观众及其再创造活动的联系。似乎一个作品一旦创作出来后,它的真实性就定型了,与鉴赏主体毫无关系,可以完全不受鉴赏主体判断的影响和制约。这又从另一个方面把艺术真实从完整的艺术活动过程中割裂了出来。第四,总之,它把艺术真实孤立地看成艺术作品的一种凝固的、静态的客观属性,一种只同生活有关而与艺术本身无关的认识论属性。这种观点,说到底,乃是把艺术真实混同于生活真实的古老倾向的新变种。

那么,艺术真实究竟是什么呢?我们应当怎样来把握这个文学艺术的基本属性呢?我们以为,首先,要从单一的哲学认识论的思维框架中跳出来,艺术就是艺术,不是哲学和科学,艺术不仅仅是认识,或者说主要不是认识,艺术是在感知、体验、直觉、想象、意志、思考等多种心理功能综合作用基础上的个人创造。所以,艺术所追求的真实不同于哲学和科学所探究的真实;艺术真实与其在哲学认识论范围内考察,倒不如从心理学角度去研讨。其次,艺术真实是一种主体创造的真实,所以不能离开主体的创造活动孤立地考察作品的真实性。再次,作品中的艺术真实是一个独立的、虚构的、再造的世界,与现实的客观世界有着本质的区别,它以不同于生活的独特结构、逻辑和风貌展现在人们面前,因此,我们应着重弄清艺术作品的本体真实究竟是什么,而不要只在艺术与生活之间做主观主义的比较。最后,艺术真实不是一个静态的封闭系统,而是一个分阶段逐步实现的过程,它同鉴赏主体的接受与认可有着密不可分的关系。因此,离开接受者的鉴赏活动,也不可能完整地把握艺术真实的内涵。本章试图根据以上四点构想,对艺术真实这个有着悠长历史的、老而又老的问题做一番新的考察,并初步建立起描述艺术真实实现过程的动态模型,以利于把有关这个问题的讨论推进一步。

第一节 艺术真实(A):艺术家的真切体验和情感(创作真实)

如果不是抽象地、而是具体地讨论问题,就应把艺术真实放在从创作→作品→鉴赏这个动态过程中去考察。因为艺术真实固然有其本体论的依据,却是艺术家创造出来的,是创作主体的意念、情感、心态借助形象思维而达到的物态化和具象化;艺术真实又不只是创作主体的臆造物,它作为一种鉴赏判断的价值,还需要鉴赏主体的承认。所以,艺术真实在某种意义上是创作主体与鉴赏主体的共同创造。既是创造,就必定是一个动态的过程。所以,作为一个整体,艺术真实既不单单决定于创作主体,也不单单决定于鉴赏主体,更不孤立地存在于作品与生活的静态比较中,而是存在于从创造到本体再到鉴赏的整个过程中。可以说,艺术真实是一个分阶段逐步实现的动态生成过程。

艺术真实萌生的第一阶段便是艺术家的创作构思过程。这一阶段的艺术真实主要体现在艺术构思与酝酿中创作主体情感的真挚与意象体验的真切。这是艺术真实的潜在基础,我们姑且称之为"艺术真实(A)"。即尚未凝定与实现的,孕育着艺术形象的艺术家的真情实感。艺术作品本体的真实性程度其实根系于此。

艺术构思包含着极其复杂的主体心理行程,它是全部创作活动的核心。在这一阶段,可以最清楚地看到艺术真实那种超越认识性的心理学特征。一般都认为,艺术形象只是社会生活在艺术家头脑中反映的产物,艺术创造就是以形象的方式来认识、反映生活的过程。前面所说的把艺术真实定义为艺术反映和认识生活的正确度的观点就是由此推演出来的。然而,我们认为艺术构思活动,不只是一种反映与认识,而更是一种主体的创造。这就决定了艺术真实不仅具有认识性因素,还包含着非认识性因素。这个问题可从两方面来探讨。

首先,就艺术在一定条件下具有某种认识功能来说,艺术真实也不是一种纯客观的反映或再现。我们并不否认,社会生活是文学艺术的源泉。任何艺术家都只能生存在具体的社会生活环境中,他的任何艺术创造的灵感,最终都可以归因于现实生活的启示和触发。我们也不否认,艺术家的构思和创造,必然包含着艺术家对生活的种种认识。在这个意义上,我们承认艺术形象同社会生活的血肉联系,承认艺术创造中包含着认识因素。然而,我们更应看到,艺术的认识不同于哲学的、科学的认识。如果说,哲学、科学对世界的把握,要力求减少主观性,而尽可能保持对对象的客观、忠实的反映和再现,那么,艺术的认识则允许艺术家主体性更多地介入。这就直接导致艺术真实同生活真实的分离。

其实,现代科学的认识论已经揭示,即使自然科学的认识,也不只是纯客观的反映。首先,自然科学的种种实验、解释、模型,都只是对对象性质的一种近似的描述,种种假设和理论的前提,就是把对象的主要规律从复杂的多重关系中抽取出来,而忽略其他一些非主要关系,因而就已经带有主观筛选的因素在内。爱因斯坦说得好:"只要数学涉及实在,它就是不确定的;如果它是确定的,那就与实在无关。"①就是说,作为一切自然科学基础的数学并非只是实在的反映。其次,现代自然科学早已深入到超人类感觉经验的微观世界与宏观世界,人类认识这两个世界须凭借最先进的观察仪器和工具,而这种包括人在内的观察仪器和工具系统直接影响着观察过程与结果。譬如对亚原子世界的观察,我们只能通过听盖革计数器的响声或在高倍数电子显微镜下照相底板上的黑点来捕捉到它的行踪,然而,观察到的只是它的痕迹和结果,而非这个世界的真相。这里,包括人与工具在内的观察系统本身成为观察行为不可分割的部分,其观察结果也打上了观察系统的印记,就是说,主体介入了科学认识。实际上,任何一种科学的实验、假设、模型和理论,都是主体按照某种既定的方向与框架向大自然的发问和做出的回答。所谓纯客观地反映世界的科学认识并不存在。再次,被公认为发展、丰富了马克思主义认识论的皮亚契的发生认识论原理,科学地揭示出人的认识是主客体交互作用、不断建构主体心理逻辑(数理)图式的过程。而主体的心理逻辑图式在对客观世界的认识中起着极为重要的同化和定向调节作用②。我们过去也讲能动的反映论,但我们所说的能动作用主要只体现为对客观世界从现象深入到本质、从感性上升到理性的抽象上,而不涉及主体对认识活动本身的参与和对认识对象的介入,更不体现为对认识结果的直接影响。总之,现代认识论告诉我们,人类对客观世界的认识,在性质和内容上都不可避免地包含着主体思维的某种介入。当然,这种认识是否具有真理性则有待于实践的检验。

而艺术的认识,同它特有的形象思维方式相联系,比之于科学的认识带有更多的主观性与个性色彩。艺术所需要的认识,往往不是明晰严密的抽象概念和判断,而是一种同感性具象、直觉印象、情感反应等掺和渗透交融在一起的模糊的心理体验和感受。它虽非一种纯然的感性认识,而是暗中积淀着或受控于某些理性认识,但主体却并不明确意识到;它是一种朦胧的感知,一种只可意会不可言传的认识,却带着全部泥土的气息与生活的芳香,流淌着艺术家主体情致的血液。所以,艺术的认识是充满生命与活力的

---

① 转引自《现代物理学与东方神秘主义》,灌耕编译,四川人民出版社1983年版,第29—30页。
② 参阅皮亚契《发生认识论原理》《儿童心理学》等。

主体体验与感受。全部艺术意象就是从这种体验与感受中萌动、发酵、酝酿而成的。必须指出,这种体验与感受并非纯客观的反映,亦非对客观事物刺激的单纯反应,而是主体多种心理机制综合作用的结果。其中主体独特的心理结构、逻辑图式、情感模型和具体心境,直接支配和影响着体验与感受的过程。这种艺术的认识有三个显著的特征:

一是始终"紧盯"住生活中种种具体事物的感性具象及其个性特征,而不像哲学、科学认识要不断剥离事物的感性具象,扬弃其个别性、特殊性,而抽象出其中的内在本质,达到其一般性、普遍性。因而艺术的认识始终是感性化、具体化、特殊化的(但不排斥理性认识的渗入与指导),始终是生动、丰富、具有生气的。

二是始终具有鲜明的个性色彩,而不像哲学、科学的认识趋向于共同、一致。生活现象无限丰富复杂,无论从哪个角度、哪个侧面,都能窥视其内核,所谓"横看成岭侧成峰",艺术地认识生活并无一定的规则。真正的艺术家总是按照自己独特的生活视角和思维方式来审视和感知生活的,因此,他们对生活的体验、感受总是各各不同、富有个性色彩的。德国画家路德维希·里希特曾回忆过青年时代与三位朋友一起外出画同一个风景。他们四人都决心忠实地再现自然,把自己的所见尽可能精确地复制下来。然而结果却恰恰相反,四幅描摹同一风景的画完全不同,四位画家都是按他们各自的个性对待生活的。所以里希特认为:"没有客观的视觉这种东西,形式和色彩是按照个人气质来把握的。"① 符号学美学的创始人卡西尔因此认为:"艺术不是一种模仿,而是对现实的一种发现。"② 这是颇有见地的。艺术认识(体验、感受)本质上是一种发现,因而是独特的。以我国当代作家为例,同是观察、体验知青生活,叶辛比较善于抓住特定时期重大而典型的矛盾冲突,感受其中的分量、意义和价值(《蹉跎岁月》);梁晓声则更注意审察在最严峻考验时刻每个人灵魂的波动、格斗与升华(《今夜有暴风雪》);张承志独具慧眼关注着在艰辛劳动中人与自然的交融;王安忆则惯于在芸芸众生、凡人小事中捕捉细微的心灵颤动;阿城更是以一种近乎恬淡的目光审视着酷烈惨淡的人生,体味着中华民族深厚的文化心理积沉;……一言以蔽之:科学的认识趋向于统一化、规范化、模式化,而艺术的认识则总是独特的、个性化的、不可重复的,与任何统一、规范、模式绝缘。

---

① 参阅海因里奇·沃尔夫林:《艺术史原理》,德文版。
② 《人论》第9章《艺术》,见韦兹编:《美学问题》,纽约1959年版。

三是在艺术的认识中,主体的介入程度远比科学、哲学的认识来得大。科学认识的中介是不断建构着的心理逻辑(主要是数理逻辑)图式。认识发生时主体大脑中决非像洛克所说的那样是一块"白板",而总是已有一定的逻辑图式作为认识的前提与框架。所谓认识,乃是一定的心理图式借助于同化与顺化相交替的形式,与外界事物的刺激相互作用,不断丰富、扩展、改建原有心理图式的过程。但由于人类心理逻辑图式的建立是有共同基础与规律的,所以科学的认识具有普遍性。而艺术的认识,不是直接凭借心理逻辑图式,而是主要凭借包围着、暗含着这种图式的特定情感、意绪、心态和每个人在特定时空环境中形成的独特文化心理结构(包括文化素养、生活方式、思维方式、行为方式、民族精神、道德情操、艺术趣味、审美理想、禀赋气质等等)来观察、体验、感受生活的。正是特定的情绪心态与独特的文化心理结构相结合,具体地构成了每一个艺术家认识生活的独特心理定势和视界,支配着艺术家获得对生活的与众不同的独特感受、体验和认识。罗丹说过:"艺术家所见到的自然,不同于普通人眼中的自然。因为艺术家的感受,能在事物外表之下体会内在的真实。"[①]这自然不错。我们还要补充一句,每一个艺术家所见到的自然,也各各不同,因为每个艺术家感受、体会事物内在真实的角度、方式以及感受、体会的主体素质、条件是各各不同的。我们过去常常反对艺术家戴着"有色眼镜"来观察、认识生活。然而,在特定意义上,真正的艺术认识,恰恰最需要每一个艺术家都配备一副只适合自己观察生活的"有色眼镜",这样,丰富多彩的生活才能在不同艺术家笔下得到五彩缤纷的展现,而不至流于千人一面、千部一腔。要之,艺术的认识,是艺术家对生活带有强烈主观色彩和个性色彩的感受与体验,它决不能看作是对生活的直观反映或镜子式的复现,它是一种经过主体加工酿造的生活之酒,是一种主体化了的生活变形,一种心理化了的生活折射。据此,对艺术真实性的要求,即使在艺术家认识、体验生活和酝酿、构思的阶段,也不应简单地理解为忠实地反映或逼肖地再现生活。

其次,更为重要的,艺术不仅仅是认识。体验和感受生活只是创作的起点,艺术构思的更为关键的步骤是想象与创造。这就要更进一步远离生活的生糙形态,在获得主体独特感受和体验的基础上,运用创造性思维,展开想象的翅膀,把零散、片断、杂多的体验与感受(而不复是现成的生活素材)

---

① 罗丹口述,葛塞尔笔记:《罗丹艺术论》,沈琪译,人民美术出版社1987年版,第19页。

进行独特的重组与再建,创造出独一无二的艺术意象体系来。别林斯基称赞果戈理在《钦差大臣》和《死魂灵》中,"通过自己泼辣的灵魂去体验外部世界的现象,再通过这一体验把泼辣的灵魂灌输到这些现象之中"①。这里,作家自己的"泼辣的灵魂"是艺术创造的核心。如果说,艺术认识已经在一定程度上受主体心理定势制约的话,那么,艺术创造则完全自觉地遵循主体的心理定势来想象、重现已经获得的生活感受与体验,把它们铸成有生命的艺术意象。这种想象和重组所依凭的已不是客观的生活现象、图景,而是主体心理活动的辐射;这种意象体系所遵循的已不复是现实生活的客观规律,而是主体在对生活规律独特感受基础上形成的情感逻辑、想象逻辑;它无须再时时拿生活原型为模特儿,而只须以主体的独特感受、体验为素材,按自己的特定意念和需要重新加以编织和熔铸;既可以张冠李戴,也允许黑白颠倒,既可以指鹿为马,也允许无中生有。如此想象、创造出来的艺术世界与现实的经验世界已经从外观、性质到价值都全然不同了。正如康德所说,想象力"能从真正的自然界所呈供的素材里创造出另一个想象的自然界"②。这个想象的自然界在外部形态、本质特性与价值观念上都完全不同于"真正的自然界",而是一个全新的世界。因此,在这里不再用衡量"真正的自然界"的尺度来衡量"想象的自然界",否则就是"牛头不对马嘴",就是特定意义上"混淆两类不同性质的矛盾"。用经验世界的形态来测定艺术世界的"真实"度,就犯了这种错误。

艺术构思、想象、创造的过程,实质上是一个意象建立的过程。"意"为艺术家的意念、意图、情意、意绪、意志等等,属主体的创造意向;"象"则是主体在生活中具体体验、感受到的具象信息,按艺术家的意向进行加工、改组、想象、生发、扩展、重建而成的具象体系。"象"与"意"犹如语言与意义是异质同构的对位关系,"象"总是服从"意",按"意"的要求组合建构起来以表达"意"的。古人云:"圣人立象以尽意"③,就是要建立具象体系来充分显现主体的意向。托尔斯泰也认为,"艺术是这样一项人类活动:一个人用某种外在的标志有意识地把自己体验过的感情传达给别人,而别人为这些感情所感染,也体验到这些情感"④。托翁实际上也认为艺术是一种"意"(艺术家自

---

① 转引自布尔索夫:《俄国革命民主主义者美学中的现实主义问题》,刘宁、刘保译,中国社会科学院1980年版,第66页。
② 《判断力批判》第49节。
③ 《用易·系辞上》。
④ 托尔斯泰:《艺术论》,耿济之译,金枫出版公司1987年版,第47—48页。

己体验过的情感)"象"(某种外在标志)组合体系,艺术家以"象"来表现、传达自己之"意",使别人也体验到这种"意"。在这个意义上,"象"完全是艺术家有意识制造的"外部标志",只要能为他人接受与体验,它是否要与生活形态相象,完全无关紧要。唐代的皎然深得此中三昧,他在评画家周昉一幅肖像画时写道:"吾知真象非本色,此中妙用君心得。苟能下笔含神造,误点一点亦为道。"①他懂得,只要能传神达意,"误点"亦为正"道"(艺术之道),因为艺术所追求的"非本色",而是创"象"以显"意"。那种以"逼肖自然"为能事的观点恰恰脱离了艺术之本色。成功的艺术创造总是在意与象之间建立起水乳交融的联系,达到意生象、象尽意,意象交融,浑然天成,化合成充满生气的有机整体。这是一个有自己生命中枢的独立世界。这种艺术构思与想象,是意象体系的创造过程,是主体把生气灌注到媒介(语言文字、石头、画布、音符等等)中去,赋予艺术世界以生命和灵魂的过程,只是一种精神的流溢、心灵的幻化和新生命的孕育过程。它同机械生产和复制是全然不同的。所以,仅仅用与外在世界是否符合或相象这一机械尺度来判定艺术家的创造活动是否具有真实性,显然是不合适的。

在艺术构思和创造阶段,真实性只能体现为心理体验的真切与情感状态的真挚。情感在意象创造过程中起着发酵、催化和凝聚的关键作用。黑格尔指出,"在这种使理性内容和现实形象互相渗透融会的过程中",也即在意与象的结合过程中,"要求借助于深厚的心胸和灌注生气的情感",因为只有"通过渗透到作品全体而且灌注生气于作品全体的情感,艺术家才能使他的材料及其形状的构成体现他的自我,体现他作为主体的内在的特性","只有情感才能使这种图形与内在自我处于主体的统一"②。就是说,艺术家对生活的体验和感受只有靠情感的力量才能转化为形象,艺术构思中艺术家的意向只有通过活跃萌动的情感才能输入、组织、化合零散的具象素材,一句话,情感在创作中是主体的代言者和"司令官",主体的全部心理功能都要听命于情感的指挥。想象的翅膀要按情感的脉搏跳动,生活的逻辑要经情感逻辑的批准,理性的思索要化为情感的血液。全部意象体系就是在特定的情感氛围中萌发、生长和成熟起来的。情感状态的是否真挚,直接决定着艺术形象的是否真实。

所谓情感状态的真挚,是指进行艺术构思与创造时,主体意念、意向中

---

① 《周长史昉画毗沙天王歌》。
② 黑格尔:《美学》第 1 卷,商务印书馆 1979 年版,第 359 页。

的情致、情感、情绪须发自肺腑,真率诚挚,而不应加以掩饰、强制、扭曲,更不能掺假作伪。这也正是中国古典美学中的"法天贵真""天然去雕饰""真性情""童心"等说法的合理因素。不能设想,在不真挚的、矫揉造作的情感氛围中会孕育出真实生动的艺术形象来。如有的"样板戏"中英雄人物在抒发豪情壮志时显得极为矫饰作伪,是人为地塞进去、生硬地贴上去的,因此怎么看也是虚假别扭的,其根源在创作时作者的情感状态不真挚。而要达到情真意切,就要求艺术家对被表现对象体验得真切入微,真动感情,或爱得真,或恨得深,或爱憎交织,难以分割,达到对对象"内在真实"的真切把握。只有把满腔激情倾注、反射、渗透到对象上,在创作构思时又不断用这种真情实感来引发艺术想象,才能创造出有高度真实性的意象体系来。

这种创作主体的真情实感,就是"艺术真实(A)",就是未曾外化、未曾实现的艺术真实,是艺术真实的潜在状态和内在动力。它不甘于潜伏在主体内,而急切地要求实现,渴望外化。

第二节　艺术真实(B):主观性与假定性的统一　　　　　　　(本体真实)

艺术真实的第二阶段是作品的本体阶段,在西方文艺批评中亦称为文本(Text)阶段,这时,艺术家的真情实感已凝定在作品的意象体系中,他的创造性想象已孵化出另一个真实世界,呈现为作品本体的真实性。这个艺术真实的本体显现阶段是它实现的第一步,我们称之为"艺术真实(B)"。

在作品本体中,意象的构成关系同创作时相比,发生了重要变化:艺术家的创作意向、意念、意图已转化为作品的内在意蕴;原先艺术家在不断寻找、筛选、重组、创造着的,与自己意向同构的具象,也由动态的建立过程凝定为稳态的感性形象体系。这样一种新建构起来的意象世界,如美国著名文艺理论家韦勒克、沃伦所说,是艺术家"自己的世界","人们可以看出这一世界和经验世界的部分重合,但是从它的自我连贯的可理解性来说,它又是一个与经验世界不同的独特的世界"①;也如英国美学家鲍桑葵所说,这个"想象的世界丝毫不是从属于真正事实和真理的整个体系的。它是一个代

---

① 韦勒克、沃伦:《文学理论》,三联书店1984年版,第238页。

替的世界,固然是根据同样的最基本基础构成的,但是有它自己的方法和目的,而且它的目标是取得另一类型的满足,不同于肯定事实后所取得的那种满足"①。

这样一个艺术意象的本体世界是否、能否具有真实性?具有什么样的真实性?何以能具有真实性?这是我们要探究的中心问题。

我们首先要肯定,艺术作品的本体真实,决不是生活本身的真实,也不是模仿、再现生活的真实。列宁以肯定的态度摘引过费尔巴哈的话:"艺术并不要求人们把它的作品当做现实。"②道理很简单,人们无时无刻不在现实中生活,他们无须把现实生活再复制一遍。那样的真实,除了可能引起人们对这种模仿、复制的手段和技术(巧)之高明的赞叹外,还有什么意义呢?事实是,艺术从它起源开始就有一种脱离、超越现实的趋向。原始的装饰艺术,如西安半坡出土的陶环、骨珠、石磺,大墩子出土的有孔玉斧,有什么模仿现实的因素呢?我国彩陶文化中动植物纹饰有着从写实趋向抽象化、图案化的过程,也说明艺术对现实的超越。著名的拉斯科克斯洞穴与阿尔塔米拉洞穴内极为逼真的动物壁画,按现在的说法纯然是"写实"的,但实际上恰恰表明了:第一,人开始把自己与动物分开,把动物完全当作狩猎对象,开始了对自然的超越;第二,人类的意识已经"不用想象某种真实的东西而能够真实地想象某种东西"③了,他们的"写实"是他们原始想象力的重要创造物。至于各原始部落、氏族的丰富神话、传说、图腾崇拜等,更是原始人用神话态度去看待世界的丰富想象力的结晶。德国著名美学家玛克思·德索在考察了原始艺术的形象经常给人以一种几何形的印象的事实之后,驳斥了"最初几何形的出现不过是现实客观事物复写"的观点。他指出,第一,"不同种族原始形象几乎都有规律地变化为很少几种几何形形式,这表明在这些形式中正好有某种自然的素质",而非模仿的因素;第二,"转变外在形式本身就包含着一种创造性的成就。因为无论如何这里并没有一种事先准备好了的模式可以加以模仿。自然物本身在外形上决不会展现为三角形、四边形等几何形状"④。在考察唱歌等原始艺术的发生原因时,他还以大量材料证明原始人"明显地是企图从现实中逃避出来并想忘掉他们那种平常的

---

① 鲍桑葵:《美学三讲》,上海译文出版社1983年版,第15页。
② 《列宁论文学与艺术》(一),人民文学出版社1960年版,第41页。
③ 《马克思恩格斯选集》第1卷,人民文学出版社1972年版,第36页。
④ 《原始人及史前时代的艺术》,载《美学译文》(三),中国社会科学出版社1982年版,第310页。

生活"时才歌唱的①。奥地利精神分析学派心理学家兰克也说:"几乎所有原始艺术的研究者都回到了同样的印象,就像原始艺术的第一个历史学家弗兰茨·库格勒早在1842年所说,原始艺术的意图主要是为了表现特殊的观念,极少是为了模仿自然。"②由此可见,艺术本不是以模仿自然、复写现实为要义的,艺术所追求的从来不是模仿与再现的真实;恰恰相反,艺术正是在人类不断征服自然、超越现实的创造性实践中诞生与发展起来的。因此,我们主要应从艺术的意象世界本身,而不是从它与经验的现实世界的符合中去寻求艺术本体真实的规定性。

我们以为,艺术作品本体真实的第一个规定性是主观性,就是说,艺术真实是一种主观的真实。

关于这一点,可以从作品意象体系的构成来分析。作品的意蕴来自艺术家的意向,是艺术家在创作时诸心理要素,如感觉、认知、情感、意志、心境等,在一定环境条件下对丰富驳杂的感受、体验进行综合加工而形成的,是一种内涵丰裕、界限模糊、渗透力和弥散力极强、并溶化于艺术形象之中的具体思想感情。这种具体思想感情,如果不把它抽象地从形象体系中提取出来,那么它显而易见是艺术家个人独有的,是主观的。我们常常读到许多评论文章在分析作品的主题思想时往往偏重于形象显露出来的客观思想,而忽视了作品意蕴中所包含的艺术家对生活、对世界、对人生的独特思考、独特发现和独特评价,而这种思考、发现与评价往往直接同他们对生活的体验、感受和生动印象融合在一起,就像新鲜的果品还带着泥土的芬芳一般。我们以为,这样的评论至少是片面和肤浅的。其原因在于忘记了作品意蕴的主观性方面。

比较起来,更复杂的还是"象"。有许多艺术家,特别是现实主义、自然主义的艺术家,往往直接取"象"于现实生活的种种具体事物,而且以描绘的精确和逼肖为目标,似乎是完全客观的了。其实不然。如前所述,在创作过程中,意象的构成方式是以意为本,由意生象。在作品中,意象关系就体现为:意为核心,象为外壳;意为母体,象为子系;意为所指,象为符号(能指)。当然,创作中"生象"的具体途径可以是多种多样、不拘一格的,只要能表情达意便行。因此,艺术家既可以完全撇开生活形态的具象而创造出另一种

---

① 《原始人及史前时代的艺术》,载《美学译文》(三),中国社会科学出版社1982年版,第310、320—321页。
② 《创作冲动和个性发展》,《艺术和艺术家》第2章,英文版。

形态的具象符号系统,如寓言故事中拟人化的动植物符号系统、神话传说中神仙符号系统等;也可以把非现实的幻想具象与取自现实的某些具象交汇成一种混合具象的符号系统,如《西游记》中的唐僧(现实性符号)与孙悟空、猪八戒、玉帝天神、妖魔鬼怪(非现实性符号)的结合,卡夫卡《变形记》中写主人公格里高里变为甲壳虫(非现实性符号)与对他周围种种社会关系的客观描绘(现实性符号)的交织,我国当代小说《透明的红萝卜》中主人公小黑孩的特异功能及透明的红萝卜的梦幻(非现实性符号)与对我国十年动乱中农村生活环境、人物关系的精确描绘(现实性符号)的渗透;当然,也可以完全取用现实生活的具象符号,这就是大量的现实主义、自然主义的作品。但是任何取"象"于现实的作品,不管作者如何宣称他们"绝对忠于现实",都不可能象照相那样纤毫不漏地复制生活。何况一般照相本身也有一个主体取景的介入,拍摄的角度、距离,取景的宽窄、大小,背景的选择、复合,光线的明暗、强弱,都会造成对对象不同程度的"歪曲",至少是对对象不全面的再现。至于各种艺术样式(包括摄影艺术)主体介入的程度就更大了。莫泊桑曾针对左拉的自然主义创作主张反驳道:"须知绝对的真实,不掺水分的真实是不存在的,因为谁也不能认为自己就是一面完美无缺的镜子。我们每个人都有一种思想倾向,教我们这样或那样去看待事物;同一桩事,这个人觉得是正确的,另一个人就可能觉得是错误的。想描写得真实,绝对的真实,是一种不能实现的妄想,人们至多只能根据各自的观察能力和感觉能力,确切地再现所观察到的东西,按照我们所见过的样子描绘出来。"①这是千真万确的。实际上,"根据各自的观察能力和感觉能力"所见到的世界已是一种主体化了的世界,是一种经主体心理结构折射过的世界。所以,现实主义、自然主义艺术家之"象",虽然取自现实生活,却已经主体的变形与扭曲,已是主观之"象"了。尤其现实主义艺术的取"象"强调典型化,或选一生活原型为底本,再取他"象"补充之;或"杂取种种",合而为一。这"选""取""补""合",无一不是按艺术家的主观意图进行的,无一不经其总体构思的过滤或折射,无一不是客观真实的不同程度的变形。人们往往指责现代派作品变形太大,以至认不出其表现的生活原貌。其实,现代派作品本不以再现生活原貌为宗旨,奈何以现实主义尺子权衡之?况且,在某种意义上,现实主义的典型化要求,同样是艺术意象对生活真实的一种变形。实际上,在某

---

① 《古典文艺理论译丛》第 8 册,人民文学出版社 1964 年版,第 148 页。

些方面,现实主义艺术的变形并不亚于现代派。当代美国格式塔心理学派美学家阿恩海姆在《艺术与视知觉》一书中,从视知觉心理学角度科学地揭示了现实主义绘画艺术利用人们的视觉错觉所做的巨大变形。他说:"在现实主义艺术中,由于使用了两个参考系,对画面中所有的各个成分进行歪曲就是被允许的。因为这种歪曲被看成是处于三度空间的物体进行了正确的投影的结果。事实上,由于现代派艺术不依赖于对于那些处于空间中的形象所进行的组织校正,所以在大胆地使用'变形'这一点上,即使那些最激进的现代派艺术家也很少能与那些处于投影现实主义的顶峰时代的最普通的现实主义艺术家们相比。"①而"变形"的实质或根源则在于艺术家主观的选择、提炼、想象、虚构和创造,在于主体"立象以尽意"。所以,说到底,各种"象",包括直接取客观生活形态之"象",在本质上都是主观的。

既然艺术作品中意与象两个构成方面都鲜明地打上了主观性的烙印,那么意与象的合成当然更是主体创造性的集中体现了。所以,如果说艺术意象体系很真实,那么这一定是一种主观的真实,创造的真实。韦勒克与沃伦在谈及杰出的现实主义作家狄更斯的小说与优秀的表现主义作家卡夫卡时说得好:"这两位小说家的世界完全是'投射'出来的、创造出来的,而且富有创造性,因此,在经验世界中狄更斯的人物或卡夫卡的情境往往被认作典型,而其是否与现实一致的问题就显得无足轻重了。"②是的,艺术家主观的真实本来无须去寻求与现实的一致。我们用主观性对艺术本体的真实做出这样一种定性判断,意在首先冲破我们长期以来形成的仅仅用现实生活的单一尺度来衡量艺术作品真实性的根深蒂固的心理习惯,而真正用艺术眼光、审美的尺度来看待艺术的真实。就是说,我们应当把艺术的真实还给艺术。

艺术作品本体真实的第二个规定性是假定性,就是说,艺术真实是一种假定的真实。

艺术作品的意象世界既然是一种主观虚构和创造的,那么,何以会显得真实呢?它既然不一定遵循现实生活的尺度和逻辑,那么,它何以会使人们产生真实感呢?答案应该从作品本体内在的审美结构中去寻找。当代著名批评家麦卡锡在分析梅瑞狄斯、康拉德、詹姆斯和哈代的作品时,把这些作家创造的艺术意象世界比作虚幻的、想象的"汽泡",指出他们"吹过巨大的

---

① 转引自《美学译文》(二),第 61 页。
② 《文学理论》,第 239 页。

内容丰富的五彩缤纷的汽泡,他们所描写的这些汽泡中的人物当然和真实的人物有可认知的相似处,但只有在那汽泡的世界中他们才获得充分的真实性"[①]。很明显,麦卡锡认为这些小说的真实不体现在与真实世界的"可认知的相似处",而就体现在这个虚幻的想象的汽泡世界自身中,就靠着这个虚构世界的内在法则获得其非现实的艺术真实性。麦卡锡还认为每个虚构的艺术世界都有其自身的严密规则与内在逻辑,互相不可取代。他说:"想象一下把一个人物由一个想象的世界移入另外一个世界的情形吧。假如把帕克斯尼夫移植到《金碗》中,他就会绝灭……一个小说家艺术上不可原谅的错误就在于不能保持语调气氛上的一致性。"[②]麦卡锡这些观点是值得重视的。他告诉我们:第一,艺术本体的意象世界是一个现实中不存在的想象的、虚构的"汽泡"世界。第二,这是一个具有内在逻辑性、统一性、完整性,不依附于现实经验世界的独立世界。韦勒克同意这一看法,并以小说为例,说这是一个"包含有情节、人物、背景、世界观和'语调'的模式、结构或有机组织"[③]。第三,根据这一世界的独特结构,它有按自己尺度确立的真实性,在这尺度之内,再虚幻也真实;离开这个尺度,再写实也失真。第四,这个尺度是什么呢?麦卡锡未明说,我们姑且用"假定性"来表述它。

我们以为,假定性是组建艺术意象世界的一种本质关系,这个世界的全部生命、运动、逻辑、规律都以假定性为基础。艺术作品的本体真实也以假定性为前提,是一种假定的真实。我们已说明了艺术真实首先是主观的真实,却不应理解为随心所欲、不受拘束的真实。主观而又要真实,就必须符合、遵守一定的法则和逻辑,这就是假定性的法则和逻辑。所以,艺术真实应是主观性与假定性的统一。

艺术的假定性是一个有普遍意义的审美范畴。它基于人类在长期社会经济文化生活中积淀起来的一种特殊的审美心理习俗、尺度和眼光:不把艺术当现实,而把艺术品的意象世界当作一种假设的、幻想的存在。如果处处以现实眼光来看艺术,那就永远也不能进入艺术的殿堂。那位看《白毛女》而跑上台去打演黄世仁的演员的观众,也许在现实中是一位立场坚定的战士,但在审美中却只是一个未入门的外行:他不懂得艺术的假定性,而把艺术真实同生活真实混为一谈了。所谓假定性,就是主体假想、设定的性质。

[①] 《人物肖像》第75页,伦敦1931年版。
[②] 同上书,第156页。
[③] 《文学理论》,第239页。

在各种艺术样式中,一定的意象体系只要符合艺术家所设定的假定性条件或关系,人们就会承认其真,相信其真,这个作品就具有了假定性的真实——艺术的真实。

假定性在中国戏曲中表现得最为明显,那种删繁就简的程式化的"变形",那种避实就虚的虚拟化的表演,那种千姿百态的象征化的脸谱,都是假定性的典型形式。如一根绳鞭可以表现骑马驰骋,四匹单骑可以代替千军万马,一个圆场"走"过了千山万水,一枝划桨表示着泛舟江湖之上,……这些都是假定性的例子。观众到剧场来是看"戏"的,而"戏"是由演员"做"出来的,所以聪明的观众并不以生活真实相求于表演,而以假定性真实来衡量戏曲。承认假定性,是亿万群众世代艺术欣赏实践形成的稳定的心理习惯,也可以说是约定俗成吧。不独中国戏曲如此,当代西方戏剧也由写实主义向非现实主义方向发展,自哥格兰提出戏剧"不是在生活,而是在表演"起,西方戏剧从结构布局、舞台装置、布景设计、导演处理一直到表演形式,都突出地强调戏剧的假定性,用以代替舞台演出的幻觉性、直接性、具体性和逼真性,出现了向中国戏曲靠拢的趋向。最近,在法国艺术家指导下在上海上演的法国名剧《三剑客》,在舞台布景的设计与表导演处理上都充满了戏剧的假定性。导演绝不拘泥于微观上的具体、琐碎的生活真实,而要求演员面向观众,不要互看"对手"说台词,演出中还吸收了中国戏曲手法,用木马作虚拟道具,演员在强烈的迪斯科音乐节奏中狂跳表示达达尼昂策马急速赶赴伦敦;尤其耐人寻味的是导演将路易十三时代三剑客与红衣主教卫队的一场争夺,处理成现代的"橄榄球赛",在荒诞的形式里达到了假定性的艺术真实。

关于艺术假定性的讨论由来已久。前面已经讲过,早在古希腊,亚里士多德已谈到"诗人的职责不在于描述已发生的事,而在于描述可能发生的事,即按照可然律或必然律可能发生的事"①;又说,诗可以按事物"本来的样子"去模仿,也可以按事物"应有的样子"去模仿,而以按事物"应有的样子"描述为好,"为了获得诗的效果,一桩不可能发生而可能成为可信的事,比一桩可能发生而不可能成为可信的事更为可取"②。过去我们对这段话常只从艺术应揭示事物本质规律、塑造人物应有典型性的角度来理解,也有的是从区分现实主义和浪漫主义两种创作方法的角度来讨论的。其实,我们以为

---

① 亚里士多德:《诗学》,新文艺出版社1953年版,第28、101页。
② 同上。

这段话也触及了艺术假定性的核心问题。亚里士多德不主张艺术写"已发生的""事物的本来样子",也即不主张模仿现实;他更提倡描述事物"可能有的"、"必然有的"、"应当有的"样子,即非现实的样子(虽然可能转化为现实),并认为写实有的未必可信(未必真),写乌有的未必不可信(未必不真)。然而,"可能有"、"必然有"、"应当有"的都是现实中尚没有的,都要靠艺术家的创造性想象与虚构,即假定,假想其会有。全部艺术想象都不是在已有、实有的领域中进行的,而是在假定性范围内进行的。这一点不应有任何的怀疑。

在我们看来,作品意象体系的假定性包括条件、逻辑、结局三个方面或环节。假定性条件是造成艺术假定性的最基本、最关键的因素,假定性逻辑与结局都是条件的必然延伸。

假定性条件是任何艺术作品必须内在地设置的不同于现实的时空、环境和关系(如人物关系、人与自然的关系、自然物之间的关系等等)。先说时空。从来的艺术时空都是假定性的,古希腊悲剧演出以一昼夜为限,但悲剧意象世界中的时间跨度却可以是几年、几十年、几百年。《俄狄浦斯王》中的主人公从小被弃,长大后误杀父王、错娶母后,执政多年,一直到发现自己犯了不可饶恕的乱伦罪而戳瞎双眼出走,一出戏几乎演了主人公的一生。这样的艺术时间就被假定性地扩大了无数倍;古典主义"三一律"把时间、空间跨度都很大的事件浓缩在一个地点、一天时间内,其时空也是假定性的;现代艺术中时空的颠倒、交错、重叠、跨越更是随处可见。我国古代伟大的文论家刘勰很早就认识到这一点,他说艺术想象要"思接千载","视通万里"①,实际上已揭示出艺术时空的假定性和非现实性。假定性环境是指意象体系中为主体(人或拟人化的神怪、自然物等)所设置的具体的自然与社会环境,当然是在假定性的时空之中。恩格斯指出,环境是"环绕着这些人物并促使他们行动的"因素②。具体的假定性环境往往会造成促使在其中生活的主体按特定方向、方式进行活动的具体情势和机缘,这种由假定性环境诱发出来的主体活动也对应地是假定性的活动,例如托尔斯泰《复活》的主人公玛丝洛娃,起初是一个纯洁无瑕的乡村少女,由于天真而被聂赫留朵夫奸污和抛弃了,以后在贫困、卑污、黑暗的生活环境逼迫下一步步走向深渊,终于堕为妓女。玛丝洛娃这个形象就是作品中这个假定性具体环境的产物。假定性关系乃是指为作品中各有关主体、对象假设的各种具体关系。譬如寓言、童

---

① 《文心雕龙・神思》。
② 《马克思恩格斯选集》第4卷,人民出版社1972年版,第462页。

话故事就常常首先将动植物世界的关系拟人化,替它们设立各种类似于人间生活的具体关系,狼和小羊之间就是凶暴贪婪的强者侵害柔顺天真的无辜的关系。又如日本电视连续剧《血的锁链》以惠子为中心,把二次大战以来四个不同阶层、地位的家族(清川、志摩、吉川、久保)的三代人用血缘套血缘、仇恨叠仇恨的错综复杂、尖锐激烈而又充满情感波澜的矛盾关系纠结在一起,就在这假定性关系中展现日本社会的政治、经济、法律、道德、心理状况、民族风习和精神风貌,暴露温情脉脉的家族伦理关系在利己主义的尔虞我诈中日渐解体的世态炎凉。这里还需要提一下的是,我国古典诗词的比兴手法,实际上也是建立在假定性关系基础上的,离开了特设的假定性关系,就不可能创造出诗歌的独特意境。杜甫《春望》中"感时花溅泪,恨别鸟惊心",就把自然物(花、鸟)通过假定性关系的设置而人情化了;同样,李商隐《无题》诗中"春蚕到死丝方尽,蜡炬成灰泪始干"也是在假定性关系中形成独特的"痴情"意象的。传统的比兴方法源远流长,从一个侧面反映了我国人民形成假定性心理习惯的悠久历史。假定性的时空、环境与关系构成了艺术意象假定性的基本条件,也构成了意象世界生存的基础。也可以说,这些条件决定性地构成了艺术作品意象世界的假定性与非现实性。

在假定性的世界中,人、事、情、境,都按自己独特的、不同于现实生活的规律与法则发展。就是说,艺术世界有着自己演进的独特的假定性逻辑。这种逻辑是由全部假定性条件综合地决定的,也可以说是这种种条件的必然延伸。前述艺术应表现的"应有"、"可能有"、"必然有"的东西,即现实还没有的东西,这应然、可然、必然就是艺术作品的假定性逻辑,与现存的、已有的生活逻辑有着根本的区别。人们常只以作品的意象体系是否符合现实生活的逻辑来衡量其真实性,实际上犯了一个错误,就是忘记了艺术意象世界本身完全是假定性的,它主要应当接受假定性逻辑的检验,而不应当仅仅接受现实生活逻辑的约束。否则,就取消了艺术。我们认为,艺术的真实性,本质上就是整个意象体系符合由作品假定性条件决定的假定性逻辑的程度。关于这个问题,狄德罗的观点很值得重视。他明确区分了艺术真实与哲学真实,指出:"诗里的真实是一回事,哲学里的真实又是一回事。为了存真,哲学家说的话应该符合于事物的本质,诗人只求和他所塑造的性格相符。"①这里实际提出了现实逻辑与假定性逻辑的区别问题。哲学的真在于

---

① 《论戏剧艺术》,《文艺理论译丛》1958年第2册,第128—129页;第1册,第171—172页。

论艺术真实的动态模型

符合现实逻辑与规律，艺术的真只在符合它所塑造的性格即艺术形象自身。艺术形象是离不开非现实的想象与幻想的，因为"没有幻想的作用，决不会找到真实的运动"，所以艺术形象只要求符合自身的假定性逻辑，就具备了真实性，而无须去对照现实生活。狄德罗还谈到哲学推理与艺术想象各有自己的逻辑，它们"都可能是合乎逻辑的或不合乎逻辑的"，"把必要的一系列的形象按照它们在自然中前后相联的顺序加以追忆，这就叫做根据事实加以推理。如已知某一现象，而把一系列的形象按照它们在自然中必然会前后相联的顺序加以追忆，这就叫做根据假设进行推理，或者叫做想象"①。这段话很重要。狄德罗告诉我们，哲学逻辑须以现实已发生的事为据，按其规律加以推理；艺术想象则"根据假设进行推理"，按事物在现实中尚未发生、但"必然会"发生的逻辑进行想象，这种想象的逻辑就是假定性的逻辑。

假定性逻辑是决定艺术真实性程度的关键。中国古典小说美学有关这方面的论述很多，也很精辟。明冯梦龙总结当时短篇小说创作经验时说："人不必有其事，事不必丽其人"，"事真而理不赝，即事赝而理亦真"，便可"触性性通，导情情出"②。其意谓，小说中人、事之真假无关紧要，只要"理"——假定性逻辑合理，小说就有了真实性。睡乡居士则说："《西游》一记，怪诞不经，读者皆知其谬。然据其所载，师弟四人，各一性情，各一动止，试摘取其一言一事，遂使暗中摸索，亦自知其出何人，则正以幻中有真，乃为传神阿堵"③；袁于令也说《西游记》之"极幻之事，乃极真之事"，"极幻之事，乃极真之理"④。他们所谓"幻""怪"乃指虚构的荒谬的意象体系，他们所谓"真"乃意象背后假定性逻辑自身的严谨合辙，无懈可击。《红楼梦》庚辰本十七、八回写黛玉见宝玉把她所赠的荷包珍重地贴身携带着。脂砚斋在此批道："按理论之，则是天下本无事，庸人自扰之。若以儿女之情论之，则事(是)必有之事，必有之理。"生活中无有之事，艺术则可使之成为"必有"，即把形象纳入假定性逻辑的统辖之下。就连讲究忠于史实的历史演义小说也注重把史实笼罩在假定性条件与逻辑的氛围中。金丰说："从来创说者不宜出于虚，而亦不必尽屈于实，苟事事皆虚则失于妄诞，而无以服考古之心；事事皆实则失于平庸，而无以动一时之听。"历史小说当然不能完全脱离史

---

① 《论戏剧艺术》，《文艺理论译丛》1958 年第 2 册，第 128—129 页；第 1 册，第 171—172 页。
② 《警世通言·序》。
③ 《二刻拍案惊奇·序》。
④ 《西游记题词》。

实,但作为小说艺术,就必须有虚构与假定,做到"有起有复有变化之美观",而"令人听之而忘倦"①。这就要虚实结合,创造一个具有内在完整性、按假定性逻辑运动的意象体系。

进一步看艺术假定性逻辑的核心是主体的情感逻辑。情感是想象的内驱力,往往是非理性的或超越理性的,但是情感的活动也有其自身的逻辑和规律。艺术假定性的逻辑往往可以违背生活的事理逻辑,却必须符合人的情感逻辑。贺裳曾引唐李益"嫁得瞿塘贾,朝朝误妾期。早知潮有信,嫁与弄潮儿"的诗句,与《一丛花》词的末句"沉眼细思,不如桃李,犹解嫁东风",评道:"此皆无理而妙。"②女子嫁给海潮或东风,当然是奇思谬想,不合逻辑,然而写思妇之情却再真切不过了,这就是无理而合情,合乎情感逻辑。《牡丹亭》写杜丽娘痴情,死而复生,显逆常情常理,大背生活逻辑,然汤显祖云:丽娘一往情深,故"生者可以死,死者可以生。生而不可与死,死而不可复生者,皆非情之至也。……嗟夫,人世之事,非人世所可尽,自非通人,恒以理相格耳。第云理之所必无,安知情之所必有耶"③。的确,艺术可以违背现实生活之"理",只要符合"情之所必有",即情感逻辑,则必定真实。所以假定性逻辑是生长在情感逻辑的温床之上的。

至于假定性结局就比较简单了。它是指艺术意象按预设的假定性条件与逻辑必然生出的结果,其性质的非现实性与假定性也是不言而喻的。

由此,我们知道,一部艺术品的本体真实不应只是在它之外、在现实生活中去寻找,而应主要从它自身,从它的假定性诸要素中去寻找。艺术的本体真实之所以是主观的,而并非随心所欲的,就在于它还要受假定性法则的限制;艺术作品作为虚构、想象的世界,之所以仍具有真实性,就在于这种虚构与想象也是按假定性规律进行的,符合假定性诸要素的就真,违背假定性诸要素的就假。正因为艺术的假定性具体体现在虚构与想象之中,所以古今许多艺术家和美学家都不约而同地把艺术作品称为"伟大的谎言"。"谎言"指虚构、虚假的意象,"伟大"是指假中显真。亚里士多德的"把谎话说得圆"中,"谎话"指艺术虚构与幻想;"圆"则指符合假定性。他还说,一部作品"如果已经采用了不近情理的事,而且能使那些事十分合情合理,甚至一桩

---

① 《说岳全传·序》。
② 《皱水轩词话》。
③ 《牡丹亭记题词》。

荒诞不经的事也是可以采用的"①。在他看来,现实生活中"不近情理"甚至"荒诞不经"的事,只要经艺术家的假定性处理,使之在假定性范围内显得"十分合乎情理",那就有了艺术的真实。时过2000年,现代派抽象艺术的理论代表康定斯基也说:"伟大的抽象"里"存在着伟大的现实性的根","真实应从不真实里(抽象里)说出来"。② 无疑,现代派也有自己的艺术假定性规则,当然,与传统艺术的假定性已是大相径庭了。然而,有一点是肯定的:艺术作品的本体真实就存在于它的假定性之中。

总之,艺术真实(B)——作品的本体真实是主观性与假定性的统一,是艺术真实现实化的第一步。

第三节　艺术真实(C):在"重建"中的认同 （鉴赏真实）

艺术真实在作品本体(B)中只实现了一半,因为如果无人欣赏与承认,这种真实就还只是一种半潜在的因素隐藏在作品的意象体系中。

马克思在谈到商品生产与消费的关系时指出:"两者之间存在着一种媒介运动",即互以对方为媒介,其中"产品在消费中才得到最后完成","因为只是在消费中产品才成为现实的产品,例如,一件衣服由于穿的行为才现实地成为衣服;一间房屋无人居住,事实上就不成其为现实的房屋;因此,产品不同于单纯的自然对象,它在消费中才证实自己是产品,才成为产品。……因为产品之所以是产品,不是它作为物化了的活动,而只是作为活动着的主体的对象。"③这个原理同样适用于艺术生产。当代西方的接受美学就是同这一原理基本上吻合的。艺术产品也只有在读者、观众的消费即鉴赏中,才获得其现实存在的。因为艺术产品之所以是产品,不仅在于它是物态化了的艺术创造活动,而且在于它只能作为现实鉴赏主体的对象。离开了鉴赏主体,它就不成其为艺术品。据此,艺术真实也只有从作品本体的功能质转化为鉴赏主体的心理感受,即真实感,才算获得完全的实现。就是说,艺术的真实性,不仅存在于作品本体的意象结构中,存在于主观性与假定性的统

---

① 《诗学》,新文艺出版社1953年,第89—90页。
② 《欧洲现代画派画论选》,人民美术出版社1985年版,第132—133页。
③ 《马克思恩格斯选集》第2卷,人民出版社1972年版,第94页。

一中,而且需要鉴赏主体的接受与承认。在这个意义上,本体真实只是艺术真实的必要条件而非充分条件,只是艺术真实现实化过程中的一个主要环节,而非全部主要环节。只有当本体真实在特定时空条件下,经人们的鉴赏活动,被比较普遍地肯定和承认了,艺术真实才算走完了它的全部行程而得到真正的实现。

应当看到,艺术真实作为审美价值系统的一个要素,是为主体而存在、与主体不可分离地联系着的。马克思说:"价值,这个普遍概念,是从人们对待满足他们需要的外界物的关系中产生的"①,价值是"某种纯粹社会的东西"②。艺术真实,作为一种广义的审美价值判断形式(而主要不是作为认识的价值判断形式),是从人们(社会主体)对满足他们鉴赏需要的艺术品本体的关系中产生的。这种主客体关系的一方为艺术作品,另一方为鉴赏主体。鉴赏主体对艺术作品的需要主要是审美的精神享受和陶冶。但是,由于审美活动是主体诸心理生理构成要素辩证地综合活动的复杂过程,在活动中大脑和神经网络系统从信息记忆库中所调动的储存信息也是全面的,不仅有具象的符号信息,还有其他非具象的(如哲学的、政治的、道德的……)理性符号信息,虽然后者在前者的包围渗透中显得比较朦胧、模糊、不确定。所以,一般说来,人们的具体审美活动往往很难达到完全超功利、超理性的程度。认识的、思想的、政治的、道德的、历史的等等非纯粹审美性的价值判断总是要参与、介入到纯粹的审美价值判断中来,甚至在一定程度上潜在地左右或把握着审美判断的方向与方式。其中,真实性不仅本身是广义审美价值系统的一个组成部分,而且是导向纯粹审美判断的必要前提和通道。如果一部作品整体或部分脱离假定性法则而陷于虚假、不真实,就会削弱以至毁坏其内在的审美价值。反之,一部作品如能紧紧扣住其假定性诸要素,造成鉴赏主体的真实感,就会非常顺利地引导人们进入纯粹的审美意境,或至少使主体造成良好的审美心境,以便对作品的审美价值做出比较正确的判断,并得到巨大的精神享受。由此可见,真实性作为广义审美价值系统的一个组成部分,乃是从社会主体对艺术作品的鉴赏需求中产生的,是人们进行审美价值判断的一个必不可少的环节。

鉴赏主体对作品本体真实的接受与肯定就是真实感的产生。同本体真实主要不是认识论的真实,而是假定性真实相对应,艺术要求鉴赏者产生的

---

① 《马克思恩格斯全集》第19卷,人民出版社1963年版,第400页。
② 马克思:《资本论》第1卷,中共中央党校出版社1983年版,第72页。

真实感,主要也并非出自对对象的一种认识性的符合感,而是一种明知其假却偏偏心甘情愿"上当受骗"、自投其假定性"圈套"并信以为真的"似真感"。如果说艺术的本体真实是"伟大的谎言",那么鉴赏主体的"似真感"就是一种"自我欺骗"。古往今来,许多艺术家深明个中奥义,他们的创作并不求逼肖生活,却力求在假定性范围内令鉴赏者相信其为真。英国18世纪作家菲尔丁就说,"一切诗歌的艺术,其上乘是能使真假掺杂,目的在于既能令人相信,又能令人惊奇。"①"令人惊奇",就是离开认识性的生活真实感;同时又要"令人置信",就是进入"自我欺骗"的认可——艺术的似真感。刘勰也提出艺术创作"酌奇而不失其真,玩华而不坠其实"的原则②,"奇""华",指艺术想象与虚构的奇丽丰华,"真""实"指想象与虚构应当造成的艺术鉴赏效果——真实感。歌德甚至认为,人们鉴赏艺术作品有两种态度:一种是专门看其中"模仿的真实",只要求"一部作品要逼真";另一种则是能看到艺术"内在的真实","会在艺术本身中找到自身完美的卓越之处"。他认为前一种观众是"缺乏修养"的"拙劣的粗俗的"观众,后一种才是真正懂得艺术的观众。这里不仅区分了两个不同文化素养层次的鉴赏群,而且提出了艺术所要求的真实感并非精确模仿生活引起的逼真感,而是对作品内在假定性真实的接受与相信。

由此可知,艺术真实感实质上是鉴赏主体对作品本体假定性真实的一种心理上、情感上的认同(identify)。这种"认同"的心理体验恐怕是有一定文化水平并接触过文艺作品的人都会有的。譬如读《红楼梦》开篇,有关石头记由来、警幻仙子及对金陵十二钗的陈述等构成了全书非现实性的故事框架,读者明知其假(定性),明知此乃虚幻的红楼一梦,然而,随着故事的展开,人物命运的起落,四大家族的变迁,人们还是被深深打动了。几百年来,有多少人为宝黛的爱情悲剧洒下了一掬同情之泪! 所有这些读者都是知其假而信其真的,可以说都在不同程度上认同了小说的巨大真实性。再如近年上映的法国反法西斯题材的喜剧电影《虎口脱险》与《王中王》,全部的故事情节与人物关系都是虚构的,其中许多重场戏完全是荒诞不经的(诸如两名伞兵夜宿旅店换错房间、偷吃德军模拟像蛋糕,教练员带领犹太人全家大闹元首府等等),若用现实生活的眼光来测量,简直毫无真实性可言;然而,我们不但看了下来,而且看得津津有味,被充满喜剧性的人物、故事与冲突

---

① 菲尔丁:《汤姆·琼斯》第8卷第1章,湖南人民出版社1982年版。
② 《文心雕龙·辨骚》。

深深吸引住了,而且我们的心情也随着人物遭遇、处境的变化而张弛起伏,一句话——我们被作者艺术地带进了他们所巧妙布设的规定情景,不知不觉地陷入假定性的"圈套"中,也就是说,我们此时完全认同了这个虚假荒诞的故事,相信它具有完全的真实性。这种心理上、情感上的认同,就是艺术所要求的真实感或似真感。

艺术真实感怎样形成?有何特点?

我们以为第一步是对艺术假定性的直觉体验、领悟与进入。这是产生对作品本体真实认同的基础,也是本体真实(鉴赏对象)与真实感(鉴赏主体)之间的唯一桥梁。在表演艺术上,人们常使用"进入角色"一语,其实,艺术鉴赏同样需要"进入角色",就是进入作品意象体系所规定的假定性情景之中。而要"进入",首先要体验与领悟。这是一种对作品意象搅和着主体情感、意向的体察与经验。意象充满着假定性,体验就要把主体的情感、意识导向对作品假定性诸要素的领悟与契合。当然,这种体验是直觉性的,无须经过明确的理性思考和概念判断,就伴随着鉴赏过程而不知不觉地完成。有无这种体验与领悟,对能否获得真实感关系极大。如读李煜词《虞美人》,前几句就使你体察到这位亡国君主"日夕以眼泪洗面"的深哀巨痛:"春花秋月何时了,往事知多少?小楼昨夜又东风,故国不堪回首月明中!雕栏玉砌应犹在,只是朱颜改。"这已把读者引入了一个沉重忧愁的假定性心境之中,而后才能接受与认同"问君能有几多愁?恰似一江春水向东流"的高度真实性。"愁"与"春水"本是两个无关的意象,然而愁之深长、连绵、巨大却同东流的一江春水有着假定性的关联。如在前几句无所体验,就不可能进入此词的真实性意境。一般说来,若能部分或全部体验、领悟到作品的假定性内涵,就能部分或全部地进入作品所假定的情境,并按它所提供的假定性条件与逻辑进行欣赏,而不会发生怀疑、犹豫或其他消极情绪。因为这些消极情绪极易阻抑、打断和破坏主体对假定性情境的领悟与进入。

这一步,在建立主体真实感过程中属求同阶段,就是同作品本体的假定性诸要素逐步建立起心理上、情感上的同一性,鉴赏者力求"还原"到与艺术家创作时相似的心境,相应地获得对作品假定性的深刻体验,有的还形成对应的艺术幻觉。这时,鉴赏者就被作品征服了,不知不觉被作者牵着鼻子走,甘愿被作品虚拟的意象所"欺骗",在心理和情感逻辑上批准它、相信它。歌德提出:"每一种艺术的最高任务即在于通过幻觉产生一个更高真实的假象"。就鉴赏角度说,形成幻觉,就是承认"更高真实"的第一步。

第二步是对作品假定性意象的"重建"与再创造。这是把本体真实主体化的又一重要步骤。众所周知,艺术欣赏不是一种被动接受和反映的过程,而是以鉴赏主体独特的文化心理结构为背景的再创造过程。当代现象学美学的代表波兰哲学家罗曼·英伽登把这种欣赏中的再创造称为"具体化"或"重建"。他认为,任何文艺作品都只是"纲要性、图式性的创作",首先"它在自身之内包含有显示特征的空白,即各种不确定(模糊)的领域";其次,"并非它的所有决定性因素、成分或性质都处于实现的状态,而是其中有些只是潜在的"。因此,这些"空白""不确定"的领域就需要鉴赏者去想象和充实;这些潜在的特质就需要鉴赏者去实现,这就是对作品意象的"具体化"或"重建"①。艺术实践告诉我们优秀艺术家创造的假定性意象体系总具有某种模糊性、不确定性,包含着丰富的潜在内涵;总是一个复杂的多层次网络形动态结构。这就给不同的鉴赏者按照自己的文化心理结构进行"具体化"和"重建"留下了充分的余地。面对着同一个假定性的意象体系,鉴赏者可以从不同角度、断面和层次上的不同"空白点"与"模糊区"去体验、领悟,并进行创造性的想象、补充和具体化,以"重建"鉴赏者自己的假定性意象体系。另外,假定性本身就是虚幻的假设,其本性同想象、幻想就密不可分。而所谓"具体化"与"重建",就是鉴赏者在作品提供的假定性意象基础上再做进一步的想象与幻想。所以假定性与"重建"间有着内在的一致性。作品的假定性就这样转移到主体的假定性想象或"重建"中来了。

这种再度想象与"重建"的主要特点是,具有鉴赏主体的强烈个性色彩。"一千个观众心中有一千个哈姆莱特",此之谓也。鉴赏者总是按自己的体验、感受、趣味、气质、好恶、习惯等来补充、改造,甚至重造作品的意象体系。所以,这一步实际上同前一步相反,本质上是离异,是对本体意象的脱离与重塑,因而是创造性的。但是,离异是以求同为基础的,"重建"是在作品提供的假定性范围内进行的。如果突破了这一范围,就超出了艺术鉴赏界限。这一步在作品中注入了鉴赏主体自己的想象与幻想,把艺术作品原有的假定性诸要素接受、改造、"重建"为鉴赏主体的假定性。这样,就在作品本体真实与鉴赏者的心理之间建立起交流的通道。这也是艺术真实感形成的必要步骤。

第三步才是对本体真实的认同。经过体验、领悟、进入作品的假定性情

---

① 《艺术的和审美的价值》,载《文艺理论研究》1985年第4期。

境(同),又经过对作品假定性意象的"具体化"与"重建"(异),最后在更高的阶段上,对作品的本体真实认同。认同就是在心理逻辑、特别是情感逻辑上的认可、同意与相信。如王维的"雪里芭蕉图",把南国的芭蕉与北方的冰雪组合在同一幅画里,完全违背现实的时空逻辑,但从未有观者指为"虚假",原因是人们在心理逻辑上认同了;宋李公麟画李广夺胡儿马,画面上只有李广拉满弓,箭锋直指胡骑,引而未发的姿势,然胡儿却已仆倒在地。这在现实中也是不可能发生的,但对表现李广之英雄气概与箭术之高超,却是极妙的。所以当黄庭坚问李公麟时,李答道:"使俗子为之,当作中箭追骑也。"①这里,高于"俗子"的观者即便理论上不解,也会从心理、情感上认同这种艺术处理而产生真实感的。《聊斋》大写鬼狐世界,然给人的真实感丝毫不亚于《三国》《水浒》等写实作品,何也?冯镇峦说:"聊斋说鬼狐,即以人事之伦次,百物之性情说之","盖虽海市蜃楼,而描写刻画似幻似真,实一一如乎人人意中所欲出"②。可见第一,其即便违背客观事理,却合乎"人人意"——人人的心理、情感逻辑,因而能得到人们普遍认同,虽幻犹真。第二,更深一层的原因在聊斋中鬼狐俱通人性,而观者亦以人性受之,二者必然相通,就会越过意象假定性的障碍,达到一拍即合,迅速认同。

严格地说,这一步认同的已不复是作品纯然的本体真实,而是鉴赏者"重建"了的主体意象的假定性,或者更确切地说,是作品假定性与鉴赏者"重建"的假定性的统一。正因为这种认同不仅是对对象的客观的肯定,而且实质上也是对主体自身再创造的肯定,是对主体本质力量的一种自我欣赏。所以,它往往伴随着浓郁的亲切感。这种亲切感能起到清除主体心理上的戒备、疏远、不相信等消极因素,强化认同感的作用。

以上三步综合起来就形成鉴赏主体的艺术真实感,也即鉴赏的真实,我们名之为"艺术真实(C)"。鉴赏真实的实质,是鉴赏主体对作品本体真实在"重建"中的认同。当然,在具体的鉴赏实践中,这三步是在瞬间同步完成的,主体自己并不一定明确意识到,我们只是为了理论上说明的方便才分解为三步的。至此,经过从创作到作品再到鉴赏三个阶段的完整运动,艺术真实才一步步地从创作真实(A)外化为本体真实(B)最后转化为鉴赏真实(C),也才由潜在的价值变成了现实的价值,艺术真实的全部内涵才得到了较充分的实现。

---

① 黄庭坚:《题摹燕郭尚义图》。
② 《读聊斋杂说》。

艺术真实感之所以在全人类普遍存在,"真"作为艺术作品基本价值之一之所以被一切时代、一切种族的人们所承认,各个时代、各个民族的优秀艺术家创造的文艺作品,其真实性之所以能超越时空,被后世的、不同民族的人们所理解和认同,是以人类心理生理结构(或人性结构)中某种历史形成的共同性为基础的。这个问题,后面要专门探讨,此处就不谈了。

以上,我们对艺术真实从 A→B→C 的转化过程逐一做了初步考察。我们的结论是:艺术真实的基础主要不是哲学认识论,而是艺术心理学。艺术真实主要不是认识论上反映或再现的真实,而是在从艺术创造到鉴赏的心理运动过程中形成的一种基本的审美价值;它不是一个静止的闭锁系统,而是一个动态的开放系统,它是在主客体交互作用中生成和实现的,是创作真实、本体真实和鉴赏真实的动态统一。

艺术真实的动态模型如下图。

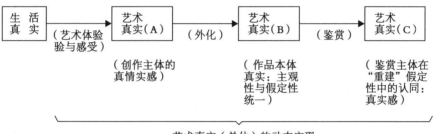

现实主义理论的一个重要阶段
——对马克思、恩格斯现实主义理论的历史考察

一

现实主义,作为一个文学艺术思潮和运动,已经走过了一个半世纪多的漫长路途,然而,对现实主义这个概念的理解和界定,至今众说纷纭,莫衷一是。似乎命中注定了,对现实主义的争论,要伴随着现实主义发展的始终。

新近我国文学理论界关于现实主义的讨论再度兴起。在我看来,其中许多不同意见倒不见得有根本的分歧,而是对现实主义本身理解上不一致。因此有必要对现实主义做一番历史反思。

对现实主义的历史反思,似应包含两层意思:一是对作为文学创作思潮和运动的现实主义发展历史的回顾;二是对作为这一创作思潮和运动的美学总结的现实主义理论的历史思考。总起来看,现实主义文学在创作上和理论上的发展并非完全同步。有时候,理论落后于创作,创作上的成就,未获得及时、深刻的理论总结;有时候则相反,理论超前于创作,仓促中还未出现成功的先例,理论上倒先提出了新的原则和规范;更多的情况是理论同创作发生某种偏离,从某种特定的需要出发对创作做出不完全合乎实际的阐释。我们今天在现实主义问题上的种种分歧意见,往往可以在这种历史的"偏离"和"错位"中找到源头。限于篇幅,本文只拟就马克思、恩格斯的现实主义理论同欧洲、主要是法国现实主义文学的历史联系做一初步研讨。

二

现实主义运动的第一个高潮是19世纪三四十年代至六七十年代的法国兴起的。它一出现,就是作为浪漫主义的对立面而具有鲜明的自身特点。

它的代表人物司汤达、巴尔扎克、梅里美、福楼拜、莫泊桑等,不仅为法国文学史写下了光辉灿烂的一页,而且在世界文学史上享有崇高的地位。他们共同特征,主要表现在:

第一,他们都拒绝和否定了浪漫主义文学的虚幻遐想,在艺术创造和审美理想上刻意追求对客观现实的真实、精确的描摹。19世纪初法国浪漫主义运动从反启蒙运动立场出发,重新把基督教的幽灵召唤到文学中来,竭力美化中世纪的"神圣""壮丽""高贵",鼓吹"如果你歌颂现代,你将不得不在作品中避免真情实况,而选择理想的精神的美与理想的物体的美"①;消极、颓丧、神秘、感伤的情调与逃避现实、害怕真实的"理想"成了浪漫主义的精神支柱。现实主义文学则一扫这种虚无缥缈的"理想",把文学创作奠定在赤裸裸的真实性的基石之上。司汤达在1836年创作的长篇小说《吕西安·娄万》的第一篇序言中明确地提出"小说应该是一面镜子"的主张。巴尔扎克的系列长篇《人间喜剧》想要描写19世纪法国社会的风俗史,他关于现实主义的看法,是众所周知的。而福楼拜更是大声疾呼以大公无私的方法把物理学的精确给予文学。这是在呼吁一种近乎冷酷的纯客观的真实。对客观真实性的追求,是法国现实主义文学最基本的美学特征,也是同浪漫主义文学的根本分界线。

第二,他们的作品中都贯穿着人道主义思想和对资本主义现实清醒而深邃的批判精神。应当说,18世纪启蒙思想家的思想血液依旧在19世纪现实主义作家的血管中流淌着。不同的只是把对理性王国的热烈讴歌和呼唤,变成对资本主义反理性现实的无情审判。司汤达的《红与黑》深刻地批判了复辟时期封建等级制度对整整一代富有进取心的小资产阶级平民青年的压抑和吞噬。他所使用的批判武器是追求自由、平等和个性解放的人道主义。他说,"一切生物,从昆虫到英雄人物,第一条原则就是要保护自己";于连拼命挤入上流社会的要求是天经地义、合情合理的;而对他的悲剧性毁灭则流露出深深的惋惜和同情。巴尔扎克写《人间喜剧》就是要"编制恶习和德行的清单、搜集情欲的主要事实"(《人间喜剧》前言),展开社会批判。但是,这种批判的内在动机还是人道主义思想。如高老头临终前那段"把父亲踩在脚下,国家不要亡了吗?……不要天翻地覆吗"的撼人心魄的控诉性独白,极其生动地显示出巴尔扎克现实主义批判精神同人道主义的血肉联

---

① 《欧美作家论现实主义和浪漫主义》(二),中国社会科学出版社1981年版,第73页。

系,或者更确切地说,这种批判乃是从人道主义激情中汲取力量的。福楼拜带着对现实的强烈愤懑和批判态度进入《包法利夫人》的创作。他说:"就在此刻,同时在二十个村庄中,我的可怜的包法利夫人正在那里受苦受难,伤心饮泣。"①由此可见,法国现实主义文学的锐利批判精神是同火热的人道主义思想紧密交融在一起的,是18世纪启蒙思想家的人道主义思想在新的历史条件下的一种否定性表现形式。

关于19世纪初期法国大革命后人们对资产阶级理性王国的幻想的破灭,恩格斯做过极为精辟的说明。他指出,当法国革命把"理性王国"和"新制度"变为现实后,理性的国家完全破产了,富有和贫穷的对立并没有在普遍的幸福中得到解决。"革命的箴言'博爱'在竞争的诡计和嫉妒中获得了实现。贿赂代替了暴力压迫,金钱代替了刀剑,成为社会权力的第一杠杆"。"总之,和启蒙学者的华美约言比起来,由'理性的胜利'建立起来的社会制度和政治制度竟是一幅令人极度失望的讽刺画。"②现实主义作家清醒地看到了这一点。当司汤达把现实看成"一堆发臭的烂泥"时,当巴尔扎克用他的宏篇巨制为时代开列出"恶习的清单"、"情欲的事实"时,他们对"理性王国"的幻想早已弃之云外,而是勇敢地直面血淋淋的现实和惨淡的人生。然而,此时启蒙学者赖以建立理性王国理想的思想武器——追求自由、平等、博爱和个性解放的人道主义精神却并未因此消失,退出历史舞台。人道主义与它的理想发生了二元分离;理想被扭曲了、异化了,理想与现实尖锐对立,但人道主义自身却立时调转矛头,把对封建贵族等级制的批判转向对自身理想的产物——资本主义王国的批判,因为资产阶级的血腥加铜臭的现实同样背离了人道主义的准则。因此,现实主义文学的批判,是资产阶级理想对资产阶级现实的人道主义批判,或者说是资产阶级的自我批判。而正是在这个意义上人道主义批判就超越了资产阶级的狭隘功利而成为人类文化的宝贵财富。

第三,他们都受到19世纪自然科学精神和实证主义哲学的影响,这是现实主义文学追求对现实世界描绘的客观性与精确性,重视对现实的细密观察和切身体验的重要原因。19世纪自然科学取得了一系列突破性的发展,科学观察和实验的风尚得到了传播;而孔德实证主义哲学的产生,又进一步弘扬了"精确地发现"自然界现象之间的"关系"的实证精神。这种求实的经

---

① 转引自《法国文学史》(中),人民文学出版社1981年版,第548页。
② 《马克思恩格斯选集》第3卷,人民出版社1972年版,第298页。

验主义科学和哲学思潮熏陶了文学艺术,准确、精微开始成为文学描写的标准和作家追求的目标。司汤达爱好数学这门"精确科学",并力求在文学创作中贯彻这种准确描绘对象世界的科学精神。巴尔扎克直接从动物学家居维埃与圣底莱的科学争论中吸取营养,力图把《人间喜剧》写成类似于后者把整个动物界看成是"统一图案"的包罗万象的社会风俗史的整体图景。福楼拜从生理学与医学中培养了实验主义倾向和对事物周密观察的习惯,明确提出"小说是生活的科学形式"、"文学将越来越采取科学的姿态"等科学主义论点,并付诸创作实践。这个时期,现实主义理论与创作之间尚未出现裂痕。

三

现在,我将转向研讨马克思、恩格斯对现实主义的论述。我的基本看法是,马克思、恩格斯作为无产阶级革命导师,他们的基本立场是把文艺当作社会主义运动的一翼,当成革命事业的一方面来思考的;他们对英法现实主义(主要是法国现实主义)思潮的评论就是在这一总格局下进行的。按现代阐释学的说法,他们是带着社会主义革命的现代视界对现实主义思潮做出了马克思主义的独特阐释的。这样一种阐释构成了现实主义美学理论的一个新的阶段——马克思主义的现实主义阶段。

应当说,马克思、恩格斯提出现实主义理论也是相当早的。在德国,自席勒、歌德最初使用现实主义概念后,近半个世纪这一概念遭到冷落。直到1853年,德国作家冯塔诺发表了《我们时代的现实主义》一文(比法国库尔贝等艺术家提倡现实主义还早了几年),冯塔诺大声疾呼,现代文学除了回到现实主义这一唯一正确的道路上来之外,没有别的出路。他的现实主义观点主要是:(1)主张真实性、丰富性,即认为现实主义"是一切真实生活、一切真正的力量和兴趣在艺术要素中的反映","现实主义囊括全部丰富的生活";(2)反对照抄自然,主张对生活加以"提炼",指出"我们所理解的现实主义不是日常生活赤裸裸的再现,更不是生活中的苦难和阴暗面的赤裸裸的再现",批评把表现苦难与现实主义混为一谈的"倾向";(3)强调"现实主义热爱生活,越新鲜越好"的现实感和当代性;(4)主张艺术表现上的真实、自然、质朴,反对"形式上的违反自然"、"空话和浮夸文风","反对谎言与僵化";(5)认为现实主义代表健康艺术的主流,指出"在艺术中,现实主义和艺术本身一样古老,甚至可以说:现实主义就是艺术"。① 冯塔诺的现实主义观点的基本精神是健康的,是同法国现实主义思潮相呼应的,但他的理论还较肤浅。激情多于理智,理想多于经验,倡导多于实践。

马克思、恩格斯是在几年后对拉萨尔剧本《济金根》的严肃批评中正式提出其"现实主义"概念和感想的。恩格斯批评拉萨尔"不应该为了观念的东西而忘掉现实主义的东西,为了席勒而忘掉莎士比亚",他是把现实主义同"观念的东西"相对立的。这里,"观念的东西"和"席勒"都是指拉萨尔在《济金根》悲剧序里所表达的历史观念。拉萨尔声称,"我认为莎士比亚之后,以席勒和歌德为代表的德国戏剧所取得的进步,是由于他们,特别是席勒,创作出名副其实的历史剧……但是,甚至在席勒那里,各种历史观念的伟大斗争也还仅仅是使处境的悲剧性得以开展的一块土壤";在这块土壤上生长的还只是"纯粹的个人关系和命运、虚荣心的斗争、家庭和皇朝的目的等等"。而拉萨尔的雄心则是"使时代和人民,首先是本国人民的伟大的文化历史过程成为悲剧的真正主题";认为在《济金根》中,"问题不再是关于个人,个人只不过是斗争着的最深刻的普遍观念的代表和化身罢了"②。这里,拉萨尔紧步黑格尔后尘,把历史发展看成世界精神、普遍观念的矛盾斗争,而把现实和个人的情欲看作普遍观念得以在历史上实现的工具,陷入了唯心史观的泥淖。他对席勒的历史剧做了错误的概括之后片面加以抬高,但又认为席勒还不够彻底,只有他才使历史悲剧真正表现个人活动背后无所不能的"普遍观念"的深刻斗争。所以,恩格斯用"现实主义"来反对拉萨尔的"观念的东西",用强调莎士比亚来同拉萨尔片面抬高席勒相对立,其核心在于批判拉萨尔的唯心史观。恩格斯紧接着说:"根据我对戏剧的这种看法,介绍那时的五光十色的平民社会,会提供完全不同的材料使剧本生动起来,会给在前台表演的贵族的国民运动提供一幅十分宝贵的背景,只有在这种情况下,才会使这个运动本身显出本来的面目。"③这进一步证明。"现实主义"的核心是反对表现所谓"普遍历史概念"的神秘斗争,从现实出发,主张正确描绘济金根这一贵族国民运动的"本来面目",也即他后来所要求的

---

① 《欧美作家论现实主义和浪漫主义》(二),中国社会科学出版社1981年版,第425—433页。
② 《弗兰茨·冯·济金根》,人民文学出版社1976年版,第10—11页。
③ 《马克思恩格斯选集》第4卷,人民出版社1972年版,第345页。

"对现实关系的真实描写"①。同时,这里强调莎士比亚的作用,也不仅出于美学上的考虑,而是主要出于历史真实性的考虑,因为拉萨尔正是从贬"莎"扬"席"出发,才导致对济金根悲剧作了歪曲的描写。恩格斯说:"由于您把农民运动放到了次要的地位,所以您在一个方面对贵族的国民运动作了不正确的描写,同时也就忽视了在济金根命运中的真正悲剧的因素。"②在这一点上,马克思的思想是与恩格斯不谋而合的,他虽未提到"现实主义"一词,但也把批评的重点放在拉萨尔对贵族运动的歪曲描写上,指出"革命中的这些贵族代表——在他们的统一和自由的口号后面一直还隐藏着旧日的帝国和强权的梦想——不应当像在你剧本中那样占去全部注意力,农民和城市革命分子的代表(特别是农民的代表)倒是应当构成十分重要的积极的背景"。由此,马克思提醒拉萨尔:"这样,你就得更加莎士比亚化,而我认为,你的最大缺点就是席勒式地把个人变成时代精神(按:即'普遍观念')的单纯的传声筒。你自己不是也有些象你的弗兰茨·冯·济金根一样,犯了把路德式的骑士反对派看得高于闵采尔式的平民反对派这样一种外交错误吗?"③

由此可见,马克思、恩格斯这一时期的现实主义思想,有几个特点:(1)强调文学要正确描写历史和现实的阶级关系与阶级斗争,以对历史人物与事件做出正确的解释。(2)由此强调作家应用唯物主义历史观来观察现实,指导创作,否则,就会被唯心史观遮蔽了眼睛,而犯拉萨尔式的歪曲历史和现实的"外交错误"。作为一个佐证,我们可以提到恩格斯1870年论及德国史学家威·戚美尔曼的《伟大农民战争史》时在指出该书描述那个时代的阶级和阶级斗争状况方面还"缺乏内在联系"等缺陷后,又指出"这本书是德国唯心主义历史著作中值得嘉许的一个例外,就当时来说,它还是写得很富于现实主义精神的",原因在于"那种驱使他在这本书里到处为被压迫阶级辩护的革命本能"④。这里他用"现实主义"赞扬戚美尔曼,同批评拉萨尔时所用的"现实主义"概念,在主要内涵上是一致的。(3)认为现实主义包含历史的与美学的双重要求,而且这两个方面的要求是水乳交融,紧密结合的。"席勒式"不仅导致美学上概念化和"抽象"化,而且也陷入唯心史观的错误;

---

① 《马克思恩格斯选集》第4卷,人民出版社1972年版,第454页。
② 同上书,第346页。
③ 同上书,第340—341页。
④ 《马克思恩格斯选集》第2卷,人民出版社1972年版,第288、287页。

"莎士比亚化"则不仅包含性格描写的鲜明性、"情节的生动性和丰富性"等美学内容,而且包含用平民运动的"福斯泰夫式的背景"作衬托,正确地表现贵族运动的性质和悲剧结局的必然性的历史真实性要求。(4)把上述现实主义原则视为文学创作的最高原则。恩格斯说:"我是从美学观点和历史观点,以非常高的、即最高的标准来衡量您的作品的。"(5)以上这些特点,在最深层是服从于或服务于马克思、恩格斯所从事的现实政治斗争需要的,即无产阶级革命斗争的需要的。马克思要求拉萨尔正确描绘济金根起义与平民运动的关系,是要他"用最朴素的形式把最现代的思想表现出来",以揭示"使1848—1849年的革命政党必然灭亡的悲剧性冲突"①,从而暗示无产阶级革命到来的必然性。恩格斯更明确说,他的坦率批评,完全是"为了党本身的利益"②。

显而易见,50年代末期马克思、恩格斯的现实主义理论同英、法、德的现实主义创作实践开始发生重要的"偏离"。法国现实主义运动还在发展中,马克思、恩格斯当时未来及充分注意到;德国现实主义创作还很微弱,缺少力作。所以,他们提出现实主义主张,半是批判拉萨尔的唯心史观,半是呼唤,并从两方面区别于创作实践:一方面并未对法国现实主义文学做出理论总结;另一方面是对无产阶级革命所要求的现实主义文学的超前倡导。这一现实主义理论与法国现实主义思潮有着重大的区别。首先,出发点不同,法国现实主义文学是为了真实地再现社会现实;马克思、恩格斯则从无产阶级革命事业的发展需要着眼。其次,思想基础不同,法国现实主义奉行实证主义哲学,主张对客观世界以自然科学的精确性加以描写,马克思、恩格斯则坚持唯物史观。再次,理论侧重点有很大不同,法国现实主义强调艺术描写的真实性、逼真性和典型性,马克思、恩格斯更注重作品对社会阶级关系的正确把握与表现;前者使真实性服从艺术和审美要求,后者使真实性服从于认识论上的真理性和社会学、政治学、经济学上的价值观念即倾向性,带有更强烈的社会主义政治倾向性,而美学色彩相对冲淡了。马克思在1854年对英国19世纪现实主义优秀作家狄更斯、萨克雷等人所作的评论可作旁证:"他们在自己的卓越的、描写生动的书籍中向世界揭示的政治和社会真理,比一切职业政客、政论家和道德家加在一起所揭示的还要多。"③

---

① 《马克思恩格斯选集》第4卷,人民出版社1972年版,第343—347页。
② 同上书,第339—340页。
③ 《马克思恩格斯全集》第10卷,人民出版社1962年版,第686页。

不过，如前所说，这一时期马克思、恩格斯的现实主义思想也包含美学方面的要求，但总起来看，这些美学要求是作为手段服务于认识论的真理性和社会主义的政治倾向性的。相比之下，法国现实主义的真实性要求本身是作为审美尺度的一个有机要素而提出的，就是说，主要是文学自身的内在要求。这样一些重要区别，归根到底，是由马克思、恩格斯把文艺作为无产阶级解放事业的一翼这一总的理论构想决定的。这也正是马克思主义的现实主义理论一开始就独具的鲜明特色。

四

到 80 年代，恩格斯在致敏·考茨基和哈克奈斯信中更为系统地论述的现实主义理论，正是上述主张的展开与深化。在此，恩格斯对以巴尔扎克为代表的法国现实主义文学做出了经典性的正面总结。然而，在我看来，这一总结仍然同法国现实主义的创作实践存在着某种"偏离"或超前。

首先，他更明确地强调法国现实主义在真实描写现实关系方面所提供的巨大认识价值和深刻的社会真理。他高度赞扬"现实主义大师"巴尔扎克《人间喜剧》里给我们提供了一部法国社会——特别是巴黎"上流社会"的卓越的现实主义历史（这一点还基本与巴尔扎克的意图吻合）；称它在描写资产阶级暴发户逐渐取代贵族社会"这幅中心图画的四周""汇集了法国社会的全部历史，我从这里，甚至在经济细节方面……所学到的东西，也要比从当时所有职业的历史学家、经济学家和统计学家那里所学到的全部东西还要多"[1]。这样，实际上把法国现实主义文学的真实性主要归结为对现实社会的阶级关系和阶级斗争描写的正确性和通过这种描写所显示的社会真理性，而不是艺术的和审美的真实性。恩格斯对莫泊桑的小说《漂亮的朋友》的推崇也完全基于它揭示的社会真理性和现实批判性："星期一晚上我看完了《漂亮的朋友》，我反复思考了书中所描绘的巴黎新闻界，当时我认为这种景象一定是夸大了的；就在星期二的早晨，你和保尔（按：指拉法格）的来信使我看到了《漂亮的朋友》生活中完全现实的一幕，现在我应当向吉·德·莫泊桑脱帽致敬。"[2]显然，恩格斯丝毫未提及该小说审美上的真实性。

---

[1]《马克思恩格斯选集》第 4 卷，人民出版社 1972 年版，第 463 页。
[2]《马克思恩格斯全集》第 10 卷，人民出版社 1962 年版，第 588 页。

其次,恩格斯更明确地把现实主义与一种进步的思想倾向和社会理想联系在一起了。他强调说,"我所指的现实主义甚至可以违背作者的见解而表现出来",巴尔扎克就是典型例子;他"在政治上是一个正统派","他的全部同情都在注定要灭亡的那个阶级方面"。但他凭着现实主义而顽强地同这种反动的、错误的政治倾向斗争,"这样,巴尔扎克就不得不违反自己的阶级同情和政治偏见;他看到了他心爱的贵族们灭亡的必然性,从而把他们描写成不配有更好命运的人;他在当时唯一能找到未来的真正的人的地方看到了这样的人,——这一切我认为是现实主义的最伟大的胜利之一,是老巴尔扎克最重大的特点之一"①。过去人们常常把恩格斯这段话理解成现实主义艺术方法战胜了反动的世界观。其实不然,世界上哪有什么单纯的艺术方法就神通广大到能战胜、克服,或者说根本改变一个人的世界观和政治倾向呢?思想的改变至少靠思想自身的斗争,巴尔扎克的世界观和政治观中要是不存在进步的甚至革命的成分,不能设想他在自己的作品中能"看到"现实阶级斗争的必然发展趋势,更不可能违反并战胜自己的阶级同情与政治偏见了。我同意这样一种观点,即认为巴尔扎克的基本政治立场和阶级同情是站在法国中小资产阶级一边的。在七月王朝金融大资产阶级篡权后,中小资产阶级中的一小部分(如巴尔扎克)采取政治上投向保皇党反对派一边而对抗金融贵族;就其整个世界观的基本倾向而言,仍保持着中小资产阶级的立场。② 这种世界观和基本政治倾向才是抵制和战胜其保皇党政治偏见的内在力量。其实,我们过去自己先把恩格斯说的"现实主义"框在"创作方法"的小圈子里,作茧自缚,殊不知恩格斯的"现实主义"概念本来就不只是指艺术创作方法,事实上从来不主要指创作方法,而是像在批评《济金根》时一样,主要指一种尊重客观事实的唯物主义认识路线,与正确分析现实阶级关系和阶级斗争,把握其发展趋势的唯物史观和辩证法。这是一种包含艺术方法在内的世界观层次上的现实主义!有例为证:早在1883年12月恩格斯给拉法格的信中就说:"在我卧床这段时间里,除了巴尔扎克的作品外,别的我几乎什么也没有读,我从这个卓越的老头子那里得到了极大的满足。这里有一八一五到一八四八年的法国历史,比所有沃拉贝尔、卡普

---

① 《马克思恩格斯选集》第4卷,人民出版社1972年,第462、463页。
② 关于巴尔扎克复杂的世界观,我同意柳鸣九主编的《法国文学史》(中)第11章第1节的分析。该书提供的大量第一手材料,证明巴氏并非正统保王党人,而是"始终保持着中小资产阶级的较民主的观点"。可参阅。

菲格、路易·勃朗之流的作品中所包含的多得多,多么了不起的勇气!在他的富有诗意的裁判中有多么了不起的革命辩证法!"①恩格斯认为,巴尔扎克正是靠着对"革命辩证法"的把握才达到真正现实主义的高度的,才战胜了世界观中反动、保守的因素和某些政治偏见的。

我认为,恩格斯这里所概括的现实主义,特别是巴尔扎克的现实主义,同巴尔扎克本来固有的现实主义创作的美学原则已有重要区别,已远远超越了作为艺术方法的美学范围而政治化、革命化了。与其说这是巴尔扎克(或法国)现实主义的真实写照,毋宁说是一位马克思主义奠基人眼中或心目中的巴尔扎克现实主义,是一位无产阶级革命导师从社会主义运动全局需要出发重新塑就的巴尔扎克现实主义。

这样一个把现实主义政治化、革命化的特点,在恩格斯以巴尔扎克为典范批评、指导英国女作家玛·哈克奈斯的《城市姑娘》时表现得尤为明显。恩格斯说:"您的小说也许还不是充分现实主义的。据我看来,现实主义的意思是,除细节的真实外,还要真实地再现典型环境中的典型人物。您的人物,就他们本身而言,是够典型的;但是环绕着这些人物并促使他们行动的环境也许就不那样典型了。"这段名言被许多人认为是现实主义的经典性定义。但我认为,这一不是完整的定义,二不是对以巴尔扎克为代表的法国现实主义新下的定义;而是恩格斯对"社会主义的小说"所提出的思想、政治、艺术三合一的基本要求,只是这个要求是借"现实主义"的名义表达出来而已。这里"现实主义"的核心内容是"再现典型环境中的典型人物"。恩格斯认为,《城市姑娘》的人物形象本身是典型的,问题在于人物周围的环境不典型。这"环境"从上下文看似乎是指时代背景、阶级斗争的基本趋向、围绕主要人物的各种次要的或群众形象。所谓"不典型",是说小说中"工人阶级是以消极群众的形象出现的,他们不能自助,甚至没有表现出(做出)任何企图自助的努力"。

这里存在着几个值得研究的问题。首先,如有的同志很早就指出的那样,马克思主义是环境与人物的统一论者,在一部小说中,如环境不典型,怎能设想人物"本身"倒"够典型"呢?恩格斯这段论述包含着内在的逻辑矛盾②。其次,这里典型性与真实性出现了裂痕。真实性是现实主义、特别是法国现实主义的基本原则。恩格斯自己也承认在文明世界里,任何地方的

---

① 《马克思恩格斯全集》第10卷,人民出版社1962年版,第77页。
② 参见徐俊西《一个值得重新探讨的定义》,见《上海文学》1981年第1期。

工人群众都不像伦敦东头的工人群众那样不积极地反抗，那样消极地屈服了命运，那样迟钝；因此，《城市姑娘》中对伦敦东头工人群众消极形象的描写在真实性上应当是无可挑剔的。然而，在恩格斯看来这虽真实却不典型。于是典型性与真实性出现了不一致。我以为，文学当然要典型性，但典型性当是建立在真实性的基础之上的，而不应是从真实性以外输入的，更不应违背真实性。巴尔扎克是很注意塑造典型环境中的典型人物的，他并不满足于事物的表面、繁复的真实，而追求典型的真实，因此重视艺术提炼和创造。在《人间喜剧》前言中他一再表示要塑造大批典型人物，要"选择社会上主要事件、结合几个性质相同的性格的特点糅成典型人物"。他认为"典型是类的样本"，是某一人物身上"包括着所有那些在某种程度跟他相似的人们的最鲜明的性格特征"①。但塑造典型的基础是生活真实，目的仍然是达到艺术的真实性，以"写出"法国社会的"风俗史"。典型性和真实性在巴尔扎克那里是统一的。但恩格斯作为现实主义核心原则提出的典型性却可以超越，甚至高于真实性。又次，这种高于真实性的典型性背后，实际上是有作家的政治倾向性支配着。恩格斯说得非常明白：《城市姑娘》对伦敦工人阶级"消极面"的描写，"在1887年，在一个有幸参加了战斗无产阶级的大部分斗争差不多五十年之久的人看来，这就不可能是正确的了"。他提出，工人阶级的种种反抗斗争，"都属于历史，因而也应当在现实主义领域内占有自己的地位"。② 这就是说，文学的典型性须服从于倾向性——无产阶级的革命倾向，从无产阶级的政治倾向出发来观察分析现实关系，并以此来衡量文学作品对现实反映的正确与否，进而做出典型与否的判断。这里的"现实主义"于是就成为典型性的同义语了，也成为无产阶级政治倾向性的直接体现了。

由此可见，恩格斯从无产阶级革命事业需要出发对巴尔扎克的现实主义做出了政治化的总结与阐释。于是，巴尔扎克的现实主义，成为在社会主义革命倾向指导下正面描写和体现无产阶级"积极面"的、以现实关系的典型性（高于真实性）为特征的现实主义了。这是理论对创作实践的一种重大的超越，也是理论对无产阶级文学创作的一种超前的呼唤与倡导。恩格斯的现实主义理论是马克思主义的现实主义理论。

或许有人说，恩格斯也反对"倾向小说"。是的，恩格斯确实反对赤裸裸

---

① 《欧美作家论现实主义和浪漫主义》（二），中国社会科学出版社1981年版，第113页。
② 《马克思恩格斯选集》第4卷，人民出版社1972年版，第462页。

地用小说直接鼓吹作者的社会观点和政治观点,而主张作者的见解愈隐蔽,对艺术作品来说就愈好,认为倾向应当从场面和情节中自然而然地流露出来,而不应当特别把它指点出来。这是完全正确的,是对艺术规律的尊重。但是,这一看法仍是在把文学作为无产阶级革命事业的一翼的总原则下提出的。强调隐蔽地、艺术地表现政治倾向,最终还是为了一个非文学的政治目的:"通过对现实关系的真实描写,来打破这些关系的流行的传统幻想,动摇资产阶级世界的乐观主义,不可避免地引起对于现存事物的永世长存的怀疑。"①一句话,仍然是现实主义服从于、服务于无产阶级的政治倾向,只是采取了较隐蔽的、艺术的手段。把社会主义倾向的实现作为现实主义的指导思想与根本目的,这就是马克思、恩格斯的现实主义理论的重要特点。

五

我认为,马克思、恩格斯的现实主义理论,作为现实主义史上一个新的重要的阶段,是一个不可否认的客观存在;它对现实主义文学,主要是对处于萌芽状态的无产阶级革命现实主义文学的发展起了重要的推动、促进、指导作用,在文学理论批评史上有其不可逾越的重要地位。同时,马克思、恩格斯是站在无产阶级革命事业全局的高度来看待文艺事业和现实主义的,他们对现实主义作出自己的马克思主义的独特阐释,是无可非议的。当代后结构主义批评有一个著名论点:批评即误读②。误读是必然的。马克思、恩格斯的现实主义理论,可以视作对法国现实主义、特别是巴尔扎克的误读,是用马克思主义观点对法国现实主义创作的理论改造。任何人都有权作出自己的误读与阐释,马克思、恩格斯亦不例外。而且尤其重要的是,马克思、恩格斯的现实主义虽然在性质上是政治化、革命化了,但就他们的本意和他们深厚的美学、艺术修养来看,他们并无意否定或削弱文学的审美和艺术性质,他们自始至终力图对现实主义从政治和美学的结合上加以把握,虽然这种努力遇到某些难以克服的矛盾。就是说,他们从未走到用政治吞没或取代艺术的极端。

遗憾的是,马克思、恩格斯的现实主义理论,后来在政治化、革命化这方

---

① 《马克思恩格斯选集》第 4 卷,人民出版社 1972 年版,第 454 页。
② H. 希洛姆:《误读指南·导论》,纽约 1975 年版。

面曾被片面地发展,在十年"文革"中并被"四人帮"推向极端;"写真实"居然成为"修正主义"的口号而横遭批判,一批假大空的虚假浪漫主义文学以及瞒和骗的阴谋文艺将其反现实主义——不仅反法国和俄国的现实主义传统,也反马克思、恩格斯的革命现实主义理论——的面目暴露无遗。

历史真会开玩笑。现实主义思潮和美学诞生一百多年后,竟会被某些号称现实主义的正宗继承人推向彻底背离现实主义的绝境,这是值得深长思之的。

写于 1988 年

关于现实主义的美学反思

一、现实主义是一个美学范畴

现实主义原本是19世纪30年代起到六七十年代在法国出现的一股文学艺术思潮。30年代初开始,苏联和东欧的文艺理论家们开始把现实主义从历史上特定的文艺思潮、流派中抽象出来,把现实主义归结为一种"创作方法"或"艺术方法",而这里"方法"的含义,如波斯波洛夫所说的,是指"艺术地反映生活的一种原则"①。从此,现实主义同历史上的古典主义、浪漫主义、自然主义等一起,从历时性的文艺思潮、流派变为共时性的创作方法;以后又被更加抽象化地普泛使用,引入文学史研究中,把世界文学发展归结为现实主义和浪漫主义两大贯串始终的主潮,走到极端,甚至干脆宣布全部文学史就是现实主义与反现实主义斗争的历史。

这样一种理论上的偏差被原封不动地引进我国的文艺理论中来。我国的权威文艺理论著作之一,在周扬指导下由叶以群主编的《文学的基本原理》,就一方面把现实主义作为一种创作方法,即"反映生活和表现生活的原则",另一方面又把创作方法同思潮流派混为一谈,宣称现实主义是贯串中外文学史的两大主潮之一。② 代表我国学术水准的《辞海》,也把"创作方法"定义为"作家、艺术家创作时所遵循的反映现实和表现现实的基本原则和方法",然后把现实主义界定为:

> 文学艺术的基本创作方法之一。在文学艺术史上,现实主义与浪漫主义是两大主要思潮。现实主义提倡客观地观察现实生活,按照生活的本来样式精确细腻地描写现实,真实地表现典型环境中的典型人物。它在各个时代的各民族各阶级文学艺术创作实践中所取得的成就

---

① 韦勒克·沃伦:《文学原理》,刘象愚等译,三联书店1985年版,第369页。
② 以群主编:《文学的基本原理》,上海文艺出版社1984年版,第225、234页。

是各不相同的。……①

显而易见,这是一个概念的内涵外延相互交叉重叠、逻辑上违反同一律、思维上十分混乱的定义:又是创作方法(一般),又是思潮(特殊),又是贯串各时代、各民族各阶级(普遍),搅得一塌糊涂。问题不止于此。更为重要的是,从苏联到我国理论界,对现实主义都偏重于从哲学认识论和社会学、政治学、伦理学方面,即真与善的方面来解释,而较轻视或忽视从美学方面即美的方面来理解。首先,把现实主义仅看成一种创作方法——反映和表现生活的原则,这就一下子把现实主义整个地纳入了反映论即哲学认识论的框架,剩下来现实主义和浪漫主义及其他创作方法的区别就只是在反映、表现的手段方面的区别了。于是,对现实主义的美学原则也只是从反映和表现的"真"这单一角度去概括,诸如客观性、精确性、真实性之类;而且这种求"真"也主要是认识论上的要求,而不是审美上的要求。它追求的是艺术形象同现实生活比照时所达到的反映的高度正确性,不仅是表面的逼真,而且更重要的是内在的本质的真实,即符合客观世界的本质规律和发展趋向。用这一揭示生活真理(本质)的要求来概括现实主义的真实性原则,至少是不完整的,有片面性的,因为它忽略了艺术真实性的审美特质。我以为,现实主义艺术所要求的真实性,当然也可以包含认识生活真理的内涵,但主要的不应是单纯认识论上的"真",而应是审美心理学上的真实感(包含认知因素)。这样一种偏重于从认识论角度规定现实主义真实性原则的观点可以上溯至恩格斯。恩格斯在20世纪50年代批评拉萨尔的历史剧《济金根》时,首次使用"现实主义"概念,指出该剧"忘掉现实主义"之处,主要在于"没有充分表现出农民运动在当时已经达到的高潮",从而"对贵族的国民运动作了不正确的描写,同时也就忽视了在济金根命运中的真正悲剧的因素";他并假设如果剧本加强了对"气势凶猛的农民运动"的铺垫描写,"这一点就会得到完全不同的论证"。② 显然,恩格斯完全是从是否正确地反映和"论证"现实阶级斗争关系这一点来规定现实主义的真实性的,这当然是一种纯认识论的真实性。恩格斯高度赞扬巴尔扎克的现实主义成就时的著名论述,主要也是基于这种认识论的真实性。这些观点出自处于革命运动高涨时期的伟大革命导师,是很自然的。他是把文艺事业作为整个无产阶级解放事

---

① 《辞海》缩影本1980年版,第1206页。
② 《马克思恩格斯选集》第4卷,人民出版社1972年版,第346—347页。

业的一翼来思考的,他对文艺作品的价值判断必然把认识的和批判教育的价值放在首位。然而今天,在有的专门探讨现实主义美学特征的文章中,却笼统提什么"现实主义创作有三大艺术功能,即审美功能、认识功能、社会批判功能",实际上对审美功能一笔带过,而大谈认识、批判功能①,难道认识、批判功能也是现实主义的美学特征吗?

这里已涉及苏联和中国理论界对现实主义理解的另一种片面性,即把真实性与倾向性混为一谈,进而用倾向性取代真实性。这同把现实主义真实性仅看作认识论上的正确性、真理性有密切关系。流行的观点是,世界观决定创作方法,反动没落阶级的世界观和倾向性阻碍着他们正确认识生活、认识真理,因而他们的文艺创作只能歪曲现实,只能背离现实主义;而无产阶级具有最先进的世界观,它的倾向性与真实性完全一致,能指导、帮助它正确地认识真理、反映现实,真正达到现实主义。在高尔基那里,这一观点甚至被推向极端,提出有"两种真实":一种"资产阶级的真实",是陈腐垂死的真实;一种是"无产阶级的真实",是年轻向上的真实。前者是"蠢笨的,猥琐的,恶毒的真实,这个真实是生长在苏联之内和之外的颓废派所心爱的"。② 于是真实性也被打上了阶级的烙印。理所当然的推论只能是,无产阶级的倾向性必然导致文学的真实性,资产阶级倾向性只能通向虚假、恶毒垂死的"真实"。这样,进步的、革命的政治倾向就完全等同于真实性并取而代之了。从真的要求走向善的要求,进而用善吞没真、取消真,这是苏、中现实主义理论,特别是我国现实主义理论发展的基本特征。

由此可见,当代现实主义理论的一个痼疾是,不把现实主义当作一个美学范畴,或主要不当作一个美学范畴来思考,而是主要从认识论(真)和社会学、政治学、伦理学(善)角度去把握。所以,在号称现实主义美学的文艺理论中,非美学的东西占了绝对优势。因此,我们面临着重建现实主义美学理论的艰巨任务。而首要的一条,就是要把现实主义首先作为美学范畴来探讨,研究其独有的审美特质和属性;有关现实主义的非审美特征当然也应研究,但也应围绕审美特质这个中心来进行。

在同意把现实主义作为美学范畴来看待的人中间,也存在不同意见。有人认为现实主义只是历史范畴,而不是创作方法;③有人则采取折中主义

---

① 张德林:《关于现实主义创作美学特征的思考》,《文学评论》1988 年第 6 期。
② 《无耻主义》,《高尔基论文选集》,第 181—182 页。
③ 周来祥:《现实主义在当代中国》,《文艺报》1988 年 10 月 15 日。

的态度,把从贴近、参与现实的"精神",写实的艺术经验和方法(创作方法),和历史上形成的现实主义流派(历史范畴)三种对现实主义的理解说成是无实质性分歧的,是从"三个不同的角度所审视的现实主义的三个不同的层面",所以现实主义应将三方面统一成一个"总体概念"。① 我认为,应当承认,从美学上看,现实主义首先是一个历史范畴,是指19世纪上半期产生的以客观写实为美学追求的文艺创作流派和思潮及其以后的发展。既然是流派和思潮,那就是具体特定的,而不是普泛的、超时空的永恒金链,就不能像高尔基和苏、中许多文艺理论家、文学史家那样把现实主义看成纵贯中外文学史的主潮之一。但是,也应当承认,从现实主义作为一个流派、思潮在历史上生成以后,它的发展、演变,它之后许多不同国家、民族的文艺流派继续打着它的旗号所形成的现实主义自身的历史,也属于历史范畴,在这股总思潮下有着众多有区别的流派(那种打着"革命现实主义"旗号的伪现实主义不在其内),但所有现实主义流派在审美体验方式、艺术效应、表现方法和美学理想方面有着内在的根本的一致性,这种共同的特质是历史上非现实主义流派所不具备的,是可以从美学理论上加以概括总结的,这也是现实主义美学理论得以形成的客观历史依据。据此,简单地否定现实主义是一种创作方法,即人为地把历史范畴与美学范畴对立起来的看法,恐怕是有偏颇的,虽然我认为,现实主义的美学原则不只限于创作方法一隅,而要涵盖更丰富的内容。然而,相比之下,我更不同意那种折中主义的观点,所谓三种意见、三个层次的有机统一云云,在逻辑上是难以成立的。"现实主义精神"是一种对现实密切关注、介入、参与的意识和态度,但这首先不是审美意识,而是社会政治意识;其次也不限于现实主义文艺。历史上一切非现实主义文艺也都可以具备这种现实主义的精神。因此,从美学角度,这一"层次"是无论如何列不进现实主义范畴的。而现实主义的"创作方法"如不与历史上现实主义流派的形成结合起来考察,简单地把前者看成"超时代""超越国界"的艺术方法以至可以统贯全部文艺史的话,那么就实际上同后者的历史具体性发生逻辑上的矛盾了(违背同一律),更何从谈"有机地统一"成"一个"现实主义的"总体概念"了! 所以,在美学理论上,与其要这种虚假的、杂凑的"统一",倒不如保持原来对立观点的多元性。

---

① 张德林:《关于现实主义创作美学特征的思考》,《文学评论》1988年第6期。

二、现实主义是一种审美体验方式

文学艺术对社会生活、世态人生,主要不是反映,而是体验,是审美为主的综合体验。艺术家的创造活动,就是这种综合体验的审美表现。不同的体验方式,会带来不同的艺术感受,也会寻求不同的表现方式。这里,对生活的观照体验方式是基础。因此,探寻现实主义同非现实主义的美学原则上的区分,应当从其独特的观照体验方式入手。

现实主义的体验方式,最基本的是对人和事做客观忠实然而深入灵魂的把握。法国现实主义奠基人之一司汤达自称自己是"人类心灵的观察者","在每一足以使人洞察心灵某些角落的轶闻中,他总要记下他所称之为'特征'的东西";①他承认自己的"口味"是"偏爱""可以从里边找到某一时代的风气和特征的真实图画的轶事"。②司汤达正是以这样一种寻求客观真实和把握对象特征的癖好进入对社会人生的体验的。巴尔扎克更是如此,他一再强调要介入现实,深入到社会生活的底层,去发现"人类的想象力永远也不能达到这里面所隐藏着的真情"。③他谈到自己沉入生活漩涡的观察体验方式时说,他"混"在当地工人、居民中,观察并体验他们的风俗习惯和生活细节,"对我来说,这种观察已成为一种直觉,我的观察既不能忽略外表又能深入对方的心灵;或者也可以说就因为我能很好地抓住外表的一切细节,所以才能马上透过外表,深入内心。当我观察一个人的时候,我能够使自己处于他的地位,过着他的生活"。④这里,观察人生已成为审美的"直觉"。可见,现实主义作家在对人生作客观、精细的观照时,不是停留在外表细节的精确观察上,更重视介入人生现实,深入人们的内心世界,并调动自身的经验积累,作将心比心的心灵体验,以获得对象更为真切、准确的审美把握。

现实主义对社会人生的观察体验方式当然不可能是纯客观的、不带感情色彩的,相反,必然带着自己的"激情"目光去透视现实、感受生活的。正如波斯波洛夫所说,作家如果"对现实的感情关系不明确,他们对事物的评

---

① 《亨利·贝尔——札记与回忆录》,《古典文艺理论译丛》第九册,第 173 页。
② 《查理第九时代轶事》序言,新文艺出版社 1958 年版,第 1 页。
③ 《德齐诺·加索》,《译文》1958 年 1 月号,第 117—118 页。
④ 同上。

价就不能深刻化到激情的高度"。① 但是,现实主义审美体验方式的独特之处,恰恰在于观照体验时的激情的收敛和内化,以保持冷静观察的洞察力和清醒理智的判断力,不致在观照体验人生时被一时的狂热和激情遮蔽了客观精微的观察目光和鞭辟入里的透视心灵的才能,而弄得晕头转向,甚至用主观的情致外射来冒充对社会人生的真切体察。在这方面,契诃夫的经验很值得重视。他一方面强调作家"必须写自己看见的,感觉到的","写自己经历过的"②,就是要有真切的体验;但另一方面又强调观察体验的冷静与理性,主张"作家应当样样都知道,样样都研究"③,即对感受体验做理性的思索和冷静的梳理,才能进入创作。所以,他主张"要到你觉得自己像冰一样冷的时候,才可以坐下来写"④。这种在自我与对象之间设置时间和情感距离的态度,正是现实主义在介入人生、深入现实获得切身感受之后,复又从中"退出",站在远处冷静、理智地重新审视自身的感受体验,琢磨、研究、思考、提炼,使这种体验从感觉和激情水准上升到理性的视界。如果说,介入人生的心灵体察是消除距离,那么,理性的反观则是设立距离。现实主义对现实人生的体验方式就是这种审美距离不断消除、又不断设定的矛盾运动过程。现实主义的观察力就充分体现在这一由热情到冷静、由"入"到"出"的心理过程中。

现实主义对生活的体验方式要从现实人生的体验转化到审美的、艺术的体验,还有一个独特的中介,这就是艺术的"真实感"。作家的真实感不同于读者,后者主要是在阅读中对作品真实可信性进行检验、判断的一种心理尺度,而前者则是把对现实人生的真实感受和体验精炼上升为艺术和审美的真实感。因为文艺作品提供给人们的永远是一个非现实的、虚构的世界,而要让人们在体验这一虚构世界时产生真实可信的艺术感觉,则作家、艺术家必须把自己的现实真实感转化为审美真实感,必须善于在孕育、重组、创造自己的生活经验过程中,把这种鲜活水灵的真实感渗透、熔铸进去。左拉说:"真实感就是如实地感受自然,如实地表现自然",这话很朴素,却是至理名言。正是基于此,他提出:"今天,小说家的最高品格就是真实感",并赞扬巴尔扎克最伟大之处在于具有高度的真实感。⑤ 对左拉的自然主义主张自

---

① 《文学原理》,三联书店1985年版,第241页。
② 《契诃夫论文学》,人民文学出版社1958年版,第91、407、416页。
③ 《文艺理论译丛》第2册,第190页。
④ 《契诃夫论文学》,人民文学出版社1958年版,第91、407、416页。
⑤ 《古典文艺理论译丛》第八册,第128页。

然还可以讨论,但他对真实感的看法无疑是符合现实主义美学原则的。托尔斯泰在回答人们说他让安娜·卡列尼娜卧轨自杀是过于残忍了的指责时说:"我小说中的人物所做的,完全……是现实生活中所应该做和现实生活中所存在而不是我希望有的事"。① 这件人所共知的事实是托尔斯泰把生活真实感提升到审美感真实感的适例。

优秀的现实主义作家们的切身体会无不告诉我们,现实主义不只是一种认识、反映生活的方式,而首先是一种冷静介入人生、客观观照世相的审美体验方式。

三、现实主义也是一种审美效应

当代接受美学从读者角度来研究现实主义的审美特征,为我们的现实主义理论建设开拓了一个新视角、新思路。

现实主义对作家来说,首先是一种审美体验的方式;而对读者来说,则应该是一种审美的效应,一种不同于浪漫主义等其他类型作品的独特审美效应,这就是似真感。似真感是一种读者的真实感,是读者在阅读现实主义作品时产生的独特审美感受和心理效应。我之所以提出"似真感"这一概念,是基于这样一个考虑:文学艺术的世界既然从总体上说是一个虚构的世界,那么,读者接受时所产生的真实可信的感受就不是对现实世界的直接认同,而是对文艺虚构世界的真实性的间接认同。因此,这是一种承认并相信艺术世界酷似现实人生的似真感。现实主义所追求的正是读者这种认"假"为"真"的审美心理效应。有无这种似真感,以及似真感的强弱,是检验一部作品是否现实主义,以及现实主义强弱程度的重要标准。综观文学史上的"似真感"效应,大体上有三种:

一曰幻觉效应。是指作品以其对现实人生的逼真描绘把读者神不知鬼不觉地引入它特有的虚构情境和人物关系中,使读者同作品世界的心理距离完全消失,而产生幻觉,误以为作品世界是一个活生生的真实世界,从而"进入角色",与作品中虚构的人物共爱憎、同哭笑。当代美国文学批评家布斯就把现实主义批评家们的基本主张概括为"要求小说忠实于现实,忠实于

---

① 转引自《普希金文集》,时代出版社1954年版,第307页。

生活,要自然、逼真或强烈的生动",集中体现为产生"幻觉的强烈"。① 著名作家亨利·詹姆斯把制造"幻觉的强烈性"视为文学的主要优点,为之可以"牺牲其他任何优点"。② 当读者体验到作品所描写的一切"像真正的生活那样特别美妙"③之时,现实主义的幻觉效应就产生了,读者与作品虚构世界之间的疏远和距离一下子缩短、贴近、终止、消失。而一旦对作品世界的真实可信性不再抱有疑虑,读者心理上的理智识别防线就崩塌了,情感逻辑的认同心理就引导读者在非现实的作品幻境中尽情地自由驰骋,无拘无束地享受想象力的游戏。幻觉效应是早期现实主义(巴尔扎克、司汤达、果戈里、托尔斯泰等)文学最基本的审美效应之一。

二曰心理共鸣效应。是指有些现实主义作品并不提供生动、逼真的现实或历史生活的场景,目的也不在追求读者的幻觉效应,而是通过对各种人物的心灵历程的真实展露和细微解剖。引起读者的强烈心灵震颤和共鸣。詹姆斯在评价福楼拜的现实主义的成败得失时说:"我恐怕问题不得不回到作者对个人性格和对某个内心、任何一个内心的'天性'有压抑不住的和永不满足的、放肆的和邪恶的兴趣"。④ 的确,福楼拜的《包法利夫人》与其说提供了爱玛悲剧命运的外在性格的图景,不如说是对爱玛内在心灵历程的赤裸裸剖视。布斯肯定了詹姆斯这一观点,指出对詹姆斯来说,"纯粹的外表'描绘'是不够的。他希望自己所忠实的生活,与其说是客观表面的生活,不如说是内心的生活"。⑤

现实主义能激起强烈的心灵震颤和共鸣效应的原因之一,就在于它能无情地把人类灵魂中的善与恶、真与伪、美与丑、光明与阴暗、天使与魔鬼、柔情与凶暴、仁慈与残忍、聪明与愚昧、理智与兽性……带着它们的全部温热和血腥无遮无掩地和盘托给读者,并将作品人物灵魂升华和堕落的过程真实地、令人信服地一步步揭示出来。这样,就能在读者心灵的战场上挑起人性善恶的持久搏斗,卷起与作品人物心心相印的情感狂澜,造成巨大的心灵共振。契诃夫的剧本《万尼亚舅舅》的最后一幕,在一场灵魂风暴刚刚平息,人们对生活的希望趋于破灭、对人生的意义感到迷惘之时,外省医生阿斯特罗夫看着墙上的地图说了一句看似无关的"闲话":"我看,这会儿在非

---

① 《小说修辞学》,北京大学出版社1987年版,第42、46页。
② 同上。
③ 转引自《高尔基和俄罗斯文学》,第102—103页。
④ 《小说修辞学》,第47页。
⑤ 同上。

洲那种地方一定是热得怕人的吧!"然而这句话却极为传神地展示了所有人物对生活的绝望和恐惧悲凉心态,所以高尔基写信给契诃夫说:"当医生在很久一段沉默之后谈到非洲的酷热的时候,我全身都颤抖了,这是……由于我对人类,对我们毫无光彩的贫乏生活感到了恐惧。您是多么有力地打中了人的灵魂,这打击是多么准确!"①这就是典型的现实主义心理震颤和共鸣效应。俄国心理现实主义大师陀思妥耶夫斯基青年时代的代表作《二重人格》就写了主人公高略德金因强烈自尊心在现实权势面前受挫而被扭曲的心灵由病态的敏感走向精神的分裂的心灵历程,作家对人物细致入微精神分析和令人惊骇的真实深刻的心理刻画,任何读者读了都不能不为之动容的。凭着极为真切的精神扫描和近乎残酷的心理解剖,现实主义才具备了震撼读者心灵、使之产生强烈共鸣的审美效应。

三曰间接诱导效应。这是指那些较为现代的现实主义作品不再满足于为读者提供某种现实的逼真画面,而是努力通过作品的叙述,提供种种诱导和暗示,为读者指出进入现实、经验现实的路标和途径,引导读者卷入评判、参与创作,形成另一种逼真效应——读者自己参与艺术创造的真实感。德国接受美学的创始人之一沃尔夫冈·伊瑟尔在评论萨克雷的现实主义名作《名利场》时,以大量例证阐明"小说的目的不是再现现实本身,而只是传达关于现实如何被经验、被体认的某种观念","指出了一种将丰富的细节描写串接起来的方法,这样读者就可以参与事件的组织,由此把握到'现实情绪'"。致力于打断读者与人物所有这种直接联系,"阻止读者对人物生活作设身处地的体验",不但读者"卷入传统小说常有的那种幻觉世界,不让他视假为真";"读者被有意地阻止与人物认同,叙述者有意不让他参与事件,他也就在某种被控制的范围内受到故事本身的感染,旋即又被拉出来,被驱策着作局外人的批评"。这样一种审美疏离造成了比传统小说"更为强烈的真实性,在此,读者必须自己去发现真实情境"。小说以暗示方式引导读者去评判作品的世界,调动读者自己去填补空白、经验现实,这样,"读者的批评构成了小说的真实",从而使读者体验到一种包含自己的创造和评判在内的新的审美真实,此时,"小说与现实的界限就变得相当模糊,因为读者不可能将自己的积极参与也视作虚构","既然他明白他的反应是真实的,他就不会认为他所评判的对象世界是虚构的"。② 这就是间接诱导效应所引发的另一

---

① 《契诃夫高尔基通信集》,新文艺出版社1954年版,第4页。
② 伊瑟尔:《作为现实主义小说一个组成部分的读者》,《暗含的读者》英文版第五章。

种非幻觉性似真感。伊瑟尔还提出,这种特殊的真实性是19世纪现实主义小说向现代小说的过渡和转型时期的现实主义小说重要美学特征。我以为,伊瑟尔这些观点对于我们从读者的审美效应上研究和揭示现实主义的美学原则是极富启发性的。

四、现实主义又是创作方法系统

文学,从创作者角度,是对社会人生的审美体验;从接受者角度,又是对创作者审美体验的重新体验,也是作品在读者身上唤起的审美效应。但是,文学又不只是在两个主体(创作主体和接受主体)心理上的感受体验,还必须语符化、物态化,以作品形式沟通两个主体之间的心理体验和交流。这就需要表现和传达的手段,文学诸表现手段的总和就是创作方法系统。所以,创作方法乃是文学得以成为文学的必要条件和构成环节之一。因此,我不同意克罗齐·科林伍德的"艺术即直觉即表现"的观点,因为他们完全否定了艺术传达、表现方式、手段的必要性。

据此,创作方法系统也必然成为现实主义美学内涵的题中应有之义。事实上,现实主义也确有自己与众不同的创作方法系统,下面择其要者,略述之:

首先是叙事态度与叙事方法上着眼于读者的似真感效应。现实主义文学产生之后,文学的叙事态度和叙事方法发生了重大变化。除了传统的全知全能式作家即叙事者的叙事方式继续被使用外,非全知全能式的有限叙事者(不等于作家)的叙事方式以及作家完全退出叙事者地位的叙述方式相继诞生。当然,各种叙事方式和态度不只同现实主义有关系,在一定条件下也可为其他创作方法所利用。现实主义特有的叙事态度是将种种叙事方式铸造成有利于产生似真感的手段。所以,总体上说来,现实主义不管采用何种叙事方式,都更注重"显示",而减少"讲述"。就是说,尽可能通过客观的描绘,提供事实与图景向读者"显示"真实;而不是让作者直接靠喋喋不休的形容加评价的"讲述"向读者灌输真实。前者是让读者自己"看见"、体味真实,后者则是读者听作者讲述真实却并不体验到真实;前者引发读者的审美似真感,后者则更多从理性上"知道"真实性。大体的趋向是,现实主义越走向现代,作者就越退出"讲述"者的讲坛,正如布斯所说,许多现代作家"自我退隐,放弃了直接介入的特权,退到舞台侧翼,让他的人物在舞台上去决定自己的命运","自从福楼拜以来,许多作家和批评家都确信,'客观的'或'非人格化的'或'戏剧式的'叙述方法自然要高于任何允许作者或者他的可靠叙述人直接出现的方法"①。福特也说:"小说家绝不能用加入某方来展示他的偏爱,……他必须描绘而非讲述"。②奈特说得更直率,他要求"戏剧化的讲述",即"故事在讲述它自己"③。这些客观的、非人格化(可译为非个人化)、戏剧化的叙事方式就是一种寻求似真感审美效应的态度。当然,作者介入的叙事方式只要介入得隐蔽些、巧妙些,"显示"得多些、生动些,同样可以达到似真感效应的(如巴尔扎克、托尔斯泰)。所有追求并实现似真感的叙事态度和方式都属于现实主义范畴。

其次是通过准确抓住和描写对象的特征逼真地再现对象的精神风貌的方法。现实主义表现方法并不要求事无巨细的精确性与面面俱到的求全性,而要求艺术描写能"一以当十",以较少的笔墨传对象之"神",这就是抓住特征的描写方法,以此来创造由特征显全貌的似真效应。福楼拜就非常强调作家要有简练地描绘对象的特征的本领,他要求学生描绘某个特定的杂货商和看门人,"不至于把他们和任何别的杂货商人,任何别的守门人混同起来"。这就是以描写特征求逼真的方法。

再次是制造逼真的环境气氛的描写方法。老舍的《茶馆》、夏衍的《上海屋檐下》等剧本都极其注重特定地区(京、沪)、特定时代、特定社会状况、特定社会集团的生活方式和民俗风情等环境氛围的渲染,在逼真的环境氛围中引入虚构的人物、展开虚构的情节,使虚构的戏剧世界包裹在浓郁逼真的环境气氛中,从而诱导观众信以为真,或视假为真,产生似真感。这是现实主义创作方法的又一层面。

又次是典型化的方法,在生活原型基础上进行艺术提炼与综合,创造生活中本无却又酷似生活中许多活人(代表某一类型的群体)的典型人物,在读者中产生别林斯基所说的"熟悉的陌生人"的似真效应。巴尔扎克说,"诗人的使命就是要创造典型",而典型就是"一个人物,在这个人物身上集中了那些多少和他类似的人们的性格特征"④。福楼拜也说,伟大的天才"必须永

---

① 《小说修辞学》,第9—10、29、30页。
② 同上。
③ 同上。
④ 《法国文学简史》,第110页。

远把自己的人物提高到典型上去","他能综合一系列人物的特性而创造某一种典型"①。典型化的方法可以以一个生活原型为模特儿,再综合相类似的若干人的特性;也可以像鲁迅似的"杂取种种"而无一固定原型。典型人物的"熟悉的陌生人"效应,是似真感的更高层次。

第五是借助于"陌生化"的方法制造有控制的间离效果,设置虚构世界中的不确定域和空白,召唤读者卷入叙事活动,调动自己的想象力和经验积累来填补空白,从而将文学作品提供的真实图景与读者自身的再创造成果结合起来,导向另一种似真感,即读者对自己再创造的真实性的认同。布莱希特戏剧就创造了一种反戏剧化的史诗体表现方式,即把戏剧化转为叙事化,从而制造"间离效应",以打破传统的幻觉制造术,然而"间离效应"调动了观众的理性思考,使之介入戏剧的叙述,填补作品的空白,最后,观众在肯定自己创造性介入的真实性之时,才就同时接受了作品的真实性。这是一种非幻觉型的似真感,是一种清醒的理智型的似真感,也是一种20世纪现代型的似真感。

最后,形形色色的具体写实手段和技巧,也都属于现实主义创作方法范畴。

以上种种罗列,只是主要的,而不是全部;它们汇集起来,构成现实主义创作方法的整体系统。这一系统有效地把作家对现实人生的真切体验转化为真实的艺术意象,又将真实的艺术意象转化为读者的似真感的审美效应。因此,这个创作方法系统就成为现实主义创作得以赋形、似真感的审美效应得以实现的唯一途径。

综上所述,冷静介入人生、客观观照世相的审美体验方式,制造似真感的审美效应,以及一整套相应的创作方法系统,就是现实主义原则三个主要的美学内涵,而不像传统观点把现实主义仅归结为一种创作方法,一种仅在"反映和表现现实"意义上的创作方法。现实主义这三层美学内涵体现了现实主义最根本的美学理想,那就是对真实性的执著追求,就是以真为美,把真实性作为最高的审美原则。巴尔扎克强调艺术家的使命在于"把描绘变成真实"②,认为一部作品一旦失却了真实感,它"在现在与将来都不会有任

---

① 转引自季莫菲耶夫《文学原理》,第35页。
② 《古典文艺理论译丛》第十册,第121页。

何价值了"①。托尔斯泰也主张文学的"主要价值就在于真实"②。屠格涅夫引述普希金的话,声称"首先寻求着真,而美,接着自然而然就会出现"③。这就把真等同于美,把真作为最高的审美价值和审美理想。当然,这"真"不只是、而且主要不是认识论上反映之真,而是艺术之真、审美的真实性。

以上的探讨表明了我这样一个意图:对现实主义作真正的美学研究,而不是在非美学的认识论、社会学、政治学、伦理学等领域内作"外围"探究,也不是在美学的旗号下任意把非美学的研究纳入进来。现实主义的美学理论就应当是美学的。

---

① 《外国文学参考资料》(十八世纪部分),第557页。
② 《文艺理论译丛》第一册,第223页。
③ 《文学的战斗传统》,新文艺出版社1957年版,第31页。

辑二　走自己的路

◎ 力求在哲学思维层次上融通
　　——关于马克思主义文艺学民族化的思考
◎ 精英文化的衰退与文化精英的困顿
◎ 试论当代"人文精神"之内涵
　　——关于"人文精神"讨论之我见
◎ 命名的"情结"
　　——"新状态文学"论刍议
◎ 怎样看待八十年代的"西学热"
◎ 对反映论文艺观的历史回顾与反思
◎ 走自己的路
　　——对于迈向21世纪的中国文艺学建设问题的思考

力求在哲学思维层次上融通
——关于马克思主义文艺学民族化的思考

建构当代马克思主义文艺学体系,已成为我国广大文艺理论和美学工作者的共同目标和迫切任务。但是,如何使这一体系民族化而具有鲜明的中国特色,仍然是一个有待深入研讨的课题。

首先,当代马克思主义文艺学要不要民族化的问题,尚未真正解决。在一部分同志思想深处,觉得马克思主义文艺学既是普遍真理,就应超越国界和民族,无须提中国化要求。其实,这种想法是同马克思主义在中国传播、发展的历史事实相违背的。马克思主义之所以是颠扑不破的真理和科学,乃是因为它在不同时期、不同民族和国家的革命实践中被一再证实是正确的。而这种证实的过程,恰恰是马克思主义普遍原理与各国革命的具体实践相结合的过程,即民族化的过程。各国、各民族的马克思主义者总是从本国革命的具体实践出发来解释、运用马克思主义的。20世纪以来,马克思主义在中国革命和建设中屡经曲折,终于取得伟大胜利,这一事实雄辩地证明了马克思主义必须走民族化、中国化的道路。早在五十多年前的抗日战争初期,毛泽东同志就正确地指出:"马克思主义必须和我国的具体特点相结合并通过一定的民族形式才能实现。马克思列宁主义的伟大力量,就在于它是和各个国家具体的革命实践相联系的。对于中国共产党说来,就是要学会把马克思列宁主义的理论应用于中国的具体的环境……离开中国特点来谈马克思主义,只是抽象的空洞的马克思主义。因此,使马克思主义在中国具体化,使之在其每一表现中带着必须有的中国的特性,即是说,按照中国的特点去应用它,成为全党亟待了解并亟待解决的问题。"① 这里,马克思主义的"每一表现",无疑包括文艺学、美学理论在内。在《新民主主义论》中,毛泽东同志从建设我国民族的、科学的、大众的新民主主义文化的高度,批判了"形式主义地吸收外国的东西"的"全盘西化"论,重申"必须将马克思

---

① 《毛泽东选集》(四卷本),人民出版社1966年版,第499—500页。

主义的普遍真理和中国革命的具体实践完全地恰当地统一起来,就是说,和民族的特点相结合,经过一定的民族形式,才有用处,决不能主观地公式地应用它"[①]。这也完全适用于当代马克思主义文艺学体系的建构。换言之,建构当代马克思主义文艺学体系,也必须与中国古今文学艺术创作和批评的实践完全地恰当地统一起来,必须和中国传统文化和文艺理论的精华相结合,使之既是真正马克思主义的,又具有鲜明的中国特点。

其次,关于马克思主义文艺学体系如何民族化的问题早就开始研究。60年代初,由周扬同志主持的高校文科教材编写就注意到吸收中国古代文论中的精华部分,其代表性成果是叶以群主编的《文学的基本原理》。该书的各章节尽量以中国古今文学创作的实例来阐发有关理论观点,凡能在具体观点上同中国古代文论相挂靠的,尽量多引用一些古代文论的观点和语句。该书在马克思主义文艺理论民族化方面提供了宝贵的经验教训,产生了较大的影响。但是,这种努力还不能说是很成功的,值得探讨的问题不少。譬如说,马克思主义文艺理论与中国特点的结合大都还停留在较浅表的层次上,停留在一些具体观点、命题的相似、相近的比照或阐释上;譬如说,这种民族化只是局部的、个别观点上的结合,而缺少整体的、全局的、基本思路上的考虑;再譬如,这种结合多少还带有一些牵强附会、黏合拼凑之感。总之,这部教材属于致力于马克思主义文艺理论中国化的初创期的文艺学专著,它的种种不足难以避免,何况它在民族化方面的不足同它的理论构架上的不足也有密切关系,这就要另作别论了。粉碎"四人帮"以后的十多年,文艺学突破"左"的禁区,理论上有了许多创新与开拓,然而,遗憾的是,民族化的课题却在不少同志思想中被淡忘了。固然,也有的同志在这方面做了不懈的努力和有益的尝试,但总体上并未突破《文学的基本原理》在民族化方面所达到的水准。这一评价是否恰当,可以进一步商讨。当前迫切的问题是,如何在当代马克思主义文艺学民族化方面,走出一条切实可行的新路子。

笔者以为,应当从文化体系和类型上,首先从哲学和美学思维方式的较深层次上,寻求当代马克思主义文艺学体系民族化的途径,找到马克思主义文艺理论同中国传统文艺理论的交融、契合点。这样,才能超越浅表层次的比照,局部、零碎的拼接,而达于整体的、深层的融合。

[①] 《毛泽东选集》(四卷本),人民出版社1966年版,第667页。

我们说,马克思主义是普遍真理,是说它提出的基本原理是对资本主义历史和现实的全面、科学的总结,是对无产阶级革命和解放事业规律的深刻、系统的揭示,因而它是"放之四海而皆准"的。然而,如果从文化学角度看,马克思主义相对于中华民族的文化而言,则是一种外来文化,一种异质文化。马克思主义只有经过文化上的民族化,才能克服其异质性而成为华夏文化的血肉成分,它所揭示的普遍真理才能成为指导中国实践的真正指针。如果说,这在政治学、经济学等方面是十分必要的话,那么,在文艺学、美学等精神文化学科中,显得更为直接、更为重要。

作为异质文化的马克思主义文艺学要真正地民族化,首先必须在哲学理论基础和思维方式的层面上进行交融与化合。换言之,首先应寻找马克思主义与中华传统哲学思维方式之间的相通处,下面分四点概述之。

一

首先是整体思维方式。

唯物辩证法是马克思主义的世界观和方法论,辩证思维方式是马克思、恩格斯改造德国古典哲学,特别是黑格尔唯心辩证法而形成的科学的思维方式。这是人类认识史和思维史上一次最伟大的革命。这场思维方式革命的深远意义至今还远未充分显示出来,20世纪以来自然科学的一切重大发现和技术革命成果,都只是不断证实、丰富和深化了辩证法原则,而丝毫没有动摇它的思维方式。当代马克思主义文艺学是否坚持马克思主义的性质的一个重要标志,就是要看它能否正确贯彻辩证思维的原则。

辩证思维的一个重要特点,就是对对象从其普遍联系中做全面的、整体的把握,这也就是整体思维方式。恩格斯在论述自然辩证法时指出,19世纪由于细胞、能量转换和进化论三大发现,"我们现在不仅能够指出自然界中各个领域内的过程之间的联系,而且总的说来也能指出各个领域之间的联系了,这样,我们就能够依靠经验自然科学本身所提供的事实,以近乎系统的形式描绘出一幅自然界联系的清晰图画"[①]。自然科学就能成为"关于过程、关于这些事物的发生和发展以及关于把这些自然过程结合为一个伟大

[①] 《马克思恩格斯选集》第4卷,人民出版社1972年版,第241页。

整体的联系的科学"①。于是旧的形而上学的思维方式崩溃了,新的辩证的整体思维方式成熟了。辩证法大师黑格尔也十分强调辩证思维的整体把握特点,他指出,玄学(按:即辩证)思维"可以克服凭知解力的思维"(按:即形而上学的知性思维),"把有限的观察(凭知解力的思维)所视为彼此分散孤立的或是没有形成统一体而简单联系在一起的事物结合成为自由的整体"②。黑格尔并且指出这种整体思维方式同审美创造和艺术思维有内在联系,他说,形而上学的知解力把对象割裂、肢解而毁灭其内在生命,然而"诗的观照把事物的内在理性和它的实际外在显现结合成活的统一体";而辩证法的整体思维方式由于也克服了知解力的上述缺陷,"就这一点来说,它与诗的想象有血缘关系"③。应当说,这是独具慧眼之见。

中国文化和哲学中,有着源远流长的朴素辩证法的传统,重整体把握是我国传统思维方式的重要特点。这同我国古代哲学思维的一个基本规则或方法密切相关,这就是所谓"近取诸身,远取诸物"④的比类推理方法。而"身"者,即人自身,也即作为生命有机体的人类生活方式。中国古代宇宙观、自然观、社会观大都由人自身的生活方式推断而出,譬如作为宇宙本体的"道"乃是从人自身男女、阴阳的交合关系中提炼推想出来的:"君子之道,造端乎夫妇,及其至也,察乎天地。"⑤事实正是如此,早在被称为中华文化发端的《易经》中,由男女交媾而推演出的阴阳两爻已成为组合成八卦并衍生出六十四卦的基础。虽然今人不断有否认《易经》为阴阳说之发端的看法⑥,但我以为,正是《易经》以阴阳两爻为基础排列组合成八卦,又重叠演变为六十四卦;且周人在用六十四卦占卜时,判断吉凶祸福及其变化的最主要根据,还是视其中阴阳两爻的变化而定。由此可见,《易经》所显示的思维结构,是将宇宙与人类的变化最终归结为阴阳两种力量的消长、交合关系。所以,说"阴阳"说源出于《易经》似可成立,而庄子云"《易》以道阴阳"⑦亦非误解。至于《易传》中"阴阳之义配日月"⑧"阴阳合德"⑨等正是合乎《易经》本意

---

① 《马克思恩格斯选集》第 4 卷,人民出版社 1972 年版,第 242 页。
② 黑格尔:《美学》第 3 卷(下),商务印书馆 1981 年版,第 23 页。
③ 同上书,第 24 页。
④ 《易传·系辞下》。
⑤ 《礼记·中庸》。
⑥ 敏泽:《中国美学思想史》第 1 卷,谓《易经》"根本没有'阴阳'之说",齐鲁书社 1987 年版,第 92 页。
⑦ 《庄子·天下》。
⑧ 《易传·系辞上》。
⑨ 同上。

的发挥。《易传》还进一步由阴阳男女推演出宇宙发生学:"天地絪缊,万物化醇;男女媾精,万物化生。"①老子则说:"道生一,一生二,二生三,三生万物。"②"道"即是"一",是原始混沌的统一状态;"二"指天地、阴阳;"三"指阴阳之变生"和",阴、阳、和三气再化生出宇宙万物。整个中国古代哲学,虽有种种矛盾,但万物生于"二",不生于"一"则是一致的,这"二"即源于人对自身生产方式(男女交合)的理解与类比,所以,其极致就是用男女两性关系来"察乎天地"。李贽一语道破其奥秘:"极而言之,天地一夫妇也。"③

中国古人这样一种"近取诸身"的哲学类比逻辑,必然导致在思维方式上把对象都看成像人一样的生命有机体,必然注重于对对象的整体把握,而反对知性思维的分割、肢解对象。这种整体思维方式,大至宇宙,小至蝼蚁,处处得到体现。《尚书·周书》说:"惟天地万物父母,惟人万物之灵。"把天地看作夫妻的交合,把万物看成天地交合的子孙,因而是浑然一体;又把人看成天地产儿中之最高者,因而统率万物而成其"灵"。这样,自然(天地)——人(灵)——自然(万物)就成为一个以人的生命活动方式为内在机制的统一整体,一个有机的"天人合一"的生命整体。而对"人",古人亦从与天地之生命关系中作整体把握:"故人者,其天地之德,阴阳之交,鬼神之会,五行之秀气也";"故人者,天地之心也"。④就是说,天地人三才中,人为核心,人是天地之交合与统一的整体,人在三才中的地位恰似心在人体中的地位一般。庄子说得更明白:"天地与我并生,而万物与我为一。"⑤显然,他是将天地、万物与人当成一个统一整体来看待的。

这种以人为本的整体思维方式亦被加之于文学艺术,于是文章亦被看成人体一般的有机生命整体。王铎说,"文有神、有魂、有魄、有窍、有脉、有筋、有腠理、有骨、有髓"⑥,乃是这一切的有机统一。李鹿说得更形象:"凡文之不可无者有四:一曰体,二曰志,三曰气,四曰韵……文章之无志,譬之虽有耳目口鼻,而不知视听臭味之所能,若土木偶人,形质皆具而无所用之。文章之无气,虽知视"臭味,而血气不充于内,手足不卫于外,若奄奄病人,支离憔悴,生意消削。文章之无韵,譬之壮夫,其躯干枯然,骨强气盛,而神色

---

① 《易传·系辞下》。
② 《老子·四十二章》。
③ 李贽:《焚书·夫妇论》。
④ 《礼记·礼运篇》。
⑤ 《庄子·齐物论》。
⑥ 《拟山园初集》第24册《文丹》。

昏懵,言动凡浊,则庸俗鄙人而已。"①正是根据这样一种整体思维方式,古人在文艺审美价值尺度的确立上,亦以作品是否有生气、有生命,是否具备有机整一性为准绳。就此而论,黑格尔发现玄学整体思维方式同艺术思维方式有"血缘关系",确为精辟之论。黑格尔自己在论自然美时,也只把生命有机体才看成是美的。他说,"只有有生命的东西才是理念"②,而作为理论,"自然界的生命才是美的"③。自然生命之美,源于"有机体各个部分的只是实在的多方面的性格必须显现于形象的生气灌注的整体里";而"要见出生气灌注,它就必须是这样:我们用感官所接触到的现象的各个差异的部分和方式都融化成为一个整体"④。黑格尔并从"生气灌注"这样一个自然美观念出发,衍生出艺术也要显现出生气灌注的艺术美的价值尺度。这一点,同中国传统审美思维模式相当接近,只不过在黑格尔,这只是价值尺度之一,在中国古代,则是最基本的价值尺度。

《文心雕龙》将这种整体思维方式运用于文学创作和诗篇布局中,使之成为更自觉的审美意识。刘勰说:"何谓附会?谓总文理,统首尾,定与夺,合涯际,弥纶一篇,使杂而不越者也。"⑤"杂"指文艺作品各组成部分之杂多丰富,"不越"指不超出作品的整体统一性。他认为,"一物携二,莫不解体"⑥,"绳墨以外,美材既斲"⑦,缺乏整体统一性,艺术作品就不美了,只有融各部分为一有机整体,使"异旨如肝胆",才能"首尾相援"、"节文自会"⑧;才能做到"乘一总万,举要治繁","譬三十之辐,共成一毂"⑨;才能达到增一句嫌长、减一字嫌短的境界,因为"句有可削,足见其疏,字不得减,乃知其密"⑩。这一审美原则正是从艺术作为同人一样的生命有机整体的观念中生发、推导出来的。李渔论及戏曲结构时,更是将这种有机整体观发挥得淋漓尽致:"至于结构二字,则在引商刻羽之先,拈韵抽毫之始。如造物之赋形,当其精血初凝,胞胎未就,先为制定全形,使点血而具五官百骸之势。倘先

---

① 李觏:《济南集》卷八,《答赵士舞德茂宣义论弘词书》。
② 黑格尔:《美学》第1卷,商务印书馆1979年版,第153页。
③ 同上书,第160页。
④ 同上书,第162页。
⑤ 刘勰:《文心雕龙·附会》。
⑥ 刘勰:《文心雕龙·总术》。
⑦ 刘勰:《文心雕龙·熔裁》。
⑧ 刘勰:《文心雕龙·附会》。
⑨ 刘勰:《文心雕龙·总术》。
⑩ 刘勰:《文心雕龙·熔裁》。

无成局,而由顶及踵,逐段滋生,则人之一身,当有无数断续之痕,而血气为之中阻矣。"①这里,李渔虽然主要谈戏曲结构应意在笔先、成竹在胸,但其追求的美学目标则是创造一个充满生气、浑然统一的有机整体——戏曲作品。

要而言之,中国传统思维中之整体把握方式,是以人自身为范本而导引出来的,且不仅强调整体中部分的多样统一,更强调这种统一的生命有机体性质。因此,这种整体思维方式是同艺术思维息息相通的。从总体上看,这种整体思维方式是与马克思主义的辩证思维方式相一致的。在建构马克思主义文艺学体系时,吸收融合中国传统的整体思维方式是一重要途径。

二

其次是两端中和的思维方式。

中国古代朴素辩证法思想中已包含着一分为二和合二而一的思想。所谓"物生有两","天下万物生于两,不生于一"等,都是讲统一物之分为两个对立部分,由此引起万事万物的生成变化。《易传》认为,一切事物的发生、发展均由阴阳、刚柔、动静等对立面的相互作用和消长引起的。"易"的体系就是由层层一分为二而构建起来的,如说"易有太极,是生两仪,两仪生四象,四象生八卦"②;阴阳"二气感应以相与","天地感而万物化生"③;"天地交而万物通也,上下交而其志同也"④。而这些两端(对立面)的相互作用方式是交配、交合、相摩、相荡,即所谓"刚柔相摩,八卦相荡"⑤。概而言之,"一阴一阳之谓道","刚柔相推而生变化"⑥,事物的发展变化乃起于其内部包含的矛盾(对立)的斗争消长。在《说卦》中,还论述了天道、地道、人道各分为"两",以及两端相反相成之理;《睽·彖传》专门论述了"睽"(相反、背离)这一范畴包含的对立面之间的同一性:"天地睽而其志通也,万物睽而其事同也,男女睽而其事类也。睽之时用大矣哉!"对立同一的思想在此已得到了初步、朴素的表述。显而易见,这一思想的产生同前述我国古人"近取诸身,

---

① 李渔:《李笠翁曲话》。
② 《易传·系辞上》。
③ 《咸·彖传》。
④ 《泰·彖传》。
⑤ 《易传·系辞上》。
⑥ 同上。

远取诸物"的类推思维逻辑同样有密切关系,即从人自身两性交合生产婴儿这样一种人类自身的繁衍生产方式,来假设、推测天下万事万物的发生发展规律。这种推测是符合辩证法的实质的。列宁指出,"统一物之分为两个部分以及对它的矛盾着的部分的认识,是辩证法的实质"①;又说,"发展是对立面的统一(统一物之分为两个互相排斥的对立面以及它们之间的互相关联)"②。

  上述朴素辩证法思维在中国长期的封建社会中,在儒、道、佛各家的思想中都以不同方式得到了认同与发展。但是,我国古代哲学对于解决事物矛盾、达到对立面统一的问题,有着独特的思考。总起来看,中国传统思维中,解决矛盾,求得统一的基本途径不是一味斗争,不是一方吃掉另一方,而是两端之间求"中和",不独儒家,道家亦然。孔子推崇"允执其中"③的原则,即"我叩其两端而竭焉"④,在两个对立面中找到适中合宜之处,既反对"过",也反对"不及",认为"过犹不及"⑤。这种"中庸"之道,后为儒家所发展,其实质是"合二而一"。王夫之云:"始于合,中于分,终于合。"⑥其意是事物的发展是统一物(合)已分为二(对立面),经过"中和"而达到新的统一(合)。庄子发挥了老子"道生一、一生二"的观点,认为"一"乃"通天下一气耳"⑦,一气而分为阴阳两对立面,阴阳"和"而万物生,所谓阴阳"交通成和,而物生焉"⑧。这里,庄子提出的对立面达于统一的方式亦是"和"。庄子在解决人与自然的矛盾时,强调的是"与天和",认为"与天和者,谓之天乐"⑨。可见,他在思维上也是在两端中求中和,求合一。这是与儒家相通的。因此,可以说,华夏哲学思维中以"中和""中正"的方式来解决对立面的统一这样一条基本路线,在先秦时业已成形,而后不断积淀、发展,成为我们民族文化心理的重要特点之一。以中和境界为美,也由此而成为中华民族审美意识发展的基本方向。

  这里需要说明的是,对两端中求中和的思维方式不应简单化地予以否定。我国哲学界占主导地位的一种观点,是认为中和、中庸思想是"折中主

---

① 列宁:《哲学笔记》,人民出版社1956年版,第407页。
② 同上书,第408页。
③ 《论语·尧曰》。
④ 《论语·子罕》。
⑤ 《论语·先进》。
⑥ 《周易外传》。
⑦ 《庄子·知北游》。
⑧ 《庄子·田子方》。
⑨ 《庄子·天道》。

义"观点,因而具有形而上学性质。我认为,就具体的思想家如孔子等人而言,他们的"中庸"之道中确实包含着一些形而上学的成分,特别是后人的解释中,有不少扩展、加强了这种形而上学因素。但是,作为先秦时期我国古代人民在社会实践中形成的朴素辩证法思想的理论概括,"中和"思想的基本方面是合理的。应当承认,这是对立面统一的一种重要方式,虽然不是全部方式。如男女交而生子女,显然是"中和"方式,而很难用"斗争""一方吃掉一方"来解释。我国古人也正是从这种男女交合方式引申出宇宙万物发生、发展的"中和"观的。恩格斯曾经指出:"自然界中死的物体的相互作用包含着和谐和冲突;活的物体的相互作用则既包含有意识的和无意识的合作,也包含有意识的和无意识的斗争。因此,在自然界中决不允许单单标榜片面的'斗争'。但是,想把历史的发展和错综性的全部多种多样的内容都总括在贫乏而片面的公式'生存斗争'中,这是十足的童稚之见。"①恩格斯这里虽然讲的是自然界的历史发展,但也完全适用于人类社会和思维的发展。从哲学思维层次讲,对于两端只讲"斗争",不讲"合作",只讲"一方吃掉一方",不讲"两端中和",至少是片面的。这方面的教训难道还不少吗?因此,两端中和的思维方式也是同辩证思维相一致的。

而且,这种两端中和的思维方式同我国传统的审美思维方式是一脉相承的,是我国古典美学和文艺理论的重要思想基础。《尚书·尧典》就提出"八音克谐","神人以和"的思想;《周易》提出的"中行"思想后被概括为"中也者,天下之大本也"②。在美学思想上,郑国史伯论乐提出"和六律以聪耳"③;吴国季札论乐云:"王声和,八风平,节有度,守有序,盛德之所同也"④。晏婴强调要达到"清浊、小大、短长、疾徐、哀乐、刚柔"等对立面的"中和",为的是"君子听之,以平其心,心平德和"⑤,即以乐"和"求德"和"。伶州鸠推崇音乐之"和声",目的在"和于物,物和则嘉成"⑥,并明确提出"夫政象乐,乐从和,和从平"⑦的美学主张。形成于先秦时期的"中和"美学思想在近代之前,一直是占统治地位的美学思想。

---

① 恩格斯:《自然辩证法》,人民出版社1984年版,第283页。
② 《礼记·中庸》。
③ 《国语·郑语》。
④ 《左传·襄公二十九年》。
⑤ 《左传·昭公二十年》。
⑥ 《左传·昭公二十一年》。
⑦ 《国语·周语下》。

建构当代马克思主义文艺学,在思维层次上不能不考虑到两端中和的方式,不能不吸收在此思维方式指导下形成的中和美学思想传统中的合理因素,并加以融通。这也是马克思主义文艺学民族化的重要方面。

三

再次是流动圆合的思维方式①。

马克思主义辩证思维认为客观世界与人的认识都是在矛盾的对立统一中不断运动的,而这种运动是呈圆形的螺旋曲线的。恩格斯提出的辩证法三大规律之一的"否定之否定"规律,已暗示了这一圆形运动路线。列宁在解释这个规律时说,"在高级阶段上重复低级阶段的某些特征、特性等等,并且仿佛是向旧东西的回复(否定的否定)"②。当然,实际上不是简单的复旧,而是螺旋形的上升。列宁在摘录黑格尔所说的"把哲学史比作圆圈"的一段话时批道:"一个非常深刻而确切的比喻!!每一种思想=整个人类思想发展的大圆圈(螺旋)上的一个圆圈。"③列宁后来吸收了这一思想并视之为辩证思维的重要特点之一,他说:"人的认识不是直线(也就是说,不是沿着直线进行的),而是无限地近似于一串圆圈、近似于螺旋的曲线。"④

中国古代朴素的辩证思维中也包含着这样一种近似的流动圆合的思想。如前所述,"两端"论已明确地把万事万物看成变动不居的,而变动的原因则是事物内部的矛盾性(对立面的统一)。老子的"反者,道之动"⑤,庄子的"两者交通成和,而物生焉"⑥,就是这个意思。《易传》说得更详细:"昔者圣人之作《易》也,幽赞于神明而生蓍,参天两地而倚数,观变于阴阳而立卦,发挥于刚柔而生爻,和顺于道德而理于义,穷理尽性,以至于命。"⑦换言之,天道、地道、人道之变易,乃决定于阴阳、刚柔、仁义的对立统一。但是这种

---

① 本文这一观点受到栾勋同志的《现象环与中国古代美学思想》一文的启发,该文载《文学评论》1988年第6期。
② 列宁:《哲学笔记》,人民出版社1956年版,第239页。
③ 同上书,第271页。
④ 同上书,第411页。
⑤ 《老子·四十章》。
⑥ 《庄子·知北游》。
⑦ 《易传·说卦》。

两端中和的变易运动,有无规律可寻? 古人已猜测到是一种圆环运动。《周易》曰:"蓍之德,圆而神。"儒家把夏商周三代的交替看作人类社会历史运动的基本规律,即所谓"正朔三而改,文质再而复"①。刘宝楠注孔子《论语》时引及《白虎通·三级篇》,并云:"三者如顺连环,周则复始,穷则反本。此则天地之大理,阴阳往来之义也。"②可见自然与社会的发展变化是"周而复始"的圆环运动。宋代大儒朱熹也说《中庸》"其书始言一理,中散为万事,末复合为一理。放之则弥六合,卷之则退藏于密"③,这种"一理→万事→一理"的思维逻辑亦为圆合运动。朱熹《太极图说解》明白无误地点明:"○者,无极而太极也。"王夫之的"始于合,中于分,终于合"④,更是对这种圆合运动的轨迹的哲学概括。道家追求的"天钧""天和"在思维上也是一种圆环运动。庄子认为,万物相长相生的流动,"始卒若环,莫得其伦,是谓天钧"⑤。《淮南子·精神训》进一步将此理引入主体精神与思维领域,称"始终若环,莫得其伦,此精神之所以能登假于道也"。佛家追求的"圆成"与此也有异曲同工之妙,慧能将这种思维逻辑归纳为"首尾相衔"⑥,即无头无尾的圆环运动。由此可见,中国古代思维普遍遵循的是一种流动圆合的思维方式,这是由两端中和论衍生、推演出来的,同时也是建立在对自然与社会发展的经验总结与体悟的基础之上。

也许有人会说,这不过是一种简单的循环论,不但是唯心的,也是反辩证法的。我以为不能简单化地看问题。应当承认,中国古代思想家中,确有一些持历史循环论者。但从理论上说,圆合运动的思维逻辑并不必然导致封闭的循环论,它也可能通向开放的辩证论,即使圆环曲线达于螺旋上升的状态。孔子说,"不闭其久,是天道也"⑦;庄子说,"夫道未始有封"⑧。"不闭"与无"封",标示出圆环运动突破了循环论的圆圈,走向螺旋形的圆圈,即通向了辩证法。

这种流动圆合的思维方式也对中国审美意识产生了深刻影响,形成以

---

① 《白虎通·三正》引《礼三正记》。
② 《论语正义》。
③ 《中庸·序》。
④ 《周易外传》。
⑤ 《庄子·寓言》。
⑥ 《坛经·般若品》。
⑦ 《礼记·哀公问》。
⑧ 《庄子·齐物论》。

圆为美的审美思想。唐张志和曰："无自而然,自然之元。无造而化,造化之端。廓然悫然,其形团圞。"无始无终之圆被看作至美。谢朓说："好诗圆美流转如弹丸。"白居易说："冰扣声声冷,珠排字字圆。"司空图《诗品》说,"如转丸珠"。苏轼说："中有清圆句,铜丸飞柘弹。"苏辙论作文云："余少作文,要使心如旋床。大事大圆成,小事小圆转,每句如珠圆。"赵紫芝言"诗篇老渐圆";张商言谓"诗之妙如轮之圆也";何子贞论诗道："落笔要面面圆、字字圆。所谓圆者,非专讲格调也。一在理,一在气。"顺理为圆,"气贯其中则圆"。曾涤生说,"古今文人下笔造句,总以珠圆玉润为主"。可见我国传统美学中以圆为美是由来已久的。① 不独文学,其他各门艺术亦以圆为贵。白居易论画曰："形真而圆,神和而全。"② 清李修易论绘画布势之妙在于"发端混仑,逐渐破碎,收拾破碎,复还混仑"③之"圆"。中国园林建筑也主张曲径通幽,弯形桥,月形门;戏曲多以大团圆收场,舞台亦为圆形。此外,圆者,曲也,中国美学主曲忌直,推崇含蓄,追求言外之意,象外之境,韵外之致等,根柢上亦出自以圆为美的审美理想。

由是观之,中国传统美学、文论的审美追求在思维上是流动圆合的方式,是圆环形运动轨迹;就其合理方面而言,是同马克思主义的辩证思维有相通、相合之处的,虽然这是以中国式的智慧方式表达出来的。马克思主义文艺学的民族化,不可不对流动圆合的思维方式细细考察,有批判地消化吸收。

四

最后是直觉妙悟的思维方式。

辩证思维同形而上学思维的一个根本区别,在于前者是从发展与多样统一的联系中来把握对象、揭示真理,而后者则是静止、孤立、片面地肢解、规定对象。辩证思维是"从抽象上升到具体"的具体思维,而"具体之所以具体,因为它是许多规定的综合,因而是多样性的统一"④。而知性(形而上学)思维则是从具体到抽象,把事物本有的多样性统一分割、肢解、孤立、凝固成

---

① 本段以上引文均转引自钱锺书《谈艺录·三一》。
② 参见《画记》。
③ 《小蓬莱阁画鉴》。
④ 《马克思恩格斯选集》第2卷,人民出版社1972年版,第103页。

单个的抽象属性或概念,从而无法把握到事物内部丰富的活生生的联系与本质。黑格尔批评知性思维把有限概念强加给无限的认识对象,如把"存在"概念强加给上帝,只能限制认识,而无法接近真理。由此,他认为东方神秘哲学不用这种有限思维来规定无限的上帝,而是把神看成多名的或无尽名的,倒是不无道理。他并据此指出,一切理性真理均可以同时称为神秘的。这里"理性真理"即指辩证思维(亦称理性思维、思辨思维,相对于知性思维而言)。黑格尔认为,辩证思维能把握运动着的无限的、多样统一的对象,而不使之僵化、有限化、简单化,这正是辩证思维的神秘之处。

我国古代朴素的辩证思维带有更大的神秘性,它不以思辨理性为特征,而以实用理性为特征;不主张形式逻辑,而强调反逻辑的形式;不体现为理性思考,而表现为感性顿悟;不停留在概念认知,而渗透于实践行为(知行合一)。这种思维方式,往往以直觉妙悟来把握对象,但不能否认直觉背后积淀着理性的领悟,是理性认知精熟圆通而后出现的境界,是出于纯理智认知阶段的思维方式。惟其如此,我们才不能否定这种思维方式的辩证性,不能否认它的理性内蕴;我们才可以将这种直觉顿悟方式看成辩证思维的一种特殊的、中国化的形式。

直觉妙悟的思维方式,最初为道家所推崇。庄子曾以许多寓言来论"道"与"技"(艺)之关系,认为"技"应像"道"一般在仿佛无为中达到最为精熟自由之境。如庖丁解牛,游刃有余(《养生主》);吕梁丈夫恶浪中踏水自如(《达生》);佝偻者承蜩,凝神集志,无往而不得(《达生》);轮扁斫轮,不徐不疾,得心应手(《天道》);如此等等。庄子追求的是这种"凝神""一志"而直观对象的内在本质,顺其自然而精通神会;是"目击而道存"的直觉顿悟境界和游刃九原、出入自如的自由创造行为。儒家也有类似的看法,《礼记·中庸》赞扬"君子无入而不自得焉"的直觉妙悟与挥洒自如。在这方面,最典型的莫过于融合佛道儒的禅宗思想了。禅宗以顿悟作为觅无上菩提的方法,其先驱竺道生云:"夫称顿者,明理不可分,悟语极照,以不二之悟,符不分之理,谓之顿悟。"[①]这里,对作为认识对象之"理",须以一次性的顷刻之"悟"作整体把握,方能与之相"符"。惠能说顿悟是这样一种现象:世人性本自净,如日月常明,只因云雾覆盖遮蔽,"忽遇惠风吹散卷尽云雾,万象森罗,一时皆现",于是"吹却迷妄,内外明彻,于自性中,万法皆见"[②];又说,"若悟元生

[①] 见惠达《肇论疏》。
[②] 《坛经校释》,中华书局 1983 年版,第 39—40 页。

顿法,见西方只在刹那"①。可见顿悟乃刹那间突发的整体性彻悟,它以感性直观方式直照对象本质。禅宗还把顿悟视为由迷妄转为觉醒的彻悟方式,即所谓"从迷而悟,即顿转凡成,即顿悟也"②;惠能亦言,"前念迷即凡,后念悟即佛"③。这种幡然醒悟、立地成佛的境界,在思维方式上一是否定中间认知环节的突发式领悟;二是否定循序渐进的刹那间的跳跃性感知;三是前后判然相反的否定性醒悟;四是不假理性概念思索的直觉把握。应当承认,这种思维方式是客观存在的,而且就其实质也并不与理性认识截然对立,因而,从根本上说与辩证思维相吻合,可以看作辩证思维的一种独特、神秘形态。这方面,马克思主义经典作家虽然较少论及,但是作为中国智慧、东方思维的历史成果,理应给予足够的重视与恰当的评价。

尤为重要的是,中国传统美学、文论在内容上极端重视直觉顿悟,实际上经常把直觉顿悟就看成为审美思维方式。宋严羽在《沧浪诗话》中声称:"大抵禅道惟在妙悟,诗道亦在妙悟……惟悟方为当行,乃为本色。"清王夫之强调:"含情而能达,会情而生心,体物而得神,则自有灵通三句,参化工之妙。"④此处"体物而得神"即妙悟也。清王渔洋说得更明白:"'舍筏登岸',禅家以为悟境,诗家以为化境。诗禅一致,等无差别。"⑤同时,中国传统美学、文论在形态上亦多取直觉顿悟式的记录,如诗品、词话、曲论、小说评点、画论之类,驳杂丰富但较少逻辑严密的体系之著。就是说,中国古代美学、文论在内容与形式上都以直觉顿悟为特点。因此,马克思主义文艺学的民族化,在哲学思维层次上,亦不能不重视对直觉妙悟方式的深入研讨。

综上所述,我认为中国传统哲学思维方式中有不少具有素朴辩证法因素的成分,它们同马克思主义辩证思维方式有着天然的相通之处。在思考马克思主义文艺学体系民族化问题时,我们首先应努力用马克思主义辩证思维方式来吸收、改造中国传统思维方式中的辩证因素,并融会贯彻到文艺问题的研讨中。这样,我们才能建构起具有鲜明中国特色的、闪烁着中国式智慧的光芒的当代马克思主义文艺学体系来。

写于 1990 年春

---

① 《坛经校释》,中华书局 1983 年版,第 66 页。
② 《中国佛教思想资料选编》第 2 卷第 2 册,第 470 页。
③ 《坛经校释》,中华书局 1983 年版,第 51 页。
④ 《薑斋诗话》。
⑤ 《带经堂诗话》。

精英文化的衰退与文化精英的困顿

进入 90 年代以来,随着改革开放力度的加大和市场经济的迅猛发展,我国社会经济高速增长与文化大幅萎缩的反差日益加剧。物欲、功利欲的恶性膨胀无情地吞噬和蚕食着本来就小得可怜的精神文化园地,商品化的刺激和金钱的诱惑使物质生产与精神追求间的局部失衡迅速扩大为难以填补的鸿沟。这样一种全局性的文化危机的势头不但没有得到有效遏制,反有加速衰退的迹象。这不能不引起有识之士的深深忧虑。

一

当我们谈论中国当代文化的危机或衰退之时,我们主要指的是精英文化,而非大众文化。

我这里不准备讨论精英文化与大众文化的关系,也不准备将二者对立起来,用精英文化来抵制和批判大众文化。因为,大众文化本身范围极广、性质极为复杂,很难用简单肯定或否定的态度加以处置。我只是想指出,任何一个社会或时代,站在该社会或时代的前头,代表其内在的精神价值,引导其健康发展,标志其文明与进化的程度、水平的,决不是大众文化,而只能是精英文化。无数中外文化史的事实一再证实了这一点。代表古希腊文化和文明水准的,无疑是以柏拉图、亚里士多德为首的精英文化;同样,代表中国先秦文化发展程度的,也只能是以儒道两家为主流的诸子百家的精英文化。自然,在特定历史条件下,大众文化的某些方面也有可能成为一个社会、时代文化发展的标志之一,但这必定是在精英文化的介入与参与下才有可能。

何为精英文化? 我以为,就是一定时代、社会的文化精英以创造性劳动所生产的精神文化产品的总和,而不是一个时代、社会全部文化的总和。这里需要说明的是,本文所说的"文化"是狭义的:第一,它专指精神文化,而不包括物质文化；第二，它专指人文文化，而不包括自然科学和技术的文化。所以，当人们因为我国近年来经济高速增长带来的物质文化繁荣而声称"随着经济建设的高涨，文化建设的高潮亦将来临"时，他们事实上陷入了一个思维的误区，即混淆了物质文化与精神文化的本质区别，或者在二者之间画等号，或者认为二者之间具有平衡对应关系。这样，就导致了盲目地陶醉于物质文化的可感成就，而无视精神文化正以同样的速度衰落的现状。同理，当人们有理由为近年来自然科学和技术文化方面的突破性成就而高兴的时候，却没有理由为人文文化水准的加速度滑坡而宽慰。

二

当前我国人文文化中的精英文化正在跌入低谷，主要表现在以下两个方面：

首先，商品和市场文化凭借其金钱实力迅猛地、无孔不入地拓展地盘，明火执仗地侵占、挤压本来就范围很小的精英文化地盘，使之日趋窘迫，甚至陷入绝境。以专营文化产品的书店为例，据有关材料披露，1990年以来，我国书店弃文经商、改换门庭的越来越多，每年都有一大批书店换了牌子，不再卖书。仅1992年一年就有377家书店消失，农村售书网点更比1991年剧减了27%，1993年这一趋势继续加剧。前一时期成为热门话题的上海南京东路新华书店差一点被"吃掉"改为商厦一事引起文化界人士的普遍震惊；因为南东书店是上海最大的书店，是上海学术文化的一个窗口，如果也要被商海吞没，那就意味着上海文化的更大灾难还在后头。由于书店业的大幅萎缩，1991年全国平均每11868人一个售书店，到1992年就达到12053人才有一个售书店，1993年估计要超过13000人才有一个售书店，与日本平均每4400人、台湾地区平均每3300人就有一家书店相比，简直望尘莫及。即使是被不少文化人贬为"文化沙漠"的香港，也平均每6000人就有一家书店。书店作为文化产品重要的交流渠道，其盛衰从一个侧面映现着文化进退的状况。还应考虑到，书店不仅仅经销精英文化产品，主要的还是大众文化产品；售书点的大幅萎缩，受害最深的还是精英文化，因为在尚存的售书店中，销量下降最大的还是精英文化产品。究其原因，还是商业利润的无形大手牵动着书市的命脉。所以，从书店业的大幅滑坡，非常典型地指示出我国当代文化正走向沙漠化的严峻趋势。

其次,更重要的,精英文化自身在90年代我国文化的大转型中发生严重的异化,导致其整体素质与水平的全面下降。在整个社会迅速纳入市场经济轨道的历史大变动过程中,文化的转型与重建势在必然。然而,这并不意味着精英文化必须完全放弃自身优势而投入"商海",因为,这样事实上将加速精英文化的世俗化,消解构成其存在本质的精英性,最终导致其彻底解体。从现实看,精英文化中尚有一部分力量仍在苦苦挣扎,顽强地抵御和抗拒商潮的侵蚀,守护着日益缩小的几块净土——自己的精神家园。但是,不能不看到,精英文化中的许多部分已遭到商品大潮侵袭而发生严重的异化,即非精英化。

一是精英文化的商品化趋势加剧。本来,在一个健全的市场社会中,一切文化产品包括精英文化产品都具有商品性,是毫无疑问的;然而,文化产品、尤其是精英文化产品还有其难以用金钱和交换价值计算、测量的精神价值,这是无论在什么时代、什么社会中都一样的。即使在欧美发达的资本主义国家中,精英文化的非商品性这一面,也能通过各种有效的途径(包括法律)得到社会的承认和保护。但是在我国,虽然市场经济体制尚未完全建立,更未趋于成熟,而精英文化的商品化速度和程度却比之西方有过之而无不及。前不久京、深两地的文稿大拍卖及某些作家与出版商签订近乎卖身的卖文契约,便是典型例子。只要有钱,什么都可以买到,什么也都可以出卖:只要市场需要。这样,精英文化站在时代前列、引导社会前进的独立品格日益丧失于市场的指挥棒下。

二是精英文化日趋平面化。精英文化之所以能成为一个时代社会文化发展水准的标志,很大程度上在于它在全部文化中是最具深度的一种文化。与一般文化相比,精英文化往往能透过现象,揭示本质;透过表层意识,发现深层意识;透过非真实性,寻求真实性;透过能指符号,阐明所指意义。就是说,它遵循的是一种深度模式,它创造的是一种有深度的文化。相反,普通文化、大众文化则一般缺乏深度、流于肤浅,无法代表一个时代、社会文化的主导趋向和水平。而当今中国,在商品大潮的冲刷下,精英文化中相当一部分有意无意地放弃或削弱了深度模式,导致文化产品越来越平面化。无论学术探讨、理论研究抑或文艺创作,很大一部分都在追求短平快效应,停留于现实生活的表层,满足于现象、外观的扫描和细枝末节的拼凑,放弃对意义的思考与理解。这就把精英文化引向平面化、表面化、肤浅化的可悲境地,从而越来越丧失其代表时代、社会文化主角的地位。

三是精英文化的"无主体化"日趋严重。精英文化作为时代文化的核心部分,也是最有主心骨、最有主体性的部分。西方近代以来精英文化经历了从理性主义向非理性主义的转轨,其人本主义也经历了由古典向现代的转型,然而,其主体性和主体意识的追求却始终如一(当今后现代主义思潮出现了反主体的叛逆)。我国古代精英文化虽不强调主体性,但并非无主体性,而是体现为精英群体的主体性。当代中国文化由于众所周知的政治原因,文化的主体性受到极大压抑,在"文革"中随着文化精英主体性的泯灭,精英文化亦濒临毁灭。80年代,人文思潮的复兴和主体意识的觉醒,使精英文化获得了长足的发展。然而,在商潮的裹挟下,精英文化出现了二度丧失主体性的局面,文化从内容、思想、意义到形式、包装、符号,无不唯市场之令是听,唯金钱之命是从。无主体化的结果,是豪华、精美的包装下思想的失落、精神的空虚和价值的危机。

精英文化商品化、平面化、无主体化,实质是全面的异化,由此造成精英文化的思想贫血和精神萎缩,以及整体素质和水平的大幅下降。

三

从精英文化的各构成方面来看,其下滑趋势既陡且速,已形成一种全面衰竭的症状和态势。现举其要者,略加说明。

学术文化是精英文化中的精英。然而近年来,滚滚商潮起伏,以致几乎难以摆平学者文人的一张书桌。于是,急功近利之风盛行,浮躁心态比比皆是。写文章为套现金,做学问凭拼贴技巧;不求甚解,敷衍成篇即行;厚厚一块"砖头",多半是水分;泛泛而谈,空洞无物;少微观实证之考据,多夸夸其谈之宏论……一方面是学术著作难出版,另一方面种种小道后门仍出了不少学术书,可惜精品甚少,质量平平者居多,低劣者亦不少见。更有甚者,文抄公纷纷出台,大名鼎鼎的王同亿教授几本"大辞典"竟然多数来自抄袭,令人目瞪口呆。学术文化质量、品位的大幅跌落,恐怕是很难否认的事实。

政治文化在精英文化中是体现导向的。然而细察近年政治文化之变迁,似乎可见文化精英中有意无意疏远政治者大有人在。对政治的冷漠、疏离、冷眼旁观,对当前经济改革向政治改革提出的重大问题或有意回避,或缺乏热情。与80年代末相比,政治文化在精英文化中的领头地位大为降低。

伦理文化更显疲软。在社会转型过程中,伦理价值的危机特别触目惊心。原先规范人们行为的道德体系从根本上被动摇了,其有效性已十去七八;而传统道德体系的价值资源很难直接取来利用;新的有效的道德价值观念与体系尚未形成。在这样一种伦理观念混乱、道德规范失范的状态下,伦理文化很难有所作为。虽有少数精英奔走呼喊,竭力推进新伦理文化的建设,但响应者寥寥,难成气候。

哲理文化的形而上品格有淡化的迹象。哲学不仅仅是自然知识与社会知识的总结与概括,更应像有的学者所说,是对人的命运的关怀、思考和谈论。哲学的形而上品格主要体现在对人的命运、人的存在方式的终极关怀与思考。在当代社会和文化的急速变动中,人们原有的社会关系被打乱了,人们在生活与存在中原先较为确定的位置动摇了、变迁了,人们原先对生活意义和目的的理解被打破了;一种出自意识深层的对生存意义的怀疑出现了,一种投身于茫无边际、深不可测陌生世界的恐惧感、压抑感、危机感、失落感、空虚感逐渐弥散开来。哲理文化理应对此投以终极的关怀与思考。然而,当代哲学有着明显的实用化倾向,过分纠缠于实际生活领域的应用,而忽视了对人的终极性关怀,这就导致哲理文化的形而上品格的失落与淡化。从长远来看,这是危及哲学生命的大问题。

审美文化走向消费性。艺术和审美文化,自然具有一定的消费功能,然而用消费性全面挤压乃至取代审美性,使之蜕变为纯粹的消费文化,则是审美文化的末路。从当代我国审美文化的演化趋势来看,令人十分忧虑:文艺创作的游戏化态度在一定范围内得到确认并逐渐扩大;艺术文化的一部分由通俗化转为媚俗化或庸俗化;艺术欣赏由精神享受转向纯粹的娱乐和消遣,等而下之的则追求感官的刺激与满足;艺术批评和评论中的庸俗作风,如哥们义气、互相吹捧、拉小圈子、"红包"批评、乱哄狂抄愈演愈烈;美学、文艺理论日益泛化、实用化、生活化,从广告到化妆,从吃到拉(所谓"厕所美学")无不以"美学"相标榜。就在这种无节制的消费化和泛化中,审美文化的审美性正在一点点消失。

以上几方面,足以说明精英文化内部正在发生实质性的转变,其精英性的丧失与非精英化的蔓延是成正比的。

四

　　文化是由人创造的,是人的本质力量的对象化。精英文化是由文化精英创造的,是文化精英本质力量的对象化。因此,精英文化的衰退和危机,说到底,是文化精英的衰退与危机。

　　文化精英者,人文文化知识分子是也。精英文化式微的根子,要到人文知识者的精神、心态、素质的变化中去寻找,最终,要从他们的生存方式的变动中去寻找。

　　我以为,当今人文知识分子面临的最大矛盾,是商化与文化的冲突,这是他们种种困惑、犹疑、动摇、心态失衡的总根由。

　　由商化刺激起来的拜金主义和物质欲望,对人文学者、知识分子安贫乐道的传统信念形成强烈冲击,不少人败下阵来,有的甚至放弃学术文化,投身商海,另谋生计;有的则"身在曹营心在汉",无心于学术文化事业,敷衍塞责,应付了事,主要精力开始转移。

　　利与义的冲突在不少人文知识分子心头成为难以了断的情结。自己从事的精神文化活动,究竟应计较经济实利还是应崇尚精神道义,尤其在二者不一致、甚至矛盾时,作何抉择,使不少人陷于进退两难、犹豫彷徨的境地。

　　现实与理想的矛盾也死死缠绕着人文知识者的心灵。闭眼不看现实的剧变,超然出世,自然不是当代知识分子应有的选择;可过于执著于现实,完全投入于其中而不能自拔,随波逐流,毫无学术文化进取心,这同样是不可取的。现今不少人文知识分子在原有的理想破灭后,干脆抛弃一切理想,在从昔日的梦中醒来之后,索性沉迷于当下、执著于瞬间。而人文知识分子一旦丧失任何理想,他的精神圣火也就熄灭了,他作为文化精英的价值也就终结了。

　　感性与理性的对立在人文知识者身上体现得空前激烈。商化诱发起来的无限制的感性享受和消费欲望,与清醒的有节制的理性精神的冲突,也使人文知识分子陷于深深的痛苦之中。感性欲求并非罪恶,理应得到适度的满足;但一旦失去理性的指导和节制,感性的瞬间享受就有可能恶性膨胀。而一个人文知识者如完全被无节制的感性欲求迷住了眼睛的话,他将终止其人文知识分子的存在与生命。

对象性与主体性的分立是人文知识者不可回避的又一问题。文化知识分子之所以能创造出精英文化，即高于常人水平的文化，是由于他们具有比常人丰富、广博、深厚的文化心理结构和本质力量，也就是有他们强大的文化主体性。然而，当他们被席卷而来的商品大潮冲得晕头转向，一些人因此而二度丧失主体性时，他们就失去了将自身主体性对象化的源泉，而只能沉陷于对象之中，成为对象的奴隶。当对象性吞没或压倒了主体性时，人文知识分子除了复制的本领以外，再也不会有文化创造、尤其是精英文化创造的功能了。

个体本位与社会责任感之间的来回拉锯，是造成人文知识分子心灵创伤的又一原因。人文知识分子之所以能成为社会主流文化的创造和倡导者，与他们的社会责任感、使命感密切相关。中外历史上的文化精英无不具有的忧患意识就是这种社会使命感的典型表现。不能设想，对他人、对社会、对群体完全抱冷漠无关态度的人，纯然以个体为本位、置社会于不顾的人，会在精英文化的创造上有所作为。而在整个社会商化过程中，这种个体本位观念得以滋长，有的人文知识分子以彻底放弃社会责任、使命感的巨大代价接受了个体本位思想，于是乎整日沉浸在个人的利害得失之中，对社会、人民、民族、国家的前途与命运漠不关心。在这种转变中，他们的文化创造能力和素质也逐渐萎缩、枯竭。在中国历史上像有的学者所概括的那样，无论是庙堂意识、广场意识还是岗位意识，我以为都是有社会责任感和使命感的，只是具体内涵与形态不同罢了。

主体能力的实用化、操作化和技术化与想象力、思维力、创造力的分裂，也使人文知识分子陷于左右为难的困境。商化把人文知识者的目光引向实用领域，使他们的能力发展趋向于操作化与技术化，而这正是商业文化所要求的复制能力。与此同时，他们的想象、思维创造力却萎缩了，想象的空间收缩到有限的范围，思维的维度单一化、线性化，导致创造力下降。这种主体能力结构的失衡也在折磨着人文知识分子的心灵。

上述种种人文知识者在商潮下经历和体验到的内心冲突，实质上还是一个如何自我定位的问题。人文知识分子在当前到底应把自己放在何种位置上？他在社会群体中应当充任什么角色？在社会文化的创造与传播中，他应担负什么责任？这些问题，原来似乎不存在，其实一开始就存在，只是我们没有意识到罢了。远的不说，粉碎"四人帮"之后，在"文革"的废墟上，人文领域的全面复苏与精英文化的高涨在中国文化史上留下了令人难以忘怀的一页。那时,从偶像崇拜中觉醒过来的一代人文知识分子,用饱含激情的主体性,共同抒写了闪耀着人性光芒的大写的"人"。他们的个人追求与社会使命天衣无缝地统一在一起,他们的热烈呼喊既是先知的呐喊,又是人民的心声。他们亲眼看到在重建人文文化中他们肩负的崇高使命,又切身感受到他们创造性劳动的实实在在的成果。而现在,这种统一感在相当大程度上破裂了,错位了。不少人在反思那段虽然值得回忆却早已成为历史的辉煌时,悄然退出了扮演启蒙者和先知者角色的地位。然而,在新的社会转型过程中,他们并未找到自己的位置,只能在东闯西碰中寻求合适的定位;有的人断然卸去人文的装束,全身心改换门庭,投入商海,寻找新的生活方式;还有人则彻底抛弃原先扮演过的文化精英角色,连同人文的使命感、责任感一起丢掉,龟缩到极为狭小、孤寂的一隅中去。这一转型期重新寻找和确立自身的文化定位、社会定位的问题,是人文知识分子内心冲突的根本缘由。

不过,如果再深入一步,那么这个自我定位的问题归根结蒂乃是人文知识分子生存方式危机的折射。在商化与文化搏斗的大背景下,人文知识分子的生存方式、生活方式已经并继续发生着越来越大、越益深刻的变化。许多人脱离人文队伍,获得了另一种生存方式;一些人苦苦坚守精英文化阵地,但实际的生存方式已在商化的冲击下发生了或大或小、或隐或现的变化;还有一些人在商化与文化之间徘徊彷徨。这样,人文知识分子队伍正在经历着深刻的分化、变动与重组;他们原有的生存方式受到了严重的挑战与威胁。在文化与市场、精神与物质之间徜徉,这便是当代文化人难以超越、无法逃离的生存困境。一切危机由此而生,一切冲突由此而发。

五

面对危机,该怎么办?

说无法选择、无可奈何,但实际上,每个文化人都已经或正在做出自己的选择。因为在一定意义上,生存就是不断地选择,选择就是生存方式的本质。

逃离方内,跃入商海,这是一种选择。

转向技术和操作,开拓复制文化的市场,这也是一种选择。

脱去"精英"装束,投向通俗文化、大众文化,这又是一种选择。

转换社会角色,从启蒙者位置上退下,以忠诚切实的劳作在各自的文化岗位上默默地耕耘,这同样是一种选择。

坚守精英文化阵地,不为商潮所动,安于清苦,甘于寂寞,以殉道者的精神守住文化的高尚与尊严,留住精英的心灵与脚印,这还是一种选择。

决不放弃崇高的社会责任感与使命感,继续发扬文化精英的本色与优势,顶住文化中的商化、俗化、泛化浊流,以一种超前意识,迎接新世纪文化的复兴,这自然也是一种选择。

以一种西方马克思主义社会批判精神,自觉批判大众文化和文化工业,以寻求新的精英文化的诞生,无疑,这又是一种选择。

还有人提倡"后批判"态度和策略,既抛弃精英文化,又反对当代大众文化中的"糟粕";既不走向相对主义,又不急于重建未来文化;而是取一种"文化观望者""对话者和游走者"的立场,以完成"知识谱系的转换";在逃避文化制度化和穿越文化糟粕中走出一条获取历史真实感的中间道路,这是部分青年学者的最新选择。

……

在精英文化危机面前,选择可以是多样的,选择更应是自由自主的。初次选择如被实践证明并非合理,还可以重新选择,再次选择。无数文化精英与非精英的反复选择自会在文化危机的沙漠中走出一条通往绿洲的大路,一条振兴和重建当代文化之路。

毋庸讳言,笔者是精英文化的辩护者。我以为,任何时代的任何力量,只能在一段时间、一定范围内压制精英文化,却不可能彻底地消灭精英文化。整个民族文化的振兴,首先要靠精英文化的复兴。这种复兴当然不是原封不动的复辟,而是在变革、重建中复兴。而变革与重建,首先得依靠文化精英,他们虽然人数较少,却是未来新文化的开拓者。他们不为眼前的功利所迷惑,而是立足当前,面向21世纪,以一种超前的意识和宏大的胸襟,一种不以启蒙先知自居却仍不乏使命感的进取精神,脚踏实地地耕耘播种,默默无闻地夯实基础,一点一滴地积累文化,为中国文化的全面高涨铺平道路。现实中,这些文化精英仍活跃着,奋力抗争着,他们是中国文化的希望所在。

1994 年阳春三月写于凉城书斋

试论当代"人文精神"之内涵
——关于"人文精神"讨论之我见

近两年来,从北到南,一场关于"人文精神"问题的讨论,正在我国知识界、文化界悄然兴起,并逐渐深入,引起了不少人的关注和兴趣。在讨论中出现许多不同意见,甚至截然对立的意见。本文拟对讨论中若干分歧意见谈几点管窥之见,也算凑凑热闹。

(一)

目下有一种意见,认为当前倡导"重建"或"高扬""人文精神"的学者们其实对"何为人文精神"都没有吃透,对此概念的理解都很混乱,就匆匆忙忙奢谈"高扬"之类,实属"戏谈",毫无意义。这实际上根本否定了"人文精神"的提出和讨论。

笔者不敢苟同这种意见。

的确,在这场讨论开始时,一批青年学者并未专门对"人文精神"下定义,甚至在他们的一系列文章、发言中对"人文精神"内涵的理解和阐释也并不见得都很一致,但是,这并不妨碍问题的提出与讨论的展开。

实际上,许多学术问题的讨论往往并不直接从下定义或界定概念、命题开始。一种新的理论主张、观点的提出,也常常不起于对某个概念范畴的精确框定或阐释。譬如,我国五六十年代有过一场至今还令人怀念的美学大讨论,这场讨论孕育、形成了我国美学的四个主要学派。这场讨论围绕的中心是美的本质问题,按理说应集中争论如何给美下定义。事实却不然,争论的焦点在美是主观的还是客观的。当然,这与美的概念的界定密切相关,却并不直接在讨论美的定义。如果先要把"什么是美"讨论清楚了才能谈论美的主观、客观性问题,那这场讨论就根本不会发生。相反,正由于由后一问题切入,才有助于各派逐渐形成自己对美的本质、定义的成熟想法。这个道理我觉得完全适合人文精神问题的讨论。

大概是遵循孔夫子"必也正名乎"的古训吧,我们一些学者往往喜欢一切先从"正名"、确定概念内涵开始,这当然是一种做学问之道,但未必是唯一之道。岂不知孔老夫子亦未见得事事处处以"正名"为先的,一部《论语》,随处可以找到这样的例证,毋庸多说。即使像有的学者在替"人文精神"的中国传统内涵"寻迹辨踪"时谈到的《淮南子》中"精神训"篇,亦是一适例。该篇论精神,主要论精神对形体的支配、主宰关系,并未首先为精神下定义:何为精、何为神,何为精与神连用之含义。该篇开始,先讲精神之根源:"是故精神,天之有也;而骨骸者,地之有也。精神入其门,而骨骸反其根。""夫精神者,所受于天也;而形体者,所禀于地也。"后面才在精神与形体、骨骸的关系中逐步阐明精神之含义。其实这种讨论"精神"的方式早在《庄子》那里就有了,《庄子》中多次出现"精神"(精与神连用)一词,如《知北游》中"澡雪而精神","精神生于道,形本生于精",也不首先界定"精神"概念,而是先讲神形的源流本末关系。

现在回到人文精神的讨论。我的意思是,人文精神的倡导者们没有先界定何为"人文精神",甚至对人文精神内涵的阐释上不完全一致或者说有点混乱,这并不妨碍提出当前应"高扬人文精神"的口号,更不妨碍围绕此问题展开学术讨论。不应当因为这个原因就从根本上全盘否定这一口号提出的必要性,它的现实意义与价值,更不应当由此而否定这场讨论。

事实上,这场讨论最初是由一些青年文学理论、批评家发起的,后来才有一批哲学、文化工作者加入。开始讨论时根本未涉及"何为人文精神"问题,而是由当代文学的危机的实际出发,推导出作家、文化人、人文知识分子"人文精神的失落"。他们认为,在当前市场经济条件下,商品大潮已卷走了人们创作或阅读纯文学作品的兴趣;就文学创作的实况看,无论是所谓的"纯文学",如"痞子文学""新写实小说""先锋实验文学",还是大众通俗文学,如言情、武侠小说等,都已沦为审美想象力丧失的标志。而由于文学是20世纪中国人精神生活的重要方式之一,因而文学危机所引发出来的人们人文精神失落的危机,从一个侧面证实了当下精神生活的全面萎缩。"重建人文精神"的口号最初就是在这一背景下提出来的。随着讨论的展开,人们早已超越了单纯的文学危机问题,而是关涉到世纪之交整个人文学科的危机问题,整个知识分子所处的人文环境问题,知识分子自身的生存方式、终极关怀和精神追求问题等等。因而人们对"人文精神"的理解和阐释也更趋多样、丰富,其内涵总体上也变得更加深厚广阔。

还需要指出的是,人文精神倡导者们虽然大都未从正面充分、直接地界定"何为人文精神",但并不等于他们对人文精神没有自己明确的看法。从已发表的讨论文章与发言中,我们可以看到,他们心中其实是有大致统一但具体理解不完全相同的对"人文精神"的界定和阐释的。如果不脱离具体语境的现实针对性,人们是不难把握其真意的。

当然,我并不否认讨论中应当逐步弄清"人文精神"的含义,否则讨论既缺乏坚实的基础和明晰的理论,又缺乏真正的碰撞交锋,就只能停留在浅表层次而难以深入。所以,我觉得,有的学者对倡导者们的这一批评亦包含合理因素在内。当前,讨论进展到了这一步,是该弄清"何为人文精神"了。

二

什么是人文精神?我觉得很难用一两句话下一个定义。因为这个概念无论从时间还是空间、历史还是现实上看,其含义都是非常复杂的,并且是变动的。

从时空角度看,历史上中国早就有"人文"与"精神"两个概念,但那"人文"主要是与"天文"相对的,且据有的学者考证,至清代之前未见有"人文"与"精神"连用者。而西方文艺复兴时期作为新兴市民阶级反封建社会思潮的 Humanism,我国"五四"前后的学者译为"人文主义"或"人道主义",至今已约定俗成。此处的"人文"与中国古代"人文"的含义已有很大区别,它主要不是与"天文"相对,而是与基督教神学、神权相对立。"人文主义"主张肯定和注重人自身,尊重人性与人的价值,要求在各个文化领域里把人和人性从宗教神学的禁锢中解放出来。

有的学者认为,当今人文精神倡导者们所寻踪的"人文精神"的概念内涵,其实就是西方的"人文主义"。我不知倡导者们是否赞同此说,但就我个人浅见,两者似乎不太一样。

首先还得从时空变化谈起。让我引一段《哲学大辞典》"人文主义"条目下的一段话:

······其基本内容为:(1)肯定人的价值,称颂人的特性和理想,反对中世纪神学抬高神、贬低人的观点;(2)要求享受人世的欢乐,注重人的现世生活的意义,强调按照人的自然本性生活,反对中世纪神学的禁欲主义和来世观念;(3)要求人的个性解放和自由平等,强调人的自由意志、品德、努力和才能,反对中世纪的宗教桎梏和封建等级观念;(4)推崇人的感性经验和理性思维,提倡用知识造福人类,反对中世纪教会的经院哲学和蒙昧主义。人文主义作为一种思潮,其主流是市民阶级反封建、反中世纪神学世界观的新文化运动……

这段引文把欧洲文艺复兴时期的"人文主义"的内涵讲得相当清楚、完整。反观当今中国一些人提倡的"人文精神",与西方的"人文主义",虽然在某些观念上不无关联,但总体上说有很大的区别。一言以蔽之,是"时过境迁"。所谓"时过",是时代已发生巨大变化,不但时间上已过去五个世纪,而且已从中世纪向新兴资本主义过渡的文艺复兴时代进入到当代中国的社会主义现代化建设时期;所谓"境迁",不仅指欧洲与地处东亚的中国这一地理环境的变迁,更指两个不同时代、面临不同变革目标、任务、对象、途径、方式及不同文化传统、国风民情的社会环境的变迁。因此,两者虽然同以"人文"命名,但内容、含义等却不能不有很大变化。

这种变化,在我看来,最根本、最集中地体现在人文精神所对抗、反对的对象上。人文主义作为一种社会思潮,在文艺复兴时期主要是对抗宗教神学、神权主义。作为一种以人为本、高扬人的价值、地位的观念和精神,它又可以同一切贬低、压抑人的思想、理论相对抗,如物质主义、拜金主义、权力主义、科技主义、商业主义等。当今中国,人文知识分子和人文学术领域,所遇到的最大压力和阻力,便是商业主义、物质主义和科技主义。倡导"人文精神"主要为对抗这三种"主义"。由此引起"人文精神"与西方"人文主义"的具体内涵的一系列不同。

随着市场经济的推开,我国改革开放的现代化建设进入了一个新阶段。商品大潮带来了社会经济的繁荣,也无情地冲击着文化学术的各个领域。人文学术的急剧萎缩,精英文化的严重危机,已成不争之实。更重要的是,人文知识分子的心态也遭到严重挫伤,其中一部分人顶不住商业主义、物质主义、科技主义的多重挤压或引诱,纷纷中箭落马;还有一部分人也处于犹豫、彷徨、左右为难的尴尬境地;只有少数人还"冥顽不化",苦苦挣扎在日趋缩小的精英文化阵地上。正是最后一种人,对人文学术和精神文论的衰退有切肤之痛,对部分从文知识分子学术良心和文化使命感的丧失万分焦虑,所以用"人文精神"的口号来概括现状,引导未来。当前人们"人文精神"普遍失落,因而需要"重建"和"高扬"。这就是目前提倡"人文精神"的现实背景。

据此,我们要搞清当代"人文精神"的具体内涵,就不能脱离这一现实的社会文化背景,就要从它与三个"主义"的对立关系中去把握其真义。

首先,人文精神与商业主义相对抗。商业主义不等于商业,而是那种把商业经济看成高于一切,把商品化作为整个社会运转核心机制的价值观念和思想体系。按照商业主义的原则,不仅物质生产领域,而且精神文化生产领域,乃至每个个人的精神生活,都必须无条件服从商品化原则,都必须接受"利润第一"原则的驱使。在这种商业主义的侵袭下,近几年精神文化学术领域普遍弥漫着追逐金钱利润的风气。由于把赚钱作为首要宗旨,使得许多优秀的学术著作、高雅文艺作品难以问世。一些人在提倡大众文化或通俗文化的冠冕堂皇的旗号下,却干着媚俗、向低级庸俗趣味暗送秋波的勾当,实质上反而败坏通俗、大众文化的名声。有的地方组织书稿竞标拍卖,靠大款的施舍来抬高某人某书的身价、地位,似乎出价越高,买主的派头越大,卖方的地位也水涨船高。更有甚者,给若干万元,签一个协议,就在几年内把整个人"卖"给了出版社,其间所写作品一律属"买"方所有,这简直是一份精神劳动力的卖身契,居然还有人为之喝彩叫好。全国图书销售点大幅度减少,很多书店都改营他业,大多数图书销售网点不进或少进高档次学术文化书籍……总之,商品化原则无孔不入,已渗透、侵蚀到精神文化学术各个领域的一切方面。这种种将精神文化、学术全盘商业化、商品化的现象,引起广大人文知识分子的深深忧虑。人文精神正是作为这种商业主义的对立面而提出的。

这里需要说明的是,反对作为一种普遍价值观念的商业主义,决不意味着反对商品、市场经济。我国自改革开放、特别是推行、培育市场经济以来,经济建设的突飞猛进,现代化进程的大大加快,人民生活的逐步提高,都是有目共睹、无可争辩的。我相信,人文精神倡导者们并不会反对市场经济,因为他们也同样是市场经济的受益者。但是,在市场经济发展还不完善、不成熟之时,那种把市场、商品原则绝对化,鼓吹在精神、文化、学术领域也无例外地推行商业主义的思潮,却并非真正的市场经济原则;因为真正的市场经济体制并不否认精神文化学术活动的特殊性,而对之采取非商品化的特殊保护政策与措施。有的同志提出,市场经济比计划经济更尊重人,更有人性,我是同意的;但这并不等于市场经济天然就完全符合人文精神,因为它毕竟只是一种经济体制,而非一种精神原则,如果把市场体制的经济原则无条件地贯彻于一切精神文化学术领域,那必然给精神生产带来困难。当然,如把计划经济体制强加于精神文化学术领域,会造成更大的灾难,这已为以往的历史事实所证明。

其次,人文精神与物质主义相对抗。这里,"物质主义"在英文中可能与"唯物主义"一词是同一个词,但在中文中应当、也可以加以区别。唯物主义是相对于唯心主义的一种基本哲学思潮、派别和路线,在本体论上坚持物质第一性、精神第二性的观点,在认识论上认为人的意识是客观外在世界的反映,在历史观上认为人们的社会存在决定社会意识,人们的物质生产方式决定人们的精神生活过程。而物质主义则是以当下物质生活的满足和享受为人生第一目标的伦理价值观念。这显然与唯物主义不是一回事。当然,绝对唯心主义者黑格尔曾经指责唯物主义只满足于物质生活的追求,而放弃高尚的精神生活和崇高的理想,无视至高无上的绝对精神,但这只是他对唯物主义的误解和歪曲,至少是把个别唯物主义者的享乐主义观念夸大成整个唯物主义的基本性质了。然而,黑格尔对唯物主义的上述责难中却包含着对物质主义的有力批评,至今仍值得我们深思。近年来,在我国,随着商业主义的盛行,物质主义也到处泛滥,许多人丧失了人生的理想、目标和精神追求,沉湎于当下的物质享受和无止境的消费。物欲恶性膨胀,促使一些人不择手段地追逐金钱,违法犯罪自不用说,维系一个文明社会正常运行所需要的伦理道德原则也被一些人弃之若草芥。康德所谓的绝对道德律令或良知也日渐泯灭,甚至被嘲弄为"傻"和"憨"。拜金主义的新的形式在中国大地上流行。这种物质欲望的无节制扩大,越来越把人类精神中美好的方面挤压出去。马克思在《1844年经济学—哲学手稿》中曾尖锐批判了物质主义的重要表现形态——以货币为最高追求的拜金主义,指出货币是"作为这种颠倒黑白的力量出现的。它把坚贞变成背叛,把爱变成恨,把恨变成爱,把德行变成恶行,把恶行变成德行,把奴隶变成主人,把主人变成奴隶,把愚蠢变成明智,把明智变成愚蠢",因为货币能买到一切,包括良知与道德。"因为货币作为现存的和起作用的价值概念把一切事物都混淆和替换,从而是颠倒的世界,是一切自然的性质和人的性质的混淆和替换。"[①]就是说,物质主义、拜金主义使人的心灵异化了,使人的精神追求萎缩了,使人的良知

---

① 《马克思恩格斯全集》第42卷,人民出版社1979年版,第155页。

受到了排斥与挤压,一句话,使人的精神世界变得空虚、渺小、贫乏、疲软。追求精神自由是人区别于动物的重要标尺,一旦人成为物质主义的奴隶,人性被物欲、贪欲所吞噬,人的精神丧失殆尽,那么,人与动物还有什么区别呢?"人文精神"正是冲着物质主义的泛滥而提出的,正是想用高扬人文精神来抵抗物质主义的进攻,坚守人的精神家园,消除人性的异化,重新占有人的本质。

再次,人文精神也与科技主义相对抗。随着我国大规模的现代化建设,迅速从农业社会走向工业社会,科学技术在物质生产中的地位越来越高。小平同志关于"科技是第一生产力"的重要论断是完全正确的。这对我国长期忽视科学技术、忽视科技知识分子的作用的历史与现状来说,是伟大的拨乱反正;对于加快与国际高科技接轨,加速四个现代化的步伐也有着不可估量的现实意义。但是,社会上有些人把科技的重要性强调到高于一切的地步,而相对却贬抑人文学术与人文知识分子的作用。强调科技是完全正确的,但科技至上以致排挤人文学术的科技主义就走向谬误了。更值得重视的是,科技主义往往以其自然科学的认知模式和判断标准简单地套用于人文学术领域和人的精神文化生活中,导致对人的生命体验、精神生产和哲学玄思的排斥、否定倾向。这种倾向与人文精神截然对立。

其实,这个问题在我国还不算严重,倒是现代西方世界的一个痼疾。20世纪西方哲学中人本主义与科学主义的两个分野就是明证。现代人本主义与科学主义的对抗从19世纪就已萌发。康德的批判哲学是以数学、物理学等自然科学为基础的,认为只有自然科学才算科学,与此对应的人的科学理性才是真正的理性,因而他未充分顾及人文学术和精神文化,虽然在其伦理学、美学中有所补救。相对说来,黑格尔对康德的科学主义倾向有所克服,他把绝对精神抬到至高地位,实质上主要是抬高人的社会文化精神,强调人的自由的精神本质。他把人的心灵与自然作对比,把艺术与自然现象作对比,指出:"心灵和它的产品比自然和它的现象高多少,艺术美也就比自然美高多少。"[①]这里,虽然主要讲艺术美问题,但也包含有强调人的心灵自由高于自然科学研究的意思,换言之,他更强调人的精神自由。叔本华、尼采更公开抨击科学主义,以张扬人类的生命意志。狄尔泰更是把世界分为自然世界与人文—历史世界两大块,提出应有相应的两种科学,即自然科学与

---

① 黑格尔:《美学》第1卷,商务印书馆1979年版,第4页。

"精神科学"，后者相当于人文学科。在他看来，单有自然科学并不能把握、更不能展现人的精神世界。新康德主义者卡西尔也认为严格的自然科学不能说明精神文化世界，主张把哲学理论的基础从单纯的自然科学扩大到人类全部精神文化领域中去。当代哲学现象学大师胡塞尔更是严厉批判了欧洲科学的危机，他与科学(实证)主义思潮针锋相对，认为与其把科学定义为"事实的研究"，不如定义为"理性的启示"。他批判科学主义导致哲学与科学的危机，而这实质上是"人性本身的危机"，它"意味着对理性信仰的崩溃"，"对赋予世界以意义的'绝对'理性的信仰，对历史意义的信仰，对人的意义的信仰，对自由的信仰，即对为个别的和一般的人生存在赋予理性意义的人的能力的信仰，都统统失去了"。而"如果人失去了这些信仰，也就意味着失去了对自己的信仰，失去了对自己真正存有(Sein)的信仰"。他主张"当我们思考这一困境的时候，我们的目光转回到我们现代人性主义的历史中去。我们只有通过说明那种人性的历史的统一的意义才能获得自我理解，并因而获得内在的支持"。① 胡塞尔是在大声疾呼张扬现代的人性以抵御科学主义对人生存有的瓦解。当代中国，科技主义虽还未导致社会人性的危机，但苗头已现，前景堪忧，不能不予以高度的警惕。当前我国人文知识分子比科技知识分子有更多、更强烈的危机感，其源盖出于此。人文精神的提出，在某种意义上也是对科技主义消极影响的预防性抵抗。

三

由上面三种对立关系的考察，我们可以知道，"人文精神"的内涵不是单一的，而是相当复杂的；它同西方人文主义传统不能说没有关系，但亦有明显的区别。

第一，人文精神不像人文主义那样矛头指向中世纪神学，而是指向现实社会中的商业主义、物质主义与科技主义，它们的对立面不同。

第二，它们在肯定人的价值、赞扬真正的人性和人的理想等方面，有一致、相通之处；但在具体的观念主张、价值尺度及侧重点上又有所不同。譬如，西方人文主义针对封建神学的禁欲主义倾向，更强调恢复人的自然本

---

① 胡塞尔：《欧洲科学危机和超验现象学》，上海译文出版社1988年版，第13—16页。

性、给人以现世的、感官的、物质生活的享受;而当代人文精神则偏重于强调人的理想的、理性的、精神的生活要义。这样,大家都打出恢复人性的旗号,但恢复人性的哪一方面,侧重点却明显不同。因此,简单地断言人文精神就是西方人文主义的现代翻版,怕失之于轻率和片面。

第三,从前面分析中可知,西方人文主义主要是一种张扬人性、人的价值的社会思潮,并不同自然科学精神、特别是科学主义相对立;相反,文艺复兴时代恢复人性、打破神性的一个重要方面就是人的自然科学精神的高扬和对神学迷信的扫荡。而当今的人文精神则与片面的科技主义相对立,也同单纯的自然科学精神相对垒。因此,人文精神不仅是一种社会思潮,且与人文学科、人文学术,与研究人的精神、文化的各门学科相联系,具有学科性与精神文化性。

这样看来,人文精神就不像有的学者所推想的那样,只是"以人为主体,以人为对象的思想",或"对于人的关注"。在我看来,它至少包含以下三层含义:(1)一般地可以说,它是对人性、人的价值全面关怀的思想观念,但这太笼统、太抽象,也缺乏现实、时代的特点,与西方人文主义容易混淆。(2)具体地说,它是对人性的全面关怀,对人的全面价值、尤其是精神文化价值的格外重视,不仅给予现实关怀,而且予以终极关怀的思想观念。这就把第一层含义具体化、现实化了。从哲学精神的高度来看,对人的存在、特别是对人的精神价值给予终极关怀是理所当然的。上引胡塞尔的话就典型地体现了这种终极关怀,我们不应嗤之以鼻或冷嘲热讽,虽然过于滥用"终极关怀"一词的现象确实存在。(3)从另一角度来看,它也是强调人文学科、人文学术领域的精神文化活动在市场经济条件下不可缺少的重要作用,尤其对于充实人们的精神文化生活、加强精神文明建设有其独特的、不可替代的作用。

这三层含义的现实对立面即上面所说的商业主义、物质主义和科技主义。它们从不同方面阉割人性,异化人的本质力量,片面、无限度地助长人的当下感官物欲,排挤、压抑人的精神价值与追求,漠视人文学科与人文知识分子在现代化建设中不可替代的作用。它们造成的是人们精神文化世界的某种分裂与失衡,就眼前来说,它只是体现为精英文化的危机与文化精英的心灵困顿与痛苦;如从长远看,则将造成整个社会的物欲横流与道德沦丧,物质世界的膨胀与精神世界的枯萎,这将极其不利于法制社会的建立,最终将破坏市场经济体系的正常运转,推迟现代化的进程。我揣测,人文精神倡导者们的本意,大约是对这三个"主义"有切肤之痛,有深远之忧吧。

有的同志提出应当承认人文精神的多元性与多层多面性,我举双手赞成。因为人文精神的确内涵丰富、复杂,不可简单对待。但是,也不应把人文精神解释得模棱两可,亦此亦彼,模糊不清,毫无确定性与鲜明性,那样还有什么意义呢?

写于1995年秋

命名的"情结"
——"新状态文学"论刍议

1994年以来,由几位颇富才情的青年批评家率先举旗,在几家很有影响的文学刊物的参与下,沉寂许久的我国文坛上出现了一个小小的"热点"——关于"新状态文学"的讨论。

"新状态文学"论的提出者和倡导者们已发表了一系列论文、座谈纪要、作品评论,提出了比较系统的看法;而持反对态度的论者也发表了一些意见,但相比之下并不很多,更不系统;文学理论界、批评界更多的人则保持沉默或冷淡。因此,目前"新状态文学"论继续在一个应者寥寥的比较小的圈子内流行:倡导者依然在积极地鼓吹,冷淡者依然视而不见、置之不理。

笔者拜读了有关的一些讨论文章,有一些未必成熟的想法,特提出来就教于有关方家。

一

首先,我很佩服"新状态文学"论的倡导者们的学术敏感和理论勇气。

文坛进入90年代之后,确实悄悄地在发生着许多变化,随着时间的推移,这种变化愈益明显。前两年已经有一些敏锐的批评家在一些作家的新作中感受、体验、发现了某些与以往不同的因素,并在批评中予以初步的揭示。但是这种发现与揭示大都是局部的感性描述或就作品论作品,很少有跳出具体作家、作品,从宏观的全局角度予以理论上的把握与概括的。"新状态文学"论的提出和倡导者们显然棋高一着,他们一开始就站在较高的起点上:他们不拘泥于对具体作家作品细微的审美感受和读解,而是从中国市场经济发育带来的社会和文化转型出发,把90年代我国文学的发展放在一个广阔的社会和文化背景下加以重新审视;他们不满足于就作品论作品,而是从整个中国文坛、作家的变化的现状中来把握文学的"新状态";他们不是停留于研讨90年代的文学现状与发展态势,而是注重对80年代新时期文学的回顾与反思,通过历史与现状的比照来揭示"新状态文学"的新特点;他们也不局限于对当前中国文学的思考,还关注在东西文化交流日益深化的前提下,把"新状态文学"论与他们的"后新时期""后现代主义"文学论联系起来研究。因此,他们的立论就有相当广阔的文化视野和一定的理论深度。这是"新状态文学"论问世以后比较引人瞩目、产生一定影响的主要原因。

应当承认,"新状态文学"论的倡导者们,理论上确实比别人更为敏锐。他们常常能在文学的变化刚刚开始在地层深处萌发时,就已经听到了岩浆的涌动,并及时地提醒人们注意;而且,他们善于借鉴、吸收西方文化(包括文学理论、批评)的新话题、新概念、新思路,以最快的速度创造性地应用于文学批评与研究的实际操作中,往往给人耳目一新之感。因此,他们常常能领导文学理论、文学批评新潮流,在相对沉寂的文坛上制造出一二个热点效应。"新状态文学"的讨论就属于这种情况。它毕竟给冷清的文坛带来一点刺激,注入一点生气与活力,无论对当前文学创作还是批评、理论都会有所促进。为此,我们应当感谢"新状态文学"论的倡导者们。

也应当承认,"新状态文学"论确有其一定的合理性。在我看来,这种合理性主要体现在以下三点:

第一,90年代文学,特别是部分小说创作,确实出现了一些不同于80年代的新特点。"新状态文学"的倡导者们列举了一些新、老作家的作品,如王蒙的《恋爱的季节》、刘心武的《风过耳》、王安忆的《纪实与虚构》、张承志的《心灵史》、朱苏进的《接近于无限透明》,以及何顿、陈染、马建、韩东、张旻、海男、鲁羊等新一代青年作家的一些作品为例证,对这些作品的特色做了一些分析与概括。应该说,其中一部分对作品的感受、领悟、读解是相当细腻、准确的,评论与概括也是相当精辟、独到的,确实很敏锐地觉察并把握了90年代以来部分作家作品中显露出来的不同于以往作品的若干新特点。如指出90年代部分小说既不像"新写实小说"那样完全站在一个外在视角,以"零度感情"纯客观地描述对象,也不像"实验"文学、"先锋"文学那样迷恋于文体、语言的形式探索,而是以一种不经意的自由状态,自然而充分地呈现经作家自我体验的当下生存状态流。又如有的论者结合对若干作家作品的剖析,强调它们的个人性、精神性话语的凸现,指出作家以自身个体的当下情感形态(包括私人性、隐秘性的状态)投入写作,使作品带有浓重的自传性。这种感受与概括,同他们所分析的一些具体作品,确实有不少吻合之处,说明他们的审美感觉十分灵敏,能在许多人还未引起注意之时,已经发现并予以描述、揭示了。这是难能可贵的。

第二,更为重要的是,"新状态文学"论倡导者们将上述部分90年代小说出现的新特点自觉地与90年代以来中国经济、社会和文化的转型这样一个大背景联系起来,努力揭示其中的必然联系。他们认为,90年代我国社会经济和文化发生巨大变化,一是国内以市场经济为背景的新经济体制已初具规模;二是国际上"冷战"后新的世界格局的形成及利益关系的调整,导致中国文化的转型;如雅俗文化的分流和多样化,纯文学从中心向边缘转移,实验文学与新写实小说受到冲击和冷落,80年代文学的"启蒙"与"寓言""神话"的破灭及紧步西方后尘的"模仿"的终结。与此同时,作家受到的外部强制与自我心理障碍却也大大缩小,写作的选择性与可能性迅速增大,文学反而获得了解放与超越,并贴近文学本体的契机。这就造成了文坛与作家的"新状态",进而形成了"新状态文学"。这样的论证有一定的说服力,其思路从社会、文化大背景着眼,来揭示、阐述文学出现"新状态"的原因与必然性;理论视野相当开阔,的确可以自成一说。

第三,"新状态文学"论的倡导者们都兼备良好的艺术感觉和较厚实的理论素养,同时,他们又是80年代新时期文学批评、文学理论队伍中的重要成员或"过来人",对于新时期文学的发展实际了解较深,其中有的成员还对新时期文学向90年代文学的过渡与"转型"起过推波助澜作用,譬如对转型时期"新写实小说"的命名与鼓吹。这样,他们心中就有一杆对八九十年代文学进行历史的对照与比较的"秤",就能说出一些比较切实、言之有物、论之成理的见解,不完全是空对空的纯理论推演,也不是较琐碎的对具体作品的感想、议论。因此,"新状态文学"论的提出,本身还是严肃认真的,是经过反复思考的,而且具有相当的理论深度和一定的启发性,至少可以成为一家之言;也因此,"新状态文学"论提出后,获得了理论界、批评界一定的反响,有持批评立场的,也有持赞同态度的,更有受到启发加以发挥补充的。

一个理论,如果得不到社会的任何反响,那么它很难存在下去。"新状态文学"论不但获得了一定的反响,而且在文学理论界、批评界引起较多的关注,并形成小小的"热点",这个事实本身就证明它有其存在的合理性与价值。

二

然而,如果对"新状态文学"论的倡导者们的发言、论文细细加以研究的话,人们就会发现,它在理论上是很不严谨的,逻辑上亦存在不少自相矛盾之处,概念上相当模糊混乱。尤为重要的是,它同八九十年代中国文学发展的历史与实际有很多不符之处。它在总体上给人一种用先验的命名强加到90年代文学发展的现状上的感觉,显得很勉强,因此,基本上不能成立。关于"新状态文学"论在理论上的不当和失误,我想主要谈以下几点看法。

首先,"新状态文学"论即使用以概括其倡导者们所列举的数量十分有限的那些新、老作家作品的"新"的共同特点,也显得捉襟见肘,牵强附会,顾此失彼,难以自圆其说。譬如朱苏进的中篇小说《接近于无限透明》,表面上看,确有点像"新状态文学"论的倡导者所总结出的那样具有某些特点,如"个人性的话语之流越来越倾向于自身的拟传记的书写方式",以呈现"私人性的、隐秘的状态"。但实际上,小说通过"我"在儿时与精神病人李觉在住院期间的一段交往,以及现在与濒临死亡的所长李言之(可能即李觉)的微妙关系,深入到人的心灵的幽深处,认真而深刻地探讨了人的生与死、正常与病态、清醒与疯狂等一系列具有人类普遍性的哲理课题;向人们发出了"什么是合理的人类生存状态""人应当追求怎样的人生""生与死的意义与价值何在"等一系列诘问,体现了相当的人性深度与对人的终极关怀。因此,说小说从审他转为"自审",消解了象征与隐喻,只努力表现"个人性的精神深度和凹度",显然是不符合小说实际的。小说虽然说不上有新时期某些作品的"民族性深度",却有着不亚于这种深度的"人类性深度"和"人文精神深度",这可以说是新时期"深度模式"的一种延伸和发展,而并非对"深度模式"的背叛与抛弃。王安忆的长篇小说《纪实与虚构》是"新状态文学"论者又一部引为"经典"的津津乐道的作品。他们认为这部小说"完全是'自审'",其中一半有关家庭的寻根史"已丧失了象征的历史感与民族感,完全是小说家自身智力冒险与语言游戏的载体";另一半是作者自身成长史,完全是"自身当下状态"的"没遮拦"的"书写","不再是那种隐喻性的文学思维的产物"。这同样是令人难以苟同的。小说的写法确实比较琐碎,特别是写自己成长过程的那一半,颇有点婆婆妈妈、唧唧哝哝,但是我们阅读后感到的绝非只是个人性的自传和私人性隐秘的无拘束的流淌。小说这一部分用笔虽十分随意,常有点幽默乃至俏皮,但却时时注意交代或点明时代背景、环境氛围。无论是新中国成立前从曾外祖母、外婆到母亲的生活经历的回忆,还是新中国成立初随母亲"打着腰鼓扭着秧歌进入上海",或者"文革"时期的风风雨雨,连细节描写都很逼真。因此,这部分"纪实"写的虽只是"我"与一家的经历,却也真实勾勒出一个具有一定典型性的大家庭的历史:一个出身于破败的大户人家的女性从孤儿到参加革命,其女儿则从一个红旗下长大的中学生经历"文革"沧桑,终于成长为知名作家。这个家庭在近百年中国社会发展中虽然极为平凡普通,却也因其平凡普通而与千千万万的普通家庭有着共同的经历,因而就有了相当程度的普遍性。小说自然并未着意渲染这种普遍性,却在看似随意抒写个人经历的过程中,不知不觉地写出了一个大家庭的深刻的历史变动,而在这变动背后则依托着中国的、民族的历史变动的大背景。因此,硬说小说丧失了民族感与历史感,而仅止于个人性的自身当下状态的书写,恐怕有悖于小说实际。至于小说虚构部分的"寻根",从一开始就明确宣示了作者"将一个象征意味变成现实的方式"的"思路":以"诗意"方式"追根溯源",从茹姓联想起"那一大片无边无际的茹草波动起伏的情景是多么壮观而优美",由此追寻到古老的柔然部落;"柔然是一个立马横刀的游牧民族","柔然的兴亡将带我到广阔的漠北草原,那里水土肥沃,日出日落气势磅礴,部落与部落的征战刀枪铿锵,马蹄得得,这给我生命以悲壮的背景"。作者并鲜明、坦率地承认:"追根溯源其实更多的是一种选择,还是一种精神漫游。"小说另一半寻根正是这样一种选择和精神漫游;而作者的选择显然是按上引那种悲壮、广阔、磅礴的气势和基调来展开想象和虚构的。这种史诗般宏壮的追寻与钩沉为近百年"我"的家庭兴衰提供了一幅惊心动魄的历史背景,同样体现出作者不满足于个人性隐秘的娓娓倾诉,而选择了具有历史沧桑感、民族感和悲剧感的史诗格调。所以说,王安忆的作品更趋成熟了,但王安忆还是王安忆,她并未失落其社会、民族的深度模式。从我们对上述两部"新状态文学"论者视为"经典"性代表作的分析可知,"新状态文学"的概括首先缺乏实践的、事实的根据。它仅根据少数作品的表面特征就匆忙做出判断或概括,然后拿来硬套其他作品,把并非真正具有他们所概括的特点的作品硬塞进"新状态文学"的狭小框子里。这种削足适履的做法决非明智之举。

其次,90年代更大量的纯文学作品是"新状态文学"论者们所未提及的,它们中有不少优秀之作。如张炜的《九月寓言》、陈忠实的《白鹿原》，张承志、刘恒、苏童以及一批新生代作家的作品，都很难用"新状态"来加以概括，"新状态文学"论者们概括出的一些所谓"特点"很难套到他们作品的头上。而如果把他们90年代以来许多力作排除在外，则奢谈90年代中国文学的"新状态""新趋势"便显得十分软弱无力。

再次，"新状态文学"论的倡导者们自己对"新状态文学"似乎也显得认识模糊，概念不清。这具体表现在三个方面：第一，他们对"新状态文学"的范围心中无数。一开始，他们对"新状态文学"从文坛的新状态、作家的新状态和文学的新状态三个方面来研讨和界定，而搞得很宽很大，似乎90年代文坛上一切新的现象都可纳入"新状态文学"讨论的范围。这样人们就觉得"新状态"无所不包，过于宽泛，也就没多少意义了。而谈到"新状态文学"的创作实际时，几位倡导者也力图加大其普适性，不仅讲小说，而且讲散文，讲诗歌，似乎一切文体都进入了"新状态"。他们甚至呼吁文学批评"也应走向自己的新状态"，但到后来，具体探讨"新状态文学"的特征时，他们又只谈小说，不谈其他文体，实际上不知不觉收缩了"新状态文学"的范围。准确地说，"新状态文学"论变成了"新状态小说"论。可见，倡导者们自己对"新状态文学"的范围本身并无定见，或者说，他们主要是从小说中感到了某些"新状态"，就急急忙忙想把这种想法推广、扩大到其他文体上去，以便提出一个囊括范围更大、更有宏观气派的大概念、大命题。第二，他们对"新状态文学"的界定也不太明确，他们之间的论述也不尽一致，有时同一人前后的说法也有不统一之处。这不能不使人感到疑虑："新状态文学"论的倡导者们在提出这一理论时究竟是否经过深思熟虑？譬如有人说"新状态文学""不是一种创作手法，也不是一种主义，它是社会文化的转型给创作带来的一种转折机制"；又说90年代一些作家作品"体现出的一种新的面貌"或"总体面貌"，他们称之为"新状态"；又有人说，90年代市场经济与文化转型，必然造成"文学创作出现新的趋势，即新状态文学"；还有人认为，90年代进入多媒体、信息化时代，中西交错的现实及电视体系、文化工业的挤压，逼得文学作出选择，"进入新状态"，即"呈现状态"。如此种种说法，莫衷一是，叫人无所适从。第三，关于"新状态"之"新"，他们的说法也模糊不清，令人难解。有人说，共时性使人无法区分新旧，"新状态"之"新"是打引号的，"它并不表明一种新文学与旧文学的对立"，而只是表明这是当下时代的当代文学。当代文坛正在从有序状态回归到一种无序驳杂的自然状态，"新"的含义大约即这种"自然状态"吧;有人则认为,这"新"主要是作家身份的调整与改变,作家走向"边缘化",从"仰视"西方、"俯视"本土到"平视"生活,文学写作"正是把这种新的空间状态表达出来";还有人说"新状态"指写作的"新的参照系",为回归自己、回归文学而写作,写真实的自己的当下体验,这就是"新状态";还有的说得更神秘莫测,说"新状态"是不可拆解为"新的状态"的"一个词","新状态文学"是一次"倒计时",不可与"莫须有"的"旧状态"对立,而是"表现为对过去时代的一次悲剧性告别"。真是说得玄而又玄,叫人莫测高深。同一位论者,在另一场合却堂而皇之地宣布"新状态小说"是对80年代小说的一次"革命",这不是对"旧状态"的一种反拨吗?这样一个含义不清、又过于宽泛的概念,怎能担当概括90年代中国文学发展新趋势的重任呢?况且倡导者们说法不一,又有点玩弄辞藻之嫌,使人觉得"新状态"一词在此处似乎成了飘浮在半空的一种"不能承受之轻"。

又次,即使纯粹从术语与命名角度看,"新状态"一词也过于普泛,过于一般。以汉语的习惯,"新"只能作为形容词修饰"状态",而不可能与后者结成一个不可分割的单词,更不可能不相对于"旧"而单用"新"。无论其倡导者们如何解释,赋予它以特别涵义,也是无济于事的,因为在汉语使用的当代语境中,这种常规意义是约定俗成的,非一两篇文章能改变得了的。而"状态"一词含义尤为普泛,与新写实之"写实",新感觉之"感觉"、新体验之"体验"等诸种文学现象都不一样,它可以成为每种文学写作状况之显示,到处适用,而缺乏特定内涵。同时,"状态"一词往往与"过程"相对立,它表示的是一个相对较短的时间段内事物的状况,这无论从物质状态还是人的精神、心理状态来说都是如此。因此,用一个仅适用于很短时段、又变幻不定的概念来描述、概括整个90年代这样一个时期较长、过程复杂的文学现象,显然是很不合适、很不恰当的。所以,即使纯粹从语言、修辞角度看,"新状态文学"这一概念也缺乏科学性,因而难以为公众所认同和接受。

当然,我们注意到"新状态文学"论现在也有了一批追随者。但是,我们同样注意到,多数支持"新状态文学"论的朋友在理解和阐述上与提倡者们的看法并不很一致,有的甚至很不一致。如有人对"新状态文学"的提法持保留态度,而对"文学新状态"的提法表示赞同,对"新状态"涵义的解释更为宏观;认为"面临世纪之交的文学的组合、变异、趋向等",是一个"关于文学格局的综合态势的概念";表示"传统的回归,多元的融合"具体指"现实主义与现代主义的融合",这就与"新状态文学"论倡导者们的看法大异其趣了。

还有人干脆把"新状态文学"阐释为"开放"的文学,如此等等。这样,"新状态文学"论还刚刚奏响,就已经走调变音。这种情况是耐人寻味的。

三

从上面分析可知,"新状态文学"论,无论从理论上还是实践上,都是很难成立的。那么,它为什么会出现并在一定范围内被"炒"热呢?我想原因主要在于一部分文学批评家、理论家心中存在的"命名"的情结。

"命名"的情结其实倒不是什么新玩意,也不是什么中国的特产。远的如古希腊哲学家们为世界本体寻找水、火、土、气、数、存在等各种命名,或如中国古代孔夫子的"正名"说,老子把世界本体命名为"道"等等,都显示出古代先哲们的"命名"情结,这里不必多说。单就我国80年代以来学术文化界来说,"命名"的情结就十分强烈。特别是1985年全国范围的"方法论"热,在吸收西方学术研究方法和移植自然科学方法的热潮中,新方法伴随着新观念蜂拥而至,也纷纷进入文学批评、研究领域。于是理论家、批评家们的"命名"欲望大增,采取中西嫁接、移植加创造的方法,提出了一系列新概念、新名词、新术语,以至于到80年代末期被另一些理论家嘲讽为"新名词的狂轰滥炸""新术语的大换班",但即使他们也曾或多或少参与过这种命名活动。

这种命名的欲望从80年代末以来虽然有所减退,但并没有消失,在一部分人的心中仍然十分强烈。这就是80年代后期到90年代前期,随着实验文学、先锋文学的退潮,所谓的"新写实文学""新感觉小说""新体验小说"等半有实践支撑,半靠"命名"推动接踵而来呈现于文坛的重要原因。这些创作现象并非全无根据,但坦率地说,至少有一半是理论家、批评家通过"命名"方式鼓吹出来并"炒"热的。像"新写实小说"当初就由一些批评家借助某些文学刊物集中推出并给以"命名",予以吹捧和阐释,然后,在一定范围内得以流行和承认。但是,迄今为止,"新写实"已退潮,还有些被封为"新写实小说家"的人自己并未承认这种外加的封号。"新状态文学"正是这种80年代以来理论、批评界"命名"欲望和情绪继续延伸的产物。

"新状态文学"论的倡导者不仅是"新状态文学"的命名者,而且是一系列"后"字号的命名者,如"后新时期""后现实主义""后殖民主义"及其文学等。"后新时期"是以90年代文化转型为标记画出的不同于80年代"新时期"的另一个时期。"新状态文学"的命名可能就是与"后新时期"的命名相配套、呼应的。问题在于,这种分期与命名究竟主要是从实际出发的,还是人为制造、强加于现实的。

在我看来,近一二年一系列"后"与"新"的命名,总的说来,来自于现实情况的概括的成分较少,主观匆忙地超前命名的成分较多。换言之,"命名"与现实有较大的脱节。如果说前几年"新写实"一类命名还具有一定的现实依据的话,那么最近这一系列"后"与"新"的命名,特别是"新状态文学"的命名就显得现实依据越来越稀薄,主观想象、臆测的成分却越来越浓重。这样一种命名,往往是命名者对当下文学中若干似乎是新的现象稍有感觉,马上迫不及待地加以提炼概括,寻觅若干例证,其间还往往有意无意地加以夸大与普遍化,进而大张旗鼓地予以命名,推向文坛。而当命名者发现其命名与许多现实的文学现象不甚相符时,又自觉不自觉地对这些现象加以"误读",将它们改造成"命名"可以囊括的东西,然后纳入命名的范围中来。这种命名策略明显地带有主观先验色彩,用概念来限制、框定现实的人为制造倾向,是与科学的实证精神相违背的。

这种命名的先验性、主观性源于一种焦虑的文化心态。明明现实还未提供充分的依据,就急急忙忙出来命名,并力图用命名来调控文坛的发展走向与趋势,这是一种浮躁心态的表现。而在浮躁背后,恐怕还未能超脱急功近利的动机。从80年代到90年代,中国社会随着市场经济的发展,确实出现了重大变化,文化上也处在转型的过程中,这是不能否认的。但是这种社会的变化,并非同步快速地反映到文学上来。文学创作当然也在逐渐发生变化,但这是不能与社会经济的发展速度同日而语的。当前中国文学的发展一方面是多元的,另一方面是渐变的,与80年代文学很难画出一条清晰的界线;而且这种发展变化目前尚在进行中,虽然出现了一些过去没有的新特点,但也只限于局部范围,很难用以概括整个中国当代文学的走向,更难预测整个90年代中国文学的未来趋势。在这种情况下,匆忙地把一些刚露头的、前景未卜的文学现象特别加以夸大、凸出,并用"命名"形式凝固下来,反过来去限制、框定正在发展的文学现实,显然是削足适履、本末倒置。命名者的意图,据我推测,首先当然想形成热点,以推动当前文学与批评的健康发展,这个用意无疑是好的,但效果未必佳。其次,也不能排斥有个别人想借形成热点之际,形成新的文学批评中心与权威,以指导中国文学与批评的发展。他们一方面反复声称作家、文学批评家90年代已退出"中心",日趋边缘化,而且认为继续想保持"中心"地位简直是一种"神话";但从他们一而再、再而三起劲地在文艺界大搞超前的、先验的命名活动的实践看,其背后似乎仍有重返"中心"的情结在作祟。也许就是妄测,但愿也是妄测。

还需要指出的是,在这种命名情结背后,隐含着一种人文精神和价值的背离与失落。综观"新状态文学"论者们的观点,他们在将"新状态文学"与80年代文学作对比时,最强调的是,"新状态文学"宣告了80年代文学"寓言化"、国家和民族"寓言模式"的终结,而走向个人化、私人化的当下情绪体验和状态的随意显现。他们认为,80年代的作家处在"中心化"时期,有"代言人的身份,具有启蒙者的地位",是"精英式的知识分子",其写作是"制造寓言","热衷于寓言模式的创造","对国人担负着全国灵魂塑造的重任"。而90年代的"新状态文学"则消解了这种"寓言模式",也"排除任何功利价值的主导性"。"新状态作家有闲暇来关心自身的生存状态……他们不必以自己的写作去对应整个民族的生存,一种摆脱政治文化干系的小说家正在诞生,他们……不需做社会的良知、生活的治疗者和灵魂的工程师,因此不必微言大义影射万千,不必向社会提供象征性的真理。他们有时间也有理由为自己写作了。"这就是所谓"新状态"的"知识分子叙述人的诞生",同时也"宣告了知识分子神话、启蒙神话、人道主义神话、蓝色文明神话这些'新时期'表象与灵魂的死亡"。很明显,"新状态文学"论者们扯起"新状态文学"大旗,寻找了、或更确切地说强拉了一批貌似"新状态文学"的作品为例证,目的是要消解80年代文学对民族生存和社会的责任感,取消作家对人民精神、灵魂塑造和引导的使命感,把文学引导到纯粹个人、当下的随意、即兴的情绪宣泄的道路上去。在我看来,这并不是文学的进步,而是倒退,是文学和批评的价值迷失,是80年代发扬、培育起来的人文精神的遗弃与失落。市场经济的发展,社会、文化的转型,当然会引起文学与文学家的变动,但这种变动不应以抛弃人文精神与价值为代价。我们今天面对的现实,比过去任何时候都更需要民族的良心、社会的责任感与使命感,金钱的诱惑比过去政治的压抑更需要人文精神圣火的点燃与引导。如果"新状态文学"论命名和鼓吹的"新状态"意味着人文精神圣火的熄灭,那将是最为可悲的;如果"新状态文学"命名者倡导的是一种反人文精神,一种置民族生存、社会前途、国家命运于不顾,而沉湎于对纯然个人当下的杯水风波的情绪宣泄中的"新状态",那么,这种状态其实一点也不"新",不过是中外文学史上曾出现过的标榜"自我表现"的文学在当代的翻版而已!

"新状态文学"论还在发展中,其"命名"的成败最终还是由实践来检验。上述看法仅为个人浅见,不当之处欢迎批评指正。

写于 1995 年 6 月

怎样看待八十年代的"西学热"

关于中西文化的对话与交流问题，近年来似乎又一次成为学界的热门话题。但是，若冷静客观地审视一下80年代以来中西文化的对话与交流状况，那么，应当承认，这种对话并非十分对等（注意：是"对等"，而不是"平等"），即从总体上来讲，从西方引进、输入得多，而向西方传播、输出得少。而对这种中西文化对话中的"不对等"现状，知识界、文化界出现了不同的看法和态度。特别是90年代以来，一部分学者、文人对此进行了反思，认为80年代我国大量译介、引进西方学术文化，一则使中西文化对话出现了事实上的"不平等"（而不仅仅是"不对等"），使"全盘西化"论得以卷土重来，严重地干扰和冲击了中国"本土文化"的建设；二则在引进西方学术文化时多停留于盲目地照抄，机械地模仿，生搬硬套地"移植"的低水平上，因而这种"中西对话"的结果主要是消极的，失败的。为了抑制西方文化的单向侵入的消极影响，他们中一些人打出了倡导新国学（或新儒学）、弘扬传统民族文化的旗帜。这样，80年代开始的中西文化活跃地对话、交流的态势似乎有终结、中断的危险。在此意义上，对80年代中西文化对话的得失功过进行恰当的评价，就成为这种对话能否继续健康地进行下去的一个关键问题。

一

首先，80年代中西文化的对话究竟是"不平等"还是"不对等"？

笔者认为，主要还是不对等，而不是不平等。理由是：

第一，不对等主要涉及对话、交流的客观态势；而不平等则侧重于一种主观的态度，如对对话的另一方采取尊重还是歧视，居高临下还是低三下四，傲慢还是谦虚，热情还是冷淡，真心诚意还是虚情假意，如此等等。以此尺度来审视80年代中西文化的交流与对话状况，那么，只要不抱偏见，就应当肯定，那段时期，在中国大量译介、引进西方学术文化之时，西方学术文化界总的说来并未抱有歧视、倨傲、称霸的态度,更未趁机进行文化侵略或掠夺。换言之,中西方在进行学术文化交流时,双方并未在主观上采取不平等的态度。虽然事实上无论从数量、质量、范围、影响等方面看,双方的交流都处于非常不对等的状态。

第二,这种不对等状况的存在,不是对话双方中任何一方主观上故意要造成的,而是有其客观的社会历史背景的。

众所周知,我国在"文革"前十七年,已采取了对西方文化、特别是现当代西方学术文化进行限制和封锁的策略。这种闭关自守的文化态度在十年"文革"中发展到登峰造极的地步,形成了一种不亚于20世纪初义和团运动那种极端保守、落后的文化上的排外倾向;与此同时,随着政治上对毛泽东的个人崇拜达于顶峰和中国自封为"世界革命中心"的自大狂热,文化上的华夏中心主义又死灰复燃。这样一种落后乃至反动的文化态度造成了对西方学术文化(除马克思主义学说之外)的全面敌视、恐惧与仇恨,以为西方一切学术文化都是"反华"的,都是为帝国主义对中国进行文化渗透与"和平演变"制造舆论的,因而应当一律加以排斥。中西文化交流、对话的渠道完全被阻塞、隔断了。不仅我们对西方的文化、学术状况一无所知,而且,西方对中国的文化学术,也极为隔膜。

在这种情况下,"文革"一结束,三中全会带来的思想大解放,以及我国改革开放政策的全面推行,激发起一股极为强劲的了解西方、学习西方学术文化中的好东西的愿望乃至渴望。这与经济文化相对处于优势的西方人民和知识分子了解中国的要求(有时带有某种神秘、猎奇的成分)相比,显然是不对等的。西方人了解、学习中国的心情相对不那么紧迫这恐怕是一个铁的事实。这正是造成对话事实上不对等的社会基础。因为这种不对等是一种文化需要的不对等。根据马克思关于生产与消费关系的理论,没有需要就没有生产,新的生产的需要创造出生产的观念上的内在动机,后者是生产的前提。同样,在中西文化对话、交流中,对与对方交流的文化需要及其迫切程度,直接产生对话的内在动机和实际行为的迫切程度。正因80年代初,中西方文化对话处于需要的不同状态、水平和程度,最终导致对话中事实上的不对等。这是由中西方经济文化发展的客观情势决定的,而不是哪一方的主观意愿决定的,因此不能说"不平等"。

第三,经过长达三十年的隔绝,中西文化之间的差距拉大了。应当承认,在70年代后期,由于"文革"的浩劫,中国文化学术同经济一样,处在一个极度萎缩、破败、倒退的状态,几乎到了崩溃的边缘。"文革"前就已日益猖獗的"左"的路线,通过一次次政治运动,狠抓"阶级斗争",把学术文化完全政治化、工具化,广大知识分子思想上受到重重禁锢。"文革"中这种情况更为恶性发展,"四人帮"的封建法西斯主义把中国文化学术推向绝境,什么"批林批孔",什么"评法批儒",什么"三突出",统统成为"四人帮"摧残中国知识分子与文化学术的手段。而西方文化学术在二次世界大战后的几十年,总体上是向上发展的,特别是60、70年代,我国文化学术在"文革"中急剧走向"荒漠化"之际,西方文化学术反而在走向后现代过程中显得异常活跃,新的思潮不断涌动,有不少新的创造与发展。这与当时中国濒临危机与崩溃的文化学术相比,呈现出极大的反差。

平心而论,这种反差不仅是数量上的,而且也是质量上的。诚然,文化学术的一部分具有意识形态性,但也有相当大的一部分是人类共通的,超越阶级与意识形态的。"文革"结束时,中国真正的文化学术几乎不存在了;而当时西方的文化学术,即使撇开其受意识形态影响的那部分,从总体上来说还是蓬勃发展的。就其可与我们沟通的那些部分而论,显然远远走在我们前面,其中不少方面(如经济文化、管理文化等)具有很高的先进性。换言之,70年代末,当我们准备开始同西方文化学术对话时,我们显然处在相对落后的低位上。这是一个无法否认的客观事实。这样一个对话的起点,决定了对话在质上是不可能对等的,决定了中国人民和知识分子对当时较为先进、发达的西方文化学术的基本态度和任务应是广泛深入地了解、学习和吸收,而主要不是向西方输出与传播,因为那时可借以输出和传播的,比西方先进的东西实在太少了。就此而言,那个特定时期中西文化对话只能是不对等的,但不能说是不平等的。

二

80年代这种不对等的中西文化对话,其过程和结果到底如何?应当怎样给予客观的、实事求是的评价?这是当今学界另一个分歧颇大的问题。而这一分歧,实际上直接关系到整个90年代乃至21世纪中国文化发展的方向、战略与对策问题,因此,不可不搞清楚,不可没有明确的态度与见解。

依笔者愚见,这种"不对等"的中西对话,其过程与结果也是"不对等"

的;但对中国当代文化的复苏与发展来说,这是一种总体上利大于弊,收获大于损失,积极成果大于消极影响的"不对等"。

事实上,80年代确实是西方文化输入、引进得多,而中国文化输出相对要少得多;其结果自然也是我们从西方文化中学习、吸收得多,而西方从我们这儿学到的则少得多。无论从数量还是质量上看,都是如此。这种"不对等"是就中西文化80年代对话的结果而言的。

现在的问题是,对这种收获,文化学术界存在着截然不同的评价。有一部分人持基本否定的态度。他们认为,80年代我国大量翻译、介绍、引进、传播西方文化学术,特别是西方现当代(近百年来)的文化学术所形成的"西学热",一是在价值观念上造成了盲目崇尚西方(特别是现当代西方)文化学术的崇洋心理,为现代的"全盘西化"论提供了理论依据与文化温床,有可能使中国当代文化建设迷失方向;二是客观上干扰、冲击、削弱了对中国传统文化、民族文化的继承和发扬,使本土文化有断"根"的危险。

应当说,上述两点看法,虽不能说捕风捉影,毫无根据,但总体来说,笔者不敢苟同,因为这把问题看得太重了。实际上,"全盘西化"论在中国历史上从未真正占有过主流地位,"五四"时期与30年代虽有人两度提出,但都未被主流文化所接受,更不必说付诸实施了。至于80年代,确实又一次出现了译介、了解、学习、借鉴西方文化学术的热潮,但这是"文革"之后中国走向改革开放的特殊条件和情境下的产物,既有其客观必然性,也有其内在需求,并非外部强加于中国的。而且,这种引进与借鉴,是以中国改革开放、求得经济文化的全面振兴为大背景的,其出发点与落脚点都是建设有中国特色的社会主义,都是为了达到高度现代化的物质文明与精神文明的宏伟目标。所以,从根本上说,这里不存在"全盘西化"的问题与可能性;一切对西方的学习、借鉴与对话都是在有中国特色的社会主义现代化框架下进行并决定取舍的。个别人即使真有"全盘西化"的思想与言论,也不可能整体上改变这一大的对话框架的影响;而且"现代化"并不等于"西化","现代化"中有与国际、与先于我们现代化的西方的某些通则、尺度接轨的问题,有学习西方的内容,但并非一切都要"西化"。现代化还有民族特色这一面,而中国正以鲜明的目标与口号寻求着这种民族特色,这就抽去了"全盘西化"论赖以生存的社会根基。因此,可以说,80年代"全盘西化"论在中国并无市场,并未因为引进、借鉴西方文化学术的"热"而形成有影响的"全盘西化"思潮与价值倾向。把那时大量引进西方文化学术的"不对等"对话说成滋长了"全盘西化"的倾向至少是一种缺乏根据的夸大。

至于说80年代的西学"热"冲击和削弱了对民族传统文化的继承与弘扬,恐怕更有点杞人忧天。中国传统文化向来是以超稳定结构而著称于世的,它几千年来绵延至今,渗入中国人的骨髓、血液,根深蒂固而任何外部力量难以动摇。魏晋时期佛学的传入与吸收,唐代对外来文化的大开放,明代与世界文化的广泛交流,特别是近代西方文化的强制输入与自觉引进同时并存,都不仅没有使中国文化学术被"西化",或被削弱以至失去根基;相反,每一次较大规模的开放,每一次对外来文化的较大吸收,都极大地丰富、深化、加强了本土文化,使中华民族的文化学术增添了新的活力,强固了它的根基。80年代的西学热亦不例外。诚然,那一段时期从表面上看,似乎从书刊杂志到学术机构,从精神文化生活到日常生活中,西方文化、学术的影响随处可见,而传统文化在一个时期则有被冷落之感。但这种现象只是暂时的、局部的。实际上,80年代对传统文化的重新评价与研究同样也出现了新局面,在"文革"中被作为"封建主义"货色而打入冷宫的传统文化在整理、出版、研究、传播方面都做出了重大成就,十年的成果恐怕远远超出新中国成立后二十七年来的总和;传统文化的复苏同样也渗透到了日常生活的方方面面(如旅游文化),时时能为人们所感受到。尤为重要的是,现当代西学的引进与借鉴,极大地拓宽了人文知识分子的理论视野和思维空间,使他们获得了学术、文化研究的种种新思路、新观念、新方法,这对包括传统文化学术在内的人文科学研究有着极为重要的意义。正是在借鉴西学下,我国80年代后期在哲学、伦理学、社会学、心理学、文学艺术、美学等各个学科或跨学科领域,对中国传统文化学术的研究都取得了一定的突破或进展;同时知识结构较为合理、中西文化均有一定素养的新一代人文知识分子正是在这个"西学热"背景下健康地成长起来。因此,把80年代的"西学热"同继承、发扬传统文化截然对立起来,进而视为洪水猛兽,视为会切断中国文化之根的一把刀子,这实在是一种迂腐之见,一种文化短视,一种当代恐"西"症。

这个道理其实并不复杂。只要看一看近百年来一些国学大师的情况就可明白了。从梁启超到王国维,从陈寅恪到熊十力,从汤用彤到钱锺书,他们总可以说是弘扬民族传统文化的中坚了吧,但他们哪一位没有坚实的西学根底?!而且,他们哪一位治国学的成就,不是同他们借鉴西学的眼光与方法来反思中国传统文化密切相关?王国维如果不借鉴、吸收叔本华的哲学、美学思想,会有《红楼梦评论》《人间词话》等古典文学研究的传世名作吗？汤用彤先生的魏晋玄学研究，几乎找不到西学的引文，但字里行间，却又处处透露出西学的眼光、思路、方法的影子，中西文化之融合达到盐溶于水不露痕迹的境界。钱锺书先生一部《管锥编》，若无西学作为参照系，其国学研究的成就也必然大为逊色。可见，我们对西学的引进和借鉴，只要立足于中国文化建设的需要，不但不会冲击、削弱，反而会促进、加强对民族传统文化的继承和发扬。过去如此，现在更是如此。因此，从长远来看，80年代的西学热，对于当代中国文化的建设是利大于弊的。

三

在如何评价80年代中西文化对话中"西学热"的问题上，还有一个问题学界存在不同意见。从80年代后期开始，就不断有人批评"西学热"中出现的囫囵吞枣、机械模仿、生搬硬套、做表面文章等不良现象。诸如"西方一百年的现代主义思潮、流派，我们十年就匆匆全部模仿、演示了一遍"，"满足于做'二道贩子'，间接贩卖西方文化学术的'二手货'"，"新名词大换班，新术语狂轰滥炸"之类说法，就是对这些现象的尖刻讥讽与挖苦。进入90年代后，更有学者从反思角度认为80年代的"西学热"是走了弯路，应当基本否定，并从中引出教训，以免重蹈覆辙。

对于这种看法，笔者同样持有异议。

首先，80年代的"西学热"是我国对外开放（包括文化学术开放）的开始阶段，在这个阶段中出现上述种种现象是完全正常的，甚至是必然的。不必大惊小怪，更不应横加指责。

众所周知，我国的改革开放是在"文革"闭关锁国十年之后才起步的。为了追回失去的岁月，加快四个现代化的步伐，中国知识分子与人民群众了解、学习、借鉴西方文化学术的愿望与要求极为强烈，到了如饥似渴的程度。这种内在需求一旦释放，便成为"西学热"得以兴起的强劲的内在动力，加上十一届三中全会解放思想的春风，更是成倍地激发和强化了这种动力。于是改革开放以后，西方文化学术便从各个方向如潮水般涌入我国。更确切地说，是我们方方面面的内在需求打开了闸门，主动地迎接这股西学潮流的进入。这就难免泥沙混杂，良莠不清，一股脑儿全盘接纳下来。这种情况，在任何国家文化开放的初始阶段都是普遍存在、难以避免的。

而且，由于中西文化对话的长期中断和阻隔，存在着引进与借鉴的时间差。也许在西方早已过时的东西，在中国还从未听说过，或者在西方已不流行而在中国正有借鉴的迫切、现实的需要。这样，从不同需要、不同渠道以"共时"形式引进的西方文化学术，实际涉及的时间跨度却长达一个多世纪，即呈现一种历时排列的形态。这正像接受美学创始人所做的一个比喻：夜空中灿烂的群星以共时形式呈现于人类眼前，但实际上各星球与地球的时距都是以多少万光年计的，它们在时间轴上是以历时态排列的。以美学为例，80年代我们几乎同时译介、引进了一个多世纪前的叔本华、尼采的哲学美学论著，与最晚近的法国德里达的解构主义论著和伊格尔顿、杰姆逊的英美新马克思主义美学论著（后边几位都还健在并继续着他们的学术活动）。这就是短短十年引进西方一百年文化学术思潮的根本原因，也是中国文化学术界能在十年把西方走了百年的途程压缩，匆匆走一遍的客观根据。

"西学热"的中坚力量自然是中国的人文知识分子。而中国知识分子的兴趣与需求是多方面、多层次的。他们从各自的所长、所专入手，引进、译介的东西自然也是极为多样、丰富的，时间跨度上也往往各各不一。这也是80年代"西学热"中似乎缺乏重点、有点无序甚至乱套的重要原因。更应指出的是，当时中国多数人文知识分子的知识结构并不合理，长期与外部隔绝使多数国人的外语水平很差，无法直接阅读，更不必说翻译国外文化、学术著作了，而且当时国内外文图书资料状况也不佳，新书甚少。这就给"西学热"带来了许多客观上的困难与局限，其中之一就是译介队伍弱、翻译水平不高。虽然从绝对数字上说，80年代译介西学论文著作不算少了，但质量上相对差一些，而就我国现代化的新文化建设的长远发展来看，则无论从数量还是质量上都还是远远不够的。正是中西对话中这种主体方面的相对薄弱和局限，造成整体上满足不了学习、借鉴西方的巨大、紧迫的需求，于是"西学热"中的"二道贩子""间接引进"、东转西抄、以意为之，甚至想当然地误读错解等现象纷纷出现了。

至于向西方学习、借鉴过程初始阶段的机械模仿和生搬硬套，更是难以避免的。模仿是人类的天性，求知与实践活动都是从模仿开始的。80年代"西学热"中，引进了不少东西，开始不会应用，就只能依样画葫芦地模仿。只有通过不断地模仿、尝试、失败、成功，才有可能逐渐超越模仿，把对我们有用的别人的东西变成我们自己的东西。所以80年代出现的种种机械模仿、新名词术语层出不穷等现象不但不奇怪，实乃出于必然，是借鉴西学初期的必经阶段、幼稚阶段,不经过这一阶段,是不可能走向成熟的。所以,当我们今天反思自己过去走过的历程时,当然应当正视那时的不足,但对初学阶段的幼稚,不应横加指责,冷嘲热讽。

其次,80年代的"西学热"中,上述这些负面现象毕竟还不是主流,主流应当说还是功大于过,收获大于失误的。80年代翻译、介绍进来的西方文化学术,在数量上恐怕远远超出过去几十年的总和,这使得一代人文知识分子,特别是中青年知识分子大开了眼界,极大地拓展了文化学术视野和创造性思维的空间,使他们在观念、理论、方法等各方面都发生了或发生着由传统向现代的重大转折,许多人在自己的专业领域内做出了前人未做出、自己过去也不可能做出的成就。每个过来人恐怕或多或少、或深或浅都有这方面的切身体验。80年代"西学热"的文化氛围对于造就新一代具有现代化色彩的人文知识分子起过非常重要的作用。90年代一些青年学者对80年代的"西学热"进行了激烈的抨击,打出"后现代主义"的旗号来反对"现代主义",而且提倡新国学与本土文化。然而他们忘了支撑他们主张的理论基础还是西学,甚至他们频繁使用的一套话语、术语,也来自西学;没有受到当初西学的直接、间接的影响,这几乎是难以想象的。这成了一个难解的"悖论"。总起来讲,80年代文化学术界所取得的成就是巨大的,是新中国成立以来文化学术最繁荣、成果最卓著的时期。这当然有多方面原因,但中西文化对话的展开、"西学热"的兴起,乃是其中一个不可否认的重要因素。

再次,面对现实,面向21世纪,在新旧世纪之交,在中国快步走向四个现代化,中国文化加速与世界文化汇合之际,中西文化的对话不仅不能削弱,还要大大加强。

在我看来,80年代的"西学热"虽然引进了不少东西,但面向未来,这种引进实在还是太不够了。这表现在两方面:一是量上,我们过去引进的东西数量还不大,引进的范围还较窄,很多东西甚至还未触及;而且西方文化还在不断发展变化,80年代末、90年代以来又出现了很多新的东西,需要我们去了解、研究。二是质上,80年代不但译介方面存在不少质量问题,而且总体上说是译介、引进得多,研究、消化得少,不少东西引进了,热了一阵很快就过去了,未经细细地咀嚼、分析、批判、吸收,不少东西仍然外在于我们。要说80年代"西学热"的不足,这恐怕是最主要的不足。

我们作为有深厚文化传统的泱泱大国,不但为了实现现代化建设而要借鉴西方文化、学术中一切好东西,而且有义务和责任研究、促进世界文化的发展。所以,过去译介、引进、研究、借鉴、吸收西方文化学术不是太多了,而是太少了,今后不但要继续进行下去,还要大大地加强译介与引进;同时不能满足于译介与引进,要把更多的力气花在梳理、研究、消化、吸收上。这样,中西文化的对话,才能有效地进行下去,并逐渐提高一个层次,从"不对等"走向"对等"。

写于 1995 年 9 月

对反映论文艺观的历史回顾与反思

对文艺本质的理解,历来众说纷纭,无统一的认识。但在我国20世纪以来,反映论或能动的反映论的文艺本质观异军突起,逐步扩大阵地,上升为主流角色,并最终成为一种占统治地位、支配地位的文艺观,却是不争的事实。

众所周知,在我国古典文论中,缺少反映论的传统,何以到了20世纪,反映论的文艺观能获得如此令人瞩目的发展呢?它是如何由萌发一步步走到主流地位的呢?从发展马克思主义文艺学的高度出发,究竟应当对反映论文艺观的是非得失作怎样的历史评价呢?在逼近世纪末的今天,对这些问题,做一认真的历史回顾和反思,恐怕并非多余。

这里拟先对20世纪以来我国反映论文艺观的发生、发展历程作一简要的回顾,然后再进行反思和分析。为了清晰起见,我把这一历程大致分为五个阶段,即孕育、形成、确定、全面政治化和新生时期。下面试分别加以描述。

一

第一阶段是"五四"新文化运动和文学革命时期,为反映论文艺观的孕育时期。

早在19世纪末与20世纪初,西方列强的加紧入侵,清王朝的腐败衰落,加速了中国半殖民地化的过程,救亡图强成为当时国人尤其是文化、知识界面临的最紧迫的课题。文学创作和理论亦随之作出了敏锐的反应。随着西方较为新进的文艺观的引进,加速了中西、新旧文艺观的碰撞与交融,启蒙主义文艺思想得到广泛传播,引发了维新变法时期以康有为、严复、梁启超等人为代表,以诗界、文界、小说界革命为内容的改良主义文学运动,和辛亥革命前后以章太炎和南社为代表的革命派文学运动。这些文学运动均与变法图强、民族解放的现实政治斗争紧密结合,既是儒家"经世致用""文以载道"观的继承与发展,又体现着强烈的时代精神与现实功利色彩。这为"五四"时期现实主义文学的倡导和反映论文艺观的孕育提供了一个大的思想文化背景。

"五四"新文化运动是20世纪我国第一场伟大而深刻的思想文化革命,它一方面引进了西方科学与民主的现代思潮,另一方面对数千年根深蒂固的封建文化展开了猛烈的批判。这有力地推动了"五四"文学革命,促进了我国文学和文艺理论的现代转型,从根本上改变了我国传统的文学观念和文学理论的思路。但有一点必须指出,前一时期那种文学服从于救亡图强的启蒙主义使命、文学为现实政治功利服务这样一个主导倾向仍然承续下来了,在某种程度上还得到了加强。正是在这种倾向的引导和选择下,俄国和东欧、北欧的现实主义文学首先受到重视并被大量译介进来,并催生了中国自己的现实主义新文学;与此同时,现实主义文学理论也开始被介绍进来。反映论的文艺观就是在"五四"现实主义文学思潮的涌动中孕育萌发的。

新文化运动的领袖人物陈独秀本着救亡图存、思想启蒙的使命,率先在《文学革命论》一文中鲜明地提出了"三大主义"(三个"推倒"、三个"建设"),其中一条便是"建设新鲜的立诚的写实文学",他认为"吾国文艺……今后当趋向写实主义"[①]。他要求文学真实地描写、"接近"现实,尤应描写人情之"真",认为《红楼梦》最重要的价值就在于"对人情描写的真"[②]。李大钊也提出了"我们所要求的新文学,是为社会写实的文学"[③]的命题,虽然他对"写实"的含义并未说明。钱玄同的观点较为偏激,但他强调文学的价值即在于与一定的社会生活相吻合,如认为《金瓶梅》的价值就在于"此书为一骄奢淫佚不知礼义廉耻的腐败社会写照"[④],这是以肯定的口吻主张文学成为社会生活的真实写照。刘半农则着力强调文学的真实性,他主张凡文学皆应"直写事实",但应提倡给人以"积极的教训",而反对恐怖小说、黑幕文学之类消极的写实。而对所谓文学的"真",他认为既包括作者思想"灵魂中"的"真",又包括"自然界及社会现象"中的"真"。[⑤]

---

① 《中国新文学大系·建设理论集》,上海良友图书公司1935年版,第31页。
② 《陈独秀文章选编》(中),三联书店1984年版,第118页。
③ 《什么是新文学》,载《星期日》社会问题号,1919年12月8日。
④ 《中国新文学大系·建设理论集》,上海良友图书公司1935年版,第78页。
⑤ 《中国新文学大系·文艺论争集》,上海良友图书公司1935年版,第241、154页。

在"五四运动"后不久的1923年,瞿秋白也突出强调了文艺的客观真实性,认为"文艺是民族精神之映影",文艺"若是真能融洽于社会生活或其所处环境,若是真能陶冶锻炼此生活里的'美'而真实的无偏袒的尽量描画出来","他必能代表'时代精神',客观的就已经尽他警省促进社会的责任,因为他既然能如此忠实,必定已经沉浸于当代的'社会情绪',至少亦是一部分"①。这里显然包含着反映论的基本思想。

"五四"时期现实主义文论中最值得注意的是鲁迅与茅盾的观点。总的说来,鲁迅的文艺观不能简单地概括为反映论的文艺观,但在他当时的现实主义思想中,也确实包含着某些与反映论一致的主张。鲁迅从文学应发挥启蒙和改造国民性的作用的立场出发,要求文学真实地描写社会人生,揭示民族心灵与精神的病苦,引起疗救的注意。所以他大声疾呼,"我们的作家取下假面,真诚地、深入地、大胆地看取人生并且写出他的血和肉来的时候早到了"②,猛烈抨击"瞒和骗"的虚假文学。他赞扬《红楼梦》"其要点在敢于如实描写,并无讳饰","其中所叙的人物,都是真的人物"③。他在谈到文艺与生活的关系时指出,"我以为文艺大概由于现在生活的感受,本身所感到的,便印到文艺中去"④;他要求文学用"写实的手法""如实描出""时代的肖像"⑤。这些观点,虽未使用"反映"概念,但显然已包含着某些与反映论文艺观相通的成分了。

茅盾的观点在反映论文艺观的孕育阶段,有着特别重要的地位。作为"五四"时期诞生的"文学研究会"的主将之一,茅盾最早使用"反映"范畴来论述文学的本质。他在《社会背景与创作》一文中说,"真的文学也只是反映时代的文学";又说,"文学是时代的反映,社会背景的图画"⑥。他在后来解释文学研究会"宣言"中"为人生"的主张时仍说道,文研会成员的"这一态度,在当时是被理解作'文学应该反映社会的现象,表现并且讨论一些有关人生一般的问题'"⑦。从文学应反映社会、人生这一根本立足点出发,他对

---

① 《瞿秋白文集》(文学编),人民文学出版社1985年版,第255页。
② 《鲁迅全集》第1卷,人民文学出版社1958年版,第332页。
③ 《鲁迅全集》第8卷,人民文学出版社1958年版,第350页。
④ 《鲁迅全集》第7卷,人民文学出版社1958年版,第104页。
⑤ 《鲁迅译文序跋集》,人民文学出版社1981年版,第172页。
⑥ 《文学研究会资料》(上),河南人民出版社1985年版,第171页。
⑦ 《中国新文学大系·小说一集·导言》,上海良友图书公司1935年版,第3页。

文学的基本要求是"努力于求真","忠实""如实描写"人生①。应当看到,茅盾对文学的"真"的看法,主要基于文学反映生活的客观真实性,与同时期许多作家,包括文研会一些作家把"真"理解为作家主观感情的"真诚"表现,已有着重要的区别了。如冰心认为"'真'的文学,是心里有什么,笔下写什么"②,叶圣陶也说,文艺家创作"只是他心以为然的,他就真诚地表现出来"③。不过,茅盾并未忽视文学创作的主体性,只是他对文学真实性的理解已更强调客观反映这一面罢了。

二

第二阶段从20年代末到30年代,主要是"左联"时期,这是反映论文艺观的形成时期。

这一时期,反映论文艺观经过革命文学和左翼文学运动的大量创作实践的总结和一系列理论问题的论争,逐步得到发展和充实,虽然并未在左翼和进步文艺界完全达成共识,但它在一些基本观点上已初具轮廓。应当指出,反映论文艺观的形成过程是极其复杂的,是多方面因素综合作用的结果。较重要的因素:一是20年代末革命文学运动的倡导及其论争和30年代的左翼文艺运动的蓬勃发展,导致中国现实主义文学逐步上升到整个文学领域的主流地位,现实主义文学观念有利于反映论文艺观的形成;二是从20年代末起马克思主义文艺理论、包括马克思主义经典作家论著的大量译介与传播推动了反映论文艺观的形成;三是苏联"拉普"派的"唯物辩证法的创作方法"论通过日本左翼文坛传入我国,发生重大影响。

中国的现实主义文学思潮在"五四"时期已有很大的发展,以鲁迅为代表的一大批作家为现实主义新文学创造出辉煌的实绩。但那时文学思潮总体上呈多元竞争的格局,浪漫主义、象征主义等文学也有相当成就,并未定于现实主义一尊。20年代后半期随着国内阶级斗争形势的变化和革命文学的兴起,一些有社会责任感的进步作家纷纷放弃原先的非现实主义的文学主张,归附到现实主义大旗之下。如郭沫若本是浪漫主义自我表现的代表,

---

① 《中国新文学大系·文艺论争集》,上海良友图书公司1935年版,第241、154页。
② 《文艺丛谈》(二),载《小说月报》,第12卷4号。
③ 《文艺谈》(六),见《叶圣陶论创作》,上海文艺出版社1986年版,第11页。

一下子却由"我们对于浪漫主义的文艺也要采取一种彻底反抗的态度",转向"表同情于无产阶级的社会主义的写实文学",亦即现实主义的文学。这样一种社会时势,客观上为现实主义文艺的反映论文艺观的形成起了推波助澜的作用。

不过,起于1928年的"革命文学论争",对反映论文艺观的形成带来某些负面效应。以创造社、太阳社为代表的一批作家率先提出"无产阶级革命文学"的口号,他们受到苏联和国内"左"倾思潮的影响,片面地强调文学的阶级性质和宣传、社会组织功能,即阶级斗争"武器"功能,而忽视文学反映社会生活的真实性,并对鲁迅及其代表的现实主义文学进行了批判和"围剿"。譬如李初梨说,"文学,与其说它是社会生活的表现,毋宁说它是阶级的实践的意欲"①,把文学的阶级倾向与反映社会生活机械地对立起来,似乎反映社会生活必然违背无产阶级的意志和利益;又如钱杏邨认为文艺的目的不是写出生活的核心,因为那只是为资产阶级所麻醉的资产阶级的艺术的意义。与此相关,他们受到苏联无产阶级文化派用文艺"组织生活""创造生活"的观点的影响,在"歌颂"与"暴露"问题上机械地强调文学必须写大好的革命形势,写无产阶级的巨大力量和必胜前景,即歌颂光明,而不能单纯暴露黑暗;认为暴露黑暗只是一种反面积极性,一种逃避的积极,骗人的积极,自己为自己的幻灭掩饰的积极。他们因此而指责鲁迅只是一个"黑暗的暴露者",说他的创作在时代上实在是没有意义的。

在这场论争中,鲁迅、茅盾等坚持了现实主义的立场。鲁迅在《文艺与社会》中主张"文学还是同社会接近些好","现在的文艺,就在写我们自己的社会",在《文艺与革命》中还说文艺"不过是一种社会现象,是时代的人生记录"。他在《叶永蓁作小说〈小小十年〉小引》中肯定叶永蓁的小说《小小十年》是一部"真实的作品","至少,将为现在作一面明镜,为将来留一种记录,是无疑的吧";认为"中国如果还会有文艺,当然先要以这样直说自己所本有的内容的著作,来打退骗局以后的空虚"。这种文学反映生活真实的观点与创造社、太阳社诸君用无产阶级阶级性反对文学真实性的论调截然相反。在歌颂与暴露问题上,鲁迅认为,在一个反动统治的黑暗社会中,如标榜"革命文学"而不敢暴露黑暗、与黑暗抗争,那"革命文学"就成了招牌;它片面强调歌颂光明,否定暴露黑暗的作品,实际上是用"光明的出路""最后的胜利"

---

① 李初梨:《怎样建设革命文学》,见《文化批判》1928年第2期。

来掩藏黑暗,"捡一点吉祥之兆来陶醉",根本上是自欺欺人。茅盾的观点与鲁迅一致。他们坚持了前一时期的文学反映社会生活的基本观点,而又有所发展。他在重申"文学是人生的真实反映"的同时,又说这个命题尚嫌含混,因为从中外文学史的分析中他发现,文学实是一阶级的人生的反映,给反映论注入了阶级分析的内容;同时,他还给文学增添了一条"指示人生"的使命。他在《文学者的新使命》中说,"文学于真实地表现人生而外,又附带一个指示人生到未来的光明大路的职务","文学的职务乃在以揭示人生向更美善的将来这个目的的寓于现实人生的如实表现中"。这是其文学反映论的一个重要发展,即强调反映的能动性一面,强调了文学还有"指示人生"的职能。茅盾也赞成革命文学,但对当时"革命文学家"们脱离现实生活的标语口号式倾向他是坚决反对的,然而他并不反对文学指导、推进生活的能动性。他从文艺是"现实人生的批评和反映"的观点出发,撰写了《读〈倪焕之〉》一文,强调新写实派文艺应有时代性,而"所谓时代性,我以为,在表现了时代空气而外,还应该有两个要义:一是时代给人们以怎样的影响;二是人们的集团的活力又怎样地将时代推进了新方向","即是怎样地催促历史进入了必然的新时代……在这样的意义下,方是现代新写实派文学所要表现的时代性"。对歌颂与暴露问题,他也反对"革命文学家"片面地鼓吹写光明、指明出路的观点,像鲁迅一样,他在《写在〈野蔷薇〉的前面》中主张文学要敢于正视现实,"揭破现实",暴露现实中的黑暗,因为"一个真的勇者,是敢于凝视现实的"。他明确指出,像《倪焕之》中这一类的黑暗描写,在感人——或是指导这一点上,恐怕要比那超过真实的空想的乐观描写,要深刻得多。在鲁迅、茅盾等人的影响下,革命文学论争的后期,文学的客观真实性重新受到重视,如林伯修就认为革命文学家反映生活应该"彻头彻尾是客观的、现实的。他们应当离去一切主观的构成……把现实作为现实来观察和描写"[①]。

在反映论文艺观形成过程中,特别是1928年以后,马克思主义文艺理论及苏俄、东欧一些文艺理论著作被大量翻译、介绍、引进国内,对中国文艺理论、批评界产生了重大影响。瞿秋白曾称1929年为"社会科学翻译年",可见当时译介繁盛情形之一斑。这一时期不但马克思主义经典作家的一些重要论著,而且苏俄文艺理论界的一些最新论著乃至论争情况,也被不加分辨地

---

① 林伯修:《1929年急待解决的几个关于文艺的问题》,见《海风周报》第12期。(1929年3月29日)。

译介进来,并迅速被吸收、应用于中国的文艺理论和批评实践中去。这种译介与吸收,一方面有力地指导、推动了"革命文学"论争和30年代"左联"时期文艺理论的发展,另一方面译介中存在的对马克思主义文艺理论的某些误读、误释,也给革命文艺理论建设带来了一定的消极影响。产生这种误读、误释的原因,一是译介中本就存在真伪混杂的情况,如1929年翻译、出版的几种"科学的艺术论丛书"中,多数非马克思主义经典作家的原著,而是日本一批左翼文论家的著作,或苏联的波格丹诺夫等人的著作,甚至苏联庸俗社会学代表人物弗里契的《艺术社会学》也被当作"马克思主义文艺论著"介绍进来。尤其是苏联"拉普"派所谓的"辩证唯物主义的创作方法"论被当作马克思主义观点介绍进来,对我国"左联"时期的文艺理论产生了很大的负面影响。二是当时译介马克思主义和苏俄文艺理论较多是假道日本转译的,其中又受到左翼文坛某些"左"倾思潮的影响,譬如苏俄"拉普"文艺思想开始时是通过日本左翼文论家藏原惟人等人关于"无产阶级现实主义"的主张间接传入中国的,而日本左翼文坛当时也受到"左"倾思潮的影响,这样就常常在转译过程中把非马克思主义的东西当成马克思主义来接受了。三是在1927年大革命失败后,从中共高层领导到革命文艺界中都滋长了一种急躁冒进的"左"的情绪。所以,有些人在译介马克思主义文论时,往往以"左"的眼光进行选择,要么误把一些有"左"的倾向的文艺论著当成马克思主义介绍进来,要么对马克思主义文艺论著作"左"的解释。凡此种种,都构成了那个时期对马克思主义文艺理论的某些误读。马克思主义文艺理论的大量引进及某些误读的存在对反映论文艺观的形成有着正反两面的影响。

这种双重影响,在"左联"时期,集中体现在如何正确地理解文学的意识形态和反映论、文学的倾向性与真实性之间的辩证关系。这个问题在"革命文学"论争时已初露端倪,到"左联"时期对现实主义创作方法的讨论中就明朗化了。到30年代初,反映论文艺观的内在构架已初步形成,即由意识形态论(文学是一种社会意识形态)与反映论(文学是社会生活的反映)两个侧面相互作用,共同构成,这是反映论文艺观不可分割的两个侧面。作为当时党的领导人的瞿秋白对此作了较为明确的表述:"一切阶级的文艺都不但反映着生活,并且还在影响着生活;文艺现象是……意识形态的表现,是上层建筑之中最高的一层……它虽然结算起来始终也是被生产力的状态和阶级关系所规定的,——可是艺术能够回转去影响社会生活,在相当的程度之内促进和阻碍阶级斗争的发展。"①反映论文艺观的这两个侧面,在"左联"前期,由于受苏俄"拉普"派"辩证唯物主义创作方法论"的影响,有些人就片面强调、突出文学的意识形态性、政治倾向性这一面,而相对忽视文学反映生活的真实性那一面。如瞿秋白就曾片面强调文学的意识形态性,他说艺术是"一种特别的意识形态,它反映实质而且影响实质,意识是实质'镜子里的形象'……意识并不是消极的,它的确会影响到实质方面去,阶级是在改变着世界而认识世界"②。这里"实质"并非社会生活的客观本质,而是指政治生活或阶级本质,文艺作为意识形态在此不是生活的"镜子里的形象",而成了阶级本质的反映。文学反映论于是被改造成仅体现阶级本质的意识形态论,真实性降到了无足轻重的位置。还有些人受"拉普"的影响,用唯物辩证法的一般原理来指导规范文艺创作,如穆木天强调文学作品一切内容的组织都要合于辩证法,按辩证法原则来规范,也就是用无产阶级唯物辩证法和世界观直接代替创作方法,实际上把文学引向脱离反映现实的真实性的歧路。又如夕水在《论新写实主义》一文中主张新写实派文学应"有目的的意识"或"教训目的",作品须"合一定目的才描写",总体上应写"和廿世纪的无产阶级大众应有的人生观相符合的东西",即文学首先应符合无产阶级的思想倾向,真实性则在其次。这些观点实质上背离了反映论文艺观的核心——文学真实性的基本要求。

当然,在1933年以后,"左联"批判和清算了"拉普"派的错误观点,接受苏联"社会主义现实主义"的主张,对文学真实性的认识逐渐有所提高。如周扬1933年发表了《关于"社会主义的现实主义与革命浪漫主义"——"唯物辩证法创作方法"的否定》一文,批判了"拉普"派"把创作方法的问题直线地还原为全部世界观问题"的"错误",指出这导致片面强调作家的世界观和主观倾向而忽视了文艺的真实性,使"他们对于一个作品的评价并不根据于那作品的客观真实性、现实主义和感动力量之多寡,而只根据于作者的主观态度如何,即:作者的世界观(方法)是否和他们结合"。应该说这个批判是有力的、击中要害的。从此,文学能动地反映、指导社会生活的真实性方面重新得到重视。周扬在《文学的真实性》中就明确指出:"文学,和科学、哲学一样,是客观现实的反映和认识,所不同的,只是文学是通过具体形象去达到客观真实的。"这个观点直接受到俄国革命民主主义文艺理论家别林斯基和

---

① 《瞿秋白文集》(二),人民文学出版社1953年版,第954—955页。
② 《瞿秋白文集》(二),人民文学出版社1953年版,第567页。

车尔尼雪夫斯基的影响。不过,周扬并不赞成"镜子反映论",而是强调主、客体在实践中的辩证统一,强调作家的党性和阶级性、文学反映政治本质的重要性。周扬的观点恢复了反映论文艺观的本来面貌,对以后我国文艺理论的发展产生了深远的影响。茅盾深化了他过去的观点,在《还是现实主义》中提出"所谓现实主义文艺者,不仅反映现实而已,且须透过了当时的现实指向未来的真际"。他要求作家具备"正确的观念,充实的生活,和纯熟的技巧",把作家的主观倾向性和反映生活的客观真实性兼顾到了。胡风总体上也赞成反映论,他的《文艺与生活》小册子反复强调文艺是生活的反映,并明确要求"文学必须是反映人生真实的艺术品"[①];但他并不赞同文艺是生活的"复写"的观点,他认为只有把握了现实发展进程,"说出生活里的进步的趋势,能够说出在万花缭乱的生活里面看到或感觉到的贯穿着过去、现在以及未来的脉络者,方是有真实性的作品",所以文艺创作须是"作家从生活里提炼出来和作家的主观起了化合作用以后的结果[②]"。总之,到了30年代后半期,反映论文艺观把意识形态论与反映生活论、倾向性与真实性这两个方面较为辩证地统一起来了。这标志着(能动)反映论文艺观基本形成。

三

第三阶段是40年代初,毛泽东《在延安文艺座谈会上的讲话》(以下简称《讲话》)发表前后,为反映论文艺观的确立时期。

毛泽东同志在延安整风时期,发表了一系列重要文章,对五四新文化运动以来的文化、艺术战线的成就与问题做了全面的总结。《讲话》则把文艺工作看成党的新民主主义革命的重要一翼,专门对文艺问题做了系统的论述。其中,关于文艺反映论的表述,是对20—30年代以来,左翼的进步和革命文艺工作者对文艺本质的认识的一个全面、系统、辩证的理论总结和概括。毛泽东同志指出:

> 一切种类的文学艺术的源泉究竟是从何而来的呢?作为观念形态的文艺作品,都是一定的社会生活在人类头脑中的反映的产物。革命

---

① 《胡风评论集》(上),人民文学出版社1984年版,第219页。
② 同上书,第300页。

的文艺,则是人民生活在革命作家头脑中反映的产物……

人类的社会生活虽是文学艺术的唯一源泉,虽是较之后者有不可比拟的生动丰富的内容,但是人民还是不满足于前者而要求后者。这是为什么呢?因为虽然两者都是美,但是文艺作品中反映出来的生活却可以而且应该比普通的实际生活更高,更强烈,更有集中性,更典型,更理想,因此就更带有普遍性……

在我看来,这是中国能动反映论文艺观的最完整、最辩证、最准确的理论概括和表达。可以说,至此,反映论文艺观在我国才在理论上真正确立了。这里有几点要略加说明:

第一,毛泽东在此不是为文学艺术下定义,不是寻找文艺的本质。他在《讲话》"结论"的开始部分就明确地说:"我们讨论问题,应当从实际出发,不是从定义出发。如果我们按照教科书,找什么是文学、什么是艺术的定义,然后按照它们来规定今天文艺运动的方针,来评判今天所发生的各种见解和争论,这种方法是不正确的。"所以,上述能动反映论的理论概括主要是针对当时文艺界脱离工农兵群众生活的"关门提高"、轻视普及的错误倾向而讲的,主要想解决的是文艺作品内容的源泉问题。文艺源泉问题当然也是文艺本质的一个重要方面或一个重要层次,但不等于文艺的全部本质。

第二,毛泽东的反映论观点是以文艺的意识形态论为前提和基础的,上述那段引文即从"作为观念形态(按:即意识形态)的文艺作品"一句引出的。显然,毛泽东把文艺的本质首先看成一种"意识形态",然后再讨论其"源泉"。换言之,毛泽东的反映论观点是以文艺的意识形态论为前提,或在文艺的意识形态论的大框架下层开的。在这"两论"中,毛泽东认为意识形态论是首要的、根本的;相比之下反映论则是其次的、从属的。我们必须在意识形态论的大前提下认识其反映论,或者说,必须看到在总体上反映论是从属于并服务于意识形态论的。

在诸意识形态中,毛泽东突出强调政治的统帅作用和地位。其实,早在《新民主主义论》中,毛泽东就认为包括文艺在内的"一定的文化(当作观念形态的文化)是一定社会的政治和经济的反映,又给予伟大影响和作用于一定社会的政治和经济,而经济是基础,政治则是经济的集中表现"。这里毛泽东把政治从上层建筑中突出出来,放在与经济并列的地位,而把文化艺术作为政治的"反映",并通过反映政治间接反映经济。这样就在实际上把文艺的反映论置于从属于政治的附庸地位,置于无产阶级革命政治和阶级斗争的支配之下,从而文艺反映生活亦应服从于、服务于党在一定时期的政治任务和革命斗争的需要。在《讲话》的"引言"部分,毛泽东旗帜鲜明地提出"要使文艺很好地成为整个革命机器的一个组成部分,作为团结人民、教育人民、打击敌人、消灭敌人的有力武器,帮助人民同心同德地和敌人作斗争"。关于文艺"从属于政治"、是革命机器中的"齿轮和螺丝钉"的观点,文艺批评的标准为政治标准第一、艺术标准第二等等,都是由此引申出来的。就拿上述能动反映论那段引文来看,目的和落脚点也是强调通过文艺反映生活的典型化,"帮助群众推动历史的前进","使人民群众惊醒起来,感奋起来,推动人民群众走向团结和斗争,实行改造自己的环境",最终仍然纳入为党的革命政治斗争服务的轨道内。

第四,由此涉及光明与黑暗、歌颂与暴露等问题。毛泽东区分了解放区(新时代)与国统区(旧时代)的根本区别,指出歌颂与暴露有个根本政治立场问题,强调要"站在人民的立场上","一切危害人民群众的黑暗势力必须暴露之,一切人民群众的革命斗争必须歌颂之"。这在原则上并没有错,问题是,在批评写光明与黑暗"一半对一半"的观点时,毛泽东提出了写苏联社会主义建设时期(当然也包括写延安解放区)不能"一半对一半",而应"以写光明为主",写缺点、黑暗"只能成为整个光明的陪衬"的主张。这实际上已提出了写社会主义、写新社会有一个"以写光明为主"的基本模式。这个模式与上面提到的歌颂与暴露的两个"一切"并不完全吻合,与反映论的精神也不一致,仍然有用政治倾向性取代文艺真实性的意味。而且,在贯彻这个思想的实践中,丁玲、王实味等人由于撰文主张在解放区和革命队伍内仍有继承鲁迅传统、揭露黑暗的必要,而遭到错误的批判和政治上的打击。

总的看来,在《讲话》中,反映论的文艺观得到了较完善的理论表述并通过党的文艺路线、文艺工作而真正确立起来。但由此开始,反映论受到意识形态论支配的基本格局也正式形成,反映论文艺观的政治化也进入自觉、强化的阶段。

四

第四阶段从新中国成立到文化大革命结束,是反映论文艺观全面政治化的阶段。

1949年新中国成立前夕,第一次全国文代会召开,确认毛泽东的《讲话》是指导中国文艺工作的总方针。这也就是确立了反映论文艺观在新中国的主导地位。与此同时,前苏联文艺理论的译介与引进,如季莫菲耶夫、毕达科夫等人的著作的翻译介绍,季莫菲耶夫等人奉现实主义为正宗的文艺观与《讲话》的反映论文艺观基本吻合,因而有助于在理论上强化反映论文艺观。

问题在于,新中国成立后,毛泽东极大地强化了对包括文艺在内的思想意识形态的控制,把文艺完全当成实现党的政治任务的舆论工具之一。这样,就导致了实践中反映论文艺观的全面政治化。从新中国成立初期起,毛泽东就连续发动了对电影《武训传》《清宫秘史》的批判,对"新红学派"的代表俞平伯的《红楼梦》研究的批判,对胡风"反革命集团"及其文艺思想的批判。这一系列批判,都被归结为针对政治思想倾向上的资产阶级反动立场和唯心史观,但在内容上则大都与反映论有关,如批判《武训传》歪曲、"污蔑"了中国人民的历史道路,指出"我们的作者也不去研究自从1840年鸦片战争以来的一百多年中,中国发生了一些什么向着旧的社会经济形态及其上层建筑(政治、文化等等)作斗争的新的社会经济形态,新的阶级力量,新的人物和新的思想,而去决定什么东西是应当称赞或歌颂的,什么东西是不应当称赞或歌颂的,什么东西是应当反对的"[①]。这实际上就规定了应当从无产阶级立场和唯物史观出发决定文艺如何"反映"生活。又如"两个小人物"李希凡、蓝翎对俞平伯"红学"观的批判,也是从"文学是社会生活的能动反映"的反映论文艺观出发,以现实主义为"最优秀的创作方法",用现实主义典型化的真实性原则批判俞氏的"自叙说"。而对胡风的批判,则因为胡风强调了现实主义真实性,批评了文艺界用政治立场、世界观、思想倾向代替对生活的真实反映的不良现象和"主观主义的理论",而予以全面彻底批判;胡风等人还在政治上被打成"反革命集团",惨遭长期迫害。在批判胡风过程中,原本体现反映论思想的"写真实论"和"反题材决定论"也遭到批判。

这样一种用政治倾向性否定、取代文艺反映生活的真实性的观点,在1957年反右斗争后进一步恶性发展。在《讲话》时提出的"以写光明为主"的基本模式在社会主义时期被进一步发展并凝固化,文艺作品一旦暴露阴暗面,或暴露到党的干部(哪怕是基层干部)的缺点,就马上被宣判为"歪曲、丑

---

① 《应当重视电影〈武训传〉的讨论》,见《人民日报》1951年5月20日社论。

化社会主义现实"而横遭批判。这种极"左"思想到文化大革命中更被"四人帮"推到极端,对所谓修正主义文艺黑线和"黑八论"的大扫荡就是典型的例证。这"黑八论"中就有"写真实论""反题材决定论""中间人物论"等等。至此,文艺的反映论已完全变质,被一种由现实政治需要支配的唯意志论所取代,所谓的"现实主义"实际上已蜕化为伪现实主义。

九年前,我曾对这种"伪现实主义"的思想基础和弊端做过如下批判:

> 我认为,伪现实主义的哲学基础在认识论上是唯意志论,在社会观上是"阶级斗争为纲"论与小农空想社会主义的畸形的结合……在上述社会观基础上,进一步确立以社会主义现实光明为主、黑暗为衬的永恒模式,以此作为文学创作和批评的"放之四海而皆准"的准绳。规定对社会主义时代的现实只能歌颂,不准暴露,即使善意的批评也不允许,甚至对"写真实"也要批判,似乎"写真实"=写黑暗=暴露社会主义。殊不知,这使它陷入了反真实的窘境,似乎社会主义文学从来虚假不实、与真实无缘,而它却偏偏还要打着"革命现实主义"的旗号。这是一个伪现实主义不可克服的悖论。①

这样,反映论文艺观全面政治化的结果是,从现实主义走向伪现实主义,从写真实走向反真实,从反映论走向唯意志论,其哲学基础也从历史唯物主义蜕变为主观唯心主义。

这里必须附带说明的是,50年代末、60年代初周扬曾主持了重编文科教材的工作,其中叶以群主编的《文学的基本原理》与蔡仪主编的《文学概论》也都采用了反映论文艺观为全书的思想基础,但论述都较全面、辩证,是"文革"前最好的有系统的文艺学著作,所以直至"文革"以后相当长的时间内,这两部教材还被一些高校继续使用。

五

第五阶段是"文革"结束之后的新时期至今,为反映论文艺观的新生阶段。

---

① 见拙文《关于现实主义问题的哲学反思》,载《思考与探索》,上海社科院出版社1992年版,第231—232页。

反映论文艺观长期以来,特别是到"文革"中已被糟蹋得不成样子。新时期以来,在十一届三中全会实事求是、解放思想的精神鼓舞下,文艺界对包括文艺理论在内的一系列是非进行了清理和拨乱反正。随着现实主义文艺的复苏和文艺理论上"为文学正名"、恢复文艺的审美本质的努力,反映论文艺观也逐步走出极"左"路线和全面政治化的阴影,出现了新的转机。

80年代以来,一批优秀的文艺理论家解放思想,在总结中外文艺理论特别是新中国成立后我国文艺理论的历史经验,批判了极"左"路线对文艺理论特别是反映论文艺观的扭曲、篡改和戕害的基础上,先后提出和论证了审美反映论或审美意识形态论(一种理论的两种表述形式),得到了文艺理论界较广泛的认同。譬如蒋孔阳先生虽然没明确提出"审美反映"这个范畴,但他早在70年代末、80年代初就多次提出文艺反映社会生活应采取审美的独特方式,符合美的规律。他一方面充分肯定"艺术是一种意识形态","艺术是对于客观现实生活形象的反映",要求艺术家"真实而又形象地反映生活";同时又强调艺术家(主体)应当"创造美","美是艺术的基本属性",认为"创造美和创造艺术,在基本规律上应当是一致的";而"艺术的美不美,并不在于它所反映的是不是生活中美的东西,而在于它是怎样反映的,在于艺术家是不是塑造了美的艺术形象"[①]。他认为艺术对生活的反映应是审美的、艺术的反映,应当符合主客交融的"美的规律";"文艺创作既是客观现实的反映,又是主观的自我创造。它不仅最符合美的规律,而且严格说来,美的规律是指文艺创作而言的"。具体来说,艺术家就应掌握马克思讲的主客两个尺度,一方面"掌握客观尺度'","真实地反映生活",要"渗透到客观事物当中去,与客观事物融合在一起","把对象的尺度当成我们自己的尺度",描写对象时是"从我们自己的内心中流出来的";另一方面,还应充实主体自身的尺度,使自己"具有深厚的'内在固有的尺度'",这就要"加强自身主观的修养,锻炼和培养自己为人的品质",使自己具有"内心的修养和高尚的情操,对人生具有炽烈的同情心";这样主客两个尺度水乳交融并运用艺术的独特方式加以表现,才是"按美的规律来进行创作",才是对生活审美的反映。[②]

钱中文先生系统总结了国内外各种文学本质观,着重分析了当时国内

---

① 蒋孔阳:《美和美的创造》,见《蒋孔阳美学艺术论集》,江西人民出版社1988年版,第115—118页。
② 蒋孔阳:《美的规律与文艺创作》,见《蒋孔阳美学艺术论集》,江西人民出版社1988年版,第192—201页。

最有影响的认识论（反映论）和审美论两种文艺本质观，指出它们各自的合理性与局限，提出把文艺第一层次的本质界定为"审美的意识形态"的观点。他在肯定"文学确实是一种意识的形式，即人对现实的意识反映"的同时，更强调文学的审美本性，他反对把审美仅看成文学意识形态性的从属特性，认为文学的审美性并非附加在其反映现实的意识形态性之上，而是审美性与意识形态性的有机结合，"没有审美特性，根本不可能存在文学这种意识形态，而文学的意识形态性，不过是文学审美特性的一般表现"[①]。显然这是一种以审美为根本、以意识形态性为从属的新的审美反映论，而且它只揭示文艺的第一层次的本质，而非文艺的系统本质，就是说，它是一种多侧面、多层次、动态的文艺本质观中的一个层面。应当说，这种审美反映论是一种开放的文艺观，为文艺本质的进一步探讨留下了广阔的天地。钱中文先生自己就进一步论述了文学更深层次的本质——文学是审美本体系统——的三个方面（文学是语言结构的审美创造，文学是审美主体的创造系统，文学是审美价值、功能系统）。

再如王元骧先生在论述文学本质时也提出了"文学是一种审美意识形态"的观点。他在论述文学作为意识形态的一般性质时，主要从其"反映社会生活"的认识论角度切入，即从文学反映生活的受动性与能动性两个方面阐述，这是文学同其他意识形态的共性。在谈到文学作为审美意识形态的特殊本质时，他突出论述了文学反映的特殊对象、特殊方式和特殊结果，"确立了文学的特殊本质是审美反映"，即"文学是以审美情感与心理中介来反映现实"[②]。当然他也认为文学的本质是多层次的，在"审美反映论"基础上，他还进一步探讨了文学作为艺术形象和语言艺术的本质特性。王元骧先生的文艺本质观是更为典型的审美反映论，他始终紧紧扣住文艺是社会生活的反映这一基本思路，重点探索文学不同于其他意识形态反映现实的独特本质即"审美反映"的方方面面。

还如新近修订出版的童庆炳先生主编的《文学概论》基本上也维持了审美反映论的文学本质观。他首先认定"文学作为社会意识形态之一，是一定的社会生活在人类头脑中反映的产物"，强调了"文学是社会生活的能动反映"。然后再论述"文学的审美特质"，从文学反映生活的特殊对象和方式入手，概括出文艺的审美特征为形象性、情感性、想象性和虚拟性，由此得出文

---

① 参见钱中文：《文学原理——发展论》，社会科学文献出版社1989年版，第100—110页。
② 参见王元骧：《文学原理》，浙江教育出版社1989年版，第25—40页。

艺是对社会生活的审美反映或文艺是一种审美意识形态的结论。[①]

只要我们注意一下，80年代以来，全国先后出了好几十种文学或艺术概论教材，其中绝大多数都采用了审美反映论的文艺本质观。可见，审美反映论在新时期以来被较普遍地认同。

应当说，审美反映论更贴近了文艺的本质，它不但恢复了长期以来被扭曲、篡改的反映论文艺观的本来面貌，而且克服了其全面政治化的偏向，给它注入了审美的新鲜血液，使反映论文艺观获得了新生。

六

上面我大致勾勒了20世纪以来，反映论文艺观在我国孕育、生长和发展的历程。这一过程是十分曲折复杂的，可以说是从无到有、从小到大，一直发展到成为我国文艺界（包括理论界）的主流文艺观。

一种在我国传统文化中相对缺乏根基的文艺观，何以能在20世纪逐步战胜其他种种文艺观上升到主流地位？这决非偶然，而是有其存在与发展的历史必然性和合理性的。

首先是"五四"前后俄国和欧洲的现实主义文学被大量译介进中国，随后，中国自己的现实主义文学得到了迅速的发展，并逐渐占据主导地位。现实主义文学处理艺术与现实生活关系的一个基本原则是忠实地描绘和再现现实，亦即尽可能客观、精确地反映现实。这种奉艺术再现生活的真实性为首要原则的文学观念通过大量文学作品的翻译和创作，逐渐深入人心，为反映论文艺观的孕育、生成提供了充分的艺术实践根据和社会文化、心理氛围。换言之，在现实主义文学的读者市场越来越大，把文学内容的客观真实性视作文学生命的文学观念越来越深入人心的文化心理氛围下，反映论文艺观就必然呼之欲出了。

其次，从更深层的原因看，现实主义文学的大量译介和中国现实主义文学的勃兴本身，就是中国社会和文化现代转型过程中的必然的历史的选择，而不只是少数文学家个人的偶然行为。早在19世纪鸦片战争前后，中国文论中"经世致用"的主张已日趋高涨。随着帝国主义列强的入侵、民族危机

[①] 参见童庆炳主编：《文学概论》，武汉大学出版社1995年版，第17—67页。

的加深和封建统治的衰败,中国社会走科学与民主的富国强民之路的现代转型悄然启动,以救亡图强为目的的启蒙主义文化迅速崛起,它呼唤并要求文学艺术密切关注社会人生、直接服从于启蒙使命。这种强调文学的现实关怀、要求文学改造民魂、唤醒民心、开启民智,直接为现实政治斗争服务的价值取向,实际上已决定了中国文学要做出从表情写意为中心走向再现现实为中心的历史性选择,意在用血淋淋的严酷的写实文学击碎瞒和骗的文艺。这正是"五四"前后现实主义文艺在中国空前繁荣并在以后逐步占据主导地位的内在原因,同样也是反映论文艺观得以形成并上升为主导观念的内在根由。

再次,反映论文艺观在中国有了滋生的土壤和客观必然性,不等于就一定要采取"反映论"的理论形态和表达方式。现在之所以会采取"反映论"的理论形态,是同中国革命选择和接受了马克思列宁主义理论这一根本方向分不开的。中国新民主主义革命的胜利是在马克思主义理论与中国革命的具体实践相结合的产物——毛泽东思想指引下取得的,作为革命一翼的新民主主义文化(包括文学艺术和文艺理论)也是在马克思列宁主义的传播、吸收、应用过程中发展起来的。具体到反映论的文艺观,则在哲学上明显地受到列宁的唯物主义反映论(认识论)的直接影响;在文艺理论上,较多受到马克思、恩格斯的意识形态理论和现实主义理论的影响;同时,还直接受到苏联文艺界相关理论与论争的很大影响。正是在这种种思想的综合影响下,结合着中国左翼革命文学的发展实际,反映论文艺观采取了以意识形态论(主要是政治倾向论)为价值取向、以反映论为内容来源的双层结构的理论形态。

又次,反映论文艺观在形成中和形成后,对中国现当代文学艺术和文艺理论的发展起过积极的推动作用。反映论文艺观的孕育与产生,固然直接承受了中外现实主义文学的乳汁,它产生以后,对中国现实主义文学乃至整个中国现代文学都产生过重大的积极影响。长期以来,革命现实主义被看作一种在先进世界观指导下的最佳创作方法,在左翼革命文艺家和进步文艺家队伍内得到广泛、自觉的运用,也确实取得了辉煌的实绩,在40年代后的解放区文艺、"大后方"的进步文艺和新中国成立后前十年内,都出现过大批在新文学史上留下痕迹的优秀作品。"文革"之后的新时期,我国当代文艺出现了前所未有的繁荣,其中现实主义文艺仍是成就最大、影响最广的一脉。我们自然不能把新文学史的实绩完全归功于反映论文艺观;但实事求是地说,这些成就同反映论文艺观的形成和倡导是密不可分的,特别是在《讲话》确立了反映论文艺观的主导地位并被全面推广之后,它在某种程度上已融为大多数中国文艺家身上的"血肉",他们的文艺创作的成败得失都与它紧密关联。对于反映论文艺观在20世纪以来中国文学发展中的积极作用,我们应当有充分的估计。

同样,反映论文艺观对中国现代文艺理论的建设也起着举足轻重的关键作用。"五四"之后,中国文艺理论在中西文论的碰撞、交汇中,特别是在马克思主义文论的中国化过程中,以一种与传统文论根本不同的全新格局和现代形态出现在我们面前并取得了重大的发展。反映论文艺观在中国现代形态的文艺理论建设、发展过程中起着某种核心作用。从"五四"起,几乎每次比较重大的文艺理论问题的论争,都与反映论问题直接相关。如为人生还是为艺术之争,革命文学论争,"左联"时期现实主义题材问题之争,"两个口号"之争,延安整风时期的文艺思想批判与论争,40年代围绕胡风"主观战斗精神"的现实主义主张的讨论,一直到新中国成立后历次文艺思想的批判运动,无不直接涉及反映论文艺观问题,其中多数论争的理论基础直接就是对反映论文艺观是否全面坚持的问题。因此,在某种意义上可以说,中国现代文艺理论建设与发展是与反映论文艺观的历史道路同步的、共命运的。离开了反映论文艺观,对大半个世纪以来中国文艺理论的建设和发展,对它的理论构架与逻辑思路,对它与政治、意识形态的密切关系等等,都无法理解和说明。因此,整个中国现当代文艺理论的建设与发展,在某种意义上,也是由反映论文艺观的发展和应用所决定的反映论文艺观的发展、变化、盛衰、得失,直接决定着中国现当代文艺理论的基本面貌与命运。这已是一个无须争辩的历史事实。不管我们对它赞同还是反对,都是无法回避、无法绕开的。

七

在对反映论文艺观存在的历史必然性、合理性及其对中国现当代文学和文艺理论建设发展所起的积极作用做了必要的肯定之后,我们将主要对其理论上的局限性进行历史的反思。反思的目的是面向未来,面向21世纪中国文艺理论和美学的建设和发展。

首先,从反映论文艺观在我国的形成历程的回顾中,我们可以看到它存在着理论上的先天的不足。

如前所述,反映论文艺观的形成是以"五四"以来中外现实主义文学的成就为历史与现实根据的。中国现实主义新文艺的发展需要并呼唤着一种新的文艺观和文艺理论来说明、阐释自己;同时,这种文艺观和文艺理论必须为中国现实主义新文艺的进一步发展提供理论依据和指导。但中国的实际情况是,在用反映论思想阐述现实主义文艺时,从一开始就存在某些不正确的认识或倾向,突出表现为在借用列宁的唯物主义反映论思想说明现实主义特点时,产生过对现实主义的某种曲解。列宁说:"我们的意识只是外部世界的映象;不言而喻,没有被反映者,就不能有反映,被反映者是不依赖于反映者而存在的。"①人的认识反映客观世界"图画的轮廓是受历史条件制约的,而这幅图画描绘客观地存在着的模特儿,这是无条件的"②。作为唯物主义认识论对认识源泉的论述,这一反映论的概括无疑是正确的,但直接用以说明现实主义文艺的本质,就不十分正确了。譬如法国现实主义大师巴尔扎克谈其《人间喜剧》的创作特点时,虽然自称"法国社会将要作为历史家,我只能当它的书记",但他决非只强调忠实地"反映"或"再现"历史,而认为一个作家只是"严格地摹写现实","还算不了什么",他"应该进一步研究产生这些社会现象的多种原因","寻出隐藏在广大的人物、热情和事故里面的意义";还应该"独创新意",把"奇妙和真实"结合起来,充分"研究"和利用偶然性,通过细节描写的真实性,来创造一个比历史实际"更美满的世界",从而"可以写出许多历史家忘记了写的那部历史,就是说风俗史"③。可见,只从反映生活的客观真实性角度来概括现实主义是十分片面的,至少是不完整的,而且并未区分文艺的真实性与历史(生活)的真实性,这易于导致客观主义倾向。俄罗斯现实主义作家冈察洛夫更明确反对那种客观主义的"现实主义",而强调包含理想、热情和想象的真正现实主义,他说:"按照自然界和生活的本来面貌描写它们吧!——他们这样说。但是要知道,理想、想象——这也是人的天赋的有机属性。要知道艺术家只有通过想象才能获得自然界的真实!"艺术家"所观察到的真实在他想象中反映出来,他又把这

---

① 《列宁全集》第 14 卷,人民出版社 1957 年版,第 61 页。
② 同上书,第 135 页。
③ 《西方古典作家谈文艺创作》,春风文艺出版社 1980 年版,第 298—302 页。

反映转移到自己的作品里。这就是艺术的真实"①。(注意:这里"反映"一词与反映论的"反映"含义完全不同!)而中国的反映论文艺观似乎对此缺乏认识,因而在概括、阐述现实主义文艺的性质、特点时,存在着一定的客观主义的偏差。这不但在茅盾早期对写实主义(他还误将写实主义等同于自然主义)的倡导中可见一斑,而且直到三四十年代,周扬等左翼理论家仍有这种倾向,认为文学只是用具体形象反映、认识客观现实,所以"文学的真理和政治的真理是一个,其差别只是前者是通过形象去反映真理的"(《文学的真实性》,1933年)。这种把现实主义文艺看成只是对生活本质(真理)的形象反映的观点在一定程度上取消了艺术家的审美创造性,既存在客观主义的弊病,又是对现实主义的曲解。

产生这种曲解的原因,一在于对现实主义哲学基础的片面理解,二在于把文艺的性质仅归结为认识(虽是一种特殊的认识或反映)。现在,一般都认为文艺、特别是现实主义文艺的哲学基础只能是反映论。其实,这是不全面、不确切的。列宁的反映论思想不能、也不应被无中介地移植到文艺学、美学中来。列宁自己并未对现实主义做过反映论式的概括与表述。在论托尔斯泰的经典论文《列夫·托尔斯泰是俄国革命的一面镜子》中,列宁说:"如果站在我们面前的是一位真正的伟大艺术家,那么他至少应当在自己的作品里反映出革命的某些本质方面来。"一些文艺理论家以此为根据说反映论文艺观是列宁首先提出的。其实不然。这里,确实包含有某些反映论文艺观的思想,但他这里主要是从俄国革命的现实需要出发要求艺术的,而且是衡量"伟大艺术家"的标准之一(非全部),而不是对艺术一般本质,甚至不是对艺术源泉的普遍的理论的概括。列宁讲托氏是俄国革命的"镜子",主要也不是从托氏作品如何真实、客观地反映当时的社会生活切入的,而是"从俄国革命的性质及其动力方面去分析他的作品",即分析托尔斯泰作品中体现的思想、观点、学说的种种矛盾,指出这"是 19 世纪最后 30 年中俄国生活所处的各种矛盾状况的表现"。托氏是"俄国千百万农民在俄国资产阶级革命到来的时候所具有的思想和情绪的表现者",他的观点"是我们革命中的农民的历史活动所处的各种矛盾状况的一面镜子"。这就是说,这种"镜子"式的"反映",指的是从托尔斯泰一系列作品中所表现出的作者的充满矛盾的观点、情绪、学说,恰好反映或体现了俄国革命的矛盾状况和特点,

---

① 《西方古典作家谈文艺创作》,春风文艺出版社 1980 年版,第 420 页。

而主要不是强调托尔斯泰作品如何通过艺术形象来真实地反映当时的社会生活。也就是说,这里列宁主要不是从认识论、反映论角度来概括文艺的本质的。列宁在同一篇论文中,在论述托尔斯泰的矛盾思想时,就讲到他"一方面,是最清醒的现实主义,撕毁所有一切的假面具;另一方面,鼓吹世界上最混蛋的一种东西,即宗教……"这里,列宁一是把现实主义的主要特点概括为对现实的清醒解剖和深刻批判,而不只是忠实反映、再现;二是把现实主义只作为托翁矛盾思想的一个方面,与其宗教"神父主义"相对立。这就是说,列宁既未把忠实反映现实,又未把"镜子"说与现实主义联系起来分析。由此可见,反映论文艺观并不直接来自列宁,而是来自苏联的一些现实主义理论家,也来自中国一批左翼文艺理论家从现实斗争需要中做出的阐释;同样,现实主义文艺的本质和特性并不能直接从反映论的认识论得到说明。

其次,反映论文艺观在形成、确立之后出现过某些后天失调。

在中国,反映论文艺观是伴随着现实主义文艺的发生、发展而形成、发展的,两者像孪生兄弟,相辅相成:现实主义文艺是反映论文艺观的实践依据,反映论文艺观则是现实主义文艺的理论支柱。由于现实主义文艺的迅猛发展是中国新民主主义革命的历史选择,也就为反映论文艺观逐步占据文艺理论的主导地位提供了实践基础和文化氛围;又由于反映论文艺观较早就作为马克思列宁主义文艺理论的形态出现,随着马克思主义文艺理论的传播及其影响的扩大,随着左翼文艺运动的发展,它的权威性与主导地位越来越不容怀疑,这又反过来巩固和加强了现实主义在中国现代文艺中的主流地位。其结果是,随着《讲话》在理论上对反映论文艺观的确认,现实主义也被确定为中国文艺发展的基本的方向。《讲话》在论及艺术方法、作风时,明确指出,"我们是主张社会主义现实主义的"。这就是号召中国革命文艺家都要走现实主义道路。《讲话》还有一处提到"现实主义":"马克思主义只能包括而不能代替文艺创作中的现实主义。"在我看来,这句话至少表明,第一,在毛泽东心目中,现实主义是文艺创作方法的正宗,其他方法他提都未提到;第二,他实际上阐述了马克思主义世界观与现实主义文艺观的关系。前者"包括"、指导后者而不能"代替"后者,前者是后者的思想理论基础,后者是前者的艺术实践和体现,而这也正是反映论文艺观与现实主义文艺的关系。

在《讲话》发表前后,陆续出现了艺术方法有优劣论,即现实主义优于其他方法的观点。如延安时期周扬在《对旧形式利用在文学上的一个看法》一文中把现实主义上升为"方针",认为"离开现实主义方针",一切形式问题的争论都将是"空谈";在《抗战时期的文学》中说,"中国的新文学是沿着现实主义的主流发展来的","为艺术而艺术的思想在中国新文学史上不曾占有过地位。新文化运动的创始者诸人,就都是文学上现实主义的主张者"。这就明确肯定了新文学史上现实主义的主流地位及其对于其他"主义"的优越性。在《讲话》的影响下,还出现了独尊现实主义而排斥一切非现实主义的观点。如冯雪峰就认为现实主义是"艺术发展的最为客观的科学的法则",是"文学的根本的方法",是"最优秀的创作方法",因为现实主义"在基本上是符合于列宁的反映论的,符合毛泽东在《实践论》中所阐释和发展的马克思主义的认识论的缘故"。这是在反映论的理论支持下把现实主义推到独尊的位置上去了。他甚至将现实主义扩大为世界文学主流,说,"任何民族的文学,凡能遗留下来的重要的杰作""大都是现实主义的"。① 到了60年代初,茅盾更是把一部文学史看成现实主义与反现实主义斗争的历史。他从现实主义文艺"就是忠实地反映自然现象、社会现象以及人物的内心世界"②这一根本特点出发,认定现实主义是被压迫人民创造的,是代表进步倾向的,是最正确的创作方法;据此,他归纳出中外文学发展的一般规律是,"任何历史时期都有两种文学的基本倾向在斗争,这就是为人民和反人民,正确反映现实和歪曲粉饰现实。现实主义与反现实主义的斗争,就是文学上这两种基本倾向斗争的概括"③。这样就把现实主义推到了独尊的地位,而对其他艺术方法采取了全盘排斥的态度。这在理论上是对反映论文艺观的极端化应用。"现实主义与反现实主义斗争"的公式对中国文学乃至世界文学的全部历史做了简单化、片面化和政治化的错误概括,是反映论文艺观后天失调的必然结果。

再次,也是最重要的是,反映论文艺观在理论上隐含着一个根本性的内在矛盾:强调文艺主观(政治)倾向性的意识形态论与强调文艺客观真实性的反映论之间存在实质性的对立。我们在前边已经讲到,反映论文艺观在中国的孕育过程中,由于种种因素,形成了由意识形态论与反映生活论组成的双层结构。这种结构的形成,从客观方面讲,受到苏联哲学界、文艺理论

---

① 《雪峰文集》第2卷,人民文学出版社1983年版,第457页。
② 茅盾:《夜读偶记》,百花文艺出版社1979年版,第76页。
③ 《茅盾文艺评论集》(下),文化艺术出版社1981年版,第879页。

界对列宁反映论阐释的影响。按照列宁的唯物主义反映论（认识论），人的意识或认识是人们对客观存在（外部世界）的（能动）反映；列宁并认为唯物主义历史观正是这种反映论在社会历史领域的推演，具体来说，社会意识是社会存在的（能动）反映。这里，意识形态论是直接从唯物主义反映论推演出来的，它强调的是意识形态内容的客观性，是社会存在对社会意识的决定作用。在这个意义上，反映论与意识形态论是统一的。但后来，苏联理论界讲意识形态论却主要强调意识形态的主观性（党性、阶级性、政治性）方面；在文艺理论中则讲文艺的阶级性、政治倾向性，并认为这一方面高于、重于甚至决定文艺反映生活的客观真实性。按此推论，则作为意识形态之一的文艺主要不再是对社会存在的反映，客观真实性对文艺来讲就降到次要地位，决定文艺成败的主要是其"意识形态性"即政治倾向性或阶级性。这样，构成反映论文艺观的两个基本方面便不可避免发生内在矛盾和冲突，对现实主义和真实性的解释也就往往在这种矛盾冲突中左右奔突，无所适从。这种思想在大半个世纪中对中国文艺理论界发生了巨大的甚至可以说根深蒂固的影响。就主观方面来说，中国新文学、特别是现实主义文学始终是在中国新民主主义革命的大背景下发展壮大的，革命斗争的现实、紧迫的需要，使对文艺的阶级性、政治倾向性的强调在一定程度上冲淡、削弱了对文艺真实性的关注。譬如1928年前后"革命文学家"就忽视文学反映现实的客观真实性，而主动接受"拉普"派的"辩证唯物主义的创作方法"论，把"必须牢牢地把握无产阶级的世界观——战斗的唯物论，唯物辩证法"作为"建设革命文学"的头等大事，也即把无产阶级的思想政治倾向看成高于文学真实性的更重要方面，而这恰恰忘记了文学反映生活的客观性要求即反映论方面。

　　对于反映论文艺观这一根本性的内在矛盾，苏联和中国的文艺理论界，并未能给予科学的辩证的论述和解决，而是一开始就用无产阶级的阶级性与客观性相统一的简单论断来处理这一十分复杂的实践问题。这不但无助于真正解决问题，反而给歪曲马克思主义文艺理论、鼓吹极"左"思潮留下了可乘之机。在中国左翼文艺界，较早提出这一处理模式并发生重大影响的，是30年代初作为中共主要领导人之一的瞿秋白。他一方面也说"一切阶级的文艺都不但反映着生活，而且还在影响着生活"，主张能动的反映论；另一方面却更强调文艺的阶级性、政治性、意识形态性，说"文艺永远是，到处是政治的留声机"，"每一个文学家，不论他是有意的，无意的……他始终是某一阶级意识形态的代表"①。如何解决文艺的客观真实性与主观倾向性之间的矛盾呢？瞿秋白明确回答："无产阶级的和党派的立场，因为根本上是反对保存一切剥削制度的，所以才是唯一真正客观的立场，——不但在哲学科学上如此，在文艺上也是如此。"②这就是说，只要站在无产阶级党性立场上（意识形态性），就自然而然可以保证文艺反映生活的客观真实性。这样，文艺的意识形态性与客观真实性这一深层次的内在矛盾似乎就自然消失了，反映论文艺观的两个层面的矛盾也自然解决了——这是使反映论服从于意识形态论的解决方式。但实际上，问题远远没有解决。如 20 年代末的革命文学家们个个坚决站在无产阶级立场上，毫无实际生活体验却大写"打打杀杀"，这样的文学哪里有什么"客观真实性"可言？反过来说被他们指为"封建余孽"的鲁迅、骂为小资产阶级的茅盾和叶圣陶等，倒写出了一批有高度真实性的现实主义佳作。再往前推，无产阶级产生之前，中外文学史上的无数真实反映社会生活的优秀作品，其作者并不具备无产阶级立场，那自然也不可能有"唯一真正客观的立场"了，这个现象如何解释？瞿秋白这种在阶级倾向性与客观真实性之间画等号，实际上用政治倾向取消、取代客观真实性的理论模式，现在看来是荒唐的。但在长期以来却被奉为法宝和金科玉律，成为一些人用意识形态论吞并反映论从而阉割、扭曲反映论文艺观，打击真正坚持现实主义道路的文艺家、文艺理论家的一把"杀手锏"。

以后几十年中，中国许多重要的文艺理论家都承袭了瞿秋白的这个"统一论"的思路。在这个问题上，毛泽东虽然未像瞿秋白那样过于简单化，但在基本思路上还是相近的。在《讲话》中他说："我们所说的文艺服从于政治，这政治是指阶级的政治，群众的政治，不是所谓少数政治家的政治……正因为这样，我们的文艺的政治性和真实性才能够完全一致。"在他看来，无产阶级政治是代表最大多数的群众性，也就自然有了最大的客观性和真实性，因此，无产阶级的政治倾向和立场与文艺的客观真实性是"完全一致"的，只有资产阶级的政治倾向才会与文艺的真实性相矛盾。在这一理论的影响下，文艺的革命政治倾向性被提高到至高无上的地位，而反映生活的真实性却逐渐被降低到无足轻重的位置，直至最后被完全取消。1957 年以后，文艺的"写真实"论甚至被作为反党反社会主义的观点，作为与无产阶级政治倾向相敌对的主张遭到长期的批判。

---

① 《瞿秋白文集》（二），人民文学出版社 1953 年版，第 954、966 页。
② 同上书，第 1009 页。

新中国成立初期,许多重要理论家仍然沿袭了这一基本思路,有的还做了更为狭隘化、简单化的发展。如冯雪峰就把文艺反映生活的现实主义观点与文艺为政治乃至为政策服务混为一谈,说"文艺和政治的关系,是文艺和生活的关系的根本形态"①。因而"描写生活,真实性和政治任务总是统一的,也是必须统一的"②。他甚至要求作家"关照着政策或者为了政策的任务而写"③,因为党的政策能正确指导作家认识、真实反映生活。邵荃麟也把"文艺服从政治"简化为"文艺创作与政策相结合"。在他看来,党的"正确的政策,都正是现实的最高度概括",如果"离开了它的指导它又怎能正确地反映出历史现实和指导现实,它又有什么现实主义可言呢?"④言下之意,文艺只有服从无产阶级政治和党的政策,才能实现反映生活的真实性,才算得上现实主义。按这种观点的逻辑,文艺要真实反映生活,首先必须服从政治,按党的具体政策要求来指导创作。这样,反映生活蜕变为反映政策,艺术真实性蜕变为政治倾向性乃至政策性,"写政策"取代了"写真实",政治性完全吞并了真实性。具有悲剧意味的是,冯、邵两位理论家后来也在政治上遭到不公正待遇,他们在一定程度上成为他们曾信奉、鼓吹的错误理论的牺牲品。

从上面分析可知,从瞿秋白到毛泽东,对反映论文艺观客观存在的内在矛盾,并未觉察到。他们从革命的功利主义出发,提出无产阶级政治倾向性与文艺真实性天然统一的公式,不但掩盖、抹杀了意识形态论与反映论之间的内在矛盾,而且实际上用前者吞并、"统一"、取代了后者,是对反映论文艺观的全面、彻底的政治化。这样一种简单化的处理,在新中国成立以后直至"文革",为文化艺术方面极"左"路线的推行提供了理论依据,造成了严重后果,其惨痛教训是值得永远记取的。

八

上述这些对反映论文艺观的错误阐释到"四人帮"那里更被推到极端,

---

① 《雪峰文集》第2卷,人民文学出版社1983年版,第58页。
② 同上书,第654页。
③ 同上书,第384页。
④ 邵荃麟:《论文艺创作与政策和任务相结合》,见《文艺报》第3卷第1期。

被篡改得面目全非。新时期以来审美反映论和审美意识形态论的提出，首先是对将反映论文艺观从上述那种极"左"的全面政治化的错误阐释下解放出来，恢复其本来面目，重新强调了"真实是艺术的生命"的传统命题，击破了伪现实主义的假面，促进了现实主义文艺的复苏，对新时期我国文艺界的思想解放和文学艺术的初步繁荣，做出了不可磨灭的贡献。其次是强调了文艺的审美特质，使反映论成为一种比较符合文艺内在本性的、阐明文艺特殊规律的理论，是对马克思主义文艺理论的一个重要发展，一种创造性阐释，也使反映论文艺观获得了新生。审美反映论的提出与展开，是与新时期广泛译介外国美学、文艺理论，倡导研究观念与方法变革的过程同步的。它本身也吸收了包括西方当代文论、美学在内的许多合理的、有用的东西，因而在诸种文艺理论和观念中，具有明显的综合性优势，为我国文论界多数人所接受。这充分说明，审美反映论恢复了长期被压抑的反映论文艺观的生命力，在理论上有较大的合理性和对文艺现象较普遍的可阐释性。

不过，在临近20世纪末，再回过头来全面审视审美反映论，也可见其还存在着较明显的理论局限性。

第一，用审美反映论来概括文艺的本质，至少是不够完整的。

在《讲话》中，反映论还主要用于论文艺内容的源泉，这当然涉及文艺本质问题，但也只是一个重要方面而已。但后来，以意识形态论为主体的反映论逐渐上升为文艺的本质论。新时期以来的审美反映论虽然否定了长期以来对反映论文艺观的全面政治化，却基本上移置和承续了把反映论作为文艺本质论的基本格局。我以为，把文艺内容（我此处仍借用了哲学的"内容"范畴）的源泉作为文艺本质的一个方面来研究，并用反映论来概括，这原来无可厚非。但是审美反映论已不局限于从文艺内容来源谈论反映，而已把审美反映当作文艺的本质或本质的最重要方面来论述，这样就在实际上把文学的局部特征（至多是文学本质的一个局部或方面）上升为对文学本质的基本概括了，这就有点以偏概全了。

第二，审美反映论仍局限于从认识论角度和范围来阐述文艺的本质，而文艺的本质实际上远超出和大于认识论范围。

审美反映论虽强调了文艺的审美特质，但它还是在反映论即认识论基础上谈审美的，就是说，它对文艺的基本概括还立足于认识论，它基本上还是把文艺归结为对生活的一种认识、反映。这在一定意义上和范围内并没有错。从源泉角度讲，可以说文艺是社会生活的反映；从文艺的认识因素来说,也可以说文艺是对生活的一种特殊的(审美的)认识方式。事实上,古今中外一切优秀的作品都包含一定的认识价值,特别是现实主义文艺包含的认识因素更多,恩格斯说从巴尔扎克小说中可以学到的经济学知识甚至在细节上也比当时所有经济学家著作所提供的总和还要多,就是明证。但把文艺本质仅归结为或主要归结为一种认识或反映(哪怕是审美的认识或反映),恐怕是不够准确的。在我看来,只能在特定意义上说文艺是一种认识或反映,而不能把文艺的基础、深层的本质归结为认识或反映。换言之,文艺主要不是一种认识,我们不能简单地说文艺的本质是认识。那样说容易导致对文艺本质的某种简单化的理解。

当然,如果把文艺的认识因素作为文艺本质的一个层面来论述,并不是没有可能的,现在的审美反映论也已尝试这么做了。但是,在我看来,反映、认识作为文艺本质的一个层面只是浅表的而非深层的、基础的层面。而现在的审美反映论却首先把反映、认识定位为文艺最首要、根本、基础、深层的本质,审美特质倒是其次的、从属的、派生的、浅表的层次;在审美与反映两个层面中,反映是更根本的,审美是为反映服务的,只是反映的特殊方式、手段和途径而已。从修辞学上说,审美反映论中"反映"是主词,"审美"只是附加词、形容词、修饰词,形容、修饰"反映"的。这样,文艺的审美特质反倒成为文艺本质中附加、从属、次要的因素和层面了。由于把艺术深层本质定位于反映和认识,使审美反映论一开始就将文艺的更为根本的审美特质置于从属、服务于"反映"、认识的次要地位,这样就难以全面、准确、深刻地揭示文艺的本质。因此,作为一种文艺本质观,审美反映论的局限性是比较明显的。

第三,审美反映论作为一种文艺本质论,其包括的审美论与反映论两个侧面本身存在着某些内在矛盾,在现有的理论框架内很难得到妥善解决。

从哲学上看,首先,反映论作为一种唯物主义认识论,强调主观意识对客观外在世界的正确反映,它要竭力排除非客观的主体因素特别是情感因素的介入;而艺术的审美本质论则主要强调艺术家主体的审美创造,而审美创造中主体情感因素是原动力,没有情感就没有审美创造,也就没有艺术。在这一点上,它与反映论势不两立,难以调和,用主客观统一说加以调和至多是表面上、文字上的解决,在实践上难以统一。

其次,(能动的)反映论对认识过程的揭示,主要着眼于从感性上升到理性、从个别上升到一般、从特殊上升到普遍。也就是说,它强调在认识过程中逐步排除和否定感性、个别、特殊的具体事物（包括形象）而上升为概念、判断、推理的抽象认识。但审美论则始终紧扣艺术创造中的感性、个别、特别的具体对象和形象，一旦离开了感性形象，审美创造立即终止。另外，艺术创造的心理过程同由感性上升为理性的抽象思维过程是大不相同的。这里不仅有一个过去常说的抽象思维与形象思维的区别问题，更有一个学科界限的划分问题：反映论属哲学认识论探讨对象，文艺创作虽加上"审美"字样亦难以简单归入认识论探讨的范围（最多探讨艺术概括与认识的共同性问题）；而审美论则以艺术创造和欣赏（也是一种审美创造）活动为研究对象，它偏重于文艺心理学的探讨，如研究文艺创作与欣赏过程中的意志、情感、直觉、想象、虚构、梦幻……的复杂心理活动与机制。这些是认识论所无法囊括也不可能涉及、更不可能解决的；同样，文艺心理学研究也无法包括和取代反映（认识）论的种种课题。

此外，特别要指出的是，审美反映论和一切反映论文艺观的核心范畴之一——"反映"——在文艺理论的实际使用中也存在很大局限性，因此而常常不得不被"变调"处理，即改变原有的含义。譬如说，"反映"原本主要用于"文艺对社会生活的反映"这一反映论文艺观的基本命题中，这与哲学上的反映论含义还基本一致，但在解释复杂的文艺现象特别是解释文艺表达艺术家的思想感情这一方面，"反映"一词就捉襟见肘了，人们更多地用"表现"说来加以说明。但有的学者为保持审美反映论理论上的统一性，就把"表现"也纳入"反映"范畴了，认为"作家在反映现实的时候，同时也反映着他自身"，反映着作家的内心生活和精神世界；"因为精神的东西尽管原先是存在的反映，是属于作家内部世界的东西，但当它作为作家意识的对象时，就已经被'二重化'了……也都属于客观存在着的"[①]。这样，作家创作时自我内心世界的表现也成为一种反映的反映，也被纳入文艺反映生活的传统命题之中，成为反映论的一个方面。这显然是对"反映"范畴的人为扩张，对"反映"含义的"变调"处理。这种把原本与反映论对立的表现论也纳入反映论，在理论上似有困难。还有学者更是把"反映"含义无限扩大，扩大到认识论以外，扩大到心理学领域，以至说出"反映和反映论要大大超过认识和认识论的范围，它们是全体与局部的关系"这样一种有悖常理的话来。对这种观点，笔者早有专文评论，这里不再重复[②]。

[①] 参见王元骧：《文学原理》，浙江教育出版社 1989 年版，第 26—27 页。
[②] 见拙文《艺术生产论与艺术反映论关系之辨析——兼与何国瑞教授商榷》。

由此看来,审美反映论虽然比以前的反映论文艺观有重大的突破与推进,但作为一种文艺本质论,还存在比较明显的局限。它依然奠立或依托于哲学反映论和认识论的基石之上,只是在认识论的框架内动了较大的手术。而限制在认识论的框架内,文艺的诸方面、诸层次的审美特质,特别是艺术创造和欣赏的种种非认识、非理性、非逻辑方面的特征,艺术想象、直觉、幻觉和艺术概括的独特心理机制等,均难得到充分展开,更难与其基本框架保持协调统一。因此,我认为,马克思主义关于文艺本质的理论要继续发展,就不能满足于或停留于审美反映论,而应当在哲学基础和理论框架上有所突破和创新。

事实上,我们高兴地看到,这种突破与创新的努力已经开始。新时期审美反映论的部分主要倡导者业已开始了这方面的思考与探索。譬如钱中文先生论述了文学本质的复杂性,强调"文学观念、文学的本质是一种多层次现象,需要多方面对它进行阐述",明确提出了"文学的多本质性"的论点,并采用系统的观点和方法来阐述文学的"多本质"的思想。具体来说,首先使用审美哲学的方法从总体上把握文学的主导特征,把文学看成一种审美文化现象并抽象为一种审美意识形态,以此作为文学第一层次的本质特征。其次阐述文学第二层次的多种本质特征:用审美本体论阐述作品本体特征;研究文学的审美创造系统(审美反映的结构及其功能、动力源、主客体关系等);研究审美价值、功能系统(文学的接受与欣赏及其历史存在形态)。再次,运用历史分析揭示第三层次文学本体演化、发展的诸形态和规律性现象。第四层次是把文学放在审美文化系统与非审美文化系统的关系中加以审视和研究。① 于是,文学的本质就在这样一个复杂的大系统中得到全方位、多层次、多侧面的立体动态的展示。这一辩证思路,实际上已超越、突破了原有的审美反映论框架,给人以深刻、丰富的启示。即使在集中论述审美反映论这一节("文学是审美意识形态")时,钱中文先生也已明确地指出了"以认识论作为出发点的文学本质论"的局限性,他说:"这种阐述自有其特点,文学确实是反映与认识生活的一种意识形态。问题在于,它只是阐明了文学本质特性的一个方面。如果要以这点代替对文学本质特性的全面、总体的把握,就显得不够了。因为文学虽然具有认识因素、认识作用,但文学并非只是认识……如果局限于这一点,那么文学其它的重要的本质特性如

---

① 参见钱中文:《文学原理——发展论》,社会科学文献出版社1989年版,第93—96页。

审美特性就得不到合乎规律的阐明。"①钱先生把审美的和哲学的方法结合起来,把文学第一层次的本质界定为审美意识形态(审美反映论),并突出了其中审美的核心地位。所以,从总体上看,钱先生关于文学本质的思考已突破了一般的审美反映论的格局,虽然如仅就第一层次本质而言,前述审美反映论的一些局限或不足仍未能完全克服。

再如王元骧先生,近年来也对审美反映论做了深刻的反思。他在多篇论文中指出,过去我们对文学本质的认识主要停留在认(知)识论范围内,把文学主要看成对社会生活的一种反映或认识,但这只说明了文学反映的"是什么"(知);然而文学不只是一种知识,更是一种价值,包含着对生活的价值判断,文学反映应界定为"应如何",文学是从知、情、意统一的意义上来反映生活的。他在《中国现代文学理论研究的世纪回眸》中说:"因此,文学与社会人生之间就不仅只是一种反映的关系,服务于人的认识,而且还是一种评价的关系,服务于人的实践,它对于人的行为可以同时起到立法和激励的作用。"过去的反映论文艺观研究文学本质只停留于反映、认识,"而很少联系到情感、意志和实践,以致我们对文学性质的探讨一直在认识论层面上徘徊而未能向实践论层面深入"。他提出应把认识论与实践论结合起来作为研究文学本质的哲学基础,并做了初步的尝试。显然,这也是对整个反映论文艺观包括审美反映论的一个重要的突破。

突破刚刚开始,还远未完成。但这种突破是重要的一步。在20世纪中国的马克思主义文艺理论发展史上,反映论文艺观虽然走过了曲折的历程,但总体上是占有强大的支配地位的。对反映论文艺观的历史合理性及其局限性的历史反思本身不是目的,它是为了面向21世纪,面对中国和世界文学一个世纪以来的巨大发展和变化的现实,呼唤对包括反映论文艺观在内的现有文艺理论的局限性进行大胆突破,以寻找发展和建设当代马克思主义文艺学体系的新的切入点和生长点。这将是一个跨世纪的伟大工程,愿我们所有文艺理论工作者为之共同努力。

写于1997年底

---

① 参见钱中文:《文学原理——发展论》,社会科学文献出版社1989年版,第101页。

走自己的路
——对于迈向 21 世纪的中国文艺学建设问题的思考

经过一个世纪的风风雨雨,中国文论在中西文化、文论的不断冲突、交融中,在"自律"和"他律"的交锋、互动中,曲曲折折地告别了古典,步履艰难地走向现代。在逼近 20 世纪末的今天,随着中国向社会主义市场经济的革命性转型,中国文化也在经历着巨大而深刻的变动:中西文化的交流与碰撞在一个新的高度上展开,前现代、现代、后现代的历时性文化现象,奇迹般地投射在当代文化的共时屏幕上。面对着这样一个令人眼花缭乱的文化景观,一个百年前被提出过的老问题又一次提到人们面前:中国文论向何处去?

当代中国文论界被这个问题深深扰着,滋长起日益浓重的焦虑和危机感,最突出的表现可能是近年来"失语症"论的提出和由此而展开的"中国古代文论的现代转化"问题的大讨论。在这场讨论中,许多学者对新世纪中国文论的建设提出了很宝贵的意见,尤其对建设既具现代性又有中国特色的中国文论提出了不少有价值的构想,概括起来,最重要的意见有以下几种:

一是"西论中用说",主张"移植西论以为中用"。有的较深入地研究了西方汉学界的"西论中用"现象,认为从中西文学交流史看,"西论中用"作为比较文学研究的一个重要方面,有一系列特点和优点,对中国当代文论的建设有一定的启发和借鉴的意义。① 与此相近的看法是,以跨文化的视野,借鉴西方文论对中国传统文学文本和文论做出现代阐释,这对当代文论建设十分重要。②

二是"古代文论母体说",主张"当代文论建设必须以古代文论为母体"。有的学者分析了中西文论的异同,重点论证了中国古代文论的当代价值,认

---

① 参阅周发祥:《试论西方汉学界的"西论中用"现象》,载《文学评论》1997 年第 6 期。
② 参阅陈颖红:《西方理论与中国传统文论的现代阐释》,载《东方丛刊》1999 年第 2 期。

为中国现当代文论走的基本是以"西学为体""借胎生子"的道路,而与古代文论不搭界,因而主张以古代文论作为当代文论的"母体和本根"。① 认为这是"走历史发展必由之路"。

三是"话语重建"和"异质利用"说。做出"失语症"诊断的学者为了治疗当代中国文论的"失语症",提出了"重建中国文论话语"的主张,其具体途径主要是借助中国古代文论来进行"治疗"的"现代转换"。② 这种主张与上一种主张有一致之处。最近他们又将思考推进了一步,认为"失语症"实质上是在本世纪"中西知识的繁体切换中我们丢失了自己的知识方式",现在用以反省这种"现代性危机"的唯一资源便是中国传统诗学。他们提出要在保有传统文论的"异质性"前提下利用传统文论,"以'镶人'传统知识的'异质方式'言诗","调整"、"建构"现代诗学。③

四是"综合创造"论。有的学者对"古代文论的现代转移"的提法提出了不同看法,认为其中虽有合理成分,但作为建设新文论的原则存在明显局限,因而提出了"综合创造论"来取代之,其基本主张是:立足于民族和时代的需要,走古今中外、广采博纳的综合创造之路,是当代文论建设的康庄大道。④

五是立足现实的"融合"论。有的学者分析了当代文论面临的三个传统:古代文论传统、西方文论传统和近百年来形成的现代文论传统,指出我们只能以现实的传统起步,以现代文论为基点和主导,融合古代文论和西方文论,建设中国特色的文艺理论新形态。⑤

此外,还有不少学者提出了中西文论的"理解与对话"说,异质文论"激发"说⑥,古今文论"对话""融合"说,"局部理论入手"说⑦,以及从队伍建设的

---

① 参阅张少康:《走历史发展必由之路》,载《文学评论》1997年第2期。
② 参阅曹顺庆、李思屈:《重建中国文论话语的基本路径及其方法》,载《文艺研究》1996年第2期。
③ 参阅曹顺庆、吴兴明:《替换中的失落》,载《文学评论》1999年第4期;曹顺庆:《从"失语证"、"话语重建"到"异质性"》,载《文艺研究》1999年第4期。
④ 参阅敏泽:《综合创造论与我国文化与美学及文论的未来走向问题》,载《文艺研究》1999年第3期。
⑤ 参阅钱中文:《再谈文学理论的现代性问题》,载《文艺研究》1995年第3期。
⑥ 参阅王晓路:《理解与对话:西方文论与中国文论建设的思考》,李清良:《异质文化的"激发"与中国古代文论的现代转换》,载《东方丛刊》1999年第2辑。
⑦ 参阅蒋述卓:《论当代文论与中国古代文论的融合》、蔡钟翔:《古代文论与当代文艺学建设》,载《文学理论》1997年第5期。

根本做起[①]等有价值的主张。

我认为前三种主张都有一定的合理性,但也都存在一些片面性或局限性。因此,我比较倾向于后两种观点。概而言之,就是要走自己的路,立足于我国现当代已形成的文论新传统的基点上,以开放的胸怀,一手向国外,一手向古代,努力吸收人类文化和文论的一切优秀成果,进行创造性的融合和发展,逐步建构起多元、丰富的适合于说明中国和世界文学艺术发展新现实的,既具当代性又有中国特色的文艺理论开放体系。

一、当代文论的根本危机不是"失语",而是疏离文艺发展的现实

要为新世纪中国文论发展开出"良药",首先要对当前文论之病做出准确的诊断。如果误诊了,就必然开错药方,也就必然会对中国文论建设产生误导。这甚至比不开"药方"的效果还要差。

"失语症"论对当代中国文论所做出的诊断是:丧失了自己的话语系统、话语能力、甚至言说方式,失去了中华民族独特的文论概念、范畴、理论、尺度,所言所说的全是西方文论的话语,因而在当今世界文论的大格局中失去了自己的声音。他们断言:"中国现当代文论为什么没有自己的理论,没有自己的声音,其基本原因在于我们患上了严重的'失语症'。我们根本没有一套自己的文论话语,一套自己特有的表达、沟通、解读的学术规则。我们一旦离开了西方文论话语,就几乎没办法说话。"[②]以中国古代文论为基础,实现"现代转换","重建"我们自己的文论"话语",正是根据这个"失语症"的论断开出的药方。

我们先不问这个药方开得对不对,先要问这个诊断是否正确,换言之,先要问:"失语"究竟是否是中国当代文论的根本危机?

而在回答这个问题之前,我们还要先问一个问题:"失语症"论的诊断方式是否合理?是否存在问题?我的意思是,"失语症"论者思考问题的出发点表面看来是反对西方中心论,要想为中华民族文论在世界文论大格局中

---

① 参阅罗宗强:《古文论研究杂谈》,载《文艺研究》1999年第3期。
② 曹顺庆:《中外比较文化研究的基本目标与重建中国文论话语》,载《中国古代文论的现代转换》第317页。

争一个与西方文论平起平坐的位置,至少要争一席之地,有自己民族的话语和声音。但实际上,它一方面仍然默认了西方中心论,仍然以西方话语的习惯视野来看待、衡量当代中国文论,因而从中所看出来的满眼都是西方话语,却看不出、听不见近百年形成的中国现当代文论新话语传统中属于中华民族自己的东西、自己的声音;另一方面,它在论证"失语症"时所使用的话语,包括概念、范畴、命题,甚至思考、推理、言说方式,无不是西方式的,包括"失语""话语重建"一类说法也直接来自西方。这就形成了一个典型的悖论:一方面竭力论证中国当代文论完全处在西方文论的绝对支配和影响之下,丧失了自己的话语;另一方面却仍然津津有味地使用着西方文论的时髦术语,演绎着西方文化的思辨逻辑,并且乐此不疲。这真有点像德里达倾全力颠覆消解西方形而上学传统以语言为基点的"逻各斯中心主义",却又不得不仍依靠、借助语言来进行这一切的两难困境。由此可见,"失语症"论的诊断方式本身值得怀疑。在我看来,这种方式同明明自己在使用西医手段来诊断疾病,却指责别人为什么只信西医而不信中医的情形不无相似之处。既然诊断方式存在问题,作为诊断结果的"失语症"能否成立就大可怀疑了。

其次,检验一种理论、学说是否还有活力、是否存在危机的主要标准,不应局限于与其他理论、学说的话语系统或话语方式相比较,而应将其置放于现实语境中,看其是否适合现实的需要,以及适合的程度如何。

近百年的中国历史表明,当积贫积弱、饱受西方帝国主义列强欺凌的中国人无法继续以"国粹"式的理论(话语)指导自己的行为、活动时,不得不(被迫)走向学习西方之路,姑不论器物、制度方面的学习,仅从理论(话语)上的学习看,从严复、康有为、梁启超,到孙中山、陈独秀、李大钊、毛泽东,形形色色的西方理论、学说都学过了,试过了,极大多数理论都不适合中国革命的国情,唯有也属于西方理论话语系统的马克思列宁主义,终于成为中国革命的指导思想和理论指南,并完完全全融入现代中国的思想文化新传统之中,且成为这个传统中的核心和灵魂。这一事实表明,本世纪初中国的现实危机,并不在于缺乏自己独特的、乃至独立自主的话语(当时闭关自守、夜郎自大的儒家话语系统仍无视、蔑视日趋强势的西方文化),而在于缺乏改造社会与国民的先进思想和理论。它给我们的启示是,看一种理论(话语)是否有效,是否存在危机,首先只能从现实的需要和语境出发加以衡量。至于有无自己的独特话语方式和话语系统倒在其次。

据此,"失语症"论对当代中国文论所存在的缺陷和危机的判断,存在着明显的错位。它只就中国文论话语系统较多吸纳西方文论话语的某些表面现象而推断中国当代文论缺少自己的话语,进而认为"失语"是其最根本的危机。它完全没有顾及当代中国文论与现实的关系,没有分析它是否贴近当今现实,是否能回答新现实提出的新问题,即是否适合现实语境。按照它的逻辑,似乎只要就事论事,就话语方式和话语系统本身做调整与"重建",危机就可消除。由此可见,我们与"失语症"论的分歧最主要的就是衡量文论有效性和生命力的尺度不同。

在我看来,中国当代文论的问题或危机不在话语系统内部,不在所谓"失语",而在同文艺发展现实语境的某些疏离或脱节,即在某种程度上与文艺发展现实不相适应。这种疏离和不相适应,在我看来主要表现在以下三个方面:

第一,对中国当代文学发展的新现实、新思潮、新特点有所疏离。当代文论或文艺学并无统一的理论体系。新时期以来,高校文艺理论教材出版了不下百种,一些研究者个人也出了不少文艺学专著。这些教材、著作中,有的及时跟踪国内外文学发展的新态势,尽力从理论上做出新的概括和阐释,体现出较为开阔的理论视野和美学素养;但更多的是体系、观点、方法都较陈旧,有的甚至思想上比较僵化,沿用了过去"以阶级斗争为纲"的政治功利主义观点,读来仍有"文化大革命"遗味,这怎能正确阐述当代文学的新发展呢?新时期以来,中国文学发生了巨大的变化,许多过去从未见到过的文学现象出现了,60年代初出的文学理论著作已远远不足以说明、解释这些新现象了。

往前追溯一下,新中国成立以来,文艺学中占统治地位的始终是以无产阶级政治为指导的反映论或意识形态论。它偏重于文学与政治关系的论述,片面强调文学为无产阶级政治服务,而无视文学的特殊本质,即审美"自律"方面。这样一种理论与政治权力的结合导致"文化大革命"前17年中国文学主流的过分政治化;"文化大革命"时期,这种反审美、反艺术"自律"的政治化倾向被推到极致,文艺舞台上除了八个"样板戏"和少数"阴谋文艺"外,几乎是一片凋零。"文化大革命"以后,新时期文学创作出现了初步繁荣,作品无论在数量、质量、品种和艺术探索方面都有了长足的进步;文艺理论在追求艺术"自律","为文学正名",注重文艺的审美特质和强调文学主体性等方面做出了巨大努力,审美反映论逐渐取代极端政治功利主义而被广泛地接受。但是,对审美反映论的理解仍众说纷纭,而且拒绝接受审美反映论的陈旧文艺观仍有一些市场。与这种理论状况相对照,文学创作从80年代中期起出现了很大变化,现代主义思潮汹涌进入,先锋派的各种实验纷纷登场,诚如一些批评家所说,西方近百年现代主义各种流派短短几年间就在中国文坛上统统操练了一遍。面对这些文学新潮,我们的文艺理论总的说来反应是滞后的,要么视而不见、避而不谈,要么不得不操起原先那套理论术语勉强给予评论,结果往往隔靴搔痒,不得要领。

理论与创作之间的这种滞后、隔膜,到90年代之后变得更为突出。随着市场经济的崛起,市民文学也呈现多姿多彩的繁荣景观。现代主义实验已被迅速抛弃,更新的"后现代"写作开始侵入文坛,一方面写作的"零度"状态、语言游戏、调侃人生、削平深度,直至近年的"私人化"追求,频频更迭,令人目不暇接;另一方面则是大众文艺借助传媒的力量迅猛席卷而来,把纯文学的领地挤到极为狭小的圈子内,因此,文学的审美功能也大为萎缩。对于这些纷至沓来的文学新现象、新态势,我们的文学理论更显得准备不足,在不少方面甚至可以说无能为力。即使有少数理论家仓促引进西方后现代主义文论的某些观点和词句,但由于仓促,对西方后现代文论与中国文学现状两个方面都未"吃透",因而也不可能在理论上做出令人满意的说明。这正应了歌德的一句名言:"理论是灰色的,而生命之树常青"。

此外,我们新使用、新看到的大部分文艺理论著作,都缺乏前瞻性。新论著在阐述论点时所举的例子极大部分是古典的,无论中外皆然。考虑到文学理论的权威性和普适性,以文学经典为例证本来无可指责,但是,经典也是一个动态的概念,历史上曾经被当做经典的,在新的时代语境中有可能失去经典的地位;相反,一些曾被历史尘土埋没的作品在新的时代语境中有可能被发掘出来,升格为经典;再者,随着时代的推移,新的经典又会形成、涌现。我们许多文艺学著作,所论所赞多局限于中外古典的经典,现代的、新的经典为什么就进入不了我们的视野呢?此外,有些论著对经典的解读在思路、观念、方法上亦显得陈旧,因而经典的多重思想、审美意义并未得到充分的理解和阐述。80年代后期"重写文学史"的提出与此当不无关系。就此而论,至少文艺学著作多的是向后看,少的是向前看,这就不能不影响到理论的前瞻性。中外文论史上,有不少优秀的论著具有很强的前瞻性,因而起到了指导创作,推动当时文学发展的巨大作用,以别、车、杜为代表的俄国19世纪革命民主主义文论就高瞻远瞩,对19世纪俄国自然派(现实主义)文学创作直接给予指导、帮助、推荐、保护,将其推到俄国文学的主流地位上。

在某种意义上,可以说正是它培育了普希金、果戈里等一批现实主义文学大师,造就了俄国现实主义文学的辉煌岁月。而我们当代文论相比之下,是十分滞后的,多数文艺学教材、著作未能以前瞻性眼光反映当代文学从思潮流派、创作类型方法到美学原则和表现技巧的种种转变,对其做出令人信服的理论解释和评价,因而难以对创作起到指导作用。当代多数作家对文学理论著作漠视甚至反感,恐怕与这种理论与创作实际的疏离不无关系。也有少数批评家竭力制造人为的创作"热点",但收效甚微,"新状态文学"论语的提倡虎头蛇尾,不了了之,就是实例。

第二,对世界文学发展的新现实、新思潮、新特点有所隔膜。

文艺学或文艺理论,作为对文学一般本质、特征及发展规律的理论概括,理所当然应有较大的普适性,它不仅应能说明中国古今文学的各种现象,同样应能说明世界古今文学的各种现象,否则它就终止其为"文学理论"的资格。

从上世纪后半叶以来,世界文学经历了巨大的历史性变迁。西方传统的现实主义、浪漫主义文学让位于形形色色、名目繁多的现代主义实验文学;苏联和东欧则冲破旧现实主义樊篱而高举"社会主义现实主义"大旗。60年代以来,后现代主义思潮闯入文坛,文学创作跌落为特殊的写作活动,它用语言游戏来抹平深度,抹去历史意识,切断与传统的联系,最后导致主体的"零散化"与失落。对于世界文学一个世纪来的千变万化,我们的文学理论家知之甚少。"文化大革命"后世界文学发展的信息通过一些译著逐渐为文论界了解,但多数人限于外语的阅读障碍和文学翻译的相对落后(无论数量和质量),对世界文学(无论东西方)的发展态势、思潮更迭、代表性作家、作品及其审美特质等等情形的了解,都是若明若暗,模模糊糊,一知半解。在这种"隔膜"的情况下,文艺学很难对世界文学近百年的状况,特别是近二三十年的新发展、新特点,从理论上做出较为准确切实的概括。至于将中国文学与外国文学作为一个整体,互为参照,对它们的共同本质、特征、规律加以理论的描述和阐发,就更力不从心了。

近年来不少学者首肯的文学三"至境"(即典型、意境和意象)说,在这方面做了相当的努力和有益的尝试,它用典型、意境、意象分别概括写实类(现实主义)、抒情类(浪漫主义)、表意类(现代主义)文学。但是,在我看来,三"至境"说还不够成熟。如用"表意之象"来解读中国古文论的"意象"范畴,并用于解释西方现代主义文学的特征,是明显的误读;又如用"典型"和"意境"来概括写实文学与抒情文学的"至境"也可商榷,"典型"范畴似难以全面概括中国传统小说创作与理论的美学要求,即使在西方,从古希腊的史诗、中世纪的传奇到 17、18 世纪的戏剧,"典型"恐怕很难成为美学上的"至境";"意境"作为中国古典诗词的艺术追求当无可争议,但却未必适合于对西方抒情文学的审美特质的概括。这至少说明我们对世界文学的历史与现状还了解不多,研究不深,存在种种隔膜。这是文艺学与现实疏离的又一方面。

第三,对信息时代的大众传媒文艺、网上文学等新鲜的文学形态和体制,关注甚少,研究更薄弱。

近 10 年来,随着大众传媒、特别是电视媒介覆盖面的日益扩大,电视多方面的传播信息功能的充分开发,文学的存在方式发生了重大的变化。借助于电视传播形象化、生活化手段,文学与电视联姻的方式也日趋多样,除电视剧外,电视散文、电视诗歌、电视小说、电视传记等交叉品种纷纷出台,纯书写文学作品本身经电视艺术的渲染,也获得了更多的读者。与此相关,大众文学或通俗文学也空前繁荣,言情小说、武侠小说、侦探小说及纪实文学均风靡读者市场,使纯文学或严肃文学的读者群日益缩小,相关文学刊物订数普遍大幅下降。对当代大众文学的发达,文论界持不同态度,一种类似西方马克思主义的态度,即以精英文化立场对大众文化("文化工业")采取抵制和批判;另一种是主张文论界应对大众文学多加关注和研究,给予应有的评价与引导。最近《文学报》就此问题开展讨论,我以为很有意义。实际上,当代文学最广大的读者群在大众文学这一边,文学理论不能漠然置之。讨论中,有的学者一针见血地指出,目前我们对大众文学现象的基础理论研究薄弱;介入具体的大众文学作品和现象的评论力量薄弱;批评界与大众文化娱乐界的联系细弱。①

更值得注意的是,近年来随着信息时代的到来,电脑的普及,因特网的便捷,网络文学引人注目地闯入文学的殿堂。它是文学又一种新的存在和传播方式,其前景目前还难以预测,但毫无疑问的是,它是人类生存方式、生活方式、思维方式、交流方式发生根本变革的产物之一,它也必将根本变革文学的现状,它的前途是无可限量的。对于文学发展的这种新品种、新态势,我们的文学理论不能说毫无反应,但毕竟应者寥寥,论者无多。

上述三个方面明白无误地告诉我们,当代文论(文艺学)的危机主要是

---

① 见《文学报》1999 年 10 月 28 日"大众阅读"第二版《"何老师"与"草根阶层"孰是孰非》的讨论。

与文学发展现实的某种疏离,而不是属于理论话语内部缺陷的所谓"失语症"。

二、建设新世纪文论只能立足于现当代文论新传统而无法以中国古代文论为本根

如前所述,"失语症"论提出克服"失语"的基本方法是回到百年以前的中国传统去,通过古代文论的现代转换来"重建"中国文论话语。另外还有一种"以中国古代文论为母体和本根来建设当代文论"的主张,在这一点上,与"失语症"论可谓不谋而合。

应当肯定,提出"古代文论母体"说的张少康先生正确地指出:"任何民族文化的发展必须以本民族的传统文化为母体和本根,否则就不可能得到真正的发展"。在考察了中西文论发展的历史概况后,他又正确地论证了中国古代文论在吸收融化其他民族文化精华的过程中,始终立足于自己的传统文化,而本世纪西方和苏联文论在发展中也未曾抛弃自己的传统。这些看法符合历史实际,我深表赞同。但是,少康先生似乎并未注意区分中国传统文化与古代文化,好像一种传统文化或文化传统就完全等同于古代文化。但是,在我看来,一个民族的文化传统并不完全等同于其古代文化,文化传统的范围应比古代文化传统更大。一般说来,古代文化无疑属于传统文化的范畴,但现代文化似乎也不应排除在文化传统之外。

必须清醒地看到,现在我们面前的传统不只是一个,而是两个:一个是19世纪前的古代文化、文论传统;一个是百年以来、特别是"五四"以来逐步形成的现当代文化、文论新传统。我们不能只是看到前一个传统,而无视或轻视后一个传统;更不能只承认前一个传统为传统,而否认后一个传统为传统,甚至认为后一个传统完全是反传统或与传统整体断裂。

这里,我想借鉴一下伽达默尔的哲学解释学有关传统问题的观点。他认为,"由于流传和风俗习惯而奉为神圣的东西具有一种无名称的权威",它"总是具有超过我们活动和行为的力量",这就形成为传统。传统"在一个相当大的范围内规定了我们的制度和行为","它的有效性不需要任何合理的根据,是理所当然地制约着我们的"。但传统并非固定不变的,也不是完全自然、被动形成的,它处在不断变动的历史中,它本身也在自由的、积极的活

动中实现自身,"实际上传统经常是自由和历史本身的一个要素。甚至最真实最坚固的传统也并不因为以前存在的东西的惰性就自然而然地实现自身,……在历史的一切变迁中它一直是积极活动的";另外,传统保持相对的稳定,"传统按其本质就是保存","即使在生活受到猛烈改变的地方,如在革命的时代,远比任何人所知道的多得多的古老东西在所谓改革一切的浪潮中仍保存了下来,并且与新的东西一起构成新的价值"①。伽氏的解释学传统观我以为是辩证的、深刻的。借鉴这一尺度来反观我国本世纪前的古代传统与本世纪以来的现代传统,我们可以得出以下三点看法:

第一,上述今古、新旧两个传统都是我们的传统,都是融入我们血肉、都曾对我们的文化发生过且今天还继续在发生重大影响的传统。但是,我们必须承认,在古今两个传统之间,的确还存在过激烈的变革、断裂和更新,而且这种变革和更新带有根本性、全局性,是一种质变。关于这一点,许多学者都已做过较多的论述,特别是关于"五四"新文化运动对旧文化做了根本性的颠覆与反叛这一点,学界已基本形成共识,这里不再赘述。最近有的学者进一步指出,中国传统文论、诗学与现代文论、诗学之间存在知识形态意义上的异质性,②从又一层面揭示了新旧两大传统之间的断裂与质变。因此,对这两大传统,我们有一个优先选择或主要选择的问题。选择的主要依据首先应着眼于价值尺度,就是说,应当从传统对我们建设、发展、推进当代中国文论的意义和价值关系着眼,哪一个作用更大,更有价值,就应当选择哪一个;与价值尺度紧密相关的是历史尺度,就是要看传统在历史发展过程中哪一个更进步、更先进,更符合历史发展的必然趋势。关于这一点,下文还要谈到,此处只表明笔者一个基本观点:我们当前只能也应当以现当代文化、文论传统作为优先或主要选择的对象,古代文化、文论传统只能作为次要或从属的选择对象,换言之,只能以现当代传统为建设、发展新文论的重点。

第二,在新旧两个传统之间虽然存在质变与断裂即"异质性"一面,但同样存在着保存与继承关系的另一面。也就是说,19世纪以前的古代文论传统与20世纪以来形成的新文论传统之间,虽然有过像"五四"那样"猛烈改变"的"革命的时代",虽然这种改变带有根本性,但在两个传统的深层,还是有一定的继承关系,在新传统中还是有"远比任何人所知道的多得多的古老

---

① 伽达默尔:《真理与方法》(上卷),上海译文出版社1999年版,第359—361页。
② 参阅曹顺庆:《从"失语症"、"话语重建"到"异质性"》,载《文艺研究》1999年第4期。

东西在所谓改革一切的浪潮中仍保存了下来"。别的不说,就以近百年文论新传统中始终占主流地位的"文学为政治服务"的政治功利主义理论来说吧,不就是传统文论中长期占主流地位的儒家"文以载道"学说在新的历史条件下的保存延伸和发展吗?正是这种新旧传统之间的保存关系,使两个传统之间不只断裂,还有承继;不只有根本上的异质变动,还有局部的同质保存。所以,在现当代文论中,实际上已经在一定程度上保存、吸纳了古代文论传统中许多有价值、有生命的东西。如果在一个更大的时空范围内反观这两个传统,或者站在中国以外的视界来看待二者,它们仍然是时空跨度更大的同一个中国文论大传统中的两个阶段、两个环节而已,虽然其间发生过多次重大的甚至根本性的变动。鲁迅先生说得好:"新文学和旧文学中间难有截然的分界。"①在这个意义上中国文论虽然大量借用过西方话语,但就其处于同一传统的延伸、发展、深化的过程中而言,它还是始终站在自己的传统上,说着自己的话语,并不存在"失语"问题。

第三,目前,我们所处的直接传统是现代文论新传统。众所周知,任何时代的任何人无不处在一个直接传统的包围和影响之中,不管他们是否承认或是否意识到这一点。这里存在一个从当代人立场出发,与新、旧两个传统之间发生的不同关系:一是时空的距离关系;二是影响的直接、间接关系。毫无疑问,当代中国人直接所处的乃是现当代文化的新传统,这里不存在时空的距离,传统与当今现实紧密交融,现实就浸润在传统的包围之中,传统也融入了今天的生活之中;而古代文化传统则与当代人之间有着百年以上的时间距离和社会生活、环境、制度和精神文化氛围的变迁所形成的空间距离,这种时空距离造成当代人与古代传统之间的陌生感与隔膜。由这种不同的距离关系又引出新、旧传统对当代人的不同影响关系。新传统是直接影响关系,旧传统是间接影响关系;新传统由于直接进入当代人的生活之中,因而其影响虽不知不觉,却迅捷、强烈而明显,旧传统由于远离当代人的生活,其影响只能是间接的,力度相对较小,表现得亦不太引人注目。

其中,旧传统对当代人只能通过两种间接的方式发生作用和影响。一种是通过保存在新传统中、转化为新传统的有机组成部分而与整个新传统一起对当代人发生潜移默化的影响;另一种是,当代人从当代现实的需要出发,自觉、主动地面向古代传统,从中发掘、寻找对建设、发展当代文化有益

---

① 鲁迅:《准风月谈·扑空》。

的东西,加以改造、吸纳、融化,这也是一种间接影响。在此,新传统和旧传统转化为新传统的那部分,对当代人的影响是未曾"对象化"的,因而是以不自觉方式发生的;而当代人对旧传统的主动发掘,则是以"对象化"方式自觉地进行的。伽达默尔所说"我们其实是经常地处于传统之中,而且这种处于决不是什么对象化的(Vergegenständlichend)行为",实际上对传统影响的这两种方式做了区分,他这里说的主要是前一种方式,即非对象化的方式,传统"一直是我们自己的东西,一种范例和借鉴,一种对自身的重新认识,在这种自我认识里,我们以后的历史判断几乎不被看做为认识,而被认为是对传统的最单纯的吸收或融化(Anverwandlung)"①。伽氏未展开的另一种影响方式是"对象化"方式,这只能是发生在传统与现实之间形成明显的时空距离,传统已经置身于当代人的生活之外,被当代人对象化或作为对象来关照、比较、思考的时候。这种情况在世界文化、文论史上不乏先例。如文艺复兴时代处于中世纪直接传统的影响之中,然而,出于变革的需要,当时人们还是以"对象化"方式自觉向遥远的古希腊传统学习、借鉴,17世纪法国古典主义文论也以"对象化"方式从罗马时代古典主义文论传统吸收营养。

据此,中国当代文论建设,毫无疑问应当首先立足于现当代文论新传统,由此出发,并在此基础上发展。这个百年来形成的新传统就是我们发展新文论的根。我们寻"根","根"就在我们脚下,而无须退回到百年以前的古代文论传统中去寻。以本民族的文化或文论传统为根,本没有错,但只承认古代文化、文论为传统,而不承认现代文化、文论为传统,进而主张退回到古代文化、文论传统中去,以此为本根建构当代文艺学,就失之偏颇了。这种试图离开现实根基,完全回到古代文论传统的看法,是不现实的,也是根本不可能的。当然,这决不意味着抛弃或拒绝百年以前的古代文论传统。其实,要想彻底抛弃也不可能,因为,古代文论传统早已有一部分保存、转化为现当代文论传统而直接融入当代文论之中。同时,我们还应当从现实需要出发,对古代文论传统作对象化的深入研究与反思,进行今古双向对话——以古鉴今和以今释古,使古代文论以建设新文论的实际需要和语境出发,有选择有重点地完成"现代转换",进而融入当代新文论系统之中。在这个意义上,我们十分赞同少康先生关于中国古代文论主要精神与当代价值的精辟见解。②但是少康先生据此而得出建设当代文艺学必须以古代文论为母

---

① 《真理与方法》(上卷),第361—362页。
② 见张少康:《走历史发展必由之路》,载《文学评论》1997年第2期。

体和本根的结论则显得理由并不够充分,且不太现实。

三、现当代文论传统本身就是古代文论不断进行现代转换的动态过程

一些学者之所以提出要以古代文论传统而非现代文论新传统为本根来建设当代文艺学,重要的是认为现代文论传统完全脱离、抛弃了古代传统,是西化的产物。如少康先生说:"可是我们将近 80 年来文学理论批评的发展,却始终没有正视这一点(按:指保存自己民族的传统),成了'借胎生子'的产物";即便是 80 年代以来,"当代文论仍然走的是以'西学为体'的道路,而与古代文论不搭界",随着西方现当代文论的"大量引进,当代文论所用的'话语'愈来愈'欧化'……"[①]在少康先生看来,本世纪前 80 年与后 20 年,中国文论走的都是完全抛弃古代传统和"西学为体"的道路。换言之,完全是"西化"的产物。

值得注意的是,"失语症"论在这一点上与上述观点完全一致。他们把所谓"失语"的"病"源上溯至"五四"新文化运动,认为是"五四"的反传统造成中国现当代文化、文论与传统文化、文论的整体断裂,从此,传统丢失了,自己的话语(母语)丧失了,或者说完全被西化了。

我以为,这种只承认古代文论传统,而全盘否定本世纪、特别是"五四"以来形成的新传统的看法是值得商榷的。

显然,在此我们无法回避以下一系列问题:我们所立足并据以出发的现当代文论传统究竟是一个什么样的传统?它与西方文论和古代文论传统之间,究竟是什么样的关系?它是否完全是"西学为体"基础上"全盘西化"的产物,而与古代文论传统毫无关系?现当代西方文论对西方文论的借鉴吸收和对古代文论传统的重大变革,在价值上究竟应当做何评判?对这些问题的回答,直接关乎对百年来中国现当代新传统的评价,也直接关乎跨世纪中国文论建设的出发点、未来的发展方向和目标。对这些问题,我的基本观点是:一个世纪以来,我国现当代文论始终处于动态变化之中,经过不断的变革、发展,已逐步形成了一个不同于古代文论传统的具有新质的传统。

---

① 见张少康:《走历史发展必由之路》,载《文学评论》1997 年第 2 期。

现当代文论新传统的形成,首先是中国文论不断超越古典走向现代的过程。这里不能不简略涉及现代与现代性这个极为复杂的问题。"现代"主要是一个时间概念,是相对于"古代"而言的;但在中国,它又与社会性质的变化,与经济、政治、文化生活的现代化,与现代科学的革命等密切相关;在文学、美学上,"现代性"又突出体现为艺术和审美"自律"观念的形成和发展。把对艺术和审美"自律"的追求看成文艺和文论现代性的主要标志之一,是从中外文艺、文论发展的普遍情况中概括出来的。西方在文艺复兴之后,自主自律的艺术作为一种"现代现象"出现,逐步摆脱了长期以来的工具性和实用功利性;在此基础上,现代艺术、美学理论对这种自主自律性从理论上做了自觉的肯定和阐明。无独有偶,从本世纪初起,从王国维开始,就一反传统的"载道"说,首次提出了艺术自主论。他批评那种忘记"美术之神圣,而以为道德、政治之手段者,正使其著作无价值也",就是反对艺术变为道德、政治之工具,而要求艺术维护自律的"天职"和"独立之位置"[①]这就是中国文论超越古典工具论("载道说")、走向艺术自主性的现代之思的真正起点。但是,以梁启超为代表的诗、文、小说的三界革命,在形式上依然维护了古代文论工具论传统,却从另一个层面,即政治思想层面获取了与古代文论全然不同的现代性因素,即更换了其时代内容,赋予传统经世致用原则以反传统政治的鲜明现代内涵,从而在一定意义上也超越了古典性。从梁、王开始,经"五四"至今,中国文论这两条基本思路——新工具论与自律论,一个以政治现代性的强化为目标,一个以艺术现代性的追求为指归,一直在交锋、冲突,此起彼伏,从不间断,构成整个现当代文论传统的基本矛盾,虽然从总体看,新工具论在很长时期内一直占有支配地位。但这两种思想之争,就性质而论,已经超越了古典性范畴,而属于现代性的冲突。[②] 在此意义上,我们可以说,本世纪文论的发展过程,就是政治、艺术现代性的双重追求与交锋的过程,也是不断超越古典、走向现代的过程。

现当代文论新传统的形成,其实是中国文论不断超越直观、走向科学的过程。中国古代文论偏重于直觉、顿悟和对感性体验的描述,这恐怕是学界比较一致的看法。但现当代文论从思维方法、范畴系统、逻辑推演、体系构

---

① 王国维:《论哲学家与美术家的天职》,见《王国维文集》第 3 卷,中国文史出版社 1997 年版,第 8 页。

② 本文这里关于本世纪文论发展追求、政治与艺术现代性的两大思路的观点,基本采纳了余虹教授博士后论文《政治与艺术——20 世纪中国文学革命的现代性冲突》一文的观点,在此谨致谢意。

架、话语表述乃至学科划分等各个方面都摆脱、超越了传统文论的感性直观性,而越来越走向现代化、科学化。最近,曹顺庆等先生就中国文化在"五四"前后的现代转型所做的学理分析极有见地,特别是他们提出,作为中国文化学理背景的这种转型,是中西知识谱系整体性切换的观点我是同意的。他们指出,新知识将科学上升为真理,遵循西学的严密逻辑进行学科分类,它"以理性为人性的基础,以逻辑实证为论证的手段,以精确的分析性概念为知识内涵,并以逻各斯座架下的论域划分为谱系背景"①然而,对这种走向科学的文化、文论形态应持何种态度,笔者与顺庆的看法不一样。分歧主要在:"五四"以来,这种知识谱系的整体切换,以文化、学理上的价值尺度和历史尺度来衡量,究竟是进步了还是退步了?在对世界的知识把握上,究竟是深化了、更接近真理了,还是相反?对此,笔者是持"进步论"的。

我认为,对本世纪中国学术知识背景发生切换或走向科学形态的现象,应放在人类知识和思维方式变革的大背景下予以审视,才能做出全面、正确的价值和历史评判。首先,这种知识切换符合人类知识、世界观和思维方式发展演进的一般规律和趋势。恩格斯在描述这一过程时指出,人类早期所观察、把握到的知识图景"是一幅由种种联系和相互作用无穷无尽地交织起来的画面",这个古希腊人的世界观是"原始的、朴素的但实质上是正确的",即朴素辩证法的思维方式;这种方式"虽然正确地把握了现象的总画面的一般性质,却不足以说明这幅总画面的各个细节",而"为了认识此中细节"就需要自然科学和历史科学分门别类的精确的研究。这是人类思维方式的第一次重大变革。"真正的自然科学知识从15世纪下半叶才开始",此后的几百年,自然科学分类日益精细,"把自然界分解为各个部分,把自然界的各种过程和事物分成一定的门类,对有机体的内部按其多种多样的解剖形态进行研究";但这种思维方式的局限性在于"把自然界的事物和过程孤立起来,撇开广泛的总的联系去进行考察",只有分析,没有综合,从而陷入孤立、静止、片面、抽象、狭隘的"形而上学的思维方式"。但是客观世界和人的观念的永恒运动、联系、变化过程却是形而上学的思维框子所容纳不下的,新的更高层次的辩证法(思维方式)于是应运而生,这是由德国古典哲学、特别是黑格尔在唯心主义基础上创立,由马克思主义创始人赋予其唯物主义科学基础的。"辩证法在考察事物及其在头脑中的反应时,本质上是从它们的联

---

① 参阅曹顺庆、吴兴明:《替换中的失落》,载《文学评论》1998年第4期。

系、它们的联结、它们的运动、它们的产生和消失方面去考察的",只有辩证法才能"精确地描绘宇宙、宇宙的发展和人类的发展、以及这种发展在人们头脑中的反应"。①辩证法的诞生,标志着人类思维方式从分析重新走向综合,完成了又一次伟大变革,同时也使自然科学在精细分工基础上出现了交叉、综合、融合的新趋势,人类知识从微观分析到整体综合重新形成统一的图景。

如果把"五四"前后,中国知识吸收"西学"建立科学化的分类谱系放在人类知识和思维方式两次大变革的大背景下考察,那么可以看到它首先完成了从前学科到建立科学形态的第一次变革;但几乎同时,第二次思维方式的变革也已开始,这就是"五四"时期马克思主义的引入及其与中国革命实践的结合;这种结合不仅指导和推动了中国新民主主义革命的伟大过程,而且也深刻地影响、改造着人们包括知识界的思维方式,带来了自然科学和人文社会科学的伟大变革。我认为,一方面,这种知识谱系的整体切换,是与人类知识和思维方式的演进道路和过程完全一致的,是符合人类思维发展的普遍规律和一般趋势的;另一方面,就本世纪中国发生的这种知识切换的具体情况而言,它又与西方不同,西方是用了几百年才进行两次知识谱系和思维方式的大变革,而中国则两次变革同时发生,在某种意义上可以说是"毕其功于一役"。这种变革,在知识的积累与更新上,在人类世界观和思维方式的发展上,无论就全人类还是中国而言,都是巨大的历史进步;无论用历史还是价值尺度来衡量,都应做出正面的、肯定的判断。在我看来这是无可置疑的。

在此大背景上反观中国文论,也经历了从直观性形态走向科学形态的过程。这一过程主要包含以下四方面:第一,文学的评论首次获得了学科的形态和地位,文艺学的诞生使文学的理论研究在人文社会科学中占有一席之地;第二,文学理论从文体的评论(如诗、文、小说评论等)发展为统一的理论学科,提高了文学研究的综合度、抽象度和概括度;第三,从零散的感性经验的描述和印象式的点评为主,上升为理性的思维、范畴的设置、理论的概括、逻辑的演绎和体系的综合;第四,从直感、感悟的方法上升为分析与综合结合的辩证方法,这就使中国文论完成了从古典直观形态向现代科学形态的质的飞跃,这同样是一个巨大的历史进步。

---

① 恩格斯:《反杜林论》,《马克思恩格斯选集》第3卷,第60—63页。

这里需要说明两点：一是文论的科学形态不等于只有分析方法或分析性概念。顺庆同志断言，"整个近代西学知识具有先天的逻辑分析图式，因而也经过了在此划分背景下的所有所谓的'学科知识'只能是分析性的"①。这并不符合事实。前面已经讲过，自然科学发展到19世纪，已经出现了综合性趋势，辩证法的应用又使这种综合趋势加快，并使综合性方法的运用及分析与综合的统一变得更为自觉，这不但表现在学科间的自觉交叉、渗透、融合，也表现在每一学科内部追求分析与综合的统一。就人文社会科学（恩格斯称之为"历史科学"）而言，本世纪以来学科间的交叉、融合的综合趋势也是不争之实，近20年并由跨学科视界发展为跨文化视界。因此，把现代科学知识谱系仅仅归结为"分析性"的是不准确的，即使对现代文论（文艺学）而言，亦不合适。二是本世纪知识谱系的切换（科学化）不等于"西学"化或"西化"。顺庆先生认为"西学学科划分背景的整体性输入已是不争之实"，并由此推出现当代文论的科学化即"西化"的观点："现当代中国文论在知识质态上是西学的，而不是传统的"，"导致中国20世纪文艺研究的整个科学化（西化）"②。我想，这里用得着一句包含着朴素的真理的话："科学无国界"。科学是人类对世界的发展及人对世界认识的规律的研究和揭示，它并无东西方之分，中、外国之别。诚然，在科学发展过程中，不同地域、国家、民族在学习、掌握、研究科学方面有时间先后，成果多少、程度的相对先进与落后，但从前科学走向科学，这是人类知识和文明的必由之路。现代科学确实是发端于西方，在时间上比中国早几个世纪；中国现代科学的建立也确实是由西方输入开始的，然而，这并不意味着科学就是"西学"。严格地说，现代科学是人类文明进化的必然产物，是人类智慧的共同结晶，科学决非西方（人）的专利与特权，科学化也决不等于"西化"或"西学化"。

现当代文论新传统的形成，再次是中国古代文论借鉴、吸纳、融合西方文论，不断实行现代转换的过程。近年来，文论界不少人大声疾呼在古代文论基础上吸收西方文论，实行现代转换，然而我认为，这种现代转换，决非自今日始，更非属于有待实行的未来，而是早在百年前业已开始，并且贯穿本世纪的始终，换言之，整个20世纪的中国文论就是不断进行这个转化的过程，至今尚未结束，恐怕还要跨入21世纪。最近，已有一些学者看到这种贯穿整个世纪的现代转换，并试图对此过程做出理论的概括与描述，如高楠先

---

① 参阅曹顺庆、吴兴明：《替换中的失落》，载《文学评论》1998年第4期。
② 同上。

生概括了本世纪中国文艺学的三次大转换:本世纪初以"启蒙"与"救亡"为主的第一次大转换;新中国成立后的第二次大转换是文艺学的政治化;起于80年代初的第三次转换是文艺学由工具性向学科主体性的转化。对于高楠先生关于三次大转换的概括,人们尽可以有不同意见,但我认为他揭示了世纪文艺学处于不断的历史性转换这一无可争议的历史事实,是值得重视的;更重要的是,他有力地论证了这三次转换都是在中国民族文化和话语结构的根基上进行的,它"始终在说着历史要求它说的话,时代要求它说的话,它说出了自己的思想理论,它并未'失语'"①。这就是说,中国文论的世纪转换是立足于中国民族文化的根基上的,而没有走"西学为体"的"西化"之路。对此,我深表赞同。不过,我还想从另一角度谈谈中国文论现代转换的不可回避的贯穿线索——中西文化关系问题。本世纪以来,关于中西文化关系开展了多次重要的讨论,这并非少数几个学者人为制造的热点,而是社会变革的现实提出的紧迫课题,并在思想文化领域引发深层、持久、反复的震荡。在这种震荡中既出现过"全盘西化"论,也出现过"保持国粹"论;既有"中体西用"的口号,又"西体中用"之说(80年代出现过的)。但中国文化的发展并没有墨守中国传统文化的成规,而是在借鉴、融通西方文化的过程中逐步走向现代;也没有完全"西化",而依然保持着鲜明的民族特点、作风和发展。现当代文论作为现代文化的一个方面也不例外,虽然百年来它不断学习、借鉴西方(包括苏俄)文化,深受其影响,并在与西方文化不断的冲突与交融中进行着深刻的现代转换,却始终未脱离中国文论的本根。

本世纪王国维是启动中国古代文论现代转换的第一人。如果说《红楼梦评论》是自觉套用叔本华悲观主义美学重新阐释中国古典小说的顶峰《红楼梦》,标志着中国文论现代转型的起点,那么,《人间词话》则在中西文论的融合上达到了无迹可寻的化境。它虽用传统诗话方式写成,但已吸收融化了西方文论、美学的许多精髓:第一,它吸收了西方文论严谨的逻辑思维方式和细密的分析方法,首次对"意境"范畴加以严密的理性规范和细致的概念分析,并深入到对文学本质的探讨上;第二,它已超越传统诗话的零散、杂感式议论,而初步具备结构严谨、逻辑缜密的理论品格;第三,它吸收了西方文论对主观诗人与客观诗人、理想与写实等范畴的区分,把"意境"概念普遍化,从抒情诗推广至叙事文学如戏剧,并确立"真实""自然"等范畴为作品有

---

① 见高楠:《中国文艺学的世纪转换》,载《文艺研究》1999年第2期。

无意境的标准,特别吸收康德等人的审美无功利说、游戏说、天才说等因素,融入了关于作家造境条件的论述中。正是这些,使《人间词话》在中西融合、实现现代转换方面达到了当时的最高水平。又如朱光潜先生的《诗论》也是中国文论现代转换途中的典范之作。它以《文艺心理学》的美感经验论为基础,对王国维《人间词话》中的一系列观点做了心理学再阐释。如他把情感的表现与印象的再现看成诗歌创作的两种基本方法。进而将这两种方法归结为抒情与模仿两种心理类型,用以解释以《诗经》为代表的中国古诗和以希腊史诗、悲剧为代表的西方诗歌产生的不同根源,进而以此解释中外艺术史上主观与客观、浪漫派与古典派的争论不休的缘由,从而提出理想的境界是这两方面的融会、统一。这些观点现在看来并不一定全面,但由于作者中西诗学底子均十分深厚,深谙中国古典诗歌的奥妙,所以在论述时例子信手拈来,毫不费力却贴切自然、令人信服。当代著名文论家、美学家宗白华、钱锺书、王朝闻、李泽厚、蒋孔阳等先生在中国文论、美学借鉴、吸收西方文论、美学,融而化之,推进现代转换方面也都做出了卓越贡献。他们的文学、美学理论,都牢牢扎根于中国文论传统却又吸纳融合了西方文论、美学的精华。他们的成就既是这个世纪转换的产物,又成为推进这一转换的持续动力;他们的理论、学说既代表了这一漫长转换过程中的几个不同阶段,又统统汇成了当代中国文论的新传统、新现实。

总之,我们目前所立足于其上的现当代文论新传统,并非一个已完成、定型的东西,而是一个古代文论不断进行现代转换的动态过程,这种转换已进行了一个世纪,至今尚未完成,还将继续下去。

四、走自己的路:立足当代,今古对话,中西融通,综合创造

理清了上述几个重要的理论问题之后,对于迈向21世纪的中国文论(文艺学)如何建设的问题也就迎刃而解了。

首先,我们应当尊重当代文艺现实,尊重我们当前所立足的,还在继续发展着的现当代文论新传统。路,就在我们脚下。我们无须舍弃当前而重新回到古代;也无须轻视中国当代文论现实,而迷信西方当代文论,亦步亦趋踩着别人的脚印走。

其次,我们应当以最大的力量关注和研究世界与中国文学艺术发展的新现实、新特点、新态势、新趋向。文艺理论倘若离开了对文艺现实的深刻了解,倘若不能回答现实提出的新问题、从理论上给予及时、科学的说明,它就只是僵死的教条和空洞的言说,就没有生命力。

再次,我们关注、研究文艺现实,应当有世界意识、现代意识和超前意识。所谓世界意识,是指我们的文艺理论不仅要研究中国文艺的发展现实,同时也要关注世界文艺发展的新态势;既要在世界文艺的大格局、大背景下考察中国文艺的现状,又要通过中外文艺发展的比较研究把握世界文艺发展的共同规律与中国文艺发展的特殊规律及两者之间的互动关系。所谓现代意识,是指在世界性现代化进程中形成和发展起来的人类文明和文化发展的最先进、最前沿的思想观念。我们的文艺理论要自觉站在现代意识的高度来审视文艺发展的历史和现状,从中做出新的理论概括。需要指出的是,现代意识不等于西方意识,只要能体现人类文化最先进、最前沿的思想观念,无论中西,都是现代意识。这里,我想转引一下王国维当年关于"学无中西"的主张,王氏云:"世界学问,不出科学、史学、文学。古中国之学,西国类皆有之;西国之学,我国也类皆有之。所异者,广狭疏密耳。即从俗说,而姑存中学西学之名,则夫虑西学之盛妨中学,与虑中学之盛妨西学者,均不根之说也","余谓中西二学,盛则俱盛,衰则俱衰,风气既开,互相推助。且居今日之世,讲今日之学,未有西学不兴,而中学能兴者;亦未有中学不兴,而西学能兴者"[①]。如果不抱偏见的话,应当承认,本世纪"西学"在中国之大兴,也引来了"中学"之大兴,即以中国古代文学与文论的研究而言,本世纪所取得的成就无疑远远超过过去几个世纪;80年代以来,一方面西方文论大量引进,以至引起"失语"的担忧,另一方面,中国古代文学、文论的研究扎扎实实地前进,不少学者借鉴了西方文论的成果,在研究中屡有新的发现。在此意义上,王国维的"学无中西"就是有道理的,用之于"现代意识",亦应无中西,似可成立。超前意识则是指,我们的文艺理论还应当面向未来,高瞻远瞩,在研究中外文艺和文论的现状时,注意自觉地把握其发展走向与未来趋势,这样才能更及时、准确地回答现实提出的各种问题,而文艺理论一旦具有前瞻性,也就更具有权威性和指导性,在实践中就能发挥更大的作用。

又次,我们应当以开放的博大的胸襟,全方位地实行鲁迅先生的"拿来

---

① 《〈中国丛刊〉序》,《王国维文集》,第4卷,第366—367页。

主义",从现当代文论新传统出发,一手向外国,一手向古代,努力吸纳人类文化和文论的一切优秀成果。这里应强调四点:一是"拿来"应立足于现实,应从当代文艺发展新现实的需要出发,向外国、向古代去寻觅、去"拿来",而不是盲目地为"拿"而"拿",更不是"拿来"一些现成的东西去套现实,或任意剪裁现实去适合"拿来"的理论。二是向外国去"拿",目前应该重点向西方文论去"拿"、去借鉴,但是这种"拿"不应是盲目崇拜,毫无选择,照搬照套,食洋不化,而应按照现实需要有目的、有重点、有选择地借鉴、吸纳西方文论(无论古今)的某些思路、范式,或某些理论框架,或某些观点学说,或某些概念范畴,或某些推论方式,如此等等,作为创造、建设新世纪中国文论的重要参考和理论资源。三是对中国古代文论同样也应采取上述有目的、有选择、有重点地借鉴、吸纳的原则。前文已谈到,古代文论的许多重要内容已通过一个世纪的现代转换为现当代文论保存、承继,但一则转换尚未完成,二则建设新世纪文论还需要不断从古代文论传统中吸取营养。借鉴古代文论,我认为重点不应简单地"拿来"几个范畴术语,塞进文艺理论中去,而应努力发掘其中今天仍有生命力的东西,或者通过现代阐释能转化为具有当代意义和价值的观念、思路等,即应着重从精神内涵上加以承继、吸收。四是无论对外国还是古代的借鉴,都应当采取现代解释学的立场,即立足于自己的当下现实,在理解与解释中与外国文论、与中国文论开展相互对话、双向交流。从解释学立场看,外国文论和中国古代文论都不是僵死的东西。我们应从建设新世纪文论的现实需要和现当代文论既有传统出发,向外国与古代文论传统探寻、发问,这样就能激活外国文论与中国古代文论中与所问问题相关的内容,对提问做出相应的回答。我们应当自觉设定这样一种"问答逻辑",寻找到中外、今古的双向对话与交流的切入点与契合点,促成当下文论视界与外国、古代文论视界之间的渗透与融合,换言之,努力实现真正意义上的中外交汇、今古融通。

最后,也是最重要的,便是在"拿来"基础上的综合、创造。只有借鉴,没有独立的综合和创造,新世纪中国文论的建设是难以奏效的。既然是创造,就是要出新,就要创造出与过去和现存的文艺学有所不同的、富有新意的文艺理论形态。既然是创造,必然应有理论家的个性和追求。在我看来,新世纪的文艺学只要立足于马克思主义唯物史观这个根基,其理论形态应是多元的、有个性的、丰富多彩的,而不是单一的、千篇一律的。我想,只要我们文艺界同仁共同努力,立足现代,放眼未来,汇通中西,融合今古,大胆创新,

21世纪的中国文艺学定能出现百花齐放的春天,定能站到时代的前沿,领导文艺的新潮流。

我们期待着这一天早日到来!

1999年11月于平江新居

辑三　新世纪文艺理论再探索

◎ 以现代性为衡量的主要尺度
　　——也谈中国现代文学史的开端
◎ 关于现代性与中国现代文学史研究的现代性预设
◎ 呼唤崇高
　　——新世纪文艺的基本审美价值取向
◎ 超越二元对立的思维方式
　　——关于新世纪文艺学、美学研究突破之途的思考
◎ 试析"新理性精神"文论的内在结构
◎ 关于当前文艺学学科反思和建设的几点思考
◎ 马克思主义文艺理论中国化与文艺学的创新建构
◎ 关于文学本体论之我见
◎ 新时期文论大发展与马克思主义文论中国化
◎ 从新时期到新世纪："文学是人学"命题的再阐释
　　——兼论马克思主义文艺理论的人学基础
◎ 马克思主义人学理论和当代文艺学建设
◎ 对"文学是人学"命题之再认识
　　——对刘为钦先生观点的若干补充和商榷

以现代性为衡量的主要尺度
—— 也谈中国现代文学史的开端

一年多来,在章培恒、陈思和两位先生主持下,《复旦学报》就中国文学史的分期和古今文学流变的问题展开了有声有色、卓有成效的讨论,逐渐把问题引向深入。这场讨论引起了我们的极大兴趣。这里拟就中国现代文学与现代性的关系问题谈一点不一定成熟的看法,以就教于学界同仁,也算凑个热闹。

一、以现代性为主要标志

我们的一个基本看法是:中国现代文学之所以说是"现代"的而不再是"古典"的或"近代"的,其主要标志应是它具备了不同于以往一切文学的现代性。当然,它获取现代性是一个过程,是一个从无到有、从量变到质变、从初步具有到占据主导的发展过程。

中国现代文学应以现代性为主要标志的看法,并非我们独创,其实已暗含在这次讨论中不少专家的意见中,只是这些意见未充分展开而已。

譬如严家炎先生就明确指出,近七八十年的中国现代文学中"毕竟有一条现代性线索可寻——'人的觉醒','文的觉醒'就是其实际标志";即是"我认为近百年来中国文学的发展尽管有曲折,一段时间内甚至还有严重的倒退,但确实贯穿着'现代性'的线索,构成了有别于古代文学的独特段落"。[①]

又譬如,郜元宝教授认为中国现当代文学的分期上限应当在晚清,而其下限不应当止于1949年,"因为中国文学的现代性追求未止于1949年。1949年只是政治划界,此后中国文学的发展产生了许多激变,显现出复杂的

---

① 严家炎:《文学史分期之我见》,《复旦学报》2001年第2期。

现代性样式"①。他并具体指出,"1949年和'文化大革命'并没有取消中国文学的现代性"的主张。因此他提出"应该重新解释'当代文学'中'17年文学'与'文革文学'的现代性"的主张。在此,我们可以推测元宝教授认同从晚清起中国文学已经开始了现代性的追求,而1949年之后的"当代文学"并未终止这种现代的追求,而只是显示了中国当代文学现代性的复杂样式和内涵;并且,中国现当代文学中的这种现代性与"中国社会的现代性"是密切相关的。由于该文主题所限,元宝教授未及对中国现当代文学中现代性的复杂内涵做充分阐释。

再譬如,范伯群先生,通过晚清精英文学与通俗文学两个界面的大量实例,有力地论证了中国现代文学的界碑应建于19世纪20世纪之交的观点。他虽未明确提出现代性范畴,但贯穿于其论证之中的一个基本线索是:中国现代文学史与其争取现代化的进程是同步的。他认为,"从1898年起,中国文学争取现代化的进程,先拉开序幕了",其中梁启超发动的"小说界革命"推动了文学现代化,它的启动时间在1897—1902年间;与此同时,"在清末的文学革新运动中,小说、诗歌、散文、戏曲等各个艺术领域中,几乎是齐头并进,各显神通","就总体而言,已初步具备了文学现代化的新貌"②;此外,伯群先生也详细论述了当时的通俗文学或曰"市民大众文学"开始与市场结合,以其民间、民俗的丰富性成为中国文学"现代化进程的另一个重要方面"。这里的"现代化"我们认为也包含着现代性的含义。

还譬如刘志荣博士把中国现代文学既与现代、现代性联系在一起,又做了严格的区分。他说:"所谓'中国现代',是指自晚清到当代中国人对'现代性'的追求或者焦虑","这一动态的过程到目前为止并没有终结",但他同时强调:"'中国现代'的进程或焦虑并不能充分涵盖'现代文学'的意义,毋宁说,'现代文学'在其最好的方面常常是对这一进程或焦虑的超越。"③不过,无论"追求""焦虑"也好,"超越"也好,中国现代文学与现代性的关系毕竟被紧紧地连接起来了。

如果往前追溯,王德威先生的《被压抑的现代性——没有晚清,何来'五四'》一文重点发掘了晚清文学中的现代性范式,在一定意义上已把"现代性"的有无作为中国文学是否进入"现代"的一个重要尺度。这方面最早的

---

① 郜元宝:《尚未完成的"现代"》,《复旦学报》2001年第2期。
② 范伯群:《在19世纪20世纪之交建立中国文学新界碑》,《复旦学报》2001年第4期。
③ 刘志荣:《抗战爆发:中国20世纪文学史上的重要分界线》,《复旦学报》2001第4期。

论著当推李欧梵先生写于20世纪70年代初的《追求现代性(1895—1927)》，该文认为，19、20世纪之交，中国文学进入"现代"阶段，其一系列变化、特点显示出来的"现代性则意味着对传统的一种反抗和叛逆，同时也是对新的解决方法所怀的一种知识上的追求"[①]。

以上这些例子说明，学界在讨论古今文学流变，特别是中国现代文学的分期问题时，愈来愈趋向于取得某种共识，共识之一，便是从20世纪中国文学历史的大量研究和深入探讨中，概括出贯穿其中的一条基本线索，那就是对现代性的不断追求与逐步获取。如果说这一判断大致不错的话，那么，顺理成章的推断就是：决定和确立中国现代文学基本性质的乃是扎根并生长于其中的现代性。这也就是我们的基本观点。

问题在于，对现代性的内涵，特别是对20世纪中国文学现代性的内涵及其演化应当做出明确的阐释，并以此为据来对中国文学的现代演变做出清晰的说明。这也正是本文的主旨。

二、现代、现代化、现代性

在西文中，现代性(modernity)与现代(modern)、现代化(modernization)等词有密切的联系。在西方社会发展的历史和实践上，现代社会、现代化进程与现代性的内涵也密不可分。具体来说，西方社会进入现代阶段并继续前进，是与其现代化历程同步，并随着现代化进程而不断发展的；而现代性则是随着社会进入现代阶段而确立，随着现代化进程而演化、发展。今天，"现代化"理论在西方已成为一门独立学科。当然，三者还不能完全等同，它们所指的重点不同，内涵也不尽相同，在整个历史过程中，有时在有的方面并不完全同步或平衡。不过，总体上看，三者的基本路向和含义是一致的。

关于"现代""现代化""现代性"等问题的争论，在西方已进行了大半个世纪，并同对文艺上"现代主义"(modernism)的阐释紧紧缠绕在一块。直到20世纪70、80年代，哈贝马斯还为了维护"现代性"而与"后现代主义"发生过影响深远的争论。虽然如此，西方知识界对"现代""现代性"等概念的理

[①] 李欧梵：《现代性的追求》，三联书店2000年版，第177—178页。

解还是取得了一些共识,至少在以下几点为我们提供了理解"现代性"的一种参照和思路:首先,"现代性"在时间上同"现代",即欧美宗教改革、启蒙运动和工业革命以来的近几个世纪直接相关,也就是说,16世纪以前不能纳入"现代"的时间范围,因而亦无现代性可言;其次,"现代性"同西方科学、经济的"现代化"基本同步,特别是同近几个世纪科学、技术革命带来的工业和物质文明的现代化基本同步,可见,"现代性"包含着经济、科学、技术等物质方面现代化的内涵,离开了现代化很难完整把握"现代性"的真义;第三,"现代性"同人类自身心灵、世界观、思想和文化的巨大变革密切相关,如自由民主、社会进步、科学和真理的追求、个性主义和个体生命、理性主义、人道主义等思想意识形态逐渐取代专制主义、宗教神秘主义、神性至上等中世纪思想意识形态,世俗文化逐渐取代无孔不入、无处不在的基督教神学文化,等等;第四,"现代性"既沉淀为一种新的文明、社会的性质,从而成为社会进入"现代"新阶段的主要标志,同时也已转化为渗透于人们生活的一切方面的一种新的合法的生活方式。由于卡俄纳的上述观点发表于1996年,是最新近的,又是对长期以来西方有关现代性问题争论的一个概括与小结,提取了其中有相对稳定的、具有较多共识的见解,因此很有参考价值。

近年来,中国学者对现代性问题也有许多研究成果,限于篇幅,这里不再列举。总起来看,中国学者与西方学者在对现代、现代性、现代化的理解和阐释上,虽然在角度、范围、深度、出发点和理论依据方面有些差异,但基本方面是大体一致的。除了上面所概括的四点以外,还可补充五点:(1)现代性是在现代化过程中逐步获得的,是传统社会通过现代化的变革进入现代社会的成果。(2)现代化是一个全盘性、全方位的革命。不仅包括经济、科技、政治革命,还包括宗教、思想、文化的大变革;现代化造成了社会的现代转型。(3)与现代化的全面革命相对应的是,现代性三层面意义的确立,即以主体性为表征的现代性精神的人,以合理性为原则进行现代性的社会运行,以独立性为特征的现代性知识模式。(4)现代社会在本质上是市民社会,现代市民社会的几个基本特点也是现代性的题中应有之义。(5)现代性以理性为标尺,来衡量、鉴定过去的一切,具有强烈的反传统倾向。

至此,我们对近三四百年西方社会的现代化历程和现代转型,以及现代性的丰富内涵有了一个基本的了解。但是,还有一个重要方面需要我们高度重视和关注,这就是对现代性的价值评判,历来都存在严重的分歧乃至对立。上引卡俄纳的那段话中已提到西方思想界对现代性的质疑和批评,有不少激进的批评家"把现代性看成一种道德和阶级的统治运动、欧洲的帝国主义、人类中心主义、自然的毁坏、共同体和传统的消解、异化的上升、在官僚政治下个性的死亡。较为温和的批评家也怀疑地认为,现代性不可能达到它所希望的目标,例如,客观真理和自由是得不到的;或者现代性的得与失是平衡的;就对现代性或对现代性的不满而言,不存在二者只能选一的问题。"①换言之,现代性对社会文明是推进还是破坏,尚无定论。从现代社会的历史看,在前期对现代性肯定者居多;而到后期,主要是19世纪后期到20世纪中期,对现代性批判的呼声越来越高,力度也越来越大。由此可见"现代性"的涵义在其发展进程中可以发生很大变化,前后期甚至可以意义完全相反,后期的"现代性"内涵走向了前期的反面。

陈晓明先生在一篇论文中指出:"现代性创建出一套引领社会变革发展的理念。同时也在反思这些理念。这使现代性在思想文化方面的起源与发展并不是那么单一绝对的,始终包含着自身内部的矛盾与冲突;因而才使其自身具有持续的创生动力。"②这就是说,在西方现代性发生、发展过程中,始终存在着对现代性保持警惕并不断反思的另一种思潮的倾向,显示出西方现代性的内在矛盾与冲突。我们完全同意这个看法。

张辉先生则从审美现代性角度揭示了现代性的双重内涵。他一方面看到了现代性的理性原则"对人类的潜力的极大发挥",认为其"在思想变革与社会变革的层面""最终对人及其理性予以了高度的肯定";另一方面则从作为现代性有机构成部分的审美现代性出发,指出它"既是从感性生命的角度对人的'主体性'的直接肯定,又包含着对现代科技文明与理性进步观念的怀疑乃至否定"。③他的《审美现代性批判》对此做了很有深度的分析。

由此可见,现代性对于社会发展和历史进步来说是一把双刃剑;这把双刃剑的肯定之刃主要体现在现代性的形成、发展的前期,而否定之刃则主要体现在"现代性"发展的后期。

---

① 卡俄纳:《从现代主义到后现代主义》,布察克威尔出版社1996年版,"前言"第13页。
② 陈晓明:《现代性与文学的历史性》,《山花》2002年第2期,第85页。
③ 张辉:《审美现代性批判》,北京大学出版社1999年版,第175页。

三、中国的现代性追求及其内在矛盾

以上所谈现代性均属西方世界。那么,中国有无现代性问题?中西的"现代性"是否一回事?异同何在?对此,我们的观点是:"现代性"是一个世界性的、跨地域、跨文化的概念,它具有巨大的历史普遍性或普适性。中国社会百年的变革,同样可以概括为现代化、现代性的不断追求及其内在矛盾的展开过程。

当然,中国社会的现代化在一些重要方面与西方的大不相同。首先是起点不同。西方的现代化起于文艺复兴之后,随着启蒙运动和宗教改革,加速了人道主义对神权的颠覆,人性、特别是人性中理性部分得以高扬,从而促进了科学技术的迅猛发展和民主意识的空前觉醒,进而导致西方资产阶级现代市民社会的诞生与强大;而中国,在日趋衰落、腐朽的清王朝这一传统的封建社会机体内虽已有资本主义市民社会的萌芽,但与西方相比,其走向现代化的基础极为薄弱,单靠自身,很难真正走向现代化之途。其次是内因与动力的不同。西方的现代化是其社会机制的渐变自然所致,是其内因的引发,水到渠成,而非凭外力强制所致,从文艺复兴、启蒙运动、宗教改革,一直到英国工业革命、法国大革命,等等,其现代化脉络,历历可见,均出自内因,这是历史事实。而中国19世纪前半期虽有经世致用、强国富民的种种呼吁和方略,但均是在旧体制内的枝节改良,与真正的现代化追求相距甚远,直至鸦片战争之后,在西方列强用武力敲开中国闭关自守的大门之后,在清王朝内外交困、面临崩溃的情势下,才有各方志士仁人学习西方,引进西学,探索救亡图存、富国强民的新路——现代化之路。在此特定意义上,可以说,中国的现代化追求是被外力逼出来的,是被迫的。再次是具体历程、方式的不同,以及由此而生的具体内涵的差异。这点比较复杂,此处暂不展开。

但是,尽管有以上种种的不同,中国的现代化与现代性追求的总体目标和主要思路还是与西方大体一致或相近的。这也正是19世纪后期以来中国大量引进西学包括马克思主义,最终得以成功踏上现代化之途、迈向现代化国家之林的根本原因。把现代化等同于西化固然不妥;但现代化起于西方,学习、借鉴西方来推进中国现代化,这却是一个多世纪以来铁的历史事实。

那么,在传统的封建的中国社会如何进行现代化变革,中国的思想文化如何逐步获得现代性的呢?在中国,现代性的基本内涵究竟包含些什么内容呢?对此笔者基本同意张辉先生的意见,即可从三个层面来看:"从知识学的意义上说,西学的大量引进正是这个过程的一个重要组成部分,对科学精神的强调又是西学得以进入中国的思想逻辑前提之一;而从社会机制的现代性转化来说,民主的主题是不可忽视的决定因素;随之,从精神发展的层面来说,个体和感性自我的觉醒也是整个现代性过程的题中应有之义。"①

近20年,中国学界关于中国文化的现代转型过程的看法渐趋一致,即认为它学习西学(西方文化)、改革积贫积弱的中国,大体经历了器物层面、制度层面和观念层面三个阶段的变革。

第一阶段从鸦片战争开始、中经1861年起的洋务运动,至1895年甲午战争失败告终。这一阶段,国人学西学主要停留在器物层面,如魏源提出"师夷长技以制夷",洋务派则更注重"采西学""制洋器",兴办了一批较先进的军火工业和民用工业,派留学生赴海外学技,还办了一些新学堂,目的为"自强与求富"。洋务派在大肆购入洋制枪炮船只(所谓"船坚炮利")的同时,大兴练兵制器,以求自强,如李鸿章所云,"中国欲自强,则莫如学习外国利器,欲学习外国利器,则莫如觅制器之器"②;与此同时,洋务派还在大力振兴商务,开局设厂,亦如李鸿章所见,"欲自强必先裕饷,欲浚饷源,莫如振兴商务"③,他提出要学习西方办企业的榜样,"择其主要者,逐渐仿行",否则,"以贫交富,以弱敌强,未有不终受其敝者"④。这一阶段学西学,仅学皮毛与外表,学科学仅停留于应用,学应用也仅止于器物与技艺,思想上仍囿于"中道西器""中源西流"的旧框架内,至于借鉴西方民主精神、进行政治制度改革,则尚未起步。因此,这一阶段究其实,并未进入现代化和现代性的视野之内。

第二阶段,自甲午战争(1895年)失败起,中经戊戌变法,至辛亥革命推翻清王朝止。这一阶段,维新派、改良派、革命派先后登上中国的政治舞台,演出了一出出有声有色的改革旧制度,建立新制度的活剧。维新派发动的戊戌变法,实质上是一场思想上的启蒙运动和政治上的体制改革,它以西方

---

① 张辉:《审美现代性批判》,北京大学出版社,1999年,第175页。
② 李鸿章:《筹办夷务始末》(同治朝)卷25。
③ 李鸿章:《李文忠公全集》之《奏稿》卷39。
④ 同上,《朋僚函稿》卷16。

资本主义现代社会的政治学说、自然科学为典范,改造儒家的今文经学,希冀通过"托古改制"的温和方式,改造清帝国的专制政治体制,引入有限民主,建立"君主立宪"制,实行自上而下的变法。严复在传播西学,鼓吹进化论与天赋人权论(分别代表科学与民主)方面功勋卓著,在思想上有力地配合了变法维新。正由于这次变法触及封建专制体制的要害,因而遭到顽固派的残酷镇压而告失败。此后,以孙中山为代表的革命派日趋活跃,他们在与改良派的论战中宣传、发展了资产阶级民主革命的思想,孙中山提出的"民族、民权、民生"的"三民主义"纲领,实质上是将西方民主主义思想结合应用于中国国情的产物,即把反对帝国主义列强与反对封建专制主义结合起来,把政治、经济制度上对旧中国的改造与对传统的衰落的民族精神的改造、与重铸"国魂"结合起来。这一切为辛亥革命奠定了思想、舆论基础。这一阶段中国对西方的学习已由器物层面进入制度层面,同时亦已进入思想文化层面。其中一些政治改革的领袖同时亦是思想改革的先驱,从康有为、梁启超到孙中山均是如此。从维新、改良到革命,其发展理路十分清晰,即思想上科学精神的强调日益加深,已从"格致"、应用器物和技艺层面深化到科学的根本精神乃至思维方法层面。如严复将进化论的科学思想作为方法论与其社会变革思想结合起来,这对后来包括鲁迅在内的整整一代人发生了重大影响;政治上民主制度的追求已从呼吁发展到行动,在行动上也由君主立宪(有限民主)的"保皇"体制发展到共和制(扩大民主)的革命体制,使"天赋人权"等民主主义思想落实到新政治制度的建设上来。这阶段的变革意义,显然已超出了传统格局而进入了现代化、现代性的视野。

除此之外,作为现代性内涵之一的个体觉醒、个人主体性的自觉要求在这一阶段也变得明显起来。这里,我想以鲁迅1907年写的《文化偏至论》[①]为例略做分析。

鲁迅在该文中反复强调两点:"掊物质而张灵明,任个人而排众数",即张扬精神,反对物质至上;张扬个人主义,而反对顺从庸众。这两点鲁迅概括为:"曰非物质,曰重个人"。他亦认为,这两者从根子上是一致的,"若夫非物质主义者,犹个人主义然,亦兴起于抗俗"。文中,鲁迅以反潮流精神,联系西方19世纪思想发展之轨迹,尤以施蒂纳、叔本华、尼采、基尔凯克尔等人的个人主义思想为借鉴,结合中国国情,予以阐述、发扬。他指出:"个人

---

① 《鲁迅全集》第1卷,人民文学出版社1959年版。

一语,入中国未三四年,号称识时之士,多引以为大诟,苟被其谥,与民贼同。意者未遑深知明察,而迷误为害人利己之义也欤?夷考其实,至不然矣。"他特别推崇西方"19世纪末之重个人,则吊诡殊恒,尤不能与往者比论",表现为"入于自识,趣于我执,刚愎主己,于庸俗无所顾忌"。如斯蒂纳"谓真之进步,在于己之足下。人必发挥自性","惟此自性,即造物主。惟有此我,本属自由","自由之得以力,而力即在乎个人","凡一个人,其思想行为,必以己为中枢,亦以己为终极:即立我性为绝对之自由者也";又如基尔凯克尔"则愤发疾呼,谓惟发挥个性,为至高之道德";再如尼采,"斯个人主义之至雄桀者矣,希望所寄,惟在大士天才","意盖谓治任多数,则社会元气,一旦可熸,不若用庸众为牺牲,以冀一二天才之出世",此即"超人"之说。鲁迅盛赞这些思想"和者日多,于是思潮为之更张",使人们懂得,"知精神现象实人类生活之极颠,非发挥其辉光,于人生为无当;而张大个人之人格,又人生之第一义也"。这里,我们看到,鲁迅张扬的个人主义,含义有五:(1)"个人"以自性、自识、自我、自由为基础;(2)个人之思想行为一切以自我("己")为"中枢"和"终极";(3)发挥自我之个性,为至高之道德;张扬个人之人格,为人生第一要义;(4)推崇个人中之天才、超人、雄桀;(5)以"个人""天才"与庸众对立,任个人而排众数。这些19世纪末期的个人主义在鲁迅看来与传统之个人主义已有不同,他推崇前者而放弃后者。

与《文化偏至论》相呼应的是《摩罗诗力说》①。在该文中,鲁迅主张要打破闭关自守,勇于比较与借鉴世界的新思想,"意者欲扬宗邦之真大,首在审己,亦必知人,比较既周,爱生自觉","故曰国民精神发扬,与世界识见之广博有所属",并鲜明地提出"别求新声于异邦"的主张。求什么"新声"?他借赞扬爱伦德、拜伦等人的作品之机,鼓吹自由、民主和个人独立的思想:"为邦人之自由与人道之善故,牺牲孰大于是?"说拜伦"既喜拿破仑之毁世界,亦爱华盛顿之争自由","虽然,自由在是,人道亦在是";又用"重独立而爱自由"概括其一生,指出他"则所遇常抗,所向必动,贵力而尚强,尊己而好战,其战复不如野兽,为独立自由人道也"。这些与《文化偏至论》的思想是完全一致的,也与世纪初中国学习西方民主、自由、个人独立等现代性思想的大潮相一致。

由此可见,至20世纪初期的中国,思想界已具备了宣扬科学、民主、个性

---

① 《鲁迅全集》第1卷,人民文学出版社1959年版。

这三个集中体现现代性的要素。

第三阶段从辛亥革命起,中经1915年的新文化运动至"五四"运动。这一阶段的社会变革全面地由制度层面深入到思想、观念、文化层面。当然,第二阶段的制度变革也以思想变革为先导,但终究还不够全面、深入。关于本阶段思想文化变革中反对封建礼教制度,倡导科学、民主、个性等现代性观念形成汹涌大潮这一点,学界已做了较充分的论述,形成了较多共识,此处不拟重复。

综上所述,我们认为,在中国19、20世纪之交已开始了较为自觉的现代化和现代性的追求;如果说19世纪中国的思想文化处在由传统向现代的过渡时期,那么19世纪末、20世纪初,现代性追求已开始上升为中国思想文化的主潮,因而应作为一个新的阶段即现代阶段的起点。

四、青年鲁迅:对现代性内涵的最初反思

如前所说,现代性在西方的演进中发生过两重内涵的对立及前后期内涵的对立,说明现代性内部存在着一定程度的张力和冲突。这种情况在20世纪中国现代性的发生、发展中同样存在。而且这种对立和冲突更为明显和紧张。关于现代性内部的这种矛盾冲突的性质、内涵和特点等问题,本文无法多加讨论。只想指出一点,这种现代性的内部矛盾在20世纪初已经暴露萌芽。这在鲁迅先生1907年的几篇论文中表现得非常突出。长期以来,我们对这几篇论文都从革命的文化启蒙的意义方面加以理解,且认为其早期接受欧美思想尚不成熟。但如果我们换一个角度,从现代性的两重内涵角度来解读这几篇论文,可能会得出一些不同于传统的见解。

先看《科学史教篇》①。诚如《鲁迅全集》注中所说:"《科学史教篇》则论述了西方科学思潮的演变,指出科学的发展和人类生产事业的相互关系,说明了科学在改造自然。推动社会进步和增进人类生活的幸福方面所起的作用"。但笔者想要补充说明八点:(1)鲁迅盛赞古希腊之科学精神"则毅然起叩古人所未知,研索天然,不肯止于肤廓",强调了科学的不倦探索与创新的精神。(2)强调科学发展"必与时代之进而俱升",不可守旧,更不可以"古已

———————

① 《鲁迅全集》第1卷,人民文学出版社1959年版。

有之"而自欺,鲁迅以印度拒英人设水道,妄称水道乃印度古贤所创,"白人不过窃取而更新之者也"为例,指其"旧国笃古之余,每至不惜于自欺如是",更严厉批评"震旦死抱国粹之士,作此说者最多,一若今之学术艺文,皆我数千载前所已具"的抱残守缺态度。(3)对科学与人文之关系持辩证态度,既非扬科学抑人文,又非扬人文抑科学。鲁迅着重举欧洲中世纪以来"科学与美艺之关系"加以证明。他认为,"欧洲中世,画事各有原则,迨科学进,又益以他因,而美术为之中落,迨复遵守,则就近事耳",显示出此长彼消的情势;他又举"中世宗教暴起,压抑科学",但后有路德(宗教改革家)、克灵威尔(英国资产阶级革命领袖)、弥耳敦(诗人)、华盛顿(美国创始者、总统)、嘉来勒(英国史学家)等伟人出现为例,说明"此其成果,以偿沮遏科学之失,绰然有余裕也",这是以人文成果补偿科学之失。所以,他对科学与人文并不偏废,说:"盖无间教宗学术美艺文章,均人间曼衍之要旨,定其孰要,今兹未能"。(4)他从历史上科学家发现、发明的大量事实中总结出:"故科学者,必常恬淡,常逊让,有理想,有圣觉,一切无有,而能贻业绩于后世者,未之有闻"。亦标示出科学与人文精神的内在关联。(5)从科学史揭示科学与技术、应用、实业之辩证关系。主要方面是,17世纪至18世纪前期科学大发展而应用滞后至18世纪末才"其效忽大著,举工业之械具资材,植物之滋殖繁养,动物之畜牧改良,无不蒙科学之泽,所谓19世纪之物质文明,亦即胚胎于是时矣。洪波浩然,精神亦以振,国民风气,因而一新",当时已显出科学家"仅以知真理为惟一之仪的","只为"探自然之大法而已",而丝毫不计"实利"。但今人却只见技术、实业之发达,而不问科学追求之根本,"日颂当前之结果,于学者独恝然而置之。倒果为因,莫甚于此"。此处鲁迅批判了只重应用、技术而置科学精神之根本于不顾的片面性。当然,鲁迅也不同意"惟科学足以生实业,而实业更无利于科学"的另一种片面之见,指出"实业之蒙益于科学者固多,而科学得实业之助者亦非鲜"。这是次要方面。(6)以上述眼光反观中国,鲁迅指出用"震他国之强大,栗然自危,兴业振兵之说",其实是舍本逐末,"仅眩于当前之物,而未得其真谛",它"非本柢而特菢叶耳"。这实际上是对洋务运动以来只"尊实利",仅侧重从应用、技术层面学习西方,而舍科学精神之根源,所作的切中肯綮的批评。(7)总结以上,鲁迅得出科学之本高于技术、应用之末的结论:"故科学者,神圣之光,照世界者也,可以遏末流而生感动","盖末虽亦能灿烂于一时,而所宅不坚,顷刻可以蕉萃"。(8)鲁迅得出的另一重要结论是科学知识与人文精神应当互补而不可偏废,

"当防社会入于偏,日趋而之一极,精神渐失,则破灭亦随之。盖使举世惟知识之崇,人生必大归于枯寂,如是既久,则美上之感情漓,明敏之思想失,所谓科学,亦同趣于无有矣"。他强调不但要有牛顿、波尔、康德等科学家,亦需诗人莎士比亚、画家拉斐尔、音乐家贝多芬,"凡此者,皆所以致人性于全,不使之偏倚",把追求科学精神与人文精神之统一,归结到对人性全面发展之追求上,是极为深刻的。

由上可知,鲁迅在20世纪初期对科学精神的理解已远远超越前人与同辈,真正达到了现代性的高度,即使"五四"思想革命的代表人物亦少有超过此水准者。

更为重要的是,在这篇论文中,已包含着对科学现代意义的两重内涵的揭示与超越。长期以来,科学的功用被局限于技术应用、实业发展、物质文明等"实利"方面,这种仅"尊实利"而崇科学的倾向与前述"重物质"的倾向是一脉相承的。另外,西方科学主义思想也有崇科学而贬人文、轻精神的倾向,这会导致人性的片面发展。以上两种片面倾向都是在"科学"的大旗下发展起来的,实际上是科学精神的异化,但这在西方确实也是科学现代性的一个方面,一种必然结果,这种现象属于科学现代性的内在矛盾。而鲁迅的文章在介绍西方科学史的主题下,却把重点放在对这两种科学现代性的异化形态的揭露与纠正上。在某种意义上,甚至可以说本文重点论述的是科学与人文精神之关系,就科学的目的而言,鲁迅强调以追求真理为"惟一之仪的",而反对只重实用、"尊实利"、生实业的片面性;就科学与艺术(审美)、伦理、政治等人文精神之关系而言,鲁迅主张两者并举、互相结合,不可偏废,既反对以科学抑人文,亦反对以人文抑科学,但重点在前者;就人性发展而言,鲁迅主张将科学精神与人文精神的统一落实到人性的全面发展上,追求人性之"全"面,反对人性之"偏倚",实质就是人性的异化。马克思在《1844年经济学哲学手稿》中曾指出,共产主义是对"人的自我异化的积极的扬弃,因而是通过人并且为了人而对人的本质的真正占有"[1],即"人以一种全面的方式,也就是说,作为一个完整的人,占有自己的全面本质"[2]。我们觉得,鲁迅在消除人性的异化、"全面"占有人自己的本质方面,与马克思是心有灵犀一点通的。由此可见,在科学现代性的鼓吹与科学现代性的异化这对现代性的内在矛盾中,鲁迅是扬其长,避其短,扬其历史进步性,避其人

---

[1] 《马克思恩格斯全集》第42卷,人民出版社1979年版,第120页。
[2] 同上书,第123页。

性异化的片面性。这在世纪之初,在青年鲁迅思想中,对科学现代性的这种两重性也许还不是十分自觉、清晰,但在实际论述中,却已确确实实地触及到了,这是极为难能可贵的,是对大多数同代人片面鼓吹科学进步性的一种超越。

《文化偏至论》上面已做介绍,这里还要补充的是,该文也对西方现代性的另一重要方面——追求民主自由的内在矛盾做了深刻披露和反思。鲁迅把西方现代文明分成两个时期:前期为文艺复兴、路德宗教改革、启蒙运动时期,大力张扬自由、民主、人权、平等,反对专制统治,导致各国革命,"革命于是见于英,继之于美,复次则大起于法郎西,扫荡门第,平一尊卑,政治之权,主以百姓,平等自由之念,社会民主之思,弥漫于人心"。这是现代性的上升时期。后期是19世纪中后期,特别是后期,由于过分强调个人之独立、自由、平等、民主,"则凡社会政治、经济上一切权利,义必悉公诸众人",这种"以多数临天下而暴独特者,实19世纪大潮之一派,且曼衍入今而未有既者也",反导致"借众以陵寡,托言众治,压制尤烈于暴君",这种情况归纳起来,"物质也,众数也,19世纪末文明之一面或在兹"。鲁迅对此"不以为有当",认为这是"抗往代之大潮,文明亦不能无偏至",这种"所谓新文明者"实乃"迁流偏至之物,已陈旧于殊方者"。这实质上揭露出现代性之另一脉,或现代性走上偏至、衰落之歧途。

鲁迅对现代性除了从求自由走向"任众数"这一方面的批判外,还着力从其追求物质文明而走向"重物质"、唯物质的另一种"偏至"进行批判。他指出,在前期由于"教力堕地,思想自由,凡而学术之事,勃焉兴起,学理为用,实益遂生,故至19世纪而物质文明之盛,直傲睨前此两千余年之业绩",但后来就出现了将物质"视若一切存在之本根,且将以范围精神界所有事"的偏至,"惟此之尊,惟此是尚,此又19世纪大潮之一派,且曼衍至今而未有既者也"。对现代性走向"重物质,任众数"的"偏至",鲁迅进行了深刻的分析批判,并结合中国的国情,批评了19世纪后期以降国内学西方现代性只求表面、枝节之误,"近不知中国之情,远复不察欧美之实",指出"制造商孤立宪国会"者(从改良、维新到革命派)均误入现代性"偏至"的末路。

当然,鲁迅认为西方"矫19世纪文明"之"伪"与之"偏"的新变以尼采为代表,"以反对破坏充其精神,以获新生为其希望,与向旧有之文明而加之掊击扫荡焉",自然未必妥当。但是,鲁迅在20世纪之初就能察觉西方现代性之两重性及其由进步走向反动的历史进程,且对此进行了较深刻的历史反思,实在是远远高出于同时代的思想界。至于他这里强调的"重个人"与现代性前期的张扬个性、个人主义有了重大区别,亦是不能不察的,此处不赘言。

五、从现代性角度看中国现代文学史

如果说我们上述对中国现代性双重内涵的分析能够成立的话,那么,对中国现代文学史的分期、性质和内在矛盾诸问题也就较容易说明了。本文限于篇幅,只想提出几点主要看法,详细论述则留待以后。

第一,中国文学由传统转为现代的主要标志,应是文学在思想和艺术上均跳出了传统的樊篱,开始了现代性的追求。

第二,中国文学对现代性的追求,主要体现在文学创作与理论上开始了较自觉与传统观念的决裂,而探寻一种在科学、民主、个性解放大旗照耀下,具有新质的思想理念。在这方面我们觉得李欧梵先生与章培恒先生的看法最值得重视。

李欧梵先生认为,"中国现代文学研究负载着中国现代史的重负",实际上认为中国文学的现代性与中国社会的现代性在根底上是一致的,它在文学内容上集中体现为"感时忧国"的主题,经与传统文学相比,已有了三大变化:第一,"从道德的角度把中国看做是一个精神上患病的民族",这一看法造成了传统与现代性之间的一种的两极对立性,这种病态根植于中国传统之中,而现代性则意味这在本质是对这种传统的一种反抗和叛逆,同时也是对新的解决方法所怀有的一种知识上的追求,在此意义上,"中国现代文学的兴起乃是新文化运动的一个组成部分";第二,"中国现代文学中这种反传统的立场,与其说是来自精神上或艺术上的考虑,还不如说是出自对中国社会的政治状况的思考","现代文学促成为表达社会不满的一种载体","表现出对作家所面临的政治环境采取一种批判精神";第三,"但这种批判观念则具有相当浓厚的主观性","同时流露出一种对自我的深切关注",是一种"主观主义和个人主义",个人主义"着眼于作家个人的命运和个人生活这种倾向"[①]。

章培恒先生则提出现代文学的本质特征为:第一,"它的根本精神是追

---

① 李欧梵:《现代性的追求》,三联书店 2000 年版,第 236 页。

求人性的解放","以个人为本位的人性解放";第二,"自觉地融入现代文学的潮流";第三,"对文学的艺术特征高度重视",并"作了富于创造性的探索",从语言(从文言到白话)、描写技巧、深度、结构、叙述方式等做了多方面改革,达于总体上现代化了,使文学的表现能力也达到了足以进入现代文学之林的程度①。

我们认为章、李二位先生的看法虽不完全相同,但在基本精神上是相通的,章先生虽未明确提出"现代性"一词,但实际上却把李先生说的中国现代文学的三个"现代性"变化说得更准确、清楚。章先生所说的追求对个人为本位的"人性的解放",将李先生主要意思都概括进去了,而章先生所说的后两点李先生未正面论述,虽在李文后面展开论述时有所论及。

但总体上说,李先生把中国文学现代性追求主要放在思想内容方面,他强调,"在中国现代性这个新的概念似乎在不同的层面上继承了西方资产阶级现代性的若干常见的含义:进化与进步的思想,积极的坚信历史的前进,相信科学和技术的种种益处,相信广阔的人道主义制定的那种自由和民主的理想",即使"当'五四'作家在某种程度上与西方美学中的现代主义那种艺术上的反抗意识声气相通时候,他们并没有抛弃自己对科学、理性和进步的信仰"②。可见,章、李二位先生对中国现代文学之"现代"特质的理解,从总体上说,还是符合我们前面所谈的中国现代性的三要素或三特征的。不过章先生所说中国现代文学对文学自身特性的重视与探索、创新这一点,同样应视为文学现代性的基本特征之一。

第三,上述中国文学对现代性的追求不仅体现在"五四"时期或稍早的新文化运动时期,而且在19、20世纪之交已经发生。这突出表现在以下两个方面。

(一)"小说界革命"与现代新小说的崛起,这方面代表性的论著有严复、夏曾佑的《本馆附印说部缘起》(1897)、梁启超的《译印政治小说序》(1898)和《论小说与群治之关系》(1902)等。这些论文自觉借鉴国外经验,指出"欧、美、东瀛,其开始之时,往往得小说之助",故大力倡导"小说界革命",把传统文学中不登大雅之堂的"小说"提高到文学中至尊的地位,强调其启蒙、救治人心的"革命"功能。如认为小说创作与评价的"本原之地,宗旨所存,则在乎使民开化",其效果、影响之大前所未有,"其入人之深,行事之远,几

---

① 章培恒:《关于中国现代文学的开端》,《复旦学报》2001年第2期。
② 李欧梵:《追求现代性》,三联书店2000年版,第236页。

出于经史之上;而天下之人心风德,遂不免为说部所持",居然把小说的作用提高到经史之上;进而说,"有人耳所作之史,有人心所构之史,而今日人心之营构,即为他日人耳之所作。则小说者又为历史之根基矣"(《缘起》)。这完全颠覆了传统历史与小说的关系,在当时真乃石破天惊之说。又如自觉将欧洲"政治小说译介至中国,在昔欧洲各国变革之始,其魁儒硕学,仁人志士,往往以其身之所经历,及胸中所怀,政治之议论,一寄之于小说",以小说启蒙大众,"往往每一书出,而全国之议论为之一变",并引英人名言谓"小说为国民之魂"(《译政治小说序》),乃希冀小说在中国亦产生巨大启蒙和变革的社会功用。更有认为小说具有"新一国之民"的"不可思议之力支配人道"的作用,"故欲新道德""新宗教""新政治""新风德""新学艺""新人心""新人格",则"必新小说";并从普通人性,特别从人之普通审美需求出发论述小说受众生欢迎、深入人心的原因,一为"凡人之性,常非能以现境而自满足者也",故常欲接触身外之世界,而小说能"常导人游于他境界,而变换其常触常受之空气者也";二为"人之恒情于其所怀抱之悲哀,所经阅之境界,往往有行之不知,习矣不察者",想要"摹写"或"自宣"而不能,唯小说能达到此目的,且"感人之深,莫非此道"(《关系》),结论是:"故今日欲改良群治,必自小说界革命始;欲新民,必自小说始"。

在此背景下,带有现代色彩的"新小说"迅速崛起,数量激增,据有的学者统计,1840—1900 年的 60 年总共才出版小说 133 部,而自 1901 年起仅 10 余年,共出小说达几千种之多①,这些小说思想、艺术方面的"现代"特征,章培恒,范伯群等先生的论文已有精辟分析,此处从略。

(二)王国维为代表的文艺"自主论"。王国维在 1903—1908 年间发表了一系列重要论文,鲜明地表达了对传统文论、美学思想的质疑和决裂的现代姿态,关于《〈红楼梦〉评论》《人间词话》等论著诸多学者已作充分论述,本文不拟重复,只想补充两点:

1. 王国维对中国传统文学急功近利而无视文学的独立价值的倾向予以批判、反思,指出:

>……更转而观诗歌之方面:则咏史,怀古,感事,赠人之题目充塞于诗界,而抒情叙事之作我什佰不能得一,其有美术上之价值者,仅其写

---

① 辛小征、靳大成:《中国 20 世纪文艺学学术史》(第二部上卷),上海文艺出版社 2001 年版,第 81 页。

自然之美一方面耳。甚至戏曲小说之纯文学亦往往以惩劝为旨,其纯粹美术上之目的者,世非惟不知赏,且加贬焉。……抑亦哲学家美术家自忘其神圣之位置与独立之价值,而蒀然以听命于众故也。①

这里强调了文艺不依附于其他外在功利目的而仅以自身为目的的"神圣"地位与独立价值。但是,王国维仍认为文艺有其更多的目的,其"所志者,真理也。真理者,天下万世之真理而非一时之真理也",其"以记号表之者,天下万世之功德,而非一时之功德也",就是说,文艺的根本价值超越眼前,即短暂、具体的功利,而追求"天下万世"之功绩。他并在功用方面把文艺、哲学与政治对立起来,扬前者而抑后者,盛赞文艺的"无用之用":

> 世人喜言功用,吾姑以其功用言之。夫人之所以异于禽兽者,岂不以其有纯粹之知识与微妙之感情哉?至于生活之欲,人与禽兽无以或异。后者政治家及实业家之所供给,前者之慰藉满足非求诸哲学及美术不可。就其所贡献于人之事业言,其性质之贵贱,因以殊矣。至就其功效之所及言之,则哲学家与美术家之事业,虽千载以下,四海以外,苟其所发明之真理,与其所表之之记号之尚存,则人类之知识感情由此而得其满足慰藉者,曾无以异于昔。而政治家及实业家之事业,其及于五世十世者希矣。此又久暂之别也。然则人而无所贡献于哲学、美术,斯亦已耳?苟为真正之哲学家、美术家,又何慊乎政治家哉?②

以上观点与严复、梁启超等人的小说(文艺)为政治革命工具的观点截然相反,虽然两者同样具有现代性的特征:梁氏等在强调文艺的启蒙、"新民"、激励人们反抗封建专制统治的现实的、紧迫的社会功用上,具有强烈的反传统的现代性;王氏则在强调文艺满足慰藉人类之知识情感等根本长远功能即"无用之用"方面,自觉与传统"文以载道""言志"的工具、功利主义相对立,而走向审美主义的文艺自主论,鲜明体现了审美的现代性。

2. 王氏上述文艺自主论与钻进象牙塔的唯美主义有重大区别,他实际上希望通过艺术的美育功能来救治人心。他曾深入分析中国"衰弱极矣",中国国民"独为鸦片的国民"的深层原因,乃"由于国民之无希望,无慰藉。一言以蔽之;其原因存于感情上而已";指出欲以鸦片来消除感情上之空虚、痛苦是不可能的,因而提出用文艺来代之;而过去"我国之重文学不如泰

---

① 《王国维文集》第3卷,中国文史出版社,第7页。
② 同上书,第6页。

西","我国人对文学之趣味如此,况西洋物质文明又滔滔而入中国,则其压倒文学,亦自然之势也";对此,王氏开出宗教、美术二方来救治国民精神之衰:

> ……故禁鸦片之根本之道,除修明政治,大兴教育,以养成国民之知识及道德外,尤不可不于国民之感情加之焉。其道安在?则宗教与美术二者是。前者适于下流社会,后者适于上等社会;前者所以鼓国民之希望,后者所以供国民之慰藉。兹二者,尤我国今日所最缺乏,亦其最需要者也。……此等感情上之疾病,因非干燥的科学与严肃的道德所能疗也,感情上之疾病,非以感情治之不可。必使其闲暇之时心有所寄,而后能得以自遣。夫人之心力,不寄于此则寄于彼,不寄于高尚之嗜好,则卑劣之嗜好所不能免矣。而雕刻、绘画、音乐、文学等,彼等果有解之之能力,则所以慰藉彼者,世固无以过之。①

由此观之,王国维为救治国民之空虚、绝望、痛苦的心灵,并不反对政治改革、道德教育,而是强调通过艺术、审美的特殊性来治疗国民感情上的疾病。这与梁启超等用艺术救治国人灵魂的启蒙思想,与鲁迅等弃医从文,改造国民性以达"立人"的目的的主张,在根本思路上不但不矛盾,而且是暗合的。所以,王国维的艺术审美主义自主论文艺观与梁启超的政治功利主义工具论的文艺观之间既有完全对立的一面,又有根本上一致的一面,但二者在中国文学的现代性的追求和获取上,实乃殊途同归,不可偏废。

第四,正是在上述意义上,我们同意余虹先生关于晚清文学革命的两大现代性立场的观点,其一为梁启超的工具主义与政治现代性,其二为王国维的自主主义与审美现代性②。

第五,中国现代文学史的断代,应以中国文学对现代性的自觉追求和现代性新质的获取为主要依据。

第六,根据以上几点,我们同意章培恒、范伯群等先生将中国现代文学的开端定在19、20世纪之交或20世纪之初的观点。

第七,同西方和中国的现代性包含着矛盾与冲突一样,中国文学的现代性也包含着复杂的矛盾和冲突。前述鲁迅对西方现代性的反思和批判也体现了这种内在矛盾。但从大的方面看,从20世纪初期起,以梁启超为代表的

---

① 《王国维文集》第3卷,中国文史出版社1997年版,第23—24页。
② 余虹:《革命·审美·解构》,广西师大出版社2001年版,第1章。

政治功利主义工具论与王国维为代表的艺术审美主义自主论埋下了中国文学现代性内在矛盾与冲突的种子,以后这两条路线的对峙与冲突,或时而紧张、时而松弛,或此起彼伏,或时隐时现,以各种直接或曲折的形式,贯穿于整个现代文学发展的全部历史过程中。这也是中国现代文学体现现代性的最重要特征。

第八,我们认为,这种现代性内在矛盾的展开的基本格局至今仍未结束,虽然其外在表现形态有所变化。因此,从 20 世纪初开始的中国现代文学史仍在继续之中。

关于现代性与中国现代文学史研究的现代性预设

最近,文学研究界在讨论中国现代文学史的分期和古今文学演变等问题时,不少学者不约而同地把审视的焦点集中在现代性问题上。有的学者还围绕现代文学史的编写深入探讨与现代性相关的一系列问题。本文拟就此谈几点粗浅的看法。

一

在西文中,现代性(modernity)与现代(modern)、现代化(modernization)等词有密切的联系。在西方社会发展的历史和实践上,现代社会、现代化进程与现代性的内涵也密不可分。具体来说,西方社会进入现代阶段并继续前进,是与其现代化历程同步,并随着现代化进程而不断发展的;而现代性则是随着社会进入现代阶段而确立,随着现代化进程而演化、发展。今天,"现代化"理论在西方已成为一门独立学科。当然,三者还不能完全等同,它们所指的重点不同,内涵也不尽相同,在整个历史过程中,有时在有的方面并不完全同步或平衡。不过,总体上看,三者的基本路向和含义是一致的。

关于"现代""现代化、现代性"等问题的争论,在西方已进行了大半个世纪,并同对文艺上"现代主义"(modernism)的阐释紧紧缠绕在一块。直到20世纪70、80年代,哈贝马斯还为了维护"现代性"而与"后现代主义"发生过影响深远的争论。虽然如此,西方知识界对"现代""现代性"等概念的理解还是取得了一些共识。如主编《从现代主义到后现代主义》①一书的劳伦斯·卡俄纳(Lawrence Cahoone)把选编的内容分为三大部分,第一部分为"现代

---

① 见卡俄纳编:《从现代主义到后现代主义》,布莱克威尔出版社1996年版。

文明及其批评家们",所选的代表人物及其论著从笛卡尔、卢梭开始,包括康德、柏克、康德拉、黑格尔、马克思、恩格斯一直到尼采;第二部分"实现了的现代性",则从波德莱尔、皮尔士起,包括韦伯、索绪尔、维特根斯坦、弗洛依德、胡塞尔、霍克海默、阿多诺等,到萨特止;第三部分是"后现代主义和现代性革命"则从海德格尔起。可见,在西方思想家心目中现代社会和文明至迟从17世纪笛卡尔时就已开始,一直延伸到本世纪中叶,是一个相当长的历史过程,而现代性正是现代文明特质的多方面体现。卡俄纳在该书前言中说道:

> "现代"一词源于拉丁词 modo,简单的意思就是"今天"或曰当下,以区分于较早的时代,它一直被用于区分当代方式与传统方式的各个时期和各种场合,原则上可以指任何生活领域。……
>
> 另一方面,"现代性"在当代知识界探讨中有一个相对固定的参照,它指在欧洲和北美近几个世纪发展起来、而到 20 世纪早期变得极为明显的新文明。而"现代性"则必然指,这种文明就其在人类历史上独一无二(无与伦比)这个强烈意义下是现代的。准确地说,使这种文明成为独一无二的那个东西,在某种程度上是没有争议的、大家都承认,欧洲和北美为自然研究发展了一种新的强有力的工艺,也发展了新的机器技术和新的工业生产方式,它导致了物质生活标准的空前的提高。正是这种"现代性"形式如今被描述为"现代化"或在非西方世界中被简称为"发达"。这种现代西方文明一般也被用其他特征来加以概括,诸如"资本主义""巨大的世俗文化""自由主义""个人主义""理性主义""人道主义"等等。……
>
> 带有肯定、明确的自我想象的现代西方文化经常提供给其自身一幅诞生于 18 世纪启蒙运动的画面,它具有奠定于有关世界的科学知识和有关价值的理性知识,这些知识赋予个人的生命和自由以最高的重视,并坚信这种自由和理性将通过有高尚德性的、自我控制的、为所有人创造一个更好的物质、政治和理智生活的工作而导致社会的进步。然而,这种科学、理性、个性、自由、真理和社会进步的结合,一直受到许多人的质疑和批评。①

卡俄纳接下来叙述了关于现代性问题的旷日持久的争论。他指出,"这

---

① 卡俄纳《从现代主义到后现代主义》,布莱克威尔出版社 1996 年版,"前言"第 11—13 页。

场争论由于现代性的历史变数问题而变得复杂了。原因在于,现代性的历史出发点的定位取决于被人们看成现代性之核心特征的那个东西。"他还介绍了把"现代性"的开端分别设定在 16 世纪、17 世纪、18 世纪乃至 19 世纪的几种意见及其理由,认为现代性始于何时的问题无关紧要,重要的是,现代性这种"新生活方式的性质、命运和合法性是什么"。他强调,到 20 世纪初,"在欧洲和北美逐步形成并发展起来的某种人类社会的新形式已极为明显地为人们知晓了"。他的意思是,进入 20 世纪时,现代社会所具有的"现代性"已是毫无疑义的现实了。

卡俄纳这里虽没有、也无法给"现代性"下一个精确的定义,但至少为我们提供了理解"现代性"的一个参照和思路:首先,"现代性"在时间上同"现代",即欧美宗教改革、启蒙运动和工业革命以来的近几个世纪直接相关,也就是说,16 世纪以前不能纳入"现代"的时间范围,因而亦无现代性可言;其次,"现代性"同西方科学、经济的"现代化"基本同步,特别是同近几个世纪科学、技术革命带来的工业和物质文明的现代化基本同步,可见,"现代性"包含着经济、科学、技术等物质方面现代化的内涵,离开了现代化很难完整把握"现代性"的真义;第三,"现代性"同人类自身心灵、世界观、思想和文化的巨大变革密切相关,如自由民主、社会进步、科学和真理的追求、个性主义和个体生命、理性主义、人道主义等思想意识形态逐渐取代专制主义、宗教神秘主义、神性至上等中世纪思想意识形态,世俗文化逐渐取代无孔不入、无处不在的基督教神学文化,等等;第四,"现代性"既沉淀为一种新的文明、社会的性质,从而成为社会进入"现代"新阶段的主要标志,同时也已转化为渗透于人们生活的一切方面的一种新的合法的生活方式。由于卡俄纳的上述观点发表于 1996 年,是最新近的,又是对长期以来西方有关现代性问题争论的一个概括与小结,提取了其中有相对稳定的、具有较多共识的见解,因此很有参考价值。

二

近年来,中国学者对现代性问题也有许多研究成果,这里兹举几例作为参考。

加拿大华裔学者石元康先生在其《从中国文化到现代性》一书中从对西

方现代社会形成和发展的历史考察入手,对现代性的内涵做了全方位、多层面阐发。其主要观点是:(1)"现代社会""现代性"以及"现代"等词语所指谓的并非仅仅是历史上的某一段时间而已,现代社会"具备着一些与以往的社会不同的特性,这些特性就是现代性"。(2)要了解现代性内容,首先要了解现代化的目标与内容,"现代化是一个全盘性的革命。在西方,由中世纪转入现代,文化上的各个领域都产生了革命性的转变。科学上由亚里士多德的物理学变为机械论为基础的现代物理学。16世纪的宗教改革所兴起的各派的新教对天主教也作了很彻底的改革,因而有所谓的新教伦理。政治上的民族国家的兴起以及在理性主义指引下官僚体制的建立,以及民主政治的确定,使得现代政治与古典政治产生了截然的不同。经济上由庄园经济变为资本主义经济,更是翻天覆地的大变化。其余的文化领域如道德、音乐、法律、建筑等都有相应的改变"。(3)"现代社会具有下列各项特征:非政治化的经济(de-politicized economy),非伦理化的政治(de-ethicized politics),非宗教化的伦理(de-religionize dethics)的出现。"(4)而非政治化的经济的出现以市民社会的出现为标志。市民社会就是"独占性市场社会","在这个社会中,人与人之间的关系是一种市场式的关系,市场关系是一种奠基在契约上的关系。把人的关系以这种方式来看待,是现代世界的最根本的交往形态"。(5)市民社会的特点是:"个人主义被肯定";"对人权的肯定";市民社会中的是"经济人",其一切活动都可进入市场交换,一切东西均可"商品化",经济人的主要活动变为相关性的活动。其他各种非相关性活动,例如欣赏、了解及创造就被放到人类活动的边缘去了;"人基本上是自利的","市场的机制将营利这种活动合理化及合法化"。(6)现代性也体现在"文化中的各个方面都起了革命性的变化",科学上的哥白尼式的革命产生新的机械式宇宙观;宗教改革使个人可直接面对上帝;启蒙运动的新工具性的理性观与进步的历史观也是一种革命性的改变。(7)现代性以"理性"为标尺,视传统为保守、停滞,必须抛弃,认为唯理性才显出"光明及进步",这种启蒙运动的想法源于笛卡尔的理性主义。(8)在哲学思想上由笛卡尔开创的"现代性的哲学体系"可概括为"特殊性的凸显"和"主体性的兴起"。而"特殊性的凸显,以及主体性自由的被肯定,是现代性的一个特征","特殊性的凸显所意味的是个体性的被承认","主体性自由之被肯定所指的是个人意志之得到应有的地位"。这样,社会的建立就是个人意志间协调以达成的结果,"现代社会由于是建基在主体性自由的原则之上的缘故,所以是一个丰富的多元社会。它允许个性充分发展,允许人们去追求多种目的"①。

汪晖先生在其《汪晖自选集》中的多篇论文和《韦伯与中国的现代性问题》等论文中对现代性与中国社会的现代性问题做了系统深入的研究,在国内学者中处于领先地位。文学美学界的许多专家从总结、研究近百年中国文学艺术的发展入手,也对现代性问题做了多方面的研究和阐述,如王岳川、王一川、周宪、王宁、陈晓明、张法、陶东风、杨春时等一批学者都发表了专文进行探讨。虽然各位学者的意见不尽相同,有的甚至相反,但在对现代性的理解上还是有不少共同或相通之处,与前面介绍的国内外学者的看法大体上比较一致或接近。

在文学研究界中较早提出现代性问题的是李欧梵先生。他在20世纪70年代初写的《追求现代性(1895—1927)》一文就明确提出,19、20世纪之交,中国文学进入"现代"阶段,而其一系列变化、特点显示出来的"现代性则意味着对传统的一种反抗和叛逆,同时也是对新的解决方法所怀的一种知识上的追求"。他强调,"在中国现代性这个新的概念似乎在不同的层面上继承了西方资产阶级现代性的若干常见的含义:进化与进步的思想,积极的坚信历史的前进,相信科学和技术的种种益处,相信广阔的人道主义制定的那种自由和民主的理想",即使"当'五四'作家在某种程度上与西方美学中的现代主义那种艺术上的反抗意识声气相通时候,他们并没有抛弃自己对科学、理性和进步的信仰"②。很有意思的是,李欧梵先生于1999年在介绍杰姆逊教授的后现代理论时、在与后现代性的比较中又一次谈及现代性和现代主义问题。同过去一样,他认为中国从20世纪初开始形成的现代性直接接受了西方启蒙主义现代性的影响,他说,"从'五四'开始到现代,中国知识分子始终认为自己可以影响社会,'五四'对于知识分子的定义就是从启蒙的立场来影响社会,当时的启蒙是理性的,是从西方的启蒙主义背景出发的",它"所标榜的是个人的重要性、知识的重要性、知识定义社会的影响力";"在思想上,现代性所标榜的是个体的建立,是一种理性,是定义前途的乐观"。尤其值得重视的是,他明确提出中国的现代性延伸、贯穿于整个20世纪,直至今天。他说:

> 中国的现代性我认为是从20世纪初期开始的,是一种知识性的理

---

① 参见石元康:《从中国文化到现代性:典范转移》,三联书店2000年版,第41—45、67—170、177—179、214—220页。

② 李欧梵:《追求现代性》,三联书店2000年版,第178、236页。

论附加于在其影响之下产生的定义民族国家的想象,然后变成都市文化和定义现代生活的想象。然而事实上这种现代性的建构并未完成,这是大家的共识。没有完成的原因在于革命和战乱,而革命是否可以当作是现代性的延伸呢?是否可以当做中国民族国家建构的一种延伸呢?一般的学者、包括中国学者都持赞成态度。这意味着中国从20世纪初,到中国革命成功,甚至直到四个现代化,基本上所走的都是所谓"现代性的延伸"的历程。其中必然有与西方不同的成分,但是在广义上还是一种现代性的计划。①

显然,李先生30年来对现代性的理解基本未变,且与多数其他中国学者的观点较接近,认为中国的现代性与西方的启蒙现代性在内涵上基本一致,其新发展了的观点是,整个20世纪直至现在,现代性仍然在中国延伸和发展。这些见解是值得重视的。

此外,张辉先生在《审美现代性批判》一书中也对现代性问题有精辟论述。他首先提到了人们一般对现代性的看法,即"将之与宗教改革、启蒙运动、现代科学的兴起以及工业革命的发生与1500年之后的社会现实与社会思想、文化变革联系起来。现代性的产生与现代社会的形成似乎是伴生的现象,或者说后者乃是前者的直接现实"。接着他引证了几位学者不同的看法,特别介绍了哈贝马斯的看法,哈氏认为"现代性的真正内涵,一方面与启蒙运动以来,特别是黑格尔以来对人的主体性(subjectivity)的强调有关,另一方面则与韦伯所谓的合理性(rationalization)有关。前者意味着西方文化由宗教性走向了世俗性,走向了人本身;而后者则直接导致了社会结构的分化——资本主义企业的组织形式和科层制国家机构是两个功能上相互关联的重要代表。而与之相对应的则是新的知识模式的出现"。在此基础上,张辉先生明确提出了自己的看法:

> 现代性实际上至少包含三层意思:首先,从精神发展的历程上说,它是人的主体性确立的表征,具有现代性精神的人,按照自身的内在性(Inwardness)来对外在世界做出判断,而不是按照超验原则或传统的规范来行事;其次,从社会运行原则来说,现代性是合理性的产物,是人按照自身的理性所建造的自己的世界,既是对人类的潜力的极大发挥,同时也带来了冷峻的理性可能带来的问题;其三,从知识学的意义上来

---

① 参阅李欧梵:《当代中国文化的现代性和后现代性》,载《文学评论》1999年第5期。

说,现代性给定了不同知识模式以相对的独立性,不同的知识部门为人的主体性以及社会的合理性的发展做出了相应的知识学的证明与辩护。简言之,现代性的内涵,包含这样三个主题:精神取向上的主体性;社会运行原则上的合理性;知识模式上的独立性。无疑,这三者又是相互关联相互依存的。①

张辉先生对现代性的上述概括我认为是比较全面、准确的,同时也符合西方现代性发展的历史实际。

下面我想着重提到的是钱中文先生的两篇论文——《文学理论现代性问题》②和《再谈文学理论现代性问题》③,这两篇论文对国内文艺学美学界有关现代性问题的讨论做了较为系统、深入的总结,并提出面向21世纪中国应建设体现现代性要求的当代文学理论的重要主张。关于现代性的含义,中文先生首先简要回顾了历史,他说,"欧美学术界围绕现代性问题已谈了几百年,在其演变过程中,大致形成了各种马克思主义学派的、韦伯式的自由主义思想学派的以及保守主义思想学派的现代性观念,发展到近期又有哈贝马斯的交往理性的现代性理论派别。欧美等国家在不断追求现代意识、现代性的情况下,建立了高度发展的物质文明与精神文明",据此,他归纳道:

> 在我看来,所谓现代性,就是促进社会进入现代发展阶段,使社会不断走向科学、进步的一种理性精神、启蒙精神,就是高度发展的科学精神与人文精神,就是一种现代意识精神,表现为科学、人道、理性、民主、自由、平等、权利、法制的普遍原则。

这一概括是十分简明而精到的。更深刻的是,中文先生旗帜鲜明地批评了那种在后现代主义旗号下全盘否定和抛弃现代性的时髦主张,他精辟地指出,"现代性的文化批判仍在探索积极的因素,维护人的存在所需要的普遍价值原则与普遍精神,以便使价值与精神在被破坏中获得重建",因而它并未过时,"即使在欧美,如果要使社会获得正常发展,那么现代性以及现代性建立的意识、话语权威,即使一部分过时了,而其基本原则、精神还是常新的,是人们的生存须臾离不开的";他认为,后现代理论中有些新观念有积

---

① 见张辉:《审美现代性批判》,北京大学出版社1999年版,第2—4页。
② 载《文学评论》1999年第2期。
③ 载《文艺研究》1999年第3期。

极意义,"可以将这些积极因素作为现代意识因素,融会到现代性中去,丰富现代性,但难以排挤掉仍在起到支配社会生活的现代性。把现代性从现实生活中驱逐出去,无疑会使现实生活的进展失去指向",即使进入全球化时代,现代性仍有其积极意义,尤其对于不发达国家来说,更是如此;"至于未来,现代性的内涵可能会有所变化或变得复杂起来,但其原则与精神,无疑还会长期存在下去"。这里,中文先生把现代性看成一个动态的、其内涵不断变化发展的复杂历史过程的思想,是极为深刻和辩证的,它有力地论证了现代性的历史演进及其当代意义,驳斥了国内外源于"西方中心论"的"现代性终结"的论调。据此,中文先生倡导以一种新的"现代性的思维方式",即"历史的整体性评价"方式来考察、审视现代性,特别以对"五四"后多次学术思想争论的重新评价为范例,做了精彩的分析和阐述,显示了这种"历史的整体性评价"方式"具有了更为宽阔的视角、宽容的气度";并进而提出了如下的现代性的历史动态模式:

> 从现代性的历史进程来看,现代性是一种被赋予历史具体性的现代意识精神,一种历史性的指向。在各个复发展阶段,现代性的内涵有着共同之处,但又很不相同。一些学术思想问题,在彼时彼地的提出,看来有违那时现代性的要求,而不被重视,甚至还要遭到批判;而在此时此地,则不仅与现时现代性的要求相通,而且还可能成为现代性的基本组成部分。①

在我看来,这个动态模式的重要性超过了对现代性下一个确定的定义,使我们对现代性的认识具备了一种开放的、历史的眼光,一种辩证的、变化的思路,一种宽容的、超越的气度。

由上面挂一漏万的介绍②可见,当代中国学者对现代、现代性、现代化的理解和阐释,虽然在角度、范围、深度、出发点和理论依据方面同西方学者有些差异,但基本方面是大体一致的。

下面,我们把中外学者有关现代性内涵的大量论述做一简要概括。除了上面我们对卡俄纳论述已归纳的四点以外,我们还可补充以下几点:(1)现代性是在现代化过程中逐步获得的,是传统社会通过现代化的变革进

---

① 见《文学理论的现代性》,《文学评论》1999年第2期。
② 近年来我国学者研究现代性的论著不少,如王一川的《汉语形象与现代性情结》《中国现代性体验的发生》(2001)、吴予敏的《美学与现代性》(1998)、陈嘉明等的《现代性与后现代性》(2001)等,此处不再介绍。

入现代社会的成果。(2)现代化是一个全盘性、全方位的革命。不仅包括经济、科技、政治革命,还包括宗教、思想、文化的大变革;现代化造成了社会的现代转型。(3)与现代化的全面革命相对应的是,现代性三层面意义的确立,即以主体性为表征的现代性精神的人,以合理性为原则进行现代性的社会运行,以独立性为特征的现代性知识模式。(4)现代社会在本质上是市民社会,上面介绍的石元康先生关于市民社会的几个基本特点也是现代性的题中应有之义。(5)现代性以理性为标尺,来衡量、鉴定过去的一切,具有强烈的反传统倾向。(6)现代性是一个开放的动态系统,其内涵是不断变化、发展和丰富的。(7)中国的现代性与西方的现代性并不完全相同,但基本内涵还是大体一致的,具有明显的可比性。(8)对现代性的研究应当采取"历史的整体性评价"的思维方式。

三

上面,我们对近三四百年西方社会的现代化历程和现代转型,以及现代性的丰富内涵有了一个基本的了解。但是,还有一个重要方面需要我们高度重视和关注,这就是对现代性的价值评判,历来都存在严重的分歧乃至对立。上引卡俄纳的那段话中已提到西方思想界对现代性的质疑和批评,有不少激进的批评家"把现代性看成一种道德和阶级的统治运动、欧洲的帝国主义、人类中心主义、自然的毁坏、共同体和传统的消解、异化的上升、在官僚政治下个性的死亡。较为温和的批评家也怀疑地认为,现代性不可能达到它所希望的目标,例如,客观真理和自由是得不到的;或者现代性的得与失是平衡的;就对现代性或对现代性的不满而言,不存在二者只能选一的问题"。换言之,现代性对社会文明是推进还是破坏,尚无定论。从现代社会的历史看,在前期对现代性肯定者居多;而到后期,主要是19世纪后期到20世纪中期,对现代性批判的呼声越来越高,力度也越来越大。正如英国学者马尔科姆·布雷德伯里和詹姆斯·麦克德兰谈到19世纪维多利亚时代的思想家阿诺德时说道:

……"现代"这个词语的涵义对他(按:指阿诺德)是很重要的;但那时的涵义和我们今天的涵义截然不同。那时的涵义在实质上是古典主义的;现代因素是平静、信心、宽容、在富裕的物质条件下获得新观念的自由思想活动,它包含着愿意根据理性进行判断和对事物规律进行探索的思想。……然而,……在我们看来,现代因素几乎是与阿诺德的看法截然相反的东西——它是虚无主义,是"仇视文明的痛苦体系","不再为文化所陶醉"……它给我们以困境、异化和虚无主义的思想传统;现代的概念和混乱、绝望、无政府状态的意识联系在一起的。因此,像"现代"这类词语在内容上就能够突然变化;一个感受体系可以消失,另一个可以生长,而词语则不用改变。①

在此,这两位英国学者提出了一个很有意思的问题,即"现代性"的涵义在其发展进程中可以发生很大变化,前后期甚至可以意义完全相反,后期的"现代性"内涵走向了前期的反面。

关于现代性的消极方面,我们可以从后现代主义对现代性的批判中看出端倪。这种批判自海德格尔起,包括阿多诺、福柯、德里达、利奥塔直至罗蒂等一批后现代主义思想家。他们的批判集中在以下几个方面:一是揭露作为现代性根基的启蒙理性原则和主体性原则压迫性、集权性,它在社会中与权力相结合,实际上导致所谓"理性"的工具化、对人的非理性方面的压抑和排斥,使人沦为技术的奴隶和附庸;二是对现代性"元叙事"合法性的质疑和颠覆,指出作为现代性核心的启蒙理性制造出一系列所谓"真理"的形而上学理念和话语,也即"元叙事"或"大叙事",以此来引导现代性事业,并赋予现代性的思想、行为、制度等以合法性,但随着这种"元叙事"在社会实践中的衰落和危机四起,现代性的合法性也受到质疑并逐渐丧失;三是对有利于为现代性辩护的西方传统知识论、真理观及其所代表的普遍性、总体性和本质主义加以怀疑和批判,认为其必然在思维方式上陷入二元对立的模式,在现实上则走向极权主义、压制异端的"总体恐怖"。据此,后现代主义对现代性采取全盘、彻底否定的态度。

然而,哈贝马斯则对现代性采取了分析、维护的态度。他的《现代性:一项未完成的设计》(1981)和《现代性的哲学话语》(1987)两篇重要论文,在同后现代主义的争论、对话中,为现代性做了有力的辩护。首先,他认为,对现代性的批判并非从后现代主义才开始的,早在现代性发展中,在其内部就有了对现代性的反思和批判,其中又包括两个现代性批判传统:一个以黑格尔为代表,在充分肯定以主体性为核心的现代性事业取得伟大成就的同时,也

---

① 见《现代主义》胡宗锋等译,上海外语教育出版社1992年版,第26—27页。

清醒地看到主体性原则的片面性所导致的知识与信仰的分离、社会生活的分裂、精神自身的异化,造成现代性的危机,但他的反思仍未超出启蒙辩证法的理性框架;另一个以尼采为代表,他抛弃了黑格尔的理性思维,而采用理性的"他者"即非理性的古希腊神话来抨击现代性的工具理性,进而用非理性的"权力意志",借助于"人生的审美化"来否定理性的作用,但尼采对现代性的这种批评同样陷于片面和自相矛盾。由此可见,现代性并非铁板一块,其内部一直存在着否定、批判现代性的方面和因素。其次,哈贝马斯认为,后现代主义对现代性的批判基本上延续了尼采的非理性主义思路,海德格尔、巴塔耶、拉康、福柯、德里达等都是从不同角度改造、推进了这一路线。再次,他认为现代性具有进步、贡献与压迫、破坏的两重性:一方面,现代性是对于它所生成的那个时代、社会的预设模式和标准的一种挑战和反抗,它以追求个人自由(包括科学的自由、自我决定的自由、自我实现的自由)为特征,这是现代性的贡献;另一方面,现代性在其自身潜能发展过程中,也不断危害到自身,自由竞争激烈造成失业危机、工具理性扩张危及生存状况,等等。又次,他由此认为对现代性应取辩证态度,不能全盘否定或取消,因为现代性已嵌入了人们的日常生活和交流实践之中,不是我们所能随意抛得掉的;而且,现代性包含着某些至今仍然规范、合理的、有效的,适合于当代生活世界的东西。最后,哈贝马斯提出用交往理性来代替工具理性,以重建现代性的理性原则,既克服现代性危机重重的内在矛盾,又保持现代性固有的理性、共识、解放、团结等重要价值。① 哈贝马斯的这些看法实际上深刻地揭示了现代性自身包含着内部的对立和矛盾,包含着引领自身走向反面、乃至颠覆、消解自身的消极因素,而对这些因素的发现、揭示和反思,就是来自现代性内部和后现代性共同构成的对现代性的批判力量。

关于现代性内部的矛盾和否定性因素问题,我还想引用一下钱中文先生的精辟看法。他首先清晰地论述了现代性内在矛盾的具体内涵,主要表现为"在理性精神的不断实现过程中,也造成了种种失衡,使理性精神变而为只讲实用的工具理性"。他还指出,这个矛盾具体体现在两个方面:一方面,"科技的飞速进步与物质生产的高度方法,显示了人的无限潜能,但又形成了人的物欲的急剧膨胀,造成了物对人的挤压与人的精神的日益贫困,并使人在精神上时时陷入生存的困境之中";另一方面,"近百年来具有锻铸、

---

① 参阅陈嘉明等著《现代性与后现代性》导言"四"和第九章"哈贝马斯的现代性辩护……"。

宏扬人文精神的社会科学,在提供多种知识,扩大人对社会的认识,加深人对自身了解的同时,在不同的人群、集团手里,又使理性变为反理性,并且走向反动,酿成了种种危机和动乱,给社会与广大群众制造了一场又一场的几近毁灭的灾难,从而不仅使自己的权威丧失殆尽,而且也不断加深了人的精神危机"。我觉得,钱先生对现代性内在矛盾的这一概括是非常贴切的,它从科技进步、物质发展导致物对人的压抑和人文社会科学进展局部引发非理性、反理性思潮两个方面深刻揭示了在现代化和现代性发展过程中理性的工具化实质,同时也准确揭示出工具理性不同于一般理性、乃至成为理性的异化形式的基本内涵,从而透彻地阐明了现代性内在矛盾的性质和含义。

更重要的是,中文先生在肯定现代性与现代主义之间的密切联系的同时,又把被许多人混为一谈的"现代性"和"现代主义"两个概念做了严格区分,也对基于现代性的文化批判与后现代主义的文化批判做了严格区分,进而为现代性的合理方面做了有力辩护。他首先明确指出,"西方学者把20世纪最后几十年前的社会精神、学术思潮的现代性,定位于现代主义,把现代主义看成了现代性的最后形式,把现代主义的危机当成是现代性的危机"。这就一针见血地揭示出混淆现代性与现代主义,必然导致把已经过时、失去存在理由的现代主义的历史命运硬加在仍有生命力的现代性上。因为一方面,现代主义固然在很大程度上体现了现代性,但在时间、空间和内容等方面并不完全与现代性等同或重合,现代主义在批判现代性的消极方面与现代性自身对反现代性的批判是一致的,却并不能概括所有非现代主义对反现代性的批判及其所体现的现代性合理方面;另一方面,现代主义作为一个历史阶段已经结束,后现代主义已经出现并渐成气候,但现代性包括其消极方面却还是一个现实的社会存在,继续在世界上起作用。其次,中文先生在肯定后现代主义是对现代性进行着一种文化批判的同时,也强调现代性仍继续着对自身消极方面的反思和批判,并指出后现代主义的批判往往把现代性加以全盘否定是片面的。他说,"其实,即使在欧美如果要使社会获得正常发展,那么现代性以及现代性交流的意识、话语权威,即使一部分过时了,而其基本原则、精神还是常新的,是人们的生存须臾不能离开的";他认为,后现代主义有不少积极因素完全可以"融会到现代性中去,丰富现代性,但难以排挤掉仍在起到支配社会生活的现代性"。再次,他认为,中国作为发展中国家,其现代性与发达国家所主张的现代性并不完全一致,他指出,在未来,"体现了现代意识精神的现代性,是不会过时的"。这些鲜明的看法,不仅看到了现代性的两重性和内在矛盾,而且看到了在包括中国在内的发展中国家里,现代性的合理方面仍然有生命力,现代性仍然是一个未竟的事业。我们完全赞同这些看法。

由此可见,现代性对于社会发展和历史进步来说是一把双刃剑;这把双刃剑的肯定之刃主要体现在现代性的形成、发展的前期,而否定之刃则主要体现在"现代性"发展的后期。但对不同发展阶段的国家和地区而言,现代性存在的必要性和合理性也是不一样的,对于发达国家,现代性也许已经过时,但对于不发达和发展中的国家,现代性则仍然不可一概否定,其合理方面仍然需要发展和弘扬,现代性的消极方面固然应当限制和消除,但它作为一个整体还是未竟的事业。

四

我们花了较大的篇幅讨论现代性问题,目的是进一步研讨现代性与中国现代文学史研究的关系问题。笔者的一个基本看法是:现代性是决定中国现代文学史性质的核心东西,它既是中国文学从古典向现代转型、中国文学史进入现代阶段的决定因素和主要标志,又是贯穿中国现代文学史、决定现代文学的发展方向和基本特点的关键所在。一旦现代性上升为中国社会和文学发展的主导因素和倾向,中国文学就告别古代而进入现代阶段;现代性不是作为一种抽象原则指导现代文学创作和理论批评,而是作为一种活生生的因素渗透、体现、展示在现代文学(包括理论批评)的方方面面和整个发展过程中;只要现代性还在我们现实生活中发挥不可替代的主导作用,还是我们无法回避、必须直面的当下鲜活存在,那么,中国现代文学就还在发展,中国现代文学史就还没有结束,所谓的"当代文学"也就还是现代文学史的一个组成部分和正在继续进行和发展着的阶段。

学术界目前正在热烈讨论古今文学演变和中国现代文学史的分期问题。笔者根据上述看法,已经撰写了一篇以现代性为主要尺度来确定中国现代文学史的开端时间的论文。① 但关于现代性与中国现代文学史的关系问题涉及的是一个极为庞大、复杂的"问题群",分期问题只是其中之一。这

---

① 见《以现代性为衡量的主要尺度》,《复旦学报》2002年第4期。

里笔者不准备、也无能力对现代性与中国现代文学史研究的关系问题做全面的探讨,只想就现代性与研究现代文学史的宏观思路的关系问题谈点粗浅的意见。

为什么想谈这个问题?是事出有因的。前几年读到一篇文章,该文主张现代文学史研究应该采用审美主义眼光,努力回到文学的原初景观中去,而反对寻找一种普遍主义、本质主义的理论预设,它指明所反对的就是"有关现代性的理论预设"[①]。当初看到此文时,感觉是不错的,因为它的确指出了现代文学史研究中某种用抽象的理论预设和所谓"本质规律"的揭示来代替对大批文学作品切身的审美体验和品鉴的不良倾向,而且它对实例的审美分析也很精彩。但是最近重读这篇文章时,却产生了一些不同于以往的想法。倒不是对其审美分析不赞同,而是对其反对现代性的理论预设的观点难以苟同。因为这不仅涉及现代性于现代文学研究的关系问题,而且关系到文学史研究的一般原则和方法问题,需要加以明辨。

首先,文学史研究不同于一个个单篇、部作品的研究,它需要有较大程度的理论概括和抽象,需要对大量文学作品、现象、思潮、流派等进行历史的梳理,对其发展轨迹和线索进行理性的辨析和思考,还需要对这种发展轨迹的内在逻辑和带有规律性的东西加以提炼、概括和总结,而不仅仅是按历史时序对许多重要作品的审美解读或感性描述。这就是说,文学史的研究必然而且必须不满足或停留于纯粹个别、感性的审美描述,而应上升到一定的普遍性高度、理性的高度。

问题在于,上升到一定的、普遍的、理论的高度,是否一定会像上面那篇文章所说的那样,"复杂化的甚至充满矛盾和悖论的文学史的原初景观就轻而易举地被抽象掉、整合掉了"?我认为不一定。这里有一个研究者的思维方式问题,是持有还是超越二元对立的思维方式问题。如果把感性与理性、个别与普遍、审美与理论截然分割和对立起来,那么确实会出现上述那种普遍主义、本质主义的缺陷,会把文学史中丰富复杂的生存境遇、审美感受、生命体验等等抽象、概括、整合掉。以往许多文学史论著确有这方面的不足。因此这种批评和提醒并非全然无的放矢,而是有一定合理性的。但是,我们同时也不能不注意到,这种二元对立的思维方式同样有可能导致另一种相反的情况,即把文学史研究变成一系列作品无穷无尽的、个人化的审美解读

---

① 参阅吴晓东:《中国现代文学中的审美主义与现代性问题》,载《文艺理论研究》1999年第1期。

和感性描述,而文学"史"的线索被淹没了,文学发展的内在脉络被掩盖了,一些具有普遍性、规律性的现象被冲淡了。这同样不能算真正的文学史研究。我认为,好的文学史研究应该超越二元对立的思维方式,应该把上述两个对立面有机地交融、统一起来,把审美体验与理论概括、感性描述与理性思考结合起来,使"史"的提炼和脉络的勾勒自然地融入各个层面审美的原初景观中,也使感性描述、审美体验向着一定程度的普遍性、规律性上升和整合。

其次,文学史研究是否需要和可能有理论预设?我觉得,这里有一个方法论问题。毫无疑问,理论研究的出发点和基础是大量个别的、具体的感性事实、现象、经验,而不是普遍的、抽象的理性思想、观念和概括;但同样毫无疑问的是,任何理论研究、包括文学史研究都不得不以某个或某些理论的思想、观念或假设作为前提或框架,否则,任何真正的、认真的研究都不可能开始和进行。需要说明的是,我这里并不是主张或鼓吹先验论,而是认为,按照马克思主义的认识论,任何认识的发生,都决不是外物在人的不带任何"先见"的"白板"大脑上的单纯"反映",而总是带有某种"先见"去把握外在对象并在与对象的互动中建构起一定的认识来。这已由皮亚杰的发生认识论经过科学实验和论证所证实了的。一定的"先见"是认识发生的必要条件。承认这一点,不但不是唯心主义的先验论,恰恰相反,是坚持了辩证唯物主义的认识论。如果说,这种"先见"有某种先验性的话,那么,它既非从天上掉下来的,也非人们头脑中固有的,而是通过后天经验所形成的,所以,它只是在特定意义上的"先验性",而决非唯心主义所鼓吹的先验论。正是在"先见"是认识发生的必要条件这一特定意义上,我们可以说一切理论研究都是事实与理念、经验与"先验"的结合。就文学史研究而言,如果不掌握大量第一手的文学的历史事实和切身的文学作品的阅读经验,其研究必定是空泛、苍白甚至是浮夸、虚假的,就会出现上述文章所批评的本质主义弊病;但是如果没有一定的思想、理论、观点来梳理、分析、提炼、整合、建构、统帅这大量的经验事实的话,这种研究就会沦为毫无价值的事实罗列和松散琐碎的经验堆砌。换言之,理论研究中某种"先验"预设是必要的,也是可能的。具体来说,这种预设存在于研究过程的两个阶段:一是在接触、收集大量经验、事实、材料的开始阶段,这是不自觉预设阶段,研究者并非在大脑一片空白中与经验事实打交道的,而是带着以往的相关经验、思想、观念(实际上就是一种不自觉的、模糊的先验预设)来接触、收集并初步整理它们的;二是在此基础上的比较自觉的预设阶段,研究者面对经过初步整理的经验事实,要提出一种思想、观点、理念来统帅、组织、整合——能比较完整地、前后一贯地、合乎逻辑地阐述、说明这些经验事实,进而揭示其背后的某些带有本质性、规律性的东西。当然,这种预设不一定是唯一的,有可能是多样的,不同研究者面对同一经验对象其预设往往是不同的、多样的,即使同一研究者面对同一经验对象,在不同时间、从不同角度或不同层面也有可能做出不同的预设。这里,研究中先验预设的存在及其合理性、必然性无须否定,它与预设的多样性并不矛盾。由此我联想到,我们过去批判得体无完肤、臭不可闻的由胡适提出的"大胆假设,小心求证"的命题,在方法论上并非一无是处、毫无合理性可言,不能简单地用"唯心主义"的大帽子将其一棍子打死。因为,这个"大胆假设"如果是在对大量事实做初步研究、整理的基础上提出的话,它就不是唯心主义的;相对于经验事实,它是后验的,而相对于进一步的"小心求证",它则有某种特定意义上的"先验性",但这是合理合法的"先验性",是建立在经验基础上的。由此可见,任何研究,包括文学史研究,实际上在这一意义上都是"先验"与经验的结合,都不可能完全没有理论预设。这与哲学解释学关于"前理解"和"偏见"具有合法性的道理在根本上是完全一致的。限于篇幅,这里就不展开了。

再次,关于中国现代文学史研究中的现代性预设问题。前面两个问题讲清楚以后,这个问题也就迎刃而解了。既然文学史研究难以否认和摆脱这样或那样的理论预设,那么,以现代性作为一种理论预设或解释框架,也就不难理解了。而且,如前所说,以现代性预设作为中国现代文学史研究的解释框架,同本质主义和一元化倾向并无必然联系,也并不必然与直面文学史的复杂的经验世界和丰富的原初景观相矛盾。上面提到的那篇文章特别提出了"文学性"概念来抵制现代性预设。它说"'文学性'天生就拒斥历史理念的统摄和约束,它以生存的丰富的初始情境及经验世界与历史理念相抗衡",主张"坚守文学性立场"以"直面"生存境遇、打破现代性理念支撑着的"一元化图景"。其实,在我看来,所谓"文学性立场"本身已是一种理论预设,已对一切用审美眼光或视野来审视、统摄、概括、整合和描述文学的历史演进和变化的研究方式做了理性归纳和逻辑提炼,否则,该文作者用作示范的所谓对现代文学加以审美主义"还原"的若干实例也就难以成立了。如用"寓言诗学的视野"来审视沈从文小说,就得出"寓意的想象"审美概括;又如他把张爱玲小说核心审美形式归结为"意象化空间"和"意象化叙述";如此等等这种审美主义的研究方式实质上也是一种特殊的理论预设,如果只用这一种方式研究文学史,而排斥所有其他研究方式,那同样只是带有某种普遍性和一元化倾向的解释框架,同样有可能陷入不同程度的本质主义。更何况现代性,如该文作者所承认的那样,它"自身可能涵容着矛盾、悖论、差异等复杂的因素",并不是简单的同一性。特别应强调的是,现代性与文学性是"兼容"的,现代性不仅表现在文学作品的思想、意识、理念中,更加体现在它们的文学性和审美性中,体现在两者的融合中。现代文学的现代性,若离开了它审美方面的现代性,根本无法得到深刻、充分的阐述和说明。

至于如何把现代性理念作为一种理论预设和解释框架应用于中国现代文学史研究中,这是一个极为复杂的问题,一项极为棘手的工作。它包含着许多方面和层次。比如用现代性来解释中国文学从古到今的现代转型,进而解释现代文学的开端以及与当代文学的关系;比如用政治功利主义与艺术审美主义两条线索或并行或交叉,或彼此矛盾、对立、冲突或相互容忍、渗透、吸收,这种错综的关系来揭示现代性的复杂内涵,进而解释整个中国现代文学的曲折发展;比如用人道主义、个性主义、启蒙主义观念,用追求人性的全面发展的思想,以及用主体性与主体间性的斗争或交织等来说明现代性的基本特征和内容,来分析不同阶段现代文学发展的内在脉络和动力;比如用现代性与后现代性之间的既承袭又对立、既历时又共时、既争吵又对话的张力来探讨现代文学向后现代文学的又一次转型;……这些方面的研究,事实上在学界已以不同方式、在不同程度上全面展开。相信经过大家长期、共同的努力,在现代性的预设和框架下,中国现代文学史的研究将会取得重大的突破和丰硕的成果。本文只是抛砖引玉,为现代文学史研究的现代性预设做初步的理论辩护而已,还望专家、同行不吝指教。

写于 2000 年 7—9 月平江寓所

呼唤崇高

——新世纪文艺的基本审美价值取向

作为社会文化的一个有机组成部分,审美观念和社会文化的发展变化密切相关;艺术不但是时代的整体精神的体现,同时也影响和决定着时代的基本精神的价值取向。因此,我们在探讨和评价艺术作品的基本内涵和影响时,不但要充分考虑到艺术对人的情感激荡的意义,而更应着眼于在此基础上艺术对人心灵的尊严和使命感的揭示。也就是说,在艺术创作和艺术理论中对艺术、审美的内在的基本的价值取向的关注和肯定。

毋庸置疑,我们的时代是一个令人眼花缭乱的飞速发展变化的时代,随着汹涌澎湃的工业化浪潮,信息化、全球化不只是一句简单的口号,而是我们每个人必须面对的和我们息息相关的事实。在这样一种强大的社会潮流的影响下,任何一种单一的文化形式都要受到来自其外部和内部的冲击。我们看到,在我们的社会中,已明显地表露出了多元文化并存的态势,以主流意识形态为主导,精英文化、大众文化、西方文化等文化形态各领风骚,都在整个社会文化中占据着一席之地,发挥着其应有的作用。在这样一种多元并存的文化背景下,艺术文化也面临着一个基本的问题,传统的艺术观所倡导的载道或畅情的功能都无法单一地去完成它的使命,艺术正在从单一的以神性为主的"教化"和以人性为主的"畅情"功能走向多元并存的"交流"的时代,也就是说,艺术真正进入了集教化、娱乐、审美为一身的多元化发展时代。这样,艺术不单纯是一种单一个体的创造和愉悦的行为,也不是某一个社会集团的工具,艺术的根本意义在于它是一种多元文化视野中的交流和对话。但真正的问题是,在这种多元的交流和对话中,艺术所负载的基本的审美价值是什么?我们认为,对这一问题回到根本去思考,也就是艺术对人的心灵的昭示,对人的价值的肯定。艺术在教化、娱乐、审美的同时,其基本的意义在于在对话和交流中对人的关注,也就是艺术始终应以人的尊严和使命为鹄的,以人的价值的实现和提升为指归。在这个意义上,我们提出,在艺术的基本审美价值中,崇高具有不可低估的意义和作用,呼唤崇高,回归崇高,应是新世纪多元发展的艺术中的一个基本的价值取向。也只有从这一基本的审美价值取向出发,才能将多元文化视野中的艺术精神体现出来,艺术的教化、娱乐、审美等功能才能实现;只有在崇高风格的统摄下,艺术才能避免单纯地成为无谓说教或低级消遣的工具,艺术之为艺术的内在精神才能实现。

  崇高作为一个审美范畴,其基本内涵就在于人对有限和无限的对立的体悟和超越,是人在未定性的探求和呈现中所展示的生命和存在的无限性。对于崇高的这一基本内涵,我们学界长期以来的研究中,都或多或少地存在着误读和误解的倾向,在研究中,我们更多地强调崇高所体现出的道德、伦理内涵的一面,而将崇高作为一个基本的艺术、审美范畴的内在精神彻底丢失了。在这样一种误读下,面对我们长期以来文艺创作中的过度意识形态化的倾向,有些学者就提出了"躲避崇高"的呼声,我们看出,在这一观点和倾向的背后,实质是我们对崇高概念的片面化和误读的问题。因此,我们有必要对崇高范畴的基本内涵做一澄清,以便使我们能更明确、深刻地把握这一问题,并且有意识地运用到今天我们的文艺创作和文艺理论研究中来。

一

  作为西方美学史上的一个十分重要的范畴,几乎每一位著名的美学家和艺术理论家都对崇高做出过自己独到的理论见解。自从古罗马的朗吉弩斯提出这一概念开始,到近代的博克、康德、席勒等思想家对其加以完善,一直至后现代利奥塔德等思想家,崇高不断有新的内涵和发展。

  在崇高理论的发展史上,贡献最突出的要数博克和康德,此外,朗吉弩斯和利奥塔德也为崇高的确立和升华做出了努力。朗吉弩斯对崇高的探讨,是基于人的心灵而展开的,虽然他将崇高和文章的风格联系在一起,但他强调心灵对伟大的思想和观念的不断追索和展现。朗吉弩斯反复强调心灵的意义,心灵对无限和伟大的思想的追索,就在于无限地追逐一种未定性和不在场,也就包含着对在场的表现中隐含着对不在场和未定性的追索。这也就包含着对有限和无限的对立的超越,这种整体性超越的境界就是崇高。在崇高理论上,博克的最大贡献不在于康德所说的基于经验分析的对崇高现象的罗列和分析方面,而在于他对无限以及由此而起的恐惧的描述。他指出了人认识最少但又最感动人的莫过于永恒和无限,人在永恒和无限之中恐惧,生命力被裹挟,也就是人对可能的不在场和隐蔽的恐惧。而博克进一步认为,这种恐惧仅是悬置的,也就是和人保持一定的距离的,不是现实的存在。正是这种生命力或心灵从紧张和胁迫的张力中得到缓解,崇高感也就生成了。所以,博克的崇高不是情操和人性的高尚,而从根本上来看,它是一种生命的躁动和内在的张力,在这种面对虚无和无限时的人的有限性的感悟中,真正的生命感从中升起,因为,在这种紧张的张力中,瞬间心灵体悟到了存在。

康德彻底地把这种无限性和无形式及未定性纳入了崇高的视阈。在康德那里,他通过想象力面对无限的无能(有限性)来证明理性的无不能(无限性),时空中的形象通过否定性呈现,也就是通过证明无法呈现而来呈现,因此,这种不合致或对立导致的是一种内在的张力,在这种内在张力的超越中,崇高感得以产生。如他列举的犹太律法禁止偶像崇拜作为否定性呈现的例子。和美(优美)的纯粹形式不同,康德在这里强调的是一种无形式,正是在无限中,心灵的未定性凸现了出来,而这种未定性确是一种强烈的后现代情怀。在未定性和呈现无法呈现上,作为后现代主义思想家,利奥塔德走得更远,他直接从博克和康德中截取了崇高的未定性以及无限性和无形式的特征,并把崇高情感中的瞬时性推到了极致。这样,利奥塔德就直接和海德格尔的存在论哲学联系在一起了,他对崇高中的"此在—现在"的强调中对时空的解构,直接强调在崇高感中时空构成性的缺失和退隐,对意义的未定性的关注,崇高与海德格尔所说的存在的退隐和给予的退隐的关系等,都带有明显的存在主义的痕迹。利奥塔德的崇高理论最为动人的地方就是将其与对抗非人化联系了起来,他把这一任务义无反顾地交给了以崇高为其理论圭臬的先锋艺术,认为在先锋艺术这里真正实现了这种超越和对深层心灵的关注,这也充分体现了以利奥塔德为代表的后现代崇高理论对人的心灵的苦难的深刻关注。

我们从以康德为代表的思想家对崇高的论述中,可以明显地看出他们的崇高理论的内在联系和内在的逻辑性,不管他们将崇高置于何处,但一个基本的立足点是统一的,也就是说,崇高理论的基本出发点都可归结到对无限性和未定性的思考,这也正应该是我们探讨崇高的逻辑起点。

正是人对无限的感悟中,面对无限,人感悟到了生命的有限性,无限和有限虽是对立的,然而正是在对这种对立的超越中,人进入了审美的和合境界。人也在无限性中找到了自己的家园,面对无限,感悟无限,超越无限,这其中有生命的抗拒和忍受,也有生命的大欢悦;也正是在这种超越中,崇高之美得以生成。张世英先生把这种无限整体的超越称为无底深渊,他认为这才是真正的人生的家园。在这个意义上,他认为崇高是美的极致。所以,在无限中形成的崇高,我们说是对有和无的对立的超越,是在一种存在的敞亮下的对生命和无限的感悟,这是一种超越于主客对立的整体化和合一的状态。在这里,既有对生命的感性体悟,更凝结着一种强烈的使命和责任,以及对生命的执著和眷念,这是一种解脱后的欢悦,更是一种充满忍受的严肃。因为,正是在这里,在这种超越中,在对人与物、人与人、人与命运的隔离的超越中,我们找到了栖息之所,找到了我们的家园,我们在这里安身立命,感悟着生命的愉悦和肃穆。所以,在我们面对虚无,在对无限流露出的崇敬中,在无休止的超越体验中,我们进入到人生的至境,这既是美,也是善,既是审美的大欢悦,也充满着道德感和责任。崇高之美的基本的意义内涵也在于此!今天,我们之所以重新弘扬崇高的艺术精神,也正是基于崇高的这种内涵而发的。正因为在崇高美中,艺术的教化、娱乐、审美等功能能够有机地结合在一起,所以,在多元化的艺术境域中,我们更应提倡和弘扬这种崇高的艺术精神。

二

我们主张崇高美是多元化时代审美和艺术的基本价值取向,崇高的基本内涵是人对有限和无限的对立的超越,在这其中表现出的是人的尊严感和强烈的责任感和使命感。那么,我们如何将其彻底地贯穿到艺术创作和艺术批评中来,如何在市场经济条件下,既弘扬文艺的内在的审美功能,又充分地昭示文艺的教化和娱乐的特征呢?这就有必要对崇高风格和艺术的内涵之间的关系做进一步的分析,以便我们在文艺创作和文艺理论中,既能充分体现对人的命运的关注和思考,又能使人的心灵得到荡涤,情感得以升华;这样,在真正的艺术交流中,充分体现出人的尊严、对人的心灵的苦难的关怀,同时也不失审美的内涵。因此,当前文艺创作和批评中是否需要崇高的问题,以及在具体作品中如何体现崇高的问题,我们一定要辩证地来研究,而不能在误读和误解的基础上片面地加以否定,下面我们从不同的方面加以阐释。

1. 崇高体现的是一种强烈的使命感和责任感。

我们以往对崇高的理解,多局限于道德和伦理境界,这就在无意中遮蔽了崇高的基本内涵。这一误读和误解,一方面是由于古典崇高理论过分强调道德内涵所导致的,另一方面是我们的长期以来的文艺作品中简单地突出意识形态的主导功能的必然结果。崇高理论发展到近代则趋于完成,康德指出了崇高的无限性和无形式的特征,并进而提出崇高感和道德感之间的"象征"意义,而他的理论的继承者席勒则直接把崇高和道德伦理联系起来,认为崇高是一种人的道德力量,是人性的自由实现和超越,这样就使得康德的崇高内涵中的象征意义具体化为道德、伦理内涵。我们在接受这一思想时,也直接强调了崇高的道德内涵的一面,并且和中国古典文艺理论中的"文以载道"的传统观念结合在一起。这样就使得崇高的真正的内涵被遮蔽了,只剩下单一的道德和意识形态内涵,并且由于"文化大革命"等特定时期的文艺的影响,崇高便更加简单化,甚至彻底地概念化为某种精神理念的同义词,而它的原初的真正的审美内涵则荡然无存了。显然,有学者批评的"伪崇高",就指的是这种丧失了审美内蕴的概念化的崇高。但是,是否因此我们就要提出"躲避崇高"呢?我们认为不尽然,这个问题还是要辩证地来理解和分析。

如前所述,当我们全面地考察崇高的内涵时,我们就会看出,崇高显然不是道德范畴中的概念,也不是意识形态领域的工具,而是人在对有限和无限的对立的超越中所体现出来的尊严和伟大,是一种内在的艺术精神。崇高的内在的基本精神是人面对无限,追索无限时所流露出来的一种强烈的责任感和使命感。崇高表现在艺术作品中,不是简单的说教或是意识形态的外化,不是概念化和类型化的形象,而是人和艺术的交流中所形成的审美至境,并在对这一境界的体悟中感受到的一种超越的张力。在这种张力中,人的尊严感和使命感油然而生,人从中体悟到了生命,体悟到了人自身的伟大和内在的精神。这就是说,我们在感受一件艺术品时,绝对不是因为它所传达的某种概念化或类型化的说教使我们情感激荡,这显然是道德或宗教的功能,而不是艺术的任务;艺术之所以为艺术,就在于它能够把这种人的尊严和使命蕴涵于艺术和人形成的世界的内在的张力中,正是在这种张力中,心灵感到了一种震撼,遭遇了诗与思的交流。所以,明确地说,崇高感是通过人和艺术之间形成的这种审美世界的荡涤而被激发起来的,绝对不是用抽象概念,甚至抽象化了的形象传达出来的。比如,中国古典戏剧在其模式化和类型化的表演形式中,就扮演着高台教化和道德法庭的角色,这也就是过分夸大艺术的道德功能,把崇高简化为道德、伦理。再如我们以"文化大革命"文艺为代表的艺术,塑造出的"高大全"的人物形象,这些人物的形象、精神不可不谓之崇高矣,但揭去其政治说教的脸谱后,我们看到的是极端虚假、做作和令人厌恶的伪崇高!

因此,在当前的文艺创作实践和文艺理论中,我们并不提倡"躲避"真正的崇高,而是要"躲避"那些伪崇高,因为,在我们目前的艺术活动中,并不是没有这种伪崇高。真正崇高的艺术,或是真正的崇高风格,正是以人为本的对人的生存和命运的深切思考和关注,并且是在这种思考和体悟中对人的尊严和责任的弘扬,脱离了这一点,艺术的崇高或崇高的艺术都无从谈起。

2. 崇高和多元化的创作精神并行不悖。

在社会文化和艺术多元发展的今天,尤其是在市场经济条件下,艺术的自主性更为鲜明的时代,提倡文艺的多元化是文艺发展的基本思路。这样一种多元并存和多元发展的态势,就使得艺术的内在精神更为丰富,艺术和人的关系也更为密切,艺术对人更具有现实意义。但问题是艺术的多元发展,正如文化的多元发展一样,就使得任何一种文化很难对社会的整体文化产生单一的绝对影响,也就是说单一地强调某种艺术精神,就很难被社会公众所认同。这就有必要提倡一种基本的艺术精神,作为这种多元发展的基本参照系。我们认为,崇高就是这种基本的精神和参照系。

艺术的多元化发展,不但体现在简单的艺术形式的多元化方面,更体现在艺术的内在精神和内在价值的多元化方面。文艺作品在充分顺应多元的文化发展的前提下,已真正走向交流和对话为主的时代,这样,满足社会的多方面的需要是当前文艺的基本任务,这似乎是一个不争的事实。显然,在这样多元发展中,势必会存在着不同的甚至相互冲突的文艺的价值观,这样我们再重提崇高精神,试图用崇高精神来统摄多元发展的文艺现实,这岂不是对这种多元发展的一种否定?问题不是如此简单。

我们说,文艺的多元化的创作精神和倡导崇高精神并不矛盾。首先,艺术的多元发展并不能背离艺术的基本精神,这一基本精神,就是对人和人的心灵以及由此而产生的人类命运的关注。恰恰是在这一意义上,多元化和崇高精神是契合在一起的。如上面所指出的,崇高感就是一种强烈的责任感和使命感,这也就是对人的关注,如后现代主义者利奥塔德所主张的,艺术的基本任务就是对抗人的非人化,而艺术的多元化发展也充分体现出了对人的关注,在这一点上,崇高精神和多元化的内在精神都是相通的。其次,崇高的意义中本身就蕴涵着多元化的内在精神。崇高强调的是人对有限和无限的对立的超越,崇高体现在艺术中,就是对人的未定性和无限性的昭示,对人的无限超越的展现,以及由此表露出来的人的这种无限超越的可能性。这种未定性和无限性也就包含着艺术境界的恒久恒新,艺术阐释的多样性和多元性。例如在现代艺术中,那跃动的色彩,充满力量和动感的线条,极富张力的造型,都展示出真实生命的律动,使人体悟到生命的尊严;这既是艺术化的手法,同时也充满着严整的逻辑和思考。所以,真正的艺术恰在于将这种无限多元的世界和人的心灵展示出来,在这种展示中自然流露出来的是对人和人的命运的思考和体悟。

3. 崇高的内在精神和英雄形象的塑造。

崇高风格的体现在文艺作品中,往往和英雄形象的塑造联系在一起。同时也由于受"文化大革命"等特定时代的影响,我们在塑造和表现这类形象时,都有一种单一化和类型化的倾向,即过分表现他们崇高精神内涵的一面,从而忽视了人物的完满性和多样性的一面。更有甚者,由于这类艺术形象的空洞和概念化,缺乏艺术审美的内涵,就使得艺术创作和接受走向另一个极端,即追求人物的"平民化"而回避英雄形象,如有诗人就说"在没有英雄的年代里,我只想做一个人"。实际上,我们如果详尽分析崇高的内涵,通过对崇高内涵的新的阐释和理解,就同样会对英雄形象的塑造有新的理解。

将崇高的艺术风格贯穿到文艺创作和理论中,对这类英雄形象进行塑造和评价时,首先就是要避免脸谱化和单一化的倾向,重视人物的性格的多重构成,更要强调这些人物的个体化特征,也就是他作为一个真实的生命的喜怒哀乐,一个全面而真实的形象。这一问题初看起来是个老生常谈的问题,但是,在今天的文艺实践中,并不是不存在这一问题,比如我们在80年代塑造的一批改革者的形象,就明显地带有这种理想化的理念特征。再如,频频出现于当今的许多影视艺术作品中,并着力宣染的所谓的"成功人士"的形象,这类形象就十分理想化,他们是市场上的弄潮儿,有着特殊的政治背景,又有文化素养,儒雅而有风度,十全十美,无可挑剔,可谓新新人类的"高大全",这实际上正是旧式英雄形象的另一种变形。我们看出,这些形象都是对崇高内涵的误解和误读,他们对崇高的理解和阐释,还始终停留在对概念的简单阐释,对某种意识形态的空洞解释上面。这当然不会有感人的艺术形象和作品出现。其次,更为重要的是,在英雄形象的塑造中,要突出崇高的内在精神,就必须重视对人的深层的生命体验的关注,以及由此而生的强烈的人的使命感和尊严。我们以往对这类形象塑造的最大问题其实就是概念化和类型化,这些"高大全"或"成功人士"成了政治术语或时代潮流的传声筒,导致人物千人一面、千篇一律的特征,没有个性和特点,甚至没有丝毫的艺术内涵和品位,这当然会迫使人们躲避崇高! 所以,在表现这些形象时,深刻把握人对命运和世界的思考,对深层的生命体验的关照,以及由此产生的对整个人类的命运的思考,在这种命运感和无限超越感中,自然而生的是一种崇高的精神。所以,崇高精神是在人对命运的对抗中产生的,而决不是有意的渲染和道德谱系的简化而产生的。

4. 崇高风格和日常生活感受的结合。

谈到文艺作品的崇高风格,我们往往将其与彼岸世界的理想和理念联系起来,似乎它是不食人间烟火的、高居于人们的精神之巅的不可企及的境界,似乎它和人们的日常生活没有什么直接的联系。也就是说,崇高表现和日常生活的表现是不相融的。这也是一种片面化的误解,我们说,崇高风格和日常生活的感受恰恰紧密地结合在一起,它直接建立在人们对日常生活的体验和感悟上。

如前面我们所论述的,崇高就是人在感悟到自身的有限性时对无限的追索,对有限和无限对立的超越,是心灵对未定性和无限可能性的探求。所以,真正的崇高建立在人和艺术构成的世界中,并且正是在构筑这一世界时的张力中而产生的。正如海德格尔所描述的梵高的画《农鞋》时所表述的那样,我们从一件普通的器物中,感悟到了"大地无声的召唤,……浸透着对面包的稳靠性的无怨无艾的焦虑,以及那战胜了贫困的无言的喜悦,隐含着分娩时的哆嗦,死亡逼近时的战栗"。正是在这一双看似平常的农鞋中,在最简单的感受中,包含着对大地和生命的追索,这种执著的追索和体悟,不也是一种积极的生命的感悟? 不也是来自于有限生命中的对无限意义的探寻? 所以,在看似贫乏甚或单调的日常生活中,也正包含着我们更直接的生命感悟,包含着一种内在的超越精神。这一特征在我们当今的文艺作品中表现是很丰富的,可以说,我们在这方面已做了非常有益的探索,但关键的问题在于,我们在这种表现和探索中,必须要把对人的尊严的体现作为根本,始终把对人的心灵世界的开掘和探寻放在首位。

三

　　以上我们通过对崇高风格的基本内涵的梳理,并联系我们当前的社会文化和文艺创作及批评的具体问题,对崇高在当代的意义做了阐释和剖析。我们之所以把崇高作为新世纪文艺的基本的审美价值取向,一方面是基于我们长期以来在文艺理论界存在的对崇高内涵的误读;另一方面,主要是在市场经济条件下,我们当前的文艺创作和理论在强调和倡导多元化的同时,存在着严重的消解和淡化文艺的人文精神内涵的倾向,这样就使文艺失去了基本的价值取向,其直接结果就是文艺对自我的消解。所以,我们重提崇高这一老问题,试图在充分、全面理解它的内涵的同时,将其和我们当前文艺实践结合起来,在多元化的文艺实践中,确立一个基本的审美价值取向,以推动我们当前的文艺创作和理论的发展。

写于 2001 年 6 月 14 日复旦大学

超越二元对立的思维方式
——关于新世纪文艺学、美学研究突破之途的思考

20世纪90年代,中西方的文论和美学都在经历一场深刻的震荡和变动。西方在经历了30多年的后现代主义、后结构主义、后殖民主义等思潮的冲击和洗礼之后,一股文化研究和文化批评的新潮迅速崛起,演出有声有色的活剧,正在对传统的文论、美学构成日益强烈的挑战。当然,这种文化研究和文化批评,与一系列"后……"思潮并非截然对立,毋宁说,它们是在"后……"思潮的怀抱中孕育出来的,在一定程度上是这些思潮在新历史条件下的必然延伸和产物。而中国,在清理、辨析、研讨、吸收西方现代主义与后现代主义诸种思潮的同时,认真总结一个世纪以来文艺学、美学的现代化历史和进程,反思其中的是非曲直和演变轨迹,从学科高度探索其内在的路径和根由,实际上使文艺学、美学整体上孕育着外表虽不剧烈、内在却很深刻的变动和革新。

21世纪中国文艺学、美学向何处去?怎样寻求新世纪文艺学、美学变革、发展之途?……这些问题日益迫切地提到人们的面前。而在我看来,文艺学、美学要在学科上有整体的重大的突破,首要或关键的是研究者要冲破和超越传统形而上学二元对立的思维模式。

一、传统形而上学:从思维/存在的二元对立谈起

在西方哲学史上,"主客二分"(即主体与客体的二元对立)几乎从古希腊起就形成了,我们曾指出过"古希腊形成的这种主客二分的哲学思路为整个欧洲的哲学思想的发展奠定了基础,也限定了基本走向";并描述了这种思路在随后的演进轨迹:中世纪是"神学框架中的主客二分"→近代则"转向认识论的主体性形而上学"→18世纪是"以主客二分为前提的启蒙哲学"→

德国古典时期才达到"主客二分认识论的完成"。① "主客二分"如还原为本体论问题，则是思维与存在的二分。正如恩格斯所概括的，"全部哲学，特别是近代哲学的重大的基本问题，是思维和存在的关系问题"，即何者为本原的问题；这问题的另一方面是认识论问题，即"思维和存在的同一性问题"②。正是关于思维/存在、主体/客体的二元对立的思维方式，导致了西方从近代以来哲学的其他一系列二元对立的产生：如心/物、彼岸/此岸、神/人、灵魂/肉体、人/世界（自然）、本质/现象、内容/形式、理性/感性、理智/情感、肯定/否定、自然/文化、善/恶、原型/模仿、言语/文字……西方近代以来的文论与美学基本上就浸淫于这种二元对立的思维方式之中。

近代西方哲学的奠基者之一的笛卡尔从怀疑论出发提出了"我思故我在"的思维/存在的二元对立命题。他认为，即使对一切知识领域都可加以怀疑和批判，但唯一不可怀疑的便是"我在怀疑"这一事实，而怀疑即一种思维活动。我作为思维、观察、怀疑着的人是有的，是存在的，是不可怀疑的，因而是可靠的。笛卡尔正是把这一证明当作自己哲学的出发点，并进而推出思维的理性（主体）能够认识世界（客体），发现可靠、正确的知识。可是这一命题及其认识论推演，已内在地包含着思维/存在、主体/客体、精神/物质等的二元对立；而且，在这种对立中，体现出笛卡尔对对立的一方（一元）的优先或绝对地位的潜在肯定，如上述诸二元对立中对思维、主体、精神等决定作用的肯定。这样就造成了思维方式上的二元对峙、一元优势的僵化程式，因而，这个命题在存在论上是缺乏根据而难以成立的。

海德格尔曾批评笛卡尔以为发现了"我思故我在"，"就认为已为哲学找到了一个新的可靠的基地，但是他在这个'激进的'开端处没有规定清楚的就是这个能思之物的存在方式，说得再准确些，就是'我在'的存在的意义"，因而"在存在论上陷入全无规定之境"③。

福柯从另一个"癫狂史"的角度剖析笛卡尔这个"第一原理"，指出笛卡尔对感觉与癫狂做了严格区分，认为感觉和梦也是"思"的对象（客体），它们中有确实可靠的东西，谬误中还包含某些真实、真理、理性的成分，而癫狂却不是"思"的对象（客体），而是威胁、破坏"思"的主体。由此可见，"笛卡尔"

---

① 朱立元、王振复主编：《天人合一：中华审美文化之魂》，上海文艺出版社1998年版，第35—50页。
② 《马克思恩格斯选集》第4卷，人民出版社1995年版，第223—225页。
③ 马丁·海德格尔：《存在与时间》，陈嘉映、王庆节合译，三联书店1987年版，第31页。

的"思"乃是一个理性的主体,它排斥、洗礼了非理性的癫狂,将非理性深深打入地下。诚如有的学者所指出,福柯认为笛卡尔开创和确立的肯定理性主体、鞭笞非理性的哲学传统"必是高踞于没有精神和思想的对象世界之上",造成主客、心物二分,而"这一心物二元论的传统在当今一些哲学家看来,简直就是核武器、细菌战以及纳粹反犹太屠杀的罪魁祸首。前者是科学发达的结果,这是物。后者是伦理专断的结果,这是心"。笛卡尔拒绝怀疑理性本身,在这一传统中"首当其冲",应有其历史责任。

到了德国古典哲学阶段,在思维/存在、主体/客体、主观性/客观性等一系列二元对立中,康德似乎代表了"思"的主体性立场。康德在《纯粹理性批判》中把人的认识能力分为感性、知性和理性。在"先验感性论"中研究感性认识的先验形式、可能条件和界限,他承认人之外有"自在之物"(自然界、客体)存在,但要认识客体,首先依赖人的先验感性直观形式(如时间、空间等)对客体、现象界经验的整理;而"先验分析论"主要研究知性的形式、可能条件和界限,如它提出十二个知性范畴为先天的认识形式,用以进一步整理、构成感性认识,而达到普遍性与必然性;"先验辩证论"研究理性认识的形式和可能条件及纯粹理性的一些二律背反,实际上是关于理念、关于认识无条件、绝对的东西的可能性的学说。康德这一先验认识论,将认识从与客体(对象)的符合转移到客体符合主体的先验认识形式能力上来,从而以实现"思"的主体性而完成了西方哲学史上的"哥白尼式革命"。康德说,"人们一向假定我们的一切知识必须符合于对象;可是通过概念先天地构成有关对象的某物以求扩展我们的知识的一切尝试,在上述假定下都失败了。因此,我们可以试试,如果我们假定对象必须符合于我们的知识……这样做已经更好地与所要求的关于对象的先天知识的可能性相一致了,这种知识应该在对象被给予我们之前就确定有关对象的某种东西"。但是,这种"哥白尼式革命"并未跳出主客二分的二元对立的怪圈,在存在论上并无进展,因此海德格尔说,通过哥白尼式革命,知识与存在者"符合"(adaequatio)这种意义上的"旧的"真理概念所受到的冲击是如此少,以致知识正好以这个概念为前提,选定首先建立起这概念。对于存在者("诸对象"),存在性的知识只有当这个作为存在者先已明白地、亦即在其存在机制中被认识了之后,才能去符合它。海德格尔还指出,在康德那里,"存在问题一般地被耽误了,与此相关的是根本没有出现过以此在为专题的存在论,用康德的话说,就是根本没有人对主体之为主体的情况事先作过存在论分析。尽管康德在某些本质方面作出了推进,但它却并不曾进行过上面说的那种存在论分析,反而教条式地继承了笛卡尔的立场"。就是说,康德的主体论在存在论上仍继承了笛卡尔的思维/存在、主体/客体的二元对立思维的立场和模式。

黑格尔与康德相反,代表了"思"的客观性立场。这里不拟展开,只想指出,在存在论上,黑格尔的"理念论"的客观性同样奠基于上述二元对立的思维方式。

二、现代哲学:寻求对二元对立的思维方式的超越

20世纪西方哲学的现代性标志之一,是不断寻求对传统形而上学二元对立思维方式的超越。

这种寻求超越的努力,首先反映在胡塞尔的现象学中。胡塞尔现象学有两个中心概念——"生活世界"与"交互主体性"——的设定,体现了他对思维/存在、主体/客体的二元对立的思维方式的超越。

首先,关于"生活世界",有的学者论述了其四个基本含义:(1)它是一个非课题性的世界,是将现实世界的存在看成不言自明的前提的"自然态度","生活世界是一个始终在先被给予的、始终在先存在着的有效世界,但这种有效不是出于某个意图、某个课题,不是根据某个普遍的目的";(2)它是一个奠基性的世界,"生活世界"的态度是先于并构成"客观科学的态度"和"哲学反思的态度"的基础,后两者都以"生活世界"为根基;(3)它是一个主观、相对的世界,是"始终在不断相对运动中为我的存在之物的总体",它随主观视域的运动而发生变化;(4)它是一个直观的世界,是"原则上可直观到的事物的总体"。① 综合起来看,"生活世界"应是置于主观、个体视域下的可直观到的、人生活于其中的客观世界。它虽有主观、相对性,但如胡塞尔所说,它"为所有客观证明提供对理论—逻辑存在有效性的最终论证",因而它的主观性恰是"客观—科学世界"的客观性的最终逻辑根据。② 胡塞尔正是通过"生活世界"实现了对主客二分的形而上学思维方式的超越。

其次,关于"交互主体性"概念,包含两方面的含义:一是主体与其他主体、"自我"与"他我"(人)间的关系,即"主体间"的相互关系,涉及的是自我

---

① 参阅倪梁康:《现象学及其效应》,三联书店1994年版,第130—132页。
② 同上书,第135页。

作为主体是否以及为何能认识另一主体("他我")、"他我"的存在如何对自我成为有效事实;二是各个主体之间存在着共同(共通)性,从而使一个"客观"世界先验地成为可能。① 胡塞尔认为,对这种"交互主体性"的研究,恰恰能为把握"科学—客观世界""社会世界""文化世界"等人类生存于其中的生活世界提供本质的说明。这同样是对主客二分思维方式的超越。此外,胡塞尔的"意向性"范畴也有异曲同工之妙,限于篇幅,这里不再展开了。

寻求超越的努力,更自觉地体现于海德格尔发展胡塞尔现象学思路,对"此在"的存在论分析中。关于这一点,他的基本命题是此在"在世界之中存在"。这个命题首先是针对长期以来"知识形而上学"主客二分,即二元对立的认识论而言的,这种认识论把人与世界设定为现成存在的主客体关系,"把这个'主客体关系'设为前提",设为某种"不言自明"的东西。然而,海德格尔则认为"它们仍旧是而且恰恰因此是一个不祥的前提",因为它"把这种关系理解为现成存在",那人(此在)与世界在"实际性"上被分割为"现成存在"的两个"存在者"——主体与客体,两者在分立、对立的"前提"下,"一个'主体'同一个'客体'发生关系或者反过来"。在海氏看来,这种预设的前提在存在论上是错误的,而且正"由于存在论上不适当的解释,在世(按:即'在世界之中存在')却变得晦暗不明了",造成"人们一任这个前提的存在论必然性尤其是它的存在论意义滞留在晦暗之中"②。海氏于是针锋相对地提出此在"在世界之中存在"("在世")的存在论命题。他首先强调这一命题与二元论相反,从其"复合名词的造词法就表示它意指着一个统一的现象",而非主客二分式的;其次,他又指出,此在"在之中"不是人(身体物)在世界"一个现成存在者'之中'现成存在",而是"意指此在的一种存在机制,它是一种生存论性质",是此在"把世界作为如此这般熟悉之所而依寓之,逗留之",因而是"融身在世界之中",所以"此在"与"世界"决非"现成共处""比肩并列"的两个"存在者";再次,他用"此在生存论上的基本机制的亮光朗照""此在在世"命题,揭示出此在"能够领会到自己在它的'天命'中,已经同那些在它自己的世界之内同它照面的存在者的存在缚在一起了",换言之,"这个此在具有在世界之中的本质性机制"③。显而易见,整部《存在与时间》,就是由此出发一步步建构起其"基础存在论"(亦译"基本本体论")的。这是对思维/存

---

① 参阅倪梁康:《现象学及其效应》,三联书店1994年版,第130—132、135、139—141页。
② 马丁·海德格尔:《存在与时间》,陈嘉映、王庆节合译,三联书店1987年版,第73页。
③ 同上书,第66—89页。

在、主体/客体二元对立的又一个重大超越。

伽达默尔现代诠释学提出的"效果历史"原则,是超越主客二元对立的又一成功尝试。伽达默尔把"效果历史意识的任务"看成"是一般诠释学的中心问题",因为这"是存在于一切理解中的应用问题"①。他首先批判"历史客观主义"从主客二分的思维方式出发,把历史现象看成与历史理解者无关的纯客观现象,"因而把历史意识本身就包容在效果历史之中这一点掩盖掉了",而"这一点"恰恰是诠释学的基本出发点,即人们对历史现象的理解总是包含着理解者的历史意识(即历史现象对理解者的"效果")。正因为历史客观主义"否认了那些支配它自身理解的并非任意的根本性前提,因而就未能达到真理"。

其次,在伽氏看来,当我们力图从对我们的诠释学处境具有根本性意义的历史距离出发去理解某个历史现象时,我们总是已受到效果历史的种种影响;在一切理解中,不管我们是否明确意识到,这种效果历史的影响总是在起作用;效果历史意识其实乃是理解活动过程本身的一个要素。他克服历史客观主义的具体思路亦即"效果历史原则"是:在"诠释学处境"中,以我们的"现在视域"(理解前业已存在的"前间""偏见""前理解")不断与过去的"传统视域"(一般被认为是纯客观的历史现象)相融合,而达到一种新的理解。在历史客观主义眼里,"现在视域"与"传统视域"常常被当成理解主体和理解客体(对象)而加以孤立、对立起来,而伽氏则反其道而行之,指出"理解其时总是这样一些被误认为是独自存在的视域的融合过程","这种视域融合随着历史视域的筹划而同时消除了这视域。我们把这种融合的被控制的过程称之为效果历史意识的任务"②。对此,他进一步清楚地解释道:"真正的历史对象根本就不是对象(按:客体),而是自己和他者的统一体,或一种关系,在这种关系中同时存在着历史的实在亦即历史理解的实在。一种名副其实的诠释学必须在理解本身中显示历史的实在性。因此我就把所需要的这样一种东西称之为'效果历史'。理解按其本性乃是一种效果历史事件。"③于是,"效果历史"意识就消除了主体/客体、自我/他者、现在/过去(传统)、理解者/被理解的历史现象等一系列的二元对立,而达于一种统一和

---

① 汉斯·格奥尔塔·伽达默尔:《真理与方法》(上卷),洪汉鼎译,上海译文出版社1992年版,第393—394页。
② 同上。
③ 同上书,第384—385页。

超越。

　　德里达用解构主义策略来颠覆传统形而上学的一系列二元对立,则是超越的另一种独特路径。他认为,善/恶、真理/谬误、言语/文字、自然/文化、主体/客体、自我/他者等一系列二元对立,归根到底是传统形而上学用以把握世界、把握时间的一个基本模式。他发现这一系列对立的二元,并非平等、对等、不分高下的,在时间上也是有先有后的,在先的总是高于并决定在后的。他明确指出,"传统哲学的一个二元对立命题中,除了森严的等级高低,绝无两个对项的和平共处,一个单项在价值、逻辑等方面统治着另一单项,高居发号施令的地位",而要解构这个二元对立命题,必须首先采用"颠覆"的手段,即"在一特定时机,把它的等级秩序颠倒过来",这个"颠覆的阶段"是不可绕过、不可忽略的,否则"即是忘却了二元对立的冲突和隶属结构"。[①] 譬如他在解构"逻各斯中心主义"的言语/文字二元对立时,首先用各种方法颠倒了二者的位置,把文字看成先于、高于言语的东西,并进而指出,"逻各斯中心主义"实即抬高语音、贬抑文字的"语音中心主义",它"是参与了在历史中将存在的意义普遍地确定为'在场',是参与了所有取决于这一普遍形式的二次确定,这些二次确定是'在场'的内部组织了它们的体系,它们的历史联系,如客体作为形相对视觉的在场;作为物质/本质存在的在场;作为现时一点或瞬息一刻的时间的在场;我思、意识、主体性的自我在场;自我与他者、作为自我之某种意向现象的自我间性的协同在场等等。逻各斯中心主义因此注定将作为在场来作出确断"[②]。据此,德里达把以逻各斯中心主义为基础的整个传统哲学看成是一种"在场的形而上学"而予以批判和颠覆。这种颠覆虽是破坏性的,却亦是对传统形而上学二元对立思维方式的一种特殊的超越,其中包含着建设性的因素。

　　哈贝马斯的交往行为理论从语用学、社会学角度发展、改造了胡塞尔的"生活世界"和"交互主体性"命题,也超越了僵化的二元对立思维。首先,他指出,一直到当代,从笛卡尔到黑格尔的主客对立的二元论传统"仍然在不断地发挥作用","在这样的前提下,认知或行为主体同作为一切客体以及事实之总和的世界完全近于对立状态;与此同时,主体也必须把自己理解为世

[①] 德里达:《立场》,芝加哥1981年版,第41页,转引自陆扬《后现代性的文本阐释:福柯与德里达》,上海三联书店2000年版,第2页。

[②] 德里达:《论文字学》,巴尔的摩1976年版,第12页,转引自陆扬《后现代性的文本阐释:福柯与德里达》,上海三联书店2000年版,第6—7页。

界众多客体(以及众多事实)中的一员",这样,"在理论结构中,要么是主体在内部世界中的地位居先,要么是主体超越世界的地位得势"①。对这一"逻各斯中心主义"传统,他尝试将现象学与解构主义结合起来加以批判,认为它"在本体论上局限于追问存在者的存在,在认识论上只关注客观认识条件,在语义学上仅看重断言命题的真值效果"(按:即命题符合客观现实),并提出"从语用学的角度克服逻各斯中心主义传统"的设想,认为这样就"可以揭开变得更加复杂的世界的面纱,并彻底抛弃传统心—身问题所必须依靠的前提"②。其次,他重新阐释了马克思的实践观点,认为马克思勾画出人的"社会文化生活方式的发生过程","开始把一部分的客观自然一同考虑进去了",这样,"作为具有言语和行为能力的主体,在一切科学之前我们就具有了进入由符号构成的生活世界以及社会个体的劳动结果和创造潜能的内在途径"③。再次,在此基础上,他提出了"交往行为理论"。他把社会看作"由符号建构起来的生活世界",其中言语者与他者(包括言语者、听众、世界)的"三层世界关系"是互动的,而在"互动结构"中,主要是人际关系。哈贝马斯的交往行为理论力图"通过建立人际关系,互动参与者用他们的言语行为承担起协同的使命",而"言语行为发挥协调行为功能的一般途径在于:它们使多个行为者之间能够达成合理共识",其目的"是要在主体间共有的生活世界中实现社会整合",从而促进"对于生活世界的再生"。据此,他得出了"社会的形成和再生也就的确只能依靠交往行为"的结论。④ 这是在语用学与社会学的结合上克服、超越二元对立哲学传统的又一尝试。

总起来看,整个20世纪西方思想在一定意义上都是在不断寻求着克服传统二元对立、获得思维方式上重大突破的途径。

三、探寻新世纪中国文艺学美学研究的突破之途

上面所谈,都是西方的,也未涉及文艺学、美学的研究。但我认为,中国的文艺学、美学研究在21世纪要取得新的重大突破,还要从根本上下功夫。

---

① 哈贝马斯:《后形而上学思想》,曹卫东、付德根译,译林出版社2001年版,第19页。
② 同上书,第20页。
③ 同上书,第20—21页。
④ 同上书,第81—83页。

这就是说,我们要站在新世纪的高度对文艺学、美学所涉及的一系列重要问题进行重新审视,作出新的思考和研究,而且更重要的是,首先要对学术研究之"根"——我们用以进行重新审视的思维方式——进行重新审视。就是说,我们要对我们长期以来习惯使用的思维方式进行反思和变革。这是我们的文艺学和美学取得重大突破的前提和根本。

那么,我们长期以来习惯使用的思维方式究竟是什么?一个可能的回答是:"辩证思维"方式,亦即对立统一的思维方式。但在我看来,我们的文艺学、美学界乃至整个学界,由于长期以来受到前苏联学术界的重大影响,更受到毛泽东"一分为二""斗争哲学"的深远影响,在思维方式上其实并未摆脱二元对理论的阴影,远未真正达到马克思主义辩证思维的高度。事实上,我们对辩证思维的理解往往并非真是"辩证"的,而是二元对立论的,在文艺学美学的实际研究中,更是常常不自觉地陷入二元对立的怪圈而不能自拔。我本人亦不例外。所以在思考、研究中常常会感到困惑与茫然,有时回过头来看看自己的某些研究成果,也会感到不充分自信。仔细想想,原因大约在于自己过去不少学术思考并未能摆脱二元对立的思维方式,因而局限性、片面性显而易见。

当然,我国文艺学、美学界在新中国成立以来也一直存在着一种努力突破二元对立思维的潜流,新时期以来,特别是 90 年代以来,这种努力更加明显,并取得一些重要进展,这为我们在新世纪进一步拓展超越二元对立思维方式之路奠定了基础。

譬如文艺学。长期以来,我们在内容/形式、主体/客体、表现/再现、情/理、理性/非理性、思想/形象、审美性/意识形态性、自律/他律、虚构/真实、艺术真实/生活(历史)真实、个性/共性等一系列二元对立中摇摆、徘徊,而 80 年代以来这种局面有所改观,如我国一些有影响的学者提出了有关文学本质的"审美意识形态"论[①],开始打破这种二元对立的思维格局,此处限于篇幅,不拟展开论述。

90 年代以来,钱中文先生针对当代文化商品化的趋势,文学艺术意义、价值的下滑和人文精神的淡化、贬抑的现状,率先提出和倡导文艺学研究的"新理性精神",受到学界较广泛的认同和支持。我认为,这种新理性精神,在对文艺学一系列基本问题上体现了对二元对立思维方式的进一步突破和

---

① 参阅钱中文、童庆炳、王元骧等先生的有关著作与论文。

超越:首先,它采取了一种"大视野",提倡"在历史唯物主义的观照下,弘扬人文精神"。它从人的生存和发展的基本需要出发,重释人文精神内涵,把人文精神定位在人的精神家园的营造,其要旨是"对民族、对人的关怀,对人的生存意义、价值的追求和确认",以找到各国、各民族之间"共同的相互人际关系的契约式准则",并共同遵守之。中文先生提出要建立这种新的理性、人文精神也必须突破二元论,一方面"必须发扬我国原有的人文精神的优秀传统",另一方面"在此基础上,适度地汲取西方人文精神中的合理因素,融合成既有利于个人的进取,又使人际关系获得融合发展的、两者相辅相成互为依存的新的精神"。[①] 这种新理性精神与哈贝马斯的"交往行为理论"在寻求"共同的相互人际关系的契约式准则"这一点上不谋而合,体现了超越二元对立的狭窄视域的现代性大视野。

其次,新理性精神主张文学创造应从单纯语言形式的追求方面中跳出来,与更为宽厚、深刻的人文内涵因素有机地结合统一起来。这是针对80年代以来日益滋长的把文学"自律"与"他律"绝对对立起来,片面抬高"自律"而贬抑"他律"的语言形式主义思潮而言的。

在此,新理性精神针对文艺界非理性主义、反理性主义的抬头而强调在文艺创作中把人的心理、认识中的非理性因素与理性因素有机地结合、统一起来。它既承认并充分重视非理性因素在历史、精神和文艺创造中的特殊作用,又反对把非理性绝对化而走向反理性主义;它既肯定理性对人类发展的积极作用,也反对把理性绝对化、异化,最终走向反面而堕为另一种形态的反理性主义。因此,它主张将理性因素与非理性因素统为一体以从整体上阐释世界与人生,指导文艺创作。

它主张在文艺创作中,使"最基础的与更高形态的人文精神"有机结合起来,"相辅相成","以在一定程度上调整现实生活的失衡"。人文精神最基础的部分是"人之为人的羞耻感,同情与怜悯,血性与良知,诚实与公正"等,更高的形态则是信仰与理想等等。提出这一点也是为了对抗当前文艺中的"精神堕落与平庸"现象。

它在"审美意识形态"论的基础上进一步深化,在更高的层面上重新阐释文学的审美内涵和语言形式的关系,令人信服地超越了审美/意义、价值,形式/内容等传统的二元对立。具体来说,新理性精神"将站在审美的、历史

---

① 见钱钟文《文学艺术价值、精神的重建:新理性精神》一文,载钱中文:《文学理论:走向交往对话的时代》,北京大学出版社1999年版,第337—359页。

社会的观点上,着重借助与运用语言科学,融合其他理论与方法,重新探讨审美的内涵,阐释文艺的意义、价值";它"极端重视审美,但不是所谓'纯粹的审美'"即缺乏意义、价值的"语言游戏",而是要突破纯语言游戏的"牢笼",使文学的审美与意义、价值的交互融合得到完整的阐释。

它对传统的保存与革新也采取了融通、综合而非二元对立的态度。中文先生总结西方当代思想中过分强调与传统决裂的倾向所造成的危机,指出,"确实西方的精神危机,相当程度上是与对传统持虚无态度有关的",认为"对传统采取全面颠覆的态度,一脚把它踢开,那实在是一种反理性主义"。他认为,"文化传统是人类几千年间积累起来的精神成果",它不纯粹属于过去,"它是通向未来、构成未来的过去",所以他主张对传统"完全可以给予改造,使之参与新理论的建设"。

它主张在文化交流中应"贯彻对话精神"。中文先生在许多地方都强调"对话"精神,如在巴赫金研究中主要凸现其"交往对话主义"思想;将1999年出版的论文集命名为《文学理论:走向交往对话的时代》。这里的交往对话主要指不同民族异质文化之间的沟通与交流。的确,异质文化间的异质成分存在截然对立的东西,会形成文化冲突,但中文先生则主张通过对话"求同存异",互相"取长补短",达到"汲取与融合""推陈与创新"。

总体上从文化精神来说,新理性精神"将是一种更高形态的综合",它主张各民族文化艺术既保持独创性,又互相吸收,由综合而至融合,"在综合与融合中获得新质",形成新的文化艺术和理论形态。[①]

我相信,在新世纪中,沿着这种"新理性精神"对二元对立思想方式超越之途,文艺学应当获得较重大的突破和发展。

再看美学。从50—60年代的美学大讨论起,二元对立与超越对立的两种思路就开始形成。关于"美"的本质的主观派与客观派分别代表了主客二分思路的两个方面或极端,而主客观统一派和"社会性与客观性统一"派则代表着超越二元论的最初努力。"文革"以后,这种格局并未根本改变,但前两派的影响大为缩小,而后两派在"实践美学"的旗帜下有所靠近,影响渐增。蒋孔阳先生以实践论为基础、创造论为核心的审美关系理论在90年代得到较充分的展开,对各派美学之长作了多方汲取与综合,开始从本体论上对二元对立思维方式的超越,达到了新的水平和高度。与此同时,年青一代

---

① 见钱钟文《文学艺术价值、精神的重建:新理性精神》一文,载钱中文:《文学理论:走向交往对话的时代》,北京大学出版社1999年版,第337—359页。

的美学家也提出了对实践美学的整体超越的主张,"生命美学""超越美学""生存美学"等便是这种主张的几种形态,其中确有一些突破和超越二元论思维的合理思想,但也有一些仍停留于此思维怪圈之中。新世纪中美学学科建设如要有大的突破,关键恐怕还是要突破、超越传统的二元对立思维方式。

本人主编、2001 年出版的《美学》①,在这方面做了一些初步的尝试。我们吸取了现象学的某些思路,主张从实践本体论或实践存在论出发建构美学理论:(1)主张从人的存在即存在论角度重新审视"实践"范畴,超越传统实践美学的认识论框架;(2)拓展、恢复"实践"范畴的原初内涵,使之从单纯物质生产劳动的含义扩展为广义的人生实践,从而把人的存在与实践有机结合在一起;(3)改变了美学研究基本问题的传统提问方式,把"美是什么"的本质主义思路改变为"美如何存在"的存在论思路,美学研究的中心课题于是也从"美的本质"转为"审美活动";(4)把审美活动看成人类的基本活动和生存方式之一,看成是人与世界的本己性交流,是最具个性化的精神活动,是有限无功利与最高功利性的统一;(5)美或审美对象(客体)并非先在地存在于人之外的纯客观实体及其审美属性,相反,审美对象与审美主体只存在于审美活动中,两者均只有在审美活动中才现实地生成;(6)我们对美学研究的一切其他重要课题如审美形态、审美经验、艺术存在和活动、审美教育等等,均从审美活动所造成的人与世界现实的审美关系入手加以探讨、论述与阐发;(7)我们提出:"美学是研究人的基本存在方式之一——审美活动的人文学科","审美活动是一种基本的人生实践","审美是一种高级的人生境界"等基本命题,并努力将这些命题的基本精神贯彻到全书各章节中去。

这里我们并无自我炫耀之意,因为我们清楚,这一切都还不成熟,都还有待学长同行的批评指正。但我们据以尝试的基本思路,则是自觉地超越传统的二元对立思维方式,尤其是超越主客二分的认识论思维方式。从中我们得到的启示是,传统思维方式的变革,有可能是美学研究变革的前提和先导。

让我们呼唤对二元论思维方式的不断超越,迎接新世界文艺学、美学的灿烂春天吧!

急就于 2002 年元旦

(原载《文艺理论研究》2002 年第 2 期,

《人大复印资料》2002 年第 6 期全文转载)

---

① 朱立元主编:《美学》,高等教育出版社 2001 年版。

试析"新理性精神"文论的内在结构

自1995年钱中文先生首次提出"新理性精神"文学理论的主张以来,八年过去了。中国的文学艺术和文艺理论,在世纪之交的回眸与展望中,在价值和精神重建的不断努力和艰难奋斗中,经历了无数次风雨的洗礼,伴随着新世纪的降临而跨入了一个新的阶段。经过八年的建设,中文先生所倡导的"新理性精神"文论焕发出了强大的生命力,获得了理论、学术界的越来越广泛的赞同,它本身也获得了长足的发展,日益走向系统与完善,其内在思路与逻辑结构也更趋严密。本文拟重点对钱先生的"新理性精神"文论的内在结构做一简要分析。笔者的基本观点是:"新理性精神"文论以"新人文精神"为精神内涵和价值核心,以"现代性"阐述为理论基点和中心话题,以"交往对话"的综合思维方式为思考理路和逻辑方法。这三个方面相辅相成,相互渗透,构成一个开放性的理论结构。下面试分述之。

一、以"新人文精神"为核心

"人文精神"是一个古老的概念,同西方文艺复兴时期提出的"人文主义"口号在关怀人、追求健全人性的基本倾向上有相通之处。钱中文先生把"人文精神"概括为"对民族、对人的关怀,对人的生存意义、价值的追求与确认",它是"使人何以成为人,要成为什么样的人、确立哪种生存方式更符合人的需求的那种理想、关系和准则",并从人文精神"具有普遍的人类意义"、"是一种历史现象"和"具有强烈的理想风格"三个方面做了深刻有力的论证,从而揭示了"人文精神"概念的一般内涵。在此基础上,中文先生鲜明地提出了倡导"新人文精神"的思想。

那么,"新人文精神""新"在何处?与一般"人文精神"有何区别?

首先,它"新"在有其不同于以往的现实针对性。中文先生是面对20世纪西方精神文化的危机和异化及非理性主义、反理性主义思潮的泛滥,特别是针对20世纪80年代以来国内外"科技霸权主义"对人的压抑、语言形式对文学内在精神的排挤以及"知识普泛化"对艺术家"社会良知"的吞噬,他感到切肤之痛,才旗帜鲜明、针锋相对地提出"新人文精神"来"对抗"这种"人的精神堕落与平庸"。他大声疾呼,"面对人的扁形化、空虚感,人的大范围的丑陋化、平庸化,与自我感觉的渺小化,文学艺术应该扬起人文精神这面旗帜,制止文学艺术自身意义、价值、精神的下滑"①。

对于这种特定的现实针对性,笔者在写于1995年秋的论文《试论当代"人文精神"之内涵》一文有过较翔实的论述,其中的观点笔者至今仍未改变,也许可以作为"新"人文精神的某种注释。文章将当代人文精神与传统人文主义作多方面比较之后提出,"当代"人文精神与以往的不同,"最根本、最集中地体现在人文精神所对抗、反对的对象上",认为"当代中国,人文知识分子和人文学术领域,所遇到的最大压力阻力,便是商业主义、物质主义和科技主义。倡导'人文精神',主要为对抗这三种'主义'。由此而引起'人文精神'与西方'人文主义'的具体内涵的一系列不同"②。据此,笔者认为必须从当代(即"新")人文精神与"三个主义的对立关系中去把握其意义",具体来说:一是它与已渗透、侵蚀到精神文化学术领域一切方面的商品化原则和商业化现象相对立;二是它与那种以当下物质生活的满足和享受为人生第一目标,而放弃高尚的理想、追求和良知,放纵急剧膨胀的物欲、贪欲、拜金主义等的物质主义相对立;三是它与鼓吹科技至上以致排斥人文学术、瓦解人的自由精神和生命体验、造成人性异化的科技主义相对立。现在回过头来看,笔者的这些看法倒是恰好对钱先生倡导的"新人文精神"之"新",以及它那种强烈的时代感和鲜明的现实批判性的旁证与说明。

其次,"新人文精神"的另一"新",在于它在继承传统基础上的综合创新。钱先生指出,新的人文精神的建立,看来必须发扬我国原有的人文精神的优秀传统,在此基础上,适度地汲取西方人文精神中的合理因素,融合成既有利于个人自由进取,又使人际关系获得融洽发展的、两者相辅相成互为依存的新的精神。③

我觉得,这里有三点值得重视:第一,钱先生强调了人们过去相对忽视

---

① 钱中文:《文学理论:走向交往对话的时代》,北京大学出版社1999年版,第347页。
② 见朱立元:《理解与对话》,华中师范大学出版社2000年版,第251页。
③ 参见金元浦:《多元对话时代的文艺学建设——新理性精神与钱中文文艺理论研究》,军事谊文出版社2003年版,第6—8页。

的中国传统人文精神的思想资源。笔者前面只谈到西方"人文主义"传统，而未涉及中国人文精神的优秀传统，确实不够全面。钱先生则精辟地将中国几千年传统人文精神归结为"对人际关系的重视"，即"重在个人修身自立，与人际、社会关系的相互协调"，这的确抓住了要害。

钱先生还进一步分析了这个人文传统的一系列重要表现形式："表现为中国历史人文知识分子修身自立的品格，坚持人格尊严，个人对社会的责任感，历久不衰的忧患意识感。'先天下之忧而忧，后天下之乐而乐'（范仲淹），'为天地立心，为生民立命，为往圣继绝学，为万世开太平'（张载）。在近代西方思潮的影响下，我国现代知识分子又提出'赛先生'、'德先生'，甚至近时又呼唤'莫先生'（道德）；提出知识分子的价值是'与天壤而同久，共三光而永光'的'独立之精神，自由之思想'说。自然，这是一种理想与追求。"[①]这就把中国传统人文精神的内涵具体化了，从而阐明了建构新人文精神的民族传统的基础。

第二，中文先生还将中西人文传统加以比较，指出两者的主要区别在于中国重个人修养与人际关系的协调，而近代西方以来，"人文精神的着眼点则是以个人为本的，如自由、人权、平等、求知、求真等。特别是自由与人权，它们关系人的方方面面"，认为西方人文传统至今仍有一定的"理想光辉"，但同时指出它在几百年来的实践中却常走极端，以致造成"对他人的侵扰与伤害"。这又从另一方面提供了建构新人文精神的思想资源。

第三，中文先生强调建构当代新人文精神须以弘扬中国人文精神优秀传统为"基础"，"适度"地汲取西方人文精神中的合理因素，而不是等量齐观，各取一半来吸收；这种建构不是将中西人文传统拿来拼凑、混合，而是须加以"融合"，融而化之，合成一种新的人文精神，兼具两者的合理成分，却又是与两者全然不同的具有新质的精神。

中文先生的"新理性精神"文论正是以上述具有新质和强烈现实批判性的"新人文精神"作为其理论架构的价值中枢和核心内涵。可以说，新人文精神既是建构"新理性精神"文论的根本目的，又是它的理论核心与价值基石。

---

① 钱中文：《文学理论：走向交往对话的时代》，北京大学出版社1999年版，第346页。

二、以"现代性"为主题

关于"现代性"的问题,与"后现代性"问题一起构成了 20 世纪 90 年代至新世纪初文论界乃至整个人文社会科学界关注的焦点之一。由此问题切入,可以对各人文学科的理论架构和传统格局做深刻的反思和根本性的改造,文艺理论学科亦不例外。

钱中文先生的"新理性精神"文论就是以紧紧围绕现代性及相关话题,以此作为理论切入点和展开论述的主题。他明确指出:"新理性精神将以'现代性'为指针,以推动现代社会、文化、文学艺术发展的现代意识精神为其理论组成部分。"之所以紧扣住"现代性"不放,是出于更新改造文化传统、建设当今新文化的内在需要。钱中文先生言简意赅地指出:"在当今新文化的建设中,需要通过现代性,对优秀的文化传统进行定位与选择"[①],进而加以改造与创新。他认为我们当下面对的有三种文化传统与资源——中国古代文化传统、中国现代文化传统及外国文化传统。根据现代性尺度,"当代文化建设,只能以现代文化传统为基础与出发点";就是要按现代性要求,"以现代批判精神对现代文化进行批判与改造,确立其行之有效的部分",然后才能进而借鉴另外两种传统资源,即"吸收中国古代文化与西方文化中的有用成分,使之融会贯通,建立新的文化形态"。在此,对文化传统的选择、吸收、改造、融化,每个环节都离不开现代性。所以,抓住了现代性,也就抓住了建设当代新文化的关键。

中文先生在探讨现代性及其与文学理论的关系问题上的理论贡献,在我看来,主要有以下几点:

第一,在回顾了欧美现代性理论发展历史的基础上,对现代性的基本内涵做了完整而精当的归纳:

> 在我看来,所谓现代性,就是促进社会进入现代发展阶段,使社会不断走向科学、进步的一种理性精神、启蒙精神,就是高度发展的科学精神与人文精神,就是一种现代意识精神,表现为科学、人道、理性、民

---

① 钱中文:《新理性精神文学论》,华中师范大学出版社 2000 年版,第 25 页。

主、自由、平等、权利、法制的普遍原则。①

更重要的是,他并不把"现代性"内涵凝固化,而是以历史发展的眼光首次提出了如下的现代性的历史动态模式:

> 从现代性的历史进程来看,现代性是一种被赋予历史具体性的现代意识精神,一种历史性的指向。在各个发展阶段,现代性的内涵有着共同之处,但又很不相同。一些学术思想问题,在彼时彼地的提出,看来有违那时现代性的要求,而不被重视,甚至还要遭到批判;而在此时此地,则不仅与现时现代性的要求相通,而且还可能成为现代性的基本组成部分。②

在我看来,这个动态模式的重要性超过了对现代性下一个确定的定义,使我们对现代性的认识具备了一种开放的、历史的眼光,一种辩证的、变化的思路,一种宽容的、超越的气度。

第二,中文先生也清醒地看到了现代性所包含的内在矛盾及由此在历史实践中产生的种种负面效应。他强调要"把现代性本身看作一个矛盾体,应当看到它的两面性,以避免走向极端"。与一般承认现代性有两面性的观点不同,中文先生还对这种矛盾性的具体历史内涵做了深刻的揭示与论述。他认为这种内在矛盾主要表现为"在理性精神的不断实现过程中,也造成了种种失衡,使理性精神变而为只讲使用的工具理性"③。他还从科技进步、物质发展导致物对人的压抑和人文社会科学进展局部引发非理性、反理性思潮两个方面深刻揭示了在现代化和现代性发展过程中理性的工具化实质,同时也准确揭示出工具理性不同于一般理性,乃至成为理性的异化形式的基本内涵,从而透彻地阐明了现代性内在矛盾的性质和含义。

第三,中文先生并未因现代性有两面性而全盘否定现代性,或认为现代性原则已"过时",相反,他旗帜鲜明地批评了那种在后现代主义旗号下全盘否定和抛弃现代性的时髦主张,指出,"现代性的文化批判仍在探索积极的因素,维护人的存在所需要的普遍价值原则与普遍精神,以便使价值与精神在被破坏中获得重建",因而它并未过时,"即使在欧美,如果要使社会获得正常发展,那么现代性以及现代性建立的意识、话语权威,即使一部分过时

---

① 钱中文:《新理性精神文学论》,华中师范大学出版社 2000 年版,第 25 页。
② 同上书,第 30—31 页。
③ 同上书,第 27—28 页。

了,而其基本原则、精神还是常新的,是人们的生存须臾离不开的";他还认为,后现代性与现代性并非绝对对立的,其中有些新观念有积极意义,"可以将这些积极因素作为现代意识因素,融汇到现代性中去,丰富现代性,但难以排挤掉仍在起到支配社会生活的现代性"①。这一观点与哈贝马斯关于现代性是"一次未竟的事业"(或译为"一项未完成的设计")不谋而合,有异曲同工之妙。

第四,联系到文艺理论,不得不涉及现代性与现代主义的亲缘关系。中文先生在肯定现代性与现代主义之间的密切联系的同时,又把许多人混为一谈的"现代性"和"现代主义"两个概念做了严格区分,也对基于现代性的文化批判与后现代主义的文化批判做了严格区分,进而又为现代性的合理方面做了有力辩护。他首先明确指出,"西方学者把20世纪最后几十年前的社会精神、学术思潮的现代性,定位于现代主义,把现代主义看成了现代性的最后形式,把现代主义的危机当成现代性的危机"②。这就一针见血地揭示出混淆现代性与现代主义,必然导致把已经过时、失去存在理由的现代主义的历史命运硬加在仍有生命力的现代性上。其次,中文先生在肯定后现代主义是对现代性进步的一种文化批判的同时,也强调现代性仍继续着对自身消极方面的反思和批判,因此认为后现代主义的批判往往把现代性加以全盘否定是片面的。

第五,他认为现代性作为一种历史性的具体指向,在其各个发展阶段的内涵并不完全相同,中国作为发展中国家,其现代性诉求与西方发达国家主张的现代性趋向,在内涵上并不完全一致。这就提出了中国现代性有特殊性的重要思想。据此,他批评那种"完全以外国的现代性准则来代替我国的现代性诉求","实际上是西化思想"。他指出,"以外国的现代性来替代我国文化、文学的现代性,一旦发现了两者之间的差异,就对我国的文化与文学艺术嗤之以鼻"的做法是"西化式现代性讨论","不能不导致现代性阐释的失误"。为此,中文先生力主中国的现代性"应在文化建设中确立自己独立自主精神与进取精神,也即独立、进取的文化身份"。这就是一方面要用现代性激活、更新传统,建设当代新文化;另一方面在建设当代新文化的进程中发展、充实现代性的历史内涵,焕发现代性的生命与活力。

由上可见,中文先生关于现代性的论述,乃是"新理性精神"文论的主题

---

① 钱中文:《新理性精神文学论》,华中师范大学出版社2000年版,第25页。
② 同上书,第26页。

和基本论域。只有把握了这一主题,才能在更高层面上获得的一个现代性视阈中,重新审视文艺理论的一系列基本问题,给予新的阐释与论证,文艺理论的创新才能获得扎实的思想依据和理论根基。

三、以交往、对话为理论创新的思维方式

作为一种创新的文艺理论,中文先生的"新理性精神"文论在研究方法与思维方式上也有重大突破,这集中体现在以交往、对话精神为内核的综合研究方法超越二元对立的思维方式上。

新时期以来,中国文艺理论界虽然取得了重要成就,但由于众所周知的原因,在思维方式上其实并未完全摆脱二元对立论的阴影,远未真正达到马克思主义辩证思维的高度。这可能是阻碍我国当代文论健康发展并取得根本性突破的主要症结之一。

中文先生在回顾中国百年文论时,对二元对立的思维方式做了深刻的剖析,指出:"在近百年里,我们大部分时间处在斗争和一味斗争中间,我们的思维养成了非此即彼的定型的方式,哲学上只分唯心唯物,抑此扬彼,绝对的二元对立;政治上是分等划类,你死我活,好就是绝对的好,坏就是绝对的坏;批判不是为了吸收与扬弃,而是为了否定与打倒。这种方法不仅渗入人们的思想,而且也深入各种理论思维。"他大声疾呼:"应该是建立健康思维方式的时候了"[①]。何谓"健康的思维方式"?中文先生认为,这"应是一种排斥绝对对立、否定绝对斗争的非此即彼的思维,更应是一种走向宽容、对话、综合、创造同时又包含了必要的非此即彼、具有价值判断的亦此亦彼的思维,这是一种交往、对话的思维方式"[②]。我觉得中文先生"新理性精神"文论其实使用的就是这种交往对话的思维方式,它在超越二元对立思维方式上取得了全方位的突破,为中国文论界做出了榜样。

对这种交往、对话的思维方式,中文先生从多方面做了深刻的论述。

第一,这种思维方式体现了现代性的价值尺度与精神诉求。一般说来,思维方式本身并不依附于某种价值需求。但是,任何思维方式确实是在一定的社会价值环境中孕育形成、发展起来的,因此,常常与特定的价值观念

---

① 钱中文:《新理性精神文学论》,华中师范大学出版社2000年版,第123页。
② 同上。

相关联。比如说独断论的思维方式往往与专制主义观念相联系,而现代性所主张的民主、自由、平等的观念则与独断论、独白式思维方式不相容。所以,交往、对话的思维方式与现代性价值要求有着内在的必然联系。正如中文先生所说:"文学理论的现代性,要求排除对一种思维、观念的终极真理性、绝对权威性。绝对权威,终极真理,说一不二,不准思索的思维方式,已经不合时宜,表现为逆现代潮流而动。人的思维、意识是多样的,它们各有价值……真理的长河,是由千条万条细流汇合而成的,它们的相互关系应是一种相互包容、相辅相成的对话关系,表现为多声合唱"①。

第二,这种思维方式决定于人的实际存在方式,它有本体论的根据。中文先生将这一思维方式提到人的存在方式的高度做了本体论的论证。他引述巴赫金有关"我离不开他人,离开他人我不能成其为我","我的名字是我从别人那里获得的,它是为他人才存在的"论点,指出:"事实上,我需要他人才能存在,他人存在也要以我为依托","人实际存在于我和他人两种形式之中,存在意味着为他人而存在,通过他人而确证自己的存在。意识作为他人的和我的意识,相互联系又是各自独立……意识实际上是多数的,它们相互交织,各自独立,又具充分权利,自有价值,相互平等,在交往与对话中互为存在。……实际上生活本身就是对话的,你无法离开他人而存在"。② 这是极其深刻的,为交往、对话的思维方式建立了哲学本体论(存在论)的坚实基础。

第三,这种思维方式体现了与自然科学方法不同的人文科学性质。中文先生指出:"自然科学的思维,是单一主体的思维,它的对象就是客体,而非另一个客体的主体,意识的工作主要在于解释客体,其方式偏重于独语,而达于认识。人文思维则具有'双主体性',它探讨的文本,是主体的一种表述,它进入交流,面向另一个主题,另一个主体也面向作为主体的它,进入对话的语境,它需要的是'理解'";"人文科学重在理解,理解是人与人的对话,主体与主体的交流,意识与意识的交锋,'我'与'你'的相互讨论与了解。在对话与交锋中,两个主体互揭短长,去芜存精,共同发现,揭示与充实真理因素"。③ 这就为交往、对话思维确定了适用范围——主要在人文科学的"理解"之中。

---

① 钱中文:《新理性精神文学论》,华中师范大学出版社2000年版,第77页。
② 同上书,第77—78页。
③ 同上书,第78—79页。

第四，这种思维方式的基本特点就是超越非此即彼、二元对立的思维模式，成为一种"包含了必要的非此即彼、具有价值判断的亦此亦彼的思维"。交往、对话的思维方式用"亦此亦彼"的辩证思维来消解、取代"非此即彼"的二元对立的思维方式，自然是抓住了要害。但中文先生的创新之处不限于此，而是在"亦此亦彼"前面又加了上述定语。有无这个定语大不一样。因为"亦此亦彼"地思维固然可以超越"非此即彼"，但若处理不当，亦容易导致取消价值判断的、无是无非的相对主义。这就"把亦此亦彼的思维方式绝对化"了。而如把"亦此亦彼"绝对化，实际上也就把"亦此亦彼"与"非此即彼"绝对对立起来，而这种绝对对立的方法，实际上仍然回到了二元对立的老路上去了。因此，中文先生主张在"亦此亦彼"前面加定语。定语一是"包含了必要的非此即彼"，即对"非此即彼"否定的同时，又有所吸收，批判之中有所包容（函），这才是辩证的扬弃和真正的超越；二是"具有价值判断的"，思维不只是一种形式，必定同时还包含某种内容，即包含一定的价值倾向与判断，否则"亦此亦彼"的思维方式就会成为无是非、无正误，不包含任何内在矛盾、交锋和真正交往、对话的一种思维空壳，它的生命力也就终止了。所以，中文先生为"亦此亦彼"的思维加上两个定语，就使之获得了新质和强大的生命力。

第五，这种思维方式就其实质而言，我以为是一种综合、创新的思维方式，从第四点可知，在思维中所谓交往、对话就是让对立或不同的各个方面通过"对话即发问、诘难、应答与比较"及交流、沟通、理解（包含交锋、冲突、解释、渗透、吸收等等），最后有所超越和升华，达到一种综合、创新的境界。中文先生提出，"当今是综合创新的时代"，"综合可能是一条创新之路"。在我看来，交往、对话的思维方式，实质就是理论上的综合、创新之途，只有通过交往、对话，才能将多种声音在"亦是亦非"的交流、沟通中达到一种更高形态的"综合"，实现理论创新。在此意义上，我想把交往、对话思维概括为综合、创新的思维。

以上，我只是对中文先生的"新理性精神"文论内在结构的三个主要方面做了初步分析。我以为这三个方面相互交织渗透，组成一个开放的理论系统。至于其极为丰富的精神内涵及当代意义，本文还远未谈透，还有待文论界同仁的进一步研究与阐发。

（原载《学术月刊》2003年第4期）

关于当前文艺学学科反思和建设的几点思考

近两年来,关于"日常生活审美化"及文艺学学科反思的讨论在学界引起了广泛的关注,成为学术热点之一。目前讨论还在进行,并逐渐走向深入。我们认为,这场讨论是非常及时的,也是非常有意义的。讨论中涉及一系列有关文艺学学科建设和发展的重大问题,值得我们认真思考、认真对待。本文拟就这场讨论本身以及文艺学学科反思和建设的若干问题谈几点自己的看法。

一

我们认真拜读了"日常生活审美化"论者的主要文章,特别是陶东风的一系列论文,感到获益匪浅。我们认为,他们的思考中有不少见解很重要,值得我们重视。

首先,他们敏锐地感受到20世纪90年代以来随着市场经济的发展和进入"全球化"语境,中国正经历着一场极其深刻的社会、文化转型,而向以文学为主要研究对象的文艺学提出挑战,要求其改弦更张,跟上时代的步伐。"日常生活审美化"论正是在这样的背景下提出的。在他们看来,今天的"审美活动已经超出所谓纯艺术/文学的范围而渗透到大众的日常生活中。占据大众文化生活中心的已经不是传统的经典文学艺术门类,而是一些新兴的泛审美/艺术现象,如广告、流行歌曲"等等;同时也由于电子媒质引起了传播革命,现代社会影像生产能力急剧膨胀,导致"实在与影像之间的差别消失了,日常社会以审美的方式呈现了出来"[1],总之,导致了文学艺术与审美化的日常生活之间的界限逐渐泯灭,"当前的大众文化:影视文化、图像、传媒、网络文化等等的变化,使我们很难说这是文学,那不是文学"了,甚至

---

[1] 陶东风:《日常生活的审美化与文艺社会学的重建》,《文艺研究》2004年第1期。

"文化活动、审美活动、商业活动和社交活动之间不存在严格的界限"①了。"日常生活审美化"论者的确看到了当代中国文艺正在发生着重大变化,其中至少有两点是切中要害的:一是看到大众文化的蓬勃发展带来文学边界的模糊;二是看到电子传媒的革命对当代文学的冲击。不过,他们由此得出日常生活已审美化的结论,我们则持不同意见。②

其次,根据文学现实的新变,他们认真反思了当前文艺学的现状,认为文艺学存在着严重的"合法性"危机。他们这一批学者,在文艺理论界是最早、最敏锐地感受到文艺学的现实危机的,并对这种危机做了严肃和有深度的反思。他们认为,由于当前文艺学的"主导范式""囿于经典文学、坚守艺术自律立场已经严重阻碍文艺学及时关注与回应当下日新月异的文学/审美活动"③。因此,他们呼吁"当代文艺学研究不必固守原有的精英主义范围,而应该关注日常生活中新的审美现象"④。

这里,他们对文艺学存在危机或严重问题的判断我们是赞同的,但是,他们认为文艺学的危机是全局性的,乃至关乎学科存在的合法性问题,则令人难以苟同;而提出这种危机集中表现在其"主导范式"是"以艺术与审美的自律为支柱的"⑤,因而无法应对和解释"日常生活审美化"的现实,这也大可商榷。⑥ 不过,他们指出现有的文艺学"囿于经典文学"、存在某种精英主义倾向,倒是不应该否认的,值得认真反思。我们的文艺学确实存在比较多的"向后看"现象,所举经典往往是古典的,对现当代的新经典则相对忽视;对当代大众文化中的通俗文学更是比较轻视,有时还有意无意加以排斥。这样当然无法应对和说明通俗文学空前繁荣而高雅文学的空间被挤压得所剩无几的"严酷"局面。这个问题的确触及了当前文艺学发展的一个关键问题。

再次,他们在思维方式和方法上反对形而上学、凝固不变的现成论,而主张并实际坚持了辩证、动态的生成论,具有很强的历史感,这是难能可贵的,在方法论上是值得倡导的。陶东风在好几篇文章中都从生成论的角度

---

① 金元浦:《当代文学艺术的边界的移动》,《河北学刊》2004 年第 4 期。
② 见拙文《文学的边界就是文艺学的边界》,《学术月刊》2005 年第 2 期。
③ 陶东风:《日常生活的审美化与文艺社会学的重建》,《文艺研究》2004 年第 1 期。
④ 金元浦:《当代文学艺术的边界的移动》,《河北学刊》2004 年第 4 期。
⑤ 陶东风:《日常生活的审美化与文艺社会学的重建》,《文艺研究》2004 年第 1 期。
⑥ 见拙文《文学的边界就是文艺学的边界》,《学术月刊》2005 年第 2 期。

来思考文学与文艺学的不断变动、生成的历程。① 他首先考察了"文学"范畴的变化,认为"文学"的含义是变动的,以至于韦勒克在《文学理论》中付出艰苦努力,为文学下了个"虚构的、想象性的作品"的定义,却又不得不承认"文学与非文学的语言用法之间的区别是流动性的,没有绝对的界限";尔后在伊格尔顿那里更是成为第一个受到质疑的定义。陶东风认为,"伊格尔顿的思路与韦勒克的最大不同在于不事先在脑子里预设一个关于文学的本质主义定义,而是考察历史上的各种文学定义,然后分析其社会历史原因"。事实也正是这样,"文学"的含义确实是历史地变动着的,我们不应当把文学的定义和边界凝固化,这就是生成论的观点。陶东风又吸收华勒斯坦等人的研究成果,回顾了现代人文社会科学各学科的一般形成和制度化的过程,指出到1945年,社会科学的建制化过程已经完成并牢固确立,但他认为,这种"学科边界的确立却不是什么一劳永逸的事情,也没有什么'内在的'学理可言";"事实证明:所有的学科门类都不可能一劳永逸地划定自己的边界、论证自己学科的合法性,而是要反复地重新论证"。他进而由一般学科的生成性推导出文艺学学科及其边界的生成性,他具体考察了在中国的历史环境中文艺学学科生成、发展的过程,并在多处强调:"文艺学的学科边界也好,其研究对象与方法也好,乃至于'文学'、'艺术'的概念本身,都不是一成不变的,而是移动的变化的,它们不是一种'客观'存在于那里等待人去发现的永恒实体,而是各种复杂的社会文化力量的建构物。它们不是被发现的而是被建构的"。金元浦也对以审美性为核心的文本中心论在 20 世纪西方和当代中国的建构做了历史的考察。② 就一般而言,这种生成论的思维方式和方法我们是完全赞成的,而且认为应当大力提倡。因为主客二分的现成论思维方式和方法长期以来在我们学术界占支配地位,包括我们自己在内,也深受其影响。问题是如何将这种生成论方法应用于对文艺学学科的具体分析。当陶东风指出"80 年代的文艺自主性理论本身就是多重力量参与其中的社会历史建构,它与当时具体的政治气候、与意识形态的变化紧密关联,因此并不是什么文学的'一般规律'的表现"③时,我们原则上也能够同意。但是,由此而得出 90 年代以来"日常生活的审美化"造成了文学边界的模糊

---

① 参阅陶东风:《试论文化批评与文学批评的关系》,《南京大学学报》2004 年第 6 期;《日常生活审美化与文艺学的学科反思》,《天津社会科学》2004 年第 4 期;《移动的边界与文学理论的开放性》,《文学评论》2004 年第 6 期;《开放文学理论》,《文学前沿》第 9 辑,学苑出版社 2004 年;等等。
② 金元浦:《重构一种陈述——关于当下文艺学的学科检讨》,《文艺研究》2005 年第 7 期。
③ 陶东风:《日常生活的审美化与文艺社会学的重建》,《文艺研究》2004 年第 1 期。

和现有文艺学学科的根本危机的结论,却大可商榷。① 无论如何,这种历史主义的生成论思维方式和方法,对于我们克服文艺学的危机、推进文艺学的学科建设是十分重要和必要的,值得大力提倡。

又次,他们努力借鉴和引进当代西方文化研究的理论和方法,也是很有价值的。文化研究是一种跨学科的研究。"文化研究与传统学科不同,没有明确的领域及界限。……最早的文化研究始于六十年代英国一些激进的人文知识分子如伯明翰学派等对传统学术界的挑战。他们常在不被其他学科注意的边缘打游击战,并取得重大突破",所以它不是一门专门的学科;文化研究开始与文学研究密切相关,但是后来,"文化研究的兴趣从原来的大众文化与传媒转到意识形态、权力、性别、种族及族群等问题。目前的热门课题包括文化身份认同及文化表现等方面的理论问题。文化研究借助和改造不少其他领域的术语和概念。同时也吸收了各种学术传统,尤其是马克思主义、女性主义、后结构主义及后现代主义。但许多概念和术语的内涵和内容在不同学科内有不同理解和运用"②。"日常生活审美化"论者从文化研究理论中得到启发,并以此作为改造文艺学的主要武器和方法。我们认为,有批判地借鉴、吸收文化研究的某些思路、视角、思考方式、研究方法和合理成果,对于文艺学的学科建设是十分必要的:

第一,文学也是一种文化的现象和存在,至少应当承认文学有作为文化形态存在这一个层面,引进文化研究视角,不但是可行的,也是必要的。这在全球化语境中,在市场经济和消费时代的条件下,尤其必要。

第二,文化研究作为一种多学科、跨学科的综合研究,在研究方法上也是多种多样的。在面对一个复杂的研究对象时,它很少用单一的研究方法,而是采用多个学科的多种研究方法,从多个层面、多个向度来考察和审视对象,这样就能够在总体上比较完整地把握对象。这无疑对文艺学有重要启示。

第三,文化研究关注的许多与文学关系密切的重要社会文化课题,我们文艺学过去却很少注意。如权力、性别、种族及族群等文化研究的热门话题,在当代文学的现实发展中具有越来越重要的意义,文艺学完全有必要认真地研究和借鉴。

第四,文化研究对我们文艺学最直接、最重要的借鉴意义在于大众文化

---

① 见拙文《文学的边界就是文艺学的边界》,《学术月刊》2005年第2期。
② 本文关于文化研究方面的材料均采用陆扬、王毅的新著《现代性与文化研究》中的有关章节,该书近期即将正式出版,在此谨向两位作者表示感谢。

的研究。大众文化研究几乎可以说是文化研究的核心课题,其延续时间最长、影响也最大。长期以来,作为大众文化的一个部分的通俗文学被我们忽视、轻视甚至漠视。我以为,文艺学应当大力加强对通俗文学的研究,而在这方面,文化研究值得我们借鉴的地方很多。

总之,"日常生活审美化"论者的研究工作是富有成果的,是建设性的,对于文艺学的学科建设和发展是有意义的。但对他们有些主要看法我们仍然难以苟同,下面拟提出若干商榷意见。

二

首先是对新时期以来我国文艺学现状的基本估计问题。

对当前文艺学学科危机的性质、程度以及具体表现等问题的认识,离不开对新时期以来我国文艺学现状的基本估计与判断。"日常生活审美化"论者对当前文艺学学科危机的反思,就是从80年代新时期文学自主性观念的形成到90年代"日常生活审美化"要求冲破自主性枷锁的过程来推导出文艺学的学科危机的。他们虽然对80年代新时期文学自主性观念的提出做了局部、有限的肯定,说"这种自主性诉求在当时的语境中却正好是知识分子介入社会文化与政治问题的正当性所在",因为其"批判矛头""对准了统治中国文艺学美学近半个世纪之久的革命功利主义"的极左意识形态,所以它"在80年代曾经具有不可否定的进步意义与创新意义"。但是,他们认为,90年代以后,"这种本质主义的文艺学"或自主性的"主导模式""妨碍了美学、文艺学及时关注与回应当下日新月异的文艺/文化活动的变化,尤其是文化与艺术的市场化、商业化以及日常生活中的泛文艺/审美现象","还导致美学、文艺学在研究对象上作茧自缚,拒绝研究日常生活中的审美现象与文化现象"[①]。他们认为,这也正是当前文艺学的根本危机所在。这种观点的另一种说法是,20世纪80—90年代"我国文艺学的范式由社会历史批评等外部批评向文学本体或内部研究"转变,形成了以"审美性"为"文学本体"的"文本中心论范式";他们肯定当时这种范式存在的合理性,甚至肯定"在中国,对于文学本体的追寻,至今具有其历史合理性","至今仍有现实意义",

---

① 陶东风:《日常生活的审美化与文艺社会学的重建》,《文艺研究》2004年第1期。

然而,"进入新世纪,世界文学艺术与美学理论发生了重大的变化",即"日常生活审美化"成为现实,"这使得审美性作为当今文学本体核心依据的理论产生了巨大的矛盾",文艺学学科于是成为"内部发生了重大变化、边界正在模糊甚至不断移动的学科,需要重新思考其既往范式(按:这里主要指以'审美性'为核心的'文本中心论范式')在当下的合法性的学科"①。换言之,当前我国文艺学已陷入了所谓的"合法性"危机。据此推断,在他们心目中,新时期以来的二十多年中,80年代文艺学提出了审美性和自主性的"主导模式"或"文本中心论范式",相对于此前极"左"的政治功利主义是有正当性和进步、创新意义的,甚至至今还有一定的现实意义;但是,从总体上说,90年代以后,特别是新世纪以来,由于文艺学延续了这一审美自主性的"主导模式"或"文本中心论范式"而导致"作茧自缚",陷入无法应对"日常生活审美化"现实的危机,正在丧失其正当性与合法性。也就是说,新时期以来文艺学学科总体上是前高后低,在走下坡路,直到陷入困境和危机。

这就提出了一个重大问题:究竟应当如何评价新时期以来我国文艺学学科基本状况?因为这关系到当前文艺学学科向何处去、如何建设的根本问题。本人近一年来带领学生在阅读大量第一手资料的基础上,对新时期以来我国文艺理论与批评的历史和现状做了认真的调研,完成了18万字的调研报告(该调研报告不久将出版)。这里引述报告的概述和"初步结论"中的若干文字以表达我们对这个问题的看法:

> 自20世纪初起,中国文艺学经过百年的发展、革新、积累、创造,逐渐形成了不同于19世纪末之前的可概括为"古典文论"传统的一个新传统。这个新传统,尤其在20世纪最后20多年即新时期以来获得了长足的多元的发展,它的异于古典传统之"新",得到了充分的体现。这20多年,文艺理论界在反思过去的基础上,思想解放,视野开阔,取得一系列前所未有的重大成果,用"收获巨大,成就辉煌"来概括毫不为过。文艺学的这种大发展主要表现在文学观念冲破旧有束缚、张扬人文精神,在自律与他律的辩证统一中探索和把握文学的审美意识形态本质,并在此基础上促使文学理论走向多元和成熟;文学研究方法也在借鉴中外文论和其他学科研究方法的基础上取得突破和创新,有力推动了文艺学研究方法的多元化,反过来又促进了新时期文学观念的拓展和更新。

---

① 金元浦:《重构一种陈述——关于当下文艺学的学科检讨》,《文艺研究》2005年第7期。

根据新时期以来文艺学的历史发展的实际情况,我们将这一发展过程大致概括为三个时期:

首先,1978—1984年,是新时期文艺学的批判与反思时期。这一时期,随着政治上的拨乱反正,文艺界也开始逐渐突破旧有的、不符合文艺发展规律的框架。如文学观念首先突破文艺从属于政治的工具论、从属论、服务论的偏颇和束缚,结束了长期禁锢文艺生命的错误文艺路线和极端化思想;并在对马克思主义经典文艺理论的触发性思考中,"人"的意识开始复苏和觉醒,表现为人性、人道主义、异化问题讨论突破原有的理论禁区,"文学是人学"的命题得以确立,这一切奠定了文学的人学基础,为新时期中国文艺学的健康发展提供了必需的前提。接着,文艺理论努力挣脱政治工具主义的枷锁,逐步从机械反映论走向能动的、审美的反映论,恢复了文艺的审美特性,为文学观念走向多元化奠定了基础。

其次,1985—1990年,是新时期文艺学在自律与他律的辩证统一中逐步回归文学本身的时期。这一时期,随着"文学是人学"的深入人心以及文学创作中"人"的意识的不断张扬,文艺理论的思考从对于人的一般肯定走向对于文学主体性的具体论证。文学主体性理论是文学乃人学之根的必然萌芽和生长,是人性、人道主义和异化讨论的延伸和结果,对于破除长期以来"左"的政治功利主义和庸俗反映论起到了重要作用。其次,80年代中期中国文艺研究和批评领域出现了方法论热,包括控制论、信息论、系统论等新三论被引进到文艺研究领域,方法论更新在当时成为文艺研究的自觉意识。方法论热对于原有的文学批评观念带来猛烈的冲击,在当时具有思想解放的意义,潜移默化地影响和铸造了一代学者的思维品格。文学本体论层面上的追问激发了以文本为中心的形式研究的兴起,文学研究实现了"向内转"。同时对现实主义、新写实主义与典型问题的探讨也在不同角度展开,对于中国新时期的文艺创作与批评产生了积极的推动作用。最后,随着对文学自身认识的逐步深入,学界提出了审美意识形态理论并在比较大的范围内得到认同,这既体现了文学基本观念上的重大突破,也是在自律与他律的辩证统一中阐述文学的动态本质的创新成果,成为新时期文艺理论研究最重要的理论成就之一。

再次,90年代至今,是新时期文艺学学科建设的综合创新时期。这一时期，学界一方面大量吸收了当代西方的学术思想，提出了许多新的研究方法，开辟了一些新的研究领域，催生了一批新的分支学科，极大地丰富了中国文论的理论话语；另一方面，对传统理论资源进行了认真反思和清理，面对古典和现代"两个传统"，明确了当代文艺学建设首先应当立足于百年文论所形成的新传统，同时从当代语境出发吸收古典传统中富有生命力的成分，力求"古为今用"。据此，在文艺学的发展上，学界力图沟通今古、融汇中西，使文艺学呈现出多元发展、综合创新的态势。新时期以来，马克思主义文艺理论研究关于当前文艺学学科反思和建设的几点思考在中国也取得了前所未有的发展，而且始终占有主流地位，对整个文艺理论研究发挥着重要的指导作用。

……

我们所做的调研清楚地表明，新时期以来我国文艺学取得了前所未有的伟大成就，必须给予充分估计。"文革"以后二十多年来，我国的文艺理论在马克思主义的指导下，逐渐摆脱政治工具主义的阴影，回归文学自身，并在此基础上吸收和融合多方面的理论资源，在一系列重大问题上有重要的突破和创新，逐渐形成了多元发展、综合创新的格局，取得了巨大而丰硕的成果。我们认为，这一时期文艺理论所取得的巨大成就以及所达到的理论水平，不仅远远超越了"文革"十年和新中国成立以来十七年，而且也超越了20世纪前半期的几十年，是此前任何时期都无法比拟的。对此应当给予足够的估计和充分的肯定。新时期以来文艺学所取得的诸多成果本身就构成了前述当代文艺学新传统的主要构架。

由上述可知，首先，80年代我国文艺学发生了前所未有的巨变，在一系列重大问题上取得了突破性进展，如人性、人道主义和文学的人学基础问题，文学主体性问题，审美反映论和审美意识形态问题，文学形式问题，文艺心理学问题，文学接受问题，等等，其中审美自主性固然是一个重要方面，但并不是最主要的，而且它也始终与其他种种问题（包括非自律、非自主性问题）联系、纠缠在一起。如果把审美自主性与其他重大问题割裂开来，或者从与它们的关系中孤立出来，必然不能正确反映80年代我国文艺学蓬勃发展的全局，而把审美自主性理论概括为"文本中心论范式"，单独加以夸大，上升为整个80年代中国文艺理论的"主导范式"，更是有违历史事实。

其次，80年代，我国文艺理论界确实对文学的审美特质有了比较充分的认识,认识到审美自主性是构成文学本质的重要方面和因素,但是,在总体上并没有走向唯美主义,并没有把"审美自主性"当作文学唯一的本质,看成"文学本体的唯一标志"①。事实上,那个时代不可能也不允许文艺理论界这么做。虽然"文学从属于政治"的"工具论"口号被抛弃了,但是"文学仍然不可能脱离政治",也不允许脱离政治,整个 80 年代,文学界(包括文艺理论界)的"自由化"倾向多次遭到批判就是明证。诚然,文艺理论界有些学者受到韦勒克、沃伦《文学理论》的影响,把文学研究分为"内部研究"和"外部研究"两大块,强调文学要重视并"回到""内部研究"。但是,实际上,真正主张"内部研究"完全与"外部研究"相脱离,或者认为"审美自主性"是文学的本质或者文学本体唯一标志的人并不多。所以说审美自主性理论或"文本中心论范式"是整个 80 年代中国文艺理论的"主导范式"并不符合当时的实际。相反,当时文艺理论界占据主流地位的观点,并不是审美自主性理论,而是审美意识形态理论,即认为文学只能存在于自律与他律关系的张力场中,因而把文学的多重本质概括为用语言表达的"审美意识形态"。比如当时钱中文、童庆炳、王元骧等先生就都从不同角度阐述了文学的"审美意识形态"本质。② 他们并没有离开文学的他律来孤立地谈论文学的自律性、自主性;他们把审美性看成只是文学的特殊本质,而不是文学的一般本质,审美自律性并没有被从他律性中抽象地孤立出来,文学仍然是自律与他律的统一。这里不存在将自律与他律、内部研究与外部研究加以人为的对立。由此可见,把文学看作"审美意识形态"这个概括的理论根基并不只在于文学的审美自律性。它虽然只能算是一个被历史建构起来的对文学动态本质的阶段性认识,但至今仍然被我国文艺理论界多数人接受和认可,有它相对的稳定性和较大范围内的有效性。可以说,"审美意识形态"论是 80 年代我国文艺理论界最重要的理论成果和收获之一。正是"审美意识形态"论,而不是"审美自主性"理论或"文本中心论范式",成了 80 年代我国文艺理论的"主导范式"。

再次,90 年代我国文艺学总体上并没有走下坡路,而是在新形势、新的经济社会语境中闯出了多元发展的可喜局面。90 年代以来,随着中国改革开放的不断发展,西方思想、文化被大量引入,像心理学、生态学、接受理论、语言学、后殖民主义、新历史主义、文学人类学、比较文学、全球化理论、文化

---

① 金元浦:《重构一种陈述——关于当下文艺学的学科检讨》,《文艺研究》2005 年第 7 期。
② 参阅钱中文:《文学原理——发展论》,社会科学文献出版社 1989 年版,第 100—101 页;王元骧:《文学原理》,浙江教育出版社 1989 年版,第 25—40 页。

研究等多种理论学说和研究、批评方法相继涌入,并与我国文艺理论传统相融合,有些方法如心理学、生态学、接受理论、语言学等还推动了文艺学新学科或学科新分支的建立,极大地丰富了文艺学的理论话语和学科形态建设,为中国文论的发展积累了宝贵的思想资源,并促进了中国文论的多元化发展,使之更趋成熟和完善。但同时,西方思想文化的大量引入,也在中国学界产生了"影响之焦虑"。有学者认为,面对西方理论思想的输入,中国现当代文化基本上是借用西方的理论话语,而没有属于自己的一套文化表达、沟通和解读的理论和方法,由此出现"中国文论的失语症"。这一话题在学界引起争论,并逐步引向了"中国古代文论的现代转换"问题,即探索中国古代文论是否能够以及如何参与当代文论建构的问题。尽管在讨论过程中存在不同的观点,但这一讨论还是取得了积极的成果。人们认识到,古代文论的现代转换并不是当代才出现的,而是百年来不断展开的过程,并逐渐与西方思想融合,形成了现当代文论的新传统。今天的文论建设与发展不可能直接以古代文论为本根,而应立足于这一新传统,古今对话,中西融通,走综合创新之路。

  同时,在市场经济和社会转型的影响下,文学原有的价值、意义和地位受到挑战,从而引发了关于文艺价值的思考。一些学者提出了文学的人文精神危机的问题,从而引发了人文精神大讨论。这一讨论实则是在精神和价值论层面上对中国文论的全面反思。沿着这一思路,有学者试图在当代语境中重新理解和阐释人的生存和文艺的意义与价值,从而产生了新时期中国文论建设的又一个重大成果——钱中文等人提出和初步建构起来的新理性精神文论。可见,90年代以来中国文艺学仍然走在健康、积极、发展、深化的前进道路上:在马克思主义文艺理论的指导下,一方面以开放的心态大量吸收了当代西方的学术资源,深化了对文学理论自身的认识,另一方面对中国传统文论进行了深入反思,吸收其中有价值的东西,并力图对中国当下的现实进行思考和回应,从而使中国文论呈现出立足现实的多元发展、综合创新的态势。关于这一点,"日常生活审美化"论者也没有否定。如金元浦就明确指出:"我国当代文艺理论与批评经过二十余年的引进、选择、筛汰,已经形成了范式多样、话语丛集的共生的格局。"[①]最近,他还充满激情地说:"上世纪80年代,在中国,作为改革开放的先锋,我们经历了也许是世界历史

---

① 金元浦:《重构一种陈述——关于当下文艺学的学科检讨》,《文艺研究》2005年第7期。

上人数最为众多,参与最为广泛,影响极为深远的文艺学、美学运动。它对于解放全民族的思想、改革开放的伟大事业发挥了思想解放先锋的作用。新时期以来,我国文艺学界就一直站在改革开放的前列,超载地发挥了思想解放先锋的作用。……即使在当今世界范围内,我国的文艺学研究的繁荣和发展也是堪令世界惊叹的。"① 笔者全赞同这一对新时期以来我国文艺学所取得的伟大成就和繁荣局面的充分肯定和高度评价,虽然这一评价与他此前对当前文艺学现状的过低评价和对文艺学学科困境和危机的过分渲染明显自相矛盾,但无论如何这个最新评价是积极的、前进的。

当然,我们在充分肯定新时期以来我国文艺学的繁荣与成就的同时,不能否认在这种大发展格局下,文艺学仍然存在若干局部但是重要的问题和危机;然而,决不能认为这种问题和危机是全局性、根本性,乃至关乎文艺学学科能否继续存在的合法性危机。

三

那么,当前文艺学学科存在的问题和局部危机表现在哪些方面?首先,文艺学对中国当代文学发展的新现实、新思潮、新特点有所疏离;其次,对世界文学发展的新现实、新思潮、新特点有所隔膜;再次,对信息时代的大众传媒文艺、网络文学等新鲜的文学形态和体制,已经有一些研究,但还远不够。② 一句话,造成当代文艺学的学科局部危机的,主要是与文学现实相对疏离,即理论落后于现实。最近读到一些学者的相关论文,它们对文艺理论与艺术实践、生活世界的脱节、疏离,以及引进西方文论不顾中国文艺现状的语境错位等问题做了较深入的探讨③,读后很受启发,下面对当代文艺学存在的问题再做两点补充。

一是文艺学与文学批评理论存在某种脱节。20 世纪 90 年代以来,我国文艺理论的发展出现了文艺学基础理论研究与文学批评理论的双线平行发展的态势。我这里所说的文学批评理论是指以某种哲学、美学等理论、理

---

① 金元浦:《博弈时代中国文艺学的勃勃生机》,《文艺争鸣》2005 年第 3 期。
② 参阅拙文《对文艺学"文化研究转向"论的反思》,《天津师范大学学报》2005 年第 3 期。
③ 参阅王纪人《对当代中国文论有效性的质疑与分析》,《天津师范大学学报》2005 年第 2 期;赵志军《文学理论的繁荣与文学教育的困难》,《文艺报》2005 年 11 月 24 日;以及《文艺研究》2005 年第 11 期关于"理论过剩"问题的一组讨论文章;等等。

念、观点为背景和基础,对文学作品、思潮所做的评论和阐述,它虽然贴近具体的文学批评,但有所不同,它力图指导、调控、约束具体的批评,并以具体的批评作为其理论的例证或应用,因而是介于文艺学基础理论研究与具体文学批评之间的一种批评理论形态。这种批评理论与上面所说的关于文学与政治的关系,文学的人学基础,文学主体性和主体间性,文学作为审美意识形态,文学与人文精神的关系,文学与现代性、后现代性的关系,古代文论的现代转型,马克思主义文艺理论的中国化,文学的特殊形式,文学作为语言艺术的修辞特征等等有关文学的基础理论问题的研究有所不同,它更加关注现实的文学活动、现象和思潮。新时期特别是80年代后期以来,这种批评理论相当活跃,比如"新写实主义"论、"新状态文学"论及其他"新思潮"论("新历史""新体验""新乡土""新都市""新市民"思潮等等)、"私人化(乃至隐私化)写作"论、"消费时代的文学"论、"身体写作"论和种种"后学"(后新时期、后殖民主义、后现代主义、后结构主义)等等,它们不但参与到具体批评中去,不但力图把种种文学现象纳入到这些批评理论的框架之中,而且还经常用某种批评理论去"制造"、推动时髦的文学思潮,比如90年代初的"新写实主义"文学、1994年的"新状态文学"等。它们基本上是由一些批评家通过批评理论的建构人为组织、扶助,乃至炒作起来的,并不具有深厚的现实基础,笔者当时就批评这种做法是源自"命名的'情结'",指出其"来自于现实情况的概括的成分较少,主观匆忙地超前命名的成分较多",认为"这种命名的先验性、主观性源于一种焦虑的文化心态","力图用命名来调控文坛的发展走向与趋势"。[①] 最近也有青年批评家对这种现象进行严厉批评,认为这是"理论的狂热症"和"虚热症",说"中国批评界从上个世纪80年代开始的理论崇拜,已经使得'理论'的功能被病态地放大到了极限,而批评本身则完全被笼罩在理论的阴影之下"[②]。虽然这些文学批评理论存在这样那样的不足,但是其关注不断变化发展中的当代文学新现象、新思潮、新趋势、新问题却是值得肯定和赞许的。相比之下,这一方面我们文艺学基础理论研究是比较薄弱的,我们对不断发展着的文学现状关注不够、了解不多,存在隔膜,我们甚至对上述种种批评理论也不太重视、不太关心。所以会出现文艺学基础理论研究与文学批评理论的双线平行发展而互相交流、沟通不多的

---

① 参阅拙文《命名的"情结"》,载于论文集《理解与对话》,华中师范大学出版社2000年版,第271页。
② 吴义勤:《批评何为?——当前文学批评的两种症候》,《文艺研究》2005年第9期。

现象。

其实,文艺学基础理论研究与文学批评理论本不应该隔离,文艺学基础理论研究理应关注不断发展、变化着的文学现象的文学批评现状,理应直接参与文学批评理论的建设,并不断从发展中的批评理论汲取营养,提炼、上升到基础理论的高度;而文学批评理论也应该站得高一点,应该在一定的基础理论指导下开展文学批评并努力从批评实践中提炼、概括出有深厚文学创作实践基础的批评理论,而不是脱离基础理论作"命名"游戏,用外来的或没有广泛实践基础的、自我"发明"的批评理论来硬套或规范创作实践。如果文艺学基础理论研究与文学批评理论两个方面能够加强联系与沟通,既有分工,又有合作、交流,那么,我想两个方面都会前进一步。比如这几年炒得很热的"身体写作"论,创作实践不可谓不多,从"宝贝作家""美男""美女作家"到木子美等等,社会影响也不小;批评理论方面为之辩护、喝彩者有之,谴责、批判者也有之,但有理论深度的甚少,批判者往往义愤的情感强于理论的阐述。在此,文艺学基础理论研究与文学批评理论都少有作为。不过这种状况最近有所改变,有的文艺理论家开始对"身体写作"现象进行理论和历史的反思。[①] 这种基础理论研究与批评理论的隔膜,从一个侧面表明,文艺学基础理论研究没有能够对文学批评理论发挥应有的指导和影响。其结果,就使文艺学基础理论研究与文学创作和文学批评出现双重疏离,不但使许多作家,而且使许多批评家(包括批评理论家)对文艺学基础理论的研究不感兴趣、不闻不问,这就造成文艺学圈子和影响的萎缩。

二是文艺学对我国当代大众文化的重要组成部分通俗文学的关注和研究相对忽视,相当薄弱。90年代以来,我国通俗文学空前繁荣,言情小说、武侠小说、侦探小说及纪实文学等等均风靡读者市场,对高雅或严肃文学造成严重冲击,使其读者群日益缩小。这是一个不争的文化事实,也是文艺学不得不面对的严峻现实。这不仅因为通俗文学在当代文学中占有绝大多数的阅读和消费份额,而且因为通俗文学的繁荣与全球化语境和市场经济趋于成熟所造成的当代中国大众,特别是都市民众生存方式、生活方式发生深刻变化密切相关,与当代文化传播、消费方式等的巨大变化密切相关。最近十多年来,随着大众传媒,特别是电视媒介覆盖面的日益扩大,电视多方面的传播信息功能的充分开发,文学的存在方式发生了重大的变化。借助于电

[①] 参见陶东风、罗靖:《身体叙事:前先锋、先锋、后先锋》,《文艺研究》2005年第10期;王杰泓、张琴:《身体写作:一种"野蛮主义"的现代性》,《唐都学刊》2005年第6期;等等。

视传播形象化、生活化手段,文学与电视联姻的方式也日趋多样,以至于一些文艺理论家、批评家借用西方某些理论家的话语,宣布"图像时代"或"读图时代"已经到来,我们当代文化已经告别"语言学转向"而进入"图像转向"的新时期。我们且不论这个判断是否正确,但毫无疑问,大众文化包括通俗文学(无论是读图还是读文)的迅猛发展、欣欣向荣,却是不可怀疑、更不可无视的。"日常生活审美化"论提出者们主张文学的边界要拓展、要扩容,我们原则上是赞成的,但不赞成把广告、流行歌曲之类目前人们(包括大多数群众在内)还没有看成为"文学"的文化样式以及明显属于非文学的东西"扩容"进来,而是要把明显属于文学范围的通俗文学这一部分"扩容"进来。我们的文艺学面对汹涌不可阻挡的通俗文学,不应当置若罔闻,无所作为,而应当毫不犹豫地将它纳入自己的研究视野。通俗文学本身也在不断发展,其形制、样式也有变化、创新。比如网络文学这一文学新的存在和传播方式的崛起引人注目,近几年已经取得较快的发展,使原先持怀疑态度的人们也不能不刮目相看。有学者明确将网络文学看成通俗文学的一种新形式,指出在线的网络文学"的确在整体上更接近于通俗文学而非高雅文学","高雅文学往往还执守着自己的营盘(所谓'严肃文学期刊'等),而通俗文学则早已开始了向新的阵地(网络空间)转移",发起"对高雅文学的挑战",并"取得了颇为可观的成果"。[①] 对于文学发展的这种新品种、新态势,我们的文学理论虽然已有一些研究成果,但还相对落后。而近一两年,网络文学中又有了新品种——"博客"。有的学者认为,"博客文学"是宽带孕育出来的大众文学与平民文学,"作为一种更迅捷、真实,也更具个性的写作方式,博客文学也的确具备了许多传统文学写作所没有的魅力";"其自由无羁的形式与便捷迅疾的特点,给了文学——尤其是以纪实性为主的文学以特别广阔的挥洒空间和表达自由"。[②] 对于通俗文学的这种新形式,文艺学应给予密切的关注。

  文艺理论界对通俗文学重视不够,原因很多,但精英主义倾向恐怕是重要原因之一。西方文论对大众文化存在两种对立态度:伯明翰学派强调工人阶级对霸权文化的对抗,抵抗英国主流文学界的文化精英主义,肯定大众文化的价值,使之合法化;而法兰克福学派的文化工业理论,则采取精英主义立场批判、分析大众文化,把大众文化看成"文化工业",而持坚决批判的

[①] 黄鸣奋:《比特挑战缪斯——网络与艺术》,厦门大学出版社 2000 年版,第 151—152 页。
[②] 潘嘉:《"博客":文学表达的新空间》,《文汇报》2005 年 12 月 3 日。

态度。我国理论界较多接受法兰克福学派的影响,对通俗文学总体上持批判态度,或至少评价较低。我不同意这种有精英主义倾向的看法。实际上,当代文学最广大的读者群在大众、通俗文学这一边。文学理论不能漠然置之,更不应该简单地抵制和排斥,而应该对大众喜爱的通俗文学热情地关注、大力地研究,给予公正的评价与正确的引导。与此相关,我们的文艺理论对文学经典的看法也比较僵化,往往缺乏辩证、动态建构的观点,我们许多文艺学著作,所论所赞多局限于中外古典的经典,现代的、新的经典极少进入我们的视野;有些论著对经典的解读在思路、观念、方法上亦显得陈旧,因而经典的多重思想、审美意义并未得到充分的现代解读和创新阐述。

总之,与日新月异的文学实践相比,我们的文学理论缺乏前瞻性,常常朝后看,因而跟不上文学现实的发展。这才是文艺学所存在问题和危机的要害所在。

四

新世纪文艺学应当如何克服危机和健康发展?"日常生活审美化"论提出者们开出的药方是推进文艺学研究的"文化研究转向"。似乎文艺学一旦借鉴西方文化研究理论,将研究范围转化、扩大为文化研究,危机就能克服,文艺学就能摆脱困境,得到拯救。然而,我不认为这条路能走得通。

首先,在学理上缺乏学科理论的依据。众所周知,"日常生活审美化"论提出者所倡导的"文化研究转向"直接来源于当代西方的文化研究和批评理论。事实上,西方的文化研究和批评本身是极其复杂的,也是在不断变化发展的。我们对这种变动性注意不够,在学习、借鉴西方时常常慢半拍,当我们大声疾呼借鉴西方的文化研究和批评,呼吁文艺学的"文化转向"时,它已经日薄西山了。文化研究原来的学科基础是文学研究,如伯明翰学派早期那样,但后来转向社会学、人类学和民族志,研究范围已超出伯明翰学派的文化研究,而离文学研究越来越远了。"但是正所谓成也萧何,败也萧何。当年从边缘挣扎出来的文化研究,一旦扶正,成为正统和'霸权',同时也就开始面临被颠覆的命运";"今日的'文化研究'与昔日不可同日而语,涵盖面甚广,从古老的传统学科到新近的政治运动几乎无所不包。由于没有明确的领域及学科界限,优势逐渐转为劣势";"可以不夸张地说,文化研究面临着消失在这些学科之中的命运";而且,"文化研究拒绝一切经典法规,它没有传统学科的严格性,既没有自己的基本理论和研究方法,也没有研究范围的限制。……这种随意拈来,为我所用的研究方式,在一些人看来,就是典型的'反学科'(anti-disci-pline)作风";"特里·伊格尔顿2000年出版的《文化的概念》,就认为文化研究如今用得太泛滥了。言者不知所云,听者不知所以。应该让它回到它自己的领域"。① 西方的文化研究已经远离文学研究,过于泛滥,跨学科以至于无学科,面面俱到以至于缺乏基本理论,方法过多,过分随意以至于丧失了文化研究自己的方法。文艺学如果向这样一种文化研究理论学习、借鉴,以实现所谓的"文化研究转向",岂不是釜底抽薪,从根本上取消文艺学自身的独立性,而降为文化研究理论的附庸和例证了吗?难道我们也要重蹈伯明翰学派的覆辙,让文艺学研究离文学越来越远,最终失去自己的学科性,消失在茫茫无边的"文化"大地上吗?

而且,文化研究和理论实际上在西方已经衰落。最近盛宁先生较详细地介绍了特里·伊格尔顿2003年9月出版的新著《理论之后》对文化研究理论的评论,并做了精辟的论述。伊格尔顿在该书一开始就明确说道:"文化理论的黄金时代已成一个遥远的过去",创建这些理论的先行者已经先后过世,而当下的文化理论,"性感的话题就是性。在广阔的学术层面上,对法国哲学的兴趣已经让位于对法式接吻的迷恋。在某些文化圈内,自慰的政治性远远超过了中东问题的政治性。……在文化研究学者中,身体成了极其时髦的话题,不过,它通常是充满淫欲的身体,而不是食不果腹的身体。让人有强烈兴趣的是交媾的身体,而不是劳作的身体。言语温柔的中产阶级学生在图书馆里扎堆用功,研究诸如吸血鬼、剜眼、人形机器人和色情电影这样一些耸人听闻的题目"。字里行间,伊格尔顿对当下文化研究理论的不满和嘲讽溢于言表(按:其中也有对身体美学的批判)。诚如盛宁先生所言,"伊格尔顿对欧美文论界的现状是不满的。'文化研究'一向标榜自己的政治性很强,然而,在伊格尔顿看来,它恰恰忘记了更重要的政治。……伊格尔顿警告说,这样玩下去就会有让人'失去批判能力'的危险"②。由此可见,当前西方的文化研究理论已经陷入困境。当此之际,还要我们的文艺学跟着往文化研究那狭窄的小路上走,这不但不能"拯救"文艺学,反而会使文艺

---

① 本文关于文化研究方面的材料均采用陆扬、王毅的新著《现代性与文化研究》中的有关章节,该书近期即将正式出版,在此谨向两位作者表示感谢。

② 盛宁:《是起点还是终点——〈理论之后〉的启示》,《社会科学报》2005年12月1日。

学丧失自身的学科性,从而真正丧失其存在的合法性。

其次,更重要的是,引进文化研究理论,是无的放矢,并没有针对文艺学的现实问题。如前所说,文艺学的问题不在于"日常生活审美化"导致文学边界的无限扩容,以至于扩大到种种非文学的文化形式。文艺学如果转向文化研究,不但不能解决文艺学存在的种种问题和局部危机,反而会把文艺学变成没有文学的泛文化研究。当然,我在前面肯定了从文化视角和层面研究文学是有意义、有价值的;而且,如伊格尔顿所肯定的,文化理论的重要收获之一是"使通俗文化变成了值得研究的课题"①。然而,使文艺学整个"转向"文化研究,实际上必定削弱关于当前文艺学学科反思和建设的几点思考乃至放弃文学研究本身,这是不可取的。

那么,文艺学究竟应该怎样克服危机、走出困境呢?我认为,最重要的是要正确认识文艺学存在的主要问题——在某种程度上与当前文学的新现象、新思潮、新发展、新趋势即文学的新现实相疏离、相脱节。生活之树常青,而理论往往是灰色的:理论一旦脱离实际,就会逐渐失去生命力。我们文艺理论界不少人,包括我自己,过去对这个问题的认识是比较肤浅的,学院气比较重,考虑文学理论的自洽性、体系的完整性比较多,而对文学现实的关注很不够。现在看来,当代文艺学的革新和建设,要从深入研究文学现状和现实问题入手,以回答、解决现实问题为根本目的。概而言之,就是要在马克思主义文艺理论基本原则指导下,立足于经过百年,特别是新时期以来逐步建构起来的现代文论新传统的基础上,不断借鉴吸收现代西方文艺理论与中国古代文论两大理论资源,用以应对、回答、解释、解决文学的新现实和新问题,在文学理论与文学实践逐渐结合过程中综合创新,努力使古今、中西相融合,从而使新世纪文艺学一方面具备源源不断的现实依据,另一方面在理论建构上能够不断破旧立新,在创新中逐步完善,在动态建构中取得与文学现实和实践的相对平衡,进而使文艺学的学科建设获得新的生机,产生新的活力。

(原载《文学评论》2006 年第 3 期)

---

① 盛宁:《是起点还是终点——〈理论之后〉的启示》,《社会科学报》2005 年 12 月 1 日。

马克思主义文艺理论中国化与文艺学的创新建构

近年来文艺理论界一直在对当前文艺学学科的问题和危机进行严肃认真的反思,并就新世纪文艺学的建设和建构提出了种种设想和方略。我认为,努力探索马克思主义文艺理论的中国化和文艺学的理论创新,是当代文艺学走出困境、完成创新建构的必由之路。

有关理论创新的问题,不独关乎文艺学,也是涉及所有人文学科发展的重大课题,因而是目前学术界共同关注的热点话题。但是,如何理解理论创新,学术界却存在不同意见。有一种观点认为,创新主要指原创性,而所谓原创性则是指提出前人(传统)和同时代人从未说过或涉及过的意见、主张、观点、理论、学说等。对此,我不敢完全苟同。我们每一个人,总是不由自主地处于或进入某种特定的社会关系和特定的思想文化传统之中,要想凭着个人的独创(创新)或原创,摆脱这种关系和传统的先在的制约和影响,正如鲁迅所说,就像一个人想拉着自己的头发脱离地球一样是不可能的。创新或原创,并不意味着撇开传统和他人,完全无根地凭空创造。把创新与对传统和同时代人的借鉴、吸收截然对立起来是错误的。歌德深明此理,他曾经对爱克曼说:"我们老是在谈独创性,但是什么才是独创性?我们一生下来,世界就开始对我们发生影响,而这种影响一直要发生下去,直到我们过完了这一生。除掉精力、气力和意志以外,还有什么可以叫做我们自己的呢?如.果我能算一算我应归功于一切伟大的前辈和同辈的东西,此外剩下来的东西也就不多了。"[①]这当然是歌德的谦虚之辞,歌德无论在文艺创作和理论建树上,都有许多超越前人和同时代人的独创性、原创性,但这恰恰是他在尊重传统和同时代人、善于从中汲取营养,并在此基础上进行综合创造的结果。

另外,当代西方解构主义的"互文性"(intertextuality)理论对此也有值

---

① 《歌德谈话录》,爱克曼辑录,朱光潜译,人民文学出版社1982年版,第88页。

得我们重视的解释。德里达从其"异延""播撒"说出发,认为任何文本都不是一个意义明确的封闭单元,而是都与别的文本互相交织、吸收的,正如克里斯蒂娃所解释,"任何作品的文本都像许多行文的镶嵌品那样构成的,任何文本都是其他文本的吸收和转化"①。这里"互文性"不仅指某个文本明显借用前人或他人的现成词句,而且指构成文本的每个语言符号和词、句都与文本以外的其他符号、词、句相关联,在形成差异中显出自己的意义和价值。在此意义上,世界上不存在所谓"独创性"的东西,也不存在什么可以称为"第一部"的作品,因为所有作品(包括文学与非文学的)都是互为文本即"互文"的。此言固然有些绝对,但确实道出一个真理,即任何创新、独创和原创,其实都离不开对前人和他人的吸收、转化,离不开对传统和同时代思想资源的创造性汲取、综合、改造、转化和重构。同样,文艺学的理论创新也应作如是观。

从上述原则出发,我认为马克思主义文艺理论中国化正是我们文艺学理论创新的根本途径,从而也是当代文艺学创新建构的根本途径。从大的方面看,现代中国最伟大的理论创新,就是近百年来马克思主义的不断中国化,毛泽东思想、邓小平理论就是这种理论创新的重要里程碑。马克思主义的中国化,用毛泽东的话来说,就是"将马克思主义的普遍真理和中国革命的具体实践完全地恰当地统一起来,也就是说,和民族的特点相结合,经过一定的民族形式"②。就理论创新而言,毛泽东思想、邓小平理论就是把来自西方思想文化传统的马克思主义的普遍真理,作为最根本的思想资源,与中国(民族的)革命和建设的具体实践结合起来,为着解决中国新民主主义革命和社会主义现代化建设这一中国本土语境中的现实问题,来应用马克思主义基本原理的。这样一种将马克思主义理论应用于中国革命与建设现实语境的做法,不但推动了中国革命与建设实践的发展,而且也在中国本土的、民族的条件下丰富、发展了马克思主义,本身就是伟大的理论创新。

具体到文艺学学科,也是同样道理。把马克思主义文艺理论作为基本的思想资源,为着解决中国现实思想文化语境中的文艺实践和理论发展的实际问题而加以应用,并在应用中加以发展,这就是实实在在的、也是本来意义上的文艺学的理论创新。这种理论创新,可以是全面的、系统的,也可以是局部的、个别的。但对于当代文艺学新理论体系的建构都是非常必要

---

① 克里斯蒂娃:《符号学:意义分析研究》,巴黎1969年版,第146页。
② 毛泽东:《新民主主义论》,《毛泽东选集》(一卷本),人民出版社1969年版,第667页。

的。限于篇幅,这里只想就一个比较重大的问题——以人为本和人的全面发展——来探讨文艺学如何进行理论创新,并进而推进文艺学理论的创新建构。我想从两个方面来讨论。

首先,从我国文艺学发展的现状来看,正面临着一个由认识论向实践论(或价值论)的重要转换。我国一批知名文艺理论家如王元骧、杜书瀛等学者就力主这一观点。我本人则正在思考将文艺学奠基在马克思的实践论与存在论相结合,即我称之为"实践存在论"的哲学根基上。王元骧多年来在一系列论著中批评了那种把马克思主义经典作家的文艺理论误读成单纯的认识论文艺观的观点,而认为经典作家在文艺批评中不是持科学的、认识论的标准,而是持价值论的、实践论的立场,强调文艺的作用主要不在于向人们传授知识,而是通过提升人的精神,从内部去激励人的行动。杜书瀛则强调被当代文艺学忽视的价值论维度,认为价值论文艺学应该跟随哲学的价值论转向,不仅追求客观知识,更要关心人与人类的生存状况和命运,建设一个更加美好的、合乎人性的、自由和全面发展的世界。[①] 实践存在论认为文艺和审美活动是人的基本存在方式和基本的人生实践之一,文学艺术应当成为改善人的生存、推进人生实践、促进人类文明的进化的重要方式。具体来说,文艺在关怀人的生存和命运、展示人性的善恶、打动人的情感、沟通人们的心灵、净化和改善人性、使人性获得自由全面的发展、塑造美好健全的灵魂、协调与和谐人际关系等等方面,发挥着其他种种方式所无法取代的独特功用。最近,有一位学者作家把文学艺术的这种担当和功用精辟地概括为"为人类构筑良好的人性基础"[②],我觉得是切中时弊的。这些就呼唤当代文艺学的创新建构必须将马克思主义以人为本和促进人的全面发展的人学理论作为基础和出发点。因为中国当前的思想文化语境(如全球化语境与本土化追求并行,市场经济的发展和消费文化的勃兴,拜金主义、科技至上的盛行,人文精神的失落、人性的扭曲和单面化,现代性和后现代性的同时高扬,等等)也是我们建构当代文艺学理论所面对的现实语境,是我们无法回避的。

其次,马克思主义文艺理论正是在这方面提供了极为重要的思想理论资源。马克思主义理论中有许多内容既具有现代性,同时又具有对现代性负面效应的批判性,关于以人为本和人的自由、全面发展的思想就属于这种

---

① 杜书瀛:《"价值论转向"与文艺学和美学》,《比较文学报》2005 年 12 月 15 日。
② 曹文轩:《文学:为人类构筑良好的人性基础》,《文艺争鸣》2006 年第 3 期,第 1—3 页。

情况。在我看来,马克思主义的核心思想之一就是人的自由、全面发展的理想。《共产党宣言》提出,在共产主义理想社会中,应是"每个人的自由发展是一切人的自由发展的条件"。恩格斯甚至把这一思想直接概括为马克思主义。1894年,当《新纪元》杂志要求恩格斯用一段话来表达未来社会主义新纪元的基本思想时,他说:"除了从《共产党宣言》中摘出下列一段话外,我再也找不出合适的了:'代替那存在着阶级和阶级对立的资产阶级旧社会的,将是这样一个联合体,在那里,每个人的自由发展是一切人的自由发展的条件。'"① 另外,马克思在论述人类社会发展经历的三种社会形态和与之相适应的人的发展三种状态时,进一步明确把社会主义的人的发展定位为"个人全面发展"。他说:与最初的社会形态和第二大形态"以物的依赖性为基础的人的独立性"的资本主义社会不同,社会主义社会是"建立在个人全面发展和他们共同的社会生产能力成为他们的社会财富这一基础上的自由个性,是第三个阶段"。② 在此,"个人全面发展"就是人本身"自由个性"的发展。当前,作为建设有中国特色的社会主义理论的新发展的科学发展观的核心就是以人为本和人的全面发展的思想。我觉得,以马克思主义这一人学理论为指导,紧密联系当代中国思想文化的现实语境,来思考如何建构具有鲜明现代性和深厚人文精神底蕴的文艺学创新体系的问题,乃是当前马克思主义文艺理论中国化一个非常好的切入点。

  综合上述两个方面,将马克思主义关于以人为本和人的自由、全面发展的思想应用于解释和解决当代文艺理论所面临的重大问题,这既是马克思主义文艺理论中国化的过程,也是当代中国文艺学体系的创新建构之路。根据上述思路,我们可以做如下构想:从人的自由、全面发展的总体目标出发,以文学活动为文艺学的研究中心,把文学活动纳入人类整个实践活动的一个环节,从实践存在论、价值论(而不仅仅是认识论)的角度来反思文学活动的性质和功能,并且将整个文学活动视为一个从生产到消费、从创造到接受的完整流程。这只是从一个角度、一个方面所做的一个初步的设想,挂一漏万,在所难免,欢迎专家同仁批评指正。

(原载《学术月刊》2006年12期,
《马克思主义文摘》2007年2期详摘)

---

① 《马克思恩格斯全集》第39卷,人民出版社1972年版,第189页。
② 《马克思恩格斯全集》第46卷(上),人民出版社1979年版,第104页。

关于文学本体论之我见

文学本体论问题是当代中国文艺学研究中一个极为重要，但学界研究还相对不够、相对薄弱的问题。本文拟就此话题发表一点个人的浅见，以就教于同行方家。

一

讨论文学本体论问题的前提是首先要弄清"本体论"的哲学含义。长期以来，学界，特别是文艺理论界常常在本原论、本质论、本根论、本身论等意义上使用"本体论"这个概念（术语），笔者认为这里存在某些误解或误用。这就有必要追本溯源，首先对本体、本体论等概念的历史发展做一简要的回顾。

据现存资料，"本体论"（英文 Ontology，德文 Ontologie）这个词最早是由德意志经院哲学家郭克兰纽（Rudolphus Goclenius）于 1636 年首先使用的。他将希腊词 On(ον 即 Being) 的复数 Onta(οντα 即 beings，指"存在者""在者"或"是者"）与 logos(ονοδ，意谓"学问""道理""理性""论证"等）结合在一起创造出新词 Ontologie，可译为"存在学"或"存在论"。1647 年，另一位哲学家克劳堡（Johann Clauberg）又将 Onta 与希腊词 sophia（"智慧""知识"）结合创造出同义新词 Ontosophie，也是"关于存在的学问、知识"之意。稍后，法国哲学家杜阿姆尔（Jean Baptiste Duhamel）也使用了这个词。在他们那里，此词指专门研究存在本身及其规定的学问，属形而上学的一个重要部分。

而最早为"本体论"(Ontologie)下定义的则是德国理性主义哲学家沃尔弗（Christian Wolff），黑格尔曾引述过这个定义："本体论，论述各种关于'有'（ον）的抽象的、完全普遍的哲学范畴，认为'有'是唯一的，善的；其中出现了唯一者、偶性、实体、因果、现象等范畴;这是抽象的形而上学。"[①]这个定义对本体论做了重要的界定:(1)本体论是专门研究"有"(即"存在",或译"在""是")和"存在者"的学问;(2)本体论研究的对象是"有"或"存在"的各种普遍的哲学范畴,其中包括唯一者、偶性、实体、因果、现象等范畴;(3)本体论认为"有"或"存在"是唯一的、善的,因而是最基础、最根本、最普遍、最高的范畴,其他范畴均可从中推演出来;(4)本体论是抽象的、以逻辑方法构造的哲学,属形而上学的一个重要部分。这些界定表明沃尔弗对该词的理解显然比之前三位更早使用本体论一词的哲学家全面、准确、深刻得多了。应当说,沃尔弗是借用 Ontologie 一词对西方哲学史上关于存在问题的研究做了一个系统的理论总结和逻辑概括,使原来被淹没在其他许多哲学问题探讨中的存在论研究的内涵鲜明地突现出来。自此以后,西方哲学关于本体论研究的对象、内容、范围就十分明确,本体论一词很少再被当作本原论、本质论、本根论等意义来理解和使用。直到今天,沃尔弗的本体论定义仍具有相当的权威性和有效性。[②]

对于用"本体论"来对译 Ontologie(Ontology)一词,学界历来有不同意见。比如我国希腊哲学研究专家陈康在探讨柏拉图的《巴曼尼德斯篇》时,就不满意"本体论"的中译法,曾改译为"万有论"。他说:"万有论(Ontologia,旧译'本体论',但不精确)成为一学科始自亚里士多德;但本篇(按:指《巴曼尼德斯篇》)已为这个学科奠定基础。它指出来,'是'(ουσια)分为一切的'有'(οντα),'割裂为最可能小的和最可能大的以及各种各样'有',那么万有有一共通点,即分有'是'……"[③]

这里需要做一些说明。第一,希腊文 ουσια 与 ον 一样,是系动词 ειμι 的动名词形式,相当于英文 Being,陈康译为"是",也可译为"有""存在""本体"等,笔者采用"存在"的译法;ουσια 的词性是动名词,是从系动词 ειμι 或其不定式 ετναι(相当于英文 be 及其不定式,to be)演化过来的,系动词 ειμι 原本就包含"是""有""存在"等意义;而陈康先生译为一切的"有"的 οντα 则相当于英文中的 beings,它是 ον 的复数形式;ουσια(译为"本体""实是""实有"或"是""有""存在"等)的词性原本为分词(ειμι 的现在分词形式是 ουσα),但亦

[①] 黑格尔:《哲学史讲演录》第 4 卷,贺麟译,商务印书馆 1978 年版,第 189 页。
[②] 如 1989 年出版的第 15 版《不列颠百科全书》(英文版)中"Ontology"条目就明确指出:"研究 Being 本身,即一切实在性的基本特性的一种学说……这个术语在近代哲学中的知名则是由于德国理性主义者沃尔弗,他把本体论视为导致有关 Beings 的本质必然真理的演绎法。"
[③] 柏拉图:《巴曼尼德斯篇》,陈康译,商务印书馆 1982 年版,第 181 页。

名词化了,所以在语法上指"分有"系动词 ειμι(be)动、名双重意义的词;同样 ον 也有名词、分词双重功用,故陈康此处译为"有",也可译为"是的""是者""存在者"等。第二,ον("是者"、"存在者")在语法上"分有"了"是"("存在",ονσια、Being),兼具系动词的功用。而在哲学范畴上也"分有"了"是"("存在")的意义,也即"存在者"范畴是从"存在"范畴中"分"出来、推演出来的。第三,"本体论"或"万有论"主要是研究存在(Being)和统称为存在者("是者",beings)的各种范畴之间关系的学问,陈康先生正是据此而把柏拉图的《巴曼尼德斯篇》看作西方本体论的始作俑者。

由此可见,本体论概括起来应当是主要研究存在的学问,可以而且应当用"存在论"加以概括。

二

西方的本体论研究在笛卡尔之前一直是形而上学最重要的课题和内容,自笛卡尔开启了近代哲学的新路子后,认识论研究上升到形而上学的中心位置,本体论研究的地位则在降低。笛卡尔最著名的命题"我思故我在"就明显使本体论(存在论)从属于认识论,但是,他对本体论主要研究存在论的基本理解并没有改变。这里还想重点谈一谈康德对本体论(存在论)的看法及其新的发展。

康德曾就本体论(Ontologie、Ontology)指出:"较狭窄意义上的所谓形而上学是由先验哲学和纯粹理性的自然之学所组成的。前者只考察知性,以及在一切与一般对象相关的概念和原理的系统中的理性本身,而不假定客体会被给予出来(即本体论)……"①可以看到,康德的 Ontologie(本体论)即先验哲学,它与人(主体)的知性相关,研究人先天的知识形式(理性本身),这些知识形式是非实体化的,即不是存在者(即实体或实存)。因此,在康德思想中,Ontologie(本体论)实际上探讨的仍然是"存在"或"是"(sein)的问题,但这里"存在"不是如传统本体论所认为的那样是与人无关的客体,而与人的知性、更广义的理性相关。这一点从康德对"存在"概念的理解中可以看出来。他指出:"'是'(即'存在')显然不是什么实在的谓词,即不是有

---

① 康德:《纯粹理性批判》,邓晓芒译,人民出版社 2004 年版,第 638 页。

关可以加在一物的概念之上的某种东西的一个概念。它只不过是对一物或某些规定性本身的肯定。用在逻辑上，它只是一个判断的系词……系词'是'并非又是一个另外的谓词，而只是把谓词设定在与主词的关系中的东西。"康德具体举例说，当我们说"上帝存在"时，"那么我对于上帝的概念并没有设定什么新的谓词，而只是把主词本身连同它的一切谓词，也就是把对象设定在与我的概念的关系中。"①这实际上颠覆了自中世纪以来人们关于上帝存在的探讨。从这句话中可以看出，在康德看来，存在作为谓词的规定性"少于"其他的实在谓词，也就是说，"存在"如果作为纯粹指向客体的一个概念其实是没有必要的。康德明确指出，引入存在概念本身就产生了矛盾。他认为："每一个时代人们都在谈论那绝对必然的本质，而且人们并不努力理解是不是和能够思考这样一个事物，而是努力证明它的存在。尽管这样一个概念的名词解释是非常容易的，即它是某种这样的东西，它的不存在乃是不可能的，但是通过这样的做法人们丝毫没有变得更聪明，同样看不出怎样可能把一事物的不是看作绝对不可思考的东西，而实际上人们想知道，我们通过这个概念究竟是不是可以普遍地思考某种东西。"②当然，康德并不是要取消"存在（是）"的概念，他认为"存在"不是指向"某种东西"即"存在者"，而是表达出某物完全符合"我"（理性主体）关于某物的概念，因而指向的是某种关系，即概念与对象的关系。而概念在康德看来，是人的先天的知性能力，因此，对"存在"的探讨就与人本身（知性能力）有着密切的联系，毋宁说，只有正确地认识了人本身，认识了人的知性能力的界限，才有可能正确地理解"存在"。在这一点上，康德的思路与海德格尔从 Dasein 到 sein 的思路颇为一致。事实也正是这样，康德可能最早在存在论意义上使用了 Dasein（可译作"此在""限有""定在"等）这个词或概念。康德将 Dasein 解释为："是被给定的"（ist gegeben）存在。③ 这个词中最主要的东西是对"确定性"的强调，它指的是对象的确定性。在康德看来，存在只能是具体之物的存在，也就是存在者之存在，更具体地说是此在，是对象性的存在，是处于与人（主体）的知性能力对象性关系中的存在。可见，Dasein 的本质是对象性，所谓存在，就是对象性的存在，因为只有对象性的存在才是与现实性、确定性、当下性、

---

① 康德:《纯粹理性批判》，邓晓芒译，人民出版社 2004 年版，第 476 页。
② Immanuel Kant: *Critique of Pure Reason*, trans. Miller, F. M. New York: Anchor Books, 1966, p. 400.
③ 引自陈嘉映先生在《存在与时间》（海德格尔著，陈嘉映、王太庆译，三联书店 1999 年版）一书的附录中所做的说明。

即与人具体的知觉和具体的思维联系在一起的。于是,存在问题就被康德置入"与我们知性能力的关系中"得到了思考。这样,康德关于"存在"的思想就与传统的本体论有了如下的不同：

第一,传统本体论认为,本体或存在实际上是某种最高的存在者；而康德认为"存在"不是"存在者",而指向了某种关系。

第二,传统本体论认为,最高的存在者是外在于人的；而康德认为,"存在"与人的知性能力相关,是作为人的知性能力的对象的存在（定在/此在,Dasein）。

第三,传统本体论认为,由最高存在者可以推出现实的事物,如柏拉图的理念的床和现实的床,但康德在《纯粹理性批判》的一个注里警告说,"不要从概念的（逻辑的）可能性马上推出事物的（实在的）可能性"①。海德格尔指出,在康德那里,"现实性（实存）就是该物同时与知觉的结合,现实性、实存（定在/此在）是绝对的断定,相反,可能性则是相对断定"②。这就是说,在康德看来,所谓存在,就是对象性的存在（定在/此在）,因为只有对象性的存在是与现实性、确定性、当下性,也就是与人的具体的知觉和具体的思维联系在一起的。存在是建立在主、客体的对象性关系上的。

据此,笔者认为,康德哲学确立了主体（人）的存在论地位,同时也确立了主客体二元对立的存在论模式,达到了认识论与存在论的统一,从而使近代以来的"认识论转向"重新获得了存在论的基础。

另外,从康德的整个思想体系来看,康德认为理性的兴趣可以归结为三个问题,即我能认识什么,我应当做什么,我可以希望什么,这三个问题又可以归结为"人是什么？"而倒过来看,"人是什么"又恰恰可以分解为这三个问题,这样,这一问题所问的就不是人的实在（存在者）,而是人的存在,即在三个不同的领域中,人以什么样的方式存在,也即显现自身。在第一个问题中,康德试图通过对人的知性能力的批判和澄清,拯救形而上学,由此就通向了先验哲学,即本体论。可见,从康德的整个思想体系来看,本体论同样也具有存在论的内涵。

20世纪以来,海德格尔的基础存在论哲学问世,本体论研究重又获得普遍重视。而海德格尔的基础存在论明显受到上述康德存在论思想的深刻启

---

① 见康德《纯粹理性批判》,邓晓芒译,人民出版社2004年版,第474页注。
② Martin Heidegger: *The Basic Problems of Phenomenology*, trans. Albert Hofstadter. Bloomington: Indiana University Press, 1982, p. 40.

示和影响,但又超越了康德主客二分的存在论模式。在海德格尔看来,所谓人的存在就是"此在(Dasein)在世",也就是"人生在世"(人在世界中存在)。海德格尔把人和世界看成是一体的,人的变化带动世界的变化,世界的变化也带动人的变化,而不是像认识论思维方式那样主客二分,认为世界外在于人。按照"此在在世"的观点,人跟世界是不能分离的:一方面,人生存在世界之中,世界原初就包括了人在里面,人是世界的一部分;另一方面,世界只对人有意义,如果没有人,这个世界也就无所谓意义。而"在世"就是人与世界打交道,人一直处于跟世界不断打交道的关系中。在打交道的过程中,人就现实地生成了。这种打交道的过程实际上就是人通过有意识的活动与世界发生各种各样的关系,按照马克思主义的观点,这其实就是实践。如果我们用马克思主义实践论来阐释和改造海德格尔的"此在在世"的观点,实践活动显然就是人的在世方式,或者更准确地说,人生在世的基本方式就是实践。这应当就是马克思主义实践本体论(存在论)的基本含义。

综上所述,从西方本体论发展史来看,关于本体论研究应当聚焦于存在论上,而主要不是讨论本原论、本质论、本根论、本身论等问题,虽然它们之间并非没有关系。文学本体论研究亦不例外。

三

关于国内文学本体论研究,王元骧先生在2003年撰写的《评我国新时期的"文艺本体论"研究》①一文中做了比较全面的评析。最近苏宏斌博士的新著《文学本体论引论》②则从哲学到文学、从概念到实际、从历史到现实做了更加系统的概括和评述,虽然其中不无可以进一步商讨之处,但在许多问题上都有独到、深刻的见解,读后颇受启发。

笔者曾在1988年发表的《解答文学本体论的新思路》一文中提出,应当把"文学是什么"的"本质论"提问方式转换为"文学怎样存在"的本体论(存在论)的提问方式,即寻找和论述文学的存在方式。笔者在该文中指出:"文学既不单纯存在于作者那儿,也不单纯存在于作品中,还不单纯存在于读者那儿。文学是作为活动而存在的,存在于创作活动到阅读活动的全过程,存

---

① 王元骧:《审美超越与艺术精神》,浙江大学出版社2006年版。
② 苏宏斌:《文学本体论引论》,上海三联书店2006年版。

在于从作家→作品→读者这个动态流程之中。这三个环节构成的全过程，就是文学的存在方式。"①苏宏斌把这种"活动本体论"概括为新时期四种文学本体论（另外三种是形式、人类、生命本体论）之一种，并给予了较多的肯定，也指出了它的不足之处。

现在看来，笔者的上述看法在思路和方向上是可以成立的，但还停留在"文学"活动、"文学"的存在方式这一比较浅表的层次上，还不够深入。如果更深入一步思考，文学本体论应当提升到人的存在方式的高度，即把文学活动（艺术和审美活动的一种）看成人的基本存在方式之一，看成一种基本的人生实践。如上所述，我们每个人每天都要进行大量各种各样的活动，包括学习、工作、生产、经济、政治、宗教、道德、交往、休闲、体育、艺术、审美等活动在内，都是人生实践活动的组成部分。我们就是在各种各样的人生实践活动中生存和发展的。在此意义上，也就是在存在论意义上，我们说实践是人存在的基本方式，而艺术和审美活动也是种种人生实践中不可缺少的重要组成部分，因而也是人的基本存在方式之一。首先，人通过实践成为人，也通过实践得到了发展，其中就包括艺术和审美实践的作用在内。人类社会就是建立在包括艺术和审美活动在内的无限丰富的人生实践基础上的。人类的文明通过实践活动而得到建构和提升，作为人类文明标志之一的艺术和审美活动也在人类的实践过程中得到发展；反过来，艺术和审美活动也推进了人类实践整体的发展，推进了人类文明的建设。其次，艺术和审美活动是人走向全面、自由发展之非常重要的一个环节和因素。人如果只局限于物质生产劳动，而没有审美活动，那么其实践就是不完整的、片面的，这种实践造就的人也是片面的、不自由的。再次，艺术和审美活动总体来说是一种精神活动，按照马克思的说法是一种"精神生产"，是人与世界之间的一种精神性的对话和交流，跟物质生产劳动相比，它的精神性更强。因此，审美活动，尤其是艺术活动，精神性更高一些，在人的所有实践活动中，是最超越于个体眼前的功利性的。总之，艺术和审美活动不仅是人的一种高级的精神需要和交流方式，而且是见证人之所以为人的最基本的方式之一，是人超越于动物、最能体现人的本质特征的基本存在方式之一和基本的人生实践活动之一。

据此，笔者认为，文学本体论应当在上述实践存在论思路下对文学活动

---

① 朱立元：《解答文学本体论的新思路》，《文学评论家》1988年第5期。

进行考察,展开研究,应当从文学作为人的一种基本存在方式和基本人生实践活动的高度,从文学活动区别于其他艺术和审美活动的特殊存在方式的角度,对从作者的文学创作活动到读者的文学阅读(接受)活动,重新进行创造性的阐释。这才是文学本体论研究的任务。而不应当把文学本质、文学本源、文学本身(形式)等问题都归于或都当作文学本体论问题来思考,这样反而有可能把文学本体论的存在论这一核心内涵给遮蔽了。当然,对文学本体论展开具体的论述,已经远远超出本文的范围了。

(原载《浙江大学学报》2007年5期
人大复印资料《文艺理论》2007年第11期转载)

新时期文论大发展与马克思主义文论中国化

在中国文艺理论的百年历程中,新时期文艺理论无疑是其中最为耀眼最为壮观的阶段之一,对此,学界给予了充分评价,然而也有观点将新时期,尤其是20世纪80年代文论的成就仅仅局限在新时期文论对"审美自律论"主导范式的建构上,局限在对于革命功利主义极左意识形态的批判和颠覆上,并由此进一步将其归纳为导致90年代以来文艺学学科危机的重要根源。上述观点固然注意到新时期文论在百年文论历史行程中发生、发展的社会文化语境的特殊性,然而客观上却缩小乃至贬低了80年代以来我国文艺理论所取得的全方位的巨大成就,同时也忽略了对于我国百年文论历史行程本身的认识。

对当前文艺学学科危机的性质、程度以及具体表现等问题的认识,以及对于新世纪文艺学建设和发展的思考和前瞻,都离不开对整个新时期以来我国文艺学现状的基本估计与判断。整体上看,新时期20余年,文艺理论界在反思过去的基础上,思想解放,视野开阔,取得一系列的前所未有重大成果,与新中国成立以后的三十年相比较,用"收获巨大,成就辉煌"来概括毫不为过。文艺理论的这种大发展主要表现在文学观念冲破旧有束缚、张扬人文精神,在自律与他律的辩证统一中探索和把握文学的审美意识形态本质,并在此基础上促使文学理论走向多元和成熟;文学研究方法也在借鉴中外文论和其他学科研究方法的基础上取得突破和创新,有力地推动了文艺学研究方法的多元化,反过来又促进了新时期文学观念的拓展和更新。因此,把新时期文艺理论的成就仅仅归结为"审美自律论"主导范式的建立上恐怕远远不够,也与历史事实不符。

如果把新时期文论放置在百年中国文论的历史格局和发展脉络中加以审视,一个重要的关节点就是应当将这一脉络植根于中国社会运动复杂洪流中,具体到中国特定的政治文化结构和现实中。就此可以说,中国文艺理论百年历程是在马克思主义指导下不断借鉴、改造、吸收现代西方文艺理论并与中国文艺实践相结合的历程,也是不断汲取、融合中国古代文论理论资源并对之进行现代转换的历程,在一定意义上也是曲折前进的马克思主义文艺理论中国化的历程。在这一视角下,新时期文艺理论作为马克思主义文艺理论中国化的重要阶段,就是在马克思主义文论的指导下,不断发现、应对、回答、解决中国当代社会、历史、文化语境下文艺、文论所出现的各种新的现实问题的结果,在一定意义上,这也就是马克思主义文艺理论在新的历史时期中国化的重大成果,这一成果本身构成了马克思主义文艺理论的当代形态之一。从马克思主义文艺论中国化历史进程来考察新时期文论,对于新时期以来中国当代文论的大发展做出实事求是的梳理和评估,不仅是当代文艺学学科建设的需要,也是直面并应答现实语境提出的新问题、新挑战,进一步推动中国马克思主义文艺理论建设和发展的必然选择。由于该论题涉及甚广,本文将仅就新时期文论发展进程中文学与政治的关系、人性与人学、审美意识形态论等问题做一简要阐述。

一、关于文学与政治的关系

新时期以来,文学观念首先突破文艺对于政治的工具论、从属论、服务论的偏颇和束缚,结束了长期禁锢文艺生命的错误文艺路线和"左"的极端化思想。这是新时期马克思主义文艺理论中国化迈出的第一步。

首先是为文艺正名。1979年上海《戏剧艺术》发表《工具论还是反映论——关于文艺与政治的关系》的文章,在肯定文学反映论的前提下,批判文艺"工具论",向"文艺是阶级斗争的工具"这一权威观点发难;接着,《上海文学》发表了本报评论员文章,全面剖析了"工具说"的理论本质和现实危害,呼吁要繁荣社会主义文艺,必须为文艺正名。"为文艺正名"讨论的实质是如何看待和理解文艺与政治的关系问题,因此围绕文艺与政治的关系问题,讨论逐步扩展、集中到"文艺是阶级斗争的工具""文艺从属于政治""文艺为政治服务"等三种长期以来占主流地位的传统观点上,并在其后的两年时间里,引起学界深入持久的学术讨论甚至激烈的学术论争。究其根源,无论是文艺"工具论""从属论"还是"服务论",它们都与毛泽东《在延安文艺座谈会上的讲话》有着直接的理论接受和推演关系。毛泽东提出,文艺"从属于一定的政治路线","是从属于政治的,但又反转来给予伟大的影响于政治。革命文艺是整个革命事业的一部分,是齿轮和螺丝钉"。① 应该说,这一论断在民族矛盾和阶级矛盾极为激烈、复杂的抗日战争时期,有其特定的历史意义,但是,新中国成立后毛泽东文艺思想的宣传者和阐释者却对于这一论断进行了简单化、庸俗化、绝对化和无限普泛化的推演,进一步提出文艺"必须为政治服务""为政策服务",甚至为"中心任务服务",并在"文革"中达到登峰造极的荒谬地步,从而给文艺实践和文艺发展造成极大损害。痛定思痛,新时期伊始文艺界对于文艺和政治的关系进行了深入和批判性的反思。文艺与政治关系问题的讨论,首先是指向对于"四人帮"的批判,但是讨论终无法绕开对于过去很长历史时期内党的文艺政策的反思和认识,这不能不引起权力话语的参与和裁判。1979 年 10 月,邓小平在第四次全国文代会上的讲话提出不再提"文艺必须从属于无产阶级政治""文艺必须为无产阶级服务"的口号。次年《人民日报》发表社论,以"文艺为人民服务,为社会主义服务"取而代之,随后周扬、胡乔木相继发表讲话,围绕文艺与政治问题做出详尽阐述。虽然至此文艺与政治关系问题的讨论是由政治话语的裁断而结束的,虽然这场讨论本身也由于思维惯性和理论定势而存在明显的缺陷,但是,不能不看到,关于文艺与政治关系问题的这个新的提法,是那个特定时代能够做到的最好的理论表述,也是当时马克思主义文艺理论中国化的重要标志。整体上看,这场讨论本身作为一种学术行为,它不仅认真清算了文艺与政治问题上的简单化、庸俗化和片面化倾向,为文艺正了名,而且为文艺的突破和发展创造了必要的社会氛围和文化前提,为文艺回归自身、恢复自身的审美特性清理了必需的地基。

问题还远不至于此。虽然自 80 年代初起,从属论、工具论已经不再提了,但是文艺与政治的密切关系在创作和批评的实践中仍然客观地存在,在特定的历史条件下(如"89 风波"后)甚至会以突出、尖锐的形式表现出来。进入新世纪以来,文艺与政治的关系表面上趋于淡化,实际上在主流意识形态调控下政治对文艺控制某种程度的强化,与在娱乐至上思潮推动下文艺有意淡出政治,这样两种相反的倾向都还是有忽隐忽显的表现。而且,在我看来,这种状况在相当长的历史时期内不会改变。这就给马克思主义文艺理论提出了新的现实课题,如何在新的历史条件下妥善、辩证地处理好这个关系,是社会主义初级阶段文艺得以和谐、健康、蓬勃发展的关键之一,也是

---

① 毛泽东:《在延安文艺座谈会上的讲话》,《毛泽东选集》(4 卷合订本),人民出版社 1969 年版,第 822—823 页。

马克思主义文艺理论中国化的题中应有之义。

二、关于人性与人学

新时期以来我国文论关注的另一个焦点是人性、人道主义问题,以及与此相关的对马克思主义人学理论的重新认识。20世纪80年代,通过对马克思主义经典文艺理论的重新学习和思考,"人"的意识开始复苏和觉醒,表现为人性、人道主义、异化等问题的讨论突破了原有的理论禁区,"文学是人学"的命题得以确立。这是对马克思主义人学理论的新思考,是应用马克思主义人学理论来批判根本否定人性、人道主义的极"左"思想,正确总结、反思新中国成立以来文艺创作和理论、批评的历史实践和经验教训所取得的重大进展,也是新时期马克思主义文艺理论中国化更加重要的体现,为中国文艺学的进一步发展提供了极为重要的理论依据。

这一进程的第一步是禁区的突破。在"文革"前的十七年和整个"文革"时期,关于人性、人道主义等问题在学术界包括文艺理论界基本上是不允许讨论的。自从毛泽东《在延安文艺座谈会上的讲话》对人性论展开批判以后,人性论一直被不加区分地看作为资产阶级的反动理论遭到彻底否定;新中国成立以后,这种否定不但没有丝毫降温,在历次政治运动和思想文化界的整肃中,人性论反而遭到变本加厉的批判。在极"左"思潮看来,人性论、人道主义问题涉及对文艺阶级性的淡化或否定,涉及对文艺作为阶级斗争工具性质的取消,是关系到如何对待毛泽东文艺思想的大是大非问题,因而成为禁区。新时期文艺领域关于人性问题的讨论主要涉及人性本质内涵及其普遍性、人道主义和异化等问题,通过讨论,开始突破这个理论禁区。

人性问题的理论探讨是以新时期文艺创作实践为先导的。"伤痕文学""反思文学"等以关注人、关注人性、呼唤人的价值和尊严为主导倾向的创作实践成为社会和时代思潮的代言人,与此相呼应,关于人性问题的理论探讨也一时成为学术热点。讨论涉及人性的具体内涵、人性普遍性与阶级性的关系等问题。由于主流意识形态政治上的干预,讨论在当时没有达成共识,却在一定程度上丰富了人们对"人"的本质和人性内涵的理解,为当时文学创作实践从理论上提供了支持,也开始了对马克思主义人性观的再认识。这些不仅冲破了庸俗社会学文艺理论的束缚,为当时及以后的文艺创作实践营造了较好的舆论氛围,而且拓宽了用马克思主义人学理论研究文艺的思路。

学界在人性问题讨论的同时也重新开始了人道主义问题讨论,讨论主要是围绕马克思主义有无人道主义的问题展开的,基本是两种观点对立:肯定的观点认为马克思主义学说本身不仅不忽视人,而且始终以解决有关人的问题作为自己的出发点和中心任务,马克思从没否定过人道主义;针锋相对的观点则认为人道主义和科学社会主义是两个对立的概念,即使是青年时期的马克思、恩格斯也都是否定了人道主义的。由于涉及对于马克思主义本身的理解,人性和人道主义问题讨论中一直伴随着意识形态和政治话语的考量,后期更是由于政治上的干预,尤其是主管意识形态的领导人胡乔木《关于人道主义和异化问题》文章的发表而使讨论一度带有更加浓重的政治批判色彩,讨论因而出现波折和反复。尽管如此,历史地来看,能够在文学领域公开张扬人道主义的合理内核,肯定和倡导人的独立、尊严、价值和地位,在那个特定的历史时期已经是一个难能可贵的理论突破,其重要意义是毋庸置疑的。

人性、人道主义讨论逻辑地要求对于历史和现实中的人性异化加以揭露、批判和克服,哲学、美学界对于马克思《巴黎手稿》的热烈讨论,也使人们更加关注人性异化问题。该问题早在20世纪50年代前期有过初步的短暂的讨论,先后发表了一些正面阐述的文章,呼唤人性、人道主义,批判异化。从50年代中后期始,这些观点被打成修正主义而受到批判,并经60年代周扬在第三届文代会上的阐述而成为此后近三十年间思想和理论的又一禁区。新时期伊始,汝信、周扬等发表文章重提并肯定了马克思主义中的人道主义思想以及异化思想,随即引起广泛争鸣。然而整体来看,讨论中观点分歧严重,无法达成共识,而且很快就因为政治干预而出现了波折。先是周扬被迫就发表论述异化和人道主义文章做公开的检讨和自我批评,随后胡乔木《关于人道主义和异化问题》文章发表,对于这次讨论进行了总结和定性。由此,学界对于异化问题的讨论越出了学术讨论而染上强烈的政治色彩。异化问题本身就与意识形态存在着某种本质的关联,因而异化问题讨论中一直或多或少掺杂着政治和权力话语,甚至后期遭到政治权力的直接干预和压制。虽然异化问题的讨论未能正常开展下去,但是由于人性、人道主义和异化问题的讨论,将维系文学艺术内在生命的人性和人的地位问题突出地提了出来,并在价值层面关注和张扬人的价值和独立,从而一方面为以后文学主体性观点的提出做了必要的理论铺垫，另一方面也有力地支持了当时的文学创作更好地描写和剖析人性。正是有这场人性、人道主义和异化问题的讨论为重新认识马克思主义人学理论做了必要的舆论准备，到80年代中后期，以人性、人道主义为基本线索概括、论述新时期文学逐渐成为文艺理论界的主流话语。

这一进程的第二步是"文学是人学"命题的确立。随着人性、人道主义和异化问题的讨论，文学应不应当表现人性和人道主义精神，要表现什么样的人性和人道主义，以及如何表现等问题就被突现出来，文学的人学命题于是被再度关注。早在1957年钱谷融就论述了"文学是人学"以及文学与人性、人道主义的内在联系，但该文发表后长期作为修正主义文艺纲领受到批判并成为禁区。新时期伊始，钱谷融在《〈论"文学是人学"〉一文的自我批判提纲》中再次提出这一问题，并得到学界响应，且从关注人的尊严和人格开始，逐步扩展到关注人性、人的价值、人性异化等进入文学的合法性问题。与此同时，马克思主义人学理论被重新解读并引入文艺学领域。文艺要表现具体的人性、要关注人、"文学是人学"等人学命题逐步确立和人道主义思想的再度张扬，标志着新时期文学观念上的重要突破，也显示出文艺理论领域对马克思主义人学思想的新认识，从而为新时期文艺创作和理论的进一步发展确立了正确的方向。历史地看，"文学是人学"命题的确立展现了它本身的生命力和理论概括力，它把描写人和人性作为文学的出发点，不但牢固确立了文学的人学基础，也为其后文学主体性观点的提出和对于文学审美本质的探索提供了重要的理论准备，为文艺学研究的整体推进和突破创新清理出了必需的场地，是新时期文艺理论的一个重大收获，同样是马克思主义文艺理论中国化的重要进展和突破。

回顾历史，审视当前，我们发现，新世纪文艺学的理论建设和马克思主义文艺理论的中国化也同样绕不开人学这个根本问题。要确立马克思主义文艺理论的人学基础，必须理直气壮地真正确立"以人为本"的根本理念，要承认人除了有具体的、变化的、社会集团（一定历史时期内阶级、阶层等）的人性外，同时还有一般的、共同的、普遍的人性；如果承认文学责无旁贷地具有为人类构筑良好的人性基础的功能，就有必要、有权利、也有义务去表现这种一般、普遍的人性。马克思无论在前期还是后期，都明确承认存在着"合乎人性的人"即合乎人的一般、普遍本性的一般的人，同时把人的一般本性看成是"通过人并且为了人而对人的本质的真正占有"。概而言之，马克思共产主义理论的内在逻辑是:"一般的人和人的一般本性——私有制下人和人的一般本性的异化——共产主义即私有财产的扬弃,即一般的人和人的一般本性在更高阶段和层次上的复归。"这实际上是马克思从人的异化和异化的扬弃(人—异化—完整的人)的特定角度对人类历史发展规律的总体概括和宏观描述。应当指出,上述马克思的异化劳动理论关于"人—异化—完整的人"的历史概括,有着极为深刻的理论和实践意义。首先,它所包含的对资本主义私有制的批判意义和社会主义的革命意义远远超越了以往一切(包括资本主义)的人道主义和人本主义。其次,它提供了人的解放的伟大理想目标,并在这一理想的烛照下赋予人的一般本质以富有革命性的内涵。再次,它在当代世界和中国的现实语境中,对于人的全面发展与和谐社会的建设,具有特别重要、极为紧迫的理论和实践意义。我觉得,这正是马克思主义人学理论在当代中国社会语境下被全面激活并获得强大生命力的现实依据和最佳时机,也为马克思主义文艺理论中国化提供了极为重要的理论基石。

三、关于审美意识形态论

人性、人道主义禁区的逐渐突破,文学的人学基础的牢固确立,促使学界对文学本质的认识也开始向深处挺进。文艺理论努力挣脱政治工具主义的枷锁,逐步从机械反映论走向能动的、审美的反映论,并进一步通过对于艺术反映论、艺术生产论的思考与探索,恢复了文艺的审美特性而使文学真正回归自身,从而为审美意识形态论的提出奠定了基础。审美反映论更贴近了文艺的本质,它不但恢复了长期以来被政治功利主义扭曲、篡改的反映论文艺观的本来面貌,而且克服了其全面政治化、抛弃真实性的偏向,给它注入了审美的新鲜血液,使反映论文艺观获得了新生。因此,从反映论到审美反映论是文学本质认识上的重大突破,它突出了文学自身的特质和规律,标志着文学研究向其自身的回归,并为走向审美意识形态论奠定了基础。对此学界给予了较高评价,但同时也认为以"审美反映"来概括文学的本质还略显不足,还没有具体到文学的层次,不能完全包含文学的诸多特征;也未理清"反映"所要求的真实性与"意识形态"所坚持的倾向性、审美所追求的主体性之间的复杂关系;且即使是能动的审美的反映论总还是局限于认识论层面,而文学不仅仅是认识。可见反映论文艺观存在着较明显的理论局限。80年代中期,随着"文学是人学"观念的深入人心以及文学创作中"人"的意识的不断觉醒,文艺理论的思考从对于人的一般肯定走向对于文学主体性的张扬。文学主体性理论是在"文学是人学"之根上的自然萌芽和生长,是人性、人道主义和异化讨论的必然延伸和结果。从学理上说,对人的肯定逻辑地呼唤着人的主体性;而从实践上说,长期以来,特别是"文革"中达到顶峰的"左"的政治功利主义和庸俗反映论畸形结合,主导着中国文艺界和理论界,严重压抑着文学创作和接受的主体性。中国文艺要有大发展,非要破除这一切障碍,也必然要求文学主体性的出场。文学主体性理论的较早提倡者和主要阐发者是刘再复。80年代中期刘再复提出的文学主体性理论是对李泽厚主体性实践哲学的文艺学演绎,它批判了长期以来庸俗社会学和政治功利主义对主体创造性的压抑,高扬人性与人的主体精神,要求无限释放人的精神主体的主观能动性;又批判了来自苏联影响的所谓"社会主义现实主义"理论中的机械反映论倾向,分析了在文学活动中创作主体、文学对象主体和接受主体的主体性的主导地位,论证了"人既是实践主体,又是精神主体"的主体性理论,深化了"文学是人学"的观念。[①]

然而在今天看来,无论是主体性文艺观还是反映论文艺观,二者总体上都处于相同的主客二分思维方式的逻辑平台上。反映论文艺观的一些缺陷在主体性文艺观那里会以隐性的方式同样表现出来,比如说,基于二元对立的主体性文艺观和反映论文艺观都有整体否定、整体承诺的特点,当社会文化、文学存在等情况发生变化时往往都表现出某种程度的片面性或独断性。主体性文艺观强调文学艺术的审美本质、非功利性,其主要批判的对象是新中国成立以来政治对文学、文学研究的干涉和压制,但是当大众文化兴起,市场化、商业化使文学艺术的非功利性成为奢望时,主体性文艺观往往转而将批判的矛头指向其原本乐于见到的市场化本身,没看到两个批判对象质的不同,使得其与新兴的大众文化没有进行对话的可能性,在这一点上,与反映论文艺观的不足异曲同工。实际上,这两者自身都有理论缺陷,都不足以承担起为中国新世纪文论奠基的重任。与以上两种文艺观不同,随着对文学自身认识的逐步深入,学界于80年代提出、90年代形成的审美意识形态论文艺观则有了新的突破,并在比较大的范围内得到认同。这既体现了

---

① 刘再复:《论文学的主体性》,《文学评论》1985年第6期,第11—26页。

文学基本观念上的重大推进，也是在自律与他律的辩证统一中阐述文学的动态本质的创新成果，成为新时期以来文艺理论研究最重大的理论成就之一。

意识形态问题一直是马克思主义文艺理论中的一个重要问题，80年代以来学界就此展开了深入讨论，逐渐明确了文艺属于一种社会意识形态，但同时具有非意识形态性，这就已经注意到了文艺本身具有某种不能为意识形态所涵盖的特殊性，即审美性。经过审美反映论和文学主体性的讨论，学界对文艺的审美特性有了更为深刻的认识，同时也注意到了单纯从反映论框架或主体论思路来概括和阐述文学的本质还有局限。所以，人们力图从一种更为宏观的视角考察文学现象，推进对文学本质的深入理解和把握。到80年代中后期，文学审美意识形态论于是应运而生。1987年，钱中文在总结当时苏联及我国学界关于文学本质的观点的基础上，提出"文学是审美意识形态"，力图把文学的意识形态性和审美性有机结合起来，达到对文学本质更具说服力的表述。他说："从社会文化系统来观察文学，从审美的哲学的观点出发，把文学视为一种审美文化，一种审美意识形态，把文学的第一层次的本质特性界定为审美的意识形态，是比较适宜的。"又说："文学作为审美的意识形态，以感情为中心，但它是感情和思想认识的结合；它是一种自由想象的虚构，但又具有特殊形态的多样的真实性；它是有目的的，但又具有不以实利为目的的无目的性；它具有社会性，但又是一种具有广泛的全人类性的审美意识的形态。"[①]应当说，"审美意识形态"这一提法的确能够比较完整地概括文艺的本质特征，并具有较为广阔的包容性和理论涵盖性，能够适应新时期以来文艺多元发展的基本态势。之后，王元骧在其《文学原理》中也提出文艺是一种审美意识形态的观点，并以此来探讨文艺的本质。还有学者从马克思的掌握世界的方式的理论出发，认为"艺术的意识形态属性和审美属性不是各自孤立地存在于作品中，而是融合为有机的统一体，可以说是一种审美的意识形态"，"正是在艺术的意识形态属性和审美属性的统一中显示了艺术与其他意识形态和审美对象的区别，显示了艺术的深层本质"[②]。一句话，"审美意识形态"论的提出标志着对文艺本质认识的重大突破。

[①] 钱中文：《论文学观念的系统性特征》，《文艺研究》1987年第6期，第13—30页。
[②] 王怀通、王钦韶、田文信、张凌、张维麟、董学文：《马列文论教程》，河南大学出版社1989年，第86页。

进入90年代以来,钱中文对"审美意识形态"的观点进行了进一步的阐发,认为文学作为审美意识形态是以感情为中心、感情与思想的结合,是一种具有特殊形态真实性的虚构,具有不以实利为目的的目的性,具有阶级性和广泛的社会性、全人类性。文学作为审美意识形态是一个审美的本体系统,它的存在形式是艺术语言的审美创造、审美主体的创造系统、审美价值和功能系统以及接受中的审美价值再创造三者的结合,由此形成文学本体。文学本体的三个组成部分逻辑的历史的展开构成文学的第三层次的本质特征。① 这样就把审美意识形态和文学的本体、文学的本质统一起来,形成了一个完整的系统,更加符合文艺的存在方式和本质特征,使审美意识形态理论更趋完善和成熟。童庆炳进一步认为,"从社会结构这个层面,从上层建筑和社会意识形态这个层面去把握文学的特性"②,还是最为恰当的;文学的审美意识形态理论既着眼于文学的对象的审美特性,也重视把握对象的审美方式,因此,审美意识形态论可以作为文艺学的第一原理,为新时期文艺学的进一步发展奠定坚实的理论基础。笔者认为,"审美意识形态"的文学本质观的提出并逐步为学界较多人所认同,也是马克思主义文艺理论中国化的又一重大收获。

当然,我们注意到,进入新世纪以来,随着对于新时期文学反思的深入,有学者引经据典,对于文学"审美意识形态"论提出尖锐批评和质疑,认为它不符合马克思主义经典作家的思想观点。目前双方的论争仍在继续。笔者认为,从学术的健康发展和推进来说,这场论争为新世纪马克思主义文艺理论中国化留下了进一步思考和探讨的空间。

从上述历史的简要阐述可以得出两个重要结论:第一,新时期我国文艺学取得的前所未有的巨大成就,不能仅仅归结为审美自律性"主导范式"的确立。应当看到,那个时期文学理论在一系列重大问题上取得了突破性进展,除了上述三方面外,还有文学研究的方法论问题,现实主义问题,文艺心理学问题,文学接受和文学存在论问题,文学的人文精神和新理性精神问题,文学的语言和形式问题,如此等等。其中审美自主、自律固然是一个重要方面,但并不是最主要的,更不是唯一的,而且,它也始终与其他种种问题(包括非自律、非自主性问题)联系、纠缠在一起。那种把审美自主性理论夸大、上升为整个新时期文艺理论的主要收获和"主导范式",实际上冲淡了那

---

① 钱中文:《文学发展论》(增订本),经济科学出版社1998年版。
② 童庆炳:《审美意识形态论作为文艺学的第一原理》,《学术研究》2000年第1期,第112页。

个时期文艺理论全方位、多层次的重大突破,遮蔽了新时期文论生动活泼、丰富多彩的发展的现状,进一步,将造成90年代文艺学学科危机归罪于其上就更加违背历史事实。第二,新时期我国文艺学取得的一系列巨大成就,基本上都是在马克思主义文艺理论的指导下取得的,其中理论上的主要突破和进展,在一定意义上都是马克思主义文艺理论中国化的成果和体现。我们不能把新时期以来文艺学的发展与马克思主义文艺理论中国化的进程人为地对立起来,虽然二者之间不能完全画等号。新时期文艺理论大发展的经验告诉我们,新世纪的文艺理论建设,更应当自觉追求文艺学的理论建设与马克思主义文艺理论中国化这两方面的有机结合。总体上说,就是要以马克思主义唯物史观为指导,以"现代性"及其内部冲突为理论视角,采取以实证为基础的历史与逻辑统一的方法,立足当代文学和文艺理论、批评发展的现实,正视新历史条件下文艺领域提出的紧迫的"中国"问题,探索马克思主义文艺理论中国化的现实途径;具体来说,就是要把马克思主义文艺理论作为基本的思想资源,为着解决中国现实思想文化语境中的文艺实践和理论发展的实际问题而加以创造性的应用,并在应用中发展马克思主义文艺理论。归根结底,马克思主义文艺理论中国化是当前文艺学理论创新的根本途径,从而也是当代文艺学创新建构的根本途径。

(原载《文艺争鸣》2008年第7期)

从新时期到新世纪:"文学是人学"命题的再阐释

——兼论马克思主义文艺理论的人学基础

新时期开始阶段(1978年至20世纪80年代中期)是中国社会发展进程一个十分重要的时期。在这一时期,"文革"结束、拨乱反正开始,真理标准大讨论展开,特别是十一届三中全会的胜利召开,中国社会开始走上改革开放的道路,思想束缚逐渐解除,全民性的思想解放运动逐步兴起。这是经济、政治、文化、思想、历史等的转型时期,也是重新确定文艺身份的转型时期。批判僵化的话语环境和扭曲的文化思想路径,反思文艺的本质、价值、地位,重新争取曾一度失去的学术话语权力和启蒙地位,成为人文知识分子的共同行动。

正是在这样的社会思想背景下,从"文革"摧残中走出的文艺理论对文学与政治的关系以及人性、人道主义等问题展开批判性反思,从而开始了新时期文艺学的批判反思期:文艺逐渐摆脱政治的工具论、从属论、服务论的偏颇和束缚,"人"的意识开始复苏和觉醒,表现为人性、人道主义、异化问题讨论突破原有的理论禁区,"文学是人学"的命题得以确立,对于文学本质的认识也开始向深处挺进。

本文拟从"文学是人学"的命题入手,重点探讨新时期以来我国文论关于人性、人道主义问题的新思考,以及与此相关的对马克思主义人学理论的重新认识。

一

20世纪80年代初,我国文艺理论的最重要突破之一就是"文学是人学"的命题的重新确立。这是人们通过对马克思主义人学理论的重新学习和思考，并应用于批判根本否定人性、人道主义的极"左"思想，正确总结、反思新中国成立以来文艺创作和理论、批评的历史实践和经验教训所取得的重大进展，也是新时期马克思主义文艺理论中国化的重要体现。

这一进程是以1980年第3期《文艺研究》发表钱谷融先生写于1957年10月26日的《〈论"文学是人学"〉一文的自我批判提纲》为开端的。《论"文学是人学"》一文是钱谷融先生1957年2月在"双百方针"鼓舞下所写的一篇在中国当代文艺理论史上具有重大理论意义的文章。该文在1957年5月号《文艺月报》发表后不久，就遭到了文艺界和理论界的广泛批判，后来被定性为"反党反社会主义的修正主义的大毒草"。从此，一直到"文革"时期，关于人性、人道主义等问题成为理论禁区，在学术界包括文艺理论界基本上不允许讨论。

那么，《论"文学是人学"》一文究竟提出了什么观点？何以会在政治上遭到如此批判和封杀？这里试对此文的主要思想作简要的概述：第一，该文借用高尔基的有关说法，在中国首次明确提出了"文学是人学"这一符合马克思主义人道主义思想的重要命题，并从几个重要方面以符合文艺自身规律的方式对这个命题做了有说服力的阐述，在中国当代文论史上写下了浓墨重彩的一笔。第二，阐述之一，是批评了季摩菲耶夫关于"人的描写是反映整体现实所使用的工具"的"人是工具"的观点，提出了文学"必须从人出发，必须以人为注意的中心"，确立了人在文学里的中心地位，强调指出人的描写不是"工具"和"手段"，而是"文学的目的所在，任务所在"。第三，阐述之二，是进一步从价值论角度论述文学作为人学的思想内涵：即"不仅要把人当作文学描写的中心，而且还要把怎样描写人、怎样对待人作为评价作家和他的作品的标准"；并首次突破长期以来把一些思想倾向落后的作家能够创作出伟大作品归因于现实主义创作方法战胜落后世界观的结果的主张，明确提出"在文学领域内……作家的对人的看法，作家的美学理想和人道主义精神，就是作家世界观中起决定作用的部分"，认为托尔斯泰、巴尔扎克的成功，与其"说成是现实主义的胜利，倒不如把它当作人道主义的胜利来得更恰当些"。第四，阐述之三，是论述了人道主义精神的核心内涵，特别突出了人道主义精神在文学中的巨大、根本的作用。

在第四点中，作者首先区分了作为历史思潮的人道主义和作为人类普遍精神的人道主义，指出"人道主义，作为一种思潮来说，虽是在16、17世纪的欧洲为了反对中世纪的专制主义而兴起的，但人道主义精神、人道主义理想却是从古以来一直活在人们的心里……我们无论从东方的孔子、墨子,还是从西方的苏格拉底、柏拉图等人的言论著作中都可以发现这种精神、这种理想",就是说,人道主义的精神、理想是贯穿古今、跨越东西的人类普遍精神。

其二,作者精辟地概括了人道主义精神的核心内容,指出,"虽然随着时代、社会等条件的不同,人道主义的内容也时时有所变动,有所损益,但我们还是可以从其中找出一点共同的东西来的,那就是:把人当作人。把人当作人,对自己来说,就意味着要维护自己的独立自主的权利;对别人来说,又意味着人与人之间要互相承认、互相尊重";在文学艺术中,这种人道主义精神就体现为"是用一种尊重人同情人的态度来描写人、对待人的","一切都是以人来对待人,以心来接触心的"。

其三,作者高度推崇人道主义精神在文艺中的巨大作用,认为"一切被我们当作宝贵的遗产而继承下来的过去的文学作品,其所以到今天还能为我们所喜爱、所珍视,原因可能有很多,但最基本的一点却是因为其中浸润着深厚的人道主义精神",换言之,人道主义精神是全人类文学艺术宝贵遗产的精髓所在;所以,"在文学作品中一切都是从解放人、美化人的理想出发的,一切都是为了人的。……伟大的文学家必然也是个伟大的人道主义者"。

其四,作者通过与人民性、爱国主义、现实主义等当时流行的理论概念和评价标准的比较,明确把人道主义作为评价文艺作品价值的"最基本的、最必要的标准",认为如果其他概念"并不是在每一篇古典文学作品的评价上都是适用的话,那么,人道主义这一概念,却是永远可以适用于任何一篇古典文学作品上的",如果说人民性是评价文学作品的最高标准的话,"人道主义精神则是我们评价文学作品的最低标准……是任何时候都必须坚持的,而且是任何人都在自觉不自觉地运用着的(按:此话不确,极'左'的大批判就与人道主义相对抗)"。实际上,这里作者是把人道主义作为衡量文艺作品成就最基本、最核心的标准,即"最根本的和普遍适用的原则",这一观点至今仍然是极富启发性的。

其五,肯定共同人性、普遍人性的存在。作者指出,"人性是随着时代、社会等等条件的发展而发展,因阶级性、个性的不同而有其不同的表现的。但尽管如此,仍不排除纵的方面的继承性,横的方面的普遍性,没有这种继承性与普遍性,人类的一切交往便都不可能,也就不可能组成社会,不可能有历史。而这种继承性与普遍性的基础就是共同人性";当然,作者并没有将普遍人性与阶级性截然对立起来,他强调"只有历史上的先进阶级才能发展人性……而那些落后的、反动的阶级,就只能阻碍人性的发展,甚至戕害人性"①。

现在看来,钱谷融先生上述关于"文学是人学"的一系列观点,大部分已经被人们接受,这个命题本身也已经成为常识,甚至被认为比较空洞。但当时提出这些主张是要冒极大的政治风险的,需要有很大的理论勇气和胆识的。因为自从毛泽东《在延安文艺座谈会上的讲话》对人性论做了严厉的批判(在那个民族、阶级矛盾极为尖锐的特殊时期,这种批判可以理解)以后,延伸到新中国成立后十七年(和平建设时期)和十年"文革",在极"左"思潮支配下,人道主义、人性论一直被不加区分地看作资产阶级的反动理论遭到彻底否定和批判。正因为这样,1957年钱谷融先生的《论"文学是人学"》一文一经发表,便遭到大量批评,1959年更被作为修正主义的文艺纲领进行了集中的政治批判,上海文艺出版社还出版了《〈论"文学是人学"〉批判集》。1960年周扬在第三届文代会上所做的题为《我国社会主义文学艺术的道路》的报告中,更是明确把人性论、人道主义驳斥为资产阶级文艺观和修正主义思想,批判其"以抽象的共同人性来解释各种历史现象和社会现象,以人性或'人道主义'来作为道德和艺术的标准,反对文艺为无产阶级和劳动人民的解放事业服务"②。人性、人道主义思想于是被彻底否定,从此成为思想和理论的禁区。

二

新时期初文艺领域重提"文学是人学"的命题是有着改革开放、思想解放的政治、文化和学术背景的,这集中体现在当时关于人性、人道主义和异化问题的讨论中。诚如何西来所说:"人的尊严、人的价值、人的权利,人性、人情、人道主义在遭到长期的压制、摧残和践踏以后,在差不多已经从理论家的视界中和艺术家创作中消失以后,又重新被提起,被发现,不仅逐渐活

---

① 钱谷融:《〈论'文学是人学'〉一文的自我批判提纲》,《文艺研究》1980年第3期,第11页。
② 周扬:《我国社会主义文学艺术的道路》,人民文学出版社1960年版,第49页。

跃在艺术家的笔底,而且成为理论界探讨的重要课题。"①

人性问题的理论探讨是以新时期文艺创作实践为先导的。"伤痕文学""反思文学"等以关注人、关注人性、呼唤人的价值和尊严为主导倾向的创作实践而成为社会和时代思潮的代言人。与此相呼应,关于人性问题的理论探讨也一时成为学术热点。讨论涉及人性的具体内涵、人性普遍性与阶级性的关系等问题。朱光潜以马克思《1844年经济学哲学手稿》为理论依据,认为马克思整部书都是从人性论出发来论证无产阶级革命的必要性和必然性的,要使人的本质力量得到充分的自由发展,就必须消除私有制,他从文艺创作和美学的角度,呼吁文艺冲破人性、人道主义的禁区。② 由于众所周知的原因,这些讨论在当时并没有完全达成共识,但是在承认共同(普遍)人性的存在这一点上,有了比较一致的看法。程代熙指出:"一定时代的人们,包括不同阶级的人们是生活在一个共同体内的。这个共同体就是社会、国家等等,所以一切人才有可能具有'现实的普遍性',即共同人性";"共同人性也只是一个历史的范畴,是随着历史的变化而变化,随着社会的发展而发展的。世界上不存在固定不变的共同人性";"在阶级社会,人性既具有阶级性、社会性,又具有共同人性,他们相反相成,浑然一体"。③ 钱中文认为,人性,主要指共同人性而言,它和阶级性一样,是现实的人的根本特征。从社会历史文化的演化来看,人经历了大致相同的阶段,在物质生活的需求、心理、感情、审美意识等方面积累了共同的因素,并保留至今天。共同的人性也是社会现实关系的组成部分,人并不只生活在阶级关系中,除了阶级关系,还有伦理、道德、宗教等非阶级关系,它们虽然受阶级关系的制约,但并不等同于阶级关系。对人性共同形态的描写,可以从真实的、历史的、道德的要求进行评价。④ 这些讨论大致肯定了共同人性的存在,确认即使在阶级社会里也有非阶级的共同人性,对于阶级性与共同人性关系的认识逐步走向辩证,这就丰富了人们对"人"的本质和人性内涵的理解,深化了对于当时文学创作实践的理论观照,为新时期文学创作描写和表现人性做好了理论准备,同时,也拓宽了用马克思主义人学理论研究文艺的思路。

学界在人性问题讨论的同时也重新开始了人道主义问题讨论,讨论主

---

① 何西来:《人的重新发现——论新时期的文学潮流》,《红岩》1980年第3期。
② 朱光潜:《关于人性、人道主义、人情味和共同美问题》,《文艺研究》1979年第3期,第39页。
③ 程代熙:《人性问题——介绍〈马克思恩格斯论人生和人道主义〉》,《文艺理论研究》1982年第3期,第118—119页。
④ 钱中文:《论人性共同形态描写及其评价问题》,文学评论1982年第6期,第82—124页。

要是围绕马克思主义有无人道主义的问题而展开的。肯定的观点认为马克思主义学说本身不仅不忽视人,而且始终以解决有关人的问题作为自己的出发点和中心任务。朱光潜认为,"人道主义在西方是历史的产物,在不同的时代具有不同的具体内容,却有一个总的核心思想,就是尊重人的尊严,把人放在高于一切的地位","马克思不但没有否定过人道主义,而且始终把人道主义与自然主义的统一看作真正共产主义的体现"。[①] 汝信等人支持这个观点,认为广义的人道主义"泛指一般主张维护人的尊严、权力和自由,重视人的价值,要求人能得到充分的自由发展等等的思想和观点","就是主张要把人当作人来看待,人本身就是人的最高目的,人的价值也就在于他自身",并强调指出,"马克思主义学说本身,则不仅不忽视人,而且始终是以解决有关人的问题作为自己的出发点和中心任务的","不应该把马克思主义融化在人道主义之中,或者把马克思主义完全归结为人道主义,因为马克思主义不仅仅研究人的问题。但是,马克思主义应该包含人道主义的原则于自身之中"。[②] 王若水更是明确地主张"马克思主义的人道主义",他指出:人道主义"共同的原则简单地说就是人的价值","马克思的确批判了费尔巴哈的人道主义,然而我认为他并没有从根本上否定人道主义,而是把人道主义发展到一个新的阶段";"马克思始终是把无产阶级革命、共产主义同人的价值、人的尊严、人的解放、人的自由等问题联系在一起的。这是最彻底的人道主义"。人道主义并不只能是资产阶级的意识形态,"社会主义需要人道主义"。[③]

与以上看法针锋相对的观点则认为人道主义和科学社会主义是两个对立的概念,即使是青年时期的马克思、恩格斯也都是否定了人道主义的。由于涉及对于马克思主义本身的理解,人性和人道主义问题讨论中一直伴随着意识形态和政治话语的考量,后期更是由于政治上的干预,尤其是主管意识形态的领导人胡乔木《关于人道主义和异化问题》文章的发表而使讨论一度带有更加浓重的政治批判色彩,讨论因而出现波折和反复。尽管如此,历史地来看,能够在文学、哲学领域公开张扬人道主义的合理内核,将维系文学艺术内在生命的人性和人的地位问题突出地提了出来,并在价值层面关注和张扬人的价值和独立,在那个特定时期无疑是一个难能可贵的理论突

[①] 朱光潜:《关于人性、人道主义、人情味和共同美问题》,《文艺研究》1979年第3期,第40页。
[②] 汝信:《人道主义就是修正主义吗?》,《人民日报》1980年8月5日。
[③] 王若水:《为人道主义辩护》,《文汇报》1983年1月17日。

破,从而一方面为以后文学主体性观点的提出做了必要的理论铺垫,另一方面也有力地支持了当时的文学创作更好地描写和剖析人性。正因为有了这场人性、人道主义和异化问题的讨论为重新认识马克思主义人学理论做了必要的舆论准备,到20世纪80年代中后期,以人性、人道主义为基本线索概括、论述新时期文学逐渐成为文艺理论界的主流话语。

正是在新时期之初这一思想解放运动的大背景下,随着人性、人道主义和异化问题的讨论,文学应不应当表现人性和人道主义精神,要表现什么样的人性和人道主义,以及如何表现等问题就被突现出来,"文学是人学"的命题于是被再度关注。新时期伊始,钱谷融再次强调:"文学既然以人为对象,当然非以人性为基础不可,离开人性,不但很难引起人的兴趣,而且也是人所无法理解的。不同时代、不同民族、不同阶级所产生的伟大作品之所以能为全人类所爱好,其原因就是由于有普遍人性作为共同基础";"作家的美学理想和人道主义精神,就应该是其世界观中对创作起决定作用的部分"。在文学领域,"一切都是为了人,一切都是从人出发的","一切都决定于作家怎样描写人、对待人"。① 这个思想很快得到学界广泛响应,且从关注人的尊严和人格开始,逐步扩展到关注人性、人的价值、人性异化等能否和如何进入文学的合法性和美学方法的问题。如王蒙指出,"三中全会以来的文学作品中,人道主义精神的发扬,对于人性和人情的诸多方面的关注、刻画或美化,对于人的尊严的维护和召唤,成为一个重要的特点",马克思从未反对也不拒绝真正的人性和人道主义,不敢描写具体的活生生的人性就不可避免地导致创作的模式化、概念化而走向反艺术的道路。② 刘锡诚认为,新时期文学创作中人的主题的出现,从关注人的尊严和人格开始,后扩展到关注人的价值、人性和异化等问题,这是我国当代文学中的社会主义人道主义的全面发展。③

与此同时,马克思主义人学理论被重新解读并引入文艺学领域,文艺要关注人、表现具体的人性的观点,被广泛接受,文学与人学之间不可分割的内在关系凸现出来,"文学是人学"的命题于是逐步得到确立和公认。历史地看,"文学是人学"命题的确立的确展现了它本身的生命力和理论概括力,它把描写人和人性作为文学的出发点,把张扬人道主义精神作为文学的基

---

① 钱谷融:《〈论"文学是人学"〉一文的自我批判提纲》,《文艺研究》1980年第3期,第9页。
② 王蒙:《"人性"断想》,《文学评论》1982年第4期,第116页。
③ 刘锡诚:《谈新时期文学中的人道主义问题》,《文学评论》1982年第4期,第120—125页。

本要求,不但牢固确立了文学的人学基础,也为其后文学主体性观点的提出和对于文学审美本质的探索提供了重要的理论准备,为文艺学研究的整体推进和突破创新清理出了必要的空间,是新时期文艺理论的一个重大收获,也是马克思主义文艺理论中国化的重要进展和突破。

三

回顾历史,审视当前,我们发现,"文学是人学"这个命题并没有过时,而是面对新的现实,产生了新的意义。

进入新世纪,"文革"结束前那种谈人性、人道主义色变的时代早已过去。然而,我们也不能不注意到,在当代中国,进入90年代之后,随着经济全球化浪潮的奔涌和中国市场经济的迅速走向成熟,在西方消费主义思潮的影响和大众传媒的助推下,大众文化以不可阻挡之势席卷神州大地,"三消(消费、消闲、消遣)文化"迅速上升到文化艺术市场的主流地位,但人性问题却以想象不到的另外一种方式在文艺和审美中再次迷失。这突出表现为部分文学创作中感官欲望的无度扩张和享乐主义的大肆泛滥,有的甚至突破了人类共同的道德底线。这不但颠覆了文学的审美特性,而且向文学提升人生境界、塑造美好心灵、构筑人性家园的本性发起挑战。更加令人担忧的是,文艺理论和批评界也有人从理论上对这种倾向给予支持,把这种无限扩张感官欲望的文艺现象美化为"恢复"美学的感性学本义。这实际上是从相反的方向对人性和人道主义精神的扭曲和损害。

另外,当代中国处于世界性的全球化历史环境中,随着我国经济全面融入全球化的进程,文化全球化的浪潮已经越来越逼近我国。我们当前所面对于我们党和政府在处理内外经济社会文化发展事务的一系列方针、政策、举措感到不甚理解,甚至产生误解。"以民为本"代替"以人为本",其要害在于没有看到马克思主义人学理论由于肯定普遍、一般的人和普遍、共同人性的存在,因而它内在地包含着人道主义和人本主义的基本原则,从而实际上把马克思主义与人道主义、人本主义人为地对立起来。似乎人道主义、人本主义成了资产阶级的专利。这是我们认识"以人为本"思想的一个误区。

以我的理解,在某种意义上,马克思主义的核心思想之一就是以人为本和人的自由、全面发展的理想。其实,马克思主义社会革命理论一开始就是从以人为本的思想出发的,在《〈黑格尔法哲学批判〉导言》中,马克思明确提出应该"实现一个不但能把德国提高到现代各国的现有水平,而且提高到这些国家即将达到的人的高度的革命",他对费尔巴哈的宗教批判理论做了革命性的阐发,指出"人的根本就是人本身","对宗教的批判最后归结为人是人的最高本质这样一个学说,从而也归结为这样一条绝对命令:必须推翻那些使人成为受屈辱、被奴役、被遗弃和被蔑视的东西的一切关系"。① 这里,人就是最高目的、最高本质,社会革命就是为了彻底推翻压迫、奴役人的旧的社会关系,达到人和人类的彻底解放。在此,"以人为本"的批判性、革命性是毋庸置疑的。《共产党宣言》进一步提出,共产主义社会彻底解放全人类的最高理想和目标是"每个人的自由发展是一切人的自由发展的条件"。另外,马克思在论述人类社会发展经历的三种社会形态和与之相适应的人的发展三种状态时,更加明确地把社会主义的人的发展定位为"个人全面发展"。他说:与最初的社会形态和第二大形态"以物的依赖性为基础的人的独立性"的资本主义社会不同,社会主义社会是"建立在个人全面发展和他们共同的社会生产能力成为他们的社会财富这一基础上的自由个性,是第三个阶段"②。在此,"个人全面发展"就是人本身"自由个性"的发展。

这里,问题的关键是马克思"以人为本"思想中的"人"究竟是普遍的、一般的人,还是具体的阶级的人。其实,只要我们不带任何偏见,那么从上面引文中不难发现,马克思说的"人的根本就是人本身""人是人的最高本质"等,就是也只能是指普遍的、一般的人,而不是指具体的、阶级的人。换言之,马克思明确承认存在着普遍的、一般的人,当然,也顺理成章地承认存在着普遍的、一般的人性,即人的族类性或共同人性。这一思想马克思不但在早期,而且在其成熟著作《资本论》中也有清晰的阐述。马克思在批评英国哲学家边沁的"效用原则"时明确指出:"效用原则并不是边沁的发明。他不过把爱尔维修和18世纪其他法国人的才气横溢的言论平庸无味地重复一下而已。假如我们想知道什么东西对狗有用,我们就必须探究狗的本性。这种本性本身是不能从'效用原则'中虚构出来的。如果我们想把这一原则运用到人身上来,想根据效用原则来评价人的一切行为、运动和关系等等,就首先要研究人的一般本性,然后要研究在每个时代历史地发生了变化的人的本性。但是边沁不管这些。他幼稚而乏味地把现代的市侩,特别是英国

---

① 《马克思恩格斯全集》第1卷,人民出版社1979年版,第9页。
② 《马克思恩格斯全集》第46卷(上),人民出版社1979年版,第104页。

的市侩说成是标准人。凡是对这种古怪的标准人和他的世界有用的东西，本身就是有用的。他还用这种尺度来评价过去、现在和将来。"①

在此,马克思告诉我们:第一,"效用原则"并非边沁的发明。第二,效用只是相对于所发生效用的主体而言的,是对于特定主体的一种特定关系,离开了特定主体,无所谓效用和效用原则。第三,而要研究效用的具体内容,就必须对所发生效用的特定主体的一般本性做深入研究,因为特定效用只能产生于特定主体的本性,马克思以狗这种比喻性主体(非真正主体)为例,认为"假如我们想知道什么东西对狗有用,我们就必须探究狗的本性"。第四,据此做出"如果我们想把这一原则运用到人身上来,想根据效用原则来评价人的一切行为、运动和关系等等,就首先要研究人的一般本性,然后要研究在每个时代历史地发生了变化的人的本性"的重要推论,毫无疑问,这里的"人"是作为接受效用的主体的抽象、一般的人,这里的人性既有"人的一般本性",又有"每个时代历史地发生了变化的人的本性"这样两个方面。这是马克思正面肯定存在着"人的一般本性"的确凿证据。第五,马克思批判边沁的核心观点是,认为边沁没有正确区别"人的一般本性"与历史变化着的人的本性,而是"把现代的市侩,特别是英国的市侩"打扮成"标准人",即一般的人,把他们那种代表特定时期特定阶级、阶层狭隘利益的特殊的人性扩展为人的一般本性,并以此为处处时时适用的普遍原则和永恒尺度,应用于现实的方方面面和"过去、现在和将来"的一切时代。对边沁的上述批判从另一侧面证明马克思肯定了一般的人(但绝不是边沁的"标准人")和人的一般本性的存在,同时揭露了边沁把特定时期狭隘的具体的人性冒充为普遍、永恒的一般人性("人的一般本性")的卑劣伎俩。

那么,马克思是在何种意义上承认普遍的、一般的人和人性呢？大致而言,一是相对于神和神性而言的,这是马克思继承和发展了西方近代以来的启蒙思想传统,包括对近代人本主义思潮,特别是费尔巴哈人本主义思想的吸收和改造。二是相对于自然界特别是相对于动物而言的,是强调作为族类(即社会)的人对动物的整体超越和质的飞跃。因此,"以人为本"的"人"正是上述两种意义的综合,特别是后一种意义上的"人"和人性(人的一般本质)。在马克思看来,人一方面是自然界的一部分,另一方面又通过实践活动既创造了人自身,超越自然界而成为社会的人,同时又改变自然界,使自

---

① 马克思:《资本论》第1卷,人民出版社2004年版,第704页。

然人化,成为人的自然。这样,实践就成为人与动物的分水岭,是人之为人的根本标志。对此,马克思在《巴黎手稿》中做了极为深刻、充分的论述。马克思曾经深刻地揭示出人与动物的根本区别在于两者的生命活动的性质不同,"动物和它的生命活动是直接同一的",而人的生命活动的"类特性恰恰就是自由的自觉的活动"。① 这里"人的类特性"就是人区别于动物的一般本质,马克思还强调指出这是人的"精神本质,他的人的本质"。正是通过这种"自由的自觉的活动","人则使自己的生命活动变成自己的意志和意识的对象";人的这种自由、自觉的生命活动,实质上就是"创造对象世界"、"改造无机界",是"人的类生活的对象化"即人的本质力量的对象化;而人正是通过这种自由、自觉的生命活动,"证明了人是有意识的类存在物"。可见,这种自由、自觉的生命活动正是马克思心目中的普遍、共同的人性。

这种对普遍、共同人性存在的肯定,也贯彻到马克思对文学作品的评论中。比如在评价欧仁·苏的长篇小说《巴黎的秘密》中原本具有人性却被异化了的人物玛丽花时就清楚地体现了马克思对一般人性的承认和对非人环境(异化)的批判:"玛丽花所理解的善与恶不是善与恶的抽象道德观念。她之所以善良,是因为她不曾害过任何人,她总是合乎人性地对待非人的环境。她之所以善良,是因为太阳和花给她揭示了她自己的像太阳和花一样纯洁无瑕的天性。最后她之所以善良,是因为她还年轻,还充满着希望和朝气。她的境遇是不善的,因为它给她一种反常的强制,因为它不是她的人的本能的表露,不是她的人的愿望的实现。因为它令人痛苦和毫无乐趣。她用来衡量自己的生活境遇的量度不是善的理想,而是她固有的个性、她天赋的本质。"在马克思看来,人的最深层的本性即"有意识的生命活动""自由自觉的活动",一切有利于人的发展的都是合乎人性的,束缚了人性发展的道德、宗教、法律都是违反人性的。玛丽花的生活遭遇是不幸的,但这并不妨碍她的人性的发挥、对自然的热爱,反而是在她受了基督教的感化成为修女后,她丧失了人性,也失去了生命。"鲁道夫就是这样先把玛丽花变为悔悟的罪女,再把她由悔悟的罪女变为修女,最后把她由修女变为死尸。"②

对于文艺理论和美学尤为重要的是,马克思还从人的普遍本质(共同人性)出发来论述文艺的本质。他说,人正是凭借着上述这种普遍、共同的人性,即自由、自觉的生命活动,使"自然界才表现为他的作品和他的现实";人

---

① 《马克思恩格斯全集》第42卷,人民出版社1979年版,第96页。
② 《马克思恩格斯论艺术》第3卷,人民出版社1963年版,第49—61页。

通过这种自身本质的对象化活动,"人不仅像在意识中那样理智地复现自己,而且能动地、现实地复现自己,从而在他所创造的世界中直观自身"。这里的"复现"和"直观",在我看来,正是艺术产生和存在的人学根基,因为艺术和审美活动乃是人的这种自由、自觉的生命活动的有机组成部分,而且是其中高级的、精神活动之一。由此我们就能比较准确地理解马克思的另外一段话:自然界的种种事物"作为艺术的对象,都是人的意识的一部分,是人的精神的无机界,是人事先进行加工以便享用和消化的精神食粮",这里"进行加工"的意思无疑就是人通过自由、自觉的生命活动,将自己的"精神本质"对象化和复现出来,从中可以直观自身。① 由此可见,在马克思看来,艺术活动(创造和欣赏)是人类通过艺术品来能动地现实地复现自己,从而在创造的世界中直观自身。很清楚,这里马克思是从人的本质出发来规定艺术本质的。它告诉我们艺术确实存在人学本质这一存在论层面。对此,过去我们重视不够,现在应当给予重点关注。这实际上不仅为"文学是人学"的命题提供了存在论的哲学基础,而且也使这个命题具备了文学本质论的独特内涵:文学为什么、在什么意义上是人学?我们何以需要并且能够从人学层面揭示和概括文学的本质?在此得到了清楚的解答。

综上所述,我们可以看到,"文学是人学"的命题在新时期之初的重新确立到当前全球化语境下它的一系列新意义的绽开和显现,实际上从一个侧面见证了改革开放三十年来,在思想解放运动的推动下,学界对马克思主义人学理论的重新学习和理解,以及当代我国文艺学的人学基础的创新建构,见证了马克思主义文艺理论中国化的扎实推进。

(原载《探索与争鸣》2008 年第 9 期,
人大复印资料《文艺理论》2009 年第 4 期全文转载)

---

① 《马克思恩格斯全集》第 42 卷,人民出版社 1979 年版,第 95—97 页。

马克思主义人学理论和当代文艺学建设

一、人学:回顾与总结 30 年文学的一个视角

在纪念改革开放 30 周年之际,我国文艺界和文艺理论、批评界纷纷回顾、总结、反思 30 年的文艺经验和理论发展道路,这对于未来我国文艺创作和文艺理论、批评的建设和发展有着极为重要和迫切的现实意义。笔者认为,这种回顾、总结、反思可以从不同的角度、以不同的思路加以展开。比如,就文艺理论而言,许多学者从审美性和意识形态性及其相互关系入手来探讨文学的本质,这固然不错,而且确实取得了不少重要成果。但是,我们是否可以换一个角度、换一种思路,即以马克思主义人学理论为基础来阐述和揭示文学的本质的某些层次和方面呢?我想不仅是可能的,而且就"文学是人学"这一根本之点而论有可能更加切近文学的本质。关于这一点,可从两个方面加以考察。

一是从文学的发展实践来看。

毫无疑问,三十年来我国的文学创作取得了远远超过新中国前十七年的伟大成就。20 世纪 80 年代从伤痕文学、知青文学、反思文学、改革文学、寻根文学到先锋文学,文学思潮此起彼伏,文学观念多元展开,文学景观多姿多彩,优秀作品大量涌现,出现了前所未有的繁荣局面。90 年代在市场经济逐步建立、商品大潮不断涌动的大背景下,文学的整体格局出现了雅俗大分化,世俗化、通俗化、大众化迅速成为主流,但同时,引领时代潮流的高品位佳作仍然不时涌现,守望和维护着人文精神。进入新世纪以后,随着全球化的大趋势和信息、传媒、网络时代的到来,随着我国现代化、城镇化进程的加速,文学中物质化、欲望化、日常化、娱乐化倾向愈益彰显,但相反的精神抗争和审美抵御也从未终止,创作群体"70 前"和"80 后"的分野越来越明显,但都取得了令人瞩目的成绩。问题是,这 30 年中国文学有没有一以贯之的思想脉络?有没有始终不变的文学精神?我很赞同当代最著名的文学评

论家之一雷达对这个问题的思考。他在回顾30年文学发展的历程后做出如下的概括:这30年的中国文学,"寻找人、发现人、肯定人就是贯穿性的主线";"事实上,寻找'人'和回答'人是什么'是新时期文学最根本的一个精神向度";他还进一步把这一人学主线具体化为"对民族灵魂的发现和重铸"①。我以为,雷达的这一概括是准确、深刻的,完全符合新时期以来我国文学发展的实际。

无独有偶,中国作家协会主席铁凝在回顾、总结自己30多年来学习东西文学经典、走上文学创作之路的经历时,也重点谈到了文学的人学本质。她将文学比喻为灯,认为"无论生活发生怎样的变化,无论我们的笔下是如何严酷的故事,文学最终还是应该去呼唤人类积极的美德","文学应该是有光亮的,如灯,照亮人性之美";她还从普遍人性角度理解文学的本质,认为文学其实只需简单地分为两类,即"好的和不好的。而所有好的文学,不论是从一个岛,一座山,一个村子,一个小镇,一个人,一群人或者一座城市,一个国家出发,它都可以超越民族、地域、历史、文化和时间而抵达人心。也因此,我对文学的本质持乐观的态度";所以,她坚定地表示,要"保持对人生和世界的惊异之情,和对人类命脉永不疲倦的摸索,以自己的文学实践去捍卫人类精神的健康和心灵的真正高贵"。② 这恰好是以作家个人亲身的创作体验呼应了雷达对新时期我国文学创作基本精神的人学概括。

上述两位作家、评论家都把文学的本质与人、人性、人心即与人学紧紧地联系在了一起。我想,这决不是巧合,而恰恰是从一个特定角度对文学的人学本质的有力揭示。

二是从文学理论的发展状况来看。与文学创作思潮的演进密切相关,30年来我国文艺理论也经历了一系列重大变化和发展。由于涉及的问题非常多,这里只从文学与人学的关系角度做一简要回溯。

在党的十一届三中全会胜利召开,全民性思想解放运动蓬勃兴起的社会背景下,从70年代末、80年代初起,文艺理论界对文学与政治的关系、人性、人道主义等问题展开批判性反思,逐渐摆脱政治的工具论、从属论、服务论的偏颇和束缚,"人"的意识开始复苏和觉醒,长期以来属于理论禁区的人性、人道主义、异化问题得到学界的广泛讨论,其中影响最大的文化事件是

---

① 雷达:《近三十年中国文学的精神》,《文艺研究》2008年第12期,第6—9页。
② 铁凝:《文学是灯——东西文学的经典与我的文学经历》,《人民文学》2009年第1期,第98—102页。

钱谷融50年代提出的"文学是人学"的重要命题得以重新确立。笔者认为,这是当时我国文艺理论最重要的突破之一,是重新思考和认识马克思主义人学理论,并应用于批判否定人性、人道主义的极"左"思想,正确总结、反思新中国成立以来文艺创作和理论、批评的历史实践和经验教训所取得的重大进展。①

90年代以后,在市场化、商品化大潮的奔涌和冲击下,文学的世俗化、欲望化、娱乐化进程加速从边缘走向中心,而其内含的人文精神却日趋萎缩、匮乏和空虚。于是,引发了一场围绕文学和人文精神危机问题的大讨论。讨论主要涉及人文精神的理解、人文精神的种种危机征兆、人文精神重建的迫切性和具体途径、在重建人文精神的同时如何认识和对待中国传统文化以及人文精神与终极关怀等一系列重大问题。讨论中尽管存在种种不同意见和分歧,包括对人文精神含义的不同理解,但总体上多数人基本上是将人文精神与人的生存及其价值联系起来考虑,或认为人文精神显示了人的终极价值,它是道德价值的基础和出发点,或认为人文精神主要指一种追求人生意义或价值的理性态度,换言之,主要还是从人、人的价值、人的精神追求等人学视角来思考和理解人文精神的,也是在人学这个层面主张重建文学中的人文精神的。因此,在某种意义上可以说这场人文精神大讨论乃是80年代关于人性、人道主义问题讨论在新的历史条件下的延续和深化。可以作为笔者这一观点旁证的是,将这一讨论的积极成果运用于文艺理论建设而构建起来的新理性精神文论。钱中文等倡导的新理性精神文论的核心仍然在于按照马克思主义人学理论的基本思路,把新人文精神视为自身的内涵和血肉,在大视野的历史唯物主义、进步的人道主义的观照下,弘扬人文精神,以新的人文精神充实人的精神,以批判的精神对抗人的生存的平庸与精神的堕落。

进入新世纪以来,党的十六届三中全会提出了"坚持以人为本,树立全面、协调、可持续的发展观,促进经济社会和人的全面发展"的科学发展观,它不但深刻揭示了社会发展的内在统一关系以及人的发展作为社会发展的终极目的性,体现了党和国家发展战略的人本精神,而且也是对马克思主义人学理论基本精神的自觉继承和创造性发展。目前,学界也开始以科学发展观为指导,从以人为本的核心理念出发,把以人为本作为文学艺术活动的

---

① 朱立元:《从新时期到新世纪:"文学是人学"命题的再阐释》,《探索与争鸣》2008年第9期,第4—10页。

出发点、落脚点和着眼点,把实现人的自由、全面的发展作为文学艺术的最终目标,亦即以马克思主义人学理论为指导,来思考、研究和建设当代的文艺理论。

二、以人为本：马克思主义人学理论的核心

马克思主义人学理论是整个马克思主义哲学的一个重要组成部分。虽然学界对此存在不同意见,但是,诚如有的学者所说,强调马克思主义人学理论研究"一方面是为了回应西方学者对马克思哲学中所谓'人学空场'的责难,另一方面也是为了适应当代社会发展的需要","虽然关于'人学'的名称和人学的学科定位……其争论一直没有停止过,但它事实上已经成为一个相对独立的且有众多研究者参与其中的研究领域"。① 而且,就一种理论、学说研究的问题域或主要对象而言,人学已经构成了对于人、人性、人的本质、人的自由、人的个性、人的发展、人的权利和义务、人的品质和能力、人的文化—心理结构等一系列基本问题进行专门研究的、相对独立的问题域。所以,"马克思主义人学"研究的提法在理论上是能够成立的,在实际研究中具有显见的合法性。

马克思主义人学理论的内容非常丰富、深刻,但其核心就是以人为本的理念。理由是,第一,马克思主义社会革命理论一开始就是从以人为本的思想出发的。在《〈黑格尔法哲学批判〉导言》中,马克思明确指出"人的根本就是人本身","对宗教的批判最后归结为人是人的最高本质这样一个学说"②,亦即以人为本的学说,从而推出社会革命就是为了彻底推翻压迫、奴役人的旧的社会关系,达到人和人类的彻底解放。第二,以人为本这一人学的核心理念还集中体现和展示了马克思的共产主义理想和愿景。《共产党宣言》明确把共产主义社会彻底解放全人类的最高理想和目标落实到"每个人的自由发展是一切人的自由发展的条件"上。马克思后期在论述人类社会发展经历的三种社会形态和与之相适应的人的发展三种状态时,更加明确地把社会主义(即共产主义)的人的发展定位为"个人全面发展"。他说,与最初的社会形态和第二大形态"以物的依赖性为基础的人的独立性"的资本主义

---

① 杨学功：《马克思主义哲学研究三十年：回顾与反思》，《光明日报》2009 年 1 月 20 日。
② 《马克思恩格斯选集》第 1 卷，人民出版社 1995 年版，第 9 页。

社会不同,第三大形态社会主义(即共产主义)社会是"建立在个人全面发展和他们共同的社会生产能力成为他们的社会财富这一基础上的自由个性"①。马克思将共产主义社会的最根本标志归结为"个人全面发展"亦即人本身"自由个性"的发展,显而易见,在这个意义上,共产主义理想社会的核心仍然是以人为本。

以人为本,首先而且最重要的是对"人"这个概念的理解。"人"一向是一个含义极为复杂多样的范畴,从不同方面、不同层次理解,"人"的所指就有所不同。笔者认为,以人为本的"人",可以从集体和个体两个层次加以理解。

作为一个集体概念,它意指全人类。马克思主义从根本上说是为了解放全人类的理论,作为社会发展理想形态的共产主义就是人的普遍的全面的自由发展。这里的"人"是从全世界和全人类的共同命运着眼的。人类有超越阶级、阶层、民族、国家、地域、制度、信仰等等之上的共同需求、共同利益和共同特性。当前,在经济全球化、中国的社会发展日益融入世界发展的大格局中的趋势下,在我们面临各种过去不多见而今天却层出不穷的,超越阶级、阶层、民族、地域、国家等的,涉及全人类共同利益的问题和矛盾时,从宏观意义上重新提出以人为本的理念,并从全人类的理论视野来看待"人",这是对马克思主义人学理论的创造性继承与发展。

作为一个个体概念,它指每一个个体的人,是生存在"地球村"里的每一个个体生命。以人为本在这个意义上就是从个体角度关注人、人性,关注个体的生存境况,高扬对个体生命的尊重和珍视。这是在"人"的层面上对人类诸个体的价值认同,也是对人的深层次关怀,是上述马克思关于"个人全面发展"思想的基础和出发点,体现了时代思想的巨大进步。对个体"人"的认同和个体生命的关爱,不但是全球化时代社会发展的重要维系之一,而且也在理论和实践的结合上发展了马克思主义人学理论。

以人为本的"人",无论是集体的,还是个体的,都是指普遍的、一般的人,因此,马克思主义人学承认人有普遍的、一般的本质(性),即共同人性。这一点,长期以来在很大程度上被一些人有意无意地歪曲或遮蔽了,好像马克思主义只讲阶级性和阶级斗争,不讲人性,特别是共同人性。这是对马克思主义人学理论的严重误解。这种误解的实际后果是,新中国前面的将近

---

① 《马克思恩格斯选集》第46卷(上),人民出版社1979年版,第104页。

三十年,在"左"的路线支配下,人性论、人道主义不仅成为理论学术的禁区,而且成为政治上批判、禁锢、束缚、戕害广大人文知识分子的枷锁。实际上,马克思无论在早期还是后期,都明确肯定普遍、共同人性的存在。马克思在《巴黎手稿》中通过对人与动物生命活动性质的根本区别的比较,揭示出人的类本质或一般本质:"动物和它的生命活动是直接同一的",而人的生命活动的"类特性恰恰就是自由的自觉的活动"①。这里"人的类特性"就是人区别于动物的一般本质,马克思还强调指出这是人的"精神本质,他的人的本质"。人正是通过这种"自由的自觉的活动","证明了人是有意识的类存在物"。可见,这种自由、自觉的生命活动正是马克思心目中的普遍、共同的人性。马克思在其成熟著作《资本论》中也明确指出:"首先要研究人的一般本性,然后要研究在每个时代历史地发生了变化的人的本性。"②他在论及未来共产主义社会人与自然进行"物质变换"的特点时还指出:"靠消耗最小的力量,在最无愧于和最适合于他们的人类本性的条件下来进行这种物质变换",这时候,"作为目的本身的人类能力的发展,真正的自由王国,就开始了"。③ 这些都确凿无疑地证明了马克思一贯承认人存在普遍的、一般的本质、本性,即共同人性,而且是在以人为本(根本目的)的意义上,在描述共产主义理想蓝图的最高层次上加以论述的。笔者认为,认识到这一点,非常重要,对于文学艺术研究,尤为重要。

与承认共同人性密切相关的是,在新世纪新的时代和社会环境下,人性认同问题具有比以往任何时候都更为重要、紧迫的意义。我很赞同有的学者的以下看法:人性认同不同于意识形态认同,它是对超阶级、超国家、超文化、超地域、超党派、超贫富的共同人性的认同,即对人的生命的尊重与珍视,是凡是人都可以认同的作为人而对人类同类生命的一种深切关切;它是人的类属性的最基本和最普适的表达;人性中的这种对人的生命的尊重和珍视的自然倾向,是所有民族及其文化得以存在和延续的基础和源泉;由人性认同,对生命体的尊重和珍视,我们可以进而确认真善美的认同,确认有超阶级的共同的真善美,这是所有学科,包括伦理学、美学、哲学,应当承认、尊重和由此出发的基本事实。④ 笔者认为,这种对共同人性的认同,不仅对

---

① 《马克思恩格斯全集》第 42 卷,人民出版社 1979 年版,第 96 页。
② 马克思:《资本论》第 1 卷,人民出版社 2004 年版,第 704 页,注 63。
③ 《马克思恩格斯全集》第 25 卷,人民出版社 1979 年版,第 926—927 页。
④ 陆晓禾:《人性认同:发展健康的伦理学的基础》,《社会科学报》2008 年 9 月 11 日。

于学术研究有重要理论意义,而且在当代世界和中国的现实语境中,具有特别重要的实践意义。当代中国处于世界性的全球化历史环境中,我们所面对的许多问题,已经大大超过阶级、阶层、国家、民族、地域、文化等范围,而带有全人类亦即"一般的人"的共同性。于是"人"的一般的、共同的问题逐渐凸现出来。这一方面迫切需要寻求马克思主义以人为本的人学理论给予回答,另一方面,也给马克思主义人学理论在新的历史条件下提供了进一步发展的机遇。

三、立足于马克思主义人学理论的当代文艺学建设

回到当代文艺学建设上来。笔者认为,文艺学的核心问题是文学的本质和功能问题。这方面的研究,几十年来,我国几代学者做了极大的努力,取得了许多重大的成果,比如反映论、意识形态论、审美反映论、审美意识形态论等,都有其合理性,在不同历史条件下都发挥过重要作用;特别是新时期以来形成的审美意识形态论,得到了学界比较广泛的认同,产生了较大的影响,当然也有不同意见,至今仍在争论。在我看来,文学的本质、功能,本身乃是一个极其复杂的、多层次多向度的课题,人们完全可以从不同角度、不同层次、不同侧面加以研究。而马克思主义人学理论可以提供一个对于文学艺术本质、功能不同于以上几种探讨的另一种研究视角,而且是更加贴近文学自身的研究视角。因为,文学的本质、功能固然可以从反映、从意识形态等角度、层次去揭示,但是,反映只能是人的反映,意识形态也只能是人的意识形态,所以,从人、人学角度切入进去阐发,与上述这些角度、层次其实并不矛盾,反而可能更加贴近文学的本质、功能。唯其如此,在我国,1957年首先由钱谷融提出的"文学是人学"这个看似非常普通、平常的描述文学本质的命题,能够至今仍被普遍接受、深入人心,具有长久不衰的生命力。下面,笔者试应用马克思主义以人为本的人学理论从三方面对这个问题做概括论述。

首先,文学(文艺)活动作为人类审美活动和精神生活的重要形式,是人的基本存在方式和基本人生实践之一,我们应当把文艺活动提到人的存在方式的存在论高度来认识。

马克思的存在论首先把人与世界不是看成对立或主客二分的,而是融

为一体的。马克思明确指出:"……人不是抽象的蛰居于世界之外的存在物。人就是人的世界……"①更重要的是,马克思认为,人与世界的融合统一是通过不断的实践活动达到的,人是在世界中从事实际活动的人,而人"周围的感性世界决不是某种开天辟地以来就已存在的、始终如一的东西,而是工业和社会状况的产物,是历史的产物,是世世代代的结果"②。人正是在这种实践活动中诞生、发展、获得自己现实的社会存在的,而世界也是在实践活动中不断得到改变,愈益成为人的世界。所以,马克思的存在论是以实践为根基的,是与实践论紧密结合的实践存在论。而以文艺活动为最高、最典型方式的人的审美活动,乃是人生实践或人的存在方式中不可缺少的有机组成部分。人的审美活动的历史发生和发展,人的审美感觉、审美能力与现实的审美对象都是在长期实践活动中双向建构、同时形成、同步发展的,正如马克思所说:"只是由于属人的本质的客观展开的丰富性,主体的、属人的感性的丰富性,即感受音乐的耳朵,感受形式美的眼睛,简言之,那些能感受人的快乐和确证自己是属人的本质力量的感受,才或者发展起来,或者产生出来。"③所以,我们应当从马克思的实践存在论高度,从人与世界的实践、动态的关系角度,来为文学艺术定位。这是探讨文学艺术本质、功能的必要前提。

其次,从文学(文艺)的本质看,文学作为人学,是人的本质力量的自由的、想象性和情感性的对象化和确证。

在《巴黎手稿》中,马克思是从人的普遍本质(共同人性)出发来论述文艺本质的。他从人与自然(世界)的实践关系入手指出,人正是凭借普遍、共同的人性,即自由、自觉的生命活动,使"自然界才表现为他的作品和他的现实";通过这种自身本质的对象化活动,"人不仅像在意识中那样理智地复现自己,而且能动地、现实地复现自己,从而在他所创造的世界中直观自身"。这里的"复现"和"直观",不仅是对人自身本质力量的肯定和确证,而且正是文学艺术产生和存在的人学根基。艺术和审美活动乃是人的这种自由、自觉的生命活动中高级的精神活动之一。由此我们就能比较准确地理解马克思的另外一段话:自然界的种种事物"作为艺术的对象,都是人的意识的一

---

① 《马克思恩格斯选集》第1卷,人民出版社1995年版,第1页。
② 马克思、恩格斯:《德意志意识形态》,《马克思恩格斯选集》第1卷,人民出版社1995年版,第76页。
③ 马克思:《1844年经济学哲学手稿》,刘丕坤译,人民出版社1979年版,第79页。

部分,是人的精神的无机界,是人必须事先进行加工以便享用和消化的精神食粮",这里"进行加工"的意思无疑就是人通过自由、自觉的生命活动,将自己的"精神本质"对象化和复现出来,从中可以直观自身。① 这种直观,实际上是一种感性的对象化方式,正如马克思所说:"人不仅通过思维,而且以全部感觉在对象世界中肯定自己。"②文学艺术活动是人的本质力量的一种独特的"以全部感觉"进行对象化的方式。由此可见,在马克思看来,文学艺术活动(创造和欣赏)是人类通过感性方式来能动地现实地复现自己,从而在创造的世界中直观自身。很清楚,马克思是从人的本质出发来规定文学艺术本质的。它告诉我们文学艺术确实存在人学本质这一存在论层面,也清楚地回答了文学为什么、在什么意义上是人学,我们何以需要并且能够从人学层面揭示和概括文学的本质等问题。这一点过去我们重视不够,现在应当给予重点关注。

关于文艺活动的感性方式,笔者认为,其最重要的特点是情感性和想象性。先说情感性。情感活动是艺术和审美活动中最为活跃的因素,它既构成了相关其他各种心理因素产生的诱因,又是它们进一步发展的动力,同时,它还作为一种弥漫性因素伴随、贯穿于文艺、审美活动的全过程,从而使整个审美活动都显示出明显的情感色彩。托尔斯泰在浓缩了其丰富创作经验的《艺术论》中强调:"艺术是一种人类活动,其中一个人有意识地用某种外在标志把自己体验的情感传达给别人,而别人被这种情感所感染,同时也体验到这种情感。……它把人类联结在同样的情感中。"③可见,情感性是文艺活动作为人的感性存在的核心因素和内在动力。再说想象性。在文艺和审美活动中,人的心理活动与日常思维的最重要区别,是想象性的,而不是逻辑性的思维,是形象思维,而不是抽象思维,是将审美想象对象化的精神活动,无论创造还是接受都不例外。想象力是人类在长期的社会实践中发展起来的一种高级思维能力。早在人类社会的原始时期,人们就开始借助于想象力来改造和征服自然,将自然力形象化,从而创造了大量的神话和史诗。马克思在谈到作为"希腊艺术的前提""武库"和"土壤"的希腊神话时说,"任何神话都是用想象和借助想象以征服自然力,支配自然力,把自然力加以形象化",希腊神话"就是已经通过人民的幻想用一种不自觉的艺术方

---

① 《马克思恩格斯全集》第42卷,人民出版社1979年版,第95—97页。
② 同上书,第125页。
③ 托尔斯泰:《艺术论》,中国人民大学出版社2005年版,第41页。

式加工过的自然和社会形式本身"。① 这里,想象和幻想就是"艺术方式"。因此,想象力乃是人类一切文艺创作和审美的必要和根本的条件,想象性当然就是文艺活动这种人的本质力量对象化的感性活动的基本特征。情感性和想象性在文艺和审美活动中互依互存、互补互动,想象诉之于人的感官,激起人的情感体验,而情感则成为激发和推动想象自由翱翔的强大动力,它们共同以感性的方式使人在对象世界中肯定和确证自己,"复现"和"直观"自身。

由此可见,是人的本质决定了文艺的本质,而不是相反;从人的本质入手探讨文艺的本质,正是马克思主义人学理论所提供的一个有价值的思路。

再次,按照马克思主义人学理论,文学艺术的功能,不仅仅是审美、认识、教育等,从最深层看,它的根本目的与共产主义的最终目标完全一致,是为了实现人的自由全面的发展。

在人的各种实践活动中,文学(艺术)是实现人的自由全面发展的最有效、最直接的途径和方式,因为在最内在的精神方面,文学与人、与人性具有紧密的联系。如前所述,人类的人性认同必然指向超越时空的、追求真善美的共同认同,而文学(艺术)正是追求真善美、建构美好人性、实现人的自由全面发展的最有效、最重要的方式之一。历史告诉我们,古今中外一切优秀的、经典的文学艺术作品,毫无例外地都用不同方式、从不同方面体现了追求真善美、追求充实完满的人性之美和建构美好人性的基本品格,它们极大地丰富了人类的精神生活,使人性得到改善,精神趋向崇高,情感变得丰富,人格日益健全。这就是文艺最根本的社会功能。无论中外,人们都能够通过阅读和欣赏优秀的文学艺术作品,具体而丰富地感受、体验到真善美的真谛,获得精神的陶冶和人性的改善。在现代社会中,现代性的片面发展所导致的人的理性与感性的分裂以及人的精神世界完整性遭遇的破坏和分割,都能在人全身心投入文学艺术和审美活动时,部分和逐步得到修补、恢复,从而如席勒所言,文艺和审美活动乃是实现人从有限的、不自由、片面的人到审美的、自由的、完整的人,实现人性自由、全面发展的必经途径。

(原载《学术研究》2009 年第 4 期,
人大复印资料《文艺理论》2009 年第 9 期全文转载)

---

① 《马克思恩格斯选集》第 2 卷,人民出版社 1995 年版,第 28—29 页。

对"文学是人学"命题之再认识
——对刘为钦先生观点的若干补充和商榷

刘为钦先生《"文学是人学"命题之反思》①一文,以广泛、翔实的资料,细致、严谨的论证,对钱谷融先生在 20 世纪 50 年代提出"文学是人学"命题的政治与文学生态,及其重大意义和深远影响做出了极具说服力的评述。不过,刘文对"文学是人学"命题在新时期初期的曲折遭遇没有给予足够的关注,而这恰恰是今天重提这一命题时必须予以重视和反思的地方。此外,刘文对"文学是人学"命题的含义和精神实质的理解也有值得推敲之处,特别是对文学与自然的关系的阐释,笔者认为还存在着明显失误。所有这些构成本文撰写的初衷。本文乃个人一得之见,不当之处,恳望刘先生和专家学者批评指正。

一

刘文以宏观的眼光,将"钱谷融版"的"文学是人学"命题(下称"钱说")与现代文学史上的相关论争联系起来,做出了富有历史感的思考和评论,指出:"巴人、钱谷融和徐懋庸的'人情'、'人学'、'共同的人性',与此前的胡风,当年的王实味、梁实秋的'谬论'有一定的区别,但在本质上却是一致的——都积极倡导文学艺术中的人道主义,都是对文学'阶级性'的反动,都是对五四新文化运动启蒙精神的传承"对"巴人、钱谷融、徐懋庸克服了革命文学片面强调文学的阶级性,新月派片面强调文学的人性的弊端,在充分肯定文学的阶级性的基础上,有针对性地阐释文学艺术中的人道主义精神"给予了高度评价。并深刻指出,"钱说"在当代中国学术史上的两大特别意义:一是在文艺要"为工农兵服务",文学要"塑造新的英雄典型"的特定语境之

---

① 刘为钦:《"文学是人学"命题之反思》,《中国社会科学》2010 年第 1 期,第 160—172 页。

下,强调文学"必须从人出发,必须以人为注意的中心",为新中国文学理念回到正常轨道提供了理论保障;二是与同时出现的其他关涉"人性"的论述一道,促进了新时期文学对人性的发掘与探索。这些看法,笔者完全赞同。然而,刘文对钱说的完整内涵和深层意蕴未做全面的论述,对其人道主义的精神实质及其价值的估量也嫌乎不足,而这正是我们理解"钱说"何以会在"文革"前在政治上遭到批判,而在新时期初期又能够发生重要影响的关键所在。

在钱先生90华诞之时,笔者曾撰文对先生"文学是人学"观点的人道主义内涵做过如下概括:

> (钱先生)从以下几个重要方面以符合文艺自身规律的方式做了有说服力的阐述。第一,批评季摩菲耶夫"人的描写是反映整体现实所使用的工具"的"人是工具"观点……确立了人在文学里的中心地位……第二,从价值论角度论述文学作为人学的思想内涵……首次突破把思想倾向落后的作家创作出伟大作品归因于现实主义创作方法战胜落后世界观的主张,认为把托尔斯泰、巴尔扎克的成功"说成是现实主义的胜利,倒不如把它当作人道主义的胜利来得更恰当些"。第三,论述了人道主义精神的核心内涵,特别突出了人道主义精神在文学中巨大、根本的作用。首先,明确区分了作为历史思潮和作为人类普遍精神的人道主义……其次,精辟地概括了人道主义精神的核心内容:"……把人当作人……";在文学艺术中,人道主义精神体现为"是用一种尊重人同情人的态度来描写人、对待人";再次,高度推崇人道主义精神在文艺中的巨大作用……又次……明确把人道主义作为评价文艺作品价值的"最基本的、最必要的标准"……第四,肯定共同人性、普遍人性的存在……当然,作者并没有将普遍人性与阶级性截然对立起来,他强调"只有历史上的先进阶级才能发展人性……而那些落后的、反动的阶级,就只能阻碍人性的发展,甚至戕害人性"。[①]

如果上述概述符合钱先生原意,那么,显而易见,其"文学是人学"命题的核心内涵是以"以人为本"的人道主义精神来认识、理解、把握文学的本质特征、社会功能,确定评价文学作品的基本标准:人是目的,尊重人、解放人、

---

① 朱立元:《从新时期到新世纪:"文学是人学"命题的再阐释》,《探索与争鸣》2008年第9期,第4—10页。

把人当作人,肯定共同人性、普遍人性的存在,并以这种态度来描写人、揭示人性的广度和深度,真正把人作为文学描写的中心。笔者认为,对刘文没有充分展开的这一方面内容作如上的补充说明,也许并非多余,这至少有助于我们更好地理解这个命题在中国文艺理论史乃至思想、学术史上的重要意义。此外,还需要强调指出,这个命题之所以在1957年到20世纪60年代屡遭批判,不仅仅是刘文所指出的是当时国际共运政治上批判"国际修正主义"相呼应的外部政治环境所致(当然,这是重要的外因),而且更直接的是国内实施狠抓阶级斗争的极"左"战略——1957年"反右"、1962年八届十中全会重新确立"以阶级斗争为纲"的政治路线,在全国各个领域逐步开展并强化社会主义教育运动——所导致的必然结果。在"阶级斗争天天讲、月月讲、年年讲"的国内政治环境中,有着鲜明人道主义性质的"文学是人学"命题除了遭到严厉政治批判外,不可能有其他命运。因为其人道主义性质,"文革"中被作为"黑八论"之一的"资产阶级人性论"的代表论点承受着更加猛烈的批判;也因为同样的原因,"文革"之后,"钱说"理所当然地成为新时期开始阶段人道主义思潮复苏的重要代表观点,受到社会各界,特别是哲学、人文社会科学界、文艺界的普遍关注和重视。

二

需要指出,刘文前半部分重点阐述了"文学是人学"命题产生及一再遭到政治批判的历史背景,但对"文革"结束后思想文化领域的拨乱反正和新时期初期该命题在思想、学术界的曲折遭遇并未给予必要的关注,只是在评价此命题的重要意义时一笔带过,好像进入新时期之后,这个问题已经自然解决并被学界广泛接受了。其实,20世纪80年代初期"文学是人学"命题以及与此相关的人道主义和异化问题的讨论远非一帆风顺。认真回顾和总结这段历史,对于我们更深刻地理解这一命题的丰富内涵,对于新世纪文艺学学科的理论建设,以及对于今天如何面对消费时代文学遭遇新的异化的侵袭,等等,都具有重要的现实意义和理论意义。所以,有必要在这个问题上对刘文做一补充。

1979年十一届三中全会以后,思想解放运动席卷全国,对"文革"个人崇拜和专制主义的反思逐渐展开,尊重人和人的价值的人道主义思想在人民群众中形成了深厚的社会心理(情绪)基础,更在知识界得到广泛认同。在此社会文化背景下,描写超越阶级性的"共同人性"、表现人道主义精神的文学作品不断涌现,"文学是人学"命题也被重新提出并得到重视。同时,哲学界和文艺理论、批评界关于人道主义问题的讨论也逐渐热烈起来。据不完全统计,从1978年下半年起到1982年底,学界发表关于人、人性、人权、人情、异化、人道主义等问题的论文有近500篇,其中文学、美学方面的文章超过一半。汝信、朱光潜、高尔太、程代熙、墨哲兰、包忠文、郑季翘、黄药眠、邢贲思、张奎良、刘梦溪、王元化、顾骧、王若水、王蒙、钱中文、何西来、刘锡诚、徐友渔、梁晓声、周原冰、丁学良、孙子威、白烨、罗国杰、蔡仪、杨春时、陆梅林、于光远、张炯、严北溟、薛德震、李连科等一大批各个学科的知名学者都参与对这一问题的讨论,发表了重要意见。

在彼时的文化条件下,人道主义同马克思主义的关系成为确立其自身存在合法性的首要议题。对此,朱光潜指出,"马克思不但没有否定过人道主义,而且始终把人道主义与自然主义的统一看作真正共产主义的体现"①,这一观点得到汝信等人的支持,他说,广义的人道主义"泛指一般主张维护人的尊严、权力和自由,重视人的价值,要求人能得到充分的自由发展等等的思想和观点",并强调"马克思主义学说本身,则不仅不忽视人,而且始终是以解决有关人的问题作为自己的出发点和中心任务的";"不应该把马克思主义融化在人道主义之中,或者把马克思主义完全归结为人道主义,因为马克思主义不仅仅研究人的问题。但是,马克思主义应该包含人道主义的原则于自身之中"②。王若水则更明确主张"马克思主义的人道主义"。他指出,"马克思的确批判了费尔巴哈的人道主义,然而我认为他并没有从根本上否定人道主义,而是把人道主义发展到一个新的阶段";"马克思始终是把无产阶级革命、共产主义同人的价值、人的尊严、人的解放、人的自由等问题联系在一起的。这是最彻底的人道主义"。人道主义并不只能是资产阶级的意识形态,"社会主义需要人道主义"③。

在此基础上,学界对文学同"人道主义"的关系也展开了专门讨论。王蒙指出马克思从未反对也不拒绝真正的人性和人道主义,不敢描写具体的

---

① 朱光潜:《关于人性、人道主义、人情味和共同美问题》,《文艺研究》1979年第3期,第40页。
② 汝信:《人道主义就是修正主义吗?》,《人民日报》1980年8月15日。
③ 王若水:《为人道主义辩护》,《文汇报》1983年1月17日。

活生生的人性将不可避免地导致创作模式化、概念化而走向反艺术的道路。① 刘锡诚认为,新时期文学创作中人的主题的出现,从关注人的尊严和人格开始,扩展到关注人的价值、人性和异化等问题,是当代文学社会主义人道主义的全面发展。② 也就在这一语境之中,钱谷融"文学是人学"命题开始"重提"。

不过,必须强调指出的是,这一时期对"人道主义"持不同观点的学者大有人在,邢贲思、周原冰、蔡仪、陆梅林、程代熙等就通过对马克思主义经典文献的征引,在马克思主义是否包含人道主义问题上提出了与前述主张相反的看法。以笔者有限的统计,持这种不同意见的文章至少占讨论文章的 1/3 以上。可以说,彼时的实际情况并不如一些年轻学者所说的"一边倒"(赞同人性论、人道主义)局面,至于这股人道主义思潮是否已经上升为当时社会主流的意识形态,或者说是"50—70 年代边缘思想的主流化"③则更难判定。不过,在笔者看来,这场大讨论真正体现了"百花齐放、百家争鸣"的宽松而热烈的气氛,不同观点之间得到了严肃认真而又心平气和的商榷和争论,但是,即便如此,人道主义思想也未曾"主流化"。

1983 年 3 月还是中共中央宣传部的主要领导人之一的周扬《关于马克思主义的几个理论问题的探讨》(《人民日报》1983 年 3 月 16 日)一文的发表将这次讨论推向高潮,但那也是人道主义再度面临批判、压抑的转折点。"文革"之前的 1960 年,有着中央意识形态负责人身份的周扬在第三届文代会上做《我国社会主义文学艺术的道路》的报告,明确把人性论、人道主义界定为资产阶级文艺观和修正主义思想,批判其"以抽象的共同人性来解释各种历史现象和社会现象,以人性或'人道主义'来作为道德和艺术的标准,反对文艺为无产阶级和劳动人民的解放事业服务"④。人性、人道主义遭到彻底否定,成为文艺界和理论界的禁区。钱谷融先生因《论"文学是人学"》第二次受到批判,与这篇报告恐怕也直接相关。1983 年周扬这篇文章的发表,被当时学界大多数人视作是他的一次"自我批评"。

在这篇文章中,周扬首先承认,"在'文化大革命'前的十七年,我们对人道主义与人性问题的研究,以及对有关文艺作品的评价,曾经走过一些弯路

---

① 王蒙:《"人性"断想》,《文学评论》1982 年第 4 期,第 115—119 页。
② 刘锡诚:《谈新时期文学中的人道主义问题》,《文学评论》1982 年第 4 期,第 120—125 页。
③ 贺桂梅:《"新启蒙"知识档案》,北京大学出版社 2010 年版,第 70 页、第 64 页。
④ 周扬:《我国社会主义文学艺术的道路》,人民文学出版社 1960 年版,第 49 页。

……那个时候,人性、人道主义,往往作为批判的对象,而不能作为科学研究和讨论的对象……这种批判有很大片面性,有些甚至是错误的"。同时,他也没有回避个人的责任,承认"我过去发表的有关这方面的文章和讲话,有些观点是不正确或者不完全正确的"(这样的自我批评今天看来还是比较肤浅的,但在当时已属不易)。在反思基础上,周扬提出了在笔者看来只是有限度地肯定马克思主义包括人道主义的观点,他说:"我不赞成把马克思主义纳入人道主义的体系之中,不赞成把马克思主义全部归结为人道主义;但是,我们应该承认,马克思主义是包含着人道主义的。当然,这是马克思主义的人道主义";"在马克思主义中,人占有重要地位。马克思主义是关心人,重视人的,是主张解放全人类的";"马克思批判了费尔巴哈的人道主义,但未从根本上否定人道主义。后来唯物史观和剩余价值论的创立,使马克思的人道主义思想放在更科学的基础上,而不是抛弃了人道主义思想"。由此出发,他提出社会主义仍然存在"异化"(包括思想、政治领域存在异化)的观点:"肯定人的价值……那就要肯定社会主义和共产主义,反对一切形式的异化",在社会主义条件下,"由于民主和法制的不健全,人民的公仆有时会滥用人民赋予的权力,转过来做人民的主人,这就是政治领域的异化,或者叫权力的异化。至于思想领域的异化,最典型的就是个人崇拜",等等。

从周扬对政治、思想领域"异化"现象的描述来看,他是有总结和反思新中国成立以来,特别是"文革"极"左"路线、思潮的痛苦教训的主观意图在内的。这种努力无论在理论上还是实践上也都是极为必要的。报告发表以后,在学界和社会公众中产生了很大的影响,亦可视作此种必要性的彰显。

但是,仅仅十个月之后,1984年1月,胡乔木发表长文《关于人道主义和异化问题》(中央党校《理论月刊》1984年第二期,《人民日报》1月27日转载)对周扬等人进行直接批判。胡文首先提出要区分关于"人道主义"的两种不同理解:"一个是作为世界观和历史观,一个是作为伦理原则和道德规范"。他认为周扬的文章是鼓吹"把人道主义作为解释历史、指导现实的世界观和历史观来理解和宣传";并对周扬认为社会主义存在"异化"的观点做了更加严厉的批判,认为这只不过是"关于人的本质的无谓思辨",对周扬用"思想异化"来说明"文革"的个人崇拜现象更以嘲讽的口吻指责说,它"除了给人一幅简单化的漫画以外,丝毫不能说明事件的原因,更不能说明党为什么能够这样顺利地拨乱反正"(笔者按:周扬批评个人崇拜本为总结"文革"的教训,怎么能用党在新时期"顺利地拨乱反正"的事实来否定对个人崇拜的批评——不管是否用异化理论——呢?)。更加上纲上线的批评是认为周扬"从异化的抽象公式出发,把社会主义社会中的种种消极现象统统纳入异化公式之中",并由此推论周扬所以如此论断是认为"产生这些异化的根本原因不在别处,恰恰就在社会主义制度本身"。至此,周扬以异化理论来总结党和毛泽东同志在"文革"中的严重失误、批评现实中不符合社会主义原则的消极现象、改善党的领导和党的建设的良好愿望,被视作是对社会主义制度的怀疑和否定,把思想上不同观点(主要是人道主义思想)的学术论争,当成政治上的大是大非问题开展批判。

乔木的文章发表后,产生相当直接、广泛的政治和文化影响。1984 年 3 月 30 日《人民日报》发表《首都高校决定把胡乔木重要文章作为形势教育课和共产主义思想品德课的教材》报道,说"首都高等院校新近决定把胡乔木同志《关于人道主义和异化问题》的文章,列为这一学期形势教育课和共产主义思想品德课的重要教材,从 4 月份开始组织学生学习,帮助大学生从理论上、思想上分清是非,树立共产主义的世界观和人生观,坚定社会主义方向",会议提出,"学习这篇文章,首先要突出重点,使学生掌握文章所阐述的马克思主义的基本观点,划清马克思主义的历史唯物主义同抽象人道主义的历史唯心主义这两种根本对立的世界观、历史观的界限,划清作为伦理原则和道德规范的社会主义人道主义同资产阶级人道主义的界限,弄明白资产阶级人道主义和所谓'社会主义异化论'在理论上的错误和实践上的危害"。教育部专门下发了《关于学习胡乔木同志重要文章〈关于人道主义和异化问题〉的通知》的文件,指出该文"深刻地揭示出这一场争论的实质","对于澄清一些文章宣传抽象的人道主义和社会主义异化论所引起的思想混乱,提供了很有说服力的论据",要求各级各类学校干部、师生组织学习这篇文章,并同"清除精神污染的工作密切结合起来"。① 同年,解放军报理论处编撰出版《学习〈关于人道主义和异化问题〉问答》(中央党校出版社 1984 年);《红旗》杂志编辑部还编辑了《〈关于人道主义和异化问题〉一文的注释》(红旗出版社 1984 年)。其在当时社会各界所产生的政治影响由此可见一斑。

同样,胡乔木的报告也直接影响到学术界。中国历史唯物主义研究会编选了《全国关于人道主义和异化问题讨论会暨中国历史唯物主义研究会

---

① 教育部政治思想司编撰:《关于人道主义和异化问题学习辅导》,中国人民大学出版社 1984 年版。

第二届年会论文选》(北京出版社1986年出版),收文31篇;北京大学哲学系也编选了《人道主义和异化问题的研究》(1985年出版),收文21篇,几乎清一色都是学习该文来批判"抽象的人道主义和社会主义异化论"的,并做了进一步论述和发挥。

乔木虽一再声称不同意见可以商讨,然而在这样的氛围中,"不同意见"的发表自然变得困难重重。而文艺界和文学理论界"关于文学是人学"的主张和讨论也由此偃旗息鼓,人道主义与异化问题讨论也步入终结,甚至当时一大批主张人道主义观点的学者被视作至少犯了认识上的错误。①

不过,比之"文革"的"极左",1980年代的政治意识形态对文艺界"清除精神污染"要宽容得多。1984年4月18日《人民日报》发表题为《中国文联和中国作协座谈讨论人道主义和异化问题,文艺创作中要更好反映社会主义人道主义》报道,指出座谈会在肯定胡乔木重要文章"对于澄清前一阶段出现的某些思想混乱,指导我国的社会主义文艺实践,有着重要的意义"的同时,也对近年来文坛热烈讨论人性、人道、异化问题做了部分肯定,认为这场"讨论是有收获的,一些'左'的禁锢被冲破了;文艺创作敢于理直气壮地描写丰富多彩的人性、人情了;革命人道主义和社会主义人道主义的思想,也在我们的创作中有了更多的体现"。当然,这种"宽容"还是非常有限的,座谈会着重针对和批评的仍然是,"一些同志却不加分析地对人道主义进行全盘颂扬,要以作为世界观、历史观的人道主义来指导我们的文艺创作。极少数作品甚至用资产阶级人道主义思想来批判革命斗争和无产阶级专政",具体表现为"少数作品竭力超脱社会关系来写人,回避政治,回避重大社会问题,甚至离开人的社会属性专门写人的生理属性。有的作品把爱情描写降低为生理冲动的描写。有的作品热衷于写人的'返回自然',似乎只有自然形态下的人才具有最纯真的人性,一旦进入'世俗'社会,人性就要受到污染"。座谈会还强调应当注意"异化"理论对文艺创作的负面影响,指出"把我国社会描写成走向异化的社会,是完全违背生活真实的",如果这样写,"就会从根本上歪曲社会主义生活,就会对社会主义的前途得出悲观主义的结论,就会导致极端个人主义和无政府主义"。

大约正是因为文艺界对人道主义和异化论的批判相对不够"彻底",才

---

① 注:笔者清楚地记得,那个时期,各单位不但从上到下传达文件、进行学习。而且要求大家提供发表的文章,组织"审查组"进行审查,以便"清除精神污染",一度搞得人心惶惶、人人自危,以为又要搞大批判的政治运动了。后来由于多方面原因,终以不了了之而结。

有了 1986 年刘再复等人"文学主体性"的提出和讨论的展开。在某种意义上也可以说是人道主义和"文学是人学"思想的延续和深化，当然其话题、重点或论域毕竟转移了，人道主义和"文学是人学"的思想退居到了边缘。到 80 年代末，"文学主体性"的讨论被冠以"资产阶级自由化"，刘再复遭受更加严厉的批判。人道主义和"文学是人学"的思想自然也更加淡出了。

　　由此可见，在 20 世纪 80 年代的中国文艺界和学术界，"文学是人学"的人道主义思想并非一帆风顺地得到肯定和传播，而是经历了不少曲折和反复。那么，在今天重提这一问题又有着怎样的现实意义呢？笔者认为，"文学是人学"的人道主义思想的核心是"以人为本"，它不但在 20 世纪 80 年代初"拨乱反正"时，对于文艺纠正"左"的政治工具论方面起过很大的作用，而且自 90 年代以来它还有新的另一方面的作用，那就是对商业化、市场化、世俗化、功利化等的抵御和抗争，也就是从另外一个方面对人性扭曲、对人的本质力量摧残、损害的抵御和抗争。在当下的文学活动中如何以真正的人道主义精神来表现人性、人的欲望，文学批评怎么坚持"以人为本"，对当下文学中种种负面现象进行准确、科学、一针见血的批评……这些问题仍然十分尖锐地摆在我们面前。因此，就其精神实质而言，"文学是人学"的命题仍然没有过时，仍然具有强大的生命力。

三

　　与刘文对"文学是人学"命题的人道主义核心内涵关注和强调不够相关，它对该命题局限和不足的分析，也仅仅从文学描写的对象角度（写什么和怎么写），批评该命题的主要问题在于对人以外的自然对象的忽视。刘文认为，从"写什么"的角度看，文学描写的中心虽然应该是"人"，但文学描写的对象还包括"大自然"，换言之，"文学描写对象的全部"应当包括人与自然两个不同的部分或成分。对此，笔者不敢苟同。

　　首先，"文学是人学"的命题的含义不仅仅是，或者主要不是文学描写的对象问题，而是强调文学应当深刻地描写、开掘、揭示人性，以体现深广的人道主义的精神。钱先生"必须从人出发，必须以人为注意的中心"有着明确的现实针对性：一是针对季摩菲耶夫关于文学描写中"人是工具"观点；二是针对当时创作实践中对物（机器等等）描写压倒了对人的性格、心灵的开掘的不良现象。就是说,它不但指明了文学描写的主要对象,更确立了人在文学里的中心地位和文学的根本目的,从而在某种意义上为文学确立了"人学"的基本属性。

需要附带要说明的是,"文学是人学"命题中的"人学"一词,在一定意义上是比喻用法,而非科学或学科意义上的用法。在中国,人学概念的提出及人学学科的形成,刘文做了比较充分的论述,笔者是赞同的。但是,他未区分"人学"在哲学、社会科学与文学中使用的含义。实际上两者是不一样的:在哲学、社会科学中,"人学"是作为一门理论的学科;而在文学中它实际上只是在比喻或引申意义上使用,是指文学根本上是描写人、刻画人的性格、思想、情感、精神,揭示人性的共同性与多样性、复杂性、丰富性,从最深处展示人的灵魂的真伪、美丑和善恶的一种特殊的艺术样式。当然,作为艺术门类的文学不可能不研究人,甚至在某种程度上要比作为社会科学的人学对人的研究深广、细致得多,但文学对人的研究,不像作为理论学科的"人学"那样用概念、逻辑和抽象思辨的理论方式加以思考和表达的,而是更多地以形象思维,或者更确切地说,以"意象—语符思维"(参阅笔者的《接受美学导论》)的方式加以构思和表述。

其次,在文学作品中,自然绝不是与人分离、独立、孤立存在的部分,而始终是为了表现人,表现人性、人心、人情、人格的。然而,刘文借助对康德"道德的自然""另一自然来"等提法,提出所谓"物理自然"和"心灵自然"的"二分",并直接套用到对"文学是人学"命题的解释和批评中(关于这个问题笔者另有专文探讨)。根据这个"二分",刘文强调文学描写的对象("写什么")除了人之外还有自然事物,认为只有前者(还包括所谓"心灵的自然")才属于人学范围,而后者则属于自然,不属于人学范围。笔者据此推测,作者是否想说文学不仅仅是人学,而应该是人学+物(自然科)学?由此出发,刘文要求文学创作和欣赏都应当区分和识别作品中的人和自然:"我们在欣赏文学作品中的自然之物时,要辨别作品中的自然之物,哪些成分是自然之物的本质属性,哪些成分是自然之物的外在形式,哪些成分是作家赋予它的艺术形态,否则,就会导致对知识本质的歪曲。"笔者认为,这种阅读、鉴赏、阐释文学作品的方法——可姑且概括为(人与自然)"二分解读法"——完全不符合文学艺术的审美特征。

文学和其他艺术中当然会出现自然事物、会描写到大自然的方方面面,但文学作品对自然的描写,不应该也不可能是与人无关的纯客观的自然或自然物的形式,把两者分离开来、孤立化是不对的;自然必定通过人性化、人情化、人格化、心灵化进入文学作品,即使是自然主义地描写自然,亦不例外。换言之,文学中大自然,一定也必须是人所经历、体验、观赏、理解的和对人有意义有价值的、作为人的审美创造和鉴赏对象而出现的自然事物,完全是人的本质能力之一(特别是审美情感)的对象化和艺术化,或者说,是自然的人化、自然的人性化、人情化、人格化、心灵化、审美情感化。一句话,文学描写自然物的目的全在于写人,写人心、人性、人情、人格。诚如朱光潜先生所说,自然进入文学艺术,必然被艺术化,"所谓艺术化,就是人情化和理想化"①。作家、艺术家只有将自然人情化,才能从一草一木中见出美来。朱先生并把移情作用看作在自然界艺术化过程中的关键因素,认为艺术作品中,无生命的自然现象之所以获得了生命、获得了美,乃是人的情感移植到自然中,也即使自然人情化的缘故。他说:"大地山河以及风云星斗原来都是死板的东西,我们往往觉得它们有情感,有生命,有动作,这都是移情作用的结果。比如云何尝能飞? 泉何尝能跃? 我们却常说云飞泉跃。山何尝能鸣? 谷何尝能后应? 我们却常说山鸣谷应……"②更加能够说明问题的是,即使面对同样的自然景观,不同创作主体内在情趣的差异也会导致它在他们的作品中迥然不同的呈现。如朱光潜所说,"阿米尔(Amiel)说得好:'一片自然风景就是一种心情。'景是各人性格和情趣的返照","物的意蕴深浅与人的性分情趣深浅成正比例……同是一个世界,对于诗人常呈现新鲜有趣的境界,对于常人则永远是那么一个平凡乏味的混乱体"。③ 同是秋天的枫叶,在怀着悠然闲适心情的杜牧眼里是"停车坐爱枫林晚,霜叶红于二月花",在满怀离别愁绪的崔莺莺的眼里则是"晓来谁染霜林醉,总是离人泪",在满腹忧国情思的戚继光眼里又是"繁霜尽是心头血,洒向千峰秋叶丹"。这些作品中的枫叶(自然),被不同诗人的不同人情化、人格化、艺术化,呈现出完全不同的面貌。人们又当从哪里找到完全脱离人情、人心、人性的单纯的自然和自然物形式的特性?

刘文把文学描写的自然从文学作品的生命整体中孤立、割裂出来,给予非人的纯粹物的属性,并批评作家、读者和批评家:"长期以来,人们在文学创作与鉴赏的过程中,关注于作家所赋予的形式多,而关注于自然之物所赐

---

① 朱光潜:《谈美》,广西师范大学出版社2004年版,第40页。
② 朱光潜:《文艺心理学》,安徽教育出版社2006年版,第32页。
③ 朱光潜:《诗论》,广西师范大学出版社2004年版,第39页。

予的形式少,甚而至于将自然之物所赐予的形式与作品的内容等同起来,忽略了自然之物所赐予形式的存在",认为这体现出文学家的不"尊重自然"。这种"二分解读法"对文学作品中所谓外部自然和心灵自然、内容和形式(人赋予作品的形式和自然带入作品的形式因素)做了人为的切割和分解,用它去构思、创作或者阅读、分析文学作品,在方法论上是把文学创作和欣赏这种充满生气的、有生命的心灵创造活动肢解和机械化了。

在笔者看来,无论理论上还是事实上,从文学创作还是接受(欣赏)角度,也无论从文学"写什么"还是"怎么写"角度,都不应当、也不可能要求人们真正(理智)地去区分和识别作品中的人和自然(物)两种"成分",否则将有导致富有生命力的文学创作和欣赏活动趋于僵化的危险;至于要求读者在欣赏文学作品中的自然之物时须"辨别"和区分来自自然之物自身的形式属性与作家创作所赋予自然的形式,这种苛刻的"二分解读法"的阅读规则恐怕完全不符合文学艺术的审美特质和生命整体特征。在这种纯粹理智的分析性阅读中,文学作品的审美性可能完全被遮蔽或者消除了。

四

对这种"二分解读法"刘文还举了若干例子加以说明:"荷马笔下的那条狗阿尔戈斯(《奥德赛》),托尔斯泰笔下的那匹马(《马的故事》),骆宾王笔下的那只鹅(《咏鹅》),马致远笔下的枯藤、老树、昏鸦(《天净沙·秋思》),无不给人留下难以释怀的记忆,我们能说这不是文学对大自然的描写吗?"是的,这些作品都写到了自然(物),但是没有一个例子能够证明这种"二分解读法"是正确的。

刘文所举《奥德赛》中的阿尔戈斯,出现在第十七卷。离家二十年的奥德修斯假装乞丐回家暗中探访,与阿尔戈斯重逢,他见到"它也无人照管,躺卧于堆积在院门外的一大堆秽土上","遍体生满虫虱",但是,当"它一认出站在近旁的奥德修斯,便不断摆动尾巴,垂下两只耳朵,只是无力走到自己主人的身边",当年,人们都"惊叹它的勇猛和迅捷。即使是高大幽深的树林里的野兽也难以逃脱它的追踪,因为它善于寻踪觅迹。现在它身受不幸,主人客死他乡,心地粗疏的女奴们对它不加照管",然而,就在此刻,"阿尔戈斯立即被黑色的死亡带走,在时隔二十年,重见奥德修斯之后"①。这段描写,固然正面描写了阿尔戈斯这条狗(自然物),但是,第一,它是两个人(牧猪奴欧迈奥斯与奥德修斯)、也是荷马眼中的义犬形象,而不是"心地粗疏的女奴们"不屑一顾的野狗,不是可以与人相分离的独立的动物形象;第二,它在与主人分离二十年之后的重逢时悄然死去,不仅衬托主人的伟大和魅力,而且反衬了许多忘恩负义、背信弃义的"人"的可恶和可悲——人不如狗,反衬了他们人性的堕落。这恰恰是自然在文学中仍然属于"人学"范围的有力例证。

再看骆宾王的《咏鹅》:"鹅,鹅,鹅,曲项向天歌。白毛浮绿水,红掌拨清波。"表面上看,纯然是写鹅(自然物),但实际上,它是一个笔力虽略显稚嫩却无比热爱生活、热爱生命的儿童眼中的鹅,一个具有敏锐的色彩感受能力的孩子所看到的在水中欢快嬉戏的色彩斑斓的鹅,他把鹅的啼鸣想象成人化的"向天歌"。在此,我们难道能将《咏鹅》中的鹅纯粹作为自然物赋予作品的而脱离小诗人的性情来孤立看待吗?显然不能。

马致远的《天净沙·秋思》亦然。"枯藤老树昏鸦,小桥流水人家,古道西风瘦马",似乎纯然写物,然而,这两句其实只是罗列出数个景象或意象。按刘文"二分解读法"一个一个意象去读,恐怕什么文学性都没有,更不可能领会它们所蕴含的情感意绪;但是,如果我们把它们连在一起,并一气呵成读至末句"夕阳西下,断肠人在天涯",透过这些联翩而来的自然景物,层层深入、细细品味,我们将会感受、体悟、把握到那位漂泊天涯的羁旅之人流离失所的苦楚,行行复行行的忧伤和前路茫茫的悲怆。可见,它所写到的所有自然物,都是作者"断肠"情绪、心境的对象化、外化,或者如前所说,是自然物的人化、人性化、人情化。

唐代大诗人李白专写动物(自然物)的《大鹏赋》云北溟有鱼名曰鲲:

> 化成大鹏,质凝胚浑。脱鬐鬛于海岛,张羽毛于天门。刷渤澥之春流,晞扶桑之朝暾。燀赫乎宇宙,凭陵乎昆仑。一鼓一舞,烟朦沙昏。五岳为之震荡,百川为之崩奔。

> 尔乃蹶厚地,揭太清。亘层霄,突重溟。激三千以崛起,向九万而迅征。背嶪太山之崔嵬,翼举长云之纵横。左回右旋,倏阴忽明。历汗漫以夭矫,羾阊阖之峥嵘。簸鸿蒙,扇雷霆。斗转而天动,山摇而海倾。

---

① 荷马:《奥德赛》,王焕生译,人民文学出版社 1997 年版,第 321—322 页。

怒无所搏,雄无所争。固可想像其势,仿佛其形。①

初看起来,纯写大鹏体形之巨、力量之大、气势之伟,转斗动天、撼山倒海;但实际上,却是写人,写李白自己的豪情雄心,写他胸中无比旺盛的生命力和昂扬无畏的斗志。这首"以讴歌生命为主的诗"是"对自然——自我的外化——的热爱","李白一再讴歌自己的抱负和巨大的才能,为自己的抱负不能实现而悲愤……他在自己诗中的形象是一个孤傲的形象。这种形象在屈原的作品里就出现过,但李白的自我形象却更富于冲击力"。②《大鹏赋》中的大鹏形象,实际上就是极富冲击力的李白自我形象的化身,是在特定意义上完成了人性化、人格化、人情化的自然物。李白写大鹏的至少还有《上李邕》和《临路歌》两首。依然是夫子自道,但由于写于不同时期、不同心境,大鹏形象也发生了重要变化:"大鹏一日同风起,扶摇直上九万里。假令风歇时下来,犹能簸却沧溟水"(《上李邕》),尚保留了《大鹏赋》的气势(已经小了不少)和傲骨;到《临路歌》,"大鹏飞兮振八裔,中天摧兮力不济。余风激兮万世,游扶桑兮挂石袂",已见力不从心、无可奈何的悲哀。如果按刘文的"二分解读法",把大鹏当作置入作品中自然物形式,与李白的人格精神相分离,那就根本无法理解这"一赋二诗"所体现的李白自身的"大鹏精神"(姑妄称之)了。

刘文还将这种"二分解读法"用于分析鲁迅的《狂人日记》,说其中"作家赋予作品的形式是一段文言的楔子和 13 则白话的日记,物理的自然之物赐予作品的形式是狗眼的怪异、月华的皎好等。人的心灵的自然赐予作品的形式是精神抑郁症患者的特殊心理。物理的自然为文本的叙述设置了场景和空间,它应该隶属于自然科学的范围;心灵的自然为文本的叙述提供了人的心理运作的规律,它应该隶属于'人学',而且是'人学'之中的生理学、心理学的范围"。这可以说是作者实践"二分解读法"最清楚、明白的说明。然而,笔者认为这种分析同样不能成立。作者将"狗眼的怪异、月华的皎好等"看成外在于人的纯"物理的自然之物赐予作品的形式"并不符合作品的实际,它们并非"为文本的叙述设置了场景和空间",而是始终离不开作为"精神抑郁症患者"的狂人的特殊眼光和特殊心理:当看到"今天晚上,很好的月光"时,他小心翼翼,怀疑"那赵家的狗,何以看我两眼呢?"而"今天全没月

---

① 《李白集校注》(第一册),瞿蜕园、朱金城校注,上海古籍出版社 1980 年版,第 1—14 页。
② 章培恒、骆玉明:《中国文学史新著》(上卷),复旦大学出版社、上海文艺出版社 2007 年版,第 468—469 页。

光"时他又产生"我知道不妙"的感觉;又一天,"黑漆漆的,不知是日是夜",他却敏感地听到"赵家的狗又叫起来了",并且产生"狮子似的凶心,兔子的怯弱,狐狸的狡猾……"的恐惧猜度;后面还由吃死肉的"海乙那"联想到狼,而"狼是狗的本家",又联想到"前天赵家的狗,看我几眼,可见他也同谋,早已接洽";如此等等。所有这些写到月亮和狗的地方,读者根本看不到它们"物理自然"的形式特征,而全部是狂人眼中、心中变异了的自然物,即"狂人化"的月亮和狗。《狂人日记》不但不能证明"二分解读法"的有效性,反而证明在文学中任何自然物都不能离开人、离开人性、人情、人格、人的心灵而独立地存在。

无独有偶,鲁迅《野草》中写动物(狗)的《狗的驳诘》,直接写梦中的"我"与一条拟人化的狗的相遇和对话,开始"我傲慢地回顾,叱咤""我"以为的"这势利的狗",但是,当狗承认"愧不如人",而所惭愧的是"我终于还不知道分别铜和银;还不知道分别布和绸;还不知道分别官和民;还不知道分别主和奴;还不知道……"时,却是作为人的"我逃走了"①。鲁迅的命意十分清楚:表达一个先知者的"罪过"感和自责。此篇表达知识者的自我反思和惭愧之心,愧疚人甚至不如狗(虽然是拟人化的狗)来得明白。不言而喻,这里的狗已经完全人化了,不再是自然物了,不属于"物理自然"了。

综上所述,文学所描写的不管是大自然还是人,都是人化的、人的心灵化的自然(自然与人类社会),不同于物质生产的物质自然的人化;自然界中无论有生命的还是无生命的事物,一旦进入文学,都必定已经是人化、人性化、人情化、人格化、心灵化的自然了,或者如康德所说的"像似"的"另一自然"②,打上了人的思想、性格、情感、心灵的烙印。因此,刘文的"二分解读法"显然是不符合文学创作和欣赏的审美特征、审美规律的。

五

与"二分解读法"密切相关,刘文把文学创作与科学创造看成同样的认知活动,把其成果文学作品与科学成果看作同样的知识形态,所以会得出如不对文学作品中的人与自然加以区分,不对作品中自然之物两个来源(自然

---

① 鲁迅:《野草》,人民文学出版社2006年版,第41页。
② 康德:《判断力批判》,宗白华译,商务印书馆1964年版,第160页。

之物本身与作家赋予)、两种成分加以严格区分,"就会导致对知识本质的歪曲"的结论。把文学创作和作品归结为认识论和知识形态。在笔者看来,这显然是片面的。

我们认为,文学当然包含认识成分,但决不仅仅是认识或者知识,而且主要不是认识或者知识。文学作品与科学成果的根本区别,恰恰在于后者是一种知识形态,而文学作品虽然包含某些知识成分,但它主要不是一种知识形态,而是一种审美形态。这里的关键是,对文学本质的理解不能仅仅局限于认识论或者知识论的框架内。

马克思在《〈政治经济学批判〉导言》中提出人类掌握世界的四种方式的理论应该有助于我们理解文学区别于一般认识的艺术、审美的特质。马克思说:"整体,当它在头脑中作为思想整体而出现时,是思维着的头脑的产物,这个头脑用它所专有的方式掌握世界,而这种方式是不同于对于世界的艺术精神的,宗教精神的,实践精神的掌握的。"① 这里从人类"掌握"世界而不仅是认识世界的哲学高度,将人类掌握世界的认识或理论的方式与掌握世界的另外三种方式,即艺术精神的、宗教精神的、实践精神做了明确区分。"掌握"(德文 aneignent)一词的原意除了认识、理解以外,还有"获得""占有"等实践性含义。当然,马克思这段话是在精神层面讲人"掌握"世界的不同方式的。这里不拟具体分析这四种方式的区别和各自的特征,只想指出,在马克思看来,艺术精神的掌握世界的方式是不同于理论、认识掌握世界的方式的。文学属于艺术,是语言的艺术,它掌握世界的方式显然不同于、超越于理论、认识掌握世界的方式。这也明确无误地告诉我们,不能、也不应该像刘文那样,仅从认识论角度把文学看成一种与理论、科学成果——理论、认识的掌握世界的方式的成果——没有区别的知识(认识)形态。因为这无疑忽视了文学(精神)作为艺术(精神)掌握世界的特殊方式的艺术的和审美的特质。所以,刘文认为不遵循上述"二分解读法""就会导致对知识本质的歪曲"的看法,是把文学作品与科学成果看成同样的知识(认识)形态,从而偏离了文学(精神)掌握世界这种特殊方式的艺术、审美特质或特殊性。

这一点从马克思关于艺术生产与物质生产的不平衡关系的有关论述中可以得到旁证。马克思论及古希腊神话和史诗时指出,"就某些艺术形式,例如史诗来说,甚至谁都承认:当艺术生产一旦作为艺术生产出现,它们就

---

① 《马克思恩格斯选集》第 2 卷,人民出版社 1995 年版,第 19 页。

再不能以那种在世界史上划时代的、古典的形式创造出来"。他同时又指出:"但是,困难不在于理解希腊艺术和史诗同一定社会发展形式结合在一起。困难的是,它们何以仍然能够给我们以艺术享受,而且就某方面说还是一种规范和高不可及的范本。"①对此,以往多从较不发达时代的艺术与更加发达时代艺术之间的不平衡关系来理解;但是,笔者认为,这种不平衡背后还有更深刻的含义,那就是艺术审美特质的超时代性。这又可以回到普遍或共同人性的存在上:从古希腊到现代,社会发生了天翻地覆的变化,人们的审美观念也在不断地发展和变化,但是,人对"自由的自觉的"②生命活动的追求的本性没有变,因而,人们对自己儿童时期的审美创造仍然充满热爱和向往。正如马克思对这个美学难题做出的回答:"为什么历史上的人类童年时代,在它发展得最完美的地方,不该作为永不复返的阶段而显示出永久的魅力呢? 有粗野的儿童和早熟的儿童。古代民族中有许多是属于这一类的。希腊人是正常的儿童。他们的艺术对我们所产生的魅力,同这种艺术在其中生长的那个不发达的社会阶段并不矛盾。这种艺术倒是这个社会阶段的结果,并且是同这种艺术在其中产生而且只能在其中产生的那些未成熟的社会条件永远不能复返这一点分不开的。"③马克思告诉我们,希腊艺术同产生它的"那些未成熟的社会条件"并不矛盾,但恰恰由于这种条件的一去不复返,才使它对今天的人们产生巨大的、永恒的审美上的魅力,因为它呈现并吸引我们的已经不再是那个不成熟的社会条件,而是超越时空的艺术美,给予我们回归童年时代的审美喜悦。这是认识(知识)论地看待文学艺术所无法解释的。

明乎此,就比较容易理解马克思关于人的本质力量对象化的不同方式的论述了。马克思首先从人与现实世界的本质关系出发,指出人生活于其中的整个现实都越来越成为人的本质力量的对象化:"随着对象性的现实在社会中对人来说到处成为人的本质力量的现实,成为人的现实,因而成为人自己的本质力量的现实,一切对象对他来说也就成为他自身的对象化,成确证和实现他的个性的对象,成为他的对象,这就是说,对象成为他自身";进而揭示出在对象化过程中,对象的性质与人的各种不同的本质力量之间存

---

① 马克思:《政治经济学批判・导言》,《马克思恩格斯选集》第 2 卷,人民出版社 1995 年版,第 29—30 页。
② 《马克思恩格斯全集》第 42 卷,人民出版社 1979 年版,第 96 页。
③ 马克思:《政治经济学批判・导言》,《马克思恩格斯选集》第 2 卷,人民出版社 1995 年版,第 28—29 页。

在着对应、互动的关系,"对象如何对他来说成为他的对象,这取决于对象的性质以及与之相适应的本质力量的性质;因为正是这种关系的规定性形成一种特殊的、现实的肯定方式"。这种"特殊的、现实的肯定方式"与人对世界的掌握方式有一定的相关性,具体来说,"眼睛对对象的感觉不同于耳朵,眼睛的对象是不同于耳朵的对象的。每一种本质力量的独特性,恰好就是这种本质力量的独特的本质,因而也是它的对象化的独特方式,它的对象性的、现实的、活生生的存在的独特方式。因此,人不仅通过思维,而且以全部感觉在对象世界中肯定自己"。在此,马克思明确地把人对现实的"思维"的肯定(掌握)方式与眼睛、耳朵等感觉的肯定(掌握)方式区分了开来。而这种感觉的方式恰恰是艺术的、审美的方式,所以马克思又说,"从主体方面来看:只有音乐才激起人的音乐感;对于没有音乐感的耳朵来说,最美的音乐毫无意义,不是对象,因为我的对象只能是我的一种本质力量的确证,也就是说,它只能像我的本质力量作为一种主体能力自为地存在着那样才对而存在,因为任何一个对象对我的意义(它只是对那个与它相适应的感觉来说才有意义)都以我的感觉所及的程度为限"①。把马克思这个思想用于分析文学艺术的美学(aesthetics 感性学)的特性,并区别于单纯认识论的科学特性,应该是再恰当不过了。刘文恰恰把作为审美形态的文学作品与作为知识形态的科学成果混为一谈,从而在理论上陷入了误区。

此外,从文学的阅读和接受角度看,"二分解读法"同样难以成立。对于读者,文学有认识作用,这是传统文学理论的常识,但文学的认识作用是指对社会、人生、历史的认识,不是指对文学作品中所描述的自然物的本质、方式和运动规律的认识,没有人从文学作品中学习空气动力学和天体物理学。普通读者主要是以审美态度对待文学作品的,在作品中出现的一切自然物和人工产品都和人一样都是审美对象,而且只是刻画人物、表现社会关系的辅助手段,不是独立的认识对象。如果真的有人到《红楼梦》中去学习治病药方或园林建筑技术,那就表明读者是以认识态度去对待《红楼梦》,二者之间的关系就是认识的对象性关系,这时《红楼梦》就已经不是审美对象,因之也不再是文学作品了。

据此,我们可以说,凡是具有文学性的东西都属人学范围,文学作品中的一切都具有文学性,因而也可以说都属人学范围。除文学作品之外,有许

---

① 《马克思恩格斯全集》第42卷,人民出版社1979年版,第125—126页。

多非文学作品也具有文学性,如中医医书中以七言诗形式写的"汤头歌",历史著作对人物的刻画,碑、志、铭、表等等之中的多种修辞手法,用韵文写成的哲学、物理学著作(卢克莱修《物性论》)等都含有某些文学性(节奏、韵律、声调、音步、骈偶、比喻、夸张等),这些文学性都与人相关,只有人通过感官或感性方式才能接受、体验和领会,才能产生审美感受,所以也是人学的应有之义,而不属于自然科学的认知范围。

(原载《文学评论》2012 年第 1 期)

图书在版编目(CIP)数据

走向现代性的新时期文论/朱立元著. —上海:复旦大学出版社,2016.6
(当代中国文艺学研究文库)
ISBN 978-7-309-11405-8

Ⅰ.走… Ⅱ.朱… Ⅲ.文艺理论-研究 Ⅳ.I0

中国版本图书馆 CIP 数据核字(2015)第 080487 号

走向现代性的新时期文论
朱立元 著
责任编辑/方尚芩

复旦大学出版社有限公司出版发行
上海市国权路 579 号 邮编:200433
网址:fupnet@fudanpress.com http://www.fudanpress.com
门市零售:86-21-65642857 团体订购:86-21-65118853
外埠邮购:86-21-65109143
上海市崇明县裕安印刷厂

开本 787×960 1/16 印张 23.5 字数 366 千
2016 年 6 月第 1 版第 1 次印刷

ISBN 978-7-309-11405-8/I·918
定价:55.00 元

如有印装质量问题,请向复旦大学出版社有限公司发行部调换。
版权所有 侵权必究